삼나무 숲의
겨울

삼나무 숲의 겨울

초판 1쇄 찍은 날 § 2008년 8월 31일
초판 1쇄 펴낸 날 § 2008년 9월 10일

지은이 § 오월
펴낸이 § 서경석

편집장 § 문혜영
편집책임 § 이종민
편집 § 한지윤

펴낸곳 § 도서출판 청어람
등록번호 § 제1081-1-89호
등록일자 § 1999. 5. 31
어람번호 § 제5-0208호

주소 § 경기도 부천시 원미구 심곡1동 350-1 남성B/D 3F (우) 420-011
전화 § 032-656-4452 팩스 § 032-656-4453
http://www.chungeoram.com
E-mail § eoram99@chollian.net

ISBN 978-89-251-1454-5 03810

삼나무 숲의 겨울

오월 지음

도서출판
청어람

1. 아직은, 아무것도 아니지만

싸운다, 안 싸운다, 싸운다, 안 싸운다.

원두를 꾹꾹 눌러 담으며 세윤이 힐끗 건너편에 앉은 커플을 바라보았다. 약 십 분 전에 자리를 잡고 앉은 커플은 카페 주인의 동갑내기 사촌과 그의 여자 친구. 일주일에 한 번 정도는 카페에 들르곤 했는데, 그럴 때면 50%의 확률로 싸우곤 했었다. 이번에도 화기애애한 분위기로 카페 문을 열고 들어섰지만, 나갈 때에도 저 화기애애함이 지속될 것인지는 아무도 알 수 없었다.

"그래서, 카풀을 꼭 하겠다고?"

"카풀 그게 뭐 어떻다고 자꾸 그래, 애처럼."

애처럼? 하이톤의 목소리에 세윤의 귀가 움찔했다. 세윤이 듣기에도 '애처럼'이라는 단어는 상대 남자에게 자극적인 것이 분명했다. 세윤은 우유 위에 에스프레소를 부드럽게 부어 휘젓고는 종이컵의 리드를 꾹꾹 눌러 닫았다. 한겨울 바람에 시린 손을 순식간에 녹일 따끈하고 부드러운 카라멜라떼 두 잔 완성.

"주문하신 카라멜라떼 두 잔 나왔습니다."

낭랑한 목소리로 외쳤지만 카풀 문제로 다투고 있는 저 커플에게 그 목소리가 들릴 리 없었다. 한 번 더 외쳤지만 마찬가지. 세 번까지 외쳐 보려고 하다가 세윤은 체념하고 쟁반을 들고 말싸움 중인 커플에게 다가갔다. 스튜디오를 하고 있다는 남자, 그러니까 서른네 살의 강선우 씨는 누가 보아도 힐끔 다시 돌아볼 만큼 센스 있는 옷차림으로 나타나곤 했었다. 맵시 있게 몸에 맞는 가죽 재킷에 머리 위에 살포시 놓인 모직 중절모, 오늘도 역시 남성잡지에서 갓 걸어나온 듯한 모습이었다. 테이블 가까이에 멈추어 선 세윤은 중절모 위에 떨어진 정체 모를 깃털 하나를 발견하고는 무심결에 입술로 혹, 하고 불어내려다가 아차 싶어 쟁반만 내려놓았다.

"아, 미안해요."

선우가 둘 사이에 놓인 쟁반에 고개를 돌렸다. 그리고 눈도 마주치지 않은 채 쌩 하고 돌아서 가는 알바생에게 시선을 한번 돌렸다가 다시 눈앞의 여자 친구에게로 눈길을 옮겼다. 허리까지 내려오는 긴 생머리를 능숙한 솜씨로 찰랑, 하고 넘기는 손놀림에 그가 좋아하는 샤넬의 알뤼르 향이 살짝 코끝을 스친다. 도대체 자신의 말이라고는 귓등으로도 듣지 않는 스물여덟 살짜리 여자 친구에게 무너져 버리는 것은 이런 순간이었다. 알뤼르가 좋던데,

라는 흘리는 말을 기억해 두었다가 슬쩍 뿌리고 나타나는 그런 센스.

"유난형."

선우가 한껏 누그러진 얼굴로 여자 친구의 이름을 불렀다. 무너져 내린 남자 친구의 표정을 잽싸게 포착한 난형이 새침한 미소를 지으며 한 번 더 머리칼을 날렵하게 등 뒤로 넘겼다. 다시 알뤼르의 향기가 주변을 채웠다.

"누가 이렇게 향수를 진하게 뿌리고 왔냐, 세윤이 너야?"

자동문이 열리는 소리와 함께 날카로운 목소리가 들려왔다. 세윤이 고개를 저었다. 커피 만들 때에는 자극적인 향기의 화장품을 조심하라며 지원은 늘 직원들에게 강조하곤 했었다.

"커피 파는 집에 웬 향수 냄새만 이렇게 지독하니? 창 좀 열어."

향수의 주인공이 난형이라는 것은 카페 유리문 밖에서부터 눈치 챈 지원이었지만, 부러 과장된 동작으로 휘휘 손을 저었다. 이에 세윤이 잽싸게 창을 열었다. 한겨울 바람이 쌩 하고 카페 안을 휘저었다. 발끈한 얼굴로 난형이 다시 한 번 머리칼을 쓸어내리며 입술을 삐죽거렸다.

"지원 언니, 사람 무안하게 할래요?"

"네가 뿌린 거야? 적당히 좀 뿌려, 머리가 지끈거리네."

지원이 방금 막 난형을 발견한 것처럼 심술을 부리듯 심드렁한 목소리로 힐끗 사촌과 그의 여자 친구를 훑었다.

"오늘은 웬일로 안 싸우고 있냐?"

"우리가 언제 싸웠다고 그래요?"

다시 난형이 새침한 목소리로 되받아치며 부드럽게 선우의 손
등을 쓸어내렸다.

"오빠, 우리 저녁 먹고 오랜만에 백화점 갈까?"

"오랜만은 무슨."

지원이 혼잣말인 듯 아닌 듯 중얼거리다가 세윤을 향해 손짓했
다.

"세윤아, 에스프레소 진하게 한 잔만."

"사장님, 벌써 세 잔째예요. 위 아프시다고 하셨잖아요."

"그럼 그냥 부드럽게 라떼로 한 잔만 부탁할게."

세윤의 말에, 지원이 선생님께 야단맞는 초등학생처럼 순순하
게 고집을 꺾었다. 자신에게 이야기할 때의 날카로움과 완전히 상
반된 태도에 다시 한 번 난형이 입술을 삐죽였다.

"알바생한테 잡혀 사냐?"

고개를 끄덕이며 돌아서는 세윤의 뒷모습을 바라보다가 선우가
피식 웃으며 사촌에게 농을 던졌다. 초대전을 한다고 벌써 몇 달
째 끙끙거리는 모습을 보아온 터였다.

"요샌 세윤이가 내 매니저 노릇을 하고 있어서."

지원이 고갯짓으로 자신에게 줄 라떼를 만들고 있는 세윤을 가
리켰다.

"세윤 씨, 예술가 사장 데리고 일하기 힘들죠?"

선우가 장난스런 목소리로 세윤에게 말을 걸었다. 세윤은 그저
씩 웃기만 한 채 우유 거품을 풍성하게 얹었다. 쟁반에 담아 내어
가려고 하자, 지원이 가지고 올 필요 없다는 듯 직접 커피를 받아

들고 사촌 커플이 앉아 있는 테이블로 향했다.

빈 테이블들을 닦고 있는데 다시 그들이 나누는 대화가 들려왔다. 굳이 들으려고 애쓰지 않아도 들리는 목소리들이었다.

"언니 작품은 얼마 정도 해요?"

"왜, 사주려고?"

코웃음 치는 것이 분명한 지원의 대꾸가 이어졌다.

"한 삼사십만 원 정도 하나?"

이번엔 청소하던 세윤이 피식 웃었다. 다들 어이없어하는 분위기였는지, 여기에 발끈한 난형이 다시 신경질을 부렸다.

"누가 언니 그림을⋯⋯."

"유난형 씨, 그만 하지?"

정도를 지나치는 것 같은 이야기에 선우가 중간에서 말을 끊었지만, 난형은 투정이라도 부리듯 선우를 바라보며 입술을 내밀었다.

"어머, 그래도 사촌이라고 지원 언니 편드네. 내가 뭐 못할 소리 했어?"

"네네, 못할 소리 안 하셨죠."

지원이 고개를 절레절레 흔들며 테이블 위에 놓여 있던 선우의 담배를 휙 집어 들고 카페 밖으로 나갔다. 선우가 낮은 목소리로 난형에게 화를 냈다.

"솔직한 것과 무례한 거, 백지장 한 장 차이인 거 몰라?"

"어머, 이 아저씨 봐, 또 사람 가르치려고 드네?"

"가르치려고 드는 게 아니잖아."

선우는 인내심이 바닥이 났는지, 아니면 그저 실내 공기가 갑자기 더워졌는지, 쓰고 있던 맵시 있는 중절모를 벗어 테이블 위에 놓았다. 짜증스런 얼굴로 다리를 꼬고 앉았던 난형이 신경질적인 손놀림으로 부츠 끝의 먼지를 티슈로 털어내곤 바닥에 그대로 떨어뜨렸다. 아무렇지 않게 휴지를 바닥에 버리는 동작에 쓰레기를 치우던 세윤의 눈이 살짝 가늘어졌다. 맞은편에 앉아 있던 선우역시 그 모습을 놓치지 않았던 모양이었다.

"오늘 너랑 같이 못 있겠다. 오늘은 집에 가고, 다음에 보자."

"오빠, 오빠!"

그제야 사태의 심각성을 눈치 챈 난형이 잽싸게 꼬았던 다리를 풀고 뒤를 따랐다. 또다시 카페 밖에서 티격태격하는 커플의 대화는, 손님이 들어오느라 문이 열릴 때에 조금씩 끊겨 들려왔다.

"야, 강선우! 집에는 데려다 주고 가야 할 거 아니야!"

그리곤 선우가 그냥 차를 출발시켜 가버린 듯, 뒤이어 난형의 앙칼진 목소리가 카페 안까지 카랑카랑 울렸다. 행주를 집어 들고는 정리되지 않은 테이블로 향한 세윤의 시선이 의자에 멎었다. 정체 모를 깃털이 먼지처럼 살짝 내려앉은 중절모가 빈 의자 위에 놓여 있었다. 카페 밖에선 아직 난형이 팔짱을 긴 채 담배를 피우고 있는 지원과 이야기하고 있었다. 세윤이 행주를 내려놓고 모자를 집어 들었다.

"모자를 두고 가셔서요."

문을 열고 카페 밖으로 나간 세윤이 날카로운 바람에 몸을 움츠리며 모자를 들어 보이자, 난형은 세윤의 손에 들린 모자를 힐끗 바라보더니 마음대로 하라는 듯 손을 휘휘 저었다.

"버리든지 말든지 알아서 해요."

황당한 얼굴로 난형을 바라보고 있는데 지원이 담배를 비벼 끄고는 세윤을 향해 말했다.

"가지고 있다가, 나중에 선우 오면 전해줘. 그리고 세윤아."

고개를 끄덕이며 세윤이 돌아서는데 지원이 미안한 표정을 지었다.

"너, 저녁에 일식집 알바 끝나고 카페 마감 좀 도와주고 갈래? 오늘 집을 좀 비울 것 같은데, 호진이 혼자 맡겨놓기가 그러네."

"그럴게요."

세윤이 선뜻 고개를 끄덕였다. 가끔 지원이 마감일을 돕지 못할 때면 카페에서 집이 가까운 세윤의 손을 빌리는 때가 있었다. 저녁에 일하는 일식집 서빙을 마무리하고 집에 오면 새벽 한 시쯤이었다. 카페가 문을 닫는 것도 그 시간 즈음. 늦은 시간이긴 했지만, 카페에서 혼자 살고 있는 작은 아파트까지는 걸어서 십오 분이니까, 후다닥 뛰어가면 그만이었다.

"마감 마치고, 혼자 가지 말고 호진이한테 집까지 데려다 달라고 해. 얘기해 놓을 테니까."

일식집 일을 마치고 유난히 무겁다 싶은 몸을 끌고 버스에서 내린 시간은 정확하게 한 시였다. 마감 시간까지 남아 있던 손님들이 자리를 비우고 있었다. 그리고 연방 휴대전화로 문자 메시지를 보내며 청소를 하고 있는 마감 알바 호진이 보였다. 사귄 지 한 달도 되지 않은 여자 친구와의 문자질이 분명했다. 세윤이 씩 웃으며 자동문의 버튼을 가볍게 눌렀다.

"누나 왔어요?"

"카운터 마감만 하면 되는 거지?"

"네, 2층이랑은 제가 정리할게요."

마지막 손님이 나가고 문을 잠그고 간판의 불을 끄는데, 2층을 정리하고 내려오던 호진이 몸을 슬쩍 꼬며 운을 던졌다.

"누나, 여자 친구가 근처에 와 있다고 빨리 오라고 난린데……."

"이 시간에?"

"스쿠터 타고 왔대요, 집에 데려다 준다고."

"어째, 너희는 주객이 전도된 것 같다?"

"그러게요."

호진이 씩 웃었다. 그사이에도 호진의 손에 들린 휴대전화는 메시지 도착을 알리는 소리가 연방 울려대고 있었다. 카운터 마감이야 금방 끝날 것 같으니 난방을 끄고, 문을 잠그고, 마지막으로 보안장치만 켜놓으면 그만이었다.

"가봐, 내가 마무리할게."

"누나! 진짜 고마워요!"

허겁지겁 앞치마를 벗어 던지던 호진이 멈칫했다.

"집에 들어가면 저한테 문자 한 번만 보내주세요. 사장님이 누나 집까지 데려다 주라고 했었는데……. 미안해요."

"됐네요. 어서 가봐, 휴대폰 불난다."

세윤의 말에 호진의 얼굴이 다시 환해졌다. 그리곤 몇 번이나 집에 들어가면 문자 꼭 보내라며 신신당부를 하고는 쏜살같이 사라졌다.

틀어둔 음반까지 끄자 가게 안이 고요하게 잦아들었다. 버스도 이제 끊어졌는지, 차 다니는 소리도 뜸해졌다. 자신도 모르게 카운터를 열어둔 채 멍하게 서 있던 세윤은 한 시 반을 넘어가는 시간을 확인하고서야 아차 싶어 분주히 손을 놀렸다. 그때 고요함을 깨고 누군가가 가게의 유리문을 거세게 흔들기 시작했다. 소스라치게 놀란 세윤이 카운터를 열어둔 채 유리문 밖을 보았다. 휘청거리는 사람의 그림자가 비추어졌다.

"마감했어요."

깜짝 놀라 정신없이 곤두선 심장박동을 진정시키려 가슴에 손을 얹고 가쁘게 숨을 내쉰 세윤은, 손을 엑스 자로 만들어 가게 영업이 끝났다고 표시했다. 하지만 문밖의 손님은 잔뜩 술에 취한 듯 연방 문을 흔들어대고 있었다.

"야, 장사 안 해? 커피 안 팔아? 문 열어어어어!"

덜컹거리는 유리문 너머로 들려오는 술주정에 세윤의 심장이 다시 거세게 뛰기 시작했다. 왜 하필 혼자 마감을 하고 있을 때 이런 일이 생기는지 모를 일이었다. 두리번거리다가 사설 경비업체 생각이 났다. 떨리는 손으로 경비업체 전화번호를 누르려는데 그 사이 주변이 조용해진 것을 알아챘다. 창밖에 또 다른 커다란 실루엣이 보였다. 새로운 그림자의 주인이 누구인지 확인하기 위해 세윤이 조심스럽게 창으로 다가갔다.

난형과 다투고는 친구들을 만난 후 들어가는 길, 선우는 낮에 카페에 두고 온 모자가 떠올랐다. 그는 선릉의 카페로 차를 돌렸다. 한 시가 넘었지만 지원이 마감을 하고 있다면 덤으로 커피 한 잔은 조를 수 있을 것이다.

　유턴을 해서 카페 앞으로 차를 대려고 하는데, 그 앞이 시끄러웠다. 간판의 불을 끄고 안의 조명을 낮춘 걸로 보아서는 영업이 끝난 건 맞는데, 취객이 주정이라도 부리나 싶었다. 사이드 브레이크를 올리면서 흘깃 카페 안을 보았는데, 카운터에 세윤 혼자 서 있는 것이 눈에 들어왔다. 순간 상황을 눈치 챈 선우가 급하게 차에서 내렸다. 선우는 거세게 유리문을 두드리는 남자의 어깨를 부드럽게 잡아챘다. 휘청거리며 손을 뿌리치는 취객에게 그가 나직하게 말했다.

　"손님, 영업 끝났으니까, 다음에 찾아주십시오."

　"야, 저기 안에 사람이 있잖아!"

　"마감 중이니까 다음에 들러주시지요."

　선우가 다시 한 번 나직하게 말했다. 삿대질을 하려던 취객은 선우의 눈빛에 입속으로 욕설을 웅얼거리곤 팔을 휘저으며 걸어가기 시작했다. 카페 안에서 숨을 죽이고 있는 세윤과 눈이 마주친 선우가 톡톡, 유리문을 두드렸다.

　선우의 모습을 보는 순간 세윤은 안도의 숨을 내쉬며 전화기를 내려놓았다. 심장이 미친 듯이 뛰고 있었다. 귀신보다 무서운 게 사람이라더니, 온몸에는 소름이 돋아 있었다. 두 다리에 꽉 힘을 주고 뻣뻣한 걸음으로 가 잠긴 유리문을 열자, 바깥의 찬 기운이 세차게 밀려들었다.

"아직 히터는 안 껐네."

선우가 손을 비비며 카페 안으로 들어섰다.

"고맙습니다."

"왜 혼자예요?"

선우가 머플러를 풀며 물었다.

"어쩌다 보니까요."

"지원이는?"

"일이 있다고 하셔서 제가 마감 돕기로 했어요. 커피 한 잔 드릴까요?"

돌아서는데 선우가 세윤의 팔을 살짝 잡아당겼다. 움찔 놀란 세윤이 어깨를 움츠리자 선우가 미안하다는 듯 손을 놓았다.

"커피는 내가 만들 테니까, 마무리 정리해요."

세윤이 카운터를 잠그고 난방 장치를 끄고 소등을 하는 동안 선우는 어느새 부드러운 아메리카노 두 잔을 만들어 세윤 앞에 슬쩍 밀어놓았다. 예상치 못한 호의에 세윤이 잔을 내려다보며 눈을 동그랗게 뜨자 머그잔을 입가로 가져가던 선우가 물었다.

"밤에는 커피 안 마셔요?"

"그런 건 아니에요."

"라떼를 만들까 했는데, 우유 정리해 넣었길래 아메리카노로 했어요."

"고맙습니다."

멀뚱하게 서서 커피를 마시는 것이 어색했던지 선우가 먼저 다이닝 바 앞의 나무 의자에 앉았다. 선우의 손짓에 세윤이 잠시 망설이다 맞은편에 앉았다.

"많이 놀랐어요?"

선우가 부드러운 목소리로 물었다. 히터가 꺼진 카페 안은 천천히 온기가 잦아들고 있었다. 커피의 온기를 놓치지 않기 위해 세윤은 머그잔을 고쳐 잡았다.

"괜찮아요."

"마감 알바생 오면 한소리 하라고 해야겠네."

여자 친구 전화를 받고 먼저 나갔다는 자초지종을 들은 선우가 중얼거렸다.

"아니에요. 연애하느라 아무것도 안 보일 땐 그럴 수도 있으니까."

세윤이 이해한다는 듯 웃으며 고개를 저었다. 그 표정에 선우가 슬쩍 물었다.

"세윤 씨, 몇 살이에요?"

"저요? 스물넷이에요."

"난 스무 살쯤으로 봤네."

"감사하다고 해야 하는 거죠?"

세윤이 작게 웃었다. 낮은 조명 속에 슬쩍 비치는 세윤의 웃음에 선우가 부드러운 눈으로 세윤을 바라보았다. 자신의 스물넷을 회상하는 듯한 은근한 시선이었다.

"아까 모자 두고 가셨었죠?"

세윤이 생각났다는 듯 자리에서 일어나 로커 안에 두었던 모자를 꺼내왔다.

"아, 모자 가지러 왔으면서 깜빡했네요."

선우가 반가운 얼굴로 세윤의 손에서 모자를 받아 들었다. 두 사람 몫의 빈 머그잔을 싱크대에 올려두고 돌아온 선우는 모자를 쓰려다가 대신 세윤의 머리에 푸욱 눌러씌웠다. 선우의 행동에 세윤이 깜짝 놀라 고개를 들었다. 꾹 눌린 세윤의 머리에 씩 웃던 선우가 손끝으로 모자 끝을 톡톡 두드려 눈이 보이도록 모자챙을 들어 올렸다.

"바깥 추우니까 일단 쓰고, 집 앞에서 줘요."

"집 앞이요?"

"데려다 줘야지. 가방 챙겨서 얼른 나와요, 밖에 있을 거니까."

선우가 담배 케이스를 톡톡 두드리며 카페 밖으로 나갔다.

"갑시다."

마지막으로 보안장치의 전원을 올리는 것을 본 선우가 휴대용 재떨이에 담뱃재를 마저 털어 끄고는 마지막 연기를 허공에 날려 보냈다. 세윤이 어색하게 그 곁에 섰다.

"집이 어디?"

"걸어서 십오 분이면 가요."

세윤이 휴대전화로 시간을 확인했다. 벌써 두 시가 되어가고 있었다.

"저 땜에 너무 늦으시는 거 아니에요?"

"상관없어요."

선우가 주머니 깊숙이 손을 찔러 넣으며 고개를 흔들었다. 한겨울의 새벽 두 시는 적막하고 고요했고, 또 추웠다. 세윤이 모자 속에서 힐끗 선우를 올려다보았다. 천천히 걷고 있는 선우의 입속에서 하얀 김이 새어나왔다. 주위의 고요함 사이에서 어색함을 깨기 위해 세윤이 슬쩍 입을 열었다.

"여자 친구랑은 화해하셨어요?"

"응? 아아."

선우가 어깨를 으쓱했다.

"뭐, 적당히 다투고 적당히 화해하고 그런 거죠."

"얼마나 사귀셨는데요?"

"지난여름부터니까…… 한 육칠 개월 되었나?"

"한참 불타오를 때 아니에요?"

휴대전화에서 손을 놓지 못하던 호진이 떠올라 세윤이 물었다.

"글쎄……."

선우가 웃으며 모호하게 대꾸했다.

귀여워라…….

연방 손을 놀려 커피를 만들고 주문을 받고, 그러면서 또 생글거리며 다른 직원과 이야기를 하고 또 커피를 만들고. 바지런하게 손을 움직이며 끊임없이 웃고 있는 세윤을 보면서, 선우는 자신도 모르게 싱긋이 웃음을 빼어 물었다. 모자를 받았던 밤 이후로 일주일 만이었다. 지원과 점심이나 먹을까 하고 들렀는데 세윤 혼자 일하고 있었다. 자신을 보고는 눈으로 인사하는 세윤의 모습에 선우는 자신도 모르게 고개를 끄덕이며 웃고 말았다.

"어이, 뭘 그렇게 넋을 놓고 쳐다봐?"

늦잠을 잔 것이 역력한 얼굴로 부스스하게 나타난 지원이 선우 앞에 손을 휘휘 흔들었다.

"어, 아냐."

"점심 메뉴는?"

지원이 손등의 물감 자국을 지우기 위해 싱크대로 향하며 물었다.

"어, 알바생들은 점심 어떻게 해?"

손의 물기를 털어내며 지원이 의아한 표정으로 선우를 바라보았다.

"생전 묻지 않던 질문을 하고 그러냐?"

"아니, 그냥 궁금해서."

"교대로 먹고 와, 도시락 싸올 때도 있고."

"아아······."

선우가 알았다는 듯 고개를 끄덕이다 세윤과 눈이 마주치자 자신도 모르게 씩 웃었다. 세윤이 그에 화답하듯 살짝 고개를 숙였다.

"어이, 가자."

지원이 테이블 위에 놓인 선우의 머플러를 던지듯이 가슴팍에 안기고는 팔을 잡아끌었다. 선우가 아쉬운 듯 발걸음을 옮겼다.

두 사람이 점심을 먹으러 나간 지 한 시간쯤 지났을 때였다. 점심식사를 마치고 나온 직장인들로 정신없이 바쁠 때였는데, 유난히 가게 안이 소란스러웠다. 그 소란의 한가운데에 세윤이 서 있었다. 세윤은 눈을 내리깔고 가슴속에 참을 인 자를 그렸다. 한 번, 두 번, 세 번, 네 번……. 귀를 막고 네, 네, 네 하고 손님의 속사포 같은 말에 생글거리며 대답해 주는 것도 잊지 않았다. 얼굴이 시뻘게진 채 삿대질을 하고 있는 손님이 항변하고 있는 요지는 그랬다.

'왜 손님이 말씀하시는데 웃느냐?'

주문을 받은 세윤이 거스름을 전해주며 고개를 돌려 커피를 만드는 다른 직원에게 웃으며 이야기했는데, 손님에게는 마침 싸움을 걸 상대가 필요했던 모양이다. 처음에는 일단 죄송하다며 분위기를 수습했지만 1층 분위기가 어수선해지고, 손님의 장광설이 끝날 기미를 보이지 않자, 세윤도 슬슬 짜증이 밀려오기 시작했다. 그렇잖아도 감기가 오려는지 머리도 지끈거리고, 코와 목도 부어오르기 시작하던 차였다.

참을 인을 오십 개쯤 새겨도 그의 장광설은 멈출 기미를 보이지 않았다. 그리고 세윤의 입이 열린 것은, 그가 결국에는 '사장'을 찾는 순간이었다.

"손님."

네네, 하던 세윤이 조용히 그를 부르자, 거구의 남자 고객이 턱을 있는 힘껏 치켜올리고 눈을 커다랗게 떴다. 어디 말해볼 테면 말해보라는 식이었다.

"아직까지 술 냄새가 풍기는 걸로 봐선 새벽까지 약주 기분 좋게 하신 모양이고, 아직까지 옷에서 담배 냄새와 고기 냄새가 가시지 않은 걸로 봐선 어디서 외박이라도 하신 모양새고, 얼굴과 머리카락에 기름이 떡진 걸로 봐선 사우나에서 주무신 건 아닌가 싶네요."

세윤이 차분한 목소리로 손님의 머리끝에서 발끝까지를 훑어내려 갔다. 남자가 엉겁결에 머리를 더듬었다.

"뺨에 립스틱 자국 남아 있는 걸로 봐선 여자 끼고 술 마셨다는 증거고, 찜질방도 사우나도 아닌 곳에서 주무셨다면 그 여자랑 모텔이라도 가신 모양이고, 바지 지퍼도 못 잠그고 나오신 걸로 봐선 방금 막 급하게 튀어나왔는데 지난밤 일이 기억도 안 나시죠? 모텔 영수증이랑 술값 영수증은 지갑에 꽂혀 있는데, 즐긴 기억은 안 나고. 그래서 기분 더러우신 건 알겠는데, 그렇다고 다른 분들의 건전한 오후까지 불쾌하게 만드시면 안 되죠."

카페 주변이 사무 지구인 탓에 곳곳에 술집과 모텔과 룸살롱들이 숨겨져 있었고, 그곳에서 밤을 보낸 직장인들이 모닝커피를 사러 오는 경우도 없지 않았다. 가끔 새벽 한 시의 마감을 도울 때면 한 번씩 출몰하는 '언니 대동 유부남'의 작태를 보며 진저리를 치곤 했었다. 휴대전화 통화를 하며 이년이, 저년이 하며 상소리를 해대며 카페에 들어오던 남자를 보면서, 세윤은 직감적으로 그 역시 그런 부류의 '분리수거가 필요한 인간'이라고 추측한 터였다.

속사포같이 쏟아지는 말에 입이 떡 벌어져 있던 남자는 머리에서 손을 떼어내고 급하게 바지 지퍼를 추슬렀다. 그리고 얼굴을 비벼댔지만, 사실은 턱에 찍힌 립스틱 자국이 지워질 리 없었다. 그러다 또 울컥했는지 한 대 치기라도 할 기세로 손을 치켜올렸다. 주변 사람들이 더 놀라 비명을 지르는데, 마침 점심을 먹고 들어오던 지원과 선우가 그 모습을 발견했다. 지원이 급하게 달려가는 사이, 그에 앞서 선우가 먼저 손님의 팔을 낚아챘다. 팔을 잡힌 남자가 눈을 치켜올리면서 선우의 멱살을 잡으려다 선우가 턱짓으로 가리키고 있는 것을 바라보고 동작을 멈추었다.

"저기 저 CCTV 보이시죠?"

천장에 부착된 CCTV를 보며 씩씩거리던 남자는 그제야 주변 사람들이 자신을 보는 시선을 느낀 듯 입을 다물었다. 다들 그의 '떡진 머리—턱에 찍힌 립스틱—방금 막 잠근 바지 지퍼'의 순으로 훑어보며 지나가고 있었다.

"소연 씨, 이분 커피 나왔어?"

선우를 발견한 세윤이 안도한 얼굴로 그가 주문한 아메리카노를 받아 들고 카운터 밖으로 나왔다. 표정은 부드러웠지만 컵을 든 손이 가늘게 떨리고 있었다. 선우가 그 떨림을 예리하게 발견했다. 욱하고 치밀어 오르는 화를 주먹질로 표현하는 대신, 선우는 여전히 쥐고 있는 남자의 팔을 있는 힘껏 움켜쥐었다가 서서히 힘을 풀었다. 남자가 윽, 하는 신음 소리와 함께 잡혔던 팔을 감싸 쥐었다.

"안녕히 가십시오."

선우가 직접 문을 열고 고개를 까딱했다. 남자가 욱신거리는 팔을 문지르며 잽싸게 가게를 빠져나갔다. 웅성거리던 가게가 금세 조용해졌다.

"커피 내가 만들 테니까, 잠시 쉬어. 그리고 소연이는 세윤이 따뜻한 홍차라떼 한 잔만 만들어서 줘."

지원이 선우에게 고갯짓을 하자 알았다는 듯 선우가 고개를 끄덕이고 세윤의 팔을 부드럽게 잡아끌었다. 세윤이 긴 한숨을 쉬며 선우의 팔에 이끌려 카페 구석 소파에 기대앉았다. 순식간에 눈앞에 놓인 홍차라떼에 세윤이 고마움을 표시하기 위해 가볍게 고개를 숙였다.

"왜 그래요?"

"네?"

세윤이 종이컵의 리드를 벗겨내고는 바싹 메마른 콧속에 뜨거운 홍차라떼의 김을 밀어 넣는데 선우가 퉁명스럽게 말했다.

"지난주에도 그러더니 이번엔 훤한 대낮에."

"그러게요."

세윤이 그저 씩 웃고는 뜨거운 홍차라떼를 목으로 넘겼다. 고통과 함께 일시적이나마 목이 가라앉는 것 같은 기분이 들었다. 유쾌하지 않은 손님을 맞는 것은 이력이 나 있었지만 주먹질까지 하려는 손님은 처음이었다. 갑자기 피곤함이 갑절로 밀려왔다. 아무래도 제대로 감기가 온 것 같았다. 선우는 팔짱을 낀 채 말 없이 홍차를 넘기고 있는 세윤을 바라보고 있었다. 그 시선이 왠지 불편해 세윤은 말 없이 머그잔의 바닥만 내려다보았다. 긴장이 풀리자 온몸이 녹진해졌다. 그냥 집에 돌아가 한숨 푹 잘 수 있으면 좋겠다…… 세윤이 속으로 중얼거렸다. 선우에게 미처 고마움을 표시하지 못한 듯해 고개를 들자, 차를 마시고 있는 자신을 내려다보는 그의 시선이 느껴졌다. 왜? 하고 묻는 듯한 그의 눈에 세윤이 작게 입을 열었다.

"고맙습니다."

세윤의 조용한 감사 표시에 선우의 표정이 한결 부드러워졌다. 내심 걱정을 하고 있었던 모양이었다. 쿠키라도 가져다줄까? 하고 물으려는데 전화가 걸려왔다. 누그러졌던 선우의 얼굴에 갑자기 딱딱하게 굳어졌다. 일주일 전의 다툼 이후로 연락하지 않았던 난형이었다.

[오빠, 아직 화났어?]

월차를 내고 쉬고 있다는 말에 선우는 지원에게 세윤을 맡겨두고 카페를 나왔다. 그리고 난형이 현관문을 열자마자 화풀이라도 하듯이 난형을 덮쳤다. 한참 동안 난형을 괴롭힌 후에 잠시 졸음을 이기지 못하고 눈을 붙이고 났더니 벌써 늦은 저녁이었다.

"웃지 마."

생글거리고 있는 난형을 향해 선우가 퉁명스럽게 말했다.

"나한테 오빠밖에 없는 거 알잖아. 왜 만날 질투하고 그러나 몰라."

"카풀은 백번 내가 양보한다고 치자. 그런데 넌 나밖에 없다는 애가 술 마시고 집에 업혀오는 것도 모자라 여기서 남자랑 같이 자냐?"

"같이 자다니, 그럴 리가 없잖아. 걘 내가 정신 못 차리니까 여기에 데려다 주고 차 끊겨서 그냥 바닥에서……."

난형이 애교스런 몸짓으로 선우를 바라보며 입을 삐죽였다.

"그만 하자."

난형의 변명에 다시 다툴 것 같아 선우는 난형의 말을 끊었다. 잠시 새치름하게 누워 있던 난형이 이불 속으로 기어 들어가더니 선우를 만지기 시작했다. 난형의 검고 긴 머리칼이 다리를 간질였다.

"그런 걸로는 안 돼, 그만 해."

말로는 멈추라고 하고 있었지만, 난형의 입술에 선우의 몸은 천천히 반응하고 있었다. 선우는 긴 한숨을 쉬고는 난형이 하는 대로 몸을 맡겨두었다. 머리를 움직이는 난형의 리듬에 따라 이불이 들썩이고 선우의 이마에 기분 좋게 주름이 지고 한숨이 새어나왔다.

"당분간은 술 안 마실게. 약속."

현관 앞에 서서 눈웃음을 쳐가며 웃는 난형의 모습에 선우는 어쩔 수 없는 듯 난형의 이마를 쓰다듬었다. 여우 중의 여우라는 친구들의 표현이 맞는지도 몰랐다. 무신경한 말들을 툭툭 뱉으면서도 눈치는 얼마나 빠른지, 표정 하나하나에 입속의 혀처럼 감기듯 선우의 기분을 맞추는 난형이었다. 그 세련된 애교에 어지간한 단점은 미루어둔 채 벌써 칠 개월 가까이 만나오고 있는 것인지도 몰랐다. 선우는 난형의 이마에 가볍게 입을 맞추고 오피스텔에서 빠져나왔다. 휴대전화를 켜자 지원의 메시지가 도착해 있었다.

〈부탁할 거 있다고 했는데 여자 친구 전화 한 통에 잽싸게 사라지네.〉

지원의 목소리가 들리는 듯해서 선우가 가볍게 웃으며 메시지에 답했다.

〈주말에 갈게.〉

RRRRRRR…….

선우는 끈질기게 울리는 휴대전화 벨소리에 잠에서 깼다. 어제 아카데미 사진 수정 작업을 마치고 늦게 잠든 탓에 커튼을 쳐두고 잤는데도 커튼 사이로 아침 햇살이 비집고 들어오고 있었다.

"여보세요."

잠긴 목소리를 가다듬었지만 어쩔 수 없이 갈라진 목소리가 튀어나왔다. 자신의 잠긴 목소리에 선우가 이마를 찌푸렸다.

[강 작가님? 미안해요. 작업 늦게까지 했나 보네요.]

얼마 전 작업했던 잡지사의 담당 기자였다. 선우의 허스키한 목소리에 호들갑스럽게 미안하다는 목소리에 이마를 찡그렸다.

"괜찮아요, 말씀하세요."

전화를 받으며 선우는 이불을 걷어내고 커튼을 열었다. 바닥으로 폭신한 거위털 이불이 떨어졌다. 떨어진 이불을 발로 이불을 슥 밀어내고 쑤석거리는 머리칼 사이로 손가락을 집어넣어 끌어내리며 현관으로 향했다. 그리곤 조간신문을 챙겨 들어오는 사이, 현관 사이로 스며드는 찬 기운에 선우는 몸을 부르르 떨었다.

잡지사의 갑작스러운 추가 촬영 부탁에 스튜디오에 비어 있는 촬영 스케줄을 확인해 강북의 오래된 골목에서 오후에 촬영 시간을 잡았다. 스튜디오에 일정 조정을 부탁하고, 시간 조정이 어렵다는 스타일리스트에게 직접 전화를 걸어 한참이나 설득을 했더니 진이 빠졌다. 잠시 멍하게 소파에 앉아 있던 선우는 냉장고에서 사과 하나를 꺼내 차가운 물에 문질러 씻었다. 그리고는 접시에 여섯 조각으로 잘라 들고 컵에 우유 한 잔을 담아 거실로 향했다. 습관처럼 텔레비전을 켜고 신문을 넘기다 기사 하나를 발견하고 멈칫했다.

〈최창선 주 일본 대사, 후임 외교통상부 장관으로 내정, 내주 국회 동의안 가결 시 최초 여성 외교통상부 장관으로서…….〉

때마침 텔레비전의 아침 토픽으로도 신임 외교통상부 장관에 대한 기사가 나오고 있었다. 커트 머리를 맵시 있게 다듬은 현 주일대사이자, 외교통상부 장관 내정자이자 자신의 어머니는 사람 좋은 얼굴을 한 채 기자들을 맞고 있었다. 선우는 기자들을 향해 손을 살짝 흔들고 들어가는 어머니의 뒷모습을 잠시 바라보다 텔레비전을 조용히 껐다.

지난 촬영 날에는 날이 맑았는데 이번에는 촬영 시작 직후부터 진눈깨비가 뿌리기 시작했다. 원래 촬영과 비슷한 느낌을 내기 위해서 온갖 수단을 동원했지만, 통일성이 떨어질 수밖에 없었다. 완결성이 떨어진 테마가 될 거란 생각에 촬영하는 동안 선우의 표정은 내내 굳어 있었다. 그런 기분을 알아챈 기자는 선우를 달래기 위해 부러 화사하게 목소리를 높였다.

"강 작가님, 미안하고 고마워요. 그쪽에서 고맙다고 저녁 식사

대접 제대로 해드리라네. 내가 오늘 저녁은 확실하게 좋은 곳으로 모시고 갈게요. 괜찮은 일식집 알아봐 뒀거든요."

기자가 소개한 곳은 고등어를 산 채로 배송해 와 회를 뜨는 곳이라며 몇 번인가 텔레비전과 경제지의 끝자락에 소개된 적이 있었던 음식점이었다.

스태프들과 함께 다다미가 깔린 방에 모여 앉았더니 방은 금방 수선스러워졌다. 옅은 감색의 유카타를 입은 종업원이 무릎걸음으로 방 안으로 들어와 앉았다.

기자가 주문을 하는 사이 스태프들과 잡담을 하던 선우는, 주문을 받고 돌아서는 종업원의 얼굴을 무심코 보고는 고개를 갸우뚱했다. 선이 분명한 옆얼굴이 세윤처럼 보였다. 자신이 제대로 본 것이 맞나 싶어 한 번 더 확인하려는데 이미 주문을 받고 나간 후였다. 나중에 다시 오겠지 뭐, 선우는 사람들과의 이야기에 다시 스며들었다.

2. 이제, 무언가가 되어갈

"세윤아, 수고했어. 내일 보자."

카페 탈의실에서 유니폼을 갈아입고 사복으로 나오는 세윤을 보고 지원이 손을 흔들었다. 세윤은 꾸벅 인사를 하고 카페를 나섰다. 으슬으슬한 기운에 세윤이 몸을 부르르 떨었다. 계속 몸살 기운이 있어서 카페의 뜨거운 모카커피를 마셔주곤 했는데 이젠 그마저 약발이 듣지 않는 모양이었다. 집으로 걸어가는 길에 자꾸 눈이 감겨왔다. 얼른 가서 쌍화탕이라도 좀 마시고 눈을 붙이고 일식집으로 가야겠다는 생각에 세윤의 걸음이 빨라졌다.

"아르바이트!"

이부자리 속에서 시간을 확인한 세윤이 급하게 침대 이불을 걷고 일어서다 어지러움에 휘청했다. 알바 사이에 잠시 눈을 붙인다는 게 정신없이 두 시간이나 잔 모양이다. 목덜미는 땀으로 축축하게 젖어 있었고, 침대 시트는 땀으로 얼룩져 있었다. 아르바이트 시작 시간까지는 삼십 분밖에 남지 않았다. 다급하게 양치질을 하고 부어오른 목을 달래려 가글을 했다. 거울 속에 비친 얼굴이 발그스름하다. 입술이 붉다 못해 붉은 보랏빛이었다. 이마에 배어 나오는 땀이 심상치 않았지만 세윤은 다급하게 머플러를 목에 칭칭 감고는 버스 정류장으로 달려나갔다.

"사장님, 저 세윤인데요. 조금 늦을지도 모르겠어요. 죄송해요, 최대한 빨리 갈게요."

버스 정류장에 동동거리고 섰는데 버스는 오질 않았다. 마음이 다급해져 일식집으로 전화를 했다. 평소 정확히 시간을 맞추어 오던 세윤이 늦는다고 하자 오히려 사장이 서두르지 말고 천천히 오라고 했다.

간신히 여섯 시 정각에 문을 열고 들어서자 카운터에 서 있던 사장이 문밖을 내다보며 물었다.

"밖에 많이 추워? 얼굴이 빨갛네."

사장의 말에 세윤이 차가워진 손으로 자신의 뺨을 덮었다. 얼얼할 정도로 달아오른 뺨의 열기가 잠시나마 식는 것 같았다.

"오늘 단체 손님 예약이 좀 있어서 바쁠 거야, 수고 좀 해줘."

그 말대로 단체 손님이 밀려들기 시작했다. 평소에도 저녁 손님이 적지 않은 편이었지만 오늘은 유달리 더 많은 듯했다. 자꾸 졸음이 쏟아져 세윤은 몇 번이나 찬물에 얼굴을 씻고 왔다. 점점 더 몸이 뜨거워진다는 생각이 들었지만 손이 부족한 때에 일찍 보내

달라고 부탁할 수도 없었다.

"국화 방에 데운 정종 열다섯 잔 부탁해."

설거지 그릇들을 잔뜩 들고 가던 다른 종업원이 세윤을 향해 말했다.

"세윤아, 벚꽃 방에 주문 받아야 돼."

사장이 계산하는 손님에게 카드 전표를 내밀며 세윤 쪽으로 고개를 빼었다. 대나무 방에 생수 두 병, 국화 방에 정종 네 병, 벚꽃 방에 주문 받고……. 대답을 하려고 했지만 이미 목이 잠길 대로 잠긴 탓에 세윤은 간신히 고개만 크게 끄덕였다. 마치 정종을 몇 잔은 마신 것처럼 온몸이 따끈따끈했다. 아르바이트가 끝나는 열두 시까지는 아직도 한 시간이나 남아 있었다.

"술 왔네."

미닫이문이 열리고 무릎걸음으로 종업원이 들어오고, 쟁반 가득하게 데운 정종이 김을 모락모락 내며 열을 세우고 있었다. 문이 열리자 밖의 조금은 서늘한 바람이 들어와 선우는 문 쪽으로 고개를 돌리다가 이번에는 발그레한 얼굴로 테이블에 뜨거운 정종을 내려놓고 있는 세윤의 얼굴을 제대로 확인했다.

"아가씨, 여기 모듬 사시미 두 개 더 추가해 줘요. 정종도 두 병만 더 데워오고."

세윤이 네, 하고 고개를 끄덕였지만 대답 소리는 들리지 않고 입만 뻥긋할 따름이었다. 대답 소리를 듣지 못한 사람들이 다시 주문 사항을 확인했다. 하지만 여전히 세윤의 목에서는 쇳소리만 튀어나올 뿐이었다. 뜨거운 술을 들고 있을 때에 말을 걸었다가 실수로 데이기라도 할까 싶어 말을 걸 타이밍을 보고 있는데 제법 술기운이 오른 스튜디오 사람 중 몇몇의 목소리가 높아졌다.

"뭐야. 아가씨, 우리 주문한 거 들은 거야?"

"아니, 손님이 말을 하면 대답을 해야지."

당황한 세윤이 손을 목에다 가져다 대고 간신히 다시 입을 열었다.

"죄송합니다. 감기가……."

쇳소리 같은 목소리가 한 글자씩 간신히 들려왔다. 그제야 상황을 알아챈 사람들의 목소리가 좀 누그러졌다. 고개를 꾸벅 숙이고 나가는 세윤의 뒤를 따라 선우가 자리에서 일어났다.

"세윤 씨."

이름을 부르는 목소리에 주방으로 향하던 세윤이 놀라 뒤를 돌아보았다. 등 뒤에 선우가 싱긋 웃으며 서 있었다.

"세윤 씨 맞네. 여기서 볼 줄은 몰랐어요."

예상치 못한 손님이었다. 세윤이 그가 나온 방을 돌아보았다. 방금 전에 손님의 질책을 들었던 곳이다. 반가움에 앞선 부끄러움에 세윤이 '그렇네요' 하고 대꾸했다. 하지만 나오는 목소리는 허스키를 넘어서 있었다. 자신도 모르게 목으로 손을 가져가는 세윤을 보고는 선우가 염려스럽게 물었다.

"언제 끝나는 거예요?"

한 시간쯤 후에. 세윤이 벽에 걸린 시계를 가리키며 말했다.

"늦게 마치네. 집엔 어떻게 가는 거예요?"

가게 앞 도로에서 집으로 곧장 가는 버스가 있어요, 라고 설명하려는데 또 어느 방에선가 종업원을 부르는 벨소리가 들려왔다. 분주하게 종업원들이 오가는 사이에서 세윤을 오래 붙잡을 수가 없었던지라, 선우는 금세 다시 방으로 돌아왔다. 하지만 눈까지 충혈되어선 입 모양과 손짓으로 이야기하던 세윤이 계속 마음에 걸렸다.

술자리는 그러고도 한 시간 넘게 더 이어졌다. 정종 몇 잔을 마신 선우는 적당히 기분이 좋아졌다. 술을 마시지 않은 사람들이 먼저 사라지고, 다음으로 차를 가지고 오지 않은 사람들이 택시 등을 타고 사라지고, 대리운전을 기다리는 몇몇 사람들이 마지막으로 남아 담배를 태우고 있었다. 힐끗 손목시계를 보았더니 자정이 조금 넘어 있었다. 그때 문득 세윤이 떠올랐다. 늦은 시간인데 집까지 데려다 줄까 생각했지만, 유난스런 친절이 아닐까 싶어 망설였다. 그렇게 고민을 하는 사이 또 오 분이 지났다. 땀을 흘리고 있던 모습이 자꾸 마음에 걸려 선우는 다시 가게 안으로 들어섰다.

"벌써 갔어요?"

십 분 전쯤 나갔다는 주인의 이야기에 선우가 허탈한 듯 가게를 나왔다. 그러다 십여 분 전에 나간 거라면 버스 정류장에 있지 않을까 하는 생각이 들었다. 두리번거리며 버스 정류장을 눈으로 찾는데 누군가 시야를 가로막았다.

"대리운전 전화하셨죠?"

선우는 집의 위치를 알려주고는 뒷자리에 푹신하게 몸을 기대 앉았다. 버스는 잘 타고 갔을까 하는 염려에 전화라도 해보고 싶었지만 선우에게 세윤의 휴대전화 번호가 있을 리 없었다. 지원에게 물어볼까 고민하고 있는 사이 건널목 앞 신호에 걸려 차가 멈추어 섰다. 그리고 맞은편 도로의 비어 있는 버스 정류장의 벤치에 몸을 웅크리고 앉은 누군가를 발견했다. 눈에 익은 차림새에 세윤인가 싶어 미간을 찡그리며 그 모습을 확인하는데 차가 슬금거리며 움직였다. 그 순간 버스 정류장의 안내판에 기대어 숨을 고르는 모습이 눈에 들어왔다. 세윤이 확실했다.

"잠깐, 차 세워봐요."

급하게 차에서 내린 선우는 이제 몇 칸 남지 않은 파란불에는 신경도 쓰지 않고 달려서 건널목을 건넜다. 자신이 잘못 본 것이 아니었다. 세윤은 있는 대로 몸을 웅크린 채 휴지로 입을 틀어막고는 구역질을 하고 있었다. 선우는 다급히 곁에 다가가 앉았다.

"괜찮아요?"

염려스럽게 물으며 살짝 잡은 세윤의 손목에서는 후끈한 열기가 느껴졌다. 당황한 선우가 이마를 짚었다. 뜨거웠다. 고개를 돌리는 세윤의 시선도 흐릿했다. 고열 때문인지 온몸을 떨어대는 세윤을 선우는 일단 일으켜 세웠다.

입술을 깨문 채 자신을 일으켜 세운 사람을 확인한 세윤이 붙잡힌 자신의 팔부터 천천히 빼어냈다. 선우가 아슬아슬하게 서 있는 세윤을 보며 이마를 찡그렸다.

"데려다 줄 테니까 같이 가요."

세윤이 고개를 저었다. 괜찮다는 것을 표시하기 위해 일부러 웃어 보이려 했지만 오히려 울상을 짓는 것처럼 보일 따름이었다.

말로 설득해선 안 되겠다 싶었던 선우는 일단 데리고 차에 타야겠다는 생각에 부드럽게 손목을 잡아끌고는 맞은편 도로에 세워진 자신의 차에 손짓을 하려는데 갑자기 세윤이 미끄러지듯이 주저앉았다.

"세윤 씨?"

선우가 다급히 세윤의 곁에 주저앉아 고개를 가누지 못하고 쓰러져 있는 세윤의 몸을 끌어안았다. 그리고 마침 상황을 보고 유턴해 온 자신의 차 뒷좌석에 축 늘어진 세윤을 조심스럽게 앉혔다. 그리고 운전석에서 뒤를 돌아보는 대리운전자를 향해 물었다.

"미치겠네……. 아저씨, 여기서 제일 가까운 응급실이 있는 병원이 어딘지 알아요?"

"그래서 여기로 데려온 거야?"

"그럼 내 집에서 재워? 응급실에 두고 올 수도 없고."

"잘했어. 응급실에선 뭐래?"

"나, 체온 보고 졸도할 뻔했다. 난 태어나서 사람 체온이 40도까지 오른 거 처음 봤어."

"세윤이 그렇잖아도 어제 상태가 좀 안 좋다 했더니……."

지원은 선우의 차 안에서 죽은 듯이 잠들어 있는 세윤을 보고 한숨을 내쉬었다. 응급실에서 해열제를 억지로 먹이고 세 시간 동안 포도당 주사까지 맞고서야 열은 38도까지 떨어졌다. 그동안 세윤은 스트레쳐로 옮길 때 잠시 정신을 차렸지만 이후 내내 졸도에 가까울 정도로 깊이 잠들어 있었다. 세윤이 링거를 맞는 동안 병원에서 꾸벅거리며 졸던 선우는 링거를 다 맞은 후에도 정신을 차리지 못하고 죽은 듯 잠든 세윤을 고민 끝에 지원의 작업실로 데리고 온 것이었다.

'온몸의 힘이 하나도 없네.'

세윤이 속으로 중얼거렸다. 목이 여전히 부어 있는지 침을 삼킬 때마다 아팠다. 늘어진 몸은 힘이 없을 뿐 아니라 마디마디가 쑤셨다. 간신히 눈을 떴을 때 보이는 풍경이 낯설어 잠시 어리둥절했지만, 상황을 파악하는 데는 긴 시간이 필요하지 않았다. 일식집에서 나와서 버스를 타려고 기다리다가, 빈속에 정신없이 헛구역질을 했고, 119에 전화를 하려고 휴대전화를 꺼내 드는 순간, 선우가 나타나서 태워준다고 했었는데……. 그 다음이 어떻게 되었더라?

잠시 고민하다가 어둠 속에서 자신이 타고 있는 것이 선우의 랜드로버인 것을 확인한 세윤이 차 문을 열었다. 바닥에 발을 디디려고 했는데 다리에 힘이 풀려 저도 모르게 중심을 잃고 휘청거렸다. 그 모습에 놀란 지원과 선우가 당황해 세윤을 일으켜 세웠다.

"괜찮아?"

지원이 세윤의 코트를 차에서 꺼내 어깨 위를 덮어주며 물었다.

"죄송해요."

"지금 죄송하단 말 할 때가 아니잖아, 올라가자."

지원이 세윤의 등을 떠밀었다.

"집에……."

부어오른 목이 가라앉지 않아 한 마디씩의 말을 이어 하는 것이 겨우였다. 그나마도 쇳소리인지 숨소리인지 구분하기 힘들었다.

"혼자 산다고 했지? 일단 여기서 쉬고 아침 먹고 그러고 가. 아무튼, 말 길게 하지 말고 추우니까 얼른 올라가자. 강선우, 너도 올라와서 자고 가."

카페 위층에서 지원은 거실을 작업실로 사용하고 있었다. 집 안은 작업하고 있는 캔버스 주변만 불이 밝혀져 있었고, 나머지는 컴컴했다. 거실과 빈방의 불을 켠 지원은 세윤을 자신이 쓰는 방으로 안내했다. 커다란 침대 위에는 잡지와 책들이 제멋대로 뒹굴고 있었다. 지원은 순식간에 이부자리 위의 책들을 쓸어내리고 세윤을 눕혔다.

"내일 미안해하면 되니까, 일단은 자. 알았지?"

세윤이 고개를 끄덕였다. 지원이 세윤의 이불을 여며주는 사이 선우가 다가와 무언가를 내밀었다. 방 안의 건조함을 덜기 위한 젖은 수건들이었다.

"가습기 없지? 이거 널어놔."

"짜식, 센스 있단 말이지."

지원이 건네받은 수건을 바닥에 널었다. 어렴풋이 그들의 대화를 듣고 있던 세윤은 고맙다는 말을 하려고 했지만 눈이 먼저 감겨왔다. 몇 번인가 무거운 눈꺼풀을 열려고 했지만 피곤과 졸음이 몸을 내리눌렀다.

그렇게 자신도 모르는 사이 잠이 들어버리고 나서 다시 눈을 떴을 때는 아침이었다. 밤사이에 열은 내려 있었다. 미열이 있었지

만 어제만큼은 아니었다. 다만 잠겨 버린 목과 자꾸 나오는 기침
은 제법 오래갈 것 같았다. 세윤은 이불을 걷어내고 몸을 일으켜
세워 침대 헤드에 기대앉았다. 화장대 위에 놓인 시계는 벌써 열
한 시. 어제 이곳에 도착한 게 새벽 네 시 너머였으니 남의 집에서
여섯 시간을 넘게 자버린 셈이었다. 고열에 시달린 탓에 여전히
머리가 멍했다.

지난 육 개월 동안의 스트레스와 피곤이 한 번에 폭발한 것 같
았다. 세윤은 아직 힘이 없는 다리를 바닥에 단단하게 딛고 쑤석
거리는 머리칼을 정리해 묶었다. 심호흡을 하고 문을 열었다. 밖
에서 고소한 냄새가 풍겨왔다.

"어, 일어났네."

소매를 걷은 남자가 방문 열리는 소리를 듣고 주방에서 고개를
내밀었다. 지원의 머리띠로 머리칼을 뒤로 넘겨 검은 머리칼이 삐
죽거리는 선우의 모습을 보고 세윤은 조심스럽게 인사를 했다. 입
꼬리를 살짝 올려 웃은 남자는 콧노래를 낮게 흥얼거리며 뭔가를
만들고 있었다. 무엇을 해야 할지 몰라 쭈뼛거리며 주변을 살피기
만 하던 세윤을 보고 선우가 말했다.

"지원이는 밤새 작업하고 자는 중이에요. 좀 늦었지만 뭘 먹어
야 할 것 같아서 죽 끓이는 중이고. 저쪽에 욕실 가서 세수하고 와
요, 금방 될 거니까."

얼핏 보인 남자의 뒷모습을 한참 바라보다 세윤은 화들짝 시선
을 거두었다. 하얀색 니트를 가볍게 걸쳤을 뿐인데도, 등의 선이
매력적으로 보였다. 근육이 많은 몸은 아니었지만 운동을 오랫동

안 해온 게 분명한 그 단단한 어깨의 선과 곧은 뒷모습에 순간 가슴이 두근거렸다. 그리고 날씬한 허리에 감겨진 에이프런에 슬그머니 웃음이 났다. 저 등을 안는 여자는 참 좋겠군, 하는 생각을 하다가 왠지 조금 부끄러워져 후다닥 욕실로 뛰어 들어갔다.

거울에 비춰본 낯빛은 이제는 하얗다 못해 파리하게 질려 있었다. 열이 급하게 올랐다 내린 탓인 듯싶었다. 볼을 몇 번 꼬집어봤지만 잠시 붉어질 뿐 여전히 창백했다. 변기 커버를 내리고 잠시 앉아 세윤은 상황을 정리하기 시작했다. 도로가에서 헛구역질을 하고 있을 때엔 그런 상황에서 도와달라고 부탁할 만한 보호자가 서울에 아무도 없다는 게 너무도 겁이 났었다. 세윤은 새삼 몸을 떨었다.

"이쪽으로 와요, 죽 맛있게 끓여놨으니까."

선우가 국자로 야채죽을 담으며 턱짓을 했다. 세윤은 그의 뒷모습을 몰래 훔쳐보면서 조심스럽게 식탁에 앉았다. 식탁 위에는 뜨거운 차가 김을 모락모락 풍기고 있었다.

"차부터 마셔요, 홍삼차예요. 후두염이랑 몸살이 겹쳐서 왔다더라구요. 어제 응급실에서 진료할 때 슬쩍 옆에서 구경했는데, 목 안이 이만하게 부풀어 올라 있던데요?"

세윤 앞에 그릇을 내려놓은 그가 주먹을 쥐어 보이며 싱긋 웃었다. 세윤은 어설프게 웃었다. 뭐라고 대답하고 싶었지만 목소리가 나오지 않으니 그럴 수도 없었다.

"일 걱정은 안 해도 돼요. 지원이가 아침 먹고 집으로 곧장 가라고 했으니까. 먹어요. 맛 괜찮을 거예요."

세윤은 고개를 끄덕이며 고맙다는 인사를 하고 뜨거운 죽을 후후 불어 입에 넣었다. 목으로 넘기는데 이마가 저절로 찡그려질 정도로 삼키기가 고통스러웠다.

"학생이에요?"

말 없이 한참을 죽을 넘기던 선우가 물었다. 세윤은 고개를 들었다. 나무빛의 뿔테 안경 너머로 선우의 시선이 자신에게 닿아왔다. 짙은 눈썹과 달리 세심하게 긴 속눈썹이 보였다.

"휴학했나 보네, 종일 알바 하는 거 보니까."

선우는 혼자 묻고 혼자 답했다. 세윤은 고개를 끄덕였다.

"왜 그렇게 열심히 일해요?"

'하고 싶은 게 있어서요.'

세윤이 대답하려고 했던 것은 그것이었지만, 여전히 제대로 된 목소리는 나오지 않았다. 선우가 어렵게 대답하려는 세윤을 향해 손을 휘저었다.

"아, 미안해요. 목 아픈 사람에게 내가 너무 이것저것 많이 물었네. 어서 마저 먹어요."

천천히 죽을 비우는 세윤을 선우가 흐뭇한 얼굴로 바라보았다. 그것이 이제까지 자신이 보아왔던 선우의 모습과는 조금 달랐다. 여자 친구와 티격태격하는 모습만 보았을 때에는 몰랐던 새로운 면이었다.

잠들어 있는 지원을 깨우지 않기 위해 조용히 현관을 닫고 내려와 둘은 선우의 차에 나란히 앉았다. 힐끗 바라본 세윤의 뺨은 이제 적당히 분홍빛으로 물들어 있었다. 더 이상 열이 심하지는 않은 모양이었지만 간간이 나오는 기침은 멈추지 않은 채 이어지고 있었다. 염려스런 얼굴로 세윤을 살피며 시동을 걸던 선우는 자신의 주머니에서 울리는 휴대전화의 벨소리에 화들짝 놀랐다. 난형이었다.

[오빠, 어디야? 집에 전화했더니 없던데.]

"밖이야. 왜?"

[왜긴, 저녁때 공연 보기로 한 거 기억하지?]

"공연? 아, 그거."

저녁에 난형의 중학교 동창이 등장한다는 공연을 보러 가기로 했었던 것이 뒤늦게 떠올랐다. 난형과 통화를 하는 동안 세윤이 듣지 않는 척 바깥을 보며 딴청을 피우는 것이 보였다. 부모님이 엄하게 키우셨구나, 얌전하게 못 들은 척하는 세윤의 모습을 보며 선우가 속으로 슬쩍 웃었다.

세윤이 살고 있는 곳은 오래된 아파트였다. 도로 한쪽에 세워주면 된다는 말에 아파트 안까지 들어가지 않고 건널목 근처에 차를 세웠다.

"오늘도 일식집 일해요?"

꾸벅 인사를 하고 내리려는 세윤의 등 뒤로 선우가 물었다. 세윤이 살짝 돌아보며 고개를 끄덕였다.

"저녁때 여자 친구랑 그쪽으로 갈 거예요. 안색 보면 좀 쉬다 나간 건지, 약은 제대로 먹은 건지 단번에 알 수 있으니 약 잘 챙겨 먹고 쉬었다 나가요."

세윤은 소리 내지 않고 눈도 마주치지 않은 채 입으로 '감사합니다' 하고 차에서 내렸다. 창으로 얼핏 입가에 새침한 웃음이 머물렀던 것도 같았다. 룸미러로 세윤이 통통거리며 아파트 단지 안으로 가볍게 달려가는 것을 보며 선우가 씩 웃었다. 몸이 그렇게 아팠는데도 내색하지 않는 어른스러움이 대견했고, 가깝지 않은 이에게 약간의 낯섦으로 거리를 두는 사려 깊음이 귀여웠다. 그는 왠지 모를 흐뭇한 기분으로 스튜디오를 향해 차를 돌렸다.

전원이 꺼진 휴대전화에 분명 집이 발칵 뒤집혔을 텐데…… . 세윤은 종종걸음으로 집으로 들어가 전화부터 집어 들었다. 신호음 두 번에 기다렸다는 듯이 전화를 받은 것은 어머니였다.

[나세윤, 너 어디서 뭐 하고 휴대전화도 꺼져 있고, 너 뭐야? 응?]

흥분한 엄마의 목소리에 미안하기도 하고 왠지 재미있기도 해서 가볍게 웃었다. 하지만 실제로는 걸걸한 숨소리만 쏟아져 나올 따름이었다. 도저히 제대로 목소리가 나오지 않아. 세윤은 조심조심 전화기에 속삭였다.

"어제, 아파서, 길에서 큰일날 뻔했었는데, 아는 분이 지나가다가…… ."

[뭐? 너 무슨 일이야? 엄마 거기로 올라갈까? 답답해 죽겠네.]

세윤은 응급실 이야기와 길에서 졸도했다는 이야기는 슬쩍 건너뛰었다. 굳이 장황하게 모두 다 이야기해서 걱정시키고 싶지 않았다.

"카페 사장님 댁에서 자고, 방금 집에 왔어요. 괜찮아, 이제."

[카페 사장님? 아, 그 여자 사장? 아무튼 너, 엄마 놀래킬래? 전화 한 통 할 줄 몰라?]

"미안해요. 조금만 더 자다가, 일하러 갈 거야."

숨이 차서 세윤이 작게 헉헉거리며 말했다.

[그놈의 알바 안 해도 되잖아, 왜 시키지도 않은 일을 하고 그래!]

세윤은 엄마의 흥분한 표정이 눈에 잡힐 듯 선해서 전화기에 대고 <u>흐흐흐흐</u>, 하고 웃었다. 한참 잔소리를 하던 엄마는 기어코 주말에 서울에 올라오겠노라며 꼼짝 말고 집에 있으라고 엄포를 놓았다. 세윤은 응, 응, 하고 시원스레 대답을 하고 전화를 끊고는 침대 위로 털썩 누웠다. 다음 아르바이트까지 다섯 시간 남짓 남았으니까 조금만 자다가 가자. 세윤은 알람을 맞춰두고 다시 침대 속으로 기어 들어갔다. 조금만 더 고생하면 목표액수 달성이었다. 입금될 통장의 월급과 잔고를 떠올리자 자신도 모르게 입꼬리가 스르르 올라갔다. 뭐 때문에 그렇게 열심히 일해요? 라는 선우의 질문에 세윤이 뒤늦게 답했다.

'하고 싶은 게 있어서요.'

선우가 듣지 못할 말이었지만 상관없었다. 국자를 들고 죽의 간을 보던 선우를 떠올리다 세윤이 다시 한 번 비죽이 웃었다. 그리고 순식간에 잠 속으로 빠져들었다.

전날에 비해서는 쉬엄쉬엄 일할 수 있었다. 세윤에게 있었던 일들을 대충 전해 들은 사장은 미처 눈치 채지 못해서 미안하다며 세윤에게 손님이 나간 방의 정리만을 맡겼다.

세윤은 딸랑거리는 가게 문 위의 방울 소리가 날 때마다 자연스레 시선이 밖으로 향했다. 시계는 벌써 아홉 시를 넘기고 있었지만 선우는 아직 보이지 않았다. 자신에 대해 잘못 넘겨짚긴 했지만 빙글빙글 웃으며 말하는 그 모습이 싫지 않았던 것 같기도 했고, 머리띠를 하고 있던 삐죽거리는 머리칼을 다시 보고 싶기도 했다.

"어서 오세요. 어머, 어제 오신 작가님이시죠?"

입구에서 들리는 사장의 경쾌한 목소리에 세윤이 고개를 돌렸다. 회색의 캐시미어 코트에 검은 머플러를 두르고 있는 선우의 곁에는 역시 난형이 서 있었다. 선우는 난형과 꼬옥 쥐고 있는 손을 들어 살짝 흔들었다. 세윤을 발견한 난형은 '어디서 많이 본 얼굴 같은데……' 하더니 '카페 알바!' 하고는 박수를 쳤다. 세윤이 두 사람에게 인사를 하자 선우가 웃는 얼굴로 인사를 받았다. 하지만 난형은 카운터 쪽에 놓인 히터에 손을 가져다 대며 선우를 재촉했다.

"오빠, 나 추워. 얼른 들어가."

난형의 재촉에 선우가 세윤을 향해 가볍게 웃곤 직원이 안내하는 방으로 들어갔다. 손님이 빠져나간 방으로 들어가 접시들을 정리하는데, 난형의 손을 꼭 쥐고 있던 선우의 손이 세윤의 머릿속에서 정지된 영상처럼 동동 떠다녔다.

'둘이 그렇게 싸우면서도 좋다고 하는 거 보면 신기하단 말이지.'

늘 다투기만 하는 커플의 다정한 모습을 본 세윤이 살짝 입을 내밀었다. 조금 부럽기도 하고, 또 조금 아쉽기도 했다.

"강 작가님이 서빙 좀 부탁한다더라. 아는 사이인가 봐?"

세윤이 조리실로 부지런히 빈 접시들을 나르는데 사장이 곁에 와 선우와 난형이 들어간 방을 가리켰다. 세윤이 방을 힐끗 쳐다보며 알았다는 듯 고개를 끄덕 하고는 천천히 문 앞으로 다가갔다.

"이 시간에 뭐 먹으면 살찌는데 왜 꼭 와서 뭘 먹자고 그러는 거야?"

문을 열려고 하는데 미닫이문 너머로 난형의 목소리가 전해져 왔다.

"여기 고등어 회 맛있으니까 먹어봐."

"난 고등어 싫어, 조림이랑 구이 같은 것도 안 먹는 거 알면서. 내가 먹을 수 있는 건 튀김 몇 개밖에 없겠다."

문 너머로 애교스럽게 투정을 부리는 목소리가 넘어왔다. 남자들에게만 사용하는 전용 목소리임이 분명했다. 높은 톤의 앵앵거리는 목소리에 세윤은 입을 슬며시 비틀었다가 표정을 바로잡고 문을 두드렸다.

"들어오세요."

다른 종업원이 건네주는 음식 접시들을 테이블 위로 하나씩 올려두고 자리에서 일어서는데, 세윤을 지켜보던 선우가 말을 걸었다.

"어제보다는 안색이 괜찮네. 약은 챙겨먹었어요?"

"언제 둘이 만났어?"

"회식하러 왔다가 만났거든."

선우가 가벼운 목소리로 말했다. 세윤이 고열로 길에서 쓰러졌다든지, 그걸 길에서 구했다든지, 지원의 집에 데려가서는 아침까지 먹였다든지 하는 이야기들은 쏙 빼낸 이야기였다. 아마도 질투도, 욕심도 많은 여자 친구의 질문 공세로부터 벗어나기 위한 나름의 계산인 듯 보여 세윤이 보이지 않게 웃었다. 돌아서 나가려는데 이번에는 난형이 물었다.

"되게 어린 아가씨네. 나이가 몇 살이에요?"

세윤은 입 모양으로 스물넷, 이라고 대답했다.

"오빠랑 열 살이나 차이 나네. 완전 아저씨야, 아저씨."

열 살 차이를 부각시키는 난형의 의도를 어렴풋이 알 것도 같다. 너희 두 사람이 어디서 어떻게 또 우연히 만났는지는 모르겠지만, 나이 차이도 있으니 관심 끄라는 가벼운, 아주 가벼운 경고. 그걸 아는지 모르는지 열 살 차이라며 깔깔거리는 난형의 웃음에 선우가 장난스레 난형의 이마를 튕겼다. 둘의 장난을 보면서 세윤은 예의 바른 종업원이 지을 수 있는 상냥한 미소를 짓곤 문을 닫았다. 십 분 남짓 서빙한 것이었는데도 백 분은 앉아 있었던 것같이 피곤했다.

앵앵앵앵앵, 세윤은 입술을 삐죽거리며 난형의 목소리를 흉내 내어보았지만 앵앵거리는 목소리 대신 흘러나온 것은 걸걸한 숨소리뿐이었다. 과민 반응을 하는 듯한 자신의 태도에, 세윤은 혼자 픽 웃고는 다음 주문을 받기 위해 종종걸음을 쳤다.

"제대로 챙겨먹고 사는 거야? 트렁크에 과일이랑 있으니까 꺼내와."

일이 없는 주말, 이정선 여사가 도착했다. 현관을 열고 들어서자마자 이 여사는 자동차 키를 세윤에게 던졌다. 세윤은 간신히 나오기 시작하는 목소리에 힘을 실어서는 '여기 마트에서 사면 되는데 왜 사 오고 그래요' 하며 투덜거리면서도 차에 가득 실린 먹거리들을 꺼내왔다.

"내가 너 보러 서울 간다니까, 큰아버지께서 예쁜 조카 주라고 귤을 상자째로 보내셨어. 언제 한번 내려오라고 성화시더라. 개강하기 전에 제주 한번 내려가서 인사드려."

이 여사가 돌하르방이 그려진 상자를 열어 귤 하나를 입에 까넣으며 말했다.

"사모님, 운전하시느라 힘들지 않으셨어요?"

세윤이 걸걸한 목소리로 어깨를 토닥거리자 이 여사가 아들 하나 더 늘어난 것 같다며 웃었다.

"서울 들어와서 차가 좀 밀렸지, 괜찮았어. 과일이랑 정리 좀 해봐, 엄마가 오늘은 잡채 해줄게."

저녁을 먹고 방에 이 여사와 나란히 앉아 텔레비전을 보고 있던 세윤이 이 여사의 허벅지를 베고 누웠다. 쇼 프로에 깔깔거리며 세윤의 이마를 찰싹찰싹 때리며 세윤을 괴롭히던 이 여사의 손길이 천천히 부드러워졌다. 큰아들은 유학 가 있고, 둘째 아들은 군에 가 있고. 남은 것은 막내인 딸뿐이었다.

"아빠 혼자 심심하겠다."

"주말 이틀인데 뭐. 아빠 식사할 건 다 챙겨놓고 나왔어."

"요새는 좀 덜 바쁘세요?"

"덜 바쁘면 덜 바쁜 대로 걱정, 바쁘면 바쁜 대로 걱정. 우산장수, 부채장수네 엄마 같지?"

엄마의 웃음기 섞인 대답에 세윤은 아빠를 떠올리며 히죽 웃었다. 누가 봐도 동네 철물점 아저씨 같은 아버지는 검사로 일할 때에도 선한 눈과 정반대의 칼 같은 일 처리로 같이 일하는 직원들로부터 '두나검(두 얼굴의 나 검사)'이라고 불리곤 했었다. 지역 로펌의 대표 변호사로 일하고 있는 지금도 분명 일이 재미없다고 하시면서도 묵묵히 일을 즐기고 계실 것이 분명했다.

"이 여사님은 작품 활동은 잘되어가시나?"

"묻지 마, 난 너네 키울 땐 시간 없어 글 못 쓰는 건 줄 알았더니, 너네 키우면서 내 재능도 다 소진되어 버린 것 같은 느낌이니까. 출판사에서 자꾸 은근슬쩍 눈치 주는데. 그래서 지금 네 핑계 대고 도망친 거야. 엄마 휴대전화도 집에 두고 왔다?"

장난기 가득한 이 여사님의 눈웃음에 세윤은 파하하하, 하고 크게 웃었다. 이십대 초반에 신문사 신춘문예에 당선, 후반에 베스트셀러를 내었던 이 여사는 결혼 후 아이 셋을 낳으면서 글을 거의 쓰지 못했었다. 책장에 꽂힌 엄마의 소설을 발견했던 것은 고등학교 때의 일이었다. 세윤은 그때부터 강력하게 글을 다시 쓸 것을 강요했다. 그렇게 이 년 만에 새로 낸 단편소설이 문학상을 받고, 이어 출간한 장편소설이 출판계 상황에 비추어 드물게 히트를 치면서 이 여사는 제3의 인생을 살고 있는 중이었다.

"엄마, 영화로 만든다면서, 어떻게 되어가요?"

"너무 신기하지 않니? 엄마 영화사에서 소식 올 때마다 가슴이 막 두근거리고 그래."

이 여사의 목소리 톤이 한 옥타브 이상 올라가더니 뺨에 홍조가 돌았다.

"지금 시나리오 쓰는 중인 것 같더라."

"걱정 안 돼요? 엄마 글 하고 너무 느낌이 다르면 좀 그렇잖아."

"조금 걱정은 되지만, 믿어봐야지. 그런데 딸, 넌 주인공 누구면 좋겠니?"

"음…… 우리 인성 씨?"

세윤이 눈을 깜빡이며 깔깔거렸다. 이 여사도 순식간에 눈을 빛내며 손뼉을 쳤다.

"원작 주인공이 유부남에 애가 초등학생인데 인성이가 말이 되니?"

이 여사가 딸에게 가볍게 면박을 주면서 자신이 생각한 주인공 리스트를 끝없이 읊었다. 엄마의 남자 취향이 여실히 드러나는 캐스팅 상상에 세윤이 깔깔거리며 엄마와 영화와 배우와 엄마의 소설에 대해 이야기했다. 오랜만의 수다는 시간을 잘도 잡아먹었다. 배가 아플 정도로 웃고 떠들던 모녀는 이부자리에 누워서도 도란거리며 수다를 이어갔다.

"엄마, 내일 나 일하는 카페 가서 커피 한 잔 마시고, 동네 산책하고 그러자."

"너 재워줬다는 사장님 얼굴도 한번 보지 뭐."

"엄마, 푹 주무세요."

"잘 자라, 예쁜 딸."

이 여사의 팔이 세윤의 어깨를 따스하게 안아왔다. 오랜만의 온기에 세윤이 금세 깊은 잠으로 빠져들었다.

〈강선우 씨, 오늘 전시용 사진 찍기로 약속한 거 기억하지?〉

일요일 아침부터 울리는 진동 소리에 선우는 이마를 잔뜩 찡그린 채 손을 더듬어 휴대전화 메시지를 읽었다. 전날 샤워라도 하고 잠이 든 건지 머리칼이 동서남북으로 솟아 있었다. 요란한 소리와 함께 기지개를 켜고 자리에서 일어나서는 흐릿한 눈으로 안경부터 챙겨 꼈다. 지난번에 난형의 원룸에 가느라 못 지킨 약속이 있었다. 협탁 위에 놓인 액자에는 난형과 함께 찍은 사진이 들어 있었다. 선우는 습관처럼 '굿 모닝'이라고 사진 속 난형에게 인사했다.

겨울의 일요일, 커튼을 걷자 창으로 따끈한 겨울 햇살이 밀려왔다. 온기 없는 거실의 찬바람에 어깨가 시려와 소파 위에 던져져 있는 담요를 어깨에 두르고 히터의 스위치를 올렸다. 아침으로 뭘 먹을까 냉장고를 여는데 전화가 걸려왔다.

"여보세요."

[자고 있었니?]

어머니였다. 선우는 반사적으로 자세를 고쳐 앉았다.

"아니에요, 말씀하세요."

[어제 들어왔거든. 우리 저녁이라도 할까?]

"너 표정이 왜 그러냐?"

오전부터 머리 위로 먹구름을 잔뜩 드리우며 작업실로 들어오는 선우를 보고 지원이 물었다.

"또 난형이 땜에 그래?"

"그런 거 아니야. 그림은 꺼내놓은 거야?"

선우가 고개를 저으며 더 이상의 질문을 막으려는 듯 그림부터 찾았다.

"그런 거 아니면 뭐야? 이마에 주름 그렇게 잡고선 내 자식 같은 그림들 제대로 찍겠어?"

"……어머니가 저녁 먹자고."

"큰어머니가? 아아, 입국하셨구나. 장관 내정자라고 방송에 떠들썩한 건 봤는데……. 기분 좋게 먹고 와. 괜히 큰어머니 섭섭하게 하지 말고."

"꼭 우리 어머니가 아니라, 네 어머니 같다?"

선우가 웃으며 염려스럽게 잔소리하는 지원을 바라보았다.

"아들들이 뭘 알겠니, 역시 딸만 못하다니까. 나 카페에 있을 거야, 작업 끝나면 내려와."

어머니와 관계가 틀어진 것은 아버지가 돌아가신 후부터였다. 갑작스럽게 공황 상태에 빠졌던 선우는 학교를 그만두고 가장 노릇을 하겠다고 해 어머니를 당황시켰다. 생각해 보면 남편을 잃은

데다가 아들까지 골치를 썩였으니 어머니의 속이 말이 아니었겠다 싶었지만, 당시 선우로서는 그게 자신이 '아들' 노릇을 할 수 있는 최선의 방법이라고 생각했었다. 그렇게 외아들이 방황하며 날뛰자 어머니는 차라리 큰물에서 더 큰 걸 보고 오라며 선우의 등을 떠밀어 미국으로 보냈다.

그렇게 어머니의 권유에 의해 떠난 미국 생활은 의외로 선우에게 여러 가지 소득을 남겼다. 하나는 취업비자, 다른 하나는 정아였다. 산타모니카에서 친구들과 서핑을 하던 중 모델을 해보겠느냐고 헌팅을 당했고, 선우는 어머니의 힘을 조금 빌려 어렵게 취업비자를 얻어냈다. 그리고 L.A에서 모델로 돈을 벌면서 지내는 사이에 어학연수 중이었던 정아와 사귀게 된 것이었다.

애초에 일 년을 머물 거라고 했던 정아는 선우를 만난 후 일 년을 더 체류할 정도로 두 사람 사이는 끈끈했다. 하지만 돌아와서 마주친 것은 부풀려진 소문이었다. 오랫동안 L.A의 한국 대사관에서 일했던 선우의 어머니는 교민들 사이에서 제법 유명한 사람이었고, 그 아들이었던 선우 역시 마찬가지였다. 그런 사실을 알지도 못했고, 신경 쓰지도 않았던 선우는 자신과 정아의 이야기가 어머니의 귀에까지 들어갔다는 것을 전혀 알지 못했다.

"아들, 이야기 좀 할까?"

한국으로 돌아와 집에 짐을 풀기 시작할 때, 선우는 마침 퇴근하고 들어오는 어머니와 마주쳤다. 반가운 마음에 어머니 앞에 섰지만, 이 년 만에 얼굴을 마주한 어머니의 첫 마디는 예상에서 빗나간 것이었다.

"먼 곳에서 일하면서 많이 배웠을 거라고 생각한다."

짐 가방이 널려 있는 거실에, 모자는 나란히 앉아 뜨거운 커피를 마셨다. 칭찬에 고무되어 있는 사이에 어머니의 말이 이어졌다.

"다만…… 네 연애에 대한 소문들, 서울에서는 안 들었으면 좋겠구나."

돌려 말했지만 내용은 분명했다. 어머니의 목소리는 낮지만 단호했다. 모자 사이가 이전에도 그리 살갑기만 한 것은 아니었지만, 오랜만에 만난 어머니의 목소리에는 그다지 온기가 담겨 있지 않았다.

"어머니, 그냥 연애잖아요."

"네가 그곳에서 일하면서 벌었던 돈은 어떻게 했니?"

선우의 항변에 어머니는 목소리 하나 높이지 않은 채 다시 질문을 던졌다. 할 말이 없었다. 선우가 페이를 받아오면 가벼운 애교와 함께 하나씩 필요한 걸 이야기하던 정아 때문에 선우의 수중에는 남아 있는 돈이 거의 없었다. 하지만 그 정도쯤은 연인들 사이의 선물들로 당연한 거라고 생각했다. 어머니의 질문에 오히려 발끈한 선우가 대답 대신 어머니를 향해 날카로운 목소리로 반문했다.

"언제부터 그렇게 아들 사생활에 관심이 많으셨어요?"

맞벌이를 하는 부모님이었다. 당신들이 배운 만큼 일하고 싶은 욕망이 컸던 부모님 아래에서 선우는 어려서부터 집 열쇠 목걸이를 달고 혼자 학교와 집을 오갔고, 좀 더 커서는 또 혼자 여가 시

간을 보내러 사진전이나 미술전을 구경하러 다녔다. 경제적으로
는 부족하지 않았지만, 넉넉하게 애정을 받으며 자라왔다고 할 수
는 없었다. 나이가 든 지금에 와서야 이해했지만, 어렸을 때에는
자신을 방임하는 부모님에게 섭섭함을 느낀 적도 많았었다.

십대 때에도 반항 한 번 한 적 없었던 아들의 비꼬임이 섞인 말
투에 어머니가 곤혹스런 얼굴로 아들을 바라보았다. 화를 낼 법도
했건만 이제까지 그랬듯이, 어머니의 목소리는 더 이상 높아지지
도 낮아지지도 않았다. 감성이 풍부했던 아버지, 그리고 반대로
묵묵하고 감정 표현이 적었던 어머니. 선우는 차라리 어머니가 소
리를 높여 돌아가신 아버지의 이야기를 꺼내면서 야단이라도 치
길 바랐다. 그러나 어머니는 이전과 다른 것이 없었다.

"……아들."

자신을 부르는 어머니의 목소리에 선우는 한숨을 길게 내어 쉬
고 고개를 돌렸다. 오랫동안 자신을 바라보던 어머니는 무언가 말
할 듯 말 듯 망설이더니 한참 후에야 말했다.

"가까이 했을 때에 즐거운 사람이 늘 좋은 사람은 아니란다."

그 말을 그때는 흘려들었었다. 어머니의 노파심이거나, 가장 가
까운 동료이자 오랜 애인이자 동시에 남편이었던 사람을 사고로
잃어 이제 하나밖에 없는 아들에 집착하는 것이라고 생각했었다.

일 년 가까운 기간 동안의 모델 활동으로 돈을 벌었지만, 그건
그곳에서의 생활비 정도로밖에 충당하지 못했다. 용케 에이전시
에 소속되어 일했었지만 인상이 강한 히스패닉이나 독일계에 비
해 동양인 모델이 따낼 수 있는 일은 썩 많지 않았기 때문이다. 대

신 그 경력은 한국에 돌아왔을 때에 유리하게 작용했다. 쉽게 에이전시에 소속되어 계약을 했고, 크지는 않았지만 금세 일감이 몰려들었다. 학교에 복학해 학업을 계속하면서 일을 하는 날이 늘어나면서 정아의 얼굴을 보지 못하는 날들이 늘어났다.

당시 선우보다 세 살 많았던 정아는 이십대 후반이었고 이 년간 미국에서의 경험을 살려 이전 직장보다 더 나은 곳에서 일하려고 직장을 찾고 있었다. 일도, 공부도 잘 풀려 나가던 선우와 달리 정아는 돌아온 이후로 계속 원하는 직장을 얻지 못하고 있었다. 부족한 학력을 메우기 위한 어학연수였지만, 돌아왔을 때에 그 어학연수는 그저 한 줄의 경력 사항 그 이상이 되지 못했다. 정아가 우울한 목소리로 전화를 걸어오는 날들이 늘어났다. 너 때문에 일 년을 그저 허송했다며, 차라리 돌아와 일을 할 걸 했다는 투정이 늘어났다.

돈이 부족해.

어학연수 이 년이면 돈이 얼마나 드는 줄 알아?

차라리 미국에서 몰래 베이비시터라도 할 걸 그랬어.

너처럼 어머니가 도와줬다면 나도 달랐을 거야.

너 졸업할 때까지 어떻게 기다려?

모델 일은 평생 할 수 있는 것도 아니잖아. 그냥 빨리 졸업해서 취업하면 안 돼?

뭔가 꼬이기 시작한다는 느낌이 든 것은 서울로 온 지 두 달 즈음 지났을 때부터였다. 밤샘 촬영을 마치고 정아를 보러 왔던 선우는 소파에서 이야기하다 순식간에 잠들어 버렸다. 그렇게 얼마나 잤을까, 어디선가 들려오는 두런거리는 소리에 잠이 깼다.

"왜 연락도 없이 오고 그래."

"저 자식이 왜 여기 있는 거야?"

"그건 내가 물을 소리야. 주말엔 안 오기로 했잖아."

속삭이며 다투던 두 사람이 집 밖으로 나갔고, 현관이 조용히 닫혔다. 선우는 자신의 어깨를 덮고 있는 담요를 걷어내고 방 한가운데에 섰다. 뭔가 자신이 놓치고 있다는 직감에 선우는 꼼꼼히 주변을 살폈다. 정아의 방으로 들어갔다. 예정보다 길어진 연수 때문에 직장 생활 할 때 모아놓았던 돈을 다 써서 월세 내는 것도 어렵다고 했었던 것으로 기억하고 있었다. 그런데 정아의 옷걸이엔 언젠가 백화점의 명품관을 지나가면서 혼잣말처럼 '예쁘다'라고 했던 옷과 가방이 나란히 걸려 있었다.

점점 올라오는 묘한 불길함에 선우는 천천히 옷장을 열었다. 처음 보는 옷들이 빼곡히 걸려 있었다. 어떤 옷들은 아직 손도 대지 않은 새것이었다. 선우는 조용히 문을 닫았다. 고개를 돌려 화장대 위를 보았다. 얼마 전 자리를 차지하고 있던 자신이 선물한 화장품은 사라지고, 처음 보는 고급 화장품들이 놓여 있었다. 그리고 보석함을 여는 순간 문소리가 들렸다. 선우가 재빠르게 보석함을 닫고 천천히 방을 나섰다.

"일어났어? 방에서 뭐 해?"

"아, 그냥."

"맥주 마실래? 맥주 사 왔어."

정아는 들고 있는 비닐 봉투를 살짝 들었다. 선우가 말 없이 봉투를 받아 들고서는 혼자서 순식간에 한 캔을 비웠다.

"왜…… 그래?"

정아가 가볍게 이마를 찡그리며 염려스러운 얼굴로 선우에게 물었다.

"나한테 할 말 없어?"

"뜬금없이 무슨 얘기야?"

정아가 애교스럽게 웃으며 선우의 곁에 앉았다. 그리고 모델 일을 하면서 더 다부져진 선우의 몸을 발그레한 얼굴로 더듬었다. 눈을 감은 채 선우의 몸에 기대 바지 지퍼를 내리던 정아는, 자신의 손목을 잡아 멈추게 하는 선우의 손에 키득거리며 웃었다. '왜 못 만지게 해' 정아는 웃으며 지퍼를 내리고 선우의 발치에 무릎을 꿇었다. 자신의 것을 입에 가득 물고 있는 정아의 정수리를 양손으로 가득 움켜쥐고 발끝에서부터 올라오는 느낌은 감각적이었지만 동시에 불쾌했다. 선우는 움직이고 있는 정아의 머리를 가볍게 쥐어 움직임을 멈추게 했다.

"그 자식이 차도 사줬니?"

보석함에서 발견한 것은 정아와 다른 남자가 찍은 스티커 사진으로 만들어진 열쇠고리와 자동차 열쇠였다. 순간 정아의 머리가 움찔, 하고 멈췄다. 선우가 천천히 정아의 머리를 밀어냈다. 입술을 깨무는 정아의 입가로 침이 조금씩 흘러내렸다. 선우가 정아의 뺨을 양손으로 감싸 쥐고는 입가에 묻은 타액을 부드럽게 닦아냈다. 그 손길에 정아가 눈을 마주치지 못한 채 울 것 같은 얼굴로 입술을 깨물었다.

"변명해 봐."

"둘 다 욕심났어, 둘 다."

미국에서는 미처 눈치 채지 못했던 정아의 끝없는 욕심. 선우는 긴 한숨을 쉬고는 자신을 놓지 않으려는 정아를 밀어냈다. 잘못했다며 미안하다는 정아의 이야기에 선우는 고개를 저었다. 한순간 바뀌어 버린 얼굴이었다. 자신과 무관한 완전한 타인을 보고 있는 것 같은 무감각한 표정. 의례적인 인사 하나 없이 선우는 그대로 그 집에서 돌아 나왔다.

"잘 지내."

정아와 헤어졌다는 것을 어머니도 알고 계셨겠지만, 그의 어머니는 아무런 말도 하지 않았다. 그것이 더욱 부끄러웠다. 스물다섯, 아직 치기 어린 마음에 그는 제대로 된 성공으로 어머니께 인정받겠다고 결심했다. 학교와 모델 일을 병행하고, 경력이 늘어나면서 맡게 되는 일도 늘어나 선우는 점점 바빠졌고, 어머니는 또 어머니대로 바쁜 생활을 이어갔다. 한집에 살고 있으면서도 얼굴을 마주치는 시간이 점점 줄어들어 갔다. 그렇게 일 년 즈음 지났을 때에, 선우는 다니는 대학을 그만두고 뉴욕의 사진 학교로 가겠다고 어머니에게 통보했다.

이듬해에 선우는 미국으로 다시 떠났고, 삼 년 만인 스물아홉에 한국으로 돌아와 서른셋에는 스튜디오를 차렸다. 이제 이 년차, 아직은 완전히 자리 잡히지 않은 사업이었다. 하지만 한국에서 모델로 일했을 때의 인맥에, 특유의 친화력으로 용케 하나씩 일을 따내기 시작하면서 사업은 생각보다 순조롭게 풀려가기 시작했다. 선우는 이제 자신의 인생이 어느 정도 제 궤도를 찾고 있다고 생각했다.

어머니에 대한 지원의 잔소리는 분명 타당한 것이었다. 하지만 회복시킬 수 있는 방법을 알 수가 없었다. 처음 만난 사람과는 일도 잘 하면서 가족의 일은 왜 그리 쉽지 않은 건가 싶어 선우는 나직하게 한숨을 쉬었다.

지원의 집에 들어서자 오일 물감 특유의 냄새가 코를 자극했다. 거실 한쪽에 그림이 산더미처럼 쌓여 있었다. 실력으로 승부하지 않고 크기로 승부하려고 그러나……. 선우가 100호짜리의 대형 그림이 열을 맞추어 서 있는 걸 보며 웃었다. 그림을 대충 훑어본 선우는 혼자서는 촬영이 어렵겠다 싶어 반사판을 들고 조명을 도와줄 만한 사람을 급조하기 위해 카페로 내려갔다.

"이 작가님 너무 젊으시다. 저희 어머니랑 같은 연배란 생각이 전혀 안 들어요."

지원의 목소리. 사장이 저렇게 시끄러워서야……. 선우는 이마를 찡그리며 지원을 향해 걸어가다 멈칫했다. 지원의 맞은편에는 꼭 닮은 모녀가 앉아 있었다. 홍조를 띤 통통한 볼, 그리고 눈꼬리에 주름이 지도록 웃고 있는 것은 세윤이었다. 웃는 모습도 전염이 되는구나, 휘어지는 눈꼬리를 보던 선우도 자신도 모르게 입끝을 스르르 올렸다. 예뻤다. 누구일지 모르겠지만 저 귀여운 친구를 데려가는 놈은 참으로 복도 많겠구나, 선우는 존재하지도 않는 그 남자를 조금 질투했다.

"어이, 저기도 작가 한 분이 있거든요. 강 작가, 이쪽으로 와 봐."

선우를 발견한 지원이 선우를 향해 손을 휘둘렀다. 선우를 발견한 세윤의 얼굴에서 부드럽게 웃음이 걷히고 순식간에 차분해졌다. 카페의 손님을 접대할 때의 조심스런 얼굴로 돌아온 세윤을 보며 선우는 괜한 배신감을 느꼈다.

"작업하기 전에 작가님한테 뭣 좀 먹이고 시키면 안 되나?"

선우의 말에 지원이 알았어, 알았어, 하고는 선우의 군것질 거리를 챙기기 위해 자리에서 일어났다. 선우는 지원의 자리 앞에 놓인 물잔을 집어 들어 물을 한 모금 마시고, 돌연히 나타난 자신을 궁금해하는 이 작가를 향해 살갑게 인사를 건네었다.

"세윤 씨 어머니신가 보군요."

세윤 씨, 하는 말에 세윤의 눈썹이 미세하게 움찔했다. 선우는 천연덕스럽게 웃으며 이 여사에게 인사를 건네었다. 사업을 시작한 이후로 늘어난 것은 뻔뻔함밖에 없구나. 선우는 능청스런 자신의 태도에 속으로 웃었다. 소개해 드리지 않을 거냐는 선우의 은근한 눈치에 세윤이 입을 열었다.

"아까 이야기한, 절 길에서 도와주신 분이에요."

선우의 얼굴을 보지 않고 세윤이 그를 소개했다.

"이름은?"

선우의 말에 금세 얼굴이 붉어지는 세윤을 보자 그는 왠지 살짝 짓궂게 장난을 치고 싶어졌다.

"소개할 때엔 이름부터."

자신을 바라보며 싱글싱글 웃는 선우를 모호한 눈으로 바라보던 세윤이 마치 중학교 1학년 영어회화 교재에 나오는 대화처럼 선우와 어머니를 서로에게 소개했다.

"저희 가게의 공짜 손님이시고, 사진작가님이신 강선우 작가님이세요. 이쪽은 제 어머니이자 베스트셀러를 내신 분이면서 주부를 겸직하고 있는 이정선 작가님이시고."

이정선? 입속으로 몇 번 이름을 되뇌던 선우의 눈이 크게 벌어졌다. 세윤이 의심스러운 얼굴로 선우의 그런 반응을 살폈다. 과연 어머니를 알고 있을까 하는 표정이었다.

"강선우입니다. 아까 말씀 나누고 계시던 지원이와 사촌지간이구요. 그런데, 이정선 작가님이시면…… 최근에 출간하신 그 이정선 작가님 맞으시죠? 저 그 책 가지고 있습니다. 아쉽네요, 친필 사인을 받을 수 있는 쉽지 않은 기회인데."

어머니를 알고 있고 책까지 읽었다는 이야기에 세윤이 예상치 못했다는 듯 선우를 다시 바라보았다. 선우가 자신의 독자라는 이야기에 이 여자의 얼굴도 덩달아 환해졌다. 그는 다시 한 번 자리에서 일어나더니 깊숙이 인사했다. 쟁반에 케이크 몇 조각과 빵을 담아 들고 오던 지원이 그 모습을 보고는 선우에 대해 몇 마디 덧붙였다.

"선우도 그럭저럭 잘나가는 사진작가예요. 세윤이 말대로 카페 차리는 데 돈 보태었다는 것만으로 늘 공짜 커피를 대접 받고는 있지만."

그럭저럭이라는 표현에 선우가 어이없다는 표정으로 자리에 앉는 지원의 어깨를 장난스럽게 쳤다.

"이 작가님, 우리 이참에 작가 모임이나 만들까요? 이 작가님이 회장 하시면 저희는 회원으로 끼워주세요."

넉살 좋은 지원의 말에 이 여사의 경쾌한 웃음소리가 퍼졌다. 환한 웃음의 엄마를 보는 세윤의 얼굴에 기분 좋은 홍조가 드리워 졌다. 가볍게 차와 간식을 앞에 두고 이야기를 나누다, 제대로 시 작도 못한 작업 생각에 선우가 자리에서 일어났다. 그리고 자신이 카페로 내려온 본 목적을 떠올렸다.

"손이 좀 필요해. 아침에 어머니…… 딴생각을 하는 바람에 직 원을 데리고 온다는 걸 깜빡했어. 누가 도와줄 만한 사람 없을 까?"

어머니와의 저녁 약속 때문에, 라고 이야기하려던 선우가 슬쩍 말끝을 흐렸다. 그리고 도와줄 사람, 이라는 대목에서 지그시 세 윤을 바라보았다. 세윤이 어떻게 하시려구요, 하는 눈빛으로 선우 를 마주 보았다.

"세윤이 네가 도와드려, 엄만 지원 씨랑 수다 좀 떨고 있을 테니 까."

"엄마!"

세윤이 왜 자신을 갑자기 떨어뜨려 놓느냐는 듯 항의했다.

"네가 곁에 있으면 이 작가님이 아니라 세윤이 엄마가 되잖아. 이 작가님으로서 대화하고 싶은데 자식이 눈앞에 있음 신경 쓰여. 여기서 시간 때울 생각 하지 말고 가서 일 도와드려."

자신을 몰아내는 엄마의 반응에 세윤이 당황하며 이 작가의 얼굴을 바라보았지만, 이 작가는 전혀 딸을 대화에 끼워줄 생각이 없는 모양이었다.

"마치면 내려와."

지원도 한술 더 떠서는 씩 웃으며 두 사람을 향해 손을 흔들었다. 선우가 슬쩍 몸을 숙여 세윤에게 속삭였다.

"그냥 따라오는 게 어때요?"

지원의 집 겸 작업실이 처음은 아니었다. 이전보다 갑절은 더 난장판이 된 집 안 몰골을 보며 세윤이 긴 한숨을 내쉬었다.

"도깨비 열두 마리는 나오겠어요."

"그걸로 부족할걸?"

선우가 웃으며 거실의 비워진 검은 벽에 그림을 걸었다. 세윤이 처음 보는 지원의 그림에 호기심 어린 눈으로 작은 크기의 캔버스들을 하나씩 넘겼다. 세윤이 그림을 구경하는 사이 선우가 적당한 거리에 카메라를 설치하고 각도를 조절하며 조명의 위치를 잡았다.

"세윤 씨, 거실 커튼들 좀 다 닫아줄래요?"

조명을 켜고 천장의 등을 확인하며 선우가 말했다. 낮과 밤이 바뀌는 때가 많은 탓에 어둠이 가려지는 무거운 커튼을 달아놓은 지원의 거실은 커튼을 닫자 마치 암실처럼 어두워졌다. 노출계로 수치를 재면서 폴라로이드로 샘플 촬영을 하고 있는데 세윤이 슬그머니 다가왔다.

슬금슬금 다가오면서 선우의 장비들을 힐끔거리는 세윤을 보자 웃음이 나왔다. 뭔가 묻고 싶은 것이 많은데 낯가림은 해야겠기에 질문을 망설이는 것이 눈에 보였다. 결국 궁금함을 참지 못하겠는지 세윤이 입을 열었다.

"어떻게 하시는 거예요?"

"유화는 반사가 많이 되니까, 최대한 왜곡 없이 원래 색상 원래 모양 그대로 찍으려는 거예요. 그래서 그림이랑 카메라는 최대한 수직으로, 렌즈도 50mm로, 조명도 고르게 쏘는 거고."

"전 뭘 도와드리면 되는 거예요?"

"없어요."

"네?"

선우의 대답에 세윤이 이 남자가 왜 이러냐는 얼굴로 반문했다. 세윤의 얼굴을 보며 선우가 다시 고쳐 말했다.

"지금은 없어요. 필요하면 하나씩 이야기할게요. 일단, 저기 지원이 방에 가면 라디오가 있을 거예요. 그거 틀어줄래요?"

"차 잘 마셨어요."

밖은 어두워지기 시작했다. 문 앞까지 마중 나온 지원에게 이 여사가 손을 흔들었다. 세윤이 둘을 향해 꾸벅 인사를 하고 이 여사의 팔짱을 꼈다. 선우가 싱긋 웃으며 세윤을 향해 가볍게 손을 흔들었다.

"세윤이랑 작업 잘했어?"

"글쎄."

선우의 빙글거리는 웃음에 지원이 선우의 등을 철썩 때렸다.

"어린애 데리고 자꾸 괴롭히지 마, 너 지금 표정이 동네 초등학생 괴롭히는 중학생 형 같아."

"무슨, 귀여우니까 동생 같아서 그런걸."

"난형이 알면 방방 뛸 거다, 몸조심하시죠."

난형의 이름이 나오자 선우가 어깨를 으쓱했다. 질투의 화신이 가만히 있을 리 없지 하는 생각이 들기는 했지만, 그렇다고 자신이 세윤이를 여자로 보고 장난을 거는 것도 아닌데 또 어떤가 싶기도 했다.

"아무튼, 궁금해할 것 같아서 사진 파일 네 노트북 하드에 옮겨 뒀어. 프린팅되는 대로 들러서 인화물 보여줄 테니까 그때 더 이야기하자. 나 약속 시간 다 되어서 가봐야겠다."

"큰어머님께 잘해 드려, 아들 하나인데 좀 싹싹하게 굴고. 알았지?"

차에 올라서는 선우의 등 뒤로 지원이 큰 소리로 외쳤다.

"왔니?"

선우가 어머니와 약속한 삼청동의 한정식집에 도착했을 때에는 약속 시간에서 삼십여 분이나 늦어진 상태였다. 지원의 카페에서의 대화 때문에 작업 시간이 길어진 데다 퇴근 시간이 걸린 탓이었다. 선우는 긴장한 얼굴로 꾸벅 인사를 하고 어머니의 맞은편 자리에 앉았다.

삼청동의 오래된 한정식집은 아버지께서 살아 계실 때 두 분이 종종 들르시곤 하던 단골 데이트 코스였다. 선우는 문득 아버지가 사고로 갑자기 돌아가신 후, 벌써 십여 년 가까이 어머니가 이곳에 오신 적이 없었을 거란 생각에 마음 한켠이 쓸쓸해졌다. 유학 시절 만나 공부를 함께하는 동반자이자 부부로서 오랫동안 친구처럼 애인처럼 지냈던 분들이셨던 탓에, 혼자 된 어머니의 빈자리는 여전히 허전해 보였다.

"일이 많았나 보구나."

"지원이 작업을 도와주다가 늦었어요, 죄송해요."

선우가 수건에 손을 닦으며 말했다. 선우가 들어오자 음식이 하나씩 들어오기 시작했다.

"지원이는 잘 지내니?"

지원의 소식을 묻는 어머니의 표정이 다정해졌다. 딸만 못하다니까, 하는 지원의 말대로 지원은 사촌이었는데도 자신의 어머니께 딸처럼 싹싹하게 안부 전화도 드리곤 하는 모양이었다.

"초대전 준비하느라 바쁜 모양이에요."

"한번 가봐야겠네."

지원의 당부도 있었던 탓에 사근사근하게 말을 건네려 했지만 쉽지 않았다. 어렸을 때에는 딸보다 낫다는 소리를 들을 만큼 애교 많은 아들이었는데, 아버지께서 돌아가신 이후부터 미묘하게 생긴 어머니와의 균열은 잘 메워지지 않았다.

"바쁘시겠어요."

"공격 받는 게 익숙하지 않아서 말이다."

장관직을 두고 한창 검증이 이루어지고 있는 탓에 자신도 모르는 집안의 재산 상황까지 매일같이 신문과 뉴스에 떠돌고 있었다.

평소보다 조금 더 피로해 보이는 어머니의 모습은 아무래도 그 탓인 듯했다. 분위기를 풀려는 듯 선우가 농담처럼 물었다.

"제 이름도 돌던가요?"

"혹시 나 몰래 숨겨놓은 부동산이나 증권 같은 거 있니? 요사이에는 의원들이랑 기자들이 나보다 우리 집 재산 상황을 더 잘 알더구나."

어머니에게는 쉽지 않은 문제였던지, 도리어 선우에게 물어보는 어머니의 표정은 진지했다. 선우가 걱정하지 마시라는 듯 고개를 저었다.

"설마요. 간신히 스튜디오 빚 갚고 제 궤도에 오르는 중인데요."

어머니와의 대화는 띄엄띄엄 이어졌다. 묘하게 겉도는 듯한 어머니와의 대화에서 그래도 마음이 놓이는 것은 서른넷 먹은 미혼의 아들에게 일반적인 잣대로서의 요구를 하지 않는다는 점이었다. 애초에 당신도 당시로서는 만혼이라고 해도 충분한 서른에 결혼을 한 탓도 있었을 것이었다. '여자 친구랑은 잘 지내니?' 하는 것이 아들의 교제에 대한 어머니의 유일한 질문이었다.

느긋하게 저녁을 끝내자 아홉 시가 넘어 있었다. 계산을 하고 나와 잠시 한식당 밖의 정원을 함께 걸었다. 차가운 바람에 힐끗 어머니를 보았더니 코트 위의 목덜미가 허전해 보였다. 선우는 묶고 있던 머플러를 풀었다.

"감기 조심하세요. 후보자 청문회 때 의원들하고 싸울 에너지는 남겨놓으셔야죠."

자신보다 몇 뼘은 커다란 아들이 쑥스러운 듯 눈을 피해 머플러를 감아주자 어머니가 슬쩍 웃으며 머플러를 매만졌다.

"종종 널 보면 늬 아버지가 생각날 때가 있는데."

어머니가 선우의 어깨를 툭툭 두드렸다. 그리고 미소 띤 얼굴로 말했다.

"내 아들이지만 이런 때엔 제법 근사한 남자로 컸구나 하는 생각이 드는구나."

로맨티스트였던 아버지를 떠올리는 듯 어머니의 눈길이 아득해졌다. 지원의 말처럼 살갑게 포옹이라고 해드리고 싶었지만 쉽지 않았다. 쭈뼛거리는 사이에 '돌아갈까?' 하고 어머니가 먼저 정원에서 몸을 돌렸다.

따로 살고 있는 탓에 어머니가 먼저 차에 올랐고, 선우가 차 밖에서 어머니를 배웅했다. 창문을 내린 어머니가 살며시 미소 띤 얼굴로 말했다.

"나한테 자랑하고 싶은 사람이 생기면 언제든 데리고 오렴."

3. 겨울의 그 섬에서

2월의 첫 주, 선우는 최종 수정된 작품 팸플릿을 가지고 지원의 카페로 향했다. 입춘을 넘겼는데도 유난히 추운 날씨였다. 며칠 전에 내린 눈으로 길에는 흙먼지가 섞인 얼룩덜룩한 눈 자국이 남아 있었다. 카페 앞에 조심스럽게 차를 대고 안으로 들어섰다. 그리고 반사적으로 두리번대며 세윤을 찾았다.

"뭘 그리 두리번거리시나?"

등 뒤로 다가온 지원이 선우의 어깨에 턱, 손을 얹었다.

"두리번거리긴 뭘."

"뭐 마실래?"

"모카 한 잔 부탁드립니다."

선우가 목에 감긴 머플러를 풀어 내리며 창가 쪽에 자리를 잡고 앉았다. 선우 몫의 커피까지 든 지원이 맞은편 자리에 앉았다.

"세윤 씨가 안 보이네."

"지난주에 일 그만뒀어."

"응?"

"2월은 쉬고 학교 복학할 거라던데."

"그래?"

별 관심은 없는데 그냥 한번 물어봤다는 듯 얼렁뚱땅 인쇄물을 꺼내는 선우를 물끄러미 바라보던 지원이 목덜미에 닿기 시작하는 머리카락을 세게 잡아당겼다.

"아야! 야, 강지원 너 뭐야?"

"강선우 씨, 당신 애교도 질투도 많은 여자 친구 있거든요, 세윤이랑은 열 살 차이거든요, 욕심내면 도둑놈이거든요. 그리고 머리 좀 잘라. 그게 뭐냐? 나이 먹은 아저씨가 머리까지 기니까 진짜 동네 영감 같아 보여."

눈을 흘기며 자신을 바라보는 지원의 표정에 선우는 과장된 몸짓으로 머리칼을 뒤로 넘겼다.

"샴푸 모델 제의가 들어오지 않을까? 왕년에는 제법 잘나갔는데."

"쓸데없는 소리 하지 말고 가져온 거나 내놔."

샘플들을 보며 지적한 사항들을 체크하고 사진을 정리하는데 지원에게 전화가 걸려왔다. 전화를 받는 목소리가 환해졌다.

"세윤이니?"

세윤이니? 언제 세윤 씨에서 세윤이가 되었는지 모를 일이다.

아마 일 그만두면서 그냥 언니 동생 하자 그랬는지도 모르지. 선우는 지원의 통화에 귀를 쫑긋 세웠다.

"여기 주소? 서울특별시 강남구 삼성동……. 응, 응, 그래. 올라오면 보자. 고마워, 잘 먹을게."

"세윤 씨?"

"응, 제주에 내려가 있다더니 여기로 귤을 보내주겠다잖아. 애가 참 싹싹하고 예쁘다니까."

"귤? 나는 왜 없어. 생명의 은인인데."

"강선우 씨, 착한 일 하나 하고 너무 생색내는 거 아니야?"

지원이 어이없는 표정으로 선우를 바라보았다.

"제주에는 언제까지 있는데?"

"어이어이, 관심 끄라니까."

선우는 지원이 잠시 자리를 비운 사이 지원의 휴대전화를 열어 세윤의 전화번호를 입력시켰다. 지원이 자꾸 태클을 걸어 괜스레 유치한 짓을 하는 거 아닌가 하는 생각이 들기도 했지만, 그래도 어떻게 지내는지 궁금했다. 소식을 묻는 것쯤이야 뭐 어떤가 싶어 주소록에 저장된 번호를 보며 씩 웃었다.

지원이 돌아오자 선우는 천연덕스럽게 자리에서 일어났다.

"나 아카데미 저녁 촬영이 있어서 가봐야 할 것 같다. 나중에 연락할게."

"잘 들어가. 난형이랑 싸우지 말고."

난형이랑 싸우지 말고, 하는 지원의 목소리가 마치 초등학생들끼리 사이좋게 지내라고 달래는 담임선생님의 그것 같았다.

지원이 한 말도 있고, 난형이 회식이 있다는 이야길 했던 것 같아 선우는 아카데미 촬영 시작 전, 전화를 걸었다. 이미 '원 스트라이크'라고 경고할 생각이었다. 하지만 난형은 전화를 받지 않았다. 촬영 끝나면 집에 잠시 들를 테니 너무 늦지 말라는 메시지를 보냈지만 거기에 대한 답도 오지 않았다. 촬영을 마무리하고 다시 전화를 걸자 이번에는 휴대전화가 아예 꺼져 있었다.

　마지막이라고 했는데.
　선우가 불쾌한 얼굴로 이마를 찡그렸다. 술에 취해서 직원들과 밤을 새운 경력도 쏠쏠했고, 필름이 끊겨서 택시에 실려온 걸 데리러 간 것도 여러 번이었다. 이번 한 번만 봐달라는 이야기를 육 개월째 이어가고 있는 난형에게 선우가 새해 들어 약속한 것이 '삼진아웃'제였다. 술 마시다가 연락이 안 되는 일, 두 번까지는 봐주겠다, 하지만 세 번째에는 헤어지겠다 라는 강력한 약속이었다.
　선우의 진지한 이야기에 난형은 올해 목표가 '술을 끊는 것'이라며 다시는 술 때문에 속 긁게 하지 않겠다고 다짐했다. 용케 1월을 잘 넘긴다 하더니 설에 필름이 끊긴 채로 술집에서 쓰러지는 바람에 크게 한번 싸우고 말았다. 그리고 오늘 또다시 같은 일이 반복될 조짐이 보이고 있었다. 이제까지의 전적으로 보아선 투 스트라이크를 날릴 가능성이 농후했다.
　난형이 사람 좋아하고 술 좋아하고 노는 것도 좋아한다는 것은 알고 있는 사실이었지만, 이런 순간에는 대체 왜 이렇게까지 난형

을 챙겨야 하나 싶어 선우도 짜증스러웠다. 몇 번이나 전화를 걸
던 선우는 흘러내려 온 머리를 거칠게 넘기고는 시동을 걸었다.
난형의 집으로 가는 사이에 또다시 전화를 걸어보았지만 여전히
휴대전화는 꺼져 있었다.

아파트에는 사람이 없는 듯했다. 만취 상태라면 우편물을 챙길
정신도 없었겠지만, 어쨌든 우편물이 남아 있는 것으로 보아서는
아직 들어오지 않은 모양이었다. 선우는 새벽 한 시까지만 기다리
기로 생각하고 핸들에 턱을 괸 채 아파트 현관을 주시했다.

자정을 넘겼을 무렵, 택시 한 대가 섰다. 선우는 핸들에서 상체
를 떼어냈다. 감색 정장을 입은 남자가 먼저 택시에서 내렸고, 다
리가 잔뜩 풀린 난형이 남자의 부축을 받아 내렸다. 선우는 차에
서 내리려다가 멈칫했다. 남자는 난형을 부축하더니 난형과 뭔가
이야기를 하는 듯했다. 흐트러진 난형의 머리카락을 정리해 주던
남자의 뺨에 난형이 손을 올리고, 두 팔로 목을 감았다. 남자가 난
처한 듯 난형의 등을 툭툭 두드렸으나, 난형은 여전히 다리가 풀
려 남자에게 매달린 채 그의 뺨에 입을 맞추기 시작했다. 굳어진
얼굴로 선우는 창을 살짝 내렸다.

"야, 우리 착한 막내 여현수 씨. 내가 너 예뻐하는 거 알지?"

"선배님, 이것 좀 놓고."

"현수 씨, 너 일 잘해서 내가 되게 예뻐. 이 누나가 잘 끌어줄 테
니까 누나만 믿으란 말이지."

"선배님, 많이 취하셨어요, 올라가셔야죠."

"올라가? 어딜? 야, 너 너무 밝히는 거 아니야?"

난형은 뭐가 또 그리 우스운지 배를 잡고 주저앉아 깔깔거리며 웃었다. 선우는 이젠 화가 나는 것이 아니라, 그저 머리끝에서 발끝까지 차가워질 뿐이었다. 실망스럽다는 표현도 필요하지 않았다. 만날 때면 즐겁다는 이유만으로 상대방을 제대로 알지도 못한 채 덥석 만난 경솔한 자신을 탓하는 편이 오히려 마음이 편할 것 같았다.

난형의 후배는 결국 난형을 끌어안다시피 해서 아파트 안으로 들어갔다. 잠시 후 난형의 방에 불이 켜졌다. 거실 커튼 사이로 사람이 움직이는 모습이 보였다. 그리고 삼십 분이 지나도록 후배는 내려오지 않았다. 다시 선우의 얼굴이 어두워졌다. 잠시 고민하던 선우는 시동을 끄고 키홀더를 집어 들었다.

현관문을 여는 소리를 들었을 법도 한데, 집 안에선 기척이 없었다. 거실은 비어 있었다. 그 대신 배꼼이 열린 난형의 방문 틈 사이로 누가 들어도 무엇을 하고 있는지 예상할 수밖에 없는 소리가 새어나오고 있었다. 선우는 거실 소파에 깊이 기대어앉았다. 침대의 삐걱거리는 소리는 점점 더 급박해졌고, 그에 따라 난형의 신음 소리가 높아져 갔다. 더 참을 수 없었던 것은 난형이 부르고 있는 이름이 현수라는 그 후배가 아니라, 자신의 이름이었다는 사실이었다.

소리가 잦아들고, 이윽고 완전히 멈췄다. 새벽이 될 때까지 선우는 그 자리에 미동도 하지 않고 앉아 있었다. 창이 푸르스름하게 밝아지고, 그렇게 또 한참이 지나 다시 방 안이 소란스러워질 때까지.

"너, 너, 뭐야?"

"저기, 선배, 어제……."

"야, 여현수, 지금 이게 뭐 한 거냐구."

"아니, 어제 선배가……."

갑작스레 방이 소란스러워졌고, 부스럭거리며 둘이 옷을 찾아 입는 소리가 들렸다. 느리게 가라앉아 있던 선우의 심박수가 천천 히 가빠지기 시작했다.

"너, 잘 들어. 우리 어제 아무 일도 없었던 거야. 알았지? 세상 에, 세상에, 선우 오빠가 알면……."

난형의 격앙된 목소리를 들은 선우는 무겁게 몸을 일으켜 세웠 다. 그리고 수선스런 방문에 노크했다, 천천히.

방 안에서 두 사람이 숨을 헉, 하고 들이쉬는 소리가 들렸다. 선 우는 천천히 문을 열었다. 경악하는 난형의 표정이 먼저 눈에 들 어왔다.

"아니, 이건, 이건……."

말을 잇지 못하는 현수에게 선우가 말했다.

"알아, 저 여자가 어제 취해서 당신한테 업혀왔고, 저 여자는 당 신이 나라고 생각했고, 당신은 취해서 안겨드는 여자 선배에게 혹 해서 그저 사고를 친 것뿐이라는 것."

선우의 목소리는 크지 않았지만 또박또박 둘의 귀에 박혀왔다.

"아니, 오빠……. 난, 난, 아니, 내가 그런 게 아니라, 얘가, 얘 가, 난 기억도 안 나, 기억 못해!"

난형이 온몸을 떨며 비명을 질렀다.

"당신이 기억 못해도, 내가 기억하고 있으니까 괜찮아요, 유난형 씨."

선우는 키홀더에서 난형 집의 열쇠를 빼내어 던졌다. 옷을 제대로 챙겨 입지도 못한 채 침대 위에 무릎을 꿇고 앉아 있는 난형의 무릎 옆으로 열쇠가 툭 떨어졌다. 눈물을 쏟아내고 있는 난형을 내려다보던 선우가 몸을 돌렸다. 선우의 머릿속에는 아무것도 떠오르지 않았다. 그저 일단은 집으로 돌아가고 싶었다. 자고 싶었다. 아주 오래, 그리고 깊이.

"너 완전히 맛이 갔어."

"신경 꺼."

"신경 끄라고 할 것 같으면 내 가게에 오지를 마. 왜 며칠이나 밤샌 얼굴로 나타나서는 속을 긁냐?"

"지원아, 나 에스프레소 한 잔만 줘."

"돈 내고 마셔. 이 자식이 커피 달라고 하면 돈 달라고 해. 알았지?"

지원이 직원들에게 돌아서서 매몰차게 말했다. 선우는 벌써 일주일째 집에 들어가지 않고 작업실에서 밤을 새우고 아침이면 지원의 작업실로 달려와 커피를 요구하고 있었다. 처음에는 무슨 일이라도 있었느냐며 걱정하던 지원은 난형의 울먹거리는 전화를 받고서야 대충의 사태를 파악했다.

"대체 문제가 뭐야? 배신감에 치가 떨려?"

지원의 물음에 선우가 대답을 생각하는 듯 턱을 괴었다.

"현실감각이 없어졌어."

"내 인내심이 슬슬 바닥을 기고 있다는 걸 좀 감안해서 친절하게 설명해 봐."

"다른 사람의 일을 듣고 보고 있는 것 같아. 그러니 화도 나지 않지. 마치……."

선우가 적당한 표현을 생각해 내듯 이마를 찡그렸다.

"텔레비전의 재연 프로그램을 보는 것같이, 다른 사람의 불쾌한 일을 전해 들은 기분이야."

선우의 대답에 지원은 고민하듯 사촌을 보고 있다 입을 열었다.

"전형적인 현실도피군. 뒤늦게 자각하게 되면 후폭풍이 몰아칠 텐데."

"그냥 없었던 일처럼 살 수 없나?"

선우가 중얼거렸다. 난형을 만난 적이 없었다고 생각해 버리면 모든 게 깔끔했다. 만난 적이 없었으면 그런 일이 있었다는 것도 모두 없던 걸로 돌릴 수 있을 테니.

"가능하면 억지로라도 상처를 내서 곪게 만들어서 터뜨리는 편이 훨씬 깨끗하게 아물지."

지원의 말에 선우가 그럼 어떻게 하는 게 좋으냐는 얼굴로 사촌을 바라보았다.

"가자."

지원이 생각해 둔 게 있는 듯 자리에서 일어났다. 선우에게 필요한 것은 '혼자 생각할 시간'이었다. 끊임없이 일거리가 몰려드는 서울에서는 '바쁘다'는 핑계로 몸을 혹사시키고 일어났던 일들을 잊어버릴 수 있었다. 하지만 지금 선우에게 필요한 것은 잊는 것보다는 오히려 되새김질과 거기에 따른 폭발이었다. 자리에서 일어난 지원을 선우가 멀뚱한 얼굴로 올려보았다.

"어딜?"

설명할 생각이 없는 듯, 지원은 일단 선우의 등을 떠밀었다. 갑작스러운 지원의 태도에 선우가 반사적으로 몸에 힘을 주며 자리에서 버텼다.

"뭐야."

지원이 자동차 열쇠를 챙기더니 이번에는 선우의 머플러를 잡아당겼다.

"나 목 졸려, 이거 놓고 이야기해."

"내가 좋은 곳 데려다 줄게. 일단 가시죠, 강 작가."

지원의 차에 실려서 김포에 도착했을 때에도, 어리벙벙하게 서 있는 사이 자신의 손에 서울—제주행 티켓이 쥐어졌을 때에도, 그렇게 떠밀리듯 공항 검색대를 통과했을 때에도, 선우는 자신에게 일어난 일이 장난같이 느껴졌다. 하지만 자신이 타고 갈 비행기가 환한 전면창 아래로 보일 때 즈음, 조금 마음을 고쳐먹었다. 제주에 도착하면 점심때 즈음이 될 테니 마지막 비행기를 타고 돌아오면 하루 정도 기분 전환은 되겠지, 하는 가벼운 생각이었다. 하지만 렌트한 차를 기다리고 있는 사이 나타난 사람으로 인해 선우의 '일일 여행' 계획은 곧장 깨어지고 말았다. 고개를 꾸벅하고 인사를 하는 사람을 향해 선우가 얼떨떨한 얼굴로 입을 열었다.

"세…… 윤 씨?"

"잘 지내셨어요?"

"잠깐, 왜 세윤 씨가……."

선우의 시선에 뭘 그렇게 당황하느냐 듯 세윤이 새침하게 선우를 바라보았다.

"잠깐, 지원이 하고 짠 겁니까?"

선우의 질문에 세윤이 대답하지 않고 오히려 반문했다.

"여기서 뭐 하세요?"

"렌터카 기다려요."

선우가 얼떨결에 대답하자 세윤이 알았다는 듯이 고개를 끄덕거렸다. 여전히 상황을 파악하지 못한 선우가 지원에게 묻기 위해 휴대전화를 꺼냈다. 세윤은 선우가 느끼는 황당함에는 관심이 없다는 듯, 멀리서 다가오는 스포츠카를 보며 살짝 이마를 찡그렸다.

"저 차예요?"

세윤의 말에 선우의 시선이 스포츠카로 향했다. 선우가 지원에게 전화를 걸고 있는 사이에 스포츠카에서 내린 기사가 렌트한 사람을 찾기 위해 휴대전화를 꺼내 들었다. 지원에게 전화를 거는 것을 포기하고 선우가 기사에게 다가갔다. 면허증을 확인받고 선우가 열쇠를 건네받자, 세윤이 그 곁에서 말 없이 손을 내밀었다. 선우가 어쩌라고? 하는 표정으로 내밀고 있는 세윤의 손을 내려다보았다.

"잠 거의 안 주무셨다면서요."

"그것도 지원이가 이야기했어요?"

선우가 황당하다는 듯 입을 벌렸다.

"주세요."

이러저러하니 주시면 고맙겠다, 가 아니라 그저 단도직입적으로 '주시죠' 라는 세윤의 요구에 선우는 자신도 모르게 열쇠를 내밀었다. 세윤이 마치 자신이 렌트한 자동차인 양 운전석으로 들어갔다. 멍하게 시동을 거는 것을 보고 있던 선우가 대체 어떻게 되어가는지 모르겠다는 얼굴로 옆자리에 앉았다.

차가 공항을 빠져나갈 때 즈음 지원에게서 전화가 걸려왔다. 이름을 확인한 선우가 잽싸게 통화 버튼을 눌렀다.

"이게 뭐야!"

[일로 몸 혹사시키지 말고, 실컷 놀고 실컷 먹으면서 머릿속 좀 비우고 와.]

"나 사무실에 일 있어!"

[너 며칠 자리 비운다고 망할 스튜디오는 아닌 것 같더라. 일주일까지는 봐주겠대.]

"말도 안 되는 소리 할래?"

[기분 편찮으신 사장님 때문에 직원들만 볶아댔다며? 너 쉴 거라니까 만세를 부르더라.]

더 이상 저항하는 것이 의미가 없다는 것을 깨달은 선우가 길게 한숨을 쉬고는 질문의 방향을 바꾸었다.

"그런데 왜 대체 여기에 알린 건데?"

[지도 감독할 사람이 좀 필요해서.]

전화를 끊은 선우의 표정은 여전히 얼떨떨해 보였다. 조용한 선우의 태도에 세윤이 힐끗 선우의 모습을 살폈다. 손에 짐이 하나도 없었다. 정확히 말하자면 가방 하나 없었다. 맨몸에 지갑 하나만 달랑 들고 아는 사람 없는 제주도에 혼자 던져진 기분이 어떨지 생각해 보면 선우의 반응을 이해 못할 것도 아니었다.

한참 조용하던 선우에게서 가벼운 웃음이 새어나왔다. 에라, 모르겠다는 표정으로 시원하게 기지개를 켠 선우가 혼잣말처럼 중얼거렸다.

"뭐, 잘됐네."

이 남자 대체 왜 이러실까?

세윤이 갑자기 발랄해진 선우를 슬쩍 바라보다 고개를 갸우뚱했다. 방금 전까지는 누군가가 핀셋으로 제주도에 갑자기 던져 놓은 것 같은 죽을상이더니, 한껏 유쾌해진 선우의 모습이 신기했다. 그런 세윤의 속내를 아는지 모르는지, 그가 유쾌한 목소리로 세윤에게 물었다.

"점심은 먹었어요?"

"아니요."

"먹으러 갈래요?"

"……."

"세윤 씨 어디 아는 곳 없어요?"

"……."

"어디 괜찮은 곳 없나?"

"……."

갑자기 기분이 좋아진 선우를 향해 세윤이 느리게 말했다.

"지원 언니가 걱정한 이유를 알 것 같아요."

"지금 난 서브 미스로 4세트를 내줬던 에이스가, 5세트에만 혼자 15득점을 해서 승리한 기분이에요."

대체 그 기분이 어떤 건지 이해가 되지 않은 세윤이 여전히 모호한 얼굴로 선우를 바라보자 다시 선우가 설명했다.

"전화위복의 기회."

그때 뭔가 발견한 듯 선우가 급하게 외쳤다.

"잠깐!"

갑작스런 외침에 화들짝 놀란 세윤이 비상등을 켜고 갓길에 천천히 차를 세웠다.

"대체 운전하는 사람을 놀라게 해서 어떻게 하겠다는 거예요?"

세윤이 버럭 화를 내자 선우가 빙글거리며 오히려 놀리는 듯한 말투로 세윤을 바라보며 웃었다.

"세윤 씨 화낼 줄도 아네."

전혀 미안한 기색이 없는 선우의 경쾌한 목소리에 황당해하고 있는데 선우가 이번에는 손가락으로 한곳을 가리켰다. 옥돔구이라고 커다랗게 써놓은 음식점 간판이었다. 먼저 차에서 내린 선우가 잊고 있었다는 듯 세윤을 보며 말했다.

"주차 잘해요, 비싼 차니까 긁지 말고."

뭐가 그렇게 금세 유쾌해졌는지 생기발랄한 얼굴로 가게를 향해 들어가는 선우를 보며 세윤이 못 말리겠다는 듯 웃었다. 가게의 주차장으로 차를 천천히 넣고 있을 때에 이번에는 지원에게 전화가 걸려왔다. 세윤에게 맡겨놓고서는 신경이 쓰이긴 한 모양이었다.

[선우 어때?]

"자유인 상태예요."

세윤이 웃으며 갑자기 유쾌해진 선우에 대해 이야기했다.

[역시, 일단 서울에서 떼어놓길 잘했지 싶네. 아무튼 네가 며칠만 고생해 줘. 부탁 좀 할게.]

솜씨있게 주차를 하고 내리려는데 룸미러로 선우가 보였다. 마치 제대로 주차를 하는지 감시라도 하는 듯한 눈으로 주차장과 식당이 이어지는 뒷문에 비죽이 기대서 있었다. 지원의 이야기에 따르면 아침이나 같이 먹자고 나와서는 곧장 공항으로 끌려왔다는 것인데, 그렇게 제주에 떨구어진 사람치고는 적응이 참으로 빨랐다. 새삼스레 신기하다는 얼굴로 세윤이 선우를 바라보았다.

"운전 잘하네요? 주차도 잘하고."

차에서 내리는 세윤을 향해 선우가 조금 감탄한 듯 가볍게 박수를 쳤다.

"걱정되셨어요?"

"뭐, 약간."

제법 강한 옥돔의 뼈를 젓가락질로 능숙하게 발라낸 선우는 세윤이 뼈를 발라내지 않고 살점부터 먹고 있는 걸 보고는 답답했던지 세윤의 접시를 끌어다 자신의 앞에 놓았다. 그리고 말릴 사이도 없이 순식간에 뼈와 살을 분리하여 뼈를 옆으로 밀어놓고는, 집어 먹기 좋도록 다시 세윤의 앞에 놓았다. 무슨 일이나 있었냐는 듯한 얼굴로 다시 자신의 옥돔구이를 맛있게 먹는 선우를 바라보는 세윤의 표정은 뭔가에 홀린 것처럼 보였다.

"이제, 옷 좀 사러 갑시다."

점심식사 값을 계산하던 선우가 가볍게 지갑을 흔들며 말했다. 그 말에 세윤이 설마하는 얼굴로 그의 주변을 훑었다.

"정말 아무것도 안 가지고 오셨어요?"

"내 차까지 지원이 카페에 있어요."

선우가 어깨를 으쓱하며 대답했다.

옷 가게들이 많은 번화가를 향해 다시 차를 몰고 있을 때였다. 점심을 먹고는 졸음이 쏟아지는 듯 눈을 꾹꾹 누르던 선우가 다시 '잠깐!' 하고 외쳤다. 또 화들짝 놀란 세윤이 무어라 이야기하려는데 이번에는 세윤이 화낼 겨를도 없이 한 박자 앞서서 목적지를 가리켰다. 재래시장 간판이 붙어 있었다.

"이거, 입을 수 있으세요?"

의심스러운 눈으로 세윤이 물었다. 70% 세일이니, 가게가 망했느니, 주인이 미쳤느니 하는 소란스러운 외침들 사이에서 선우는 세 장에 만 원짜리 사각팬티를 샀고, 한 켤레에 오백 원인 양말 네 켤레를 샀고, 100수 면이라고 외치는 사이에서 아무런 무늬도 없는 라운드 넥의 하얀색 긴팔 티셔츠를 오천 원에 샀다. 그리고 마무리로는 아무래도 계절에 어울릴 것 같지 않은 육천 원짜리 알로하셔츠를 만 원에 두 장으로 깎아서 샀다. 지치지도 않는지 신나게 물건을 고르던 선우는 마지막으로 할아버지들이 잔뜩 모여 있는 모자가게 앞에서 양모 100%라고 강조하는 중절모자를 하나 집어 들었다. 아무리 보아도 조화되지 않는 저것들을 어떻게 입으려고 그러나 싶어 세윤이 고개를 갸우뚱했다.

"다 사셨어요?"

종종걸음으로 선우의 뒤를 쫓아다니는 세윤을 보고 선우가 씩 웃더니 천천히 걸음을 늦추고 한곳에 멈추어 섰다. 기름 냄새가 코를 가볍게 자극하는 그곳에는 설탕을 잔뜩 배에 채운 호떡이 잘 구워지고 있었다.

"천 원어치만 주세요."

아직도 천 원에 네 개나 주는 곳이 있네, 하며 감탄하던 선우가 호떡 봉투를 세윤에게 건네었다. 세윤이 조심스럽게 선우에게 하나를 꺼내주었다. 흐뭇한 얼굴로 차가 주차된 곳으로 걸어가는 선우의 한 손에는 호떡이, 또 한 손에는 천연색의 비닐봉투들이 주렁주렁 들려 있었다. 선우의 경쾌한 발걸음을 보는 세윤의 얼굴에는 자신도 모르는 사이에 웃음이 살짝 걸려 있었다.

점심도 먹고 쇼핑도 하고, 이제 진짜 목적지인 서귀포로 가기 위해 1100도로를 한참 달리고 있는 중이었다. 조용한 차 속에서 어디선가 휴대전화 벨소리가 들려왔다. 선우의 주머니 속에서 울리는 것 같은데 휴대전화의 주인은 일 분도 깨지 않고 쌔근거리며 잠들어 있었다. 여자 친구와 헤어진 이후로 일을 닥치는 대로 하면서 잠을 제대로 자지 못했다고 했으니 어쩌면 당연한 일이었다.

애정싸움이라고 할 수 있을지도 모르겠지만, 어쨌거나 세윤이 관찰한 두 사람은 '언제나' 다투고 있었다. 그런데도 그렇게 슬프고 아픈 걸까……. 문득 오히려 속 시원한 얼굴이면 좋았을 텐데 하는 생각이 들었다. 자신의 생각에 오히려 당황한 세윤은 도로 위로 시선을 돌리고는 핸들을 고쳐 쥐었다.

1100고지 휴게소에 도착했을 즈음 세윤은 뜨거운 오미자차 생각에 차를 멈춰 세웠다. 오래된 매점에는 관광객들을 위한 제주의 특산물들과 함께 오미자차도 팔고 있었다. 차를 주문하자 곧 따끈한 오미자차가 새콤한 자홍빛을 내며 세윤 앞에 놓였다. 1100고지에서는 이전에 내린 눈들이 아직 다 녹지 않아 흰빛과 잿빛이 뒤섞여 흑백의 세계처럼 보였다. 조용하게 따끈한 차를 마시곤 손에 입김을 후후 불며 다시 주차되어 있는 차로 발걸음을 옮겼다. 축 늘어져 있던 보조석의 그림자 모양이 조금 달랐다. 일어났나, 아니면 통화 중인가 하던 세윤이 차 문을 여는데 선우의 격앙된 목소리가 터져 나왔다.

"강지원!"

화들짝 놀란 세윤이 뒤로 물러섰다. 세윤과 눈이 마주친 선우가 목소리를 낮추었다.

"너도 그냥 무시하면 돼. 신경 쓰지 마. 서울 가면 전화할게."

전화를 끊자마자 선우는 휴대전화의 전원을 껐다. 그리고 시장에서 산 물건들이 담긴 비닐봉지 속으로 대충 밀어 넣었다.

"왜 나만 내버려 두고 갔어요?"

차에 올라탄 세윤에게 선우가 물었다. 여전히 충혈된 눈으로 보아선 한참은 더 자야 할 것 같아 보였다. 읽을 수 없는 표정으로 한참이나 선우를 바라보던 세윤이 선심을 쓰듯 뜨거운 캔 홍차를 내밀었다.

"좀 더 주무세요."

좀 더 주무세요, 라는 말이 정말 잠을 부르는 주문이라도 되었는지 뜨거운 홍차를 마시고 주변 풍경에 조금 감탄하던 선우는 또다시 잠 속으로 빠져들었다. 차가 많지 않은 길, 라디오도 켜놓지 않은 고요한 차 안은 조금은 나른한 기운이 감돌았다. 1100고지에서 점점 내려올수록 흐린 날씨가 조금씩 개고 차 안으로 따스한 남쪽의 햇살이 밀려들어 왔다. 눈가에 닿는 햇살이 따가웠던지 선우가 몸을 뒤척였다. 이렇게 선우와 둘만 있는 것은 지원의 그림 촬영을 도왔던 날 이후로 처음이었다. 세윤은 핸들에 놓인 자신의 검지손가락을 내려다보았다. 그날, 손가락에 가시가 박혔었다.

"그림 좋아해요?"

시험 컷트와 그림 사이의 색조를 비교하던 선우가 물었다.

"좋아한다고 말할 만큼은 못 돼요."

"이쪽으로 와봐요."

선우가 노트북이 놓인 소파의 테이블에서 세윤을 향해 손짓했다.

"사진과 그림 사이에 색 차이, 느껴져요?"

세윤이 소파에 앉아 턱을 괴고 선우가 내미는 폴라로이드 사진을 받아 들었다.

"세 장 중에서 어떤 게 가장 원 그림과 비슷하게 보이는지 말해 봐요."

진지한 얼굴로 사진을 비교하는 세윤을 보는 선우의 시선에 즐거움이 묻어났다. 세윤의 새침한 말투와 행동 하나하나가 귀엽다는 눈빛이었다.

"마지막이 괜찮은 것 같아요."

세윤의 선택에 선우가 고개를 끄덕거리더니 카메라의 수치를 조절했다. 폴라로이드 사진을 손에 쥔 채 세윤이 노트북의 액정으로 시선을 돌렸다. 그리곤 셔터를 누름과 거의 동시에 노트북으로 곧장 전송되어 오는 사진이 신기한 듯 작게 감탄했다.

"사진 찍은 캔버스들, 순서대로 반대편에 정리해 줄래요?"

선우가 씩 웃으며 세윤을 돌아보았다. 고개를 끄덕거린 세윤은 촬영을 마친 캔버스를 번쩍 들어 옮기기 시작했다. 세윤이 옮겨놓은 그림을 선우가 촬영하고, 촬영을 마친 그림을 다시 세윤이 정리하는 협동작업이 차곡차곡 이루어져 가고 있었다. 작업 전에는 자잘한 농담을 건네던 선우였지만, 촬영에 들어가자 무서운 집중력으로 촬영을 '해치우고' 있었다. 어머니와의 약속 시간이 가까웠던 탓이지만 그걸 알 리 없는 세윤으로서는 선우의 집중력에 기가 눌려 입을 꾹 다문 채 몇 시간을 보내고 있었다.

소품부터 시작된 촬영은 막바지에 이르러 100호 그림만 남아 있었다. 자신의 키만큼이나 커다란 그림 앞에 잠시 고민하던 세윤이 조심스럽게 캔버스를 잡았다.

"어허, 어디 혼자 그걸 들려고."

삼각대의 높이를 조절하던 선우가 성큼성큼 다가와 세윤의 동작을 저지했다.

"캔버스 끝부분 잡아요. 그림에 손 닿지 않게 조심해서."

천천히 그림을 옮겨와 벽에 걸던 세윤이 작은 비명을 지르며 손을 떼어냈다. 제대로 다듬어지지 않은 캔버스 안쪽의 가시가 손가락을 찌른 모양이었다.

"어디 봐요."

작은 가시가 들어간 게 분명한데 보이지 않았다. 세윤이 주변의 피부를 꾹꾹 누르고 있는데 선우가 다가와 세윤의 손을 부드럽게 낚아채어 갔다. 당황한 세윤이 빼어내려고 힘을 주었지만, 선우는 가볍게 이마를 찡그린 채 눈 가까이로 손가락을 가져가서는 꼼꼼히 주변을 살폈다.

"보이네, 작은 가시. 바늘 가져올 테니 기다려요."

"괜찮아요, 집에 가서……."

당황한 세윤이 손을 휘저었다.

"커피 만들고 물 만져야 하는 손이잖아요. 기다려요."

만반의 준비를 갖춘 선우는 알코올 솜까지 꺼내 바늘을 닦고는 소파 한쪽에 세윤을 앉혔다. 아무런 거리낌 없이 세윤의 손을 다시 자신의 무릎에 놓은 선우는 알코올 솜으로 손가락 끝을 닦고는 잔뜩 인상을 쓰면서 바늘로 조심스럽게 가시 주변의 피부를 아프지 않을 만큼만 건드려 가시가 빠져나올 공간을 만들었다.

"아파도 참아요. 빼내지 않고 두면 계속 기분 나쁠 테니까."

체념한 듯 '알아서 해주세요'라는 표정으로 세윤이 고개를 끄덕였다. 하지만 손가락 끝으로 여린 피부를 힘주어 누르는 고통에 자신도 모르게 입을 크게 벌리고 말았다. 차마 소리는 지르지 못하고 눈과 입만 커다랗게 벌어진 세윤을 보며 선우가 피식 웃었다.

"아프면 차라리 소리를 내요. 지금 표정 아주 볼만하네."

"진짜 아프거든요?"

세윤이 피가 몰리다 못해 하얗게 질려 있는 손가락을 내려다보며 말했다.

"아픈 거 알아요. 조금만 기다려 봐요."

아픈 거 안다던 선우는 또 씩 웃으며 손끝에 힘을 주었다. 더 이상 참지 못하고 손가락을 빼내려는 순간 선우가 나왔다, 라며 자신의 손끝에 놓인 가시를 보여주었다. 고작 몇 밀리도 되지 않는 그 가시에 세윤의 손가락 끝에는 핏방울까지 맺혀 있었다.

"손 다시 줘봐요."

"왜요, 다 끝난 거 아니에요?"

"애프터서비스까지 해줘야지."

세윤의 손을 다시 무릎 위로 가져간 선우는 꼼꼼하게 알코올 솜으로 따끔거리는 손끝을 닦아내고는 밴드까지 말끔하게 붙여주었다. 끝, 이라고 외치고는 별일 없었다는 듯 다시 촬영을 하는 사이 세윤은 선우의 커다란 손과 가시를 노려보던 구겨진 이마를 되새김질했다. 손을 꼭 쥐고 있던 선우의 손의 느낌이 욱신거리며 남아 있었다.

세윤이 얼마 전의 기억을 떠올리고 있는 동안에도 선우는 마음 편하게 깊게도 잠들어 있었다. 그러는 사이에 농장 근처에 다다랐다. 관광객이 많은 제주에서도 선우가 몰고 있는 스포츠카는 그렇게 자주 보이는 풍경이 아닌지, 반대편 경운기를 몰고 가던 할아버지가 한참이나 운전하고 있는 세윤을 바라보았다. 이윽고 로드스터는 세윤의 큰아버지네 농장으로 들어섰다. 시멘트 포장된 도로에 차가 올라서자 차체가 들썩거렸다.

자동차 소리에 입구에 묶여 있던 진돗개가 벌떡 일어나 신나게 짖어대기 시작했다. 농장의 트럭 옆에 차를 대고, 세윤이 내려서 목덜미를 쓰다듬자 언제 짖었냐는 듯 세윤을 향해 꼬리를 신나게 흔들어댔다. 하지만 선우와 눈이 마주치자 또 정신없이 짖기 시작했다.

"풍년아, 괜찮아. 짖지 마."

세윤이 풍년이의 등을 토닥토닥 두드렸다. 개 짖는 소리에 농장 안쪽 주택에서 문 열리는 소리가 들렸다.

"세윤이 왔니?"

"네, 왔어요."

얼굴이 검게 그을린 상냥한 얼굴의 아주머니였다. 작업복 차림의 모양새에 정말 귤 따게 하려고 그러나, 싶어 선우가 가볍게 긴장했다. 대낮에 봉고차에 납치되어 배 타는 곳에 끌려온 사람들의 기분을 아주 조금 이해할 수 있을 것도 같았다.

"이렇게 무작정 찾아와서 죄송합니다."

선우가 서글서글하게 웃으며 세윤의 큰어머니를 향해 꾸벅 인사했다.

"아니에요, 사람 많으면 시끌벅적해 좋지. 점심은?"

"먹었어요, 짐만 좀 정리하고 나가려고요. 저녁은……."

세윤이 힐끗 선우의 얼굴을 바라보았다. 스케줄은 내 맘대로 할 거예요, 라는 듯한 표정에 선우가 웃으며 고개를 끄덕거렸다.

"저녁은 먹고 들어올게요."

"그래, 큰엄마 저녁때 큰아빠랑 농협 행사한대서 거기 갈 거니까, 늦을 거야. 재미있게 놀다 오렴."

"다녀오세요."

세윤의 인사에 선우도 덩달아 꾸벅 인사했다. 큰어머니는 손을 휘휘 흔들며 농장 쪽으로 사라졌다.

"세윤 씨가 계속 운전하려고?"

가볍게 샤워를 하고 시장에서 산 셔츠와 하와이안 남방을 겹쳐 입은 선우는 확실히 조금 더 경쾌해 보였다. 다시 세윤이 손을 내밀자 선우가 잠시 주저하며 자동차 키를 건네었다.

"몇 시간 잔 걸로는 부족해요."

"괜찮은데."

"제가 불안해요."

세윤은 단호하게 고개를 저으며 운전석으로 들어갔다. 선우는 열쇠를 빼앗겼지만 별로 기분 나빠 보이지 않았다. 오히려 걱정을 해주는 사람이 있다는 게 은근히 기분 좋은 것 같은 표정이었다.

"우리 어디 가요?"

선우가 안전벨트를 매며 물었다.

"뭐 하고 싶어요?"

뭐 하고 싶으냐, 라……. 선우의 머릿속에는 아무런 계획도 예상도 기대도 없었다. 아침에 일어났을 때만 해도 자신이 같은 날 오후 비행기에 실려 사방이 바다인 이곳에서 떨어질 거라고는 생각지도 못했으니까. 그러니 계획 같은 게 있을 리 없었다. 그리고 결정적으로, 선우는 지금 뭔가 계획을 짤 만큼 의욕을 부릴 수 있는 상태가 아니었다. 그랬다면 지원이 이렇게 극단적 조치를 취하지도 않았을 것이었다.

"지금은 정말 아무 생각이 없는데."

"몸 혹사시키는 거랑, 그냥 조용하게 머리 비우는 것 중에 어느 것?"

"아, 음……."

두 가지의 옵션, 선우가 잠시 망설였다. 잠도 제대로 못 잤고, 몸도 무겁고……. 그래도 움직이는 게 좋겠지 싶었다. 세윤이 핸들에 손을 얹은 채 선우의 답을 기다렸다.

"몸 혹사로 하는 게 좋을 것 같네요."

세윤이 알았다는 듯 고개를 끄덕이고는 차를 출발시켰다. 배웅하듯 왕왕 신나게 짖어대는 풍년이를 뒤로하고 차는 농장을 부드럽게 빠져나갔다.

"잠깐, 나세윤 씨 이건 아니지."

"몸 혹사라고 했잖아요."

"아니, 나는 등산이나 뭐 그런 걸 생각했지 이건……."

선우가 자신의 코앞에서 뭡으냐는 얼굴로 콧김을 푸르르 품어 내는 말 앞에서 입을 떡하고 벌렸다.

"등산도 시켜줄게요."

세윤이 등산쯤이야 뭐 그리 어렵겠느냐는 듯 가벼운 목소리로 대답했다. 세윤 옆을 지나던 관광객들이 선우의 반응이 재미있었는지 그를 힐끗거리며 지나갔다. 급하게 선우가 표정을 수습했다.

"안 타봤어요?"

"타보긴 했죠."

그걸 타본 거라고 해야 할지 모르겠지만, 이라고 선우가 말끝을 흐렸다.

"그런데 왜?"

"낙마했어요."

선우가 마치 눈앞의 말이 자신을 떨어뜨린 그 말이었던 것처럼 노려보았다.

"어쩌다가요?"

단순한 엄살인 줄 알았던 세윤은 '낙마'라는 이야기에 눈을 동그랗게 떴다.

"일하다가."

"많이 다쳤어요?"

"그만 물어보시죠?"

선우가 질문을 끊었다. 차마 화보 촬영을 하던 날, 달리는 말 위에 올라서 촬영하다가 카메라를 든 채 고꾸라져서는 진흙탕에 얼굴부터 제대로 꽂아버렸다는 이야기를 할 수는 없었다. 혼자 탄 것도 아니고, 숙련된 조교가 타고 있었음에도 그런 '쇼'를 했다는 건 더더욱.

"내가 도와줄게요. 아저씨, 옷이랑 좀 부탁드릴게요."

선우의 떨떠름한 표정에도 세윤은 씩 웃으며 선우의 등을 떠밀었다. 등 뒤에서 작게 웃음소리가 들린 것도 같았다.

"왜 그런 표정으로 봐요?"

실내마장으로 성큼성큼 들어오는 선우의 보폭이 넓었다. 평보 연습을 하고 있는 체험승마 가족을 보고 있던 세윤이 그런 선우를 보고는 눈을 동그랗게 떴다. '대여한 옷 입은 사람치고 너무 잘 어울려서요', 라는 말을 당사자에게 하기엔 쑥스러워서 세윤은 그냥 입을 다물었다. 갖추어 입은 옷이 어색한 듯 선우는 유리창에 자신의 모습을 연방 비추어보았다.

"그냥 청바지 입고 해도 된다면서. 왜 굳이 이걸 다 입히려고 하시는 건지 모르겠네."

회색에 검은 선이 둘러진 날렵한 도톰한 재킷에 몸에 잘 달라붙는 하얀색 바지와 검은 부츠. '오만과 편견'. 세윤은 어색하게 자신의 몸을 살피는 선우를 보며 고전적인 영국의 이미지를 떠올렸다. 인정할 수밖에 없었다. 퀭한 얼굴을 무시할 수 있을 만큼 선우의 외양이 근사하다는 것을.

"세윤 씨도 제법 어울리는데요?"

세윤이 정신없이 선우의 머리끝에서 발끝까지를 관찰하고 있는데, 선우가 즐거운 눈으로 세윤을 훑었다. 마치 선우와 세트인 것처럼 같은 스타일의 검은 재킷과 하얀 바지, 그리고 검은 부츠까지.

"어디 보자……."

관찰하듯 장난스레 세윤을 훑어보는 시선에 당황해 몸을 돌리려는데 말굽 소리가 들려왔다. 두 사람의 시선이 소리가 나는 쪽으로 동시에 돌아보았다.

"세윤이랑 같이 오신 분이라고? 어머, 승마복 너무 잘 어울린다. 사진 몇 장 찍고 갈래요? 홍보 사진으로 쓰면 좋겠네."

고삐를 잡고 나오는 것은 세윤의 큰아버지와 친분이 있는 마장주와 그 아내였다. 세윤과 선우를 번갈아 보던 마장주의 부인은 연방 호들갑을 떨었다. 세윤이 건네받은 것은 검은색 얼룩이 섞인 하얀 말, 선우가 건네받은 것은 짙은 초콜릿 색의 말이었다. 푸르릉 거리는 콧김에 선우가 덩치에 맞지 않게 움찔 놀랐다.

"낙마한 적이 있으시다고? 안에서 한 시간 정도 평보 연습하시고, 날씨 좋으니까 가볍게 외승 해봐요. 세윤이가 도와드릴 테니."

주의 사항부터 시작해서 완전히 '초보자용' 교육을 받고 있는데, 그런 선우를 내버려 두고 세윤은 어느새 훌쩍 말 위에 올라가 선우를 내려다보고 있었다. 놀리는 듯한 세윤의 시선에 그가 발끈했다.

"나세윤 씨, 오늘 왠지 불타오르게 만드는데요?"

선우의 말에 세윤이 피식 웃으며 보란 듯이 가볍게 구보를 시작했다. 원형의 마장 트랙을 돌기 시작한 세윤은 매우 익숙해 보였다.

"평보는 금방 따라 할 수 있으니 너무 긴장하지 마시고……."

"나세윤 나 진짜, 정말 허리 아파!"

터져 나오는 반말, 그리고 비명. 세윤은 결국 참지 못하고 멈추어 서서 허리를 꺾고 웃어댔다.

"웃어? 내가 지금 제주도에 경마선수 되겠다고 온 거야? 응?"

한 시간의 특훈 내내 덜썩덜썩 널을 뛰는 엉덩이를 어쩌지 못해 턱까지 아프다며 괴로워하던 선우는 외승에 나가면서부터 얼굴색이 달라졌다. 세윤이 앞에서 걸으며 고삐를 꽉 쥐고 있었으니 겁낼 게 없었는데도 선우는 불안한 듯 자꾸 발 아래를 내려다보았다.

"거기서 보면 당연히 높게 보이잖아요. 멀리를 봐요, 멀리."

한쪽으로 고개를 돌리면 멀게 바다가, 또 한쪽으로 고개를 돌리면 산방산이 멀리 보이는 절경이었다. 구름 사이로 떨어지는 겨울 햇살이 은가루를 뿌려놓은 듯 반짝거렸지만, 선우는 그 경치를 즐길 여유가 전혀 없어 보였다.

"빨라!"

세윤이 장난스럽게 후다다다 달리자, 말도 세윤의 달리는 속도에 맞추어 잰 속도로 발을 옮겼다. 선우의 얼굴이 하얗게 질렸다. 고작 속보였는데도 실내마장에서 달리던 때와는 달랐던지 선우의 허리가 말 위에서 덜썩거리며 통겨지는 속도가 더욱 급해졌다. 세윤이 멈추어 서자 푸르르 하고 말이 머리를 세윤의 어깨에 얹었다. 커다란 눈에서 읽히는 불평스러움에 세윤이 달래듯 말을 쓰다듬었다.

"초짜 태우기 힘들대요."

"뭐?"

"엄살 좀 그만 부리래요."

이야기를 하는 사이, 이번엔 세윤이 이끌고 간 것도 아니었는데 말이 천천히 걷기 시작했다. 잠시 말등 위에서 긴장을 풀었던 선우가 다시 허리를 세웠다.

"뭐야, 갑자기."

세윤이 멈추어 세우려고 하자, 말은 고집을 피우듯 앞굽으로 바닥을 찼다. 세윤이 고삐를 쥐는 힘을 풀자 고맙다는 듯 천천히 걸어가는 것은 분명 마장 쪽이었다. 세윤이 또다시 웃음을 참지 못하고 폭소했다.

"나세윤, 너 땅에 내려가면 어떻게 되는지 보자."

선우가 붉어진 얼굴로 으르렁거렸지만 세윤은 겁 하나도 안 난다는 듯 웃으며 선우를 향해 손짓했다.

"내려요."

"왜?"

"얘도 아는 거예요, 등 뒤에 태운 사람이 초짜인 거. 태우기 피곤하다고 자꾸 마장 쪽으로 가잖아요."

세윤이 잠시만, 하고 말을 달래어놓고 선우에게 다가갔다. 어깨를 으쓱하는 세윤의 태도, 그리고 자꾸 푸르르거리는 말까지. 세트 플레이로 배신당한 느낌에 선우가 씩씩거리며 말에서 내려왔다. 세윤은 고삐를 선우에게 넘겼다.

"벌써 두 시간 넘게 도와준 애니까 강선우 씨가 데리고 가요."

얼떨결에 고삐를 받아 쥐었는데 바로 귀 뒤에서 말의 콧김이 느껴졌다. 움찔 놀라 돌아보자 말이 저도 귀찮다는 듯 고개를 돌렸다.

"난 정말 승마는 아닌 것 같다."

선우가 지친 얼굴로 고삐를 살짝 잡아당겼다. 말이 천천히 걸음을 옮겼다.

"다른 건 잘해요?"

"스키나 보드는 어느 정도 하는데, 승마는 아닌 것 같아."

"괜히 겁내서 그래요."

"스키나 스노보드는 도구들이 내 몸처럼 함께 움직이는데, 말은 살아 있는 거잖아. 왠지 익숙해지지가 않아."

선우가 고개를 절레절레 저었다. 말에서 내려서야 주변의 풍광이 눈에 들어오는지, 선우가 승마 모자를 벗어 들고는 주변의 경치에 가볍게 감탄했다. 그의 이마가 땀에 촉촉하게 젖어 있었다.

"그거 타고 이마가 그렇게 젖었어요?"

"너무 긴장했나 봐."

엄살을 부렸던 것들이 그제야 부끄러워졌던지 선우가 쑥스럽게 땀을 훔쳤다. 시린 바람 탓에 땀은 금세 식었다. 따각따각, 느린 말굽 소리를 듣고 있던 선우가 걸음을 멈추어 섰다. 말도 한 박자 뒤에서 멈추어 섰다.

"달려볼래?"

비명처럼 터져 나왔던 반말이 정착되기까지는 많은 시간이 걸리지 않았다. 선우는 자연스럽게 세윤에게 말을 낮추었고, 세윤도 자연스럽게 그것을 받아들였다. 나세윤 씨, 에서 '세윤아'가 되는 순간 갑자기 거리가 가까워졌다. 아니, 정확히 말하자면 허우대 멀쩡한 강선우가 말잔등 위에서 얼굴색이 달라진 때부터일지도 몰랐다.

"저요?"

"나 때문에 제대로 못 달렸는데, 달려봐. 네 실력 구경 좀 해보게."

"혼자 두고 나만 타는 것도 우습잖아요."

"괜찮아, 보고 싶어."

선우가 타보라는 듯 세윤을 재촉했다. 잠시 망설이던 세윤이 선우의 어깨를 짚고 말등 위로 올라섰다. 확실히 선우와는 다른 능숙한 자세였다. 선우를 향해 쑥스럽게 웃은 세윤이 가볍게 발을 찼다. 방향을 천천히 바꾸어 내려왔던 길로 천천히 걷기 시작했다. 평보에서 구보로 다시 속보로, 곧추세우고 있던 몸이 점점 더 부드럽게 휘어질수록 말에는 속도가 붙었다. 속도가 붙자, 말 뒷굽 뒤로 흙과 자갈이 튀어 올랐다. 거칠게 흩뿌려지는 자갈에서 속도감이 느껴졌다. 선우와 두 시간이 넘도록 느리게 걷기만 한 게 답답하기라도 했던 것처럼, 말은 세윤이 이끄는 방향으로 갈기를 휘날리며 힘차게 바닥을 치고 달리고 날았다. 흔들림 없는 자세로 달리고 있는 세윤의 모습을 보는 선우의 얼굴에는 감탄이 스며들었다.

"잘 타죠?"

가벼운 말발굽 소리에 선우가 뒤를 돌아보았다. 조랑말을 타고 있는 것은 마장 주인이었다. 짧고 작고 통통한 조랑말에 선우가 왠지 모르게 친근함을 느껴 반갑게 웃었다. 두 사람이 잘 타고 있는지 보러 온 모양이었다.

"놀랍네요."

"친구들하고는 가끔 오더니 남자랑은 처음 와서 놀랐습니다."

"아, 네."

선우가 쑥스럽게 웃었다.

"남자 친구?"

"죄수와 간수랄까요."

선우가 고개를 저으며 대꾸했다. 선우의 말에 마장 주인이 가볍게 웃었다. 멀리서 두 사람을 발견한 세윤이 속도를 천천히 늦추어 그들 앞에 섰다. 말의 가쁜 호흡이 차가운 겨울 공기 속에서 하얗게 흩어졌다. 세윤이 말의 목덜미를 부드럽게 두드렸다. 말만큼이나 세윤의 호흡도 벅차 보였다. 제대로 달린 후라 그런지 발그레하게 달아오른 세윤의 얼굴이 환했다. 그 모습을 보는 선우의 얼굴에 부드럽게 미소가 걸렸다.

"재미있었어?"

땅에서 내려서도록 선우가 어깨를 빌려주자 세윤이 숨을 고르며 고마워요, 하고는 풀썩 내려왔다. 귀밑머리로 떨어지는 땀방울에 선우가 자신도 모르게 슥 엄지손가락으로 땀을 훔쳐 주다가 어색하게 돌아섰다.

"몸 혹사는 여기까지 하고 뭐 좀 먹으러 가자."

"정신 좀 차려봐요."

뺨을 톡 건드리는 차가운 느낌에 선우는 눈을 번쩍 떴다. 냉기가 도는 것은 세윤의 차가운 손이었다. 밖에 나갔다 왔던지 세윤의 옷에서도 찬 기운이 돌았다.

"온몸이……."

어디냐고 물으려고 했던 것 같은데 선우의 첫 마디는 '온몸이 아프다'였다. 말 위에서 몇 시간을 튕겨 올랐더니 머리끝에서 발끝까지 아프지 않은 곳이 없었다. 차에 오르자마자 자신이 잠들었다는 것도 모르고 그대로 고꾸라졌던 모양이다.

"어디야?"

"목욕탕."

목욕탕? 선우가 이마를 찡그린 채 창밖을 내다보았다. 무슨 월드라고 쓰여진 걸로 보아선 여러 가지를 즐길 수 있는 물놀이 시설인 듯했다.

"목욕탕치고는 좀 큰데."

"우리 목적은 목욕이니까, 목욕탕이에요."

"그런데 왜……."

왜 여기를? 이라고 물으려고 하다가 선우는 코끝을 킁킁거렸다.

"냄새 나죠?"

세윤의 말에 알았다는 듯 고개를 끄덕거렸다. 승마복을 입고 있었다지만 몸에 밴 냄새는 어쩔 수 없었다. 구리구리한 냄새는 누가 봐도 '목장 일' 하다 온 사람 같았다. 몸을 일으키다 자신도 모르게 나오는 신음 소리에 선우가 길게 한숨을 내쉬었다.

"찜질방, 찜질방도 있지?"

"그냥 씻고 저녁 먹을 거 아니에요?"

"씻기만 해서는 몸살 날 것 같아."

그거 하고 왜 그렇게 엄살이에요? 라는 듯한 세윤의 표정에 선우가 자신도 모르게 해명했다.

"나 지금 한 달 넘게 사무실에서 철야, 밤샘 작업만 해서 그래."

"누가 뭐래요?"

"목 마르지 않아?"

"말라요."

세윤의 대답에 선우가 고개로 옆 사람이 마시고 있는 아이스커피를 가리켰다. 설마 빼앗아오라고 하는 말은 아니지? 선우의 몸짓을 제대로 이해하지 못한 세윤이 눈을 동그랗게 떴다.

"현금을 안 가지고 나왔어."

"얌체."

"찜질방 내가 계산했다?"

그래도 치사하다는 얼굴로 세윤이 자리에서 일어났다. 얼른 다녀오라는 듯 선우가 손목을 휘휘 저었다.

얼음이 가득 채워진 아이스커피를 가지고 올 때까지 선우는 세윤이 나갔을 때의 그 자세 그대로 다리 위에 한쪽 팔을 걸쳐 둔 채 눈을 지그시 감고 있었다. 그 모습에서 묵은 피로가 느껴져 조금 안쓰러워 보이기도 했다.

"여기."

세윤이 팔 가까이에 차가운 병을 가져다 대자 선우가 움찔 깨어났다.

"무슨 생각을 그렇게 해요?"

"생각한 거 아니야, 잠깐 졸았어."

선우가 고개를 저었다. 밝지 않은 불 속에서도 선우의 눈이 충혈된 것이 보였다.

"한숨 자요."

"탈진할 것 같아서."

"그렇게 피곤해요?"

"서울에 있을 때엔 몰랐는데, 몸을 너무 마구 돌린 것 같아."

아이스커피를 마시는 선우의 목울대가 움직일 때마다 땀방울이 떨어져 라운드 셔츠의 주변을 짙은 색으로 물들었다. 세윤이 굴러 다니는 목침 위에 수건을 덮어 선우 쪽으로 밀었다.

"땀 빼요. 저녁엔 몸보신 할 수 있는 맛있는 곳으로 데려갈 테니까."

세윤에게 병을 건넨 선우가 피곤하면서도 기분 좋게 웃었다.

"너무 일상적이라서 비일상적인 것처럼 느껴져."

"네?"

"오랜만이야, 이런 여유롭고 평화로운 기분."

선우가 목침을 베고 누우며 느린 목소리로 말했다. 천천히 감긴 선우의 눈이 점점 힘이 풀리는가 싶더니 이내 호흡이 느려졌다. 방심한 채 땀을 쏟아내며 잠든 선우의 모습을 세윤이 한참이나 내려다보고는 중얼거렸다.

"나야말로 비일상적이에요. 내가 어떻게 여기에 당신이랑 있나 모르겠어."

저녁엔 몸보신시켜 주겠다며 세윤이 데리고 간 토속음식점에서 선우는 음식에 엄청난 집중력을 보였다. 서울에서 자주 맛보기 힘든 갈칫국이나 갈치회, 자리돔젓과 흑돼지에 감탄하는 게 대화의 전부였다. 서울에서 먹는 맛과 미묘하게 다르다며 감탄하는 선우의 얼굴에는 처음 제주에 던져졌을 때의 눅눅함이 사라져 있었다. 다시 농장으로 돌아오는 내내 기분 좋게 푹 잠들었던 선우는 차 소리에 짖는 풍년이의 소리에 간신히 잠에서 깨어났다. 차 소리에 세윤의 큰어머니가 환한 웃음으로 현관을 열어주며 선우를 반겼다.

"들어가도 돼?"

어른들께 인사를 드리고 짐을 정리한 선우가 조심스럽게 세윤이 묵고 있는 방문을 두드렸다. 옷을 정리하던 세윤의 손이 빨라졌다. 여행가방에 잽싸게 정리한 세윤이 방문을 열었다. 선우의 손에는 귤이 가득 담긴 쟁반이 들려 있었다.

"먹으라고 주셨는데 많아서. 같이 먹을래?"

"안 피곤해요?"

"엉덩이가 아프긴 한데, 괜찮아."

엉덩이, 라는 단어에 세윤의 시선이 아래쪽으로 떨어졌다가 잽싸게 튕겨 올라왔다. 관찰한 것을 들키지 않을까 싶었지만 선우는 알아채지 못한 듯 방 가운데 자리를 잡고 앉았다.

"농장 귤이지?"

"네? 네."

한 번에 귤을 까지 않고 절반을 나누어 껍질을 벗겨가면서 한 조각씩 입에 밀어 넣는 것이 세윤 자신의 방식과 똑같아서 넋을 놓고 선우의 손가락을 보던 세윤이 정신을 차리고 대답했다.

"맛있네."

"서울 올라갈 때에 가지고 가세요."

"안 그래도 지원이에게만 보내서 좀 섭섭했어."

"나누어 드시라고 이야기했는데."

"그 말은 쏙 빼놓고 이야기하던데?"

"이번엔 넉넉히 드릴게요, 가지고 가실 수 있을 만큼 들고 가세요."

"언제 올라가지? 가기 싫은데."

선우가 쿠션을 발견하고는 등에 받치고 벽에 기대앉았다.

지원이 세윤을 통해 원격 감시를 하고 있다며 투덜거렸지만 너무 친근하지도 너무 냉랭하지도 않은 적당한 관심이 싫지 않은 모양이었다. 투정 부리는 것 같은 선우의 목소리에 세윤이 슬쩍 귤 하나를 던졌다. 귤을 낚아채어 잡고는 의기양양하게 웃는 선우의 모습에 세윤도 마주 보고 웃었다. 선우라면 지원에게 원격조종 당한다 한들, 별로 싫지 않았다.

"필요한 만큼 있다 가세요."

세윤의 대답에 선우가 고개를 끄덕였다.

"고마워."

선우가 방으로 돌아가고 싶지 않아 느리게 귤을 까먹으며 미적거리는 동안, 시간이 제법 깊어져 있었다. 세윤이 길게 하품을 했다. 자정이 넘은 걸 확인한 선우는 길게 한숨을 쉬고 자리에서 일어났다. 눈을 비비던 세윤이 '주무시게요?' 하고 물었다. 선우가 고개를 끄덕이고는 잘 자라는 말을 남기고 자신의 방으로 돌아왔다.

비어 있는 방의 공허함이 몸과 마음을 눌러왔다. 바쁠 때에는 생각할 여유가 없어 좋더니, 생각할 시간이 늘어난 지금에는 밀려오는 기억과 잇따른 감정들을 미룰 수가 없었다. 지원과의 통화 이후로 꺼버렸던 휴대전화의 전원을 켜자 메시지가 도착했다는 알림이 쉼없이 울렸다. '한 번 만 더'를 부탁하는 난형의 메시지, 전화, 음성 메시지. 선우는 고통스러운 표정으로 메시지 함을 통째로 비워 버렸다. 하나하나 확인해 지울 용기가 생기지 않았다. 통화기록도, 메시지도 지워진 걸 확인한 선우는 지친 얼굴로 이부자리에 쓰러지듯 누웠다. 바닥에서 올라오는 훈기는 졸음을 재촉했지만 잠이 오지 않았다. 그리고 세윤의 큰아버지가 농장에 나가는 소리가 들리는 새벽녘이 되어서야 어렴풋이 잠이 들었다.

4. 현실에서 멀리 있는 곳

재래시장에서 샀던 하와이언 셔츠가 하나씩 세탁기로 들어갔다. 첫날을 제외하고 그는 내내 농장을 떠나지 않았다. 몸을 혹사시키고 싶다는 선우의 요구대로 세윤은 농장일이나 도우시죠, 라며 선우를 떠밀었고 큰아버지를 따라 농장을 휘적거리고 다니던 선우는 관광객 맞이까지 도왔다. 마치 세윤의 큰아버지 댁이 아니라, 선우의 외가댁인 것 같았다.

"선우야, 우리 사위 하자."

전복 사 왔다, 라며 판을 벌린 큰아버지가 전복회 한 점을 크게 썰어 선우의 입에 넙죽 넣어주시며 말했다. 큰아버지에게는 아들만 둘인데 웬 사위? 하고는 세윤이 눈을 동그랗게 뜨는데 큰아버지가 턱짓으로 세윤을 가리켰다.

"세윤이랑 어떤가?"

"큰아버지?"

"세윤아, 내가 데리고 있어보니까 사람이 참 좋다. 나이가 좀 많긴 한데 나이 차이 나면 예쁨받고 더 좋을 수도 있으니까."

"저야 감사하지요."

감사는 무슨? 세윤이 맞장구 치지 말라는 듯 선우를 향해 이마를 찡그렸다. 개의치 않고 선우는 넙죽넙죽 아주 꼬들꼬들 씹히는 맛이 제대로라며 전복을 입으로 가져가고 있었다.

"모레 올라간다고?"

"네. 일을 미루어둬서 더 이상은 어렵겠네요."

선우가 넉살 좋게 큰아버지의 잔에 소주를 가득 채우며 대답했다.

"모레 언제요?"

"아침 일찍."

"이틀 동안 농장에서 나 따라다니느라 재미없었을 텐데, 내일은 세윤이가 가이드 노릇 하고 그래라."

전복 잔치를 끝내고 둘이 나란히 서서 설거지를 하다 세윤이 입을 열었다.

"어디 가고 싶어요? 아직도 아무 계획이 없어요?"

"없어. 네가 좋아하는 데 가자."

선우가 거품을 내어 접시를 건네면, 세윤이 물에 헹구어 차곡차곡 정리했다. 손발이 착착 맞아떨어져 금세 설거지 거리가 줄어들었다. 세윤이 마른행주로 닦은 접시를 찬장에 담는 것도 선우의 몫이었다.

"내가 좋아하는 곳?"

"그래."

"일어나요."

제주에서의 네 번째 날을 깨우는 것은 역시 세윤의 목소리였다. 지난 사흘 내내 세윤은 정확히 일곱 시가 되면 선우의 방을 노크하고, 괴롭히듯 문을 두드리고, 그러고도 반응이 없으면 쿡쿡 이불을 찔러댔다.

"오늘만 늦잠 좀 자면 안 돼?"

전날 큰아버지와 함께 잔뜩 마신 제주산 소주 탓에 잔뜩 목이 가라앉은 선우가 이불 속으로 숨어들어 가며 투덜거렸다.

"노는 거 마지막이잖아요. 내일 올라갈 거라면서요?"

"관광 안 해도 되는데."

선우가 여전히 잠긴 목소리로 웅얼거렸다.

"계속 잘 거예요?"

작정을 했는지 세윤이 이번에는 이불을 끄집어 내렸다. 빼앗기지 않으려고 움켜쥐었지만 잽싼 세윤의 손놀림이 더 빨랐다. 제멋대로 삐죽거리며 솟은 머리칼에 퉁퉁 부은 눈을 발견한 세윤이 피식 웃었다.

"나를 좀 이성으로 봐주면 안 되나? 우리 내외 좀 하면 좋겠어."

허술하기 짝이 없는 꼴을 벌써 나흘째 보이고 있다는 것이 불만스러워 선우가 투덜거렸다.

"내외?"

세윤이 잠시 고민하는 듯하다 다시 차분히 이불을 뒤집어씌웠다. 고마워, 하고 이불 속에서 선우가 웅얼거렸다. 킁킁, 하고 목소리를 가다듬은 세윤에게서 가느다란 목소리가 나왔다. 첫마디에 선우가 푸핫, 하고 웃음을 터뜨렸다.

"옥희야, 아저씨가 늦잠을 주무시는구나. 잠을 깨워 드리지 않으련? 네, 그러겠어요. 어머니."

표정의 변화 없이 일인 이역을 하고 있는 세윤의 목소리에 선우가 이불 속에서 정신없이 웃었다.

"그게 뭐야?"

그러거나 말거나, 세윤은 상관없다는 듯 표정 하나 바꾸지 않고 다시 입을 열었다.

"아저씨, 일어나시어요, 아침이 동창을 환하게 비추고 있지 않아요?"

"너, 오늘은 고단수다? 웃겨서 깨우는 거지?"

"내외가 필요하다면서요. 내외하는 어머니 대신에 옥희가 깨우러 왔네."

세윤이 이불 위로 삐죽이 흘러나온 선우의 머리칼을 살짝 잡아당기고는 일어났다.

"오늘은 한 바퀴 돌 거예요. 일어나서 식사하세요."

"코스는?"

"아침의 허니문 하우스, 점심의 오분자기 해물탕, 나머지는 마음 가는 대로."

"진짜 관광이네?"

"일단 허니문 하우스."

"거기 별거 없던데."

나흘이나 같이 지냈는데도 여전히 위협적으로 짖어대는 풍년이를 향해 선우가 혀를 낼름 내밀어 보이곤 내비게이션을 뒤적였다. 촬영 때문에 몇 번 간 적이 있었다.

"그래도 좋아하니까 커피 한 잔 마시러 가요."

"커피?"

"네, 촌스러운 원두커피."

남쪽이라 서울보다는 훨씬 따스했지만, 바다에서 불어오는 바람은 날카로웠다. 선우도 긴팔 티셔츠와 하와이안 셔츠의 결합을 포기하고 서울에서 가져온 터틀넥 셔츠와 코트를 껴입었다. 그리고 첫날 시장에서 샀었던 순모 100%라고 강조했던 중절모를 머리 위에 가볍게 얹었다. 그러고도 얼굴이 시린지 손바닥으로 뺨을 가렸다. 제주에 내려온 후 가장 추운 날씨였다.

"입장권도 끊어야 해?"

선우가 가볍게 이마를 찡그렸다.

"안에서 커피 마시면 환불해 주니까 상관없어요."

세윤이 티켓을 끊어 주머니에 넣었다.

"춥긴 하지만 경치는 정말 끝내준다."

남쪽을 향해 환하게 뻗어 있는 바다와 허니문 하우스의 오밀조밀한 정원에 선우가 감탄했다. 바람끝이 조금만 부드러웠더라면 좀 더 걸으며 멀리 보이는 폭포를 구경했겠지만, 내내 따스하던 날씨 사이의 찬바람을 못 견디겠던지, 커피숍을 발견한 선우가 먼저 잰걸음으로 문을 밀었다. 전면 유리창으로 바다를 내다보게 되어 있는 커피숍 안은 바깥과 극적으로 대조적일 만큼 훈훈했다. 코끝이 녹아드는 따스함에 선우가 기분 좋게 웃으며 창가에 자리를 잡았다.

"천국이 따로 없구나."

"나의 천국, 이에요."

세윤이 뿌듯한 얼굴로 턱을 괴면서 주변을 둘러보았다. 하나같이 오래된 물건들이었다. 의자도, 테이블도, 테이블 위에 놓인 식기들도, 찻잔도. 모두 수십 년의 시간이 묵어 있는 낡았지만 정갈하고, 그래서 정감있는 온화한 느낌의 공간. 선우가 납득된다는 얼굴로 고개를 끄덕였다. 커피 두 잔을 주문하고 나서 세윤은 다시 입을 열었다.

"기분은 어때요?"

"뭐가?"

"지원 언니가 제게 맡긴 임무가 있었어요."

자신이 사용한 '임무'라는 단어가 재미있었던지 세윤이 입꼬리를 살짝 올렸다.

"뭔데?"

"혼자 있는 시간을 많이 주라고. 머리가 터질 때까지 고민하라고."

그거였군, 선우의 얼굴이 가볍게 굳어졌다. 일을 돕는답시고 농장을 헤집고 다녔지만, 수확철이 지난 귤농장에서는 일이 많지 않았다. 선우가 하는 일이라고는 그저 추운 바람 사이를 뚫고 하루에도 몇 바퀴씩 농장을 휘저으며 걸어다니는 것뿐이었다. 무작정 걷다 보면 옆 농장에까지 넘어가 있을 때도 있었다. 또 어느 순간에는 언제 걸음을 멈추었는지도 모르게 멍하게 땅을 바라보며 서 있는 때도 있었다. 대체 왜, 무엇이 잘못된 걸까 수십 수백 번을 고민했지만 답이 없었다. 잊는 수밖에 없겠다, 잊는 편이 낫겠다……. 선우가 내린 결론은 그것이었다.

조용한 손으로 느리게 찻잔을 입으로 가져가는 선우를 한참이나 바라보고 있던 세윤이 나직하게 물었다.

"사무실과는 통화 같은 거 안 해요?"

"아, 잊고 있었다."

그제야 선우가 생각났다는 듯 주머니를 뒤적거렸지만 휴대전화는 그곳에도 없었다.

"방 어딘가에 굴러다니겠지. 신경 안 써. 급한 일 있었으면 지원이한테 연락했을 거고, 지원이는 너한테 연락했을 거고……."

선우가 건성으로 답했다. 휴대전화를 보면 전화가 왔을까, 메시지가 왔을까 신경이 쓰였다. 그래서 아예 보이지 않는 곳에 넣어두고 지냈지만 세윤이 그 속내까지 알 리 없었다. 단지 사업한다는 분이, 메인 작가라는 분이, 닷새나 일을 미루어놓고서도 저토록 태평할 수 있다는 것이 세윤으로선 놀라울 따름이었다.

"넌 언제 올라와?"

"2월 말 즈음 갈 것 같아요."

"올라오면 전화해. 그때엔 내가 서울 관광 시켜줄게."

"저도 서울 주민이거든요?"

"뭐, 어때."

선우가 웃으며 남은 커피를 홀짝 마셨다.

"여기 있으니까 졸음이 너무 쏟아진다."

따가울 정도로 쏟아져 내리는 늦겨울의 햇살에 선우가 지그시 눈을 감았다. 손을 뻗으면 곧장 닿을 것같이 가까운 거리의 선우. 세윤은 눈을 감고 있는 그 모습을 꼼꼼히 관찰했다. 이상한 거리의 사람. 오빠도 애인도 친척도 아닌데, 나흘 내내 붙어 다니면서 함께 밥을 먹고 함께 장난을 치고 어울린 사람. 그렇게 어울리면서도 하나도 불편하지 않았던 사람. 그리고 조금 탐나는 사람.

"아지트예요."

"응?"

세윤의 목소리에 선우가 느리게 눈꺼풀을 밀어 올렸다.

"내일 세상이 끝나 버린다면 마지막으로 도망치고 싶은 곳이 여기예요. 굉장히 아끼고 소중한 곳."

세윤의 이야기에 선우가 나직하게 고개를 끄덕였다.

"그래, 네 말 이해가 된다. 현실을 도피하고 싶게 만드는 곳이야."

"빌려줄게요."

"응?"

선우가 감기려던 눈을 다시 떴다.

"이곳 빌려줄게요. 정말 너무 힘들어서 도망치고 싶은 때에 도망칠 수 있도록."

선심 한번 쓴다는 듯한 세윤의 말에 선우가 싱긋이 웃었다. 그리고 세윤과 눈을 마주치며 느리게 고개를 끄덕였다.

"고마워."

다정한 선우의 목소리에 세윤이 보일 듯 말 듯 뺨을 붉혔다. 그리곤 표정을 숨기려는 듯 자리에서 일어났다.

"점심 좀 일찍 먹어요. 배고프다."

두 사람은 '찻길이 이어지는 대로' 움직였다. 일단은 허니문 하우스에서 가까운 곳으로 이동했다. 하얀 건물의 앞뜰에는 야자수가 심어져 있고, 전면창으로는 바다가 내려다보였다. 작은 전복처럼 생긴 오분자기가 들어간 해물탕으로 배를 태운 두 사람은 내비게이션을 끄고 움직이기로 합의했다. 가위바위보를 해서 이기는 사람이 다음 갈림길로 움직일 수 있는 권한을 부여 받는 식이었다. 녹차 아이스크림 생각이 간절했던 세윤은 가위바위보가 일생일대의 기회인 것처럼 긴장했다.

"그 아이스크림, 편의점에서도 팔더라. 작은 통에 삼천오백 원인가?"

"그거랑 비교할 수 없는 맛이니까, 그만 말하고 준비나 하세요."

세윤이 과장된 몸짓으로 어깨와 손을 풀었다.

"야야, 그러다 한 대 치겠다?"

"나, 정말 거기 녹차 아이스크림 먹고 싶거든요?"

"네가 그렇게 간절하니까, 오히려 다른 곳으로 가고 싶어져."

"좀 어른스럽게 굴어봐요."

"그래, 어른스럽게 가위바위보."

그렇게 갈림길이 나올 때마다 가위바위보를 몇 번이나 했을까, 그리 크지도 않은 섬에서 헤매는 기분에 슬슬 불안해진 선우가 도로 표지판을 찾아 두리번거렸다.

"대체 여기가 어디야?"

"저기 써 있네요, 제주시까지 앞으로 40㎞."

멀리 보이는 초록 표지판을 가리키며 세윤이 말했다.

"답답해."

길가에는 무슨 오름이니, 무슨 마을이니 하는 표시들이 간간이 세워져 있었지만 그 지역 사람이 아닌 선우로서는 자신이 대체 제주의 어디쯤에 와 있는지 알 수가 없었다.

"어쨌든 네 표정으로 봐선 녹차 아이스크림은 물 건너간 모양이다?"

티격태격하며 가는 사이 갑작스럽게 해안도로가 나타났다. 한라산의 옆구리를 통과했던 모양이다.

"벌써 해가 지려고 하는데?"

서쪽 해안가로 쏟아져 내리는 늦겨울의 볕을 보며 선우가 말했다.

"갓길에 차 세워두고 바닷가에서 볕 쬐다가 가요."

세윤이 방파제와 붉은 등대를 가리키며 말했다.

"그래, 슈퍼마켓에서 아이스크림 사줄게."

"녹차 맛은 없더라."

뒤에서 하얀 입김에 섞인 선우의 목소리가 들려왔다.

"진짜 아이스크림 사 왔어요?"

세윤이 화들짝 놀라며 아이스크림을 받아 들었다. 단지 만지기만 했는데도 손이 얼어붙는 것 같았다.

"지금 한겨울이잖아요."

"먹고 싶다며?"

자신 몫의 따스한 캔 커피를 뺨에 가져다 대며 선우가 능청맞은 목소리로 말했다.

"진짜 추운데……."

자신이 먹고 싶다고 했으니 더 이상 투정을 부릴 수도 없는 노릇이었다. 파도 소리를 따라 방파제를 걸으며 세윤은 아이스크림 껍질을 까 입에 밀어 넣었다. 바람이 불 때마다 뺨을 때리는 머리카락도 입 안에 넣자마자 얼어붙는 아이스크림은 공포스러울 정도로 차가웠다.

"바꿔 먹을까?"

"싫어요."

괜스레 생긴 오기에 세윤은 방파제 끝의 등대에 걸어갈 때까지 야금야금 아이스크림을 해치웠다. 등대 앞에 이르렀을 때에 드디어 아이스크림을 끝냈다는 기쁨에 자랑스럽게 막대를 번쩍 드는데, 갑작스레 뺨에 따스한 금속캔이 닿아왔다.

"뭐예요?"

"왜 그런 걸로 오기를 부리고 그래?"

선우가 자신의 가슴팍에 식지 않게 넣어두었던 뜨거운 캔커피를 세윤의 얼어붙은 뺨 위에 부드럽게 굴렸다.

"입술도."

세윤이 아이스크림 때문에 꽁꽁 얼어붙은 입술부터 녹여달라는 듯 입술을 내밀자, 선우가 웃으며 캔을 세윤의 입술 위에 지그시 눌렀다. 그제야 살 것 같다는 얼굴로 세윤이 안도의 한숨을 내쉬자, 이번에는 나머지 손으로 세윤의 얼음장 같은 뺨을 슥슥 문질렀다.

"고집도 세네."

내려다보는 선우의 혼잣말 같은 나직한 목소리에 세윤은 그의 손에서 캔 커피를 빼앗아 몸을 돌렸다. 왠지 위험했다. 조금씩 흔들리는 자신의 이상야릇한 감정들이.

제주시까지 들러 갈칫국으로 저녁식사를 마치고 늦게 집으로 돌아온 선우는 피곤하다며 일찍 잠자리에 들었다. 내일 일찍 올라간다면서 마지막 밤을 그냥 잠으로 보내나 싶어 세윤은 조금 섭섭했다. 하지만 FM 라디오를 켜놓고 노래를 들으며 돌아오는 내내 선우의 얼굴이 별로 밝지 않아서 맥주라도 한잔하자는 제안을 하지도 못했다. 그렇게 아쉬움에 덩달아 일찍 잠자리에 들었는데, 바깥에서 부스럭거리는 소리에 잠이 깼다. 처음에는 잘못 들었나 싶었지만 '풍년아, 짖지 마라' 하고 속삭이는 목소리는 선우의 것이 맞았다. 세윤은 주섬주섬 옷을 챙겨 입고 담요를 뒤집어썼다. 현관문을 밀고 나가자 풍년이를 달래고 있는 선우의 모습이 눈에 들어왔다.

"안 자요?"

"아, 깼어?"

조심스럽게 나왔는데도 잠을 깨게 한 것이 미안했던지 선우가
어색하게 웃었다. 집 앞의 나트륨 등 아래로 선우의 얼굴이 그림
자가 져 일그러져 보였다.

"오늘 너무 춥다."

춥다면서 니트 하나만 입고 나온 선우가 이가 떨리는지 턱을 딱
딱거렸다.

"옷이나 제대로 입고 나오지……."

세윤이 못 말리겠다는 듯 어깨에 덮고 나온 담요를 벗었다.

"아니야. 그냥 차에 타 있자. 열쇠는 있어."

"혼자 드라이브 하러 나온 거였어요? 그럼 그냥 들어갈게요."

세윤이 혹 자신이 방해했나 싶어 몸을 돌려 세웠다.

"드라이브 하러 나온 건 아니었는데, 드라이브 괜찮을 것 같네.
타."

차에 시동이 걸리자 반짝거리며 시계에 불이 들어왔다. 정확히
자정 하고도 삼십 분이나 넘긴 늦은 시간. 차 안의 냉기에 선우가
몸서리를 치며 히터를 켰다.

"어디로 갈까?"

"공포 분위기로 가볼까요?"

세윤이 가볍게 웃으며 내비게이션을 1112번 도로 쪽으로 조정
했다.

"여기, 삼나무 숲길. 고독 씹기에는 아주 제격이거든요."

조용한 차 안에서는 내비게이션의 알림 소리만 간헐적으로 들려왔다. 노곤한 졸음에 세윤이 고개를 기울이고 있는데 선우가 뭔가를 슥 내밀었다.

"전원 좀 켜봐."

"응?"

세윤이 받아 든 것은 휴대전화였다. 낮에 어디에 두었는지 기억나지 않는다고 했던 그것이었다.

"왜요?"

"판도라의 상자 같거든, 저 작은 기계가."

선우가 나직하게 내뱉었다. 잔뜩 가라앉은 얼굴과 목소리. 처음 제주에 도착했을 때에 보였던 피곤한 표정이 다시 재생되고 있었다. 세윤의 표정도 덩달아 어두워졌다.

"네가 한번 확인해 봐. 얼마나 많은 사람들이 강선우를 들볶으려고 대기 중인지."

"찾는 사람 많은 게 나쁜 거 아닌데요 뭐. 기뻐하세요, 인기 많은 걸."

세윤이 부러 가볍게 대꾸하고는 전원 버튼을 눌렀다. 제조회사의 영상과 멜로디와 함께 반짝, 액정에 불이 들어왔다. 그리고 정확히 십 초 후부터 메시지가 쏟아져 들어왔다. 정신없는 알림 소리에 놀란 세윤이 부산스럽게 기능을 뒤져 휴대전화를 '무음' 상태로 돌렸다.

"전화 걸어온 사람 이름만 확인해 봐."

자신의 휴대전화를 넘기고도 아무렇지 않은 듯 선우가 가볍게 말했다. 도저히 일일이 확인할 엄두가 나지 않은 세윤이 요령을 부려 '빈도수'로 목록을 재정렬했다.

"스튜디오에서 열 통 정도, 지원 언니가 다섯 번, 어머니 한 통, 그리고 한 통씩 온 게 조금 되구요, 나머지는……."

세윤이 말끝을 흐렸다. 만 사 일 동안 도착한 문자 메시지가 여든 개, 그리고 그중 절반 이상이 한 사람에게서 도착한 것이었다. 부재중 전화 역시 마찬가지였다. 이름도 찍히지 않고 번호만 떠 있는 사람에게서 무더기로 도착해 있었다. 선우가 지워 버린 난형의 번호인 듯했다.

"이름 없는 번호?"

"네."

"그 사람 메시지만 삭제해 줄래?"

"내가?"

"무리한 부탁 해서 미안해."

자신이 지우게 되면 읽지 않을 수 없기 때문에 어쩔 수 없다는 듯 세윤에게 부탁하는 선우의 목소리도 썩 기분 좋아 보이지는 않았다. 세윤은 메시지의 내용을 읽지 않기 위해 애쓰면서 난형의 번호를 모두 선택했다. 삭제 버튼을 누르기 전 선우에게 다시 물었다.

"정말 다 지워요?"

"지워."

선우의 단호한 목소리에 세윤이 확인을 꾹 눌렀다. 삭제된 메시지함은 한결 가벼워 보였다. 세윤이 다시 휴대전화를 내밀자, 선우가 고개를 저었다.

"왜요?"

"저장시켜 놔."

"뭘요?"

"네 휴대전화 번호. 그래야 내가 전화해서 가끔씩 밥도 사주고 그러지."

자신을 돌아보는 목소리가 조금 다정하게 녹아 있었다. 세윤은 맛있는 거 사달라고 해야지, 라고 가볍게 웃으며 자신의 전화번호를 꾹꾹 눌렀다. 그리고 '나세윤'이라고 자신의 이름을 저장해 넣었다.

"통화 버튼 눌러서 내 번호도 저장해 놓고."

주도면밀하시긴. 세윤이 못 말리겠다는 듯 자신의 휴대전화로 전화를 걸어 선우의 번호도 저장시켰다. 그제야 선우는 휴대전화를 받아 주머니에 밀어 넣었다.

평소에도 차가 많이 다니지 않는 삼나무 숲길에는 불빛 하나 보이지 않았다. 달빛조차도 숨죽이는 것 같은 어두움, 두 사람의 차만 없다면 완전한 암흑에 가까웠다. 갓길이 없는 탓에 선우는 조심스럽게 길 한쪽에 비상등과 헤드라이트를 켜고 차를 세웠다. 살짝 창을 열자 살을 에일 만큼 시린 바람이 차 안을 휘젓고 지나갔다. 세윤이 턱을 괴고는 아득한 눈으로 창밖을 바라보았다.

"너 왜 이런 곳을 오자고 했냐?"

"낮엔 좋거든요. 밤엔 사고도 많고 위험하지만."

"그럴만하다."

이해된다는 듯 선우가 고개를 끄덕거렸다.

"여기선 사람 하나 사라져도 아무도 모르겠는데."

선우의 나직한 목소리에 움찔 세윤이 돌아보았다. 세윤의 반응에 선우가 미안한 듯 웃음으로 얼버무렸다.

"미안해. 내일 올라가기 싫어서 그런가 봐."

목소리에서 느껴지는 답답함에 세윤이 달래듯 말했다.

"언제든 내려오면 큰아버지가 반겨주실 거예요."

"네가 없잖아."

세윤은 팔짱을 낀 채 긴장이 풀린 몸으로 창밖을 보고 있는 선우를 바라보았다. 그 말 아래에 숨겨진 뜻을 파악하지 못한 세윤이 다시 고개를 돌렸다. 그때 문득 선우가 물었다.

"연애해 봤어?"

"네."

세윤이 건성으로 대답했다.

"어땠어?"

"뭐가요?"

"만났을 때라든지, 헤어졌을 때라든지."

"경계심만 늘었어요."

"나쁜 놈이었나?"

"그냥, 잘못 걸렸다고 해야 하나……."

세윤이 말끝을 흐렸다.

"얘기해 봐."

호기심이 동하는 듯 선우가 집요하게 물었다.

"공짜로?"

"의외로 이해 관계에 밝단 말이지."

선우가 아이스커피 운운하며 가볍게 세윤을 놀렸다.

"서울 가서 정말로 밥 사주실 거죠?"

"전화할게."

선우가 약속한다는 듯 크게 고개를 끄덕거렸다. 궁금해하는 선우를 향해 세윤이 대수롭지 않은 목소리로 입을 열었다.

"띠…… 동갑 학교 강사님이셨어요."

열두 살 차이? 왜 그런 놈을 만났느냐고 말하려던 선우는 그러고 보면 자신과 세윤도 열 살 가까이 차이가 난다는 사실에 그 말을 목 아래로 삼켰다.

"어쩌다 보니까 서로 눈이 맞았는데, 알고 봤더니 그분은 결혼할 사람이 있었고."

남 일처럼 가볍게 이야기하고 있었지만, 세윤의 얼굴에는 여전히 그때의 이야기를 하는 것에 대한 괴로움이 남아 있어 보였다.

"그래서 헤어졌고, 그분은 결혼해서 박사 과정 밟으러 유학 가셨어요. 끝."

"그런데 경계심은 왜?"

선우의 집요함을 못 이기겠다는 듯, 세윤이 다시 입을 열었다.

"내가 꼬리 쳤대요."

"응?"

열두 살이나 많은 남자가 쓰기에는 별로 어른스러운 표현은 아니라는 생각에 선우의 이마가 구겨졌다.

"이건 내가 그냥 격하게 표현한 거고, 그분의 부드러운 표현에 의하면 '네가 나를 홀렸다' 래요."

자신의 입으로 다시 내뱉는 그 과거의 말이 불편했던지 세윤의 표정이 불편해졌다.

"그래서 잠깐 홀린 거고, 사랑한 적도 없었대요."

세윤이 툭툭 던지는 말에 선우가 왠지 안쓰러워 팔을 뻗어 어깨를 가볍게 두드렸다.

"괜히 이야기하라고 해놓고서는……. 병 주고 약 주고."

세윤이 투정을 부리듯 입술을 삐죽였다. 그리고는 궁금했던 걸 물었다.

"정말 헤어졌어요?"

"아마도."

선우가 여전히 의자에 머리를 기댄 채 세윤을 향해 고개를 끄덕였다.

"왜 헤어졌는지 물어봐도 돼요?"

"사랑이 넘쳐서."

잠시 콧잔등을 찌푸리던 선우도 세윤처럼, 마치 남 일을 말하듯 가볍게 다음 말을 이었다.

"사랑이 넘쳐서, 나 말고도 다른 사람에게도 주고 싶었나 봐."

한참 동안이나 침묵이 흘렀다. 훈훈한 차 안의 공기가 갑갑했던지 세윤이 창문을 조금 열었다. 찬바람이 거세게 차 안을 훑고 지나갔다.

"용서해 줄 수 없었어요?"

"모르겠어."

"사랑하면…… 용서해 줄 수 있다고 하던데."

잘은 모르겠지만, 이라고 세윤이 작은 목소리로 덧붙였다.

"그럼 나는 사랑하지 않은 건가?"

세윤의 이야기가 재미있다는 듯 선우가 조금 가벼워진 목소리로 대꾸했다. 세윤이 또 궁금한 게 있다며 조심스럽게 물었다.

"다시…… 사랑할 수 있을 것 같아요?"

이번에는 침묵의 시간이 조금 더 길었다. 한참을 고민하던 선우가 낮은 목소리로 대답했다. 느리게 말하는 선우의 목소리에는 진심이 담겨 있었다.

"넘치지도 모자라지도 않게, 내가 감당할 수 있는 만큼, 딱 그만큼을 주고받을 수 있는 사람이 나타나서……. 다시 사랑할 수 있게 되면 좋겠어."

선우의 말에 세윤이 이해한다는 듯 고개를 끄덕거렸다. 그러다 창밖을 보고는 가볍게 탄성을 질렀다.

"눈이 제법 오네."

선우도 밖으로 시선을 돌렸다. 도로가 조금씩 젖어가고 있었고, 나뭇가지와 주변의 흙 위로는 그렇게 내린 눈이 조금씩 쌓이고 있었다. 오가는 차 한 대 없는 어둠 속에서 헤드라이트를 켜고 있는 두 사람의 차 위에도 눈이 쌓이고, 그 위로 삼나무의 그림자가 흔들거리고 있었다.

제주에서 4박5일을 보내고 돌아온 선우 앞에는 역시나 촬영 일정이 가득하게 놓여 있었다. 떠오르는 난형에 대한 생각을 지우기 위해서라도 무리하게 촬영 스케줄을 이어갔다. 매몰찬 말로 떼어내긴 했지만, 즐겁게 만나왔던 사람을 하루아침에 완전히 지워 버리기엔 쉽지 않았다. 게다가 선우의 방은 여전히 난형이 골라준 침구와 커튼 등으로 가득 차 있었다. 집에 들어갈 때면 집 안 곳곳을 점령하고 있는 물건들 때문에 스튜디오에서 어설프게 밤을 새우는 날이 늘어났다.

잡지 촬영에서 시작되어 광고 사진 촬영으로 이어진 3월의 첫 일요일이었다. 지방 촬영을 마치고 서울로 돌아오는 고속도로 안. 차 안은 고요했다. 뒷좌석에는 자신만큼이나 강행군을 이어온 스태프들이 지쳐 쓰러져 잠들어 있었다. 핸들을 부드럽게 꺾는데 문득 차분하게 운전하던 세윤의 모습이 생생하게 떠올랐다. 2월 말에 올라올 거라고 했으니 지금쯤 서울에 있겠지. 금방 연락할 것처럼 말하고서는 한동안 연락 못한 게 미안해 선뜻 전화를 걸기가 어려웠다. 그렇게 한참이나 망설이다가 휴대전화의 핸즈프리를 연결시켰다.

신호음 한번한번이 몇 십 초같이 느껴졌다. 하나, 둘, 셋……. 신호음을 아홉 번까지 셌을 때에 세윤이 전화를 받았다. 아니, 세윤이 전화를 받았다고 생각했었다.

[여보세요.]

남자의 목소리. 누구냐고 묻지도 못하고 당황한 선우는 일단 전화를 끊고 번호를 확인했다. 세윤의 번호가 맞았다. 그렇다면 방금 전에 전화를 받은 건 누구? 토라진 세윤이 전화를 받지 않을 수도 있다는 생각은 했지만, 다른 사람이 받을 거란 생각은 하지 못했다. 그것도 남자가.

잠시 흔들리는 눈빛으로 핸들을 세게 움켜쥔 선우는 상당히 복잡한 기분에 이마를 찌푸렸다. 불쾌함도 아니고 곤혹스러움이나 화도 아닌, 섭섭함에 가까운 묘한 기분. 서울까지는 아직도 한 시간이 남아 있었다. 선우는 신경질적으로 추월선으로 들어섰다. 엔진음이 거세게 차를 울렸다.

겨울과 봄 사이의 3월의 첫 일요일 오후. 바람은 조금 매서웠지만 바람은 따스했다. 세윤은 아파트 단지 앞에서 회색 캐시미어 코트 주머니에 손을 넣고 선 현석을 발견했다. 살집이 좀 더 붙어 있었고, 금테 안경은 검은색의 뿔테 안경으로 바뀌어 있었다. 학생과 교수의 모호한 경계에 있던 모습은 사라지고, 이제 전형적인 '교수님'의 모습을 하고 있는 현석의 모습을 발견하는 순간 세윤의 머릿속에는 여러 가지 감정들이 복잡하게 떠올랐다 사라졌다. 그것이 반가움인지 미움인지 원망인지는 알 수가 없었다. 세윤을 발견한 현석은 달려오듯 그 앞에 섰다.

"왜 보자고 한 거예요?"

"보고 싶었어."

현석의 목소리에서 기쁨에 가까운 감정이 묻어났다. 정말로 다시 만나고 싶었고 돌아오고 싶었다는 것이 느껴지는 목소리였지만 세윤은 시선을 피했다. 갑작스런 전화를 받은 것은 이틀 전, 그의 첫 마디는 '돌아왔어'였다. 그리고 세윤이 무어라 말을 꺼내기도 전에 자신이 하고 싶은 말을 퍼부었다. 요약하자면 간단했다. 네가 아는 것처럼 유학 가기 직전에 결혼했었다, 그렇지만 미국에서 이혼했다. 그래서 지금은 혼자라는 것.

사 년 만의 전화는 세윤을 천국과 지옥을 오가게 했다. 첫 전화를 받은 지 이틀 후 집 앞이라며 걸려온 전화는 그 혼란을 증폭시켰다. 끊어진 전화를 붙잡고 멍하게 서 있던 세윤은 일단 부딪혀 보기로 했다. 현관 열쇠를 집어 든 세윤의 얼굴이 단단하게 굳어져 있었다. 현석과 만난 세윤은 인사조차 하지 않았다. 그리고 앞장서서 지원의 까페로 향했다.

여차하면 지원에게 SOS를 칠 수도 있지 않을까 하는 계산 탓이었다. 마침 지원은 카페에서 로스팅을 돕고 있는 중이었다. 복잡한 얼굴로 남자와 들어서는 세윤을 힐끗 쳐다보고, 지원은 세윤과 눈을 마주치고는 가볍게 눈인사를 건넸다.

"졸업 안 했더라."

자리를 잡고 앉자 둘 사이에 오랜 침묵이 흘렀다. 먼저 입을 연 것은 현석이었다.

"……."

"다음 학기에 강의해."

세윤의 어깨가 움찔했다. 그가 학교로 돌아온다? 무슨 수업을?

"……."

"수강 신청 명단에 네가 없었어."

세윤은 애꿎은 커피만 스틱으로 휘휘 저었다.

"너를 다시 만나고 싶어서 돌아왔어."

현석의 직설적인 말에 숨이 막혀왔다. 사 년 전 그렇게 헤어지고, 그동안 한 번도 연락이 없다가 이제 와서 만나고 싶다? 가슴이 뛰었다. 애타게 그리워했던 사람이 사랑한다고, 다시 만나고 싶다고 이야기하고 있었다. 네 하고 손을 맞잡아야 하는 건지, 아니면 네까짓 것 아쉽지도 않아 라며 비웃어주어야 할지. 영화에서 나오는 것처럼 도도한 얼굴로 차가운 물을 얼굴 위에 뿌리고, 너무 늦었네요 라며 가볍게 웃고 돌아서고 싶었지만 그건 모두 환상에 불과했다. 현실은 달랐다. 현실에서는 아무런 말을 할 수가 없었다. 세윤이 입을 다물고 아무 말도 하지 않자 현석이 다시 입을 열었다.

"이런 말 하는 거, 부끄럽고 미안하고……. 그렇지만, 날 한 번만 용서해 줄 수 없겠니?"

용서. 세윤의 머릿속에는 제주에서 그 자신이 선우에게 물었던 질문이 머릿속에 다시 떠올랐다. 사랑하면 용서할 수 있다던데. 이 사람을 용서하면 사랑하게 되나? 답할 수 없었다. 용서할 수 있을지에 대해서도, 그리고 여전히 사랑하고 있는지에 대해서도.

"용서하면 뭐가 달라지는데요?"

세윤이 나직하게 물었다.

"……다시 시작할 수 있는 실마리가 열리지 않을까?"

현석의 목소리에는 자신감이 없었다. 그가 가진 것은 세윤에 대한 뒤늦은 열망밖에 없었다. 이혼까지 불사하고 되돌아왔음을 알 때에, 그는 세윤이 조금은 반가워할 거라고 기대했었다. 하지만 세윤의 냉담한 반응에 상처 입고 있었다. 쉬운 결정이 아니었음을 알아주지 않는 세윤에게 그는 조금 섭섭함을 느꼈지만 얼굴로 드러내지 않고 조심스럽게 세윤의 마음을 건드렸다.

한참 동안이나 세윤의 입이 열리지 않았다. 초조해진 현석만이 입술을 깨문 채 조금씩 커피를 마실 뿐이었다. 마주치지 않는 눈 탓에 세윤이 어떤 생각을 하고 있는지 아무것도 읽을 수가 없었다. 성급한 마음에 다시 현석이 입을 열었다.

"널 놓치면 평생 후회할 것 같았어. 평생 그리워하면서 살 바에는 어떻게 해서든 네 앞에서 그때의 일을 사과하고 용서를 받고 너와 함께하는 편이 나을 것 같더라. 세윤아, 내가 어떻게 해야 용서해 줄 수 있겠니?"

"용서하는 게 새로운 관계를 여는 실마리라면, 저는 용서 안 할래요."

오랫동안 말이 없던 세윤은 '용서하지 않는다'는 문장을 돌 벽에 새길 것처럼 또박또박 말했다. 나직하지만 날카로운 목소리에 현석이 손바닥에 땀이 배어나오는지 초조한 몸짓으로 마른세수를 했다.

"이해해. 이런 반응 각오하지 않고 온 거 아니니까."

현석이 씁쓸한 얼굴로 길게 한숨을 쉬었다. 머리가 지끈거리는 것 같아, 세윤이 말 없이 자리에서 일어나 화장실로 향했다. 거울 속에는 막 반죽해 굳어진 회반죽처럼 차갑고 무겁고 우울한 스물네 살의 여자아이가 서 있었다. 왜 고작 그런 말밖에 못하는 건지, 답답함에 세윤이 벽에 이마를 기댔다. 더 상처 주는 말을 하고 싶었다. 자신이 그의 말들로 가슴이 찢기듯 고통스러웠던 것처럼, 더 큰 고통의 말로 상대의 가슴을 아프게 만들고 싶었다. 하지만 고작 그 앞에서 한 말이라고는 용서하지 못하겠다는 말이 전부였다.

차가운 물에 눈가를 닦아내고 자리로 돌아가는데, 세윤의 휴대 전화를 테이블에 내려놓는 현석의 어색한 동작이 눈에 들어왔다.

"전화가 왔었어. 벨소리 때문에 어쩔 수 없이 받았는데……."

피곤했다. 눈치를 보며 자신의 한 마디 한 마디에 신경을 쓰는 현석도 피곤했고, 종잡을 수 없는 세윤 자신의 마음도 피곤했다. 그 자리를 벗어나고 싶었다. 가방을 들고 일어서려는데 현석이 그 앞을 다급히 막아섰다.

"세윤아."

"전 할 이야기 없어요."

현석이 가볍게 세윤을 돌려 세웠다. 어떻게 설명해야 할지 모르겠다는 듯, 현석이 긴장된 목소리로 다급하게 말을 이어갔다.

"네가 상상할 수 있는 것보다 훨씬 더 네가 그리웠어. 이렇게 밀어내지 마."

너무 안타까워서 아무 말도 못하는 그 벅참이 어떤 기분인지 모르지 않았다. 안타까운 현석의 눈빛을 바라보며 세윤이 자리에 다시 앉았다. 다른 것이 있다면 그의 그런 감정을, 세윤은 이미 오래 전에 경험하고 흘려보냈다는 것이다.

세윤은 안도한 얼굴로 자신을 바라보는 현석을 물끄러미 바라보았다. 자신이 사랑했던 사람의 모습이 친숙했지만 낯설었다. 엇

갈린 사 년의 시간이 서로에게 얼마만큼의 여백을 주었는지 상상하기는 쉽지 않았다. 세윤의 온기 없는 시선과 닫힌 귀, 반응 없는 태도에도 불구하고 현석은 마치 어린아이에게 처음 말을 가르치는 엄마처럼 세윤을 향해 계속 이야기를 건네었다. 더 이상 앉아 있기 힘들다 싶은 한계에 도달했을 때 즈음, 세윤의 귀에 익숙한 목소리가 들려왔다.

"어라, 아까 경기도 들어왔다더니 벌써 왔어?"

"좀 밟았어. 모카나 한 잔 줘."

세윤은 반사적으로 고개를 돌렸다. 카페 입구에서 와인 빛 머플러를 풀던 선우의 시선도 세윤에게 닿아 있었다. 짙은 회색빛 청바지에 스니커스, 그리고 검은 재킷을 걸치고 있는 선우는 조금 더 길어진 머리칼을 반으로 묶고 있다는 것을 제하면 한 달 전과 다른 것이 없어 보였다.

선우는 잠시 자리를 눈으로 훑더니 지원을 향해 담배를 살짝 흔들고는 카페 밖 테이블로 걸어나갔다. 자동문이 다시 열리고 닫혔다. 세윤은 자신의 등 뒤로 선우의 시선이 꽂혀 있는 것을 따갑게 느꼈다. 현석과의 이 모호한 분위기를 선우에게 보여주고 싶지 않았다.

"가볼게요."

더 이상은 시간을 지체하기 싫다는 듯한 세윤의 단호한 태도에 현석도 다급하게 옷을 챙겨 따라나섰다. 지원을 향해 살짝 눈 맞춤으로 인사를 하고 문밖으로 나갔을 때였다.

"어이."

담배 연기가 코끝을 살짝 스치고 지나갔다. 세윤이 갑자기 멈춰선 탓에, 다급하게 뒤따라오던 현석이 그 등에 부딪힐 뻔했다. 잠시 망설이는 듯하던 세윤은 성큼성큼 걸어가 선우의 맞은편 자리에 앉았다. 현석이 어리둥절한 눈으로 세윤과 선우를 번갈아 바라보았다.

　"안녕히 가십시오."

　선우는 한 손에 담배를 든 채 고개를 살짝 숙였다.

　"세윤아……?"

　대답을 구하려는 듯 세윤을 바라보던 현석은 자신을 향해 눈을 마주치지 않는 모습을 보고는 체념한 듯 가게를 빠져나갔다.

　세윤은 현석이 천천히 사라진 길을 한참 동안이나 바라보고 있었다. 선우가 그 모습을 지켜보았지만 그 시선을 눈치 채지 못한 듯했다.

　"저녁 같이 먹을래?"

　"아니요."

　세윤이 고개를 저으며 자리에서 일어났다. 딱 부러진 거절에 선우가 피식 웃더니 팔을 뻗어 세윤의 손목을 부드럽게 잡았다. 선우의 손에 담긴 냉기에 세윤이 움찔 놀라 그를 바라보자 미안한 듯 차가운 손을 풀었다.

　"밖에 있었더니 손이 좀 차가워졌네. 들어가자."

　"……싫어요."

　"저녁 사줄게."

　"……."

"세윤아."

"……."

"세윤아."

"……."

"세윤아."

자신의 이름을 세 번째 불렀을 때 세윤이 다시 자리에 앉았다. 선우가 천천히 담배를 끄는 사이에 가게 문이 열리고 지원이 빼꼼이 얼굴을 내밀었다.

"바깥 춥다, 들어오든지 나가든지."

"오늘은 일단 가고, 주말에 다시 올게."

선우가 빈 커피 잔을 지원에게 건네고는 손을 흔들었다. 지원은 알 듯 모를 듯한 표정으로 선우와 세윤을 바라보며 고개를 끄덕거리고 카페 안으로 들어갔다.

세윤의 전화를 받은 남자의 목소리에 불쾌한 기분으로 급하게 차를 밟아 도착한 곳은 지원의 카페였다. 몇 주째 이어진 강행군 끝의 휴식이라 집에서 쓰러져 자고 싶었지만, 슬슬 난형의 취향으로 도배된 집안의 물건들을 바꾸어야 할 때가 왔다는 생각이 들었다. 그래서 지원에게 저녁이라도 사주고 침구를 고르러 갈 생각이었다. 그렇게 도착한 카페에서 세윤의 뒷모습을 발견했다. 그리고 맞은편에서 긴장한 얼굴로 세윤에게 말을 걸고 있는 남자를 확인했다. 순간, 전화를 받은 사람도 바로 그라는 생각이 들었다. 그리고 스무 살의 세윤을 흔들어놓았던 장본인이라는 것도 직감적으로 알아챘다. 그들 사이에 어떤 이야기가 오가고 있는지 신경 쓰여 무심한 척 담배를 핑계로 밖으로 나가 추위 속에서 커피를 마셨다. 뒤따라오는 남자를 신경 쓰지 않은 채 냉랭한 얼굴로 가게 문을 밀고 나올 때에는 묘하게 기쁜 마음도 없잖아 있었다. 굳이 그를 자극할 생각은 아니었지만 자신도 모르게 세윤을 불렀고, 마치 세윤과 '특별한' 관계인 양 호기를 부렸다. 정체 모를 소유욕에 선우는 스스로를 향해 코웃음 쳤다.

퇴근 시간이 가까워진 시내 도로는 차로 채워지기 시작해 달리는 속도가 느려지기 시작했다.

"앞에 껌 있을 거야, 꺼내줄래?"

선우의 부탁에 세윤이 차계부와 영수증 따위가 뒤섞여 있는 사이에서 껌을 꺼냈다. 그리고 잠시 고민하다가 껍질을 가볍게 벗겨 선우의 입가에 쑥 내밀었다.

"착하네."

날름 껌을 입 안으로 밀어 넣은 선우는 씩 웃으며 세윤의 머리를 가볍게 쓰다듬었다. 아이에게 하는 것 같은 쓰다듬음에 세윤이 껌 종이를 가볍게 구기는 걸로 불만을 표시했다.

"제주에선 언제 올라온 거야?"

"일주일 정도 되었어요."

"연락 못해서 미안해."

"별로 기대도 안 했어요."

퉁명스러운 목소리에는 섭섭함이 묻어났다. 그런 세윤을 보며 선우가 웃었다. 어스름이 내리기 시작했다. 차 안의 침묵 속에서 선우는 정공법을 택하기로 했다.

"시간이 필요했어."

선우가 어디서부터 어떻게 이야기해야 할지 고민하는 동안, 세윤은 자동차의 긴 꼬리를 담담하게 바라보았다.

"서울에 돌아오니까 역시나 다시 현실이더라."

옆 차선의 차가 신호를 넣고 들어오자 선우가 브레이크를 살짝 밟아 양보했다.

"아마 너랑 전화를 하거나 그랬다면, 다시 제주로 도망치고 싶어졌을 거야. 옷걸이에 걸린 하와이안 셔츠를 볼 때마다 그거 집어 들고 공항으로 달려가고 싶었거든. 현실에 체념할 시간이 필요했어. 그…… 사람에게 그런 시간을 줄 필요도 있었고, 내게도 그 시간이 좀 필요했고."

차는 속도를 내지 못하고 조금씩만 앞으로 나아갔다. 그리고 차 안에는 각각 다른 이유로 침묵이 흘렀다. 이번에 침묵을 깬 것은 세윤이었다.

"체념할 시간? 이미 너랑 나랑은 다른 길 가기로 한 사람이다, 마음으로는 선을 그어놓고서는 자비라도 베푸는 것처럼 체념할 시간 같은 거 안 줘도 상관없잖아요. 상대방이 체념할 시간이 아니라, 강선우 씨가 체념할 시간이 필요했던 거 아니에요?"

세윤이 선우를 향해 쏘아붙였다.

"나한테 화난 거야?"

"……미안해요."

지나치게 신경질적인 말투였던지 세윤이 한숨을 쉬며 고개를 저었다.

"그래, 그냥 내가 정리를 할 시간이 필요했는지도 모르겠어. 그냥 한 번 실수 용서해 주자. 그냥 받아들여 주자, 아니다, 뻔히 결말이 보이는데 그만두자. 그사이에서 내가 정리할 시간이 필요했는지도."

"그래서, 정리는?"

"아마도."

"아마도."

세윤이 선우의 마지막 말을 반복했다. 그러다 고개를 돌렸다.

"적당히 나와 제주도를 이용했네요, 그 정리에."

"이용?"

예상치 못한 말에 선우가 화들짝 놀라 눈을 크게 떴다.

"상당히 자극적인 표현인데."

"내가 마치 애인처럼 곁에 붙어서 다 챙겨줬잖아요, 제주에서."

세윤의 말에 선우가 웃음을 터뜨렸다. 그리고는 다시 자극적으로 맞받아쳤다.

"우리, 거기서 같이 즐긴 거 아니었나?"

선우의 농담에 그제야 세윤의 입가에 가볍게 미소가 돌았다. 오후 내내 신경질적으로 긴장하고 있었던 탓에 목과 어깨가 아파와 어깨를 주무르는데 선우가 가볍게 입을 열었다. 내내 궁금했지만 날카로운 세윤의 모습에 묻지 못했던 것이었다.

"아까는 무슨 일이야?"

세윤이 한참을 대답 없이 차창 밖을 바라보다 선우에게로 고개를 돌렸다. 가볍게 구겨진 이마에 곤혹스러움이 배어나왔다.

"사랑하지도 않았다며 헤어지자고 한 사람이, 그게 다 거짓말이었다며 다시 나타났을 땐 어떻게 해야 하는 걸까요?"

"교수의 귀환이군."

선우의 말에 세윤은 부정도, 긍정도 하지 않았다. 그리고 또 한참을 창밖을 내다보다가 선우에게로 고개를 돌렸다. 그리곤 뭔가 단호하게 마음을 먹은 것 같은 목소리로 물었다.

"나를 도와줄 수 있어요? 제주에서 내가 도와줬던 것처럼."

세윤이 목소리에 선우가 고개를 돌려 복잡하고 혼란스러운 세윤의 시선을 맞았다. 그리고는 어깨를 으쓱하며 대답했다. 그 목소리 아래에 숨겨진 약간의 승리감은 세윤은 알아채지 못할, 선우만이 알 수 있는 것이었다.

"마음껏 이용하세요."

"생일 축하해요!"

퇴근하려는 사이에 갑자기 사무실 문을 열고 들이닥친 것은 스튜디오 직원들이었다. 서른네 개의 초에 불을 붙인 케이크를 들고 나타난 그들을 보며 선우는 웃음을 터뜨렸다. 직원들의 생일을 챙기긴 했지만 자신의 생일은 그들이 부담스러워할까 싶어 말 없이 지나갔었는데, 이번에는 용케 눈치를 채고 챙기기로 한 모양이었다.

선우는 그들이 성의를 모아 선물한 요술램프 모양의 모카 포트와 머그잔 세트를 받아 들고 스튜디오를 나왔다. 저녁에는 어렸을

때부터 친하게 지낸 친구들과 만나기로 약속이 잡혀 있었다. 그의
우울한 이십대의 연애사도 알고 있는 오래된 친구들이었다.

〈생일 축하, 선물 사놨으니까 언제 일 마치고 카페 들렀다가 가.〉

약속 장소로 이동하는 중에 지원에게서 메시지가 도착했다. 다
시 재킷 주머니에 밀어 넣는데 두 번째 메시지가 도착했다.

〈생일이었어요?〉

세윤의 메시지였다.

친구의 아는 사람이 개업했다는 크지 않은 바에서 술을 마시고
돌아가는 길. 대리운전을 맡기고 뒷자리에서 휴대전화를 꺼내 들
었다. 세윤의 메시지에 대한 답 대신 통화 버튼을 눌렀다.

[여보세요.]

자정에 가까운 시간이었지만 아직 잠들지 않았던 듯 맑은 목소
리였다.

"아직 안 잤구나."

[목소리에서 술 냄새가 나네요.]

"잘도 아네."

취기에 졸음이 쏟아져 선우는 지그시 눈을 감았다.

[생일 축하해요.]

"고마워."

[집에 도착했어요?]

선우가 눈을 뜨고 주변을 확인했다.

"오 분 안에 도착할 것 같은데."

[조심해서 들어가세요.]

"……고맙다."

[뭐가요?]

"글쎄."

선우가 보일 듯 말 듯 웃었다.

[그리고 지원 언니 카페 들를 때에 저한테도 연락 주세요.]

"왜?"

[어쨌든.]

"그럴게."

집 앞에서 대리운전 기사에게 사례를 하고 주머니 속 키홀더를 짤랑거리는데, 문득 그 키홀더도 난형이 선물한 것이었다는 생각이 들었다. 선우는 두 번도 고민하지 않고 열쇠들을 빼내고 키홀더를 근처 쓰레기통에 던져 넣었다. 맨정신이었다면 조금이라도 망설였겠지만 기분 좋게 마신 술이 그 망설임을 가시게 했다.

낱개로 따로 놀고 있는 열쇠들 중에서 현관 열쇠를 골라내어 문을 열려는데 열쇠가 헛돌았다. 그리고 열쇠를 돌리자 오히려 문이 잠겨 버렸다. 다시 문을 열려고 할 때에 현관문이 갑작스럽게 열렸다. 당황한 선우가 한 발자국 물러서는데 열린 문 사이로 음식 냄새가 풍겨왔고, 향수 냄새가 그 뒤를 이었다.

"오빠, 생일 축하해."

난형이 에이프런을 두르고 활짝 웃으며 열린 문을 잡고 있었다. 선우가 이마를 찌푸린 채 난형을 바라보았다. 헤어진 이후 거의 한 달 반 만이었다. 한동안 전화 세례가 이어지다 잠잠해졌다 했더니 이번에는 생일이라는 핑계를 대고 마음을 돌리려고 작정한 모양이었다.

"나가."

선우의 목소리는 짧고, 단호했고, 차가웠다. 선우는 멍하니 서 있는 난형을 무시하는 태도로 집 안으로 들어왔다. 일주일 전 밥 한 끼에 지원을 꼬여내어 쇼핑하고서 갈기 위해 반쯤 벗겨놓고 손대지 못한 것들이 원상 복귀되어 있었다. 자신이 나올 때 절반 즈음 빼어놓았던 옛 커튼과 침구들이 죄다 세탁되어 다림질까지 한 채 다시 원래 자리에 걸려 있었다. 난형은 꽃까지 사가지고 와 거실을 새로 장식하고, 음식까지 해 주방을 가득 채워놓은 상태였다.

"오빠."

"나가."

선우의 목소리에는 망설임이 없었다. 현관 신발장 위에 낱개로 떨어지는 열쇠들을 보며 난형은 자신이 사주었던 키홀더마저 사라졌다는 것을 알고 얼굴이 하얗게 질렸다.

"커튼이랑 새로 샀더라, 역시 오빠 내가 골라주지 않으면 안 돼. 그게 뭐야, 아저씨같이 회색에 아이보리에……. 그건 그냥 가서 환불하고, 내가 새로 사 왔으니까 날 조금 더 따뜻해지면 그걸로 바꾸자."

난형이 떨리는 목소리를 간신히 숨기고 말했지만, 선우는 무관심한 얼굴로 자신의 방으로 들어갔다. 거실의 커튼과 러그가 원래의 것으로 다시 돌아와 있던 것처럼, 침실의 침구들도 모두 마찬가지였다. 쓰레기통에 던져 놓았던 액자마저도 보란 듯 침대 곁협탁에 다시 놓여 있었다.

거칠게 재킷을 벗어 침대 위로 던졌다. 난형을 보는 순간 술이 번쩍 깨었지만, 그래도 온몸에서 여전히 알코올의 냄새가 풍겼다. 선우는 액자를 집어 들고 거실로 다시 나왔다.

난형은 선우가 들어갈 때와 같은 자리에 그대로 서 있었다. 선우는 난형의 존재를 완전히 무시한 채 주방으로 들어가 식탁 위에 액자를 뒤집어 내려놓고 선물 받은 모카포트에 물을 채워 소독하고 커피를 끓였다.

"그거…… 액자……. 다른 거 버리면서 같이 버려졌나 봐. 그래서……."

울먹거리는 듯한 목소리로 난형이 선우에게 다가갔다.

"유난형."

커피가 끓어오르는 소리가 들릴 때 선우가 입을 열었다. 움찔, 난형이 멈추어 섰다. 그리고는 더 이상 어찌할 수 없다는 듯 복받쳐 오르는 목소리로 선우를 불렀다.

"오빠, 내가 잘못했어. 내가 모자랐어, 미안해. 다시는 술 안 마실게. 정말이야."

난형은 기어이 눈물을 쏟기 시작했다.

"그날 일은 처음이자 마지막이었어, 다시는 일어나지도 않을 일이야. 날 사랑한다면서…… 내 실수 한 번을 이해하지 못하는 거야? 그런 걸 사랑이라고 할 수 있어?"

난형의 애원은 화로 이어졌다. 굳이 난형의 자존심까지 자근자근 밟고 싶지는 않았다. 회식이 있으면 열 번 중 두세 번은 동료 직원에게 업혀 들어오거나 밤을 새우는 난형을 이해하는 것은 이미 한계치를 넘고도 남았었다. 선우는 이미 몇 번이나 조심하라고 이야기했고, 그때마다 난형은 걱정 없다며 자신있게 답했었다. 믿었던 선우의 잘못이었고, 자신을 너무 신뢰한 난형의 잘못이었다.

"사랑한다고 했잖아, 사랑한다고!"

선우는 연극적인 포즈로 자리에 주저앉은 난형의 모습을 부드럽게 훑었다. 화장을 좀 옅게 하는 것이 어떠냐는 자신의 이야기에도 굴하지 않고 늘 얼굴 전체에 빠짐없이 색조 화장을 꼼꼼하게 덧바르던 평소의 모습은 어디론가 사라지고, 대신 옅은 화장의 청순한 모습으로 앉아 있는 난형이 낯설었다. 현모양처 같은 수수한 스커트, 긴 손톱을 완전히 정리하고 투명하게 바른 매니큐어. 목덜미가 드러나도록 살짝 묶은 긴 머리칼까지 모두 애써 조심스럽게 신경 쓴 것이 역력했다. 옛 여자 친구의 동작과 행동들에서 그 아래에 숨겨진 의도를 읽고 있는 자신이 왠지 교활하고 치졸해 보여 선우는 고개를 돌려 버렸다.

"사랑했어. 그리고 더 이상 사랑할 생각이 없어."

"이럴 수는 없는 거야, 나는 그날 오빠라고 생각했었어. 정말이야."

빨개진 코끝으로 난형은 선우의 곁에 앉아 손을 덥석 잡았다. 수수한 스커트와 대조적으로 깊이 패인 상의는 난형의 몸의 굴곡을 세심하게 드러내고 있었다. 선우는 우울한 눈으로 난형을 바라보았다. 그때 집 전화가 걸려왔다. 늦은 시간에 갑작스럽게 울리는 전화벨 소리에 선우는 자신의 손을 잡고 있는 난형의 손을 천천히 내려놓고 거실로 걸어가 테이블 위의 전화로 손을 뻗었다. 지원이었다.

[난형이 오늘 거기 갔어?]

"미치겠다."

선우가 곤혹스런 목소리로 대답했다.

[지금 거기 있어?]

"어."

[그럼 말하지 말고 듣기만 해.]

지원은 마치 난형이 듣기라도 할 것처럼 속닥거렸다.

[상대방 와이프가 알았나 봐.]

상대방 와이프? 선우가 모호한 얼굴로 지원의 목소리에 집중했다.

[이혼하겠다고 난리를 치면서 찾아오는 바람에, 회사가 제대로 뒤집혔었다네.]

울먹이는 난형을 내려다보는 선우의 시선이 안타까움으로 변했다. 난형의 눈물은 그동안의 마음고생을 여실히 보여주고 있었다.

[그래서 지금 둘 다 간통죄로 고소되어 있대.]

"뭐?"

[말하지 말래도.]

지원이 다시 한 번 주의를 주었다.

[상대방 와이프가 임신 칠 개월이란다. 참 더럽게 꼬였지.]

선우의 속이 메스꺼워졌다. 생일이라고 마신 알코올들이 죄다 역류해 올라오는 것 같은 느낌에 간신히 입을 틀어막았다.

[난형이 친구라는 애가 아까 카페에 찾아와서는 주절주절 다 이야기하고 갔어. 알고 봤더니 친구라는 애가 너한테 마음이 있었던 모양이더라. 웃기지 않냐?]

문자 그대로 웃긴 일은 아니었다. 지원에게 그 사실을 말했다는 그 친구는 분명 공연을 한다던 친구였을 것이다. 공연을 보러 다녀온 이후, 자신에게 개인적으로 몇 번 전화가 걸려온 적이 있었기 때문이다. 불편한 느낌에 적당히 거절하고 거리를 두어 대했는데 그런 생각을 하고 있었을 줄이야. 선우는 자신이 모르는 사이에 일어났던 일들에 기가 막혔다.

[일이 어째 추잡하게 꼬이는 것 같다만, 잘 처리할 거라고 믿는다.]

"고마워."

선우는 착잡한 기분으로 지원의 전화를 끊었다. 난형의 흐느낌이 계속 이어지고 있었다.

"오빠, 나 좀 도와줘. 어떻게 해야 할지 모르겠어."

난형이 입술을 달싹거렸다. 선우가 한숨을 쉬며 털썩 식탁 앞에 앉았다.

"내가 도와줄 방법이 없잖아."

"그냥 곁에만 있어줘."

난형이 힘이 풀린 듯 선우의 곁에 주저앉았다. 그리고 애처로운 얼굴로 옷자락을 잡았다.

"사랑한다며, 늘 곁에 있어줄 거라며, 힘든 때에 같이 있어주겠다며."

"내가 곁에 있으면?"

선우가 물었다. 간절한 얼굴로 그의 팔을 움켜쥔 난형의 얼굴이 다시 안타까움으로 일그러졌다.

"사랑하는 마음? 그래, 어쩌면 남아 있을지도 모르겠다. 그런데 너를 더 이상 신뢰하지 않아. 자신을 믿지 않는 사람에게서 사랑받는 것, 그걸로 충분하니?"

선우의 침착한 목소리에 난형이 다시 눈물을 후두둑 쏟아냈다.

"오빠한테 이런 부탁 하는 거, 너무 부끄럽고 괴로워. 하지만 한 번만, 한 번만 도와줘. 그 여자, 그 여자 아는 것 하나도 없는데 그냥 무작정 의심하는 거야. 오빠가 말해줘, 걔랑 나랑 아무 일 없었다고."

아무 일 없었다고? 머릿속을 때리는 난형의 말에 선우의 눈과 입술이 가볍게 벌어졌지만, 이미 난형은 자신이 해야 한다고 생각하는 그 말 외에는 아무것도 신경 쓰지 않는 듯했다.

"걔 와이프, 그냥 심증으로 그러는 거야. 오빠가 거기에 나랑 같이 있었다고, 오빠랑 내가 같이 있고 걔는 그냥 거실에서 재워서 보냈다고 그렇게 이야기해 줘. 그거면 돼. 다른 거 아무것도 안 바랄게. 그냥 그렇게 말만 해줘, 그러고 나면 내가 헤어져 줄게."

부축 당한 채 아파트로 올라가던 모습, 내려오지 않던 후배, 그리고 들려오던 방 안의 소리. 모든 것을 직접 보고 들었던 선우 앞에서 아무 일 없었다고 이야기해 달라는 난형의 뻔뻔스러움에 선우는 할 말을 잃었다.

"내가 아무것도 못 본 걸로 해달라고?"

"어렵지 않잖아, 그까짓 것, 그 여자 앞에서 아무 일 없었다고 그 말만 해주면 되는 거잖아. 오빠, 제발 부탁할게."

난형은 아예 선우 앞에 무릎을 꿇고 애원했다. 눈물범벅이 된 난형의 얼굴을 내려다보는 선우의 표정은 절망에 가까웠지만, 난형은 여전히 자신을 도와달라는 말만 반복하고 있었다.

"내게 미안한 건 없니?"

"뭐?"

"내게 미안하진 않았니?"

선우의 말에 난형이 멈칫했다.

"지난 한 달 반 동안, 네가 당한 괴로움 사이에 내게 미안한 적은 없었냐고 물었어."

"오빠, 나는 당연히……."

"그만 하자."

선우가 더 이상 난형의 어떤 애원도 말도 듣고 싶지 않다는 듯 천천히 의자에서 일어났다. 그리고는 느린 손으로 에이프런을 풀었다. 그 끈을 푸는 사이에 선우를 설득할 수 있는 힘있는 한마디를 생각해 내고 싶은 것 같았지만, 선우는 재촉하듯 가방과 짐을 들고 문 앞에 섰다. 모든 절망은 난형으로부터 온 것이니 난형이 사라지면 그 모든 절망과 우울도 사라질 거라고 생각했다.

"나와."

선우의 굳어진 목소리에서 난형은 더 이상 어떤 애원이나 부탁도 소용없다는 것을 깨달은 듯 끈을 푼 에이프런을 식탁 위에 느리게 내려놓았다. 난형의 손끝이 가늘게 떨리고 있었다. 구겨진 그 천 조각이 마치 마지막 희망인 양 한참 동안이나 내려다보고 있던 난형은 결국 현관으로 향했다. 하지만 선우의 뒤를 따르는 난형의 얼굴에는 남아 있는 미련과 체념과 원망이 뒤범벅되어 있었다. 엘리베이터 속에서도, 아파트를 빠져나가는 사이에서도 선우는 굳어진 얼굴로 아무런 말이 없었다.

인도에서 손을 듦과 거의 동시에 택시가 도착했고, 선우는 조금의 망설임도 없이 택시의 뒷문을 열고 가방을 밀어 넣었다. 그리고 차에 오르라는 듯 문에서 비켜섰다. 난형이 그 자리에 굳어진 채 서 있다가 또 입을 열려고 하자 선우가 고통스러운 얼굴로 고개를 저었다.

"난형아, 부탁이야. 제발 그만 하자."

차 문을 닫음과 동시에 택시가 출발했고 선우는 오랫동안 그 자리에 서 있다가 계단을 걸어 천천히 아파트로 올라왔다. 그리고 소파에 기대어 다시 난형의 색으로 돌아온 커튼과 침구들을 바라보았다. 맥이 풀렸다. 분노나 슬픔도 느껴지지 않았다. 그저 공허할 따름이었다. 난형이 데워놓고 간 공기는 춥지 않았지만, 추웠다. 그것이 몸이든 마음이든.

5. 봄이 아니어도 설렘

일년 만에 복학한 학교는 같은 듯 같지 않았다. 강의들은 다를 것이 없었지만 봄을 맞는 세윤의 마음은 또 이전의 해와 달랐다. 그것이 단지 이제 연둣빛으로 달구어지기 시작한 나무들 때문인 건지, 아니면 다른 이유 때문인지 감이 잘 잡히지 않았다.

선우와는 며칠에 한 번 짧게 통화를 하곤 했다. 세윤이 메시지를 보내면 선우가 전화를 걸거나, 선우가 메시지를 보내면 세윤이 통화를 하는 식이었다. 선우는 여전히 바빴고, 그런 탓인지 목소리는 여전히 피곤하게 들렸다. 무슨 일인가 일어날 것같이 하루하루가 두근거리는 날들이었지만, 예상과 달리 별다른 일이 일어나지는 않았다. 그렇게 잠잠하고 평화로운 3월의 마지막 주 오전이었다.

〈촬영 펑크. 하루 휴가다!〉

선우였다. 세윤이 메시지에 슬쩍 웃으며 교수의 눈치를 보며 메시지에 답했다.

〈뭐 할 거예요?〉

〈뭐 할까?〉

강의가 끝난 후 세윤이 전화를 걸었다. 기다렸다는 듯 선우가 전화를 받았다.

[학교야?]

"네."

[오늘 수업은?]

"점심 먹고 하나 더 있어요."

[바람 쐬러 갈까?]

학교로 오겠다고 하더니 점심을 먹고 잠시 후배들과 수다를 떨고 있는데 전화가 걸려왔다.

[스튜디오 갑갑해서 일찍 왔어. 지금 어디?]

세윤이 전화로 강의동 위치를 설명하고 기다리는데 멀리서 선우가 손을 흔들며 걸어오는 모습이 보였다. 늘 떼어놓지 않고 들던 장비 가방조차 가져오지 않은 홀가분한 모습이었다.

"날씨가 좋아서 차를 두고 왔지."

"잘하셨어요."

오랜만에 보는 선우의 얼굴에 세윤이 반갑게 웃었다.

"수업 언제 시작해?"

"십 분 정도 남았어요."

"가자."

"강의실에 같이 들어가려고요?"

"왜, 안 돼?"

"학교에 아는 사람도 많은데."

"학생임을 의심받을 만큼 나이 들어 보이진 않는데?"

선우가 건물 유리창에 자신의 모양새를 비추어보며 씩 웃었다. 그리고 세윤이 무어라 말 할 겨를도 없이 강의동으로 들어갔다.

전공 필수 과목이라 강의실에는 이미 사람들이 북적였다. 세윤은 친구들과 떨어져 선우와 함께 문가 뒷자리에 자리 잡았다. 강의 시작한 지 십여 분이 지났는데도 교수님이 들어오지 않아 시끄럽게 떠들고 있는데 앞쪽 문이 열렸다. 들어온 것은 전공 담당 교수가 아닌 현석이었다. 세윤의 얼굴이 굳어졌다.

"담당하시는 최 교수님이 개인적인 문제로 이번 학기 강의에서 중도 하차 하시게 되셨습니다. 자세한 사정을 학생들에 직접 설명하지 못해 미안하다고 전해달라고 하셨으니 학생들의 이해를 부탁합니다. 필수 과목이기 때문에 제가 교수님의 뒤를 이어 강의할 예정입니다. 학생들은 각자의 선택에 따라 계속 수강할 수도, 취소할 수도 있습니다. 또한 취소할 학생을 위해 이미 수강 정정 기간은 종료되었지만 최대한의 편의를 보아 다른 과목의 수강을 인정하기로 했습니다."

현석이 차분하게 설명을 이어나갔다. 학생들이 웅성거렸다. 선우는 묘한 얼굴로 교단 앞에 선 현석과 세윤을 번갈아 쳐다보았다. 강의실을 훑어보던 현석의 시선이 세윤에게 고정된 것이 선우

에게도 보였다. 그리고 뒤이어 자신에게로 시선이 옮겨왔고. 선우
는 싱긋 웃으며 그의 눈을 피하지 않고 마주 보았다.

"이번 학기 고생 좀 하겠군요, 나세윤 씨."

선우가 세윤을 향해 속닥거렸다.

"⋯⋯글쎄요."

"이번 주 금요일까지 취소와 타 과목 수강 여부를 확인하기 바
랍니다. 일단 출석을 부르고 마치겠습니다."

가나다 순서로 출석을 부른 탓에 세윤은 앞에서 몇 번째로 호명
되었다. 세윤의 차례가 지나자 선우가 어깨를 툭 쳤다.

"나가자."

세윤이 가방을 집어 들고 일어서려는데 현석이 고개를 번쩍 들
었다.

"출석 부르는 거 끝나면 나가세요."

선우가 어깨를 으쓱하고는 제자리에 앉았다. 현석의 시선이 선
우에게 한참을 머물렀다. 히웅 성의 이름이 불리기 시작하고 학생
들이 하나둘씩 일어나기 시작할 때, 현석이 출석부에 시선을 떼지
않은 채 말했다.

"나세윤 학생, 잠깐 들렀다 가세요."

세윤이 망설이며 머뭇거리고 있는데, 선우가 좀 이따 보자며 어
깨를 툭 치고 일어섰다.

로비로 들어오는 봄볕이 밝았다. 무언가 하지 않아도 되는 날은
몇 주 만이었다. 촬영이 없는 날에는 다음 촬영에 대한 회의가 있

었고, 그 회의가 끝나면 앞서 촬영한 결과물이 책상 앞에 도착해 있었다. 육각형의 한 꼭지점에서 다음 꼭지점으로 그렇게 다시 출발한 꼭지점으로 돌아가는 날들이었다. 그저 집에 들어가서 늘어지게 한숨을 자도 되었을 텐데, 몇 주 만의 휴식에서 선우가 찾은 것은 세윤이었다. 흐트러지지 않게 잘 묶은 포니테일의 머리를 찰랑거리며 자신의 앞에 섰을 때에, 선우는 자신이 생각하고 있던 것보다 조금 더 많이 세윤이 보고 싶었다는 것을 인정했다.

로비에서 봄볕으로 광합성을 하며 캔 홍차를 다 마시는 동안에도 세윤은 나오지 않았다. 선우는 강의실 쪽으로 천천히 걸어갔다. 강의실의 뒤쪽 문에서 두 사람이 보였다. 현석이 무언가 말했지만, 세윤은 눈을 피한 채 그의 말을 건성으로 듣고 있었다.

"오랜만에 휴일이라니까."

뒷문에 기대어 선우가 느릿한 목소리로 말했다. 움찔, 세윤이 뒤를 돌아보았다. 현석의 시선이 선우에게 향했다. 불청객에 대한 불쾌함이 가득한 시선에도 선우는 느긋한 표정으로 세윤을 향해 손짓했다.

"가자."

선우는 성큼성큼 걸어 들어가 세윤의 손을 잡았다. 잡힌 손을 피하지 않았다. 현석의 시선이 두 사람의 손에 머물렀다.

"마침 잘되었네요, 묻고 싶은 게 있었습니다."

현석이 출석부를 덮으며 말했다.

"저에게요?"

의외라는 표정으로 선우가 말했다.

"세윤이에게 물어봤지만 믿을 수가 없어서요."

앞에 선 남자가 말하는 세윤이, 라는 부름은 왜 그렇게 듣기 거북한지 모를 일이었다. 선우는 무의식중에 이마를 찌푸렸다.

"말씀하시죠."

"세윤이와 정확하게 어떤 관계이신가요?"

"글쎄, 그걸 굳이 이야기하자면……."

선우가 놀리듯 빙글빙글 웃었다.

"우리가…… 상당히 가까운 관계가 아니었던가?"

선우의 능청스러움에 세윤이 피식 웃었다. 세윤의 웃음에 현석이 당황한 듯 두 사람과 잡힌 손을 번갈아 보았다. 선우는 여유로운 얼굴로 마주 잡고 있는 손을 가볍게 풀어 손가락 사이로 자신의 손가락을 밀어 넣어 깍지를 꼈다. 그리고 친근한 손짓으로 세윤의 엄지손등을 부드럽게 쓸었다. 과장된 선우의 연기에 발끈할 법도 했지만, 세윤은 오히려 아군의 등장과 함께 기운을 얻은 듯 여유로움이 묻어났다. 그리고는 여유로운 목소리로 현석에게 엄포를 놓았다.

"쉽잖게 얻은 전임강사 자리일 텐데 자리보전 하시려면 이제 적당히 하시는 게 좋을 것 같네요."

세윤의 또박또박한 말 한 마디 한 마디에 찬바람이 일었다. 가요, 라며 세윤은 일부러 보일 듯이 선우와 깍지 낀 손을 앞으로 내밀었다. 강의실을 빠져나가는 두 사람을 바라보는 현석의 표정은 정말로 상처받은 듯 어둡게 상기되어 있었다.

"이제 거짓말도 술술 나온다?"

"뭐, 어때요?"

강의동을 빠져나와 손에서 힘을 풀어 놓아주며 세윤이 씩 웃었다.

"썩 유쾌한 상황은 아니었던 것 같은데 왜 이렇게 즐겁게 보여?"

현석과 대화하기 전보다 한껏 기분이 좋아 보이는 세윤을 향해 선우가 물었다. 지하철역으로 내려가는 길 사이에 가득 핀 개나리들 사이로 꽃가루들이 공기 중에 부유했다. 양팔을 쭉 뻗어 개나리 꽃잎을 손가락으로 톡톡톡 건드리며 내려가던 세윤이 생긋 웃으며 고개를 돌렸다.

"제대로 한 방 때린 기분이거든요."

"뭘?"

"이런 순간이 있을 때마다 회심의 일격을 제대로 날린 적이 없었어요. 늘 나중에서야 그때에 그 말을 했었어야 했는데, 하면서 땅을 치곤 했었는데 오늘은 말로 한 방 먹여서 신나요."

"어이쿠, 그렇게 좋으세요?"

선우가 못 말린다는 표정으로 세윤의 머리를 흩뜨렸다. 세윤이 애매한 얼굴로 선우가 장난을 친 자신의 정수리를 꾹꾹 눌렀다.

"이거…… 기분 정말 이상한 거 알아요?"

세윤이 흐트러진 앞머리를 정리하며 선우를 올려다보았다.

"뭐가?"

"이상하게, 마음 약해져서는 어리광 부리고 싶게 만들어서 별로예요."

"뭐, 어때서."

"아빠도, 오빠도 아닌데."

"방금 전에 애인관계를 긍정하지 않았나?"

"그건 그거고."

세윤이 입술을 삐죽이며 고개를 저었다. 그 모습이 또 귀여워져
선우가 이번에는 부드럽게 정수리를 쓰다듬었다.

"괜찮아, 어리광 부려도."

마음을 미지근하게 데우는 따스함에 대한 부끄러움, 혹은 흔들
림을 숨기고 세윤이 가벼운 목소리로 물었다.

"어디 가고 싶은 데 있어요?"

"강바람 쐬러 갈까?"

여의도의 벚꽃을 보려면 일주일은 기다려야 할 듯했다. 아직 채
여물지 않은 꽃망울을 달고 있는 벚나무 아래를 걷다가 고수부지
쪽으로 내려갔다. 평일이라 사람이 썩 많지는 않았다. 소소한 대
화 사이에 강바람이 가볍게 스치고 지나갔다.

"어머니는 잘 지내시니?"

선우가 지나가는 듯 세윤의 어머니 안부를 물었다. 어머니 이야
기를 하자 마침 생각났다는 듯 세윤이 말했다.

"큰오빠가 심상치 않아요."

심각한 표정에 선우가 웃으며 물었다.

"뭐가 심상찮은데?"

"요새 인턴 하면서 만나고 있는 사람이 있는 것 같은데, 분위기가 이상해요."

"혹시 큰오빠 연애하는 거 질투해?"

"설마."

세윤이 눈을 커다랗게 뜨며 부정했다.

"몇 살인데, 큰오빠가?"

"나보다 여덟 살 많아요."

"그럼 심상치 않아도 되겠는데 뭘."

세윤이 그래도…… 하며 고개를 절레절레 흔들었다.

"오빠랑 친해?"

"거의…… 아빠 대신이었어요."

"아빠 대신이라고 하기엔 나이 차이가 너무 적잖아."

"업어 키웠대요."

세윤의 말에 선우가 눈을 크게 떴다.

"농담이 아니라, 정말 업어 키웠대요. 초등학교 2학년짜리가 갓 돌 지난 동생을 학교에도 데리고 같이 가려고 하고. 엄마 말론 그래요."

큰오빠 이야기를 하는 세윤의 표정이 너무 밝아 보여 그 모습에서 가벼운 질투를 느꼈다. 정확히 말하면 '부러웠다'. 저렇게 살가운 여동생을 가졌을 세윤의 두 명의 오빠들이. 세윤이 전하는 오빠들의 이야기를 듣고 있는 사이에 멀리 버스를 개조해 라면과 커피를 파는 간이 매점이 보였다. 선우가 고갯짓으로 매점을 가리켰다.

"컵라면?"

두 사람은 컵라면 두 개를 사가지고 와서 갓 올라오기 시작하는 잔디 위에 신문을 깔고 앉았다. 선우가 삼 분을 참지 못하고 절반밖에 익지 않은 면을 후루룩 밀어 넣었다. 뒤이어 세윤도 나무젓가락을 쪼개 면을 휘저었다. 라면 한입에 인라인 스케이트 타고 지나가는 사람 구경, 라면 두 입에 아장아장 달리는 아기 구경. 오후의 느린 휴식에 두 사람 모두 말수가 적어졌다. 굳이 말을 하지 않아도 빈 공간이 넉넉한 시간을 즐기는 것만으로도 충분할 만큼 따스한 초봄이었다.

라면을 비울 때 즈음 세윤이 차가운 캔 커피를 사가지고 와 선우 앞에 내밀었다. 한쪽 팔로는 잔디를 짚어 몸을 지탱하고, 다른 쪽으로는 커피를 받아 들며 선우가 말했다.

"생일선물은."

"네?"

"지난번에 전화할 때 카페에 오면 연락하라고 했잖아. 생일선물 주려고 그런 거 아니야?"

"저한테 맡겨놓으셨어요?"

세윤이 못 말리겠다는 얼굴로 가볍게 코웃음을 쳤다.

"없어?"

"있었는데 갑자기 주기가 싫어져요."

"줘봐."

"지금은 없어요."

"뭔데?"

"알면 재미없잖아요."

세윤이 절대로 이야기할 수 없다는 듯 고개를 저었다.

"괜스레 준비한 척하는 거 아니야?"

"설마요."

정색하던 세윤이 잠시 사이를 두고는 슬그머니 눈웃음을 쳤다.

"사실은 골라놓은 건 있는데 아직 산 건 아니에요."

"거봐."

"진짜 골라났다니까요?"

세윤이 억울하다는 듯 목소리를 높이자, 화내지 말라는 듯 선우
가 웃음기 머금은 얼굴로 고개를 끄덕였다. 두 사람이 시답잖은
농담들을 툭탁거리면서 걷고 있는 시간이 그들의 곁에서 흐르고
있는 강물처럼 느리게 흘러갔다.

"참 어중간하다."

선우가 문득 주변을 훑으며 중얼거렸다.

"뭐가요?"

"3월이."

무슨 뜻인지 이해가 된다는 듯 세윤이 고개를 가볍게 끄덕였다.
아직은 바람이 차가웠지만, 에일 만큼은 아니고 볕은 따스했지만
그렇다고 마음을 놓을 만큼도 아니고. 순식간에 초록으로 뒤덮이
겠지만 아직은 풀들도 황량하고. 모든 것이 변덕스럽고 어중간한
계절이었다.

"어중간한 게 하나 더 있지?"

선우가 슬쩍 세윤을 돌아보며 말을 이었다.

"다시 만날 생각이야?"

"네?"

"다시 만나고 싶다고 했다며."

선우는 강의실에 나란히 앉아 있던 자신과 세윤을 바라보던 현석의 시선을 떠올렸다. 당혹스러움과 불쾌함과 소유욕이 뒤범벅되어 있던 그 눈빛으로 보아선 신사적인 거절만으로 끝날 것 같아 보이지 않았다. 그 소유욕을 나이 어린 세윤이 제대로 막아낼 수 있을지, 선우는 조금 염려스러웠다.

"흔들려?"

"뭐가요?"

"돌아오고 싶다고 해서 흔들려?"

"흔들리면 어떻게 하게요? 도시락 싸들고 말리실 거예요?"

선우의 질문에 대해 세윤이 농담처럼 받았다. 진지하지 않은 세윤의 태도에 선우도 가볍게 말을 받았다.

"십 년 더 산 어른의 시각에서는, 미사여구에 흔들리지 말라고 이야기해 주고 싶고……."

뭔가 더 할 말이 있는 듯했지만 선우는 그냥 말꼬리를 흐렸다. 뒷말이 뭐냐는 듯 세윤이 고개를 돌렸지만 선우는 그저 어깨를 으쓱했다. 귀엽고 예쁜 동생 빼앗기는 것 같아서 싫다는 말은 삼켜두는 편이 나을 것 같았다.

"그래서 흔들린다는 거야?"

"흔들려요."

세윤이 이마를 찡그렸다. 흔들리지 않을 수가 없었다. 무서울

것도, 두려울 것도, 잃을 것도 없는 줄 알았던 스무 살 때의 첫사
랑이었다. 아침에 눈떠서 저녁에 잠들 때까지, 오늘은 뭘 하고 있
을까 궁금했고, 그 궁금증을 채우지 못해 괴로웠던 날들을 극복하
기까지 몇 해가 걸렸다. 길지 않았지만 강렬한 만남, 그리고 일방
적인 거절.

"흔들려요. 그리고 그게 짜증나요."

세윤이 쌍자음 발음을 유독 강조해 내뱉으며 진저리 쳤다. 그
격렬한 반응에 선우가 다독이듯 그의 어깨를 가볍게 두드렸다. 부
드러운 다독임이 마치 신호라도 된 듯 세윤이 말을 쏟아냈다. 그
동안 내내 현석의 문제로 고민해 왔던 듯 이야기 속에는 정제되지
않은 혼란스러움이 그대로 담겨 있었다.

"복잡하고 사람 많은 곳에서 우연히 마주치게 되면 좋겠다고
생각했어요. 그 사람이 혼자라면 좋겠지만, 부인이 옆에 있어도
상관없어요. 대신에 내 곁에도 누군가 새로이 사랑하게 되는 사람
이 있는 거예요. 누가 봐도 저 둘은 정말 사랑하고 있구나 부러워
할 만한 그런 사람."

가볍게 흥분한 세윤의 목소리에 선우가 유쾌하게 웃음을 터뜨
렸다. 세윤의 상상이 귀여웠다. 선우의 웃음에 새침하게 눈을 한
번 흘긴 세윤은 여전히 조금 높은 톤의 목소리로 말을 이었다.

"그렇게 마주치면, 곁에 있는 남자 친구의 팔을 꼭 쥐고는 교수
님을 향해서 웃음 한번 날려주는, 그런 상상을 했었거든요?"

"그런데?"

"자기를 못 잊어서 아직까지 혼자라고 생각할 거예요."

순식간에 세윤의 목소리에 맥이 풀렸다.

"아니야?"

"완전히 아니라고는 못하겠지만, 그렇다고 덥석 반기면서 '이 날만을 기다렸어요' 할 만큼은 아니에요."

기운이 풀렸는지 어깨를 늘어뜨리고 있는 세윤을 바라보는 선우의 시선이 부드러웠다. 진심으로 사랑했던 사람이 여전히 사랑한다는 것에 대한 반가움, 하지만 모든 것이 이전과 같지 않음에 대한 자각에서 오는 불편함과 여전히 흔들리는 자신에 대한 배신감. 그 모든 것을 이해할 수 있었다.

"내가 그거 해줄게."

"뭐요?"

"시내 한복판에서 의기양양하게 자랑할 수 있는 옆 사람."

여리고 착하고 새침하고 예쁜 스물네 살이었다. 생판 모르는 남이라면 그저 양심불량인 남자를 가볍게 욕하고는 넘겼을지도 몰랐다. 하지만 자신이 귀여워하고 예뻐하는 세윤이라면 다른 이야기였다. 후회 운운하면서 뒤늦게 달려온 이에게 그냥 이대로 넘겨줄 수는 없었다. 어른으로서 어린 여자아이에게 가지는 보호본능인지, 아니면 마찬가지로 나이 많은 아저씨의 오지랖인지, 또 아니면 정체가 모호한 소유욕인지 명확하지는 않았다.

"너무 자신만만하신데요?"

"도와줬었잖아, 오늘도 그렇고."

선우의 말에 세윤이 고개를 끄덕였다. 환하게 웃는 웃음에는 가벼운 흥분과 통쾌함이 담겨 있었다.

"있죠, 사실 그날 카페에서 말이에요……."

선우를 마주 보며 뒷걸음질 치는 세윤의 눈이 반짝거렸다.

"강선우 씨가 나를 불렀을 때에 정 교수님 표정이 엉망진창이어서 조금 고소했어요."

하고 싶은 말을 해서 너무 좋아요, 당황하는 표정이 고소했어요, 하는 세윤의 눈이 장난기가 가득 담겨 있어 선우는 자신도 모르게 크게 웃었다. 친하지 않았을 때에는 몰랐던 세윤의 자잘한 통통튐이 사랑스럽고 귀여웠다. 그리고 동시에 마음이 불편해졌다. 현석의 반응을 읽고 있는 세윤의 반응에서는 그에 대한 어쩔수 없는 그리움 같은 것을 발견했기 때문이다.

부른 배를 꺼뜨릴 겸 여의도 국회의사당 방향으로 걸어가다 건널목에 멈추어 섰는데, 좌회전을 기다리고 있던 차 한 대가 클랙슨을 울렸다. 이야기를 나누던 선우가 그 차에서 뭔가를 발견했는지 손을 가볍게 흔들었다. 그리고는 웃으며 입 모양으로 '웬일이세요'라고 말했다. 세윤이 고개를 돌려 선우가 인사한 쪽을 바라보았다.

좌회전 신호를 받은 차가 갓길로 멈추어 섰고, 선우도 건널목을 건너 멈추어 선 차로 다가갔다. 그리고 작게 '어머니'라고 귀띔했다. 그 말에 화들짝 놀라 선우의 옷자락을 잡아당기던 세윤은 관용차의 문을 열고 나오는 최 장관을 보고는 얌전히 그 자리에 멈추어 섰다.

"여의도엔 어쩐 일이니?"

"일이 취소되어서 바람 쐬러 나왔어요."

선우가 상냥하게 대답하고는 세윤을 소개했다.

"이쪽은 나세윤, 가까운 동생이에요. 그리고……."

세윤의 얼굴을 보던 선우가 이어서 말했다.

"표정을 보아하니 어머니를 알아본 모양이네요."

"안녕하세요."

선우의 말에 세윤이 쑥스러운 표정으로 인사했다. 최 장관은 얼굴이 살짝 붉어진 세윤을 보며 귀엽다는 듯 작게 웃었다.

"마침 잘됐네. 현미 씨, 나와볼래?"

차에 누군가 있었던 듯 최 장관이 뒤쪽 창문을 가볍게 두드리자 뒷좌석의 문이 열렸다. 선우와 세윤의 시선이 동시에 차에서 내리는 길고 날씬한 다리에 닿았다.

"이쪽은 내 후배, 김현미 씨. 아마 몇 번 얼굴을 본 적이 있을 거야."

선우에게 익숙한 얼굴이었다. 자신과 비슷한 나이였던 것으로 기억하고 있었다. 짧은 단발을 흐트러짐 없이 깔끔하게 정리한 모습에서 깐깐할 것 같은 성격이 읽혔다. 가볍게 인사를 나눈 그녀의 시선이 선우와 그 곁의 세윤에게 닿았다. 또렷한 선의 아이라이너 아래의 날카로운 눈에 세윤이 살짝 시선을 피했다.

"마침 이 친구가 이번에 책을 출간할 예정인데, 프로필 사진 좀 찍어줄 수 있니?"

"어머니 부탁이시라면."

선우는 착실한 아들의 표본처럼 다정하게 웃었다. 그리고 자신의 명함을 현미에게 내밀었다.

"직접 찍어주신다면 감사하죠."

현미가 예의 바른 목소리로 생긋 웃으며 명함을 받고는 자신의 명함을 건네었다. 연구원으로 일하고 있는 모양이었다. 명함을 건네는 현미의 얼굴에는 누구나 호감을 가질 수밖에 없을 것 같은 상큼한 미소가 반짝 떠올랐다.

"나중에 전화하렴."

어머니는 부드러운 손길로 아들의 팔을 살짝 잡았다 놓았다. 그리고 얌전히 그들의 이야기를 듣고 있다 다시 공손하게 인사를 하는 세윤을 향해 다정하게 웃고는 차에 올랐다. 사라진 차를 배웅하던 세윤이 새침하게 웃으며 뭔가 말할 듯 말 듯한 표정으로 선우를 바라보았다. 표정에서 이야기를 읽어낸 선우가 선수 쳐 대답했다.

"내 타입 아니야."

"누가 뭐래요?"

"저녁 뭐 먹을래?"

"몰라요."

[세윤아.]

강의를 마치고 집으로 돌아오자마자 뜨는 번호에 세윤의 얼굴이 밝아졌다. 지난번의 '데이트' 이후로 부쩍 가까워져서 하루에 한 번씩은 짧게나마 통화를 하고 지냈다. 왠지 자신이 그의 '어장'에 말려들어 가는 것 같은 위험한 기분이 들기도 했지만, 그에게

'관리' 당하는 기분이 싫지 않았다.

"강 작가님, 이 작가님의 막내딸은 집인데, 강 작가님은?"

침대에 쓰러지듯 누워 전화를 받는 세윤의 목소리에 장난스러움이 담겨 있었다. 목소리 사이에 섞인 애교에 선우가 웃으며 말했다.

[너 이렇게 아기 같은 줄 몰랐어.]

아기, 라는 표현에 세윤이 벌떡 몸을 일으켰다.

"막내 표나요?"

[뭐?]

"막내 같다는 말 싫어해서 엄청나게 애썼는데, 표나요?"

[그런 뜻 아니야.]

세윤의 정색한 반응에 도리어 선우가 당황한 듯했다. 전화 너머로 고개를 젓고 있는 것이 그려질 정도였다.

[나이보다 훨씬 어른 같다고 생각했는데, 애교도 많고 귀엽다는 말 하려고 하는 거였어.]

"그래도……."

여전히 '아기'라는 단어의 충격에서 벗어나지 못한 세윤이 주먹 쥔 손으로 매트리스를 가볍게 쿵쿵쿵 두드렸다. 어른스럽게 보이고 싶은 건 아니었지만, 어리광쟁이 막내처럼 보이고 싶진 않았다. 나이 차이가 나는 선우와는 조금씩 친해질수록 경계가 무너지는 것 같았다.

[그래서 좋아, 나세윤 양.]

선우로서는 큰 의미를 두지 않은 말인 것 같았지만 다정한 선우의 목소리에 순간 세윤의 심장이 쿵하고 침대 아래로 떨어져 내렸다.

"그, 그런 말은 가볍게 하는 거 아니거든요? 바람둥이 같잖아요."

[왜? 착하고 귀엽고 어린애 같으면서 어른스러워 좋은데, 나세윤 양.]

"혼자 버터를 밥숟가락으로 떠먹은 것 같아요."

세윤이 툴툴거렸다. 아직까지 심장이 자잘하게 방망이질 치고 있었다.

[느끼한 말 하나만 더 할까?]

"뭘?"

세윤이 주책스럽게 흔들린 심장의 박동을 숨기기 위해 부러 퉁명스럽게 물었다.

[농담 아니야, 이용하고 싶으면 나를 마음껏 이용해.]

선우의 말을 이해하지 못한 세윤이 무슨 뜻인지 물으려는데 그의 뒷말이 이어졌다.

[네 또래의 애들이랑 만나는 건 예쁘게 봐줄 수 있을 것 같은데, 그 영감은 도저히 안 되겠다.]

투덜거림 같은 선우의 목소리를 듣는 세윤의 볼이 가볍게 붉어졌다. 기분 좋은 두근거림에 자꾸 웃음이 나왔지만 전화기 너머로 들키지 않게 조심하면서 세윤이 대꾸했다.

"흑기사 노릇 해주시려구요?"

[필요하다면.]

계속 신경이 쓰였었다. 세윤의 학교에 갔었던 날 선우가 눈치챌 만큼 세윤을 향한 소유욕을 보이던 남자. 그냥 그들끼리 좋으면 그만이지 않나, 내가 세윤이의 진짜 애인이나 친오빠도 아니면서 굳이 그들 사이에 끼어들어야 하는 건가 내내 고민했다.

세윤과 전화 통화를 하면서 혹 그에 대한 이야기가 나올까 신경 썼지만, 세윤은 현석에 대해서는 입을 열지 않았다. 그게 정말 현석이 세윤에게 아무런 접근을 하지 않기 때문인 건지, 아니면 세윤이 현석에게 전혀 관심이 없기 때문인 건지 알 수가 없었다. 후자라면 다행스러운 일이었지만 전자라면 이야기가 또 달랐다. 현석이 하는 행동에 따라 세윤이 흔들릴 수도 있다는 것이기 때문이었다.

흔들리게 하고 싶지 않았다. 정현석이라는 사람이 세윤에게 눈독 들이는 게 마음에 들지 않았다. 자신의 마음을 모르겠다는 얼굴로 선우는 메모지에 쓰여져 있는 번호를 노려보았다.

6. 관심과 애정의 사이

"연락이 안 된다고 전화번호 남기신 분이 있었어요. 연락처를 받아놨는데요."

교학과에 들렀던 현석은 교직원이 건네주는 메모지를 건네받아 나왔다. 메모에 쓰여진 이름과 전화번호로는 누군지 알 수 없어 한참을 들여다보고 있던 현석은 강사 휴게실로 향했다.

"메모 남기셔서 전화드렸습니다."

강사 휴게실 소파에 앉아 현석이 전화를 걸었다. 그리고 예상과 다르지 않은 전화의 상대방 목소리에 현석은 방어적인 목소리로 짧게 말을 이어갔다.

"그럼 거기서 뵙죠."

"식사는 하셨습니까?"

선우가 느긋한 표정으로 종업원으로부터 메뉴를 받아 들었다. 여유로운 선우의 표정에 비해 현석은 무언가 작정이라도 한 사람처럼 고개를 저었다.

"하실 말씀만 하시죠."

현석의 날 선 반응에 선우는 씩 웃고는 위스키 한 병을 주문했다. 그리고 보일 듯 말 듯한 엷은 미소만 지은 채 입을 열지 않았다. 담배를 꺼냈다. 피울 거냐는 듯 현석을 향해 담배를 들어 보였지만, 현석은 고개를 저었다. 선우는 담배를 입에 물었다.

둥글게 반짝거리게 깎인 온더락 얼음이 담긴 잔 두 개와 위스키가 병째로 도착했다. 선우가 유연한 손놀림으로 상대와 자신의 잔에 위스키를 따랐다. 그리고 잔을 손에 들었다. 건배라도 하자는 듯 현석을 바라보는데, 더 이상 참지 못하고 현석이 신경질적으로 말했다.

"지금 사람 불러놓고 뭐 하시는 겁니까?"

들지도 않은 현석의 잔에 살짝 자신의 잔을 부딪치고 먼저 한 모금을 넘긴 선우가 씩 웃으며 말했다. 누가 보아도 시비를 거는 것 같은 도발적인 태도였다. 비딱한 태도만큼이나 삐딱한 목소리로 선우가 선제공격을 날렸다.

"세윤이가 좋아서 죽겠습니까?"

"……뭐라구요?"

"세윤이가 좋아서 이혼하셨다고 들었습니다만."

"그건 당신 문제가 아닙니다."

"지금은 제 문제가 되어서요."

내 문제, 라고 강조하는 선우의 말에 현석의 얼굴이 굳어졌다. 그리고 잔을 집어 들어 아직 얼음이 녹지도 않은 위스키를 스트레이트로 삼켰다. 선우도 그와 똑같이 잔을 비우고 내려놓았다. 이번에는 현석이 선우의 잔과 자신의 잔을 채웠다.

"제 문제라니 이해를 못하겠군요."

현석이 이해할 수 없다는 듯 딴청을 부렸다.

"지난번 강의 때 세윤이가 분명하게 말씀드린 것 같은데요."

"믿지 않습니다, 그 말."

"짝사랑, 괴롭지요."

선우가 놀리듯 빙글거리며 웃었다.

"뭐라구요?"

"듣기 좋은 말만 골라서 좋을 대로 해석한다. 보통 그걸 짝사랑이라고 하니까요."

마치 어린아이를 놓고 가르치는 듯한 선우의 목소리에 현석의 얼굴이 순식간에 달아올랐다. 선우가 천천히 자신의 잔을 비우자, 현석이 지지 않겠다는 듯 자신의 잔을 비웠다. 선우가 싱긋 웃으며 양쪽 잔을 채웠다.

"세윤이 데리고 놀지 마시죠, 주변에 여자도 많으실 것 같은데."

비아냥에는 비아냥으로 대응하겠다는 듯 현석이 가볍게 웃으며 선우의 차림새를 눈으로 훑었다. 보통의 회사원과는 확연히 구분되는 차림새에 대한 이야기임이 분명했다. 누군지 모르겠지만, 당신 같은 '양아치'를 세윤이 마음에 들어할 리 없다, 현석의 눈이 그렇게 이야기하고 있었다. 선우는 느긋하게 그 시선을 받았다.

"칭찬으로 듣겠습니다. 그런데 오히려……."

선우가 웃으며 다시 담배에 불을 붙였다. 그리고 고개를 돌려 담배 연기를 가볍게 뱉어내고 말했다.

"길게 공부한 분이라 그러신지, 가벼운 말로 사람을 홀리는 솜씨는 한 수 위이시던데요. 오히려 제가 많이 배웠습니다."

"세윤이가 내가 했던 말들을 당신에게 했을 리 없습니다."

현석이 단호하게 부정했다. 아니, 정확히 말하면 부정하고 싶은 듯 보였다.

"가장 핵심이…… 아, 그거였죠."

의심한다면 모두 이야기해 줄 수 있다는 느긋한 태도로 선우가 미간을 찌푸렸다. 이어, 비워진 위스키 잔을 테이블 위에 부드럽게 내려놓고 말했다.

"사랑한 적도 없었다……. 시적(詩的)이군요. 기억은 나시나요?"

그럭저럭 균형을 이루고 있던 대화가 금이 간 것은 이때부터였다. 수치스러움과 배신감. 헤어지던 순간 자신이 한 말까지 털어놓을 만큼 가까운 사이라는 것이 증명되는 순간, 선우의 존재에 대해 부정하려던 현석의 모든 노력이 수포가 된 그의 얼굴이 망연자실해졌다. 잔을 잡아채듯이 들어 물처럼 위스키를 넘기고 떨리는 손으로 테이블 위에 내려놓은 현석은 점잖은 태도를 버리겠다는 듯이 목소리를 높였다.

"세윤이와 나는 당신이 아는 것보다 훨씬 더 깊이 이어져 있습니다."

현석의 목소리가 떨려왔다. 그의 고통이 이해되지 않는 바 아니었다. 하지만 그가 떠난 후 세윤이 혼자서 버림받은 고통을 감내했듯, 차마 걷어내지 못한 세윤에 대한 그의 격정도 스스로가 감당할 문제이지 세윤에게 투사할 것은 아니었다.

"내가 지난 몇 해 동안 세윤이를 그리워했다는 것을 세윤이가 모를 리 없어요. 그때엔 상황이 좋지 않았을 뿐이에요. 이제는 다릅니다."

"뭐가 다릅니까?"

선우의 질문에 현석이 입술을 굳게 다물었다. 그리고 당신에게 이런 말을 왜 해야 하는지 모르겠다는 듯, 단호한 얼굴로 대답했다. 쉼없이 들이킨 위스키 탓에 대답하는 목소리엔 가쁜 숨이 섞여 있었다.

"그땐 무서운 게 많았지만, 지금은 두려운 게 없습니다."

두렵지 않다고 말하는 충혈된 눈이 선우에게는 오히려 도발처럼 느껴졌다. 그리고 여유로운 얼굴로 입을 열었다.

"자신있으십니까?"

감정의 동요를 내비치지 않으려 했지만, 그런 노력이 무색하게 현석의 얼굴 근육이 눈에 띄게 떨렸다. 공부만 하면서 서른여섯 해를 살아온 현석이었다. 말다툼이든 몸으로 싸우는 것이든 익숙하지 않았다. 온갖 사람들과 마주하며 작업을 해온 선우와의 기싸움에서 그는 이길 수가 없었다.

"내가 왜 당신에게……."

선우가 냉정한 얼굴로 현석의 말을 잘랐다.

"상식적인 인간이라면 감히 세윤이 앞에 나타날 생각조차 못하는 겁니다."

연이은 차가운 목소리에 현석이 움찔했다.

"내게든 세윤이에게든 마음껏 덤벼보시죠. 마지막에 피투성이가 되어서 나가떨어지는 참혹함은 정현석 씨 몫일 테니까."

학교 안에 벚꽃이 팝콘처럼 터지는 것을 시작으로 봄이 한껏 무르익었다. 휴직한 교수의 뒤를 이어 강의를 맡은 현석 역시 잠잠했다. 교수 자리를 지키고 싶은 것인지, 아니면 완전히 마음을 접은 것인지 모를 일이지만, 애써 수업 시간엔 세윤을 피해 고개를 돌리는 모습이 보였다. 세윤은 현석의 강의 때면 제일 뒷자리에 앉아 있다가 수업이 끝나면 가장 먼저 빠져나왔다.

금요일.

강의를 마치면 대개 도서관에 들르거나 곧장 집으로 가곤 했는데, 그날따라 학교 바닥을 굴러다니는 마른 벚꽃 잎들에 마음이 싱숭생숭해진 탓에 세윤은 종로로 향했다. 종로에서 광화문으로 향하는 길에는 언제나처럼 사람이 많았다. 길가 테이크아웃 커피숍에서 따끈한 에스프레소 커피를 한 잔 사들고 목적없이 걷고 있는데, 문득 지금 곁에 선우가 함께라면 좋을 텐데 라는 생각이 머리를 스쳤다.

'보고 싶은 건가?' 하고 입속으로 웅얼거리는데, 마치 그 말이

촉매제라도 된 것처럼 길을 걸을 때면 한참 큰 키로 자신을 살짝 내려다보며 말하는 선우의 시선, 목소리, 곁을 걸을 때면 코끝을 스치던 선우의 향수 냄새까지 생생하게 떠올랐다. 잠시 휴대전화를 노려보던 세윤이 통화 버튼을 눌렀다.

"강선우입니다."

인화물을 확인하고 있던 선우는 누구인지 확인하지도 않고 테이블을 더듬어 휴대전화를 집어 들고 대답했다.

[전데요.]

"네?"

옆에 놓인 메모지에 보정이 필요한 사진의 번호를 써넣던 선우는 인사를 잘라먹고 도발적으로 전화를 건 사람이 누군지 확인했다. 그리고 씩 웃었다.

"공주님 목소리가 영, 별로네."

테이블 위에 안경을 벗어 내려놓으며 선우가 웃었다.

[……당신은 분명히 선수야.]

"응?"

갑작스런 '당신'이라는 호칭과 반말에 눈을 크게 떴다. 어이쿠, 뭔가 단단히 토라지셨군.

[지금 통화해도 돼요?]

여전히 볼에 사탕 두 개는 물고 있는 것 같았지만 순식간에 평소와 같은 예의 바른 태도로 돌아온 세윤의 목소리를 듣는 선우의 입가에는 미소가 감돌았다.

"괜찮아."

[지금 스튜디오예요?]

"응."

[바빠요?]

"괜찮아. 통화할 여유는 있어."

[스튜디오가 어디예요?]

"오려고?"

[근처에 가면 얼굴 볼 수 있어요?]

선우는 전화를 받으며 메모장에 낙서를 하던 손을 멈췄다.

"설마, 내가 보고 싶어서?"

선우가 농담처럼 물었다.

[그런 것 같아요.]

예상치 못한 직설적인 답이었다. 때로는 '사랑한다' 라는 말 보다 더 강력하게 마음을 뒤흔들곤 하는 '보고 싶다' 는 말. 세윤에게서 듣는 '보고 싶다' 는 말 역시 선우를 쉽게 흔들어놓았다. 확인 사살을 하듯 세윤이 다시 말했다.

[보고 싶어요, 지금.]

스튜디오의 위치를 알려주고 종로에서 출발한다는 말을 들은 후부터 일이 손에 잡히질 않았다. 어느 카페에 데려가는 게 좋을까, 부터 시작해서 만나서 하게 될 것들이 하나하나 신경이 쓰였다. 허둥지둥하다 바닥에 떨어뜨려 필름을 확대시켜 보는 루페의 렌즈를 깨먹을 뻔하고서야 선우는 라이트 박스에서 멀찍이 떨어졌다.

"우와, 제대로 휘둘리네."

선우가 어이없다는 듯 허탈하게 웃었다. 퉁명스런 목소리로 보고 싶은 것 같다고 말하던 세윤의 목소리가 귀에 맴맴 돌았다. 싫지 않았다. 귀여웠다. 그리고 안도했다. 현석과의 술자리에서는 마치 자신이 '세윤의 특별한 어떤 사람'이라도 되는 양 허세를 부렸지만, 사실은 그저 '흑기사'나 '대타' 이상이 아니었던 탓에 내심 불안하기도 했었다. 어설픈 미사여구에 세윤이 홀랑 넘어가지는 않을 거라고 믿었었지만 그래도 어떻게 되어가는지 안심이 되지 않았었다. 하지만 걱정하지 않아도 될 것 같았다. 왠지 모를 안도와 뿌듯함과 즐거움에 선우는 또다시 빙글빙글 웃었다. 그리곤 유리문을 두드리는 소리에 화들짝 놀라 표정을 수습했다.

"사장님, 김현미 씨께서 와 계시는데요."

김현미? 선우의 이마가 가볍게 구겨졌다.

"실례합니다."

휴대전화에 뜨는 이름을 확인한 선우는 잽싸게 일어나 전화를 받았다. 근처에 도착해 있다는 세윤의 전화였다. 딱딱한 의자에 등을 곧추세우고 앉아 맵시있게 다리를 꼬며 스타일리스트와 이야기하고 있는 현미를 보며 아무래도 일이 금방 끝날 것 같지 않다는 생각을 했다. 스튜디오에 방문 약속을 잡은 모양인데, 직원이 깜빡하고 미처 자신에게 말하지 않았던 모양이다. 잔뜩 인상을 찌푸리고는 직원을 볶아댔지만, 이미 온 손님을 쫓아 보낼 수도 없는 노릇이었다.

"잠깐 올라올래? 손님 오셨는데 이야기가 금방 끝날 것 같지가 않네."

전화를 끊고 얼마 지나지 않아 계단으로 세윤이 올라오는 소리가 들렸다. 선우는 다른 직원들의 눈을 피해 세윤을 자신의 작업실로 잽싸게 이끌었다. 선우가 양해를 구하고 다시 자리에 앉자 현미가 세윤 쪽을 보며 가볍게 웃으며 말했다.

"제 기억이 맞으면, 지난번에도 두 분 같이 계시는 걸 본 것 같은데, 만나는 분이세요?"

선우가 어색하게 웃자 스타일리스트가 '누구요?' 하며 선우의 방 쪽으로 고개를 돌렸다. 일 이야기로 화제를 돌리려고 했지만 눈치 없는 스타일리스트는 계속 선우의 방을 향해 목을 길게 빼었다.

"사장님, 누구 만나는 사람 생겼어요?"

"없어, 없어. 일 얘기나 계속하지?"

선우는 건성으로 대답하고 다시 일 이야기로 들어갔다. 책 표지에 실을 프로필 사진을 부탁하러 왔다고 했다. 현미는 자신이 엘리 위젤 교수의 방한에서 통역을 맡게 되었다면서, 선우의 어머니를 수상식의 기조 연설자로 초청할 생각이라고 했다. 그 말에 '사장님 어머니요?'라며 또다시 눈을 둥그렇게 뜨는 스타일리스트의 호기심을 슬쩍 눌렀다. 일하는 곳에서는 어머니가 어떤 분이고, 무얼 하는 분이신지에 대해 드러내고 싶지 않았다.

촬영 날짜를 정하고 이야기를 마무리 지으면서 현미는 엘리 위젤 교수의 저작이라며 책 한 권을 건네었다. 소리 하나 내지 않고 부드럽게 일어서는 날렵한 몸동작에 선우는 속으로 조금 감탄했다. 현미가 움직이자 아련하게 프리지어 꽃과 같은 향이 살짝 공기 중에 떠올랐다가 사라졌다.

"교수님은 한 달 후에 방한하세요. 한번 읽어보세요, 다음에 만날 때에 감상을 한번 듣고 싶군요."

속눈썹을 깜박이며 현미가 미소를 짓고는 습관처럼 귀 뒤로 머리칼을 넘겼다. 그리고 명쾌한 구두 굽 소리와 함께 스튜디오 밖으로 사라졌다.

"예쁘고, 똑똑하고, 자기 관리 잘하고, 저런 사람은 마음에 차는 남자가 있을까요?"

스타일리스트가 테이블 위의 메모들을 정리하며 고개를 절레절레 저었다. 선우는 어깨를 으쓱했다. 어머니와 지원을 비롯해서 그의 주변에는 소위 자신의 '커리어'를 제대로 높이고 있는 여자는 많았다. 하지만 그 '커리어'가 곧 '좋은 성품'까지 보장하는 것은 아니었다. 선우는 허리를 숙여 사무실에서 자신의 포트폴리오를 넘겨보고 있는 세윤에게로 시선을 돌렸다. 검은색과 흰색의 스트라이프 머플러를 목에 감은 채 끄덕끄덕 발을 움직이며 장난을 치고 있는 허술함에 현미와 이야기하던 때의 긴장이 부드럽게 풀렸다. 세윤이 혼자 기다린 지 벌써 삼십 분은 된 것 같았다. 선우는 사무실의 유리문을 천천히 열고 고개를 밀어 넣었다.

"나갈까?"

보고 싶다고 생각하는 순간 정말로 보고 싶어졌는데, 현미를 보는 순간 들떴던 기분이 순식간에 차갑게 식어버렸다. 머리끝에서 발끝까지 허술한 곳 하나 없는 현미의 모습을 보자 새삼스레 선우가 일하는 세계가 자신의 것과 다르다는 사실이 크게 다가왔다. 포트폴리오를 확인한 순간 그것은 더욱 분명해졌다. 잡지의 패션 화보, 신문과 잡지에서 익숙하게 보아왔던 기업들의 지면 광고, 유명 정치인의 선거용 프로필 사진, 기업 회장님의 포트레이트, 연예인의 화보까지 작품의 종류와 양은 세윤을 압도하기에 충분했다.

저렇게 작업을 많이 했으니 모델이나 연예인들 중에 아는 사람 많겠네, 친하겠네. 라는 생각이 들기 시작하면서 세윤의 상상은 걷잡을 수 없이 번져 나갔다. 예쁘고, 키 크고, 몸매 좋고, 머리까지 좋은 여자아이들이 주변에 엄청 많았겠구나, 라는 생각에 머무르자 그동안 자신이 느꼈던 선우와 자신 사이에 흘렀던 기류가 전부 신기루같이 희미해졌다.

소녀같이 풋풋하지도 않고, 그렇다고 제대로 놀 줄 아는 것도 아니고, 세련되게 자기 스타일이 명확한 것도 아니고, 엄청나게 모범생이라서 매 학기 장학금을 턱턱 가져다 바치는 것도 아닌 그냥 그런 스물네 살.

세윤은 자신이 갑자기 근처 백화점의 명품관에 갓 떨어진 전쟁 난민처럼 선우와 완전히 다른 세계의 사람처럼 느껴졌다. 그리고 보고 싶다며 막무가내로 찾아온 자신이 마치 도끼병 환자처럼 느껴져 부끄러워 얼굴을 들 수가 없었다. 대체 선우가 자신을 어떻게 생각했을까.

선우는 뭐가 기분이 좋은지 콧노래를 흥얼거리며 앞장섰지만,

선우와 자신의 사이에 놓인 높은 벽을 제대로 느낀 세윤은 입을 꾹 다물고 그저 종종걸음으로 뒤를 따랐다. 그러다 자동차 유리로 보이는 자신의 옷차림조차 유치하게 느껴져 스트라이프 무늬의 머플러를 신경질적으로 풀어 가방에 구겨 넣었다. 그때 선우가 세윤 쪽으로 뒤돌아서서 뒷걸음질 치며 경쾌한 목소리로 세윤에게 말을 걸었다.

"퇴근 때까지 얼마 안 남았는데, 그냥 농땡이 치다가 갈까?"

안경을 벗어 티셔츠 앞주머니에 밀어 넣으며 선우가 말했다. 얇은 회색의 티셔츠는 바람이 불 때면 선우의 몸에 살짝 휘감겨 단단한 몸매를 감칠 맛나게 보여주었다. 소매를 걷은 손목으로 보이는 심플한 메탈 시계와 커다란 손, 장식으로 낀 투박하지만 단순한 반지. 보지 않으려고 했지만 세윤의 얼굴에 선우의 머리끝에서 발끝까지 스냅 사진을 찍듯 찰칵찰칵 부분 부분이 눈에 담겨왔다. 어쨌거나 궁금하고 보고 싶어서 찾아온 사람이었다.

"웬일로 사람을 놀라게 하네."

선우가 갑자기 멈추어 서더니 세윤의 정수리를 살짝 눌러 잡았다. 가슴팍에 부딪힐 뻔했던 세윤이 가까스로 멈추어 서서 눈을 피했다. 종종 어린애 다루듯이 하는 저 태도가 좋았으면서도 또 싫었다. 선우는 자신이 좋아하는 카페라며 도산공원 앞의 가게로 향했다. 카페의 야외 테라스는 테이블로 채워져 있었다.

"오랜만인데 맛있는 거 사줄게. 커피 말고 또 뭐? 여기 케이크도 맛있는데."

카페에서의 선우는 더할 나위 없이 다정했지만, 세윤은 괜히 왔다는 생각이 점점 더 커져만 갔다. 둘이 이야기하고 있는 사이 사이에 주변에서 일하는 같은 업계의 동료라든지, 함께 작업을 한 사람들을 마주쳤는데, 그들 역시 마찬가지로 현미과(科)였기 때문이었다.

매끈하게 정리된 손끝으로 '선우 씨, 요새 일 없나 봐, 낮에 밖에서 놀고' 하며 선우의 등을 때리며 친근하게 인사하는 사람들은 대부분 세윤보다 나이가 많았고, 예뻤고, 세련되었고, 자신감이 넘쳐 있었다. 세윤은 거스러미가 일어난 자신의 손가락을 슬쩍 커피 잔 뒤로 숨겼다. 한 번도 자신이 모자라단 생각을 해본 적이 없었는데, 오늘은 괴로울 만큼 누군가와 자신을 비교하고 비교당하고 있었다. 게다가 더 참을 수 없는 것은 세윤과 선우의 관계를 정의하는 그들의 태도였다.

"누구? 선우 씨 조카?"

"선우 씨 친척 동생?"

"어머, 선우 씨 여동생도 있었어?"

세 번째로 '동생'이냐는 인사를 듣고 난 후 세윤이 물었다.

"우리 닮았어요?"

"왜?"

"조카, 친척 동생, 친여동생."

"닮았나?"

속이 부글부글 끓는 세윤의 기분을 아는지 모르는지 선우는 닮았다니까 좋네, 하면서 기분 좋게 웃었다. 그 모습이 또 귀여워 머리를 쓰다듬으려고 팔을 뻗는데, 세윤이 반사적으로 막았다. 마치 무협 영화에서와 같은 잽싼 반응에 선우가 당황으로 눈을 커다랗게 떴다.

"뭐야."

"어리광 부리게 된다니까요."

"부려도 된다고 했잖아."

"어리다고 징징대고 그러는 거 싫어요."

"열 살이나 많은 사람한테는 그렇게 해도 돼."

"대등하게 보일 수는 없어도 최소한 막내 동생처럼 보이기는 싫단 말이에요."

"뭐 어때."

나이 차이쯤이야 상관없다는 투의 말에 세윤이 조심스럽게 물었다.

"싫지 않아요?"

"뭐가?"

"만약에."

세윤이 '만약'을 강조했다.

"만약에, 나이 어린 여자아이와 만나게 된다면 숨길 것 같지 않아요?"

"왜?"

선우가 반문했다. 정말로 이해되지 않는 듯한 얼굴이었다.

"주변에서 말들이 많아지니까."

"나세윤 씨 같은 여자 친구라면, 업고 다녀도 모자랄 것 같은데."

선우가 기분 좋게 웃었다. 완전히 무너진 것은 그 순간이었다. 다르구나. 세윤의 가슴이 달캉달캉 뛰었다. 나이 차이가 많이 나고 주변의 눈이 많다는 이유로 '숨겨져야 했던' 현석과 이 사람은 정말로 달랐다. 저 사람이라면 사랑하는 것도 사랑받는 것도 하나도 부끄럽지 않겠다. 세윤이 조심스럽게 두근거리는 감정을 숨기고 가방을 부스럭거려 무언가를 꺼냈다.

"많이 늦었는데, 지난번에 이야기했던 생일 선물이에요."

"그렇잖아도 언제 줄 거냐고 물어보려고 했었어."

장난스럽게 말했지만, 세윤이 내미는 반짝이는 포장지가 반가웠다. 여자로부터 처음 받아보는 선물도 아니었는데, 세윤의 선물은 유난히 기뻤다. 잊지 않고 했던 말을 지켜주는 것도 고마웠다.

"여러 가지를 생각했었는데요, 2월 말에 같이 침구 사러 갔을 때 망설였던 거 있잖아요."

"욕실용 MP3 플레이어!"

선우가 반색을 하며 포장지를 뜯었다. 작은 크기에 스피커가 달리고 방수 기능이 갖추어진 욕실용 MP3였다. 지나가는 말처럼 탐나는 물건이 있다며 이야기했었는데, 그걸 기억하고 있었던 모양이다. 그 세심함에 감동한 선우가 이번에는 정말로 애정을 담아 세윤의 정수리를 부드럽게 쓰다듬었다.

"좋아요?"

"고마워."

포장 사이에서 카드를 발견한 선우가 정말로 기쁜 듯한 얼굴로 봉투를 열었다. 그때 세윤이 가볍게 그의 손을 제지했다.

"그건 나중에 읽어요."

"싫어."

"어른이면 어른스럽게."

세윤이 아이를 달래듯 말하며 이마를 찡그렸다.

"난 철 안 들었으니까 상관없지?"

발끈하며 팔을 휘젓는 게 또 귀여워서, 선우는 부러 고집을 피워 카드 봉투를 열었다.

〈강 작가님, 늦었지만 생일 축하해요. 그리고 제 생일은 2월 25일이랍니다.〉

"에이, 별 내용 없네."

"2월 스물다섯 번째 날이에요."

세윤이 웃으며 자신의 생일을 강조했다. 다시 카드를 봉투에 넣던 선우가 그를 향해 물었다.

"보답으로 저녁에 맛있는 거 사줄게. 일 금방 마무리되니까 주변 가게들 구경하고 있어."

그래요, 라며 선뜻 대답하던 세윤을 보더니 생각이 바뀌었는지 선우가 정정했다.

"아니다, 내가 직접 요리 솜씨를 보여줄게."

"좀 정신 없겠지만 들어와."

온 집 안에서 선우의 향기가 풍겼다. 정체 모를 강선우의 향기.

향수일지 섬유유연제일지 아니면 방향제일지 모르지만, 선우 자신의 체취가 섞인 부드럽고 따듯한 '선우의 향기'. 현관을 여는 순간 풍기는 익숙하고 친근한 향기에 왠지 세윤의 가슴이 두근거렸다. 어색하게 현관에 들어서면서 제일 먼저 눈에 뜨이는 것은 흰색과 검은색 격자 무늬의 러그였다.

"그렇게 불편한 표정으로 있으니 공연히 내가 초조해지잖아. 편하게 앉아봐."

거실에 들어서자 집의 구조가 한눈에 들어왔다. 빼꼼하게 열려 있는 문 사이로 선우의 침실이 눈에 들어왔다. 마찬가지로 지난번에 세윤이 함께 샀던 밝은 회색의 침구. 그리고 그 위에 던져져 있는 선우의 파자마. 방 안의 모습이 궁금해 문 쪽에서 시선을 뗄 수 없었지만, 호기심을 들킬까 싶어 세윤은 거실을 훑는 척했다. 그때 소파 위에 재킷을 가볍게 벗어놓은 선우가 주방으로 걸어가면서 그나마 조금 열려 있던 침실의 문을 닫았다. 조금 아쉽고 조금 더 궁금해하며 세윤이 소파의 테이블 위에 가방을 내려놓았다.

재킷을 던져 놓은 선우는 곧장 부엌으로 들어갔다. 세윤도 선우 곁에 섰다. 잠시 메뉴를 고민하더니 제대로 된 오믈렛을 먹게 해주겠노라며 감자와 모짜렐라 치즈와 달걀을 찾았다.

"거기에, 아무거나 골라서 걸어봐."

선우가 프라이팬을 달구며 세윤에게 턱짓으로 오디오를 가리켰다. 세윤은 종종걸음으로 CD들이 가득 들어 있는 장식장 앞에 섰다. 한참을 손가락으로 하나하나 CD를 짚어가던 세윤은 몇 장의 앨범을 들고 고민하다 한 장을 골라 오디오에 넣어 재생시켰다.

곧 느긋한 첼로 소리가 방 안에 퍼졌다. 선우가 만들고 있는 오믈렛도 한참 되어가는지 감자가 익는 냄새가 집 안을 가득 채웠다. 세윤이 다시 선우 곁에 섰다. 한참 신나게 계란을 휘젓고 있던 그가 첼로 소리에 만족스런 얼굴로 웃었다.

"바흐?"

"네."

"좋아해?"

"수학적이라서 좋아해요."

"수학적?"

"뭔가 규칙적이고 단순하면서 유려하다고 해야 하나…… 공식이 보인다고 해야 하나……."

선우가 조심스럽게 뜨거운 냄비 뚜껑을 열자, 세윤이 젓가락으로 감자를 찔렀다.

"잘 익었네."

"세윤아 저녁 다 되어간다."

주방에서 길게 목을 뺀 선우가 세윤을 향해 고개를 뺐었다. 알았어요, 라고 대답한 세윤은 종종걸음으로 주방으로 들어가 식탁을 정리하고 수저를 꺼내어놓았다. 착착 손발이 맞는 저녁 준비가 왠지 재미있었다. 으깬 감자를 얇게 지단을 부친 계란으로 모양을 잡아 말고 있는 선우에게 감탄하자, 그가 뭘 이런 걸 가지고 라는 얼굴로 어깨를 으쓱했다.

오믈렛은 부드럽고 따스했다. 치즈는 적당히 녹아 부드럽게 달

갈과 섞여 있었고, 무엇을 넣었는지 감자는 부드럽고 폭신했다. 단순한 재료들이 어우러진 맛에 세윤은 감탄사를 터뜨렸다.

"맛있어요."

세윤의 반응에 선우는 흡족한 표정을 지었다. 선우는 차가운 맥주로, 세윤은 차가운 포도주스로 식사를 마무리하는 순간 둘의 입에서 동시에 하아, 하고 만족스런 한숨이 터져 나왔다. 나란히 서서 함께 설거지를 마무리하고 둘은 거실 소파에 나란히 앉았다. 재생된 곡도 끝나고 조용한 집, 어색한 침묵. 누가 먼저 말을 꺼낼까 조금은 긴장되고 조금은 어색한 공기 사이에서 둘이 동시에 서로를 불렀다.

"세윤이."

"강 작가님."

"말해."

"아, 음……."

딱히 할 말은 없었는데……. 세윤이 뒷말을 잇지 못해 망설이다가 퍼뜩 떠오른 생각에 가볍게 박수를 쳤다.

"그거, 욕실 MP3, 그거 설치해 보면 안 돼요?"

"응? 그러자."

뭔가 할 것이 생겼다는 것이 반가웠던지 선우도 고개를 끄덕이며 세윤의 의견에 동의했다. 그리고 가방에서 선물을 다시 꺼내 포장을 풀었다. 작은 건전지 세 개가 들어갔고, USB를 연결해서 쓰는 본체 부분에 노래를 담은 다음에 스피커 부분을 연결하면 되는 것. 선우가 방에서 노트북을 꺼내왔다.

"노래 뭘 담을까?"

"목욕할 때 노래 불러요?"

"응?"

"큰오빠는 샤워만 하러 들어가면 어찌나 신나게 노래를 부르는지."

"나도 부르는 것 같은데."

"그거, 밖에서 들으면 진짜 웃긴 거 알아요?"

"혼자 살아서 들을 사람 없잖아."

"아, 그렇구나."

세윤이 알겠다는 듯 고개를 끄덕였다. 그리고 모니터에 떠 있는 그의 음악 파일들을 눈으로 훑었다.

"얌전한 노래로 절반, 얌전하지 않은 걸로 절반."

세윤이 손가락으로 마음에 드는 노래 파일들을 가리켰다. 세윤의 선택대로 곡을 옮겨 담았다.

"방수 잘될까?"

노래들이 옮겨지는 사이 선우가 가벼운 본체를 들어보며 의심스럽게 물었다.

"여기 써 있잖아요, 아무리 세찬 물살에도 오케이."

"주의 사항도 있네. '그래도 잠수는 안 돼요'."

선우가 팔로 가위표를 그리고 있는 설명서 안의 캐릭터를 가리켰다.

"물 부어보면 알겠지?"

"해봐요, 궁금하다."

호기심에 반짝이는 눈으로 설명서를 뒤적거리고 있는데, 노래가 다 옮겨졌다는 알림음이 들려왔다. 세윤이 고새를 참지 못하고 스피커가 달린 부분을 들고 종종걸음으로 욕실로 달려갔고, 선우가 곡을 담는 부분을 빼내어 그 뒤를 따라갔다.

　"욕실 정리 잘되어 있네요."

　"물론이지."

　선우가 의기양양한 얼굴로 세윤의 손에서 스피커 부분을 건네어 받아 조립시켰다. 선우가 서서 조립하는 동안 세윤이 뚜껑을 덮은 변기 위에 앉아 조립하는 그의 손을 기대감에 가득 찬 눈으로 바라보았다. 두 부분을 합체시키고 플레이 버튼을 누르는 순간, 플레이어에서 흘러나오는 짱짱한 소리가 욕실을 채웠다. 제법인데? 하는 눈으로 서로를 바라보는데 세윤이 벌떡 일어나 세면대에 물을 받았다.

　"정말 뿌리려고?"

　"방수라고 하잖아요."

　"그래도."

　선우가 '완전 방수'라는 광고문구가 의심스럽다는 얼굴로 망설이자 세윤이 손가락 끝에 물을 묻혀 선우의 얼굴에 가볍게 튕겼다.

　"소심쟁이. 직접 부어봐요."

　소심쟁이라는 말에 발끈한 선우가 에라 모르겠다는 얼굴로 양손 가득 물을 담아 노래가 흘러나오고 있는 플레이어 위로 물을 끼얹었다. 아무렇지 않게 재생되는 모습에 세윤이 다시 한 번 감탄하고 있는데, 이번에는 선우가 손끝으로 세윤에게 물을 퉁겼다.

"재한테는 물 붓지도 못하더니."

이마에 묻은 물을 닦으며 세윤이 삐죽거렸다.

"고장날까 봐."

선우가 버튼을 눌러 전원을 끄고는 기계를 물기가 닿지 않는 높은 선반 위로 올렸다. 자신이 준 선물을 아끼는 건 기뻤지만, 자신이 저 조그마한 기계에 밀리는 것 같아서 세윤이 조금 질투 섞인 목소리로 물었다.

"내가 화내는 건 겁 안 나구요?"

"이깟 거 가지고 화내?"

"아아, 물 한 방울 가지고는 화 안 나신다?"

그럼 이건 어떠세요? 라는 얼굴로 세윤이 씨익 웃으며 세면대에 가득 담긴 물에 손을 담그고는 선우 쪽으로 세차게 흩뿌렸다. 잽싸게 도망가려고 하는데 상의가 쫄딱 젖은 선우가 조금 더 빠르게 세윤의 옷자락을 잡아챘다. 한 손으로는 세윤의 허리를 잡아끌고, 또 다른 한 손으로는 다시 세면대 물을 채운 선우는 세윤의 얼굴에 마치 세수라도 시켜줄 것처럼 찰박찰박 물을 발랐다. 세균이 거세게 고개를 휘저었지만, 선우가 손바닥으로 토닥거린 물방울은 세윤의 목덜미를 타고 옷 안쪽까지 스며들었다. 선우가 잠시 방심한 사이 세윤이 이번에는 작정이라도 한 듯 수도꼭지로 손을 뻗었다.

"너 오늘 다 젖으면 집에 못 간다."

선우가 기겁을 하며 세윤의 손을 막아 세우며 또다시 장난스럽게 세윤의 얼굴에 물을 찰박찰박 적시며 신나게 웃었다.

"데려다 주면 되죠."

"나 아까 맥주 마셨어. 게다가 내 차 양가죽 시트야, 물 젖으면
안 돼."

"알게 뭐예요."

세윤이 깔깔거리며 몸부림치며 팔을 뻗어 수도꼭지를 절반쯤
막았다. 세차게 나오던 물은 세윤의 엄지손가락으로 가로막히는
순간 공중을 향해 사방으로 치솟았다. 그리고 세윤보다 몇 뼘은
키가 큰 선우의 얼굴에 정면으로 물이 쏟아져 내렸다.

"나세윤!"

참지 못하고 얼굴을 손으로 막으며 세윤을 풀어준 선우가 이번
에는 욕실의 샤워기로 손을 뻗었다. 샤워기에 손이 닿는 순간 세
윤이 괴성을 지르며 깔깔거리며 도망치려고 했지만, 이번에도 선
우가 한 발 빨랐다. 덥석 끌어안은 선우가 괴롭히듯 장난스럽게
자신의 턱을 세윤의 정수리에 쿡, 찍었다.

"잘못했어요, 해봐."

차가운 물이 세차게 흘러내리는 샤워기를 욕조로 향해 돌린 채
선우가 세윤을 향해 말했다. 그의 이마에서 물이 뚝뚝 떨어져 내
리고 있었다. 머리칼에서 떨어진 물이 입술에 닿자, 선우가 혀끝
으로 날름 그 물을 핥았다. 그 모습을 보며 자신도 모르게 침을 꿀
꺽 삼킨 세윤이 몸부림을 치며 고집을 피웠다.

"뭘요."

"너 지금 나한테 싸움 걸었잖아. 잘못했어요, 해봐."

"싫어요."

세윤이 웃으며 다시 몸부림쳤다. 그리고 다시 수도꼭지를 차지하기 위해 온몸을 뒤틀었다. 이미 가볍게 걸친 긴팔 셔츠는 절반은 젖어 있었다. 세윤의 허리를 잡고 있는 선우의 팔이 축축한 걸로 보아서는 선우 역시 마찬가지인 것 같았다.

"오호라, 정말 물이 맞고 싶으시다?"

선우가 위협적으로 샤워기를 세윤 쪽으로 돌렸다.

"진짜, 옷 다 젖어요."

"내가 먼저 경고했잖아, 너 젖는다고."

"반칙이에요."

"반칙은 네가 먼저 했잖아. 빨리 잘못했어요, 해봐."

"그게 그렇게 듣고 싶어요?"

마치 선심을 쓰는 듯한 표정에 선우가 기막힌 얼굴로 입을 쩍 벌리는데, 세윤이 그때를 놓치지 않고 그의 손에서 샤워기를 빼앗기 위해 몸을 비틀었다. 빼앗기지 않으려고 팔을 번쩍 드는 순간 세찬 물살이 그대로 두 사람 위로 쏟아져 내렸다. 머리 위로 곧장 뿌려지는 차가운 물에 깜짝 놀란 선우가 급하게 방향을 바꾸었지만 물은 한참이나 두 사람에게 쏟아진 후였다. 세윤의 이마가 젖은 머리칼로 완전히 가려질 정도로 두 사람의 몸에서 뚝뚝 물이 떨어져 내리고 있었다. 장난이 지나쳤다는 생각에 선우가 급하게 샤워기의 물을 잠그고는 다급하게 수건을 찾아 세윤의 머리에 덮었다.

"그러게, 그만 하자고 할 때에 그만 할 것이지……."

목욕시킨 강아지를 말리듯이 세윤의 머리칼과 얼굴의 물기를 닦던 선우가 미안함에 슬쩍 고개를 숙여 세윤의 얼굴을 살폈다.

"큰일났다……."

조용조용한 세윤의 목소리. 머리의 물기를 닦던 선우의 동작이 멈추었다.

"응?"

심장이 너무 빨리 뛰잖아.

머리에 수건이 팔락, 하고 덮이는 순간 세윤은 자신도 모르게 두방망이질 치는 왼쪽 가슴 위에 손을 얹었다. 장난친 것 때문에 뛰는 거라고 보기엔 너무 빨랐다. 차가운 물을 뒤집어썼는데 오히려 몸은 뜨거웠다. 방금 전에 맞은 차가운 물이 금세라도 수증기가 되어서 욕실을 채울 것만 같았다.

눈앞에 보이는 찰싹 달라붙은 선우의 회색 셔츠. 바람이 불 때에도 가볍게 몸에 휘감기던 옷은 물에 젖자 마치 작정하고 유혹이라도 하는 것처럼 선우의 몸에 달라붙어 있었다. 땀방땀방, 옷자락 끝에서 바닥으로 떨어지는 물방울로 시선을 돌리자 선우의 맨발과 도톰하게 잘생긴 발가락이 눈에 들어왔다. 물에 젖어 미끈거리는 맨바닥 위의 맨발과 발가락까지도 유혹적이었다. 세윤은 자신도 모르게 침을 꿀꺽 삼켰다.

이것은 이전에도 비슷하게 맛본 적 있는 기분이었다. 위험하다는 경고가 머릿속에서 요란하게 울리기 시작했다. 실수하겠다, 혹은 사고 치겠다, 혹은…….이 사람을 정말로 좋아하고 말겠다, 라는 이성의 마지막 경고였다.

"화났어?"

세윤의 마음을 아는지 모르는지, 선우가 다시 새 수건을 꺼내 세윤의 어깨를 덮었다. 새 옷을 입어야 할 만큼 젖었지만, 일단은 감기에 걸리지 않게 해야겠다는 생각이었는지, 목덜미와 손을 닦는 선우의 손길이 다정했다.

"아무한테나 그래요, 아니면 내가 정말 막내 동생 같아서 그래요?"

이게 아닌데, 하면서도 말이 먼저 튀어나왔다. 세윤이 도발적인 얼굴로 고개를 들었다.

"뭐?"

도발적인 세윤의 질문에 선우의 동작이 멈추었다. 젖은 머리칼에서 아슬아슬하게 달려 있던 물방울이 다시 바닥으로 떨어져 내렸다.

"들었잖아요."

"너, 나랑 정말 싸우자는 거지?"

"싸우자는 거 아니에요, 물어보는 거예요."

"설마 내가 아무한테나 밥 만들어 먹여주고 그러겠니?"

선우가 달래듯이 세윤을 향해 웃었다.

"그럼 막내 동생?"

세윤의 표정이 여느 때와 확실히 다르게 진지하다는 것을 알아챈 선우의 얼굴도 덩달아 차분해졌다.

"막내 동생이면?"

"친오빠랑은 이렇게 안 놀아요. 서로 실컷 젖을 때까지 싸우고,

오히려 서로 수건을 빼앗으려고 싸우지 닦아주진 않는다구요."

"그럼 끝까지 젖을 때까지 싸우고 수건 싸움도 할까?"

이마에 묻은 물기를 수건으로 가볍게 둘러 닦아주며 선우가 물었다. 세윤에게선 대답이 없었다.

"어떻게 하고 싶은데?"

"저한테 오빠는 많아요. 그래서 오빠는 더 이상 없어도 될 것 같아요."

끝까지 젖을 때까지 싸워줄까, 하는 말은 곧 '동생 같다' 는 말로 들렸다. 세윤은 몸을 돌렸다. 너무 빨리, 그리고 너무 쉽게 마음을 보여 버린 것 같았다. 상대는 고작 여자 친구와 헤어진 지 석 달밖에 되지 않은 사람이었다. 몇 해 만에 '좋다' 는 감정을 맛보게 한 사람을 한순간의 경솔함으로 놓치게 되었다는 생각에 좌절감까지 느껴졌다. 그때 등 뒤로 차가운 물이 쏟아져 내렸다. 문고리를 잡고 있던 세윤이 당황한 얼굴로 돌아서는데 선우가 입을 열었다.

"대답해 봐, 정현석 그 사람 계속 만날 거야?"

7. 내 것도, 당신의 것도 아닌

"**뭐**라구요?"

선우가 손목을 꺾어 샤워기의 물 방향을 바닥으로 낮추었다. 조용한 욕실 안에 세차게 흐르는 물살과 하수구로 빠져나가는 물소리만 들려왔다.

"대답해 봐."

"갑자기 무슨……."

"흔들릴 거야?"

"네?"

"그 자식이 열두 번씩 찍으면 넘어갈 거야?"

"네?"

"나 소유욕 많아서 어설픈 놈이 집적거린다고 휘둘리는 거 못 참아."

선우의 진지한 목소리와 시선. 세윤의 심장이 다시 쿵, 쿵, 쿵 잰걸음으로 달리기 시작했다.

"휘젓는 놈보다, 휘둘리는 사람에게 더 화낼지도 몰라."

"그래서요?"

"휘둘리지 않을 자신 있어?"

확답을 요구하는 선우의 목소리. 세윤이 긴장해 침을 꿀꺽 삼켰다.

"대답해 봐. 휘둘리지 않을 자신 있어?"

선우의 시선에 세윤이 보일 듯 말 듯 고개를 끄덕였다.

"약속해?"

선우가 샤워기를 손에서 떨어뜨리고는 한 걸음 가까이 다가왔다. 욕조 안으로 빨려 들어간 샤워기는 분수처럼 하늘 위로 물길을 일으켰다. 선우가 다시 한 발자국 다가왔다. 가볍게 긴장한 세윤이 다시 고개를 끄덕였다. 코앞으로 다가온 선우의 모습에 세윤이 긴장해 문 쪽으로 조금 뒷걸음질 치자 금세 선우의 팔이 빨아들이듯 세윤의 허리를 잡아챘다.

키스. 세윤의 머릿속을 순식간에 채운 단어. 단어가 떠오름과 동시에 세윤은 가볍게 눈을 감았다. 벅찰 만큼 심장이 뛰고 있었다. 선우의 호흡이 가까워지는 것이 느껴졌다. 조금씩 더 가까워오자 세윤이 눈을 질끈 감았다. 눈가에 힘을 풀려고 했지만 마음대로 되지 않았다. 이윽고 선우의 호흡이 귓가에 느껴졌다.

"너, 잘못 걸렸어. 알아?"

뭐?

장난스러운 선우의 목소리에 세윤이 눈을 반짝 뜨는데 어느새 선우의 손에는 다시 샤워기가 들려 있었다. 사태를 파악한 세윤이 도망치기 위해 문고리를 잡았지만, 이미 선우의 손에 의해 퇴로가 막혀 있었다. 고양이같이 반짝이는 눈으로 '항복'을 외치는데 그 애절한 눈만으로 부족했던지 선우가 세윤을 덥석 끌어안았다. 그리고 팔을 높이 올려 세윤의 머리 위로 물을 쏟아 부었다.

"이러면……"

이러면 강선우 씨도 젖잖아요, 웬 자폭이에요, 라고 말하려는데, 순간 선우의 입술이 그 말을 막았다. 말하기 위해 벌린 입술 속으로 빠르게 빨려 들어온 선우의 혀의 말캉한 촉감에 세윤이 헉하고 숨을 들이마셨다. 입술을 오므렸지만, 이미 세윤의 입속을 점령한 선우는 주도권을 빼앗길 생각이 없어 보였다. 다시 요란한 소리와 함께 샤워기가 바닥으로 떨어졌고, 두 사람의 다리 위로 차가운 물이 쏟아져 내렸다. 세윤의 젖은 머리를 움켜쥔 선우의 입술은 점점 더 느리고 부드러워졌다. 마지막으로 물기에 젖은 입술을 다독이듯이 문지르고 쪽, 하고 빨아들인 선우는 으스러지듯이 세윤을 끌어안았다. 귓가에 선우의 웃음기 섞인 목소리가 들려왔다.

"이달 수도세 많이 나오면 네 탓이야."

"치사해요."

"다 됐어?"

선우가 현관 앞에서 자동차 키를 챙겼다. 맥주 마셨잖아요, 라며 멈추어 선 세윤을 향해 선우는 직접 식탁 위의 맥주캔을 가져와 보란 듯이 건네었다. 두어 모금이나 마셨을까 싶은 맥주는 묵직했다. 그래도…… 하고 염려스러운 얼굴로 망설이는 세윤을 향해 선우가 말했다.

"그럼 그 차림으로 집까지 갈 수 있어?"

선우의 반바지와 커다란 티를 입은 세윤의 모습이 어설펐다. 허리가 커서 몇 번이나 접었지만 손만 대도 흘러내릴 것 같았다.

"이게 무슨 꼴이에요."

도저히 대중교통을 탈 자신이 없었던지, 세윤이 항복했다.

"물에 젖은 생쥐 꼴이지. 걱정하지 말고 가자."

선우가 웃으며 젖은 옷을 담은 종이가방을 챙겨 들었다. 선우가 문을 잠그는 사이 엘리베이터 버튼을 누르고 멍하게 붉은 숫자를 보고 있는데 곁에 무언가가 들이밀어지는 느낌이 들었다. 세윤이 무심코 고개를 돌리는데 자신을 향해 뻗은 손이 보였다. 뭐 하냐는 듯 선우가 손목을 팔랑팔랑 흔들었다.

"뭐 해?"

땡, 하고 엘리베이터가 열렸다. 멈칫거리는 사이에 내밀어졌던 선우의 손이 세윤의 손을 잡아챘다. 자신도 모르게 엘리베이터에 빨려 들어간 세윤이 잡힌 자신의 손을 힐끔거렸다. 마치 미아라도 찾은 것처럼 꼭 쥔 손에는 잔뜩 힘이 들어가 있었다.

"그만 쳐다봐, 긴장되니까."

선우가 문 앞을 바라보며 말했다. 세윤이 살짝 붉히며 시선을 돌렸다. 세윤의 손을 잡고 있는 선우의 손은 아주 뜨거웠다. 마치 한동안 모닥불을 쬔 손같이.

다음날 오전, 오랜만의 일 없는 토요일에 늦잠을 자고 있던 선우는 아침부터 울리는 벨소리에 이마를 찡그리며 일어났다. 잠에 취해 반사적으로 문을 열다가 혹여 지난번 난형의 일이 생각나 정신이 퍼뜩 들었다. 하지만 문 앞에 서 있는 것은 세윤이었다.

"잠…… 안 잤어?"

퍼석퍼석해 보이는 얼굴을 보며 선우가 물었다. 세윤이 고개를 끄덕였다.

"무슨 일 있었어?"

정신이 번쩍 든 선우가 세윤을 이끌고 집 안으로 들어서며 물었다.

"머리가 터질 것 같아서."

"왜?"

선우는 세윤을 소파에 앉혔다. 그리고 반바지에 반팔 티셔츠 차림인 자신의 모양새가 우스워 세윤에게 주스 한 잔을 주고 욕실로 들어가 세수부터 했다. 말간 얼굴로 세윤의 곁에 앉았을 때 세윤이 옅게 웃고 있는 것을 발견했다.

"왜?"

"내가 아닌 것 같아요."

세윤이 속삭였다. 고개를 숙인 세윤의 웃음이 의미하는 것이 무엇인지 몰라 선우가 다음 말을 기다렸다. 하지만 세윤은 입술을

살짝 깨문 채 한참이나 말이 없었다. 어제의 말을 번복하겠다는
건 아닐까, 선우가 긴장한 얼굴로 물었다.

"무슨 뜻이야?"

"모르겠어요. 처음엔 그냥 보고 싶다고만 생각했고 그냥 그랬
는데……."

세윤은 선우의 얼굴을 바라보며 말을 이었다. 잠을 자지 못해
눈이 충혈되어 있었다. 어떻게 해야 할지 모르겠다는 혼란스러운
얼굴로 입술을 깨물고 있던 세윤이 입을 열었다. 이제는 자신도
아무것도 예측할 수가 없다는 듯 떨리는 목소리였다.

"나 진짜 강선우 씨 좋아하나 봐."

이제까지 들었던 고백들 중에서 가장 심장이 떨리는 것이었다.
선우가 멍하게 세윤의 얼굴을 바라보다가 갑자기 터져 나오는 웃
음에 얼굴을 가렸다.

"왜 웃는 거예요."

혼자 밤새도록 발랑거리는 가슴에 어찌할 바를 몰라서 잠도 못
잤는데, 좋아한다는 말에 소리까지 삼켜가며 웃는 선우가 얄미웠
던지 세윤이 선우의 어깨를 세차게 밀쳤다. 그리고 그 팔을 선우
가 잡아챘다. 화들짝 놀란 세윤이 눈을 동그랗게 떴다.

"다시 말해봐."

다시 듣고 싶었다. 울 것 같은 얼굴, 하룻밤 사이에 걷잡을 수
없이 커진 마음을 감당하지 못해서는 달싹거리는 입술에서 나오
는 '좋아한다'는 말. 다시 듣고 싶었다. 세윤의 표정을 보고 있는
선우의 가슴도 조금씩 가쁘게 뛰기 시작했다. 선우는 세윤의 팔에

쥐고 있던 손에 조금 더 힘을 주었다.

"뭘."

"빨리, 다시 말해봐."

선우가 또다시 재촉했다.

"……좋아하나 봐, 진짜로. 내가 미쳤나 봐요."

이제는 세윤도 피식피식 새어나오는 웃음을 참지 못하고는 울 것 같은 얼굴로 웃으며 선우를 향해 말했다.

"마지막 문장은 빼고, 다시."

"싫어요."

"빨리."

"세상에, 내 눈에 뭐가 씌었나 봐."

자신이 느끼는 이 감정의 정체를 제대로 파악할 수 없었던지 세 윤이 한숨처럼 말을 쏟아내고는 고개를 돌렸다. 시선을 피하지 말 라는 대신, 선우는 손을 뻗어 세윤의 양 뺨을 부드럽게 감쌌다. 그 리고는 한참이나 세윤의 동그란 눈을 마주 보았다. 이런 종류의 기분 좋은 흥분은 참으로 오랜만이었다. 선우는 자신도 모르게 세 윤의 양쪽 뺨을 잡아 쥐고는 볼을 쭈욱 잡아 늘리고는 웃음 섞인 목소리로 말했다.

"너 진짜 귀엽다."

그렇게 말하는 강선우 씨도 어른스럽진 않아요. 세윤의 목 아 래로 투덜거리는 소리가 가득 차올랐지만, 입술을 삐죽이며 찰싹 선우의 팔을 때리는 걸로 불만을 표시했다. 심장을 발랑거리게 만들었던 것들을 다 쏟아내고 나자 온몸에 힘이 풀렸다. 충혈된 눈을 손등으로 비비며 하품을 하자 선우가 부드럽게 세윤의 손을 잡았다.

"일단 잠 좀 자고 이야기할까?"

괜찮은데…… 하며 '외간 남자'의 방에 들어가는 걸 망설이던 세윤은 도저히 졸음을 이기지 못했는지 결국에는 선우의 침대 앞에서 굴복했다. 선우는 자신이 신경질적으로 걷어차고 나왔던 이불을 다시 원래대로 끌어 올려 덮어주고, 여전히 잔뜩 긴장해서 뻣뻣하게 누워 있는 세윤을 향해 씩 웃고는 방을 나섰다.

남자의 방! 아니, 강선우 씨의 방!

졸음에 무겁게 내려앉는 눈꺼풀을 간신히 끌어당겨 시야를 확보했다. 더블 싱글 사이즈의 침대. 지난번에 샀던 밝은 회색의 침대커버에서도 익숙한 향기가 풍겨와 숨을 쉴 때마다 마치 선우가 콧속으로 빨려 들어왔다가 빠져나가는 것 같았다. 자꾸 감기는 눈을 끌어올리고 방을 조금 더 탐색하려고 했지만 밤샘 후의 졸음이 한 수 위였다. 세윤은 순식간에 깊은 잠에 빠져들었다.

이젠, 정말 아무것도 모르겠어.

세윤이 들어간 방문을 쳐다보는 선우의 눈빛이 혼란스러웠다. 사랑하느냐고 누가 물어온다면 답하지 못할 거란 생각이 들었다. 하지만 좋아하느냐고 묻는다면 그렇다고 말할 수 있었다. 아끼고 싶으냐고 물어도 마찬가지였고, 조심스럽냐고 물어도 또 마찬가지였다. 세윤이 밤을 새운 것과 마찬가지로, 선우 역시 밤새 잠을 설쳤었다. 고작 옛 여자 친구와 헤어진 지 석 달 만에 또 새로운 사람을 이런 식으로 만나도 될까 하는 지극히 도덕적인 곤혹스러움 탓이었다. 혹, 자신이 난형에 대한 나쁜 기억을 덮기 위해 정말로 세윤을 이용하고 있는 건 아닌가 하는 자기 의문까지 겹치면서 자신이 입맞춘 것이, 또 손을 잡은 것이 실수는 아니었나 생각하며 계속 뒤척였었다.

하지만 아침, 그리고 상기된 세윤의 얼굴을 보는 순간, 그것이 밤사이에 잠시 흔들렸던 마음은 아니었다는 확신이 생겼다. 자신을 향한 세윤의 두근거림이 선우에게까지 전염되어 가고 있었다. 막을 수 없는 설렘과 상대방에 대한 호기심에 가까운 애정. 선우는 길게 숨을 내어쉬었다. 다시 한 번만 더, 기대해 보고 싶었다. 부족함도 더하지도 않는 사람이 세윤이 아닐까, 하고

'무겁다……'

세윤이 뭔가 자신을 누르는 느낌에 눈을 떴을 때, 눈앞에는 '단추'가 보였다. 이 집과 이 방의 주인의 옷에 달린 단추가 분명했다. 세윤은 몸을 틀어 자신을 누르고 있는 팔에서 빠져나오려고 했지만, 팔의 주인은 오히려 몸을 죄어왔다.

"무업거든오(무겁거든요)."

이불에 파묻힌 채 세윤이 웅얼거렸다.

"무겁긴 뭐가. 팔 한쪽 다리 한쪽인데."

"무어어요(무거워요)."

이불 때문에 목소리 대신 이불이 웅웅 울리는 소리만 들렸다.

"배 안 고파?"

팔에 힘을 풀어 공간을 열어주며 선우가 물었다.

"고파요."

세윤이 눈을 깜빡이며 말했다. 눈가에 느껴지는 것은 분명 눈곱의 감촉인데, 떼어내지도 못하고 고스란히 선우에게 보여지고 있는 것이 싫었다. 하지만 선우는 놓아줄 것 같지 않았다.

"이거, 제주도에서의 복수?"

세윤의 말에, 선우가 그때의 기억이 떠오르는 듯 눈을 커다랗게 떴다.

"그래, 내 뻗친 머리에 내 눈곱까지 다 봤겠다, 복수 좀 하는데 뭐 어때?"

"치사해요."

그때 세윤이 선우가 가지고 온 주스를 발견하고는 팔을 뻗었다. 하지만 금세 그 팔도 선우의 손에 잡히고 말았다. 한참 동안이나 아이들 같은 몸싸움을 하고서야 선우는 힘을 풀어주었다.

힘이 풀린 사이 잽싸게 이불에서 몸을 일으킨 세윤은 일단 쏜살같이 눈곱을 떼어내고 흐트러진 머리카락을 손가락으로 빗어 내렸다. 그리고 잔을 받아 들어 천천히 주스를 마셨다. 목으로 넘어가는 차가운 느낌에 정신이 번쩍 들었다. 컵을 다시 건네자마자 이번에는 선우가 이불 위로 올라와 모로 누웠다.

"잘 자더라."

"잠 못 잤거든요."

세윤이 혀끝으로 입술에 남아 있는 오렌지 주스를 핥으며 말했다.

"여기 누워봐."

헤드에 기대 있는 세윤을 향해 선우가 침대 옆을 팡팡 두드렸다. 세윤이 다시 몸을 미끄러뜨려 이불 속으로 들어가서는 선우 쪽을 바라보며 모로 누웠다. 한참을 말 없이 서로를 마주 보고 있는데 세윤의 손이 천천히 올라오더니 조심조심 선우의 머리칼을 만졌다. 세윤의 동작 하나하나를 놓치지 않고 바라보고 있는 선우의 시선에 세윤의 동작이 움츠러졌다.

조심스럽게 머리칼을 만지작거리던 세윤의 손이 조금 더 용기를 내어 까칠하게 자라 올라온 선우의 턱수염으로 옮겨갔다. 엄지손가락이 턱 선을 쓸어내리는 순간, 선우의 입술에서 얕은 한숨이 새어나왔다. 자신의 손에 닿는 선우의 입김에 세윤이 멈칫하다 이번에는 조금 더 대범하게 입술로 손가락을 가지고 갔다. 검지손가락으로 입술의 선을 천천히 그리던 세윤은 문득 부끄러워졌는지 갑자기 손을 떼어냈다. 선우가 그 손을 낚아챘다. 움찔 놀라 어깨를 굳히던 세윤을 바라보며 선우가 말했다.

"사실 아까부터 담배가 피우고 싶었는데……."

목소리가 잠겨 나와 둘은 잠시 소리 죽여 웃었다. 아무도 듣는 사람이 없었는데도 조근조근 말해야만 할 것 같았다. 선우는 다시 입을 열었다.

"담배가 피우고 싶었는데, 네 입술이 더 맛있어 보여."

선우의 짓궂은 말에 세윤은 손가락을 자신의 입술로 가져가 촉, 하고 입을 맞추고는 선우의 입술에 그 손가락을 꾹 눌렀다. 선우는 그 기회를 놓치지 않고 세윤의 손가락을 덥석 입에 물었다. 눈이 커다래진 세윤을 보고 있자니 왜 그렇게 놀리고 싶고, 장난치고 싶은지 모를 일이었다.

"내놔, 입술."

입속에서 혀로 굴린 손가락을 입술에서 **빼어내자** 세윤의 얼굴
은 붉게 상기되어 있었다. 장난인 듯 진심인 듯하고 있는 둘의 행
동들이 어느 정도는 성적인 뉘앙스를 풍기고 있다는 것을 세윤도
모를 리 없었다.

"싫어요."

세윤이 웃으며 등을 보였다. 선우가 그 등을 덮쳐 안으며 세윤
의 몸을 끌어안았다. 세윤은 자신의 뺨에서부터 어깨를 거쳐 허리
로 내려오는 선우의 손길에 심장이 터질 것같이 두근거렸다. 자신
의 몸무게에 눌리지 않도록 한쪽 팔로 몸을 받친 채 선우는 세윤
을 내려다보고 있었다. 차마 눈을 뜨지 못하고 입술을 앙다물고
있자, 선우가 재미있다는 듯이 웃었다.

"입술이 맛있게 보인다고 진짜 입술만 맛보게 해주려고?"

"이 아저씨…… 진짜 느끼해."

세윤이 붉어진 얼굴로 자신을 내려다보는 선우의 시선을 피해
고개를 돌렸다. 선우는 잠시의 허점도 놓치지 않겠다는 듯 세윤의
목덜미로 입술을 가져갔다. 목에서부터 귓불로, 그리고 **뺨으로**,
다시 입술로 내려오는 선우의 집요한 구애에 세윤은 어쩌지 못하
고 입술을 열었다.

"고마워."

선우가 작게 속삭이고는 곧장 세윤의 열린 입술로 자신의 혀를
밀어 넣었다. 세윤은 비어 있는 손을 어떻게 하지 못하고 이불을

꼭 쥐었다. 선우의 팔이 자신의 손을 잡고 선우의 등으로 이끌자, 세윤은 그제야 조금 힘을 주어 선우의 등을 끌어안았다. 넓은 등의 균형 잡힌 근육은 선우가 몸을 움직일 때마다 함께 조금씩 움찔거렸다. 세윤은 자신의 입속을 헤집는 선우의 움직임에 신경을 곤두세운 채 선우의 등을 매만졌다. 간신히 입술을 떼어낸 선우가 긴 숨과 함께 침대 바닥에 떨어져 누웠고, 순식간에 세윤의 몸이 그의 몸 위로 겹쳐졌다.

개구리처럼 납작하게 선우의 몸 위에 엎드려 선우의 얼굴과 베개 사이에 얼굴을 묻고 있는데, 선우의 심장과 자신의 가슴이 맞닿는 곳에서 달캉, 달캉 뛰는 심장의 박동이 느껴졌다. 달싹거리는 그 느낌에 자신의 심장 역시 선우에게 느껴질까 생각하고 있는데 그의 손바닥이 천천히 세윤의 등을 쓸어내렸다. 허리께를 간질거리는 그 손에 세윤이 참지 못하고 킥킥거리자 선우가 세윤의 얼굴을 돌려 자신을 향하게 했다. 그리고 느리게 세윤의 이마와 뺨과 턱과 입술에 도장을 찍듯 입을 맞추었다.

"배고픈데."

"분위기 깰래?"

선우가 어이없는 얼굴로 세윤의 머리카락을 살짝 잡아당겼다.

"사장님 난형 씨가……."

세윤과 오붓한 주말을 보낸 선우가 콧노래를 흥얼거리며 스튜디오에 들어선 아침, 모든 즐거움은 쭈뼛거리며 입을 연 직원이 짧은 말에 와장창 깨어졌다. 자신의 사무실의 유리벽 너머로 가지런히 손을 모으고 앉아 있는 난형의 모습이 보였다. 월요일 아침 아홉 시, 보통 때라면 이곳에 있을 수가 없었다. 그것은 뭔가 문제가 생겼다는 이야기였다. 선우는 긴장된 얼굴로 문을 밀었다.

3월, 자신의 생일에 들이닥쳤던 이후로 또 한 달이 조금 더 지난 날이었다.

"오빠."

선우가 문을 열고 들어서자 난형이 자리에서 일어났다. 그 사이 또 살이 잔뜩 빠졌는지 작은 체구의 난형은 이제 정말로 바람만 불어도 날아갈 것처럼 여리게 보였다.

"무슨 일이야?"

선우가 옷을 걸며 건조하게 물었다.

"마지막으로 한 번만 더 부탁하러 왔어."

"부탁?"

"돌려 말하지 않을게. 나 더 이상 오빠 말고는 도와달라고 할 수 있는 사람이 없어."

선우가 말하라는 듯 침묵을 지켰다. 호흡을 고른 난형이 입술을 깨물고 몇 번이나 망설이다가 천천히 말했다.

"그 여자, 이혼 소송 들어가고 간통으로 나와 그 후배 고소했어. 직접 증거가 없어도 상관없다면서 말이 통하질 않아. 내가 잘못한 거 알아. 오빠가 내게 복수하고 싶은 마음이 있다면 그조차도 이해해. 하지만 나, 너무 무서워."

난형의 목소리가 덜덜 떨리더니 결국은 울먹거렸다.

"너무 후회하고 있어. 오빠가 술버릇으로 계속 화내고 달래고 했을 때에 왜 흘려들었는지…… 너무 후회돼. 오빠에게도 너무 미안하고, 후배 부인에게도 미안하고……. 그래서 그만큼의 대가를 치러야 한다고는 생각하는데……."

난형이 간절한 얼굴로 선우를 올려다보았다. 눈물이 그렁거렸다.

"지금 이 고통으로 안 될까? 내가 너무 미안해하고 있고, 후회하고 있는 걸로 안 될까? 오빠가 그 자리에 가서 증언만 해주면…… 그 여자한테 말만 좀 해주면……."

정말로 간통죄로 실형을 살게 되는 건 아닐까, 전과가 생기는 건 아닐까 그게 두렵다는 말은 차마 하지 못하고 난형은 결국 고개를 숙이고는 눈물을 뚝뚝 떨구었다. 조용한 선우의 사무실 유리벽 너머로는 출근한 스태프들의 어수선한 소리가 넘어 들어왔다. 유리벽 하나를 사이에 두고 일상과 비일상이 확연하게 갈라지는 이 상황이 낯설고 불편했다.

선우에게는 '네가 내게 물 먹인 만큼 당해봐라' 와 같은 복수심 같은 것은 애당초 있지도 않았다. 그저 얽히고 싶지 않았다. 아픈 기억을 떠올리면서 분함으로 감정을 축내거나 몸을 축내고 싶지 않았다. 그저, 잊고 싶었다. 선우가 입을 열었다.

"그래서, 네가 바라는 게 그 와이프에게 너희 둘이 아무 일 없었다고 말하는 거야?"

"……."

난형이 어렵게 고개를 끄덕였다.

"약속 잡아. 질질 끌고 싶지 않으니까 가능하면 빨리 정리하자."

선우의 목소리는 냉랭했지만, 그조차도 그에게는 위로가 되었던지 난형은 그 자리에서 결국 펑펑 울음을 쏟아내고 말았다. 멀찍이 떨어져 그 모습을 보는 선우의 가슴은 불편한 기억들과 불편한 감정들이 뒤범벅되어 뭉글거리고 있었다.

"약속 잡아서 사무실에 연락해. 내게 전화할 필요도 없고, 넌 그 자리에 나올 필요 없어. 그리고 그 이야기 끝나면 이제 나와는 더 이상 만나지 말자."

"오빠……."

"마지막이야. 더 이상은 내게 기대하지 마."

말을 끝낸 선우가 난형을 남겨두고 자신의 사무실을 빠져나갔다. 실수든 무엇이든, 가장 신뢰하고 아끼는 사람에게 뒤통수를 맞았고, 고통스러웠고, 분노했다. 분노하는 것은 고통을 연장시킬 뿐이고, 그 고통을 없애려면 최대한 빨리 '없었던 일처럼' 잊어버려야 했다. 자신의 삶에 존재조차 한 적 없었던 사람처럼 잊으려고 애써왔다. 그렇게 감정의 풍파가 잠잠해질 만하면 들이닥쳐서 자신을 헤집는 난형이 불쾌하고 화가 났다. 살벌한 얼굴로 스튜디오를 빠져나가는 선우를 보는 스태프들은 휘둥그래진 얼굴로 선우의 뒷모습과 남겨져 있는 난형을 번갈아 보았다. 스튜디오의 공기가 썰렁했다.

〈차 한 잔 할까?〉

휴대전화에 저장되어 있지 않은 번호, 하지만 누구인지 알 것 같은 메시지. 세윤은 이마를 가볍게 구기며 메시지를 지웠다. 매일 오후 세 시면 도착하는 메시지는 벌써 이 주째 규칙적으로 도착하고 있었다. 그리고 그때마다 세윤은 메시지를 삭제했다. 완전히 무시하고 있는 것을 알면서도 현석은 주말을 제외하면 매일같이 메시지를 보내오고 있었다.

강의 시간이 얼마 남지 않아 도서관에서 책을 챙겨 들고 일어서는데 이번에는 전화가 울렸다. 현석이었다. 전화를 걸어오는 것은 처음이었지만 세윤은 번호를 노려보다가 종료 버튼을 누르고 가방 안에 휴대전화를 던져 넣었다.

강의실을 향해 종종걸음을 치며 걸어가는데 자신의 곁에 나란히 박자를 맞추어 걷는 누군가를 느끼고 고개를 돌렸다. 싱긋이 웃는 현석의 모습이 보였다.

"수업 가니?"

분명 방금 전 문자 메시지와 전화를 무시했음에도 현석의 얼굴에서는 그것에 대한 반응이 전혀 보이지 않았다. 세윤이 무성의하게 고개를 끄덕거렸다.

"날씨가 좋다."

분명 무시하고 있는데도 현석은 천연덕스럽게 날씨 이야기를 꺼냈다. 세윤은 시간을 확인하고 그 자리에서 멈추어 섰다. 현석이 왜 그러느냐는 얼굴로 멈추어 돌아섰다.

"수업 시간이 얼마 안 남아서 먼저 가보겠습니다."

"그래."

세윤의 말에 현석은 선뜻 고개를 끄덕이고는 가볍게 손을 흔들었다. 잰걸음으로 계단을 달려 내려가는 등 뒤로 현석의 느린 발자국 소리가 들리는 것 같았다. 대체 왜, 어쩌다가 이렇게 되어버린 걸까. 세윤이 입술을 깨물었다.

"이 시간에 웬일이야?"
"나 베일리스 커피 한 잔만."
"뭐야, 대낮에."
"술 마시고 싶은데 참는 거니까 좀 봐주지?"

생뚱맞은 요구에 지원은 주섬주섬 싱크대에서 베일리스를 꺼냈다. 그리고 위스키 잔이 조금 젖을 만큼, 딱 한 모금 정도 넘길 만큼 따라 선우에게 건네었다.

"너 지금 사람 잡을 얼굴이다. 이걸로 입이나 좀 축이고 있어."

지원이 직접 에스프레소를 뽑아내어 차가운 베일리스 커피를 만들어 건네자, 선우는 기다렸다는 듯 꿀꺽꿀꺽 목으로 넘겼다. 14도 가까이 되는 위스키가 섞인 탓에 아무리 커피와 우유를 섞는다 한들 술기운이 사라지지는 않았다. 아침 댓바람부터 살벌한 얼굴로 찾아와 위스키가 섞인 커피를 찾는 선우를 향해 지원이 다시 한 번 물었다.

"무슨 일이야?"
"그냥 다 짜증스러워서."

선우가 이마를 찡그리며 귀찮은 듯 말을 던졌다.

"짜증 내라, 짜증도 낼 수 있을 때 내야지. 담고 있어 뭣 하냐?"

덕분에 아침부터 술이네, 하던 지원은 뜨겁게 만든 자신 몫의 베일리스 커피를 홀짝홀짝 목으로 넘겼다.

"나한테 문제가 있는 거야, 아니면 운이 나빴던 거야?"

"선문답 하지 말고 대답 듣고 싶으면 제대로 된 대답을 해. '42'가 답이라고 말하기 전에."

지원의 농담에 선우가 피식 웃었다.

"그냥. 내가 사람을 너무 막 만났던 건가, 아니면 더럽게 운이 없는 건가 그런 생각이 들어서."

"난형이가 헤집고 갔냐?"

"나보고 증언 좀 해달란다, 아, 무, 일, 도, 없, 었, 다, 고."

선우가 한 글자 한 글자 딱딱 끊어 말하자 지원이 어이없다는 듯 헛헛하게 웃었다.

"걔도 어지간히 힘들었나 보네."

"나는 어디 멀쩡해?"

선우가 이마를 찌푸렸다.

"하루라도 빨리 잊어버리고 싶어서 몸부림치는 사람 앞에 나타나서 들쑤셔 대면 또 한동안 욱신거리면서 살아야 돼. 공포영화 보고 난 것처럼 끝없이 떠오르는 장면, 소리, 완전 고문이야."

선우의 괴로운 목소리에 지원이 베일리스를 병째 가져와서는 위스키 잔에 또 한 모금 마실 만큼 따랐다.

"감질 나게 왜 한 모금이야?"

"일하러 가야 되잖아."

"젠장……."

마치 지원의 말이 신호라도 된 것처럼 선우의 휴대전화가 요란하게 울렸다. 스튜디오인 모양이었다. 선우가 통화하는 사이, 지

원은 베일리스를 좀 더 듬뿍 넣은 아이스커피를 만들어 선우에게
내밀었다.

"스튜디오 데려다 줄 테니까 키 내놔."

연애.

세윤은 일상적인 날들과 달리 들떠 있는 자신을 발견할 때마다
조심하자, 조심하자 스스로를 다잡았다. 속도 조절을 못하고 앞뒤
가리지 않고 덤벼들었던 연애의 실패는 한 번으로 족했다. 마음
가는 대로 하는 충동질도 역주행까지 허용하는 것이 아님을 알았
기에 세윤은 연애와 일상과의 밸런스를 깨지 않으려고 애썼다. 강
의를 마치고 집으로 가는 지하철역, 휴대전화가 가볍게 떨렸다.
세윤은 주머니에서 걸려온 전화에 세윤이 번호를 확인했다.

"오빠!"

미국의 큰오빠, 세진이었다.

[강냉이, 잘 지냈냐?]

세진은 막내야, 망냉아, 하고 부르다 결국 언제부턴가 세윤을
'강냉이'라고 부르기 시작했다. 그 별명을 불러주는 이가 세진밖
에 없는 탓에, 자신을 부르는 호칭을 듣자 세윤은 자신도 모르게
오빠를 향해 막내 냄새가 폴폴 풍기는 어리광을 부리고 말았다.

"연애하느라 바빠? 왜 전화도 안 하고 그래."

[응, 연애하느라 바빠.]

"엄마 말이 정말인가 보네. 대체 누구한테 그렇게 홀랑 빠진 거
야?"

[그렇잖아도 그거 때문에 전화했지.]

세윤은 오랜만에 큰오빠가 전하는 소식에 자신도 모르게 소리를 높이고 말았다.

"결혼할 거야? 정말?"

강냉아, 다음달에 보자. 세진이 유쾌한 목소리로 전화를 끊었다. 벌써 이 년 가까이 얼굴도 보지 못한 오빠가 귀국하는 것이 결혼 준비 때문이라는 것이 믿기지 않았다. 오빠의 결혼은 기뻤지만 허전했다. 집으로 돌아와서도 여전히 허전한 기분에 오빠와 함께 찍었던 사진들을 뒤적거리고 있는 저녁, 선우에게서 전화가 걸려왔다.

[뭐 하시나요?]

"집에 들어가는 길이에요?"

[네. 즐거운 퇴근이지.]

"항상 이렇게 늦어요?"

[때때로, 가끔씩.]

"있잖아요, 주말에 뭐 해요?"

[이번 주?]

"네."

[토요일에는 저녁 약속이 있고, 일요일에는 스튜디오에 가야 할 것 같아.]

"바쁘네요."

[미안해. 다음 주말엔 괜찮을 거야. 퇴근하고 얼굴 봐도 되고.]

"그래요."

하지만 선우의 약속에도 불구하고 주중에조차 짬이 나질 않았다. 낮에는 세윤이 수업이 있었고, 선우의 촬영은 불규칙하게 이어졌다. 낮에 선우가 전화를 하면 세윤은 수업 중이었고, 밤에 세윤이 전화를 걸면 선우는 작업 중이거나 회의 중이었다.

4월이 다 지나가도록 제대로 얼굴을 보지 못한 섭섭함에 세윤이 금요일 저녁 부르퉁한 얼굴로 선우에게 전화를 걸었다. 역시나 전화를 받지 않았다. 한 번 더 통화 버튼을 누르다가 간신히 핸드폰을 손에서 떼어냈다. 현석과의 연애 같지 않은 연애에서 배운 점이란, 나이 어린 자신이 아주 중요하다고 생각하는 문제들을, 사회생활을 하는 나이 많은 남자들은 의외로 가볍게 여기며 이해해 줄 것으로 믿는다는 점이었다. 세윤은 간신히 평정심을 잃지 않고 메시지를 보냈다. 투정을 부리지만, 애교스럽게.

〈강선우 씨는 만날 바빠…… 흑흑흑.〉

같은 시간, 퇴근할 시간이 되어갔지만 선우의 테이블 위에는 기획안과 현상된 필름과 출력된 사진들, 그리고 아직 일정을 잡지 못한 촬영 계획서들이 잔뜩 쌓여 있었다. 스튜디오에 선우 외에도 두 명의 작가가 더 있었지만, 선우가 전체 스튜디오의 사장이었기 때문에 업무 분량은 다른 이들의 갑절이었다. 어디서부터 일을 수습해야 하나 머리를 긁적이던 선우는 내선으로 전화를 연결했다.

"장 실장님, 지난주에 촬영한 포스터, 샘플 나오는 대로 곧장 올려 보내주세요. 지현 씨한테는 이태원에서 찍어온 가구랑 소품 사진 좀 보자고 전해주시고. 내일 사용할 가구랑 소품들 도착하면 확인하고, 스타일리스트들 늦지 말라고 시간 한 번 더 확인해 주세요. 그거 끝나면 다들 퇴근하시고."

스케줄러에 적힌 1, 2, 3번을 차례로 지워나간 후, 선우는 사무실 자리에서 일어나 걸려 있는 재킷 속에서 휴대전화를 꺼내 부재중 전화를 확인했다. 두 통은 업무 관계의 사람, 한 통은 스팸이 분명한 060으로 시작되는 전화, 그리고 마지막은 세윤의 메시지였다. 메시지를 확인하는 선우에게서 가벼운 웃음이 새어나왔다.

"공주님, 화났어?"

세윤이 전화를 받자 선우가 나긋한 목소리로 물었다.

[퇴근 시간 다 되어가는데, 오늘은 일찍 끝나요?]

"내일 오전에 화장품 광고 지면 촬영이 있거든. 스태프들 일찍부터 나와야 하니까 일찍 보내고 난 남아 있어야 할 것 같아."

[거기서 밤새는 거예요?]

"들어갈까 생각해 봤는데, 밀린 작업 하고 여기서 눈 붙이는 게 나을 것 같아서."

[음…….]

세윤의 목에서 신음과 같은 불만 섞인 소리가 흘러나왔다.

"세윤아."

[네.]

"여기로 올래?"

[응?]

저녁 아홉 시. 틀어놓은 라디오에서 뉴스가 시작되고, 선우가 내일 사용할 소품의 배치를 확인하고 있을 때 휴대전화가 울렸다.

세윤이었다.

[1층에 와 있어요. 그냥 올라가면 돼요?]

"문 열어놓을게."

선우가 잠가놓은 사무실의 문을 열며 대답했다.

"오랜만이에요."

세윤이 통통거리며 계단을 뛰어올라 오자마자, 사무실 유리문 앞에서 있던 선우가 그를 와락 끌어안았다. 갑작스런 환대에 세윤이 놀라 선우의 가슴에 얼굴을 묻으며 키득거렸다.

"좋은 냄새가 나요."

"섬유유연제 향기인가?"

선우는 살짝 힘을 풀며 세윤의 이마를 쓰다듬었다. 한동안 얼굴을 제대로 보지 못했던 섭섭함이 격렬한 포옹 한 번으로 모두 해소되어 버린 것 같은 표정이었다.

"뭐 하고 있었어요?"

선우는 포옹을 풀지 않고 어깨 뒤로 세윤을 감싸 안은 채 촬영 세트 앞에 놓여 있는 가구와 소품들을 가리켰다.

"내일 모델도 와요?"

"아니, 상품만 찍는 거라서."

"아아……."

"그런데 손에 든 건 뭐야?"

선우가 턱짓으로 세윤의 손을 가리켰다.

"군것질 거리들이랑 내일 아침에 먹을 샌드위치예요."

선우는 세윤의 손에서 종이 가방을 받아 들고는 열어 보았다.

과자 따위의 간식거리들과 샌드위치, 그리고 우유 같은 것들이었다.

"아침에 잘 먹을게, 고마워."

선우는 다시 한 번 세윤을 꽉 끌어안고는 사무실의 냉장고에 우유와 샌드위치를 넣었다.

간식으로 가지고 온 군것질 거리들을 먹으며 스튜디오 장비와 사진들과 소품들을 구경하자 시간은 훌쩍 열 시를 넘겼다. 선우는 다시 자신의 사무실로 올라가 루페로 인화용 사진을 골라내기 시작했고, 세윤은 옆의 소파에 길게 누워 그런 선우를 바라보고 있었다. 사무실에는 들릴 듯 말 듯 작게 틀어놓은 피아노 곡의 소리를 제외하면 전화도 울리지 않았다.

"뭐가 그렇게 좋아?"

자신을 보면서 웃는 세윤의 미소를 눈치 챈 듯 선우가 루페에서 눈을 떼지 않은 채 물었다.

"뉘 집 아들인지 참 잘생겼다 싶어서."

"내가 좀 잘생기긴 했지."

선우가 웅얼거리며 답했다.

"칭찬을 못하겠네요."

허리를 숙이고 있던 선우가 끙, 하는 신음과 함께 허리를 두들기며 슬라이드 필름에서 눈을 떼어냈다.

"이쪽으로 와봐."

선우는 의자에 세윤을 앉힌 채 루페를 건넸다. 그리고 세윤의 등을 감싸듯 그 뒤에 앉았다. 세윤의 등에 선우의 가슴이 닿아왔고, 선우가 말을 할 때면 세윤의 귀 뒤로 목소리가 넘어왔다. 목덜미와 귀를 스치는 나직한 선우의 목소리에 세윤은 얼굴을 붉히는 것을 감추지 못했다.

"그거 알아?"

선우가 세윤의 귀에 대고 속삭였다.

"뭐…… 요?"

"내내 보고 싶었어."

선우가 세윤을 끌어안은 채 귓등의 선을 따라 입을 맞추었다. 미사여구에 넘어가면 안 된다는 생각에 세윤은 몸을 비틀었지만, 선우는 몸에 힘을 풀어주지 않은 채 귓등을 스쳐 귓볼을 살짝 깨물었다.

"얼굴이 왜 빨개져?"

"귀가…… 귀가 간지러워서."

"어라?"

선우가 모르는 척 세윤의 귀에 바람을 불어넣었다.

"진짜, 농담이 아니라 진짜로 간지러워요."

세윤이 양쪽 손으로 양 귀를 덮어 막고는 고개를 푹 숙였다. 선우는 이에 굴하지 않고 세윤의 목덜미에 입김 공격을 계속했다. 세윤은 간지럽다며 몸부림을 쳤지만 선우는 양쪽 팔로 세윤을 뒤로 꽉 껴안은 채 움직이지 못하게 했다. 간지럼을 견디지 못한 세윤이 더 이상 참지 못하고 정색을 하고 움직임을 딱 멈추었다.

"정말로 간지럽다고 했잖아요."

목소리에 약간의 화가 섞인 것을 눈치 챈 선우는 화를 달래기 위해 의자를 돌려 세윤을 자신의 쪽으로 향하게 했다. 몸이 선우를 향하는 순간, 세윤이 고개를 들어 선우의 입술을 덮었다. 순식간의 일이었다.

입술을 동글게 만들어 선우의 입술에 자신의 입술을 겹친 세윤은, 선우의 입술이 무의식중에 열리자 그 입술을 가볍게 빨아들였다. 세윤의 입술이 망설이지 않고 자신을 향해 열정을 내보인다는 것을 포착한 선우는, 주도권을 빼앗기지 않으려는 듯 세윤의 입술을 향한 욕심을 숨기지 않았다. 입술과 입술의 인사가 끝나자 누가 먼저랄 것도 없이 부드러운 혀끝이 상대의 영역을 넘나들기 시작했다.

선우가 세윤의 혀를 간질이기 시작함과 동시에 세윤의 팔이 선우의 목을 끌어안았고, 선우의 팔이 세윤의 등을 헤집기 시작했다. 입술이 입술을 탐하는 사이, 선우의 한쪽 손은 목덜미에서 척추를 짚어나가며 허리를 향해 갔고, 또 다른 손은 슬금슬금 옆구리에서 가슴으로 움직이고 있었다.

입술과 혀의 엮임에 넋을 놓고 있던 선우는 세윤이 갑자기 동작을 멈추고 뻣뻣해지자 눈을 떴다. 자신의 코와 세윤의 코가 마주 보고 있었다. 선우는 눈을 내리깔고 있는 세윤의 시선을 따라 시선을 떨구다가 세윤의 상의를 절반은 끌어 올린 자신의 손에 화들짝 놀라 손을 떼어냈다. 그 손바닥에는 세윤의 맨살의 감촉이 따스하게 남아 있었다.

"키스할 때에는 키스만."

세윤이 옛날 옛적의 불조심 포스터를 이야기하듯 단호하게 말했다. 자신도 모르는 사이 마음대로 움직여 버린 손에 한편으로는 무안하고 한편으로는 미안했던 선우는 저도 모르게 불쑥, '키스와 가슴은 세트인 거 몰라?' 라고 항변하고 말았다.

"뭐라구요?"

옷을 끌어내리던 세윤이 어이없다는 표정으로 물었다.

"아니, 그게. 남자는 말이지, 그게 뭐……. 자연스럽게 가슴으로."

"강 사장님."

"날 부르는 호칭이 하나씩 늘어난다?"

자신이 변명이랍시고 한 말이 너무 옹색하다는 것을 누구보다 더 잘 알고 있었던 선우는 대화의 방향을 바꾸기 위해 호칭 이야기를 꺼냈지만 세윤에게는 통하지 않았다.

"우리, 반대 자세로 한 번 더."

"뭐?"

"강 사장님은 이렇게."

무슨 생각인지, 세윤은 눈을 반짝이며 선우의 팔을 끌어 자신의 어깨에 척, 척 얹었다. 그리고 자신의 팔을 선우의 등 뒤에 감았다. 그 '반대 자세' 라는 것이 아까 자신이 세윤에게 했던 자세와 같은 것임을 눈치 챈 선우가 허허 웃었다.

"이렇게 해서 어떻게 하자고?"

"당해보라구요."

"응?"

"강 사장님은 이 자세를 풀면 안 되는 거예요. Okay?"

"그러지 뭐."

무슨 장난을 치려는지 감이 잡히지 않은 선우는 웃으며 자세를 바로잡았다. 그리고 여차하면 제대로 장난을 칠 생각에 양쪽 팔을 세윤의 목덜미를 단단하게 고정시켰다. 선우가 따스하지만 갈망이 담긴 눈으로 세윤을 내려다보며 고개를 숙였다. 세윤은 그리 크지도, 작지도 않은 손으로 선우의 허리에 살짝 손을 얹은 채 선우의 입술을 차분하게 받아들였다. 두 번째로 시작되는 키스는 아까와 달리 나긋하고 부드러운 입맞춤으로 시작되는 것처럼 보였다.

"……!"

장난스러우면서도 온화한 입맞춤의 순간은 짧았다. 세윤의 손이 슬금슬금 움직이기 시작하자 모든 근육이 팽팽하게 긴장하기 시작했다. 세윤의 '당해보라'는 말이 무슨 의미였는지 알 것 같았다. 목덜미를 살짝 넘긴 선우의 머리칼을 헤집던 세윤의 손은 어느새 선우의 셔츠를 야금야금 끌어 올리고 있었다. 벨트 위쪽으로 잔뜩 구겨진 셔츠의 아랫단이 빠져나왔다. 그리고 세윤의 손은 그 셔츠의 맨 아래쪽 단추부터 천천히 풀기 시작했다.

단추들이 하나씩 풀리고, 선우의 맨살에 세윤의 손가락이 닿을 듯 말 듯 스쳐 왔다. 피아노 건반에 손가락을 내려놓듯 허리 즈음에 하나씩 손가락을 얹은 세윤은 느리지만 착실하게 선우의 맨살을 더듬어 올라갔다. 손가락이 스치듯 맨살을 훑어갈 때마다 선우의 몸에 소름이 돋았다. 정신없이 심장이 뛰기 시작했지만, 세윤의 손은 멈추지 않고 계속 올라갔다. 옆구리와 등을 훑어가던 세윤의 손이 겨드랑이께에서 멈칫 하는 순간, 선우는 세윤에게 멈추라고 해야 하는 건지 아니면 계속해 달라고 해야 하는 건지 알 수가 없었다. 이미 둘의 입술은 떨어져 있었고, 선우는 세윤에게 몸을 기댄 채 세윤의 목덜미에 뜨거운 숨을 나직하게 불어넣고 있었다.

겨드랑이 사이를 간질이듯 셋째 손가락과 넷째 손가락으로 스쳐 지나간 세윤의 손은, 다시 닿을 듯 닿지 않게 선우의 젖꼭지를 스쳐 지나갔다. 간신히 숨을 작게 나누어 쉬던 선우는 세윤의 손이 자신의 복근을 향해 내려오자 더 이상 참지 못하고 다급하게 숨을 들이마셨다. 하나하나 헤아리듯 세윤의 손이 선우의 근육을 더듬어갔다. 선우는 참지 못하고 들릴 듯 말 듯한 신음 소리를 내며 세윤의 머리를 끌어안았다. 세윤의 나직한 숨소리가 선우의 귀에 닿아왔다.

"잠…… 잠깐만."

복근을 훑어 내려가던 세윤의 손이 멈추지 않고 더 아래쪽으로 더듬어 내려가자 선우는 다급하게 세윤의 손목을 덥석 잡았다. 상기된 선우의 얼굴에 비해, 세윤의 눈빛은 호기심에 반짝거리며 입술에는 옅은 미소까지 걸려 있어 선우를 당황시켰다. 당했구나, 하는 생각에 선우의 얼굴이 붉어졌다.

"알았어, 미안해."

붉어진 얼굴을 들킨 것이 낯부끄러워 선우가 시선을 피한 채 양손을 들어 항복했다. 그런 선우가 귀엽고 재미있었던지, 세윤은 여전히 반짝거리는 눈으로 웃으며 그의 상기된 뺨에 촉촉한 입술을 가져다 댔다. 그리고 들릴 듯 말 듯한 목소리로 속삭였다.

"이제 알았죠? 덮치고 싶게 만들지 말란 말이에요."

도발적인 세윤의 말에 입을 떡 벌리고 앉아 있는 선우를 보며 세윤은 잽싸게 가방과 겉옷을 챙겨 들었다. 그리고 꾸벅 구십 도 각도로 인사를 하고는 연극적인 말투로 말했다.

"어이쿠, 벌써 시간이 열한 시가 다 되어가는군요. 지하철이 끊기겠어요. 저는 먼저 가보겠습니다. 다음에 또 뵙지요."

말을 마치자마자 도망치듯 사무실 문을 향해 종종 걸음을 치며 달려가는 세윤을 멍하게 보던 선우는 정신을 차리고 벌떡 일어났다. 단추 풀린 셔츠에 세윤이 헤집어 부스스해진 머리카락 때문에 자신의 몰골이 어떠한지는 미처 생각하지도 못했다.

"잠깐!"

세윤이 도망치듯 문을 밀치려는 순간 밖에서 문이 먼저 열렸다. 세윤의 손목을 잡아채어 끌어당겨 안은 선우는 문이 열리는 소리에 고개를 돌렸다.

"아, 불이 켜져 있길래……."

열린 문으로 모습을 보인 것은 현미였다.

8. 그때에 가지지 못했던 것

현관 앞에 서 있는 세 사람의 모호하고 어색한 분위기를 깬 것은 선우였다. 선우는 풀어져 내린 셔츠를 가리기 위해 세윤을 자신의 앞에 세운 채 양팔로 꼭 끌어안고 있었다. 그 상황에서 어색한 것은 어중간하게 서 있는 세윤이었다.

"무슨 일이시죠?"

"볼일이 있어서 근처에 왔다가 불이 켜져 있길래 인사나 드릴까 해서요."

어딜 들렀다 왔는지 알 수 없었지만, 현미는 지난번 만남과 다르지 않는 말끔한 옷차림에 은은한 향기를 풍기고 있었다. 세윤은 과연 저 머리칼이 흐트러지는 날이 있긴 하는 걸까 생각하며 귀 뒤로 넘긴 현미의 단발을 힐끔댔다.

선우는 고갯짓으로 스튜디오에 걸린 시계를 턱으로 가리켰다. 시계는 열한 시가 다 되어가고 있었다.

"작업 중입니다. 다음에 약속하고 오시죠."

뻔한 거짓말, 오히려 연애질 중이라고 해야 옳았지만 선우는 뻔뻔스럽게 작업 중이라고 대답했다. 세윤이 어이없다는 듯 팔꿈치로 선우의 배를 쿡 찔렀다.

"그러는 게 좋겠네요. 아, 그리고……."

나가려던 현미의 걸음이 멈칫했다. 곧이어 가방에서 책 한 권을 꺼내 근처 테이블에 내려놓았다.

"지난번에 드린 책, 원서예요. 유학하셨다고 하길래 원어로 읽고 싶으실 것 같아서요."

지난번에 드린 책? 세윤의 눈이 가늘어졌다. 자신과 선우가 있을 때면 우연인 듯 필연인 듯 한 번씩 나타나는 현미가 세윤은 왠지 마음에 걸렸다. 선우는 매우 객관적인 태도로 그를 대하고 있었지만, 현미가 무슨 생각을 하고 있는 건지 세윤은 도무지 알 수가 없었다. 현미가 가볍게 구두를 또각거리며 사라지자, 세윤은 둘 사이에 무슨 일이 있었는지 따지려는 듯이 몸을 돌렸다. 하지만 선우가 세윤보다 더 빨랐다.

"오늘 작업은 여기까지 해두고 그냥 들어가자. 데려다 줄게."

시동을 걸고 세윤의 집 쪽으로 향하는 내내 선우는 뭔가 스멀스멀 기어오르는 불쾌함에 이마를 찌푸렸다. 현미와 마주칠 때면 느껴지는 묘한 느낌의 정체를 파악하려고 애써보았지만, 아직은 정확하게 알 수가 없었다.

한참 이마를 찌푸리며 생각에 몰두하던 선우는 세윤의 집으로 가는 방향에 있는 지원의 카페 간판을 발견하고서야 정신을 차리고 세윤에게 고개를 돌렸다. 운전한 후로 한 마디도 하지 않았다는 것을 그제야 깨달았던 것이다.

"뭐 화났어요?"

세윤이 조심스럽게 묻자 선우가 미안한 얼굴로 고개를 저었다.

"아니, 뭘 좀 생각한다는 게······. 커피 한 잔 사가지고 들어갈래?"

선우가 물었다.

"내가 사 올게요. 뭐 마시고 싶어요?"

세윤이 가방에서 지갑을 뒤적여 꺼냈다.

"카페라떼로 한 잔 부탁해."

선우가 깜박이를 켜며 도로가에 차를 대자 세윤이 잽싸게 차에서 내려 카페로 들어갔다. 차에서 카페 안을 들여다보았지만 지원은 보이지 않았다. 세윤을 기다리며 핸들에 턱을 괴고 있는데 창문을 두드리는 소리가 났다. 지원이었다. 선우는 유리창을 내렸다.

"카페 안에 없더니."

"작업하다가 방금 내려왔어. 안 들어가고 뭐 해?"

"커피 사가지고 올 거야."

"누가?"

말하기가 무섭게 지원의 등 뒤로 커피 두 잔을 든 세윤이 나타났다. 지원의 모습에 멈칫하던 세윤은 이내 살갑게 웃으며 지원에게 인사했다.

"뭐야, 왜 둘이 같이 있어?"

"자세한 것은 다음 이 시간에. 세윤아, 어서 타."

"세윤아? 어이어이, 강선우, 무슨 일인지 말씀을 좀 해보시지?"

"보는 그대로야."

"보는 그대로라니?"

지원이 세윤을 붙잡고 물었지만 세윤은 슬쩍 얼굴을 붉힌 채 답하기를 주저했다.

"집에 데려다 주고 데리러 오는 사이라고. 이제 됐냐? 지원이 너도 어서 들어가."

현미와 만난 그 짧은 순간 이후 내내 어색하고 불편했던 분위기는 지원과 만남으로서 한결 부드럽게 풀어져 내렸다. 차는 금세 세윤의 아파트에 도착했다. 차를 세윤의 아파트 앞에 세워두고 둘은 홀짝거리며 커피를 마셨다. 늦은 시간인 탓에 단지 안은 조용했고, 차 위로 아파트보다 더 높게 자란 나무들의 그림자가 아른거렸다. 그때 세윤의 휴대전화 진동이 울렸다. 세윤이 가방을 뒤적여 발신자를 확인했다. 이 작가, 세윤의 어머니였다.

[나세윤, 너 어디야?]

"엄마?"

[집 비워두고 이 시간까지 어디 간 거야.]

"어? 엄마 지금 어디세요?"

[할 이야기 있어서 저녁에 올라왔는데 집에도 없고, 방은 엄망이고.]

"지금 다 왔어요, 들어갈게요."

전화를 끊은 세윤이 주변을 두리번거렸다. 마중 나오겠다며 당장이라도 엄마가 아파트 입구에 나올 것 같았다.

"어머니 집에 오셨어?"

"또 편집자 등쌀에 쫓겨 피난 오신 거 아닌지 몰라요."

"다음주 중에 일 좀 수습되면 저녁 함께하자."

"응."

세윤이 자리에서 일어나자 선우가 애틋한 눈으로 세윤을 바라보았다. 그 눈에 담긴 다정한 온기에 세윤은 차마 내리지 못하고 고개를 돌려 선우의 입술에 입을 맞추었다. 선우가 기다렸다는 듯이 다시금 입술을 맞부딪혔다. 하지만 그 와중에도 이번에는 가슴 대신 세윤의 양손을 부드럽게 잡는 센스도 잊지 않았다. 세윤의 도톰하게 붉어진 입술에 슬쩍 미소 지으며 선우는 간신히 세윤을 집으로 보냈다. 그리고 세윤의 방에 불이 켜지는 것을 확인하고 차를 돌렸다.

따스한 입맞춤의 여운에 세윤이 조금 상기된 얼굴로 집으로 들어갔다. 우렁각시라도 다녀간 것처럼 말끔하게 정리된 집에서는 오랜만에 엄마표 음식 냄새가 풍겼다. 세윤이 방에 뛰어들어 엄마에게 안겨들자, 이 작가가 덩치 큰 딸을 토닥토닥 안았다.

"무슨 일이에요, 갑자기 말도 없이?"

세윤이 옷을 벗어 걸으며 물었다.

"세진이 결혼 때문에 너한테 이것저것 알려줘야 할 것 같아서."

"큰오빠 여자 친구 어떤 사람이에요?"

여자 친구가 '있다'는 사실 외에는 아무것도 아는 것이 없었다. 대체 결혼하고 싶다며 큰오빠를 들뜨게 만드는 사람이 누구이며 어떤 사람인지 세윤은 궁금했다.

"사실 엄마는 이전부터 알고는 있었거든."

"아빠도?"

"뭐…… 아빠도 아셨다고 해야 하나?"

이 작가가 말꼬리를 흐렸다. 지난해 여름 휴가 겸, 아들을 보러 미국으로 갔을 때에 세진으로부터 소개를 받은 모양이었다. 자초지종을 들은 세윤이 알겠다는 얼굴로 고개를 끄덕였다.

"강냉이가 시샘할 거라고 세진이가 걱정하던데."

"무슨, 내가 초등학생도 아니고."

세윤이 아직 초등학생이었을 때엔 세진이 데리고 오는 여자 친구마다 족족 팔짝팔짝 뛰게 만든 것이 세윤이었다. 저 언니는 너무 못생겼어, 오빠가 아까워, 언니는 잘하는 게 뭐예요? 지난번 언니는 요리도 잘하던데. 열두 살짜리의 입에서 나오는 이야기를 세진은 수습하기 바빴고, 여자 친구들은 아직 초등학생인 세윤에게 차마 화도 내지 못하고 얼굴만 새빨개지곤 했다.

"괜찮아?"

"정말 괜찮아요."

어렸을 때의 기억들을 떠올린 세윤이 웃으며 대답했다. 그러다가 무언가 생각났는지 이 작가에게 조심스럽게 물었다.

"보통 오빠 나이 즈음이면 결혼하는 거죠?"

"서른둘, 서른셋. 안정된 직장 가지고 한창 일할 때니까 그 정도면 딱 좋지."

큰오빠를 유난히 따랐던 막내딸의 협조적인 태도에 마음이 놓였는지 이 작가가 홀가분한 얼굴로 대답했다.

"세진이랑 여자 친구, 다음달 중순에 들어와서 한 달쯤 있다 갈 거야. 6월 중순쯤 날 잡을까 싶다. 너도 그렇게 알고 있어."

이 작가의 말에 세윤이 선선히 고개를 끄덕였다. 하지만 오빠의 결혼에 대한 것보다는 다른 것을 생각하는 듯 세윤의 시선은 멀어져 있었다.

"그 작품은 처음부터 팔 생각이 없었는데요."

카페로 찾아온 남자와 이야기를 하는 지원의 얼굴이 곤혹스러워 보였다. 올해 대학교를 졸업했다는 남학생은 열성적인 얼굴로 지원을 설득하고 있었다. 초대전의 그림을 보았다는 남자였다. 벌써 몇 번이나 찾아왔던 모양인지, 지원은 아무 생각 없이 커피 한 잔 하러 내려왔다가 붙잡혀 있었다.

"갤러리에 문의해 봤더니 너무 큰 액수를 부르는 바람에 직접 찾아온 겁니다. 그런데 아예 못 파시겠다니……."

남자의 얼굴이 어두워졌다. 어지간해서 작가의 연락처를 알려주지 않는 갤러리 쪽에서 열성적이다 못해 무섭게 달려드는 집요함에 못 이겨 지원의 카페를 알려준 모양이었다.

"그 작품이 좋았어요?"

"네!"

남자가 일 초의 여유도 두지 않고 대답했다.

"아, 그런데 정신이 없어서 이름도 묻질 않았네. 이름이 어떻게 돼요?"

지원의 말에 남자가 허리를 꼿꼿이 세웠다. 좋아하는 작가 앞에서 자신을 소개하는 그의 눈이 반짝거렸다.

"너무 서둘렀지요? 죄송합니다. 이름은 최민식, 올해 미학과 졸업했습니다. 아버지께서 최민식 작가님을 좋아하셔서 성이 같은 김에 이름까지 그분 이름을 따왔다고 하셨습니다. 나이는 스물아홉이고, 미술관에서 일하고 싶어서 일단 유학 준비 중입니다. 컨펌을 받아서 올해 가을에……."

"그만, 그만."

지원이 손을 휘휘 저었다.

"올해 미학과 졸업한 게 아니라 올해 제대한 거 아니에요?"

"네?"

"말끝에 까나다의 압박이 좀 심해서."

지원이 간신히 웃음을 참으며 말했다.

"제가 긴장을 하면 옛날 버릇이……."

민식이 쑥스러운 듯 웃었다. 한참을 뚫어져라 민식을 바라보던 지원의 입이 천천히 열렸다. 긴장한 민식이 지원의 목소리에 집중했다.

"그림…… 말인데."

침이 꼴깍 넘어가는 것같이 긴장한 민식의 얼굴을 볼수록 자꾸 웃음이 나오려고 해서 지원은 억지로 눈을 깜박거렸다. 진지한 얼굴의 자신의 '팬' 앞에서 차마 귀엽다며 낄낄거리며 웃을 수는 없는 노릇이었다.

"그럼 그냥 줄게요. 대신……."

지원의 말에 민식의 얼굴이 순식간에 환해졌다. 전구의 볼트 수로 따진다면 아마 카페의 모든 불을 꺼도 좋을 만큼이었다. 그 모습을 보는 지원의 입술에 빙그레 미소가 걸렸다.

"대신, 조건이 있어요."

"세윤아, 박 교수님이 잠깐 연구실에 들렀다 가라시네."

강의를 마친 후 강의실을 나서는 세윤을 불러 세우며 조교가 말했다.

"무슨 일이시래요?"

"이 주 후에 강연이 하나 있는데, 학부생들 중에 몇 명 뽑아서 인터뷰 하는데 함께할까 하시더라고. 학생들과의 대담 같은 거 있잖니. 자세한 건 가서 여쭤봐."

박 교수는 자신의 지도 교수였다. 학부에서야 지도 교수라는 이름이 그저 명목상의 것에 불과했지만, 박 교수는 세윤을 제법 주의 깊게 지켜보면서 이모저모 조언을 해주곤 했었다. 세윤 역시 박 교수의 강의 스타일을 좋아했기에 그분의 수업은 거의 모두 챙겨 듣는 쪽이었다. 이번에도 잊지 않고 자신에게 먼저 기회를 주려는 박 교수님께 얼마간은 고맙다는 생각이 들었다.

"교수님, 찾으셨다구요?"

"어어, 거기 앉아."

세윤이 노크하고 들어갔을 때, 그곳에는 이미 누군가가 와 있었다. 수업 때 외에는 용케 잘 마주치지 않던 현석이었다. 온 지 얼마 되지 않았는지 현석 앞에 놓인 녹차는 아직도 김이 모락모락 올라오고 있었다. 세윤은 현석에게도 꾸벅 인사를 하고 그에게서 가장 멀리 떨어진 자리에 앉았다.

"세윤이는 엘리 위젤 교수에 대해 아나?"

자리에 앉은 박 교수는 안경을 벗어 테이블 위에 얹어놓은 채 물었다.

"처음 듣는 이름입니다."

세윤이 솔직하게 대답했다.

"홀로코스트에서 살아남은 유태인이면서 미국에서 교수 생활을 했었지. 나이가 굉장히 많아. 여든은 훌쩍 넘었을 테고. 이번에 한국에 들어와서 사흘 정도 머물고 가는데, 첫날에 우리 학교에 와서 수상식을 하고 강연을 하고 갈 거야. 큰 행사니까 외부에서도 많이들 올 거고, 방한 내내 방송사에서 다큐 형식으로 밀착 취재를 할 거라서 취재진도 좀 있겠지."

박 교수의 말을 들으며 두 사람은 고개를 끄덕였다.

"정 교수가 나 대신 실무적인 강연 준비를 맡아서 해주실 거고, 세윤이는……"

묵묵히 둘의 대화를 듣던 세윤이 고개를 들어 박 교수를 바라보았다.

"K신문에서 두 페이지짜리 기획 기사로 위젤 교수와 학생들과의 대담을 내보낼 모양이야. 우리 학교에선 세윤이가 가보는 게 어떨까 싶은데."

"부족하지만 열심히 해보겠습니다."

세윤이 다부진 목소리로 대답했다. 만족스런 얼굴로 박 교수가 고개를 끄덕였다.

"그래, 그럼 잘들 해보자구."

현석이 앞서 박 교수의 연구실을 빠져나왔다. 세윤이 그 뒤를 따랐다.

"오늘 이야기하면 아마 보름째인 것 같은데……. 우리 차나 한 잔 할까?"

앞서 걸어가던 현석이 걸음을 멈추어 돌아보았다. 아무런 방법도 먹히지 않았다. 노골적으로 무시를 해도 소용이 없었다. 세윤이 어떻게 하든 그저 강의 시간에는 가끔 세윤에게 눈을 마주치며 가볍게 웃었고, 캠퍼스에서 마주치면 또 부드럽게 웃으며 인사를 건네었다. 매일 같은 시간의 문자 메시지에 반응하지 않은 것이 벌써 몇 주째인데도 전혀 개의치 않았다.

"네."

"모카?"

현석이 학교 안에 있는 작은 에스프레소 전문점에서 두 잔의 모카를 주문했다. 아무렇지 않은 얼굴로 자신이 좋아하는 커피를 주문해 건네는 현석의 모습에 세윤의 가슴 안쪽에서 왠지 모를 서늘한 바람이 불고 지나갔다.

격렬한 애정보다 더 무거운 깊이를 가지고 있는 '익숙함'. 세윤이 이제까지 현석을 노골적으로 피했던 것은 그런 '익숙함'이 재현될 때에, 마음이 흔들릴 것이 두려웠기 때문이다. 아무렇지 않게 세윤이 좋아하는 오른쪽 자리를 비워주고 자신이 왼쪽에 서는 것부터, 모카를 마실 때에는 다크 초콜릿을 함께 먹으면 좋다고 했던 말을 기억해 아무렇지 않은 얼굴로 초콜릿까지 건네는 모습까지. 세윤은 현석과 눈을 마주치지 않기 위해 시선을 땅으로 떨구었다. 눈을 맞추면 들킬 것 같았다. 고작 커피 한 잔과 초콜릿 하나에 흔들려 버린 자신의 마음을.

커피를 들고 학생들이 많지 않은 길을 향해 천천히 걷던 두 사람은 나무 그늘 아래에 나란히 앉았다.

"큰일을 떠맡게 됐네."

현석이 종이컵을 감싸며 가볍게 말했다. 강의하기도 바쁜데 잡다한 일까지 맡게 되었다는 작은 투정이었다.

"좋아하시잖아요, 앞에 나서서 하는 거."

세윤이 나직하게 대꾸했다. 아직 강사 꼬리표를 달고 있었을 때에도 강의 이외의 잡다한 일들을 잘 처리해서 교수들의 신망을 샀던 현석이었다. 박사를 밟고 와서 곧장 모교로 돌아온 것도, 재직하고 있던 교수들의 현석에 대한 신뢰가 있던 것이 큰 이유 중 하나였다. 세윤의 대꾸에 현석이 빙그레 웃었다.

"내 연구실 한 번도 안 와봤지? 예전엔 연구실도 없었는데 대우가 갑자기 달라지더라."

어린애처럼 자랑하는 현석의 목소리에 세윤이 작게 미소 지었다. 다른 강사들과 나누어 쓰던 창문도 작고 어두웠던 연구실이었다. 어쩔 수 없이 불려간다는 불만스런 표정으로 현석을 따라 연구실을 들어가 놓고서는, 문을 닫고 돌아서자마자 깔깔거리며 그를 끌어안고 입을 맞추며 장난을 치던 때가 있었다. 그때가 너무 오래전 같았고, 또 동시에 어제 같았다.

"왜 그러셨어요."

"응?"

세윤이 내미는 초콜릿 한 조각을 받아 입에 넣던 현석이 물었다.

"이혼하지 말고 행복하게 사시지 그러셨어요."

왜 그때 그랬냐는 원망의 이야기는 예상했지만, 왜 돌아왔느냐는 말을 들을 거라고는 상상하지 못했던 듯 현석의 얼굴이 당황으로 굳어졌다.

"반갑지 않았어, 내 전화나 그런 것들?"

"모르겠어요. 그냥……."

솔직하게 말한다는 얼굴로 세윤이 고개를 들었다.

"그때 우리가 계속 만났다면 지금까지도 행복했을 것 같다는 생각이 들어요. 그런데 그때 끝이 났잖아요. 다시는 그런 감정이나 느낌이나……. 그런 것들이 돌아오지 않을 것 같아요."

세윤의 대답에 현석이 고개를 저었다.

"되돌리는 게 아니라, 새로 시작하면 좋겠어."

새로 시작? 현석이 내뱉는 그 단어에 세윤이 조소했다. 그리고 천천히 입을 열었다.

"여전히 당신은 당신 생각만 해."

교수님이라든지 하는 존대를 뺀 과거에 잠시라도 애정을 나누었던 사람들 사이의 관계로 돌아간 세윤이 분노로 떨리는 목소리로 말했다.

"그때에도 지금도 당신이 내 교수라는 것엔 달라진 게 없어. 그래서 날 숨겼잖아요."

세윤의 눈가가 파르르 떨렸다. 촉촉하게 젖어드는 세윤의 눈을 바라보는 현석이 당황해 팔을 뻗다가 세윤에게 저지당했다.

"난, 당신을 만나는 동안 단 한 번도 누군가를 만나고 있다는 말을 못했어. 당신은 어때요? 나이 차이가 나지만 많이 사랑하고 있는 사람이 있다고, 누군가에게 단 한 번이라도 이야기해 본 적이 있었어?"

밀려오는 기억들. 세윤이 입술을 깨물었다. 타인의 시선이 신경 쓰인다며 세윤과는 번잡한 곳 근처에도 가지 않았던 현석이었다. 그때엔 그걸 다 이해했었다. 하지만 돌이켜 보면 그건 현석의 '몸사림'에 불과했다.

"당신이 달라진 게 있을까?"

세윤의 날카로운 말에 선우가 다급하게 세윤의 팔을 잡아쥐었다. 이번에도 세윤은 거칠게 그 손을 뿌리쳤다.

"달라, 이제는 달라. 학교 광장 한복판에서도 이야기할 수 있어, 나세윤을 사랑한다고."

"끝까지…… 당신은 당신 감정, 당신 생각밖에 못해."

이제는 체념하는 듯한 목소리였다. 유학 가기 전 결혼했던 사람이 이혼을 하고선 돌아왔는데, 지금 만나는 것이 이전의 학생이라면 입방아에 오르는 것은 현석뿐이 아니었다. 오히려 사람들에게 물어뜯겨 상처 입을 쪽은 세윤일 게 분명했다. 하지만 현석은 '상처받지 않게 막아주겠다'는 말 대신 '내가 이토록 사랑하는데 왜 몰라주느냐'고 떼쓰고 있었다. 하나하나 말해주기 전에는 깨닫지도 못하는 무신경함에 세윤은 진저리를 쳤다. 그리고 숨을 고르고는 또박또박 말했다. 두 번 다시는 말하고 싶지 않다는 듯.

"당신 때와는 달라, 지금 난 다른 사람들 앞에 강선우 씨 여자친구라고 소개할 수 있어요. 하지만 당신은 절대로 그렇게 못해. 그래서 당신은 안 돼요, 절대로."

[바빠요?]

전화를 받는 선우의 이마가 가볍게 구겨졌다. 목소리를 들으면 얼굴이 떠오르곤 했는데, 오늘의 세윤 목소리에서는 얼굴이 떠오르지 않았다. 모호한 얼굴로 선우가 대답 대신 세윤에게 물었다.

"울었어?"

[아니, 울기는요.]

"그런데 목소리가 왜 그래?"

[이상해요?]

"조금."

머리를 스치고 지나가는 것은 역시나 현석과 관계된 일이 아닐까 하는 것이었다. 묻고 싶었지만 마음속으로 삼켰다. 세윤을 믿고 싶었다.

[바쁘냐고 물었는데 대답은 안 해주고.]

선우는 어깨를 으쓱 하고는 벽에 걸린 화이트보드를 살폈다. 오후에는 별다른 약속이 잡혀 있지 않았다.

"정시 퇴근 가능할 것 같은데."

[그럼 나랑 놀아주지 않을래요?]

"김현미 씨가 오셨는데요, 프로필 사진 지금 괜찮으냐고."

현미와의 프로필 촬영은 일정에 없었던 더라 선우의 이마가 찌푸려졌다. 항상 현미의 방문은 예고없이 이루어지는 듯했다. 다른 작가에게 맡겨 버리고 싶었지만 어머니와 아는 사이라 미루어 버릴 수도 없었다. 시계는 다섯 시를 넘기고 있었다. 한 시간 안에 세윤이 도착할 텐데 그사이에 끝낼 수 있을지 모를 일이었다. 여러 가지 불편함과 불쾌함을 얼굴 아래에 숨기고, 선우는 미소를 띠우며 현미를 맞이했다.

"예고없이 찾아와서 죄송합니다. 혹시나 해서 스튜디오에 전화를 해봤는데 다른 촬영 스케줄이 없다고 하시길래 지나는 길에 들렀어요."

촬영 스케줄은 없지만 애인과의 저녁 약속은 있었죠. 입 밖으로 이 말이 튀어나오려고 했지만 괜찮다며 스태프들에게 촬영 준비를 지시했다. 하지만 한 시간 정도면 충분하겠지 생각했던 선우의 생각은 오 분 만에 깨어지고 말았다. 지나다 들렀다는 거짓말은 대체 왜 했는지, 현미는 몇 벌이나 의상을 챙겨왔고, 게다가 각 의상 별로 다른 콘셉트로 사진을 찍고 싶다고 했다. 단순한 작가 프로필용 사진이라고 하기에는 좀 과하다 싶은 의상들도 있었지만 사진 결정이야 출판사에서 하는 노릇이고, 자세한 사정까지 물을 만한 것은 아닌 듯해서 그저 하자는 대로 따르기로 했다.

현미가 첫 번째 사진을 찍을 준비를 하기 위해 스타일리스트와 함께 화장과 머리 모양을 상의하기 시작했을 때에 세윤에게서 출발하겠다는 메시지가 왔다. 선우는 어쩔 수 없이 또 세윤을 스튜디오로 불러들일 수밖에 없겠다 싶어 전화를 걸었다.

[강 사장님?]

강선우 씨, 강 작가님, 그리고 강 사장님까지. 마치 5월의 호칭은 '강 사장'으로 정한 것처럼, 어느 순간부터 세윤의 입에 강 사장이란 호칭이 찰싹 달라붙어 있었다. 고객들에게서 불리는 다양한 호칭이었는데도 세윤이 부르는 강 사장이라는 단어는 귀에 착착 감겨왔다. 백 명이 동시에 '강 사장!'이라고 외쳐도 그 사이에서 세윤의 목소리만 찾아낼 수 있을 것 같았다. 귓속을 파고드는 세윤의 목소리에 자신도 모르게 벙긋이 웃으며 선우가 말했다.

"촬영이 생겼어. 빨리 끝날 것 같지 않은데, 또 스튜디오로 와야겠다."

[직원들 많잖아요. 가도 돼요?]

"혼자 밖에서 기다리기엔 미안하잖아."

[지난번 그 카페에서 기다려도 되는데.]

분명 저녁 약속이 늦춰져서 섭섭했을 텐데, 내색하지 않고 카페에서 기다리겠다는 세윤의 마음 씀씀이가 예뻤다. 통화하느라 숙이고 있던 얼굴을 들자 웃고 있는 자신을 보는 현미와 눈이 마주쳤다. 선우는 멋쩍게 고개를 돌렸다.

"내가 빨리 보고 싶어서 그런 거니까."

전화를 끊은 선우가 조명과 배경 세팅을 확인했다. 그때 현미가 앉아 있는 선우의 등 뒤로 다가와 디지털 카메라를 확인하는 선우에게 말을 걸었다. 갑자기 귀 뒤에 닿는 숨결에 선우는 움찔 놀라 앞으로 물러나왔다. 메이크업으로 좀 더 선이 분명해진 얼굴로 현미가 생긋 웃었다.

"책은 읽어보셨어요?"

"아, 요새 촬영 때문에 좀 바빠서."

그 책을 어디에 두었더라……. 순간 머리를 굴려보았지만 떠오르지 않았다. 집에 가지고 간 것 같기도 했고, 사무실에 던져 놓은 것 같기도 했다. 한번 건성으로라도 읽어둔다는 것을 깜빡 잊고 있었다.

"의상에 맞게 일단 배경은 회색의 거친 톤으로 맞췄습니다."

프레임 안에서 현미는 역시 익숙하게 포즈를 취하고 미소를 지었다. 나무 의자에 앉아 어려운 포즈도 쉽사리 취하는 것을 보면서 선우는 그나마 촬영이 빨리 끝날 수도 있겠다 싶어 안도했다.

"사진 찍히는 게 익숙하시네요."

조명을 지시하며 선우가 가볍게 말을 걸었다.

"유학 가기 전에 방송 쪽에서도 일을 했었거든요. 아마 그래서 그런 것 같아요."

"이번 책도 그럼……."

"매스미디어 관련 출판물이에요. 박사 학위 따면서 틈틈이 썼던."

선우가 다시 배경과 소품을 바꾸고 다시 조명 확인을 하는 사이 세윤의 전화가 걸려왔다.

[올라가면 돼요?]

"올라와."

선우는 카메라를 내려놓고 세윤이 올라오는 발소리를 기다렸다. 작은 걸음 소리가 점점 더 커지고, 모자를 눌러쓴 정수리가 보이고, 동그랗게 눈을 뜬 얼굴이 보였다. 자연스레 선우의 얼굴에 미소가 그득해졌다.

"누구 기다리세요?"

현미가 다시 카메라 앞에 서며 선우에게 물었다. 선우가 표정을 수습하고 카메라를 쥐었다. 조심스럽게 문이 열리고 세윤이 들어섰다. 현미와 선우의 시선이 세윤에게 모였다. 현미의 얼굴을 확인한 세윤이 현미의 옷차림과 화장을 보더니 선우의 손에 잡힌 카메라를 보고서야 작업 중임을 알고 조용히 선우 곁에 섰다.

"오래 걸려요?"

"모델이 좋아서 금방 끝날 거야."

선우는 일부러 현미가 들을 수 있는 목소리로 말했다. 조명 아래에서 화장을 수정하던 현미가 세윤을 바라보며 눈인사를 했다. 세윤이 직원들에게 가볍게 목례를 하고 사무실로 들어가는 것을 확인하고서야 선우는 카메라를 쥐고 현미 앞에 섰다. 등 뒤로 몇몇 직원이 다가와 누구냐며 농을 걸었지만 선우는 '촬영 시작했다', 라며 묻지 말라는 으름장을 놓았다.

"좋아하시죠?"

현미가 물었다.

"네?"

렌즈 속에서 눈이 마주쳤다. 선우가 고개를 들었다.

"아까 그 친구, 좋아하시죠?"

"그렇게 보이세요?"

"애지중지하는 게 눈에 보여서요."

"그런가요?"

남들 눈에 드러나게 보였나 싶어 선우는 멋쩍어졌다.

"어디가 좋으세요?"

자연스럽게 포즈를 바꾸며 현미가 물었다.

"글쎄요."

"나이 차이가 좀 나는 것 같던데."

"그렇게 보이나요?"

"역시 남자들은 어린 여자가 좋은 건가요?"

선우는 문득 현미의 미소에 비웃음과 같은 것이 스치고 지나가는 것 같아 렌즈에서 눈을 떼어 현미를 바라보았지만 렌즈 밖에서 보는 현미의 미소에 악의는 보이지 않았다.

"좋아하게 된 사람이 어쩌다 보니 어린 사람이 되어버린 거죠."

"그런가요?"

현미는 뭔가 생각하는 듯 말이 없었다. 그러다 문득 궁금한 듯 물었다.

"뭔가 다른 점이 있나요, 지금의 선우 씨나 제 또래의 사람과 이십대 초반은?"

"글쎄요."

잠시 고민해 봤지만 적당한 답이 떠오르지 않았다.

"딱히 이십대와 삼십대의 차이라기보다는 그저 사람과 사람의 성격이나 분위기의 차이일 것 같아요. 이를테면, 현미 씨를 보면서는 이십대 초반이었다 해도 지금과 극적으로 달랐을 것 같지는 않거든요."

"저요?"

"네."

공연히 말을 꺼냈나 싶기도 했지만, 어쩌면 조금 더 솔직한 사진이 나올지도 모르겠다고 생각하며 선우는 계속 말을 이었다.

"저 친구의 경우에는······."

선우가 턱짓으로 자신의 사무실 소파에 앉아 가방 속에서 책을 꺼내 들고 있는 세윤을 가리켰다.

"제 나이 즈음이 되더라도 현미 씨와 같은 분위기를 내긴 힘들 거예요. 물론 좀 더 세련되어지긴 하겠지만 근본적으로 달라지진 않겠죠. 전 그런 모습을 좋아하는 거고."

"전 완벽해 보이나요?"

"빈틈을 보이는 걸 싫어하는 타입으로 느껴지는데요."

"지기 싫어하거든요."

현미가 재미있다는 듯 고개를 끄덕이며 웃었다.

"오늘은 갑자기 찾아오기도 했고, 기다리는 분도 있는 것 같고······. 사진은 지금 찍은 것들로 충분할 것 같죠? 강 작가님께서 몇 장 고르셔서 다음 인터뷰 촬영 때 보여주세요."

현미가 짙게 칠해진 입술 화장을 티슈로 살짝 찍어내며 말했다.

그리고 처음 입고 온 옷으로 갈아입기 위해 탈의실로 들어가다 현미가 돌아섰다. 노트북으로 옮겨진 사진들을 확인하던 선우의 등 뒤로 현미의 목소리가 들려왔다.

"어렸을 때부터 지기 싫어해서……."

현미가 자신의 손에 끼어진 다이아몬드 반지를 살짝 내려다보고는 말을 이었다.

"내 것이라고 욕심낸 것들은 하나도 놓치지 않고 다 가지곤 했어요."

"쉽지 않은 일이죠."

현미를 바라보며 선우가 어깨를 으쓱했다.

"쉽지 않았고, 굉장히 힘들었죠."

고개를 끄덕이며 대답하는 현미의 입가에 희미한 미소가 돌았다.

"딱 하나 제대로 가지지 못한 게 있었는데……."

현미의 시선이 다이아몬드 반지에서 사무실 안의 세윤에게로 옮겨갔다. 그리고 다시 선우에게로.

"왜 가지지 못했는지 아직도 잘 이해가 안 되네요."

수수께끼와 같은 혼잣말을 남기고 현미는 스튜디오를 떠났다. 길지 않은 시간이었지만 뭔가 부담스럽고 무거운 느낌이었다. 연예인들과 촬영할 때에도 이것보다는 편했다는 생각에 선우가 길게 한숨을 내쉬었다. 그리고 자신을 보고 있는 세윤을 향해 손짓했다. 그리고는 자신의 자동차 열쇠를 건넸다.

"차 열쇠 줄 테니까 내려가 있어. 마무리만 하고 곧장 내려갈게."

현석과의 충돌 후 제일 먼저 생각난 것은 '내 남자 친구라고 소개할 수 있는 사람' 이었다. 선우의 스튜디오로 내려오는 버스 안에서 세윤은 가늘게 떨리는 몸을 진정시키려 몇 번이나 입속으로 '내 남자 친구라고 소개할 수 있는…… 강선우 씨' 라는 긴 수식어를 되뇌었다. 그리고 그 말은 마치 주문이라도 되는 것처럼 세윤의 마음을 차분하게 진정시켰다. 그렇지 않았다면 스튜디오의 문을 열고 들어서서 선우의 뒷모습을 발견한 그 순간, 그 자리에서 엉엉 울어버렸을지도 몰랐다.

1층의 주차장에서 선우의 랜드로버를 찾는데 옷을 뒷좌석에 정리해 넣고 있는 현미가 보였다. 그의 은색 BMW는 차 주인 못지 않게 흠집 하나, 먼지 하나 없이 말끔했다. 저녁의 어둠 속에서도 바퀴의 휠에서 반짝임이 느껴질 정도였다.

"데이트 하나 봐요."

현미가 먼저 아는 체를 해와서 세윤이 엉겁결에 꾸벅 인사했다. 아는 사이는 아니었지만 벌써 세 번째 마주치고 있는 상황에서는 인사라도 해야 할 것 같았다. 옷들을 정리해 넣고 손목을 부드럽게 꺾어 뒷좌석 문을 닫은 현미의 시선이 세윤에게로 향했다. 자신을 관찰하듯 바라보는 현미의 시선이 불편했다. 정확하게 표현하기는 힘들었지만 현미가 세윤을 대하는 태도에는 뭔가 꺼림직한 구석이 있었다. 그저 세윤이 과민한 것인지 아니면 그저 훨씬 세련되어 보이고 능력 있는 사람에 대한 경계심인지 알 수 없었지만, 어쨌든 별로 기분 좋은 느낌은 아니었다.

차 안에 가방을 던져 놓고 주차장 입구에 서서 선우를 기다리는 사이 현미의 자동차 시동이 걸리는 소리가 들렸다. 가는 건가 싶었는데, 주차장을 빠져나가던 BMW가 세윤 앞에 멈추어 섰다. 창문이 열려 세윤이 고개를 돌리는데 까맣게 선팅이 된 열린 창 너머로 현미의 목소리가 들려왔다.

"현석 씨한테 안부 전해줘."

그 말에 벽에 기대고 있던 세윤이 튕겨나가듯 몸을 일으켰다. 당황한 눈으로 현미를 보기 위해 고개를 돌렸지만, 그의 차는 순식간에 주차장을 빠져나갔다. 세윤은 자동차가 빠져나간 텅 빈 골목길에서 눈을 떼지 못했다.

"나 간다."

선우가 휘휘 손을 흔들고 나가려고 하는데, 스태프 하나가 슬쩍 곁에 붙어 섰다. 호기심이 데굴데굴 구르는 눈에 선우가 미간을 살짝 찌푸렸다.

"쓸데없는 소리 하려면 입도 열지 마."

"형님, 아까 그 친구 누굽니까?"

"입도 열지 말랬지?"

"아니, 얼마 전에 스튜디오에서 난형 씨가 다녀갔는데……."

"나랑 일 그만 하고 싶냐?"

선우가 정색했다. 세윤을 입방아에 오르게 하고 싶지 않았다. 그리고 뒤늦게야 자신의 욕심으로 스튜디오에 불러들인 것이 실수였나 싶었다. 선우의 표정에 꼬리를 내린 스태프가 머쓱한 얼굴로 메모를 전했다.

"아까 작업할 때, 난형 씨한테 전화 왔었어요."

그가 내미는 종이에는 전화번호와 이름, 그리고 시간과 장소가 쓰여져 있었다. 일주일 후 명동의 L호텔 로비 커피숍. 선우가 쪽지를 아무렇게나 주머니 속에 구겨 넣었다. 머릿속의 복잡한 것들을 털어내려는 듯이 더 가벼운 발걸음으로 계단을 달려 내려오는데, 그 끝에 멍하게 서 있는 세윤이 보였다.

"왜 나와 있어?"

열쇠까지 주었는데 밖에서 기다리는 세윤이 반가워 선우가 가볍게 등 뒤로 다가갔다. 그러자 세윤이 갑작스럽게 몸을 돌려 와락 안겨왔다.

"어라, 왜 어리광을 부리실까."

어린애 같은 투정에 선우가 기분 좋게 웃으며 세윤의 머리를 쓰다듬었다. 그러자 세윤이 가볍게 떨리는 자신의 오른손을 선우의 얇은 셔츠 위 왼쪽 가슴에 천천히 얹었다. 그 돌발적인 행동에 의아해하던 선우는 자연스럽게 자신의 손을 세윤의 손 위에 포개어 잡았다. 안정되게 뛰는 선우의 심장의 뜀박질을 손으로 느끼던 세윤이 아주 길게 숨을 내쉬었다.

무슨 일이 있었다는 확신이 생겼지만 선우는 그저 씁쓸한 얼굴로 세윤의 손을 부드럽게 쓸어내렸다. 자신이 현석의 일을 다그칠 수 있는 상황이 아니었다. 그게 미안해 선우는 세윤이 눈치 채지 못할 만큼 조심스럽게 입을 맞추었다.

위젤 교수의 방한을 앞두고 몇 주 전부터 학교에 대대적으로 행사를 알리는 포스터와 현수막이 내걸렸다. 시에서 하는 수상식과 연설, 그리고 비공식적으로 이루어지는 신문사와의 대담을 제하면 유일한 한국에서의 공식 일정인 강연이었다. 학교에서 쏟는 관심도, 학계와 취재진의 관심도 몰렸다.

신문사에서 하게 될 대담이 가장 큰 책임감을 가지게 했지만, 가장 신경 쓰이는 것은 그것보다 현미와 최 장관이었다. 일주일 전쯤 초청장이 나왔다며 세윤이 샘플을 건네었을 때 선우는 어머니 이야기를 하며 지나가는 말처럼 현미가 통역을 맡았다고 했다. 역시나, 하는 생각이 들었지만 현미의 일까지 선우에게 걱정하게 만들고 싶지 않아 입을 다물었다. 대신 어머니의 이야기를 꺼냈다.

"어라, 어머니도 초대 받으셨네."

"아저씨네 어머니 어떤 분이세요?"

"글쎄……. 외유내강이라고 해야 하나?"

"무서운 분이세요?"

"다정한 분은 아니셨지. 연세 드시니까 마음이 좀 약해지셔서 많이 부드러워지셨지만."

"아저씨랑 어머니, 사이 좋아요?"

"한마디로 정의하기가 어렵네."

잠시 고민하는 듯하던 선우가 스스로도 잘 모르겠다는 얼굴로 대답했다.

"왜요?"

선우는 이제까지 한 번도 하지 않았던 이야기를 꺼냈다. 언제든 알게 될 이야기였다.

"아버지가…… 스무 살 때에 돌아가셨었어. 교통사고였지."

십사 년 전의 일이었다. 지금은 한 문장으로 말할 수 있을 만큼 덤덤해졌지만, 갑작스러운 아버지의 사망은 선우의 이십대 초반을 불안정하게 흔들어놓았었다. 선우의 아버지 이야기를 처음 들은 세윤의 얼굴이 어두워졌다.

"그때에 어머니가 쉰 중반이셨는데, 난 그때 내가 가장이라고 생각했고 또 어머니는 어머니 나름대로 평소엔 나누어 지던 가장의 지위를 당신이 물려받게 되었다고 생각하셨어."

선우가 담담하게 말을 이어갔다. 세윤이 숨죽여 선우의 목소리에 귀를 기울였다. 긴장한 듯 입술을 꾹 다물고 있는 세윤이 귀여워 선우가 슬쩍 품에 당겨 안았다.

"어머니는 어머니대로 약해진 당신 모습 보이기를 싫어하셨고, 나는 또 나대로 이제 가장이라고 생각하면서 어른 노릇 하려고 애썼지. 공부를 그만두고 장사라도 하겠다고 날뛰다가 몇 번인가 가출도 했었고. 이게 아니구나 싶어서 돌아와서 마음 잡고 학교를 다니고 남들 못 가는 어학연수까지 다녀왔는데 여자 문제가 터진 거지."

여자 문제, 라고 이야기하며 선우가 살짝 세윤의 눈치를 보았다.

"어머니가 상대를 별로 안 좋게 보셨었는데 내가 우겼었거든 괜찮은 사람이라고. 그런데 뭐…… 어머니 말대로 되어버려서."

사건을 단순화시켜 말하자 세윤이 알 듯 말 듯한 표정을 지었다. 선우는 세윤이 뭔가 묻기 전에 이야기를 끝내기 위해 말을 이었다.

"나도, 어머니도 아버지가 돌아가신 이후로는 어머니가 걱정할까 봐 입을 다물었어. 그게 한해한해 지나가니까 점점 거리감이 멀어지게 되어버리더라. 그래서 사이가 좋다, 나쁘다 라고 한마디로 설명하기가 곤란해. 어머니와 내 관계."

선우의 설명을 들은 세윤이 이해가 될 듯 말 듯하다는 듯 고개를 끄덕거렸다. 이해 못하는 게 당연할지도 몰랐다. 선우는 아들이고 세윤은 딸이라는 문제만은 아니었다. 전업주부인 어머니와 두 명의 오빠 아래에서 늘 관심과 애정을 받으며 자라왔을 세윤의 환경과 선우 자신의 환경은 사뭇 달랐다. 자신의 가슴팍에 폭 안겨서 고개를 갸우뚱하고 있는 세윤의 이마 위에, 선우가 장난스럽게 까슬하게 올라온 턱을 문질렀다.

강연 당일, 세윤이 담당한 것은 외부에서 초청된 외부 인사들을 지정된 자리에 안내하는 일이었다. 현석이 실무 담당자였기에 곳곳을 뛰어다니며 휴대전화로 통화하고, 뭔가를 조정하고 지시하는 모습이 보였다. 언제 최 장관이 나타날지 알 수 없었기에 세윤은 긴장한 상태에서 꼿꼿한 자세로 서 있었다. 오후 두 시 행사가 예정되어 있었고, 기자들은 오전부터, 학생들은 한 시 즈음부터 개방된 대강당에 하나둘씩 자리를 잡았다. 무슨 단체 이사, 전직 국회의원, 명예교수 등등의 거창한 직함을 달고 있는 사람들을 자리로 안내하고, 이제 십여 분 즈음 남았을 때였다.

"장관님 오십니다."

입구 쪽에서 수선스러운 목소리가 들려왔고, 최 장관의 곁에는 부총장이 서서 악수를 하며 가볍게 인사를 나누고 있었다. 부총장의 뒤에는 학과장인 박 교수가, 또 그 옆에는 현석이 따랐다. 굳이 자신이 해야 할 일이 없다는 것을 안 세윤이 안도하며 세윤이 손을 모은 채 입구 쪽에 서 있을 때에 최 장관과 눈이 마주쳤다. 세윤이 허리를 숙였다.

"응? 지난번에……."

자신을 한 번에 알아본 최 장관의 눈썰미에 세윤이 깜짝 놀라 얼굴을 붉혀 소리 내어 인사하자, 최 장관이 수고해요, 라는 가벼운 인사를 남기며 세윤의 어깨를 살짝 두드리고 들어갔다. 장관이 들어가자 높으신 분들이 우르르 함께 따라 들어갔다.

마지막으로 도착한 것은 위젤 교수였다. 강연 예정 시간에 딱 맞추었을 때, 또 한 번 밖이 수선스러워지며 이번에는 총장에 뒤이어 아까 최 교수를 맞았던 사람들이 나타났다. 정정한 외양으로 위젤 교수는 미소 띤 얼굴로 강당에 들어섰고, 세윤은 위젤 교수의 뒤를 바짝 따르는 현미를 발견했다. 현미의 뒤에서 현석이 시간과 일정에 대해 다시 전하는 듯했고, 현미는 미소 띤 얼굴로 고개를 끄덕였다. 위젤 교수가 들어서자 웅성거리던 강당에서 사람들이 일어나 박수로 교수를 맞는 소리가 들렸다.

위젤 교수가 들어간 지 이십 분쯤 뒤, 어느 정도 올 사람들이 다 정리된 듯하자 세윤도 강당으로 들어섰다. 최 장관이 위젤 교수가 어떤 사람인지에 대해 설명하며 그를 소개했다. 세윤은 멀리서 보이는 외교통상부 장관과 선우의 어머니 라는 두 개의 명사를 등호(=)에 대입시켜 보았다. 하지만 쉽게 연결 지어지지 않았다. 크지 않은 체구와 적당히 통통한 외양은 보통의 그 나이 또래의 아줌마들과 다르지 않았다. 하지만 잠깐의 만남에서, 세윤은 오래된 공직 생활로 다져진 강단 있는 성품과 자신에 대한 엄격함을 읽어냈다.

세윤의 머릿속에 어머니의 이야기를 할 때에 선우가 짓던 표정이 떠올랐다. 아주 가깝지도 친하지도 않다, 정의하기 어렵다, 는 식으로 이야기했지만 분명 선우의 얼굴에서는 어머니에 대한 감출 수 없는 존경이 스며 나왔었다. 그 기억을 떠올린 세윤이 부드럽게 미소 지었다.

"엘리 위젤 교수님입니다. 박수로 맞이해 주시길 부탁드립니다."

강당에 가득 찬 사람들의 박수와 함께 위젤 교수가 단상으로 올라왔다. 그 곁에는 현미가 서 있었다. 스포트라이트를 받는 교수 곁에 선 현미는 그 어느 때보다 프로페셔널하게 보였다. 천 명에 가까운 사람들과 취재진 사이에서도 전혀 흐트러짐 없이 노교수가 하는 이야기들을 통역해, 전달하고 있었다. 그 모습을 보고 있는 세윤은 어쩔 수 없는 질투를 느꼈다. 그것은 현석의 옛 아내로서의 질투가 아니었다. 오랜 노력으로 자신의 능력을 조금씩 보태온 사람이 가지고 있는 능력과 그가 뿜어내는 자신감에 대한 열망 같은 것이었다.

오십여 분의 강연이 끝나자, 들어왔던 순서와 반대의 순서로 강연에 참여한 사람들이 빠져나갔다. 위젤 교수는 미리 준비된 뒷문으로 먼저 나가고, 최 교수 등도 마찬가지로 위젤 교수의 뒤를 따랐다. 세윤 역시 그들이 나가는 길목에서 혹시나 도와야 할 일이 생기지 않을까 싶어 박 교수가 볼 수 있는 자리에 서서 기다렸다.

총장들, 교수들, 의원들이 서로 악수와 의례적인 인사를 하며 헤어졌다. 최 교수와 이야기하는 현미가 보였고, 현미 곁에 선 현석이 보였다. 관용차에 오르던 최 장관은 근처에 서 있는 세윤을 보고, 눈이 마주치자 인사 대신 작게 미소를 짓고 차에 올랐다. 최 장관의 시선에 따라 현미와 현석이 뒤를 돌아보고 세윤을 발견했다. 세윤은 두 사람의 시선을 피하지 않았다. 경쾌한 발걸음으로 현미가 다가왔다.

"박 교수님으로부터 내일 대담에 온다는 이야기를 들었어요. 내일 봐요."

세윤은 대답하지 않았다. 현미가 입술 사이로 픽, 하고 새는 듯한 웃음을 짓고는 위젤 교수의 차를 타고 사라졌다. 현석이 무어라 말을 걸려고 하는 것 같았지만 세윤은 무시했다. 그리고 자신에게 무언가 이야기하려는 박 교수에게로 다가갔다.

"강선우 씨 되시나요?"

만삭의 여자가 선우가 앉아 있는 테이블에 다가왔다. 눈 아래로 짙게 그림자가 드리워진 여자의 모습이 아슬아슬해 선우가 벌떡 자리에서 일어났다. 차예진이에요, 라며 자신을 소개한 여자가 가볍게 목례를 하고는 자리에 앉았다. 예상했던 것과는 모두 달랐다. 신경질적이고 날카롭고 소유욕이 강한 고집 센 여자가 등장해 자신에게 '진실'을 이야기하라며 윽박지를 거라고 생각했었다. 하지만 눈앞에 앉은 여자는 당장 이 자리에서 산통이 시작되어도 전혀 이상할 것 같지 않은 만삭의 임산부였고, 개미만큼 작은 목소리에 선우와 제대로 눈을 마주치지 못할 만큼 유약해 보였다.

"생과일 주스로 부탁드릴게요."

메뉴를 보지도 않고 여자가 서버에게로 주문을 전달했다. 가지런히 모은 손가락에는 반지가 끼어져 있었다. 결혼반지가 분명한 그것이 미련을 뜻하는 것인지 아니면 분노를 뜻하는 것인지 읽어내기가 쉽지 않았다. 누가 먼저 말을 꺼내기도 어려운 상황, 두 사람은 각자의 앞에 놓인 투명한 유리잔의 물컵을 내려다보며 누군가가 먼저 입을 열기를 기다렸다.

"왜 나오셨어요?"

여자가 먼저 입을 열었다. 질문의 의도를 알지 못해 선우가 고개를 들었다.

"두 사람 잔 거 맞잖아요. 그런데 안 잔 거라고 이야기하러 나오셨죠?"

두 사람 사이에 있었던 일을 정확하게 아는 사람은 선우 자신밖에 없었다. 그럼에도 앞에 앉은 여자는 마치 자신도 그 자리에 있었던 것처럼 자신의 남편과 난형의 관계를 확신하고 있었다. 그것이 그저 떠보기 위한 것인지, 아니면 정말 어떤 증거를 바탕으로 확신을 가지고 하는 말인지 파악하지 못한 선우는 일단 침묵을 택했다. 여자가 다시 입을 열었다.

"임신 오 개월 때부터 밖에 나도는 거 알고 있었어요. 돈 주고 여자 사는 것도 알았지만, 젊은 나이에 어쩔 수 없다 생각하면서 많이 참았어요. 그런데 부인은 집에서 갑자기 피가 비추어서 놀라 울고 있는데 남편은 술자리가 끝나도록 연락도 안 되고, 결국엔 전화까지 꺼져 버린 그를 용서할 수가 없었어요."

알고 싶지 않았던 추잡한 사실이 또 하나씩 껍질을 벗는 순간, 선우가 곤혹스럽게 물을 마셨다. 제발 이 흙무더기에서 자신을 빼내어달라고 누군가를 향해 손이라도 흔들고 싶었다.

"연락이 안 되어서 직원들에게 수소문을 했더니, 만취한 동료 직원을 데려다 주러 갔다더군요. 울면서 부탁하니 그 여자 집을 알려줬어요. 두 사람 금방 출발했다면서. 아파트 앞에서 기다리는데 택시가 서더군요. 그 자리에 있었어요. 같이 올라가더군요. 그리고 내려오질 않았어요."

여자의 목소리에는 아무런 감정이 느껴지지 않았다. 그저 '사건의 개요'를 읊는 것 같은 태도였다. 어쨌든 분명한 것은 그 자리에 있었던 것이 선우만이 아니었다는 사실이다. 어떻게 이야기해야 할지 모를 곤혹스러움에 선우가 물만 입으로 가져갔다. 그때 여자가 물었다.

"아파트에 같이 계셨다구요?"

선우가 대답 대신 고개를 끄덕였다. 누가 더 잘못하고 누가 덜 잘못했는지 따지는 것이 무의미해 보였다. 술에 취해서는 무작정 휘둘린 난형이 문제인지, 난형이 술을 좋아하는 걸 알면서도 더 세게 몰아붙여 술을 끊게 하지 못한 자신의 잘못인지, 결혼해 아이까지 가진 아내를 두고 밖으로 도는 남자가 문제인지, 아니면 그걸 알면서도 참기만 하다가 이 지경이 되어서야 터뜨린 눈앞의 여자가 문제인지 도무지 알 수가 없었다. 선우의 표정이 점점 더 복잡해졌다.

"유난형 씨랑 헤어지셨다구요?"

"네."

"우리 남편이랑 유난형 씨랑 아무 일 없었는데, 그쪽은 왜 유난형 씨랑 헤어졌나요?"

대답할 말이 없었다. 진퇴양난. 선우가 곤혹스러운 얼굴로 파리한 얼굴의 여자를 바라보았다.

위젤 교수가 묵고 있는 호텔 스위트룸의 거실에는 세윤을 포함한 네 명의 대학생, 녹취와 기록을 맡은 두 사람의 기자, 그리고 통역인 현미와 다큐멘터리 촬영을 위해 대기하고 있는 방송사 관계자들, 서울시 측 담당자까지 사람들로 북적거렸다. 세윤은 그런 북적거림이 익숙하지 않아 눈만 커다랗게 뜬 채 주변 분위기를 파악했다. 다른 학생들과 가볍게 대화를 나누어보면서 촬영과 대담 준비가 끝나기를 기다리고 있는데, 방문 하나가 열리고 현미가 걸어나왔다. 세윤은 몸을 조금 긴장시켰다.

"오 분 뒤에 시작하도록 하겠습니다. 교수님은 연세가 많은 분이시라 가능하면 차분한 분위기에서 진행될 수 있도록 대담에 직접 관련이 없는 분들께서는 지금 자리를 비워주십시오."

세윤을 비롯한 다른 학생들이 자리를 잡고 앉았고, 곧이어 엘리 위젤 교수가 모습을 드러냈다. 사회를 맡은 현미와 가벼운 대화가 십여 분 정도 이어졌고, 곧 대담이 시작되었다. 방송 촬영에 기자들까지 참여해 왠지 모를 긴장감이 거실을 채웠다.

수상식에서부터 끊임없이 떠들며 온몸으로 자의식을 발산하던 남학생이 첫 질문을 던졌다. 질문이 횡설수설 이어지자, 현미가 질문을 간추려 줄 것을 요청했다. 남학생의 얼굴이 새빨갛게 달아올랐다. 결국 직접 질문의 요지를 확인한 현미가 매끄럽고 능숙한 영어로 위젤 교수에 질문을 전달했다.

위젤 교수의 친절한 답변 이후 몇 번의 질문이 오갔고 세윤 역시 두 개의 짧은 질문을 던졌지만, 세윤의 질문은 현미에 의해 미묘하게 다른 뉘앙스로 바뀌어 전해지고 있었다. 깊이 있는 질문을 던졌음에도 교묘하게 단순한 질문—대담에서 나올 법하지 않은 질문—으로 바꾸어 전달하는 현미의 태도에 세윤은 그런 일이 처음 일어났을 때에는 그저 고개를 끄덕였으나, 두 번째에는 그것이 다분히 의도적인 것임을 깨달았다.

'이런 식으로 사람을 바보로 만들어보겠다는 거지?'

예의 바르게 '어른' 대접을 하려고 했던 세윤에게도 불끈 오기가 생겼다. 그리고 세 번째 질문의 기회가 돌아왔을 때에 생긋 웃으며 말했다.

"통역하시는 분께서 제 의도와 조금 다르게 전해주시는 것 같아서, 이번 질문부터는 제가 직접 여쭈어보도록 할게요."

미소 띤 얼굴의 공손한 목소리였지만 분명한 도발이었다. 현미는 웃으며 자신을 바라보는 세윤을 향해 아슬아슬하게 미소 지었다. 세윤은 현미처럼 매우 유창하지는 않았지만 천천히 적절한 단어를 찾아내어 자신의 의도에 맞추어 위젤 교수에게 질문을 던졌다. 세윤의 모습에 위젤 교수가 재미있다는 듯 눈을 마주치며 세윤의 질문을 경청했다.

"수고하셨습니다."

학생들과 엘리 위젤 교수와의 촬영을 마지막으로 백여 분의 긴 대담이 끝났다. 세윤은 함께했던 학생들과 인사를 나누며 연락처를 교환했다. 그리고 힐끗 현미가 들어간 방의 문을 쳐다보았다. 위젤 교수를 쉴 수 있도록 방에 데리고 들어갔던 현미는 금세 거실로 나와 마무리 정리를 하고 있었다. 다들 인사를 하는 사이에 섞여 세윤도 대담에 참여한 사람들과 현미에게 인사를 하고 돌아섰다. 100분이 1000일같이 길었다.

"잠시만, 세윤 학생."

세윤 학생? 세윤은 멈추어 서서 무표정한 얼굴로 고개를 돌렸다. 기선 제압을 하려는 태도임이 분명했다. 자신은 이런 행사에 사회를 맡을 만큼 제법 저명하신 분이고, 세윤은 고작 학부 졸업도 못한 풋내기라 이거지. 세윤은 무슨 볼일이냐고 묻는 듯한 도발적인 얼굴로 현미에게 걸어갔다. 현미가 자신을 좋아하지 않는 것처럼, 세윤 역시 현미를 좋아하지 않았다, 전혀.

"하실 말씀이라도 있으신가요?"

"호텔 1층 로비의 커피숍에서 기다리겠어요? 십 분 후에 그쪽에서 봐요."

현미도 지지 않겠다는 듯 적의 사이에 미소를 끼워 넣어 본심을 드러내지 않은 채 세윤에게 말했다.

"왜요?"

기왕 예의 없는 이십대로 보여진 김에 끝까지 그런 이미지로 밀어붙이기로 했다. 실제로 자신은 현미와 하고 싶은 이야기도 없었다. 이십대와 삼십대 여자의 기싸움은 현석의 방문으로 깨어졌다.

"두 사람……."

등 뒤에서 들려오는 현석의 목소리에 세윤이 고개를 돌렸다. 현석을 발견한 현미가 작게 이마를 찡그렸다.

"정 교수님 오셨네요. 전 이만 가보겠습니다."

세윤의 말에 현석이 세윤에게 뭔가 말하려는 듯 입을 열었다가 주변의 시선에 입을 다물었다. 그때 현미가 세윤의 손목을 낚아챘다. 뼈가 느껴지는 가느다란 손이었다. 세윤은 자신의 손목을 으스러질 듯 쥐고 있는 현미의 손에서 현미가 느끼는 분노를 짐작할 수 있었다. 그때 처음으로 세윤은 껍데기 남편과 함께 살며 외로운 유학 생활을 했을 현미의 불행함이 안쓰럽다는 생각을 했다.

"이십 분 뒤, 로비 커피숍. 시간에 도착하지 않으시면 먼저 일어날 겁니다."

세윤의 대답에 현미가 손을 풀었다. 현미의 손도, 세윤의 손도 하얗게 질려 있었다. 세윤은 현석의 눈도 마주치지 않고 쌩하니 스위트룸을 나섰다. 남아 있는 현미와 현석의 시선이 마주쳤다.

서로를 바라보는 두 사람의 시선에는 불똥이 튀고 있었다.

"여기 정리해야 해, 당신하고 이야기할 시간 없어."

현미가 돌아섰다. 그리고 현석을 무시한 채 기자들과 방송 관계자들과 이야기를 나누었다. 이미 장비들은 다 철수한 상태였다. 위젤 교수를 초청한 주최측인 서울 시 관계자와 다름 일정 및 귀국에 대해 짧게 이야기한 현미는 스위트룸이 빌 때까지 기다렸다가 위젤 교수와 몇 마디 말을 나누고는 방을 나섰다. 현석이 복도에서 현미를 기다리고 있었다. 둘은 CCTV를 피해 복도 끝 비상계단으로 향했다.

"네가 세윤이를 만날 이유 없잖아."

비상문이 닫히자 현석이 말했다.

"대체 뭐가 그렇게 대단해서 가족과 다름없는 사람들을 버리고 걔에게 달려간 건지 궁금해서."

"그건 세윤이에게 물을 이야기가 아니라, 내게……."

"세윤이, 세윤이, 세윤이! 내 앞에서 그 이름 들먹이지 마."

현미가 이를 앙다물고 현석을 노려보았다.

"이혼 후의 서로의 사생활에 대해서는 간섭하지 않는 게 예의 아닌가?"

현미의 분노는 자신과 아무런 관계가 없다는 듯 현석이 매몰찬 목소리로 말했다.

"이혼의 원인이 그 빌어먹을 당신의 사생활 때문이라면, 나는 간섭할 자격이 있어."

"대체 이러는 이유가 뭐야? 이미 이혼까지 했잖아."

현미가 결국 참지 못하고 손을 들어 힘껏 현석의 뺨을 날렸다.
제대로 뺨을 맞은 듯 엄청난 소리가 계단을 울렸다.

"당신은 쓰레기야!"

9. 언제든 만날 수 있는 사람

로비의 커피숍에는 각각 다른 이유들로 사람들이 만났다 흩어지고 있었다. 세윤은 왜 자신이 이곳에 앉아 있는 건지 알 수 없었다. 현미가 싫었었다. 처음 볼 때부터 틈 하나 없어 보이는 그 태도가 왠지 불편했고, 현석의 아내라는 것을 알고 나서는 그를 보고 있으면 사 년 전, 현석이 결혼했던 그날 그 곁에 있었을 그 모습이 다시 떠올랐다. 그런 식으로 감상적으로 변하는 것이 싫었다. 세윤은 초조하게 시계를 확인했다. 딱 이십 분. 이십 분이 지나면 자리에서 일어날 생각이었다. 세윤이 삼십 초부터 카운트다운을 하기 시작했을 때에, 상기된 얼굴을 한 현미가 자리에 앉았다. 서버가 다가와 주문을 받았다.

"난 커피. 뭐 마실래요?"

"저도 커피로."

커피가 나올 때까지 둘은 침묵했다. 현미는 현석과의 다툼의 흥분을 가라앉힐 필요가 있었고, 세윤으로서는 굳이 먼저 말을 꺼내고 싶지 않았다.

"현석 씨가 걱정하더군요. 내가 세윤 씨 머리채라도 휘어잡을 거라고 생각했는지."

현미가 희미하게 웃었다. 웃음의 의미를 파악하지 못하고 세윤은 가늘게 눈을 떴다.

"날 가장 화나게 만드는 건 당신보다는 오히려 현석 씨 본인이란 걸 모르는 거지."

혼잣말처럼 나직하게 말을 잇는 현미의 말을 세윤은 묵묵히 듣기로 했다. 모두가 가해자이고 모두가 피해자였다. 어쨌든 자신으로 인해 상처 입은 것이 분명한 현미 앞에서 굳이 자신이 더 아팠다는 식으로 이야기하고 싶지 않았다.

"결혼할 사람 있는 거 알고 만났어?"

대체 이제 와서 그런 질문을 하는 그의 의도를 알 수가 없었다. 세윤이 똑바로 현미의 눈을 바라보았다. 그런 질문을 듣는 것 자체가 모욕이라는 직설적인 시선에 현미가 어깨를 으쓱했다.

"부정하는 거네."

"절 왜 보자고 하셨어요?"

"세윤 씨는 내가 궁금하지 않았어?"

현미가 물었다. 궁금했었다. 궁금하지 않을 수가 없었다. 대체 어떤 여자이기에 결혼까지 생각하는지, 대체 어떤 여자이기에 만나면서도 세윤 자신에게 빠져들어 버렸는지, 그리고 또 어떤 여자이기에 자신에게 사랑한다고 말하고서는 또 도망쳤는지. 세윤 역시 궁금했다.

"어때? 나, 세윤 씨가 사랑했던 정현석이 결혼할 만한 여자야?"

"의미없는 질문이네요."

세윤이 대답했다. 짧은 대답에 픽, 하고 현미가 코웃음 쳤다.

"우리 결혼 여기서 했어."

"알아요."

"어때? 오고 싶지 않았었어? 와서 훼방이라도 놓고 싶지 않았어?"

현미의 눈가가 파르르 떨렸다. 화를 내어야 하는 상대는 세윤이 아니라 현석이라는 것을 모르는 현미가 아니었다. 하지만 현석이 그토록 애지중지하는 것이 바로 눈앞의 저 어린 여자아이라는 사실이 못 견디게 분하고 화가 났다. 아무렇지 않은 듯 이혼 합의서에 도장을 찍었지만, 하루하루가 지날수록 마음이 곪아 들어갔다. 분노하거나 질투하는 격앙된 모습을 자신이 아는 누군가에게 보인다는 걸 참을 수가 없었다. 그렇게 쌓인 것이 세윤에게로 터져 나왔다.

"넌 뭐가 그렇게 뻔뻔하니?"

뭐라고? 세윤이 자신이 귀를 의심했다. 지금 이 여자는, 마치 자신이 현미의 결혼 생활을 작정하고 파탄이라도 낸 것처럼 말하고 있었다. 세윤이 황당해 대꾸하지 않자, 그게 마치 반항이라도 되는 것처럼 현미의 목소리가 더 높아졌다.

"미안한 척이라도 해야 하는 거 아니야? 현석 씨, 너만 만나지 않았어도 이 지경까지 오진 않았어. 일이 이 지경까지 오게 된 거, 네 탓도 있어. 그런데 어린 게 어떻게 이렇게 뻔뻔할 수가 있어?"

세윤의 얼굴이 붉어졌다. 현미의 목소리는 높지 않았지만 작정을 한 듯 세윤의 가슴을 제대로 헤집었다. 왜 자신이 현미를 만나고 있는지 알 수가 없었다. 더 이상 들을 말도 하고 싶은 말도 없었다. 세윤이 자리를 박차고 일어났다.

"앉아."

가늘게 떨리는 나직한 목소리. 세윤이 입술을 앙다물었다. 정말로 울고 싶은 것은 자신이었다. 이미 다 끝나 버린 관계에 왜 사년이나 지난 지금에 와서 또다시 이토록 얽매이고 있는 건지, 억울하다고 그 자리에서 동동 뛰고 싶은 것은 세윤 자신이었다.

"김현미, 그만 해."

그들을 찾느라 뛰어왔는지 현석의 호흡이 가빴다. 현미의 어깨를 가볍게 잡아 쥐자 현미가 세차게 뿌리쳤다. 그들의 격한 동작들에 주변 사람들의 시선이 쏠렸다. 세 사람이 마주하고 있는 상황이 더럽고 치사하고 지옥같이 끔찍했다. 하지만 그 지옥은 이것이 끝이 아니었다.

"세윤아."

자신의 등 뒤에서 들려오는 목소리에 세윤이 화들짝 놀라 돌아보았다.

"왜, 여기에 있어요?"

"내가 물어보려고 한 건데."

선우가 낮은 목소리로 현석과 현미, 그리고 세윤을 번갈아 바라보았다. 현석이 선우의 시선을 피했다. 현석이 곁에 있다는 것 자체가 싫다는 듯 고개를 돌리고 있는 현미를 보며, 선우는 두 사람의 관계를 순식간에 알아챘다. 그리고 보호하듯 세윤의 팔을 잡아 자신의 곁에 세웠다.

"당신들 부부 일에 세윤이까지 말려들게 하지 마십시오."

선우의 목소리는 차가웠다. 곁에 선 세윤조차도 처음 듣는 차가운 목소리에 움찔했다.

"정현석 씨, 깨끗하게 졌다는 걸 인정할 때도 있어야 할 것 같은데요."

말을 끝낸 선우의 손아귀에 힘이 들어갔다. 가볍게 떠미는 듯한 선우의 힘에 세윤이 마치 끌려가기라도 하듯 종종걸음을 쳐 호텔 로비를 빠져나왔다. 호텔 주차요원이 차를 꺼내올 때까지 선우의 손아귀에서는 힘이 풀리지 않았다. 감히 아프다 소리도 하지 못한 세윤은 이마만 구긴 채 선우의 눈치를 살폈다.

"화났어요?"

세윤이 조심스럽게 입을 열었지만 선우의 표정에는 변화가 없었다. 그의 랜드로버가 호텔 현관에 도착하자, 그는 문을 열어 세윤이 타는 것을 보고 문을 세게 닫았다. 쾅, 하는 소리에 세윤이 어깨를 움찔했다.

"왜 그 자리에 있어?"

십여 분쯤 차를 달렸을 때에야 선우가 입을 열었다.

"김현미 씨가 잠시 이야기하고 싶다고……."

"그러니까, 왜 그 자리에 있냐고."

선우의 목소리는 낮았다. 세윤이 긴장해 몸을 움츠렸다.

"미안해요."

"부인인 거 언제 알았어?"

"……지난번에 스튜디오 갔을 때요."

"왜 말 안 했어?"

"걱정할까 봐."

"세윤아."

"네?"

"약속한 거 기억해?"

"네?"

"열두 번을, 백이십 번을 찍어도 넘어가지 않겠다는 거. 기억해?"

선우의 질문에, 그제야 세윤은 그가 한 번도 학교에서 현석과 어떻게 지내고 있는지 물은 적이 없었다는 사실을 깨달았다. 한 번도 현석이 지금도 여전히 집적대는지, 연락을 해오는 건 아닌지, 강의에서 다른 일이 생긴 적은 없는지 물어온 적이 없었다. 그것이 세윤에 대한 신뢰였다는 것을 알게 되자 가슴이 뭉클해졌다. 현석을 밀어낼 것만 고민한 나머지, 선우의 걱정을 덜어낼 생각은 미처 하지 못한 게 너무 미안해 세윤이 입술을 깨물었다. 그래서 세윤은 고개를 크게 끄덕이며 핸들 위에 놓인 선우의 손을 꼭 잡았다. 자신의 손 위에 놓인 세윤의 손을 보는 선우의 시선이 가늘게 떨렸다. 그리고 긴 한숨, 세윤은 자신을 믿으라는 듯 선우의 손을 잡고 있는 손에 가볍게 힘을 주었다.

"저녁이라도 같이하고 싶은데, 일이 있어."

호텔에서 세윤의 집까지 데려다 주는 동안 선우에게서는 별다른 말이 없었다. 대신 저녁에는 일이 있으니 조만간 보자는 말만 남기고 스튜디오로 돌아갔다. 화가 난 것 같아 보이지는 않았지만, 내심 초조해진 세윤은 '화해'를 할 기회를 만들기 위해 고민했다. 그리고 조심스럽게 문자 메시지를 찍어 보냈다.

〈이번엔 내가 저녁 만들어줘도 돼요?〉

"안녕."

열린 문 사이로 꽃향기가 밀려들었다. 현관 앞에 선 선우의 품엔 프리지어 꽃이 가득 안겨 있었다. 세윤이 아무 말도 못한 채 입을 벌리고 있는데 선우가 먼저 들어서서는 현관을 닫았다.

"들어오라고 말도 안 하는 거야?"

"들어오세요."

"고마워."

선우가 내미는 꽃을 받아 들며 세윤이 얼굴을 붉혔다. 성인이 된 후로 누군가로부터, 정확히 말하면 남자로부터 받아보는 꽃 선물은 처음이었다.

"너무…… 많아요."

"꽃집에 있는 프리지어를 다 달라고 했거든."

선우가 웃으며 말했다.

"고마워요."

"나야말로 초대해 줘서 고마워."

세윤이 선우의 재킷을 받아 옷걸이에 걸었다. 누군가의 옷을 받아 거는 것이 왠지 어색했다. 세윤이 자신의 집인데도 어떻게 해야 할지 몰라 쭈뼛거리고 있는데 어느새 선우가 슬그머니 다가와 등 뒤로 세윤을 끌어안았다.

"보고 싶었어."

"겨우 이틀 만인데."

"그래도 보고 싶더라."

이틀 전의 일이 없었던 것처럼 자연스럽게 자신을 바라보며 웃는 선우의 얼굴에 세윤은 안도했다. 그리고 장난스럽게 선우의 배를 쿡, 찔렀다.

"선수라니까."

"누가 할 소릴."

손가락 끝으로 찔린 복근을 과장되게 움켜쥐며 선우가 웃었다.

"배고파요?"

"그전에 애피타이저부터."

선우는 세윤의 몸을 돌려 세워 이마, 뺨, 턱, 그리고 마지막으로 입술에 입을 맞추었다. 소유권을 주장하는 것 같은 그런 선우의 몸짓에 또 주책맞게 가슴이 떨려 자신도 모르게 몸에서 힘이 풀렸다. 자연스럽게 선우의 커다란 몸에 자신의 몸을 기대자, 선우가 세윤을 끌어안은 채 부드럽게 바닥으로 앉았다. 마주 보고 앉은 불편한 자세로 한동안 끌어안고 있던 세윤이 숨을 크게 들이마셨다. 선우의 목덜미에서 그가 쓰는 향수 냄새와 함께 선우의 체취

가 코끝으로 스며들었다. 좋다…… 라는 말이 자신도 모르게 튀어
나왔다.

"오늘 왠지 어리광이 더 늘어난 것 같은데."

세윤의 머리카락을 부드럽게 치우고 하얀 목덜미에 입을 맞추
며 선우가 말했다. 세윤은 마치 코알라가 나무에 매달린 것처럼
선우의 목을 끌어안은 채 찰싹 달라붙어 있었다.

"말로 잘만 꾀면, 홀라당 넘어갈지도 몰라요."

"나 유혹하는 거야?"

"그런 건가?"

세윤이 길게 목소리를 뺐다. 코끝에 나는 선우의 체취에 가슴
이 콩닥거렸다.

"정신 바짝 차려야겠는데."

선우가 눈을 커다랗게 뜨며 웃었다. 목소리와 달리 뭔가 기대하
는 듯한 표정이 귀여워 세윤은 자신도 모르게 선우의 뺨에 가볍게
입을 맞추고 몸을 일으켜 세웠다.

"일단 밥부터?"

"그래, 일단 밥부터."

세윤이 몇 안 되는 할 수 있는 솜씨를 뽐낸 것은 크림 스파게티.
야채들을 꺼내어 샐러드를 만들고, 언젠가 마트에서 샀던 와인을
땄다. 제법 근사한 분위기의 저녁 식사에 둘 다 기분 좋게 취했다.

"세윤아."

나란히 서서 설거지를 하고 딸기를 씻어 방으로 들어온 둘이 나
란히 침대에 기대앉았다. 왠지 침대 위로 올라가 안지는 못하고

기대앉은 엉덩이가 살짝 아팠지만 둘 다 내색하지 않았다.

"응."

세윤이 장난스럽게 대답했다.

"응, 이 뭐야?"

선우가 어이없다는 얼굴로 세윤을 바라보았다.

"왜요, 아저씨."

"호칭도 정리를 해봐. 강선우, 아저씨, 강 사장, 강 작가. 정신
없어."

마침 생각났다는 듯 선우가 슬쩍 세윤의 볼을 꼬집었다.

"오빠 소리가 듣고 싶어서요?"

"그것도 싫은데."

"왜요?"

"길 가다가 아저씨! 하고 불러보면 열 명 중 네 명은 돌아볼 거
고, 오빠! 라고 부르면 또 남은 사람들 중 네 명이 돌아볼 거야."

"고유명사가 필요하시다?"

세윤이 웃으며 딸기를 입에 넣었다.

"뭐, 비슷하지."

뭐가 좋을까, 하며 입속으로 중얼거리던 세윤이 장난스런 얼굴
로 선우를 돌아보았다. 눈이 반짝거리는 것이 또 재미난 장난을
찾은 듯 보였다. 또 무엇 때문에 저러실까 싶어 선우가 조금 기대
하고 있는데 갑자기 터져 나오는 단어는 선우가 감당할 수 있는
예상 범위를 훌쩍 뛰어넘은 것이었다.

"여보."

선우의 모든 동작이 순간 멈추어졌다. 선우는 자신이 멍하게 입을 벌리고 있다는 것을 깨닫고 의식적으로 입을 다물었다.

"뭐라고…… 했어?"

"많은 건 아닌데, 종종 서로를 이렇게 부르는 애들도 있어요. 신기해, 어떻게 그런 말이 자연스럽게 나오는 걸까 몰라."

방금 너도 그렇게 말했잖아! 선우가 황당한 얼굴로 세윤에게 버럭 화를 내려고 하다가, 이게 그렇게 또 화를 낼 법한 건가 싶어져 목을 가볍게 가다듬었다.

"그러게, 그게 뭐…… 사귀는 사이에서 쓸 만한 단어는 아니지 싶은데."

"강 사장님, 얼굴 빨개졌다."

세윤이 재미있다는 듯 손뼉을 쳤다.

"집이 더워서 그래."

"정말요?"

세윤이 여전히 장난기 가시지 않은 얼굴로 눈을 동글동글 뜨고는 선우의 얼굴로 자신의 얼굴을 들이밀었다. 무릎걸음으로 다가오는 세윤을 밀어내려던 선우는 자신도 모르게 세윤의 양팔을 움켜쥐고 바닥으로 눕혀 버렸다. 바닥으로 넘어진 세윤이 뒤통수가 아프다며 이마를 찡그렸지만 선우는 쥐고 있는 손목의 힘만 조금 풀었을 뿐 몸을 일으켜 세워주지는 않았다.

"왜…… 그래요."

"노인네 데리고 장난칠래?"

"내가 무슨 장난을 쳤다고."

세윤이 도리질을 치며 그곳에서 빠져나오기 위해 몸부림쳤다. 하지만 선우는 작정한 듯 세윤의 몸 위에 올라탔다.

"강 사장, 무거워요!"

"넌 좀 당해도 돼."

세윤의 말 한마디에 휘둘려 버린 게 부끄럽기도 하고, 복수하고 싶어지기도 해서 선우는 과장된 표정으로 세윤을 내려다보았다. 봉긋하게 솟아오른 가슴이 숨을 쉴 때마다 가쁘게 달싹거렸다.

"진짜 무거워. 키만 큰 줄 알았더니 역시 먹는 만큼 무겁나 봐."

자신의 손목을 쥐고 있는 선우의 손가락을 깨물기 위해 고개를 휘저었지만 역부족이었다. 무겁다며 숨을 헐떡거리던 세윤이 타협안을 찾았는지 다시 눈을 반짝거렸다.

"고유명사 붙여줄게요."

"뭔데?"

선우가 장난스럽게 세윤의 귀를 살짝 깨물며 말했다. 세윤이 눈을 찡그리며 몸을 비틀었다. 팔에 힘이 빠진 틈을 타, 세윤이 선우의 목을 감았다. 그리고 살짝 몸을 비틀어 선우의 몸에서 빠져나와 마주 보고 누웠다. 입 끝을 가볍게 올려 웃던 세윤은 선우의 뺨에 손바닥을 가볍게 얹고는 선우의 입술에 촉, 하고 입을 맞추었다. 그 애교에 또 졌구나, 싶은데 귓가에 대고 세윤이 속삭였다.

"애인님."

"응?"

"애인님이라고 불러줄게요, 애인님."

눈을 반짝이며 '애인님'을 거푸 말하던 세윤은 이제는 선우의
몸 위에 올라타서는 이마에 쪽 하고 입을 맞추었다.

"애인님, 사실 오늘 오라고 한 건 엊그제 미안하고 고마웠다고
이야기하려고."

갑작스러운 이야기에 선우의 표정이 진지하게 달라지자 세윤이
가볍게 고개를 흔들었다.

"진지하게 받아들이지는 말고, 그냥 걱정하게 해서 미안했다고
내 나름대로 사과한 거예요. 저녁 만들어서 먹고 이렇게 놀고 있
는 거."

"내 배 위에 올라타 있으면서 잘도 그런 말 한다."

선우가 말도 안 된다는 듯 팔을 뻗어 세윤의 아랫배를 쿡 찔렀
다. 화들짝 놀란 세윤이 뒷걸음질 쳐서 선우의 몸에서 떨어졌고,
선우도 바닥에서 일어나 앉았다.

"무슨 일 있으면 언제든지 이야기해, 혼자 감당하기 힘들어도."

세윤이 알았다는 듯 고개를 끄덕였다. 그리고 조심스런 얼굴로
선우를 바라보며 물었다.

"강선우 씨는…… 내가 걱정 안 해도 되지요?"

세윤의 물음에 선우는 잠시 멈칫했다. 그 자리에 있었던 것이
난형 때문이라고 말하지 않았었다. 알게 하고 싶지도 않았다. 기
왕이면 끝까지 지켜지는 편이 나은 비밀도 있었으니까. 선우는 부
러 더 의기양양한 표정으로 세윤의 머리를 쓰다듬었다.

"당연하지, 별걱정을."

노닥노닥, 별달리 하는 일이 없어도, 하는 이야기가 없어도 함

께 있는 시간은 잘도 흘러갔다. 가볍게 마신 와인이 깨기를 기다리는 동안 시간은 훌쩍 지나가 밤 열한 시가 가까워져 가고 있었다. 집으로 가기 위해 선우가 자리에서 일어났다.

"갈 거예요?"

왠지 아쉬운 얼굴로 선우의 재킷이 걸린 옷걸이를 꼬옥 쥔 채 세윤이 물었다.

"뭐 더 필요한 거 있으신가요?"

"보내기 싫어서."

"가기 싫게 만들래?"

선우가 웃으며 세윤을 와락 끌어안았다.

"다음에 언제 보지?"

"내일 보면 되잖아."

선우가 새삼스럽게 어리광을 부리는 세윤을 향해 웃었다.

"내일?"

"그래, 내일."

내일, 이라는 말에 갑자기 눈물이 핑 돌았다. 그 모습에 선우가 당황해 세윤의 손을 잡고 다시 바닥에 앉았다. 간신히 손사래 치며 '행복해서'라고 대답했지만 선우는 믿지 않는 눈치였다. 간신히 붉어진 얼굴을 수습해 다시 환한 얼굴로 선우의 볼과 뺨과 입술에 진한 입맞춤을 하고서야 선우는 다시 일어섰다. 운전석에 앉아서도 의심스런 얼굴을 풀지 않던 선우는 괜찮은 건지 몇 번이나 확인을 하고서야 겨우 차에 시동을 걸었다.

방에 들어와서 세윤은 주책스럽게 나온 눈물에 자신의 뺨을 두드리며 고개를 저었다. 내일 보자, 라는 선우의 말이 새삼스럽게 다가왔다. 현석과 만날 때와 모든 게 달랐다. 누군가 만나고 있다고 말할 수도 있었고, 내일 보자고 약속할 수도 있었다. 그리고 굳이 집에서 만나지 않아도 함께 갈 수 있는 곳은 넘칠 만큼 많았다. 새삼스레 떠오른 그런 것들이 고맙고 행복했다. 세윤이 베개를 끌어안고 얼굴을 묻었다. 행복했다.

5월의 둘째 주. 여자 친구와 함께 세진이 도착했다. 군에 있는 둘째 세형을 제외한 나머지 식구들이 모여 저녁을 함께했다. 세진의 여자 친구는 교포 1.5세. 결혼할 사람과 함께 있는 세진은 무척이나 행복해 보였다. 큰오빠의 여자 친구를 친척집에 데려다 주고, 세진은 오빠와 함께 집으로 왔다. 버스 정류장에서 나란히 걸어오는 길에 세진이 입을 열었다.

"강냉이, 남자 친구는 있냐?"

"그런 건 왜 물어?"

세윤이 투덜거리고는 마침 생각났다는 듯 물었다.

"궁금한 게 있어."

"뭔데."

오랜만에 어린 동생과의 대화에 세진이 기분 좋게 대꾸했다.

"결혼, 할 때가 되었는데 적당한 사람이 옆에 나타난 거야, 아니면 정말로 같이 살고 싶은 사람이라서 결혼하는 거야?"

"우와, 난이도가 높은 질문인데?"

세진이 눈을 커다랗게 떴다.

"그러고 보니까 강냉이가 스물넷이구나."

벌써 몇 해째 집을 떠나 있던 탓에 세진이 기억하는 세윤은 고등학교 때의 모습이 가장 컸다. 그가 새삼스런 눈으로 막내 여동생을 바라보았다.

"대답해 봐. 때가 된 건지, 아니면 너무 사랑한 건지."

"둘 다."

세진이 선선히 대답했다.

"둘 중에 하나가 모자라면?"

"아마도 결혼 못했겠지."

진지한 얼굴의 세윤의 모습에 세진이 뭔가 미심쩍은 듯 다시 뭔가 물으려는데, 세윤이 생글거리는 얼굴로 말했다.

"웨딩 사진은 아는 사람한테 부탁해 볼게. 괜찮은 사진 작가를 알거든."

"오빠 웨딩 사진?"

주말, 함께 영화를 보고 나올 때 세윤이 웨딩 사진 이야기를 꺼냈다.

"찍어줄 수 있어요?"

"음……."

"왜, 바빠요?"

"웨딩 사진은, 아무래도 그쪽 일 전문으로 하는 사람이 나을 것 같아서. 배경이라든지 의상이라든지 소품 같은 것도 전문적으로 하니까 우리보다는 낫거든."

선우의 말에 세윤이 고개를 끄덕였다.

"내가 괜찮은 곳을 소개시켜 줄게. 오빠랑 날짜 상의해서 나한테 알려줘."

"그럼, 강선우 씨랑 우리 오빠랑 만나게 되는 건가?"

"싫어?"

"왠지 묘해서."

"나야말로 긴장해야 할 것 같은데."

선우가 으쓱했다.

"우리 오빠가 싫어할까 봐?"

"적으로 만들면 나쁘니까."

"잘해봐요."

세윤이 재미있다는 듯이 웃었다.

"그런데 왜 또 강선우 씨야?"

선우의 질문에 세윤이 왜? 하는 얼굴로 말똥말똥 선우를 돌아보았다.

"애인님, 이라며."

유치한 듯했지만 애교스러움이 묻어나는 호칭이 싫지 않았었다. 그래서 내심 기대하고 있었는데 다시 원상복귀 된 '강선우 씨'에 선우는 섭섭함을 감추지 않았다.

"애인님은 무슨."

세윤이 그런 유치한 표현을 어떻게 쓰냐는 듯 선우를 향해 손을 휘휘 저었다.

"뭐?"

갑작스런 배신감에 아무 말도 하지 못한 채 입만 벌리고 있는데 세윤이 달래듯 가볍게 팔을 잡았다.

"그건 그냥, 서비스. 매일 쓰면 아깝잖아요."

"매일 써줘."

어린애같이 투정을 부린다는 것을 알고 있었지만, 듣고 싶었다 세윤의 입에서 애교스럽게 나오는 '애인님' 이라는 단어를.

"강선우 씨, 특별한 건 특별한 때에만 쓰는 거거든요."

"난 너랑 있는 매일매일이 특별한데."

이런 표현까지 쓰게 되다니, 선우는 자신의 입에서 나오는 문장에 스스로 감탄했다. 하지만 선우 스스로가 감탄한 것에 비해 세윤은 전혀 감동한 것 같아 보이지 않았다.

"강 사장님, 고만 하시죠."

이렇게 무뚝뚝할 줄 몰랐어. 도저히 먹힐 것 같지 않은 세윤의 반응에 선우는 맥이 풀린 목소리로 말했다.

"그럼 내가 좋은 스튜디오 소개시켜 주는 대신, 내 부탁도 하나 들어줘."

"뭔데요?"

"어머니 생신이셔. 선물 같이 고르자."

"그런 거야, 부탁씩이나 하지 않아도 같이 갈 수 있는 거잖아요."

뭘 그까짓 걸 가지고 부탁씩이냐 하냐는 듯한 얼굴로 세윤이 선선히 고개를 끄덕거렸다.

"사실 그건 부탁이 아니고."

"그럼?"

조금 뜸을 들이는 선우를 보며 세윤이 이마를 찡그렸다. 그리고 설마하는 목소리로 입을 열었다.

"혹시, 같이 가자구요? 어머니 생신에?"

"괜찮다면."

"저기…… 그냥 혼자 가면 안 돼요?"

단칼에 자를 생각은 아니었지만, 생각보다 말이 먼저 튀어나왔다. 세윤이 아차 싶었는지 다급하게 입을 열었다.

"미안해요. 그게…… 마음에 부담이……."

"아니야, 내가 공연한 소리를 했네. 마음 쓰지 마."

선우가 오히려 미안하다고 사과했다. 세윤이 뭐라고 변명하려 했지만 선우가 괜찮다는 듯 고개를 저었다. 하지만 부탁을 한 선우도, 거절을 한 세윤도 모두 마음이 편해 보이지 않았다.

"바쁠 텐데 고마워."

한남동의 공관에 도착했을 때 어머니는 여전히 집무실이었다. 그날의 마지막 결재를 마치고는 자리에서 일어난 최 장관은 이미 성장을 하고 있었다. 취임 후 가장 큰 공식 행사였다. 주한 대사와 영사의 가족들이 모두 모인 만찬. 아버지께서 살아 계셨다면 어머니의 곁을 지킨 파트너는 당연히 아버지였겠지만, 이번에는 선우가 그 자리를 메웠다. 다음부터는 차관이나 어머니의 비서 중 누군가가 그 자리를 메울 것이었다.

"잘 어울리세요."

붉은 자줏빛이 도는 깔끔한 원피스 드레스에 선우가 미소를 지었다. 그리고 어머니에게 다가가 잘 포장된 작은 상자를 건네었다.

"생신 축하드려요."

"고맙다."

최 장관이 선물을 받아 들었다.

"열어봐도 되니?"

선우가 고개를 끄덕였다. 최 장관이 기분 좋은 얼굴로 포장을 풀었다. 물방울무늬의 다이아몬드가 마주 보고 있고, 그 사이에 동그란 다이아몬드가 연결되어 있는 단순한 디자인이었다.

"지금 해볼까?"

최 장관이 아들의 선물에 기분 좋게 얼굴을 붉히며 귀에 달린 단순한 모양의 귀걸이를 뺐었다. 그리고 아들이 건네주는 귀걸이를 양쪽 귀에 달았다.

"어때?"

"잘 어울리세요."

"누가 골라줬어?"

"네?"

의외의 질문에 선우가 거울로 보이는 최 장관의 눈을 마주 보았다.

"뭘 그렇게 놀라, 네가 골랐으면 그냥 네가 샀다고 하면 될걸."

어머니가 슬쩍 떠본 말이었는데 제풀에 놀란 선우가 멋쩍게 웃었다.

"여자 친구, 헤어졌다고 하지 않았나?"

"그랬었…… 죠."

"그새 또 생겼구나."

재미있다는 듯 최 장관이 웃었다.

"그러게요."

선우가 웃었다. 귀에 걸린 선우의 웃음에 최 장관이 궁금한 게 많다는 눈으로 아들을 바라보았다.

"장관님, 나가보셔야 할 것 같습니다."

손님들이 도착할 시간이 되어간다는 의미였다. 선우가 앞서 손을 내밀었다. 최 장관이 가볍게 손을 내밀었다. 그의 내민 왼쪽 넷째 손가락에는 이제는 한쪽만 남아 있는 오래된 결혼반지가 여전히 반짝이고 있었다. 선우가 어머니의 손을 힘주어 쥐었다.

"안녕."

어머니 곁을 지키며 내빈들과 일일이 눈맞춤을 하고, 인사를 하고, 서로를 소개하고 소개받는 길고 오랜 시간이 끝나고, 선우가 숨을 돌리고 샴페인 한 잔을 받아 들고 빈 테이블에 앉았다. 세윤과 만난 이후로 한동안 끊겼던 담배 생각이 나서 입이 간질거리는데, 어디서 머리가 꼬불거리는 흑인 남자아이가 눈을 반짝이며 뛰어왔다. 영사의 가족들도 온 탓에, 어린아이들도 제법 많았다. 끼리끼리 뛰어놀던 중 술래잡기라도 하는 모양이었다.

선우가 앉은 테이블 뒤 화단으로 숨어드는 아이가 귀여워 선우가 말을 걸었다. 대답 대신 꼬마가 이를 드러내어 웃었다. 대여섯 살쯤 되었을까? 장난기 가득한 얼굴이 귀여워 선우는 자신도 모르게 아이를 따라 웃고 있었다.

"Greg(그렉)!"

어머니로 보이는 사람이 나직하게 아이를 찾았다. 아이는 손가락 하나를 입술에 올리고는 말하지 말라는 듯 고개를 휘휘 저었다.

"Greg! Where are you(그렉! 어디 갔니)?"

숨죽여 웃던 아이는, 엄마가 자신을 지나치고 나서야 갑자기 화단에서 튀어나와 엄마의 등에 와락 덤벼들었다. 넘어질 뻔하던 아이의 엄마가 웃으며 아들을 안아 들었다. 엄마 품에 안긴 아이가 선우에게 손을 흔들었다. 선우도 웃으며 손을 흔들어주었다. 아이 엄마가 눈웃음을 지으며 인사를 하고 사라졌다.

"나 닮은 아들 하나 있으면 좋겠네."

샴페인 한 모금을 넘기던 선우는, 자신도 모르는 사이에 튀어나온 말에 깜짝 놀라 기침을 했다. 잔디 위로 샴페인이 출렁거리며 쏟아졌다. 자신을 닮은 아들. '결혼'이라는 단어, 그리고 세윤의 나이가 연이어 떠올랐다.

"아직은…… 역시 무리겠지?"

"강냉아아아."

멀리서 큰오빠가 손을 휘휘 젓고 있는 것이 보였다. 30m 전부터 팔을 휘젓던 오빠는 자신의 코앞에 서서야 휘젓던 팔을 내려놓았다.

"언니는 오빠가 이럴 때마다 그만 만나고 싶다는 생각 안 드세요?"

곁에서 웃고 있는 세진의 여자 친구를 향해 세윤이 물었다.

"재미있잖아요, 같이 있으면 에너지가 충전이 되니까."

"고마워, 달링."

세진이 싱긋 웃으며 여자 친구의 뺨에 입을 맞추었다. 세윤이 못 말리겠다는 듯 고개를 저었다. 그때 세윤의 휴대전화가 울렸다. 선우였다.

"어디예요?"

[미안, 오늘 아무래도 안 될 것 같아.]

"무슨 일 있어요?"

다급한 목소리에 세윤이 놀라 물었다.

[어머니가…… 자세한 건 나중에 이야기해 줄게.]

운전 중인지 내비게이션 소리가 들려왔다. 세윤이 알았다며 전화를 끊었다.

"무슨 일이야?"

세진이 물었다.

"일이 생긴 것 같아요. 급한 일 같은데 이야길 안 하네요."

세윤이 머뭇거렸다.

"거 몹쓸 사람일세, 이유도 말 않고."

세진이 장난스럽게 말했다.

"다급한 거 보니까 좀 걱정되는데……."

세윤이 걱정스러운 얼굴로 휴대전화를 바라보고 있는데, 그런 세윤을 지켜보던 세진이 부드럽게 물었다.

"어떤 사람이야?"

"응?"

"만나는 사람 어떤 사람이냐고."

세윤의 얼굴이 빨개졌다. 막내의 붉어진 얼굴이 귀여웠던지, 세진이 부드럽게 뺨을 꼬집었다. 세진의 질문에 뭐라고 할지 몰라 얼버무리려는데, 멀리 보이는 높은 건물 위 대형 전광판이 눈에 들어왔다. 그날의 뉴스가 뜨고 있었고, 그 아래로 한 줄 뉴스가 흘러가고 있었다. 세윤은 자신도 모르는 사이에 숨을 헉, 들이마셨다. 세진이 의아한 눈으로 동생을 바라보았다.

〈**최창선 외교통상부 장관 교통 사고로 중태.**〉

만난 김에 밥이나 함께 먹자는 세진의 말에, 세윤은 가봐야겠다는 말만 남기고는 무작정 전광판에 뜬 병원으로 향했다. 세진은 무슨 일인지 궁금해했지만, 세윤은 선우의 어머니가 어떤 사람이고 무슨 일이 일어났는지에 대한 설명을 아꼈다.

병원 근처에 도착한 세윤은 혹 자신이 잘못 온 건 아닌가 싶어 초조하게 주변을 둘러보았다. 하지만 그곳이 맞는지 아닌지 확인할 필요도 없었다. 매스미디어의 차량이 병원 앞 양쪽 도로에 가득 차 있었다. 세윤이 휴대전화를 열었다. 세 번째 전화에서야 선우가 전화를 받았다.

"지금 병원에 와 있어요."

세윤의 말에 선우가 당황한 목소리로 물었다.

[어떻게?]

"뉴스……."

[아.]

수화기 너머로 들려오는 번잡한 주변의 소음에서 다급한 상황이 느껴졌다. 선우보다 더 당황한 모습을 보여주고 싶지 않았다. 세윤은 억지로 숨을 가다듬었다. 선우의 말이 이어졌다.

[기다려, 로비로 내가 나갈게.]

병원 로비에서 초조하게 서성이고 있는데 멀리서 선우의 모습이 보였다. 누군가 '아들이다!' 하고 외쳤고 기자들이 벌 떼같이 몰려들었다. 그리고 무작정 카메라를 돌리고, 사진을 찍고, 질문을 던져 댔다. 세윤이 당황해서 오도 가도 못하고 서 있는데, 성큼성큼 걸어온 선우는 굳어진 얼굴로 세윤의 어깨를 감싸 안아 병원 안으로 데리고 들어갔다.

"괜찮아요?"

바보 같은 질문이라는 것을 알고 있었지만, 묻지 않을 수 없었다. 선우가 괜찮아, 하고 옅게 웃었지만 그 몇 시간 사이 선우는 상당히 지쳐 보였다.

"차가 굉장히 심하게 망가져서 걱정을 했는데, 차에 비해서 어머니는 괜찮은 편이셔. 늑골이 부러지면서 장기를 건드리는 바람에 수술하셨어. 지금은 중환자실에 계셔."

말하는 선우의 얼굴이 너무 안쓰러워 세윤은 선우의 손을 꼬옥 잡았다. 자신이 해줄 수 있는 거라곤 그런 것밖에 없었다. 안쓰러움에 손을 꼭 쥐고는 함께 걸어가다가, 병실 앞에 도착해서야 세윤은 막무가내로 달려올 곳이 아니었다는 생각이 들었다. 지원부터 시작해 선우의 가까운 친인척들과 최 장관의 측근들, 정부 쪽 사람들까지 병실 앞은 세윤이 생각했던 것보다 훨씬 많은 사람들이 모여 있었다.

"선우 씨, 기자회견 때문에. 이야기 좀 할까요?"

누군가 선우를 찾았다. 세윤이 고개를 끄덕이며 잡은 손을 놓았다.

"지원아, 세윤이 좀."

나이 든 여자와 이야기하고 있던 지원이 세윤을 발견하고 손을 흔들었다. 세윤이 그 곁에 다가갔다. 지원 맞은편에 앉아 있는 사람이 누구냐고 묻는 얼굴로 지원을 바라보았다.

"선우 여자 친구예요."

"아아."

"세윤아, 우리 어머니. 그러니까 선우 작은어머니."

"안녕하세요."

세윤이 꾸벅 인사했다.

"소식 듣고 왔나 보네요."

지원의 어머니가 살갑게 인사를 받았다.

"저희끼리 가볼게요."

지원이 세윤의 팔을 살짝 잡고 사람들이 많지 않은 곳으로 옮겨갔다.

"선우가 이야기한 거야?"

"뉴스 보고 아무 생각 없이 달려왔어요."

"잘했어. 선우 혼자서 좀 감당하기는 버거웠을 거야. 벌써 두 번째라서."

"두 번째?"

"말하지 않았나, 선우가?"

그제야 세윤의 머릿속에 선우의 아버지가 교통사고로 돌아가셨다고 이야기했던 것이 떠올랐다. 굳은 얼굴로 하얗게 질려 있던 선우의 표정에 마음이 아팠다.

"어머니는 어떠세요?"

"생각보다는 괜찮지만, 사실 교통사고에 괜찮은 게 어디 있겠어. 마취 깨시는 거 기다리고 있어."

지원과 가볍게 이야기를 하고 있는데 지원의 휴대전화가 울렸다. 번호를 확인하고 지원은 피식 웃었다.

"카페 잘 지키고 있으라니까. 응, 응, 걱정 마. 오늘 안에 들어갈 거니까. 그래, 그래."

지원의 표정이 익숙했다. 선우와 닮았다는 생각에 두 사람이 사촌이기 때문에 그런가 싶었지만 또 그것 때문만은 아닌 것 같았다. 왜 닮았단 생각이 들었을까 혼자 생각하고 있는데 지원이 전화를 끊고는 표정을 수습했다. 그리고 다시 병원을 지키고 있는 가족의 표정으로 돌아왔다. 누구냐고 물으려고 할 때, 선우가 돌아왔다. 까칠한 얼굴에 세윤이 자신도 모르게 이마가 구겨졌다.

"이마에 힘 풀어, 왜 인상 쓰고 그래."

선우가 세윤의 이마를 손바닥으로 살짝 덮었다.

"괜찮아요?"

"어머니, 아니면 나?"

"둘 다."

"어머니 곧 마취 깨실 거야. 밤새 경과 지켜보고 나면 마음이 놓이겠지."

"뭔가……."

세윤이 머뭇거렸다.

"뭔가, 어떻게든 도와주고 싶은데 뭘 해야 할지 모르겠어요."

안타깝게 올려다보는 세윤을 바라보던 선우가 긴 한숨과 함께 세윤을 꼬옥 끌어안았다. 두 사람에게 주변 사람들의 시선이 쏟아졌지만 선우는 개의치 않는 듯했다. 한참을 그렇게 세윤을 안고 있던 선우가 조용한 목소리로 말했다.

"그 표정만으로도 고마워, 공주님."

"집에 들어가 봐."

기자회견을 하고 나서야 기자들 무리가 눈에 보일 정도로 줄어들었다. 나머지 사람들은 혹시 모를 기삿거리를 위해 병원 근처에서 밤을 새울 모양이었다. 병원 구내식당에서 간단하게 저녁을 먹고, 선우는 여전히 병실 밖에서 서성거렸다. 그사이에 세윤은 그곳에 있는 사람들에게 몇 번이나 선우의 여자 친구라고 소개하고 인사했다. 왠지 어색했지만, 자신을 소개할 때 눈에 담기는 선우의 다정한 눈빛이 든든했다. 열 시가 넘어가자 선우가 들어가라고 등을 밀었다.

"그래도."

세윤이 망설였다.

"마취 금방 깰 것 같……."

선우의 그 말이 무섭게 주변이 수선해졌다.

"가족 분들 먼저 들어오세요."

선우에게 시선이 몰렸다. 그때 세윤은 새삼스레 그가 가족이라고 부를 수 있는 사람이 어머니를 제하면 아무도 없다는 사실을 깨달았다. 부모님과 두 명의 오빠가 있는 자신과는 달랐다. 지원은 남매와도 같은 아주 가까운 '친척'일 뿐 가족은 아니었다. 마취가 깨었다는 소식에 평정을 유지하고 있던 선우의 얼굴이 갑작스럽게 뒤흔들렸다. 선우의 불안함이 닿아왔다. 자신의 손을 쥐고 있는 선우의 손에 세윤이 선우를 올려다보았다.

"같이…… 들어갈까요?"

"엄마."

침대 곁에 앉은 선우가 어머니의 곁에 조심스럽게 섰다. 세윤의 손을 여전히 꼭 쥔 채였다. 서른네 살의 남자 입에서 나오는 '엄마' 소리는 어울리지 않았지만 그 한마디로 선우의 마음이 읽혀졌다. 선우의 목소리에 최 장관이 눈을 떴다.

"엄마 소리…… 오랜만에 듣는 것 같네."

숨이 차는지 최 장관이 천천히 말했다.

"괜찮으세요?"

"당연히 아프지."

최 장관이 웃으려고 하다가 어딘가 결리는지 이마를 찌푸렸다.

"놀랐어요."

선우의 목소리가 가늘게 떨렸다.

"미안해, 걱정하게 해서."

최 장관이 팔을 뻗어 아들의 손을 가볍게 쥐었다. 그리고 선우의 곁에 얌전히 서 있는 세윤에게로 시선이 옮겨갔다. 세윤이 꾸벅 인사했다. 벌써 세 번째 만남이었다.

"별로 좋은 모습이 아니라서 부끄럽네요."

"선우 씨가 많이 걱정했어요. 그리고 저도……."

세윤이 조금 얼굴을 붉히며 덧붙였다.

"고마워요."

최 장관이 얼굴을 붉히는 세윤에게 웃어 보였다.

어머니 곁을 한참이나 떠나지 못하고 서 있던 선우가, 노크 소리를 듣고서야 정신을 차렸다.

"밖에 차관님이랑 와 계시면 오시라고 할래? 그리고 선우도 들어가고."

"……제 걱정은 마세요."

선우가 어머니의 손을 꼭 쥐었다가 놓았다. 최 장관이 선우와 세윤을 번갈아 보며 살며시 웃었다. 세윤이 인사하고 돌아나갈 때까지 최 장관은 두 사람을 부드러운 눈으로 바라보며 웃고 있었다.

세윤이 돌아갈 택시를 잡아주기 위해 병원 밖으로 나와서야 선우의 손에 힘이 풀렸다. 하얗게 질린 손이 미안했던지, 선우가 가볍게 세윤의 손등에 입을 맞추었다.

"늦었는데 데려다 주지 못해서 미안해. 조심해서 들어가."

"언제 들어갈 거예요?"

"모르겠어."

"힘내요."

"고마워."

어머니의 얼굴을 본 후 조금 안정된 얼굴로 선우가 답했다. 세윤이 한 발자국 앞으로 걸어가 선우의 허리를 끌어안았다. 한동안 그렇게 포옹하다가 몸을 풀었다. 세윤의 정수리를 부드럽게 쓰다듬는 선우의 얼굴에 부드러운 미소가 걸려 있었다. 고개를 들어 선우와 눈이 마주친 세윤이 가볍게 아, 하고 감탄했다. 선우와 닮았다고 생각했던 지원의 미소. 선우가 자신을 바라볼 때에 보여주곤 하는 세상의 모든 애정이 응축된 것 같은 그 얼굴. 지원의 얼굴에 담겨 있던 것도 그것이었다. 가슴이 따스해지는 것 같은 기분에 세윤이 다시 한 번 선우를 꼬옥 끌어안았다.

"어디예요?"

최 장관의 사고 후 일주일이 지났다. 큰오빠의 웨딩 사진은 선우가 추천한 곳에서 촬영했지만, 역시 선우와 세윤의 큰오빠는 만나지 못했다. 세진에게 선우를 소개시켜 주고 싶은 마음이 없지 않았던 세윤은 조금 섭섭했지만, 선우의 상황을 아는 탓에 굳이 만나라고 고집을 부릴 수도 없었다.

[병원이야.]

"스튜디오는?"

[미룰 수 있는 건 미루고 나머지는 다른 작가들한테 일 나누어 줬어. 여름 휴가는 물 건너간 거지.]

가볍게 농담을 할 만큼 선우의 기분은 처음보다 나아 보였다.

"집에 언제 갔었어요?"

[이틀 전에 씻고 옷 가지러 잠깐 갔었어.]

"그럼 일주일째 병원에서 자는 거예요?"

[덕분에 어머니랑 친해졌어.]

선우의 목소리에 웃음이 배어 있었다.

"퇴원이 언제예요?"

[어제 일반 병실로 옮겨오셨고, 이 주 정도는 더 계셔야 할 것 같아.]

"계속 병원에 있을 생각이에요?"

[내일부터는 집에 들어갈 거야. 이제 틈틈이 뵙고 가야지.]

선우의 하품 소리가 건너왔다.

"잠 못 잤어요?"

[거의.]

"집에 가서 좀 자요."

[여기가 일원동이니까…… 동부간선도로랑 올림픽대로 타도…….]

"그렇게 이야기하면 못 알아들어요."

세윤이 투덜거렸다.

[늘 차가 많은 길이라서 족히 한 시간은 걸려. 잠깐 자러 가기엔

너무 멀다.]

선우가 쉽게 설명했다.

"그럼 여기서 자고 가요."

[응?]

"그 병원, 우리 집에서 십 분도 안 걸려요. 와서 자고 가요."

"다시 초대해 줘서 고마워. 이번엔 꼬질꼬질한 몰골이라 미안해."

선우가 웃었다. 그의 말처럼 잠을 제대로 못 잔 듯 다크서클이 짙게 내려와 있었다. 이틀 전에 면도를 했다지만 이마에 입을 맞추는 세윤이 가볍게 비명을 지를 만큼 수염이 길어 있었다.

"들어와요."

이번엔 조금 더 자연스러운 모습으로 선우를 맞았다. 옷을 받아 걸고, 우유에 따끈한 꿀을 넣어 데워왔다.

"왠지 어렸을 때 생각나는데. 감기 걸리면 종종 이렇게 해주셨거든."

선우가 달콤한 꿀에 입맛을 다시며 말했다.

"씻을래요, 아니면 잘래요?"

"씻고 잘래."

자신의 집에서 들리는 다른 사람의 샤워 소리는 묘하게 초조하게 만들었다. 과일을 꺼내올까, 커피를 끓일까, 방에 머리카락이라도 떨어져 있는 건 없나. 몇 번이나 방과 거실을 초조하게 오가던 세윤은 물소리가 그치자 잽싸게 방으로 뛰어 들어왔다.

"수건 하나 더 있어?"

선우의 목소리가 들려왔다. 세윤이 방 안에서 큰 소리로 대답했다.

"거기 선반 안에 들어 있어요!"

욕실 문이 열리고, 수증기 냄새와 함께 세윤이 쓰는 바디 워시의 향기가 풍겼다. 세윤이 코를 킁킁거리다가 얼굴을 붉혔다.

"기왕 온 거 제대로 쉬다 가려고 셔츠랑 바지도 챙겨왔지."

선우가 머리를 털면서 나왔다. 베르가못의 향기를 풍기며 나타난 선우는 깎지 못한 수염을 제하면 처음보다 확실히 산뜻해 보였다.

"넓은 침대는 아니지만……."

세윤이 이불을 슬쩍 걷었다. 선우가 싱긋 웃고는 침대 위로 풀썩 앉았다.

"같이 자자."

침대 곁을 통통, 두드리며 선우가 세윤에게 손을 내밀었다.

"네?"

"올라와."

"이러면 제대로 못 잘 텐데."

세윤이 곁에 앉자마자 선우가 덮치듯 세윤을 끌어안고 동시에 이불을 뒤집어썼다. 이불이 풀썩, 할 때에 선우의 몸에서 베르가못의 향기가 확 풍겼다가 사라졌다. 세윤의 등을 끌어안은 선우의 숨결이 찬찬히 가라앉았다.

"너무 피곤해서…… 잠이 오지 않을 수가 없어."

몇 시간이나 지났을까. 선우와 함께 잠들어 버린 세윤은 등을 더듬어 올라오는 손의 감촉에 눈을 떴다. 어느새 밖이 어두워져 있었다. 세윤이 잠에서 깨어났다는 표시로 선우의 가슴에 머리를 콩, 하고 찧었다.

"잘 잤어요?"

고개를 살짝 들어 선우의 얼굴을 바라보았다. 선우가 수염으로 세윤의 이마를 문질렀다. 까슬함에 세윤이 도리질을 치자 선우가 짓궂은 웃음을 지으며 연방 이마를 쿡쿡 찍어댔다.

"세윤아."

"응."

세윤이 고개를 들었다. 선우의 눈빛이 마음이 아플 만큼 다정했다. 깊이를 알 수 없을 만큼 따스한 그 눈을 바라보던 세윤의 입이 자신도 모르게 먼저 열렸다.

"사랑해요."

세윤의 말에 선우의 눈이 커다랗게 벌어졌다. 자신의 입에서 튀어나온 말에, 세윤의 얼굴이 붉어졌다. 그리고 이번에는 다짐하듯 다시 말했다.

"사랑해요."

10. 내 것이라는 확신이 드는 순간

"**사**랑한다는 말을 들으니까……."

말 없이 세윤을 내려다보던 선우가 세윤에게서 슬쩍 몸을 떼어 냈다. 의외의 반응에 세윤이 왜? 하는 얼굴로 선우를 바라보았다. 사랑한다는 말을 되돌려 주지는 못할지라도 최소한 '나도' 라든지, '고마워' 라는 말은 할 줄 알았던 터라 더더욱 그랬다.

"몸이 먼저 반응을 해서 말이지."

선우가 쑥스러운 듯 웃었다. 그 의미를 알아챈 세윤이 장난스럽게 선우의 까슬한 턱에 입을 맞추었다.

"나, 농담 아니야."

선우가 진지한 목소리로 몸을 뒤로 빼내었다.

"나도 장난 아닌데."

"넌, 내가 무섭지도 않니?"

선우가 어이없다는 얼굴로 세윤을 바라보았다.

"뭘 모르니까 무서운 줄도 모르는 거 아닐까요?"

세윤이 생긋 웃으며 선우의 몸을 덮쳤다. 사랑한다는 말을 들은 순간 반응한 '무엇'이 허벅지에 닿은 것을 느낀 세윤이 어머나, 하는 얼굴로 양손으로 입을 가렸다.

"내가 정말 너 땜에 미치겠다."

선우가 농담 반 진담 반으로 세윤의 허리를 끌어안았다. 푹 잠들고 나서 기운이 충전된 몸이 원하는 것과 사랑한다는 말을 듣자마자 기다렸다는 듯이 '해치워' 버리면 안 된다는 생각 사이에서 갈등하는 선우의 눈이 복잡해졌다.

"책임의 무게?"

세윤이 팔을 뻗어 까슬한 선우의 뺨을 쓸어내렸다. 선우가 어렵게 고개를 끄덕였다. 세윤 역시 모르지 않았다. 시작이 어려웠지, 두 번째는 쉬워질 거라는 것. 세 번째는 조금 더. 그리고 그 다음에는 마치 주말에 영화를 보거나 함께 밥을 먹는 것처럼, 일상적인 데이트의 일부가 되리라는 것도 쉽게 예상할 수 있었다.

"하나하나 전부 다 조심스러워서, 어떻게 해야 할지 가끔은 방향을 잊어버릴 때가 있어."

선우가 속삭였다.

"뭐가 무서워요?"

세윤이 물었다. 느릿한 저녁의 어둠 사이로 선우의 눈만이 또렷하게 보였다.

'한 발자국씩 내딛다 보면, 마지막 장이 나타날 것 같아서.'

선우는 마음속으로 그 말을 삼켰다. 조금 더 아껴두고, 조금 더 느릿하게 나아가면 영원히 끝나지 않거나, 설사 끝나더라도 아주 늦게, 시작한 게 언제였는지 기억나지 않을 만큼 늦게 끝날 수 있을 것 같았다. 이전에는 미처 느끼지 못했던 새로운 두려움이었다. 잃고 싶지 않았다, 잃을 수는 없었다. 이번에는 절대로.

"사실은 나도 조오오금 겁나거든요."

세윤이 솔직하게 인정했다. 선우가 느끼는 두려움과는 본질적으로 다른 문제였지만, 선우 역시 세윤의 망설임을 읽어냈다. 자신을 바라보는 세윤의 눈 위에 가볍게 입을 맞추었다. 그리고 자연스럽게 미끄러져 내려와 입술을 덮었다. 마치 격렬하게 소용돌이 치는 호르몬들끼리의 반응을 상쇄시키려는 듯, 고요하고 부드러운 입맞춤이었다.

학기말 시험 기간이 시작되었다. 행복했던 주말을 보낸 세윤이 선우의 모닝콜을 받으며 학교에 갔을 때에 자신을 반긴 것은 그다지 경쾌하지 않은 소문이었다. 기말고사 첫 과목의 긴장감은 슬그머니 밀어두고 주말을 떠올리며 빙그레 웃는데 후배 하나가 다가와 맞은편 책상 앞에 앉았다.

"언니, 정 교수님 이혼했다면서요."

순간, 세윤이 마시고 있던 캔 커피를 급하게 삼켰다.

"그래?"

무관심한 표정으로 시험 준비를 하는데 후배가 말을 이었다.

"지난번에 학교 행사 있을 때에 앞에서 통역했던 예쁘게 생긴 여자 있잖아요, 정 교수님 부인인 줄 알았는데 유학 가서 깨졌나 봐요. 근데 그게 정 교수님이 바람피워서 헤어진 거래요."

"……그냥 소문 아니야?"

"대학원 조교 언니가 들려준 거니까 확실해요."

대단한 이야깃거리라도 잡은 양 재잘대는 후배를 시답잖은 이야기 그만 하라며 밀어냈지만, 등 뒤에서 때 이른 땀이 흘러내리고 있었다. 세윤은 비어 있는 캔 커피를 다시 들어 입술에 가져갔다가 벌떡 일어나 한 캔을 더 뽑으러 자판기로 향했다.

그저 소문으로 그칠 거라고 생각했던 정 교수의 이혼 소식은 소문이 아니라 '스캔들'로 확장되었다. 그 스캔들의 중심에는 정 교수가 학생과 바람을 피운 것이 분명하다는 누군가의 추측이 덧붙여지면서 불이 붙었다.

"언니 지난번에 대담할 때 정 교수님 부인 만났잖아요, 어떤 사람이에요?"

집요하게 자신에게 물어오는 후배들을 쫓는 것도 쉽지 않은 일이었다. 소문은 소문을 불러와 졸업한 여자 선배들의 이름이 정 교수와의 관계에 덧붙여지기도 했다. 학교에서 현석을 피하고 있었고 딱히 눈에 띄는 행동을 한 적은 없었지만 세윤은 늘 긴장 속에서 소문이 사라지기만을 기다렸다. 하지만 현석의 수업이 계속되는 이상 쉽게 사라질 것 같지도 않았다. 그리고 그 입방아는 종강일이 가까워졌을 때 즈음 현미가 학교에 나타남으로써 갑절로 커졌다.

"저 사람 정 교수님 부인 아니야?"

시험을 준비하면서 후배들과 군것질을 하고 있는데 누군가 창가를 보며 손가락질을 했다. 세윤도 슬쩍 몸을 일으켜 창밖을 바라보았다. 현미였다.

"지난번에 봤을 때에도 진짜 예쁘다고 생각했는데. 집도 엄청 잘사나 보다. BMW 몰고 다니네."

"정 교수님 차가 뭐지?"

"그냥 중형차일걸? 와이프보다 뭔가 부족해서 헤어진 거 아냐?"

"어, 잘 왔어."

현미가 찾아온 곳은 박 교수의 연구실이었다. 현석과 현미의 결혼 때 주례를 서기도 했던 박 교수는 현석의 석사 과정 지도 교수이자 현미의 아버지와도 친분이 있는 사이였다.

"이상한 소문이 들려서 말이야. 정 군한테 물어도 답이 없고."

"무슨 일이신지……."

어떤 질문인지 예상하고 있었지만 모르는 척 현미가 물었다.

"자네들 이혼했다는 소문이 학교 안에 파다해. 그것도 별로 좋지 않은 이유로."

"……."

현미가 입을 다물었다. 역시 그가 예상했던 이유가 그대로였다.

"사실인가?"

"죄송합니다."

주례를 섰던 분에게 이혼 소식을 알리는 것이 쉽지 않았다는 현미의 말에 박 교수는 결혼한 지 삼 년도 되지 않아 이혼한 그들이 탐탁지 않았는지 이마를 찌푸렸다.

"아니, 지난번 위젤 교수 강연회 때에는 둘이 괜찮아 보이더니, 그게 이미 이혼한 다음이었단 말이야?"

"드릴 말씀이 없습니다."

"사람을 감쪽같이 속였구먼."

한참 담배를 뻐끔거리며 불편한 얼굴을 하던 박 교수가 다시 입을 열었다.

"정 군한테 여자가 있었다는 것도 사실인가?"

"……."

현미가 다시 입을 닫았다.

"대답이 없는 걸로 봐선 긍정이구먼. 원 참……."

"……."

현미가 박 교수의 질책 어린 시선을 한 몸에 받고 있을 때 밖에서 노크 소리가 들렸다. 들어온 것은 현석이었다. 누군가로부터 현미가 왔다는 소식을 듣고 달려온 듯 숨을 가쁘게 내쉬고 있었다.

"주인공이 오셨군."

박 교수가 담배를 비벼 껐다. 현석이 말 없이 현미의 곁에 나란히 앉았다. 그리고 숨을 고른 후 입을 열었다. 잔뜩 긴장한 얼굴이었다. 현미가 보일 듯 말 듯 고개를 돌려 긴장한 현석의 얼굴을 훔쳐보았다. 무슨 말을 할지 알 것 같다는 표정이었다.

"드릴 말씀이 있습니다."

기말고사 마지막 시험을 남겨놓은 금요일의 밤이었다. 마지막 시험의 부담보다는 오히려 다가올 방학에 대한 기대감에 설렘을 가라앉히기 힘든 밤. 세윤이 도서관에서 시험 자료들과 예시 답안 작성에 시달리다가 손바람을 부치며 집으로 들어가는 길에 선우에게서 전화가 걸려왔다.

[어디야?]

"집에 가는 길이에요. 강선우 씨는?"

[촬영하러 나와 있어.]

"지금?"

열 시가 넘은 시간이었다.

[부탁할 게 있어.]

"뭐가 그렇게 재미있어?"

지원이 케이크 접시를 내려놓으며 물었다.

"세윤이가 알면 화내겠지만."

선우가 케이크의 제일 끄트머리에 포크를 꽂아 날렵하게 잘라 내며 웃었다.

"뭐, 잘되겠지?"

"뭐야, 그 즐거운 웃음은?"

지원이 의심스러운 눈으로 재차 물었다.

"어머니는 세윤이를 좋아하실 거야."

자초지종을 설명하는 대신, 선우는 다시 케이크 한 조각을 크게 떠 입속에 넣으며 싱긋 웃었다.

　세윤은 손에 들린 초밥 상자를 보며 긴장된 얼굴로 병원 로비에 섰다.

　"어머니가 갑자기 초밥 생각이 나신다는데, 임시 국회 때문에 보좌관들이랑 다 국회에 가 있으시대. 나는 촬영 중이고."

　선우의 그 말에 세윤은 망설이다가 자신이 가보겠다고 말하고 말았다. 엎질러진 물이었다. 지난겨울에 일했었던 일식집까지 택시를 타고 달려가 초밥 세트를 포장해, 다시 택시를 타고 병원에 도착했을 때에는 밤 열한 시가 넘어 있었다. 로비에서 엘리베이터를 타고 올라가다가, 세윤은 급하게 매무새를 정리했다. 심장이 발랑거렸다. 아직 선우의 어머니를 만나지도 않았는데 벌써부터 달아오르는 뺨을 차분하게 가라앉혔다.

　면회 시간이 정해져 있지 않느냐는 물음에, '공권력의 남용이야'라며 웃던 선우의 말대로, 로비에서 일인실로 확인을 한 후 세윤은 별다른 제지 없이 19층으로 올라갈 수 있었다. 아무도 없을 거라는 선우의 말과 달리, 병실 앞에는 경호원이 자리를 지키고 있었다. 세윤이 가까이 다가가자 검은 정장의 남자가 정중한 목소리로 물었다.

　"무슨 일로 오셨습니까?"

　"장관님 아드님 부탁으로……."

　긴장한 탓에 '님'이 반복되는 이상한 표현을 사용해 버린 세윤의 얼굴이 가볍게 붉어졌다. 미리 이야기를 들었는지 조용히 문가에서 비켜섰다. 병실문 앞에 선 세윤은 문 옆에 있는 최 장관의 이름을 보고 침을 꿀꺽 삼켰다. 경호원이 간결한 동작으로 노크했다.

"들어와요."

책을 읽고 있던 최 장관이 문으로 시선을 돌렸다. 세윤이 서 있는 걸 보고 눈썹을 살짝 치켜올렸다.

"선우가 손님이 올 거라고 하더니."

책을 덮으며 최 장관이 미소 지었다.

"초밥이 드시고 싶다고 하셨다고 들었어요."

세윤이 천천히 침대로 다가갔다.

"어떻게 이 늦은 시간에 여자 친구를 보낼 생각을 했을까? 다음에 한마디 해야겠네요."

최 장관이 시간을 확인하고는 미안해했다.

"괜찮습니다. 집이 이곳에서 가까워요."

세윤이 테이블 위에 포장된 초밥과 함께 포장된 것들을 하나씩 꺼내기 시작했다. 하나를 해도 '예쁘고 가지런하게!', 평소 이 작가가 자신에게 하던 잔소리를 머릿속으로 되뇌는 세윤의 손이 평소보다 갑절은 조심스러웠다.

천천히 식사를 하면서 두 사람은 조금씩 대화를 이어갔다.

"선우랑 만난 지 얼마 안 되었다면서요?"

"네."

"봄부터 눈에 띄게 사근사근해져서 웬일일까 했더니 연애 중이시더라고."

"입원하시고 나서 어머니랑 가까워졌다고 좋아했어요."

"그러게, 자주 보니까 확실히 가까워지나 봐. 아니면 내가 나이가 들어서 좀 유해졌다든지."

최 장관이 부드럽게 웃었다.

"몸은 어떠세요?"

"근 몇 년 사이에 이렇게 오랜 휴가를 받은 게 처음이지 싶어요. 다음 주에는 복귀해야 할 것 같지만."

"무슨 책 읽고 계셨어요?"

세윤이 고개를 살짝 빼어 최 장관이 밀어놓은 책을 넘겨보았다.

"플라톤. 고전 좋아해요?"

Republic이라는 제목이 보였다. 역시 '장관님'은 무언가 다르구나 하는 생각에 세윤이 다시 가볍게 긴장했다.

"여러 번 시도했지만 아직은 어려워요."

세윤이 미소를 띠며 대답했다. 최 장관이 의외라는 듯 세윤을 바라보았다. 자신이 대학을 다닐 때와는 다르다는 것을 최 장관도 모르지 않았다. 무심한 듯한 목소리로 최 장관이 물었다. 은근슬쩍 떠보려는 듯했지만, 세윤은 눈치 채지 못하는 것 같았다.

"세윤 씨는 어떤 책 좋아해요?"

최 장관의 책을 넘기던 세윤이 고개를 들었다. 잠시 생각하는 듯하더니 입을 열었다.

"요새는 시험 준비하느라 푸코를 보고 있는데 방학 때 한번 제대로 읽어볼까 생각 중이에요. 탑 이야기가 재미있어서요."

"감시와 처벌?"

"네."

세윤이 생긋 웃었다.

"소설은 어때요?"

"프랑스 소설이 맞는 것 같아요, 영미 소설보다는."

세윤이 최 장관에게 책을 건네었다. 최 장관이 호기심 어린 눈으로 어떻게? 하고 다시 물었다.

"일상적이지만 감히 아무도 꿈꾸지 못하는 숨겨진 욕구 같은 걸 풀어내는 이야기가 좋아요. 아니 에르노 같은."

"아니 에르노는 조금 위험하지 않나?"

세윤의 대답에 최 장관이 재미있다는 듯이 웃었다.

"뭐가 그렇게 즐거우세요?"

선우였다. 언제 들어왔는지 입구에서 두 사람을 기분 좋은 얼굴로 바라보고 있었다.

"아니 에르노를 좋아한다는데?"

최 장관이 선우에게 손짓을 하며 웃었다.

"아니 에르노?"

선우가 이름을 되짚더니 설마! 하는 얼굴로 세윤을 바라보았다.

"어때서요?"

세윤이 항변하듯 말했다.

"어떻기는, 질투와 분노와 애정을 숨김없이 드러내는 여자가 대개 주인공이잖아."

"그래서 좋아하는데."

"거봐라, 조심해야 한대도. 차분하고 예쁜 얼굴 아래에 불꽃이 이글거리는 게 보이거든."

최 장관이 다시 유쾌하게 웃었다.

세 사람이 가볍게 대화를 나누는 사이 어느새 자정이 넘어가고 있었다. 세윤이 선우를 도와 빈 그릇들을 정리했다. 선우가 어머니의 손을 살짝 잡고는 내일 다시 오겠다고 인사했다. 그 곁에서 세윤 역시 처음보다 한결 편안해진 얼굴로 최 장관에게 인사를 하고 병실을 빠져나왔다.

"피곤하지 않아요?"

"괜찮아. 그나저나 고마워."

엘리베이터 안에서 선우가 세윤의 손을 꼭 잡아 쥐었다.

"잘 드셔서 다행이에요."

"야식 안 찾는 분이신데, 슬슬 입맛이 돌아오시나 봐."

로비로 내려와 차에 시동을 걸며 선우가 은근슬쩍 세윤의 반응을 떠보았다. 세윤에 대한 어머니의 감상이야 내일 다시 병실에 들러 물으면 될 것이었고, 우선은 어머니와 맞대면한 세윤의 감상이 듣고 싶었다.

"어머니 어땠어?"

"나중에 속 꽉꽉 들어차게 나이 먹으면 좋겠다는 생각을 했어요."

세윤의 대답에 선우가 더 이상 묻지 않았다. 분위기가 썰렁하면 어떻게 하나 걱정하며 병실문을 두드렸을 때에 답이 없어 슬쩍 들어갔더니, 의외로 두 사람이 제법 화기애애하게 이야기를 나누고

있는 것을 보고 놀랐었다. 마치 '선우의 어머니' 라든지 '장관님'
이 아닌 친밀한 관계의 교수님과 함께 이야기 나누고 있는 듯 보
였다. 두 사람의 모습이 왜 그렇게 마음 따뜻했는지 모를 일이었
다. 오른손을 뻗어 세윤의 머리를 쓰다듬었다. 속여서 미안했지
만, 그래도 그러길 잘했다는 생각이 들었다.

"카페 일, 재밌어?"
외출하고 밤늦게 돌아오던 지원이 카페에 들렀다. 입에서 술 냄
새가 가볍게 풍겼다. 마감 시간, 민식이 신나게 걸레질을 하고 있
었다. 민식이 일을 시작한 이후로 마감 시간은 민식이 차지했다.
'여자 분들은 일찍 들어가십시오' 하는 호탕한 말과 함께, 민식은
늦은 시간의 일을 자청했다.
"오셨어요."
민식의 얼굴이 환해졌다가 지원의 입에서 풍기는 술 냄새에 살
짝 이마를 찌푸렸다.
"왜, 술 마셔서?"
지원이 흐흐흐, 웃으며 민식을 툭 건드렸다.
"삼 일 연속이잖습니까."
"그 까나다, 좀 부드럽게 해보래도."
지원의 웃음 소리에 민식의 얼굴이 빨개졌다.
"강 작가님 앞에 서면 자꾸 긴장이 돼서."
"누가 들으면 내가 너 괴롭히는 줄 알겠다?"
"충분히 괴롭히고 계십니다."

민식의 목소리가 갑작스레 퉁명스러워졌다. 그게 또 귀여워 지원이 민식의 뺨을 손끝으로 톡톡, 건드렸다. 그림 값 대신에 유학가기 전까지 카페에서 알바나 할래요? 하는 말에 민식은 그걸로 충분하냐며 펄쩍 뛰었었다. 그리고 그날로 바로 직원용 앞치마를 두르고 청소를 하고 커피 만드는 법을 배우기 시작했다. 지원이 내려와 있을 때 손님이 적으면 앞에서 그림 이야기로 재롱을 부리는 민식이 귀여웠다.

"차는 가지고 왔니?"

지원이 무심코 물었다. 두 시 넘어 일이 끝나면 대중교통은 택시 말고는 없었던 탓이었다.

"걸어갑니다."

"집이 어딘데?"

"잠실이요."

뭐? 지원의 눈이 커졌다. 카페가 있는 선릉에서 잠실까지 차로는 십 분 남짓 걸렸지만, 걸어간다면 아무리 잰걸음으로라도 한 시간 가까이 걸어야 하는 거리였다. 술이 확 깼다. 벌써 마감 맡은 것이 한 달이 다 되어가는데 그동안 매일 걸어다녔다는 이야기였다.

"매일 걸었어?"

"너무 피곤한 날에는 택시 타고 가구요."

민식이 씩 웃으며 대답했다.

"자고 가라."

"네?"

민식의 목소리가 높아졌다. 그 반응과 상관없이 지원이 말을 이었다.

"그리고, 너 아침에 그렇게 일찍 나올 필요 없어. 내가 너한테 그림 값 하랬지, 어디 몸 축내랬어?"

지원의 목소리가 높아졌다. 새벽 두 시 마감을 마치고 걸어가면 네 시나 되어야 잘 텐데, 매일 꼬박꼬박 아침 아홉 시에 나타난다고 했다.

"작가가 못 팔겠다고 생각될 만큼 아끼는 그림이라면, 이 정도 일은 아무것도 아니죠."

"어쨌든 집 열쇠 줄 테니까 마감 늦어지면 여기서 자고 첫 버스 다닐 때 집에 가. 아침에 나올 필요도 없어. 점심 먹고 나와."

퉁명스런 목소리로 지원이 말했다.

"강 작가님."

"왜."

할 말 있으면 해보라는 투로 지원이 고개를 돌렸다.

"정말로 자고 가도 됩니까?"

진지한 민식의 목소리. 자고 가라고 했지만, 뒤늦게 그건 좀 아닌가 싶어 지원이 답을 못하고 우물거렸다. 민식이 재촉했다.

"정말 자고 가도 됩니까?"

"좀 기다려 봐. 생각 좀 정리하고."

지원이 투덜거렸다.

"강 작가님."

민식이 대걸레를 벽에 기대어놓고 지원 앞으로 성큼 다가왔다.

덩치도 큰 사람이 자신 앞으로 다가오는 모습에 지원이 움찔했다.

"왜 또 그렇게 무서운 표정을 짓고 그러냐?"

지원이 긴장해 웃음으로 얼버무렸다.

"키스해도 됩니까."

"……!"

대걸레가 바닥으로 떨어지는 소리가 들렸다. 그리고 민식이 순식간에 입술을 덮쳐 왔다. 힘에 밀려 입술을 여는 순간 민식이 저돌적으로 입속을 헤집어왔다. 술 냄새 날 텐데, 하는 지원의 염려는 민식의 능숙한 키스에 묻혔다. 커다란 덩치에 맞지 않게 세심하게 짚어나가는 입맞춤에 지원의 머릿속에서 이성이 희미해졌다.

놓지 않겠다는 듯 지원을 끌어안은 채, 민식은 정리가 되지도 않은 카페의 불을 끄고 문을 잠갔다. 그리고 곧장 카페 옆 계단을 통해 지원의 집으로 올라갔다.

"잠깐, 잠깐만."

지원이 가방을 뒤적거려 열쇠를 꺼내자, 민식이 그 열쇠를 낚아채어 갔다. 커다란 덩치로 밀어붙여 끌어안고 있는 민식의 힘에 지원이 컥컥거리자 그제야 민식의 팔에 힘이 풀렸다. 그리고 마치 사과라도 하는 듯 고개를 숙여 지원의 귀를 조심스럽게 빨아들였다. 그 간지럽고도 짜릿한 느낌에 지원의 몸에 자신도 모르게 힘이 풀렸다. 문이 열리고 두 사람이 뒤엉킨 채 현관 앞에 넘어졌다.

"모르셨습니까."

"……뭘?"

"제가 강 작가님을 마음에 담고 있던 거 모르셨습니까."

민식의 낮은 속삭임이 귀에 닿아왔다.

"너, 왜 그렇게 애늙은이 같은 표현……."

지원이 웃으며 답하려는데, 그사이를 참지 못하고 민식의 입술이 다시 지원의 입술을 덮어왔다. 목에 감고 있던 얇은 머플러를 풀어 내리고 입술에서 목덜미를 따라 내려가며 입술 자국을 남기던 민식은 조금 느려진 손으로 지원의 허리를 감싸 안았다. 뒤늦게야 망설여지는 모양이었다.

"왜 망설여?"

지원의 말이 끝나기가 무섭게 마치 허락이라도 받은 듯 민식이 급하게 상의를 끌어 올렸다. 그리고 옷을 채 다 벗기지도 않은 채 지원의 가슴을 더듬어갔다. 마룻바닥의 차가운 감촉이 등에 닿아왔다. 지원이 몸을 움츠리자 민식이 지원을 끌어안아 몸을 일으켰다.

"방이…… 어딘가요?"

이십대와 삼십대가 확실히 다른 건가. 지원이 웅얼거렸다. 온몸이 아팠다. 피곤했지만 잠이 오지 않았다. 창밖으로 희미하게 날이 밝아왔다. 민식은 마치 소유권 도장이라도 찍은 사람처럼 지원을 끌어안은 채 곤히 잠들어 있었다. 커다란 덩치에 맞지 않게 자신이 조금만 이마를 찡그려도 조심스레 반응을 살피던 민식의 모습이 떠올라 지원은 코끝으로 피식, 하고 웃었다. 지원의 웃음에 민식이 반사적으로 팔에 힘을 주어 지원을 감아 안았다. 민식의 고른 숨소리가 들려왔다. 지원이 손을 뻗어 민식의 까슬한 피부를 쓸어내렸다. 왠지 모르지만 자꾸 웃음이 났다.

　세윤의 방학 후 첫 주말이었다. 지원이 선우에게 전화를 걸어 무조건 토요일에 카페로 와야 한다고 전해왔다. 세윤과 둘이서 함께 있는 시간도 모자라는데 왜 끼어들려고 하냐며 선우가 투덜거렸지만, 지원이 워낙 강경한 탓에 어쩔 수 없이 점심 즈음 카페에서 만나기로 약속을 잡았다.

　전날 왠지 모를 악몽에 시달려 부석부석한 얼굴로 카페 앞에 차를 대는데 지원과 처음 보는 사람이 나란히 앉아 있는 것이 보였다. 누구지? 선우가 고개를 갸우뚱하며 카페로 들어섰다.

　"일단, 차부터 주문."

　네 사람이 모이자 지원이 커피를 각자의 자리에 내려놓았다. 세윤도 상황 파악이 되지 않는 듯 멀뚱한 눈으로 지원을 바라보았다.

　"나 결혼한다."

　"푸흡!"

　아이스커피를 목으로 넘기던 선우가 다시 커피를 일회용 잔 안으로 뿜어내자 지원이 질겁한 표정으로 휴지를 던졌다. 간신히 입가를 추스른 선우가 황당한 표정으로 지원을 바라보았다.

　"잠깐!"

　지원이 뭔가 또 말을 하려고 하자 선우가 양손을 번쩍 들고 휴식 시간을 요청했다.

"다시 말해달라고?"

지원의 말에 선우가 고개를 끄덕거렸다.

"나, 결혼한다고."

"누구랑?"

비명인지 질문인지 모를 선우의 목소리에 지원이 싱긋 웃으며 옆자리에서 쑥스러운 얼굴로 꾸벅 인사를 하는 남자의 어깨를 툭툭 두드렸다.

"인사해."

"안녕하십니까, 최민식이라고 합니다. 영화배우 말고 사진작가."

"또 얼었네."

지원이 귀여워 못 견디겠다는 얼굴로 민식을 바라보며 웃었다. 지원의 그런 모습에 선우가 적응되지 않는다는 표정으로 멍하게 두 사람을 번갈아 바라보았다.

"죄송해요. 안 그러려고 하는데 마음대로 안 됩니다."

민식이 싱글거리며 지원을 바라보았다. 그 눈에도 애정과 존경이 가득 담겨 있었다.

"아…… 방해해서 미안한데…….."

서로를 바라보며 싱글거리는 모습이 아무래도 납득이 되지 않는 듯, 선우가 조심스럽게 말을 걸었다.

"대체 언제……."

"그게 말입니다. 제가 이상형으로 삼고 있었던 것이, 존경할 수 있는 배우자였는데 말입니다."

"어유, 또 낯간지러운 말 한다."

지원이 민식의 어깨를 자신의 어깨로 슬쩍 밀었다. 선우는 다급히 커피를 한 모금 더 꿀꺽 삼켰다.

가에서 라로, 라에서 바로 건너뛰는 이야기 전개에 내용을 종잡지 못하던 선우는 한참 후에서야 전후 사정을 파악한 듯 황망한 눈으로 두 사람을 바라보았다.

"그러니까, 지금 연애한 지……."

"두 달입니다."

민식이 대꾸했다. 두 달은 무슨, 여기서 일한 게 이제 겨우 두 달이겠지. 지원이 속으로 웃었지만 민식은 꿋꿋이 두 달이라고 주장했다. '남들이 알면 욕해요'라며 쭈뼛거리며 말하는 민식에게 '사실은 두 달도 비상식적으로 빠른 거야'라고 차마 말할 수가 없었다.

민식이 자신을 덮쳐 버린 그 아침, 잠에서 덜 깬 얼굴로 민식을 내려다보면서 '우리, 그냥 이참에 결혼할까?'라는 말을 했던 게 고작 열흘 전이었다. 그러면 겁내고 도망이라도 칠 줄 알았는데 벌떡 일어난 민식은 다시 지원을 덮쳤고, 아침을 먹으며 '정말 저랑 결혼하고 싶으십니까?'라고 물어왔다. 그리고 일사천리로, 아니, 전광석화로 민식이 지원의 부모님께 인사까지 드리고 온 상황이었다.

"그러니까, 두 달 만에."

"결혼."

지원이 강조했다. 두 달이 아니라 사실은 고작 열흘이라는 걸 알면 한 번 더 커피를 뿜을 것 같다는 생각에 지원은 민식의 '두 달'에 동조했다.

"그것도 그림 그냥 주는 대신 덤으로?"

"덤이라니, 결혼하니까 그림도 자연스럽게 따라가는 거지."

지원이 반박했다. 한참 미심쩍은 눈빛으로 지원과 민식을 번갈아 보던 선우가 질문을 던졌다.

"결혼은 언제인데?"

"12월."

"날짜까지 잡았어?"

다시 비명 같은 선우의 목소리가 들렸다.

"12월에 이 친구 방학해서 들어오면 그때 식 올리려고."

"방학해서 들어오다니?"

"뉴욕으로 가거든, 공부하러. 나도 12월에 따라 들어가야지. 그쪽에서 활동해도 재미있을 것 같고."

서른넷. 지원의 결혼이 빠른 것은 절대로 아니었다. 하지만 결혼에 대한 욕망을 한 번도 드러낸 적 없었던 지원의 결혼 통보는 선우에게도, 세윤에게도 쇼크였다. 특히 선우는 친구 같았던 사촌의 결혼 소식에 단단히 배신감을 느꼈던 모양이었다.

카페에서 나와서도 내내 선우는 뭐가 그렇게 불만인지 내내 투덜거렸다. 고작 한 달 만나고 어떻게 사람을 아느냐, 다섯 살 연하라니 말도 안 된다……. 그러다 문득 선우는 세윤이 너무 조용하게 듣고 있었다는 것을 깨달았다.

"왜 그렇게 조용해?"

"아니에요."

다른 생각을 하고 있었던 듯 세윤이 고개를 저으며 대답했다.

"아직 두 시도 안 됐네. 뭐 하고 싶은 거 있어?"

"음……."

세윤이 즐거운 듯 미소를 지으며 고민했다. 그 모습이 귀여워 선우는 팔을 뻗어 가볍게 세윤의 머리를 끌어안았다.

"차 두고 돌아다니면 안 돼요?"

"응?"

"차는 언니네 카페에 주차해 두고. 매번 주말에 놀 때엔 주차할 자리 찾느라 시간 보내잖아요."

"그럴까?"

날이 좋았다. 걷기만 해도 데이트로 충분할 날씨였다.

천천히 걸어 도착한 곳은 지원의 카페에서 멀지 않은 선릉이었다. 파릇하게 잎이 돋아난 능 주변에는 산책 나온 사람들이 제법 복작복작 몰려 있었다. 버스 정류장 앞 슈퍼마켓에서 아이스크림을 사 입에 하나씩 물고 걷는 동안 세윤이 입을 열듯 말 듯 망설이는 것이 보였다.

"왜, 무슨 할 말 있어?"

"아니에요."

세윤이 고개를 저었다.

"말 못하면 속병 생길 텐데."

따가운 볕에 한 손으로 이마 위를 덮으며 선우가 말했다.

"지원 언니 행복해 보이던데."

세윤이 화제를 돌렸다.

"깜짝 놀랐어."

세윤이 본래 하려고 했던 것이 지원의 이야기가 아니었을 것임에도, 선우는 모른 척 대꾸했다. 하고 싶은 말이라면 언제든 하게될 거라는 생각이 들었기 때문이다.

"언니는 결혼 안 할 것 같았어요."

"그러게."

선우가 맞장구쳤다. 동갑인 탓에 늘 비슷한 속도로 달려가던 지원이 갑자기 다른 방향으로 전환해 버리는 것을 보고 있자니 묘하게 허전한 느낌이 들었다. 어떻게 그렇게 빨리 결혼할 수 있느냐며 배웅 나온 지원의 귀에다 속닥거렸지만, 그 어느 때보다 지원이 유쾌해 보이는 것은 부정할 수 없었다. 더불어 다섯 살이나 어리다는 민식이라는 남자를 어떻게 구워삶은 건지, 그 큰 덩치에 맞지 않게 지원을 향한 눈에는 광선빔과 같은 애정이 쏟아져 내리고 있었다.

"질투하는 것 같은데요?"

한참이나 침묵하는 선우를 두고 재미있다는 듯 세윤이 슬쩍 말을 걸었다.

"질투?"

선우가 어깨를 으쓱했다.

"비슷한 거겠지. 워낙 남매처럼 부대끼며 지내와서."

선우의 대답에 세윤이 이해한다는 듯 고개를 끄덕였다.

선릉에서 나와 지원의 카페에서 차를 가지고 스튜디오로 가는 길이었다. 두고 온 것이 있다고 했다.

주차해 놓고 선우가 성큼성큼 스튜디오로 올라간 사이, 세윤이 초여름의 햇살에 비타민 충전을 하며 스튜디오 주변을 천천히 걸었다. 내려와서 보이지 않으면 선우가 전화를 할 것이었다. 깔끔하고도 튀지 않으면서 독특한 건물들이 많은 동네를 걷고 있는데, 멀리서 수다스럽게 이야기하는 여자 무리가 보였다. 워낙 크게 이야기하고 있어서 멀리서부터 그들의 이야기가 들려왔다.

"강 작가가 장관 아들이었어?"

"그러니까, 나도 뉴스 보고 깜짝 놀랐다니까."

"기자회견 할 때 뉴스에 나온 거야?"

"곁에 서 있기만 했는데, 가족 비출 때 보이는 거야. 역시 뭔가 있었다니까."

세윤이 그들의 화제 속에 등장하는 것이 선우임을 알아채고 표정을 바꾸지 않은 채 귀를 쫑긋 세웠다. 여전히 선우의 이야기를 화제로 무리들이 천천히 세윤을 지나쳐 갔다.

"애인 있나?"

"있지 않을까, 그 정도면?"

"있으면 또 어때?"

깔깔거리며 웃으며 지나가는 그들의 뒷모습을 세윤이 돌아보았다. 자유분방한 옷차림새를 보면 아마도 근처 스튜디오에서 일하는 사람들인 듯했다. 오빠의 결혼과 지원의 결혼. 마냥 좋기만 한 것으로는 부족하다는 것을 슬슬 느끼고 있는 중이었다. 생각해 보면, 세윤이 스무 살 때 현석이 서른둘이었으니 그때보다 나이 차이는 줄었지만 오히려 지금의 상황이 더 나쁘다고 할 수도 있었다. 결혼을 생각해 본 적은 한 번도 없었다. 하지만 선우와 헤어질지도 모른다는 생각은 더더욱 해본 적이 없었다.

"나 밖에서 기다리는 사람이 있거든?"

선우는 옆 스튜디오에서 놀러온 여직원들에게 붙잡혀 진땀을 흘리고 있었다. 필요한 필름들과 파일만 가지고 바로 나가려고 했는데, 어떻게 알고 들이닥쳤는지 모를 일이었다. 그렇지 않아도 어머니 사고 이후 노골적으로 연락해 오는 사람들 때문에 곤욕을 치르고 있는 터였다. 어떻게 알았는지 대학 시절의 친구들부터 유학 시절 잠깐 알았던 사람들, 오래전에 같이 일했던 사람들의 전화와 메시지에 몸살을 앓고 있었다. 일부는 어머니의 소식에 진심으로 염려하는 듯 보였고, 또 일부는 장관님의 아들이라는 이름에 호기심을 가지고 있었고, 또 일부는 그 목적이 모호했다.

"선우 씨, 여자 친구랑 헤어졌어?"

지난 촬영에 사용한 소품을 회수하러 온 스타일리스트가 선우를 향해 말했다. 사람들의 시선이 선우와 스타일리스트에게 쏠렸다.

"누가 그래?"

갑작스러운 질문에 선우가 이마를 찌푸렸다.

"여자 친구 다닌다는 회사에 내 친구도 일하는데, 일 그만두었다던데? 만나던 사람과도 헤어졌다고 하고."

세윤의 이야기가 아니었다. 난형의 이야기였다. 사고를 쳤던 그 부인이 회사에서 난리를 부린 이야기까지는 듣지 못한 듯했다. 호텔 로비에서의 만남에서 자신이 적극적으로 옹호해 주지 못한 것은 마음에 걸렸지만, 이미 정말로 '모든 것'을 알고 있는 사람 앞에서 그가 할 수 있는 것은 별로 없었다. 난형에게선 이후로 연락이 없었다. 그것이 의미하는 게 무엇인지 알 수 없었지만, 그저 잘 해결되었기를 바라는 수밖에 없었다. 더 이상 궁금해하지 않는 것이 지금 만나고 있는 세윤에 대한 예의 같았다. 선우는 씁쓸하게 웃었다.

"정말 헤어졌나 보네."

아무런 대답을 하지 않는 선우의 얼굴이 조금 어두워 보였는지 그가 어깨를 툭 치고 작은 소리로 미안, 하고 사과했다. 선우가 아무렇지 않다는 듯 어깨를 으쓱했다.

동네를 한 바퀴 돌고 와도 아직 선우가 내려와 있지 않자, 세윤이 망설이다 스튜디오로 올라갔다. 문을 밀고 들어서려는데 안쪽의 모습이 보였다. 곤혹스런 얼굴로 사람들에 둘러싸인 채 이야기하고 있는 선우의 얼굴이 보였다. 다들 자신보다 너덧 살은 많아 보였고, 일부는 선우의 또래로 보였다. 세진의 말이 떠올랐다.

"사랑하지 않았거나, 때가 맞지 않았다면 아마도 결혼하지 못했겠지."

[어쩌냐. 일하기가 싫다, 너 때문에.]

선우가 휴대전화를 붙잡고 한숨을 내쉬었다. 주말 촬영이 이토록 싫었던 적이 없었다. 주중에 새벽까지 전화통을 붙잡고 있는 것으로 모자라 스튜디오에서까지 전화를 놓지 못하고 있었다. 이런 연애는 스무 살 때나 하는 거라고 생각했던 선우는 매일 소식을 들어도 못 견딜 만큼 보고 싶고 함께하고 싶은 사람이 있다는 사실에 매일매일 놀라고 있었다.

"나는 방학인데, 누가 워낙 바빠서 말이지요."

세윤이 침대 위에서 데굴거리며 전화를 받았다. 그때 자신의 휴대전화로 누군가 전화를 걸었는지 휴대전화에서 기계음이 들려왔다. 이름을 확인하지도 않고, 세윤은 '잠시만요' 하고 통화 버튼을 눌렀다.

"여보세요."

[이야기 좀 할 수 있을까?]

현석이었다.

현석의 목소리에 세윤이 자세를 바로잡았다. 호텔에서의 악몽이 떠올랐다.

"저는 할 이야기 없습니다. 끊을게요."

[마지막이야.]

현석이 다급하게 말했다. 그 짧은 찰나에 여러 가지 생각이 오갔다. 그냥 끊어야 할 것인가, 아니면 이야기를 더 들을 것인가. 세윤은 그의 이야기를 듣기로 했다.

"……잠시 기다려 주세요."

다시 통화 버튼을 눌러 선우와의 통화로 돌아간 세윤은 나중에 다시 전화를 걸겠다고 전했다. 선우는 무슨 일인지 궁금해했지만 세윤은 굳이 전하지 않았다. 걱정할 게 뻔했고, 걱정하게 만들고 싶지 않았다.

"말씀하세요."

[네가 아는 게 전부가 아니야.]

이건 또 무슨 이야기인가 싶어 세윤이 가볍게 이마를 찡그렸다.

[네가 만나는 그 사람, 네가 아는 게 전부가 아닐지도 몰라. 나 스스로 나를 용서할 수 없었던 건, 너를 만났었던 때에 용기있게 현미를 정리하지 못했던 거야. 그래서 난 모두 정리했어. 그런데 네가 만나는 사람은 어떻니?]

"무슨 뜻이에요?"

예상치 못한 현석의 이야기 전개에 세윤이 긴장했다.

[호텔 로비에서 네 사람이 마주쳤던 날, 그 사람이 왜 거기에 왔었는지 물어봤었니?]

세윤이 멈칫했다. 묻지 않았었다. 어떻게 그 자리에 있는지, 왜 거기에 마침 있었는지. 그때엔 네 사람이 조우했다는 그 사실만으로 너무 놀라고 당황스러워서 미처 생각하지 못했던 것이었다.

"그게…… 무슨 말이에요?"

[네가 만나는 그 사람을 100% 믿니? 세윤아, 날 믿어. 나는 너를 되찾으려고 모든 걸 버렸어. 그런데 그는 아니야. 아직도 옛 여자 친구 문제에 매여 있어. 그날도…….]

"돌려서 말하지 마세요."

자신도 모르게 목소리를 높인 세윤의 반응에 현석이 멈칫했다. 그리고 다시 차분한 목소리로 말했다.

[그날 그 남자가 누군가와 만나는 걸 봤어. 뒤에서 대화를 엿들었다. 헤어진 여자 친구에 대한 이야기를 나누고 있더라. 내가 아는 건 거기까지야. 그리고 두 사람의 대화 내용이 심각했다는 것도.]

그 뒤로 현석이 무언가를 더 이야기하는 듯했지만 세윤의 귀에는 아무것도 들어오지 않았다. 현석의 말을 중간에 끊고 세윤이 진저리를 치며 말했다.

"예전엔 과거를 떠올리면 행복했어요. 그런데 지금은 교수님을 만났었던 사실을 다 지울 수 있으면 좋겠어요. 내 인생에서 지우고 싶어요, 전부 다."

11. 언제나 선택해야만 하는 일상

"얼굴이 별로 안 좋은데."

더위를 식히고 싶다는 이야기에 시청 쪽에서 약속을 잡았다. 건널목 너머로는 멜로디 분수 위에서 옷이 흠뻑 젖도록 달리고 뛰는 아이들이 보였다. 덕수궁 근처 도넛 가게에서 아이스커피를 마시고 있던 세윤이 그 모습을 바라보고 있었다. 하지만 뭔가 비어 있는 듯한 시선에 선우가 고개를 갸우뚱했다.

"나도 휴가 가고 싶다."

아이들의 모습을 보며 선우가 한숨을 내쉬었다.

"휴가 못 가요?"

세윤이 천천히 고개를 돌려 물었다.

"일 미뤄놓은 것 때문에 길게는 어렵고……. 주중에 이틀, 아니면 주말에 이틀 정도? 방학 때 서울에 있을 거야?"

"오빠 결혼 때문에, 별로 하는 것도 없는데 덩달아 바빠요."

"언제라고?"

"6월 셋째 주, 얼마 안 남았어요."

"결혼의 연속이구나."

선우가 중얼거렸다. 그리고는 어디서 하는지 물으려고 하는데, 세윤의 표정이 멍한 걸 느끼고는 잡고 있던 손에 살짝 힘을 줬었다.

"왜 그렇게 넋을 놓고 있어?"

"아니에요."

"아니긴 뭐가 아니야."

"정말 아니에요."

세윤이 고개를 저었다. 하지만 그 눈은 여전히 비어 있었다. 가볍게 돌려 세우자 그제야 왜 그러느냐는 듯 새삼스럽게 자신을 돌아보는 눈에 선우의 가슴이 철렁했다. 뭔가 분명 잘못되어 가고 있었다. 말하지 않아도 느낌으로 알 수 있었다. 그런데 그게 도대체 무엇인지 알 수가 없었다. 선우의 혼란스러움과 상관없이 세윤은 가방에서 청첩장을 꺼내어 건넸다.

"큰아버지가 놀라실 거예요."

결국 꺼내려고 했던 말은 시작도 하지 못했다. 세윤은 돌아서서 보일 듯 말 듯하게 한숨을 쉬었다. 호텔에서 누굴 만나 무엇을 했는지 물어보고 싶었다. 하지만 물어보는 것이 두려웠다. 시간을 두고 조금씩 마음이 끌려 만나게 되었다면 덜 불안했을지도 몰랐다. 의심하고 싶지 않았지만 한쪽 구석엔 늘 불안한 마음이 있었다. 난형으로부터 받은 어떤 상처를 치유하기 위해 마침 그 앞에 나타난 누군가를 만난 게 아닐까 하고. 밑바닥으로 잘 가라앉혀 놓았던 막연한 불안함이 현석의 전화 한 통으로 다시 수면 위로 떠오르고 있었다.

"데리러 갈까?"

어깨와 귀 사이에 휴대전화를 아슬아슬하게 걸어두고 선우가 물었다. 막 샤워를 하고 나왔는지 머리칼에서 물이 떨어졌다. 옷 장에는 드라이클리닝을 해 말끔하게 정리해 놓은 슈트와 와이셔 츠, 넥타이들이 반듯하게 걸려 있었다.

[듣고 있어요?]

"응?"

옷을 고르는 데 열중하던 선우가 깜짝 놀라 전화에 다시 집중했 다. 세윤의 큰오빠 결혼식이라는 긴장감 때문에 옷에 신경을 쓰느 라 세윤의 말을 제대로 듣지 못한 탓이었다.

[뭐 하길래 정신을 놓고 있는 거예요?]

"미안, 옷 고르느라."

[데리러 올 필요는 없구요, 먼저 가 있을 거니까 천천히 오세요.]

"긴장되는데."

선우가 침대 위에 풀썩 앉으며 말했다.

[아저씨가 결혼해요? 왜 긴장을 해.]

세윤이 웃었다.

"가족들 다 있을 거 아냐."

[엄마랑은 이미 봤잖아요.]

"그래도 그게……."

부모님께 '신뢰감 드는 삼십대 남성'으로 보이기 위해 몇 달이나 자르지 않고 길러두었던 긴 머리를 며칠 전 정리까지 했는데, 세윤은 선우의 긴장감 따위는 전혀 개의치 않는 것 같았다.

[아무튼 나중에 봐요.]

예식장까지는 차로 두어 시간을 달려야 했다. 오늘을 위해 세차를 해놓고 실내까지 정리해 놓은 덕에 차 안은 누구를 태워도 부끄럽지 않을 만큼 깔끔했다. 만족스러운 웃음을 지은 선우가 차 열쇠를 꽂았다. 전투에라도 나가는 듯한 비장함에 키를 돌리는 손에 힘이 들어갔다.

예식장 앞은 주차된 대형 버스들로 가득 차 있었다. 공직 생활을 한 세윤의 아버지 탓인지 유난히 하객들이 밀려들었다. 한참을 헤매다 주차를 하고 예식장에 들어섰는데, 세윤의 모습이 보이지 않았다. 예식 일정표에 보이는 세진의 이름을 보아서는 제대로 찾아온 것이 맞는데 세윤의 모습을 찾을 수가 없었다. 누군가가 두리번거리는 선우의 슈트 뒤쪽 끝을 살짝 잡아당겼다.

"안녕, 강선우 씨."

뒤를 돌아보는 선우의 가볍게 입이 벌어졌다. 무릎 위를 살짝 덮는 매끈한 검은 스커트, 가슴이 보일 듯 말 듯 단추가 풀린 블라우스. 그 사이의 심플한 목걸이. 평소에는 포니테일로 묶어두던 머리칼을 자연스럽게 풀어 내리고 옅게 화장을 한 사람은 선우가 알고 있는 어리광쟁이 나세윤이 아니었다. 선우에게 한 걸음 앞으로 다가올 때에 또각, 하고 날렵한 구두의 경쾌한 소리가 들려왔다.

"축······ 의금은 어디에?"

머릿속의 놀라움과 달리 입에서는 현실적인 반응이 튀어나왔다. 선우의 얼굴에 웃음을 참던 세윤이 축의금을 받는 곳으로 함께 걸어갔다.

"오빠, 이분은 강선우 씨."

머리가 짧은 것을 보니 군에 있다는 작은오빠인 세형인 듯했다.

"처음 뵙겠습니다."

선우가 살갑게 인사했지만, 세형은 고개만 꾸벅하고는 봉투를 받았다. 그 무뚝뚝한 태도에 잠시 당황해 어찌할 바를 모르고 서 있는데 세윤이 슬쩍 웃었다.

"큰오빠랑 내가 엄마를 닮고, 둘째 오빠가 아빠를 닮았어요."

처음 마주친 세윤의 가족에게 제대로 인사를 하려고 했는데 눈도 못 마주치다니. 내심 쇼크를 받아 세형 쪽을 힐끔대고 있는데 세윤이 선우의 팔에 가볍게 손을 얹었다. 세윤의 시선이 닿는 곳을 따라갔더니 이 작가와 나 변호사, 그리고 세진이 손님들과 인사를 나누고 있었다.

"인사하러 갈래요?"

세 사람 모두 찾아온 친인척들에게 인사를 하느라 정신이 없어 보였다. 세윤이 이 작가에게 다가가 말을 건네려는데 이 작가가 먼저 선우를 발견했다. 세윤이 아직 선우와의 관계에 대해 귀띔하지 않은 모양인지, 어떻게 올 생각을 했냐며 고마워했다. 정신없이 이 작가에게 인사를 하고, 과묵해 보이는 세윤의 아버지 앞에 섰다. 인사를 하고 자신에 대해 이야기하려고 하는데, 나 변호사는 새로 온 하객들에게 둘러싸여 끊임없이 인사를 나누고 있었다. 어떻게든 말을 걸 틈을 잡으려고 눈치를 보고 있는데 불쑥 장갑 낀 하얀 손이 눈앞에 놓였다.

"덕분에 웨딩 촬영 잘했습니다, 강 작가님."

세진이 서글서글한 눈으로 웃었다. 선우가 엉겁결에 그 손을 맞잡았다.

"결혼 축하드립니다. 그때엔 제가 못 나가서 죄송했습니다."

"아닙니다, 그날 일이 있었다고 나중에 세윤이 통해서 들었습니다."

세진이 뭔가 더 이야기하고 싶은 듯 선우를 바라보았지만 때마침 들이닥친 세진의 친구들 때문에, 선우는 눈인사만 하고 돌아섰다. 잔뜩 긴장한 것에 비하면 허탈하리만큼 짧은 인사였다. 두 시간 내내 운전하면서 힘을 주었던 어깨에 기운이 빠졌다.

시끌벅적한 가운데 예식이 진행되고, 선우는 세윤의 옆에 나란히 앉았다. 평소와 달리 세윤에게서 옅은 향수 냄새가 풍겨왔다. 향수를 뿌렸냐고 물으려 고개를 돌리는 순간, 서 있을 때에는 무릎 위로 살짝 올라오던 스커트가 앉은 자세에서는 한 뼘이나 올라오는 것이 보였다. 눈앞에 보이는 매끈한 허벅지에 자신도 모르게 침을 꿀꺽 삼키는데 소리가 들렸는지 세윤이 고개를 돌렸다. 왜 그러느냐는 듯한 얼굴에 선우가 고개를 저었다.

세윤이 오빠의 폐백을 기다리며 이 작가와 마무리 이야기를 나누고 있는데 선우의 모습이 눈에 들어왔다. 아까까지는 둘째 오빠경의 입술이 자꾸만 유혹해 와 어쩔 수 없었다. 우경의 눈물 그렁그렁하는 모습은 다음 기회로 미루기로 하고 오늘은 조금만 더 유혹에 빠져들기로 했다.

13 | 9월 13일

오전에 현정에게서 시간 날 때 올 수 있겠냐는 연락을 받고 연진은 수업이 끝나자마자 연희동에 있는 우경의 집에 들렀다. 이젠 굳이 우경에게 여자임을 상기시켜 줄 필요가 없어서 무릎까지 내려오는 플레어스커트에 연분홍 블라우스를 입고 나온 것이 다행스러웠다.

"저 연진이에요!"

인터폰에 대고 소리치니 이내 문이 열렸다. 연진은 현정에게 줄 꽃다발을 조심스럽게 안아 들고 안쪽으로 씩씩하게 발걸음을 옮겼다.

"어서 와."

평소 그냥 알고 지내던 이 여사님이 아니라 우경의 어머님을 뵙는 것이라 생각하니 왠지 모르게 긴장이 됐다.

"안녕하셨어요? 이거 선물이고요."

"어머, 고마워. 자, 우선 앉지."

현정이 반갑게 맞이해 주며 자리를 권하자 연진은 남몰래 식은 땀을 닦아내며 긴장을 늦추지 않았다.

태연한 척하고 있지만 평소와는 달리 긴장한 티가 팍팍 나는 연진을 훔쳐보노라니 아무리 생각해도 너무 신기했다.

"도대체 우리 우경이 어디가 그렇게 좋아?"

"네?"

그런 질문이 나오리라 예상은 했지만 막상 질문 받으니 조금 부끄러워져 연진은 멋쩍게 웃음을 흘렸다.

"흠, 엄마인 내가 봐도 그렇게 잘난 인물은 아니고, 그나마 봐줄 만한 건 성격 정도?"

굳이 연진을 떠보려는 것이 아니라 현정 본인이 정말로 그렇게 생각하는 것 같았다. 난감해진 연진은 곰곰이 생각한 끝에 천천히 대답했다.

"음, 글쎄요. 그냥 오빠라서 좋은 것 같은데 굳이 말하자면 처음엔 도깨비처럼 커다란 체격에 홀딱 빠진 거구요, 그 다음엔 그 동글동글한 볼따귀가 너무 사랑스러워서 괴롭히고 싶다는 가학적인 쾌감을 못 이긴 거구요. 제가 예전에 냅다 정강이를 후려갈긴 적이 있는데 울먹거리며 아프다고 폴짝거리는데 그게 얼마나 귀여운지 모르시죠? 게다가 푸우의 실제판 같은 느낌에 나중에 둘만 있을 때 꼭 푸우처럼 웃옷만 입게 하고 싶어요."

처음에는 그래도 현정의 앞이라 진지하게 대답하려고 했지만 우경을 떠올리자 사랑스러운 점을 꼽다 보니 점점 자제력이 사라져 버렸다. 마지막 말을 끝내면서 연진은 푸우처럼 웃옷만 입은 우경을 떠올리고는 상상하는 것만으로도 즐거운지 기대감이 여실히 드러나는 달콤한 숨을 토해냈다.

반면 현정은 상상하기도 어색한 모습에 잠시 현실도피를 하고 말았다. 그녀의 아들을 두고 도깨비 같다니, 푸우 같다니 하는 소리를 면전에서 들어본 적이 없던 터라 어떻게 반응해야 할지 난감한 표정이었다. 그러나 반대로 연진은 상상의 나래를 펼치며 행복한 미소를 한껏 머금고 있었다. 무언가 정상적이지 않을 것 같다는 예감이 이런 점 때문이었나 싶어 현정은 살포시 욱신거리는 관자놀이를 짚으며 고개를 도리질 쳤다.

"하지만 가장 좋은 건요, 저를 바라보는 오빠의 모습이에요. 제가 너무너무 사랑스러워 못 견디겠다는 시선을 보내면서도 막상 저와 눈을 마주치면 부끄러워서 얼른 딴청을 피우거든요. 그러면서도 힐끔힐끔 쳐다보며 눈치를 살피는데 주인의 애정을 갈구하는 강아지 같은 그 처량맞은 모습에 저도 모르게 헤드락을 걸어 캑캑거리게 만들어주고 싶을 만큼 사랑스러워서 견딜 수가 없어요. 어머님도 그렇게 생각하지 않으세요?"

스스로의 감정에 심취하여 열렬히 속내를 털어놓는 연진의 과감한 언변에 현정은 멍하니 바라만 보다 화들짝 놀라고 말았다.

"으응? 그, 그렇지."

아무리 그녀의 자식이라고 하나 서른이 훌쩍 넘긴, 그것도 중학교에 입학하면서부터 어린아이의 귀염성을 잃어버린 아들에게 어떤 사랑스러움이 있는지. 그것도 헤드락을 걸고 싶다는 말은 어떤 의미로 받아들여야 하는 것인지 현정은 심각하게 고민했다.

"게다가 제가 은근히 접근하면 얼굴이 새빨개져서 안절부절못하는 모습을 보면 한입에 먹어치우고 싶을 만큼 귀여워서 참을 수가 없다니까요."

"그, 그러니?"

한참 우경에 대한 생각으로 심취해 있던 연진이 느닷없이 진지한 얼굴로 돌아보았다.

"제 눈에 이렇게 사랑스러운데 다른 여자들 눈에 또 어떻게 보였겠어요? 그렇잖아도 웃음이 헤퍼 가지고 여자가 꼬이는 판국에 얼른 얼른 잡아먹어야지, 더 이상 초조해서 기다릴 수가 없다구요."

뽀로통하게 입술을 내밀며 불만스럽게 투덜거리는 연진의 말에 현정은 자신도 모르게 속으로 덧붙였다.

'얘야, 우경이한테 여자가 꼬이면 그건 세상의 잘난 남자들이 몽땅 사라져서일 거다.'

자신의 아들임에도 불구하고 현정의 평가는 가혹했다.

"그러니까 어머님, 제가 어머님 기준에 쪼금 모자라다 생각하셔도 어여삐 봐주시면 안 될까요? 저 뭐든지 잘 배우니까 어머님이 부족한 것이 있으면 잘 가르쳐 주세요. 네?"

조금은 조심스럽지만 한껏 애교있는 미소로 연진이 애원하자 다시 현실로 돌아온 현정은 자신도 모르게 누그러진 마음으로 그녀를 대했다.

"우리 우경이가 그렇게 좋니? 한창 세상을 돌아보는 것만으로도 바쁠 나이인데 말이야. 미팅이나 배낭여행 같은 낭만도 모르기엔 너무 아쉽지 않니? 게다가 아직 꿈이 많은 나이인데 말이지."

"글쎄요, 이상하게 다른 남자는 상상이 안 가요. 우경 오빠가 제 사람이 되지 않을 거란 생각은 조금도 해본 적이 없어서 그런지 오빠가 아닌 다른 사람은…… 있을 수가 없다고 생각해요. 그리고 배낭여행은, 후훗, 방학 때 저희 신혼여행 겸해서 배낭여행 가려고 계획 중이에요. 오빠 휴가를 몽땅 몰아서, 신혼여행 겸사겸사 그렇게 돌아다녀도 되죠 뭐. 그리고 저 지금 호텔경영학과 다니고 있다고 말씀드렸죠?"

"아아, 그랬지."

전에 들었을 때는 그런가 싶었지만 지금은 어쩐지 우연이 아닐 것이란 생각이 들었다.

"네. 오빠한테도 말했지만 졸업하면 저도 호텔 일을 배울 생각이에요."

연진의 뜻밖의 발언에 현정의 미간이 살짝 일그러졌다. 혹시 호텔이 탐이 나서 우경과의 혼인을 서두르는 것은 아닌지 하는 의심이 들었다. 그러다 이어지는 연진의 말에 날카롭게 숨을 들이켜고 말았다.

"어차피 우경 오빠, 호텔 일에 크게 관심 없어요. 아무래도 하나뿐인 아들이고 아버님께서 평생 이루신 일이다 보니 책임감에 일을 배우고 있지만 사실 하고 싶은 일이 따로 있잖아요. 저 졸업하고 실무에 적응하고 나면 오빠더러 다시 요리 공부 시작하라고 할 거예요. 뭐, 실력있는 쉐프가 되면 호텔주방장 시키면 되지 않겠어요?"

빙그레 웃으며 동의를 구하는 연진의 말에 현정은 놀라움을 감추지 못했다.

"너…… 우경이가 요리사가 되고 싶었다는 건 어떻게 안 거니?"

덕규의 고집에 결국 우경이 요리사의 꿈을 접고 호텔경영학과로 진학한 일은 아주 오래전의 일이었다. 한동안 마음을 제대로 잡지 못해 학과 공부에 소홀히 했지만 덕규의 꾸지람과 현정의 눈물 어린 호소에 겨우 마음을 잡고 호텔 일에 마음을 굳힌 우경이었다. 그러나 그 사실은 우경이 대학에 입학했던 오래전의 일인데 어떻게 연진이 그때 일을 알고 있는지 의아했다.

"프락치를 곳곳에 심어두었으니까요."

태연하게 대답하는 연진의 말에 현정은 잠시 머리가 멍해졌다. 지금 제대로 들은 것인지 혼란스러웠다.

"지금…… 뭐라고 했니?"

"오빠 주변에 프락치를 심어두었다고요. 오빠의 어린 시절 꿈부터 좋아하는 음식, 색깔, 책, 음악, 옷 입는 스타일 등 제가 모르는 건 없지요. 참고로 요즘 오빠가 즐겨 입는 속옷 브랜드는 켈빈클라인입니다."

손가락으로 V 자를 그리며 의기양양하게 말하는 연진에게 현정은 더 이상 아무 말도 할 수가 없었다. 자신도 모르는 아들의 속옷 브랜드까지 꿰고 있는 아이에게 더 이상 무슨 말이 필요할까?

"정말 후회하지 않겠어? 아무리 그래도 어린 나이에 아무것도 모르고 덜컥 결혼하는 것보단……."

한숨 쉬듯 마지막으로 연진의 의중을 떠봤지만 일말의 망설임도 없는 단호한 대답에 결국 두 손 들고 말았다.

"아니에요, 어머님. 어차피 우경 오빠랑 결혼할 거면 하루라도 빨리 하고 싶어요. 제가 사랑하는 남자, 얽매여 있는 부담감 하루라도 빨리 벗게 해주고 싶어요. 제 곁에서, 제게 의지하면서 행복해하는 모습 보고 싶어요. 물론 저도 결혼에 환상만을 가지고 있는 철없음으로 오빠와의 결혼을 고집하는 건 아니에요. 살다 보면 정말 제 예상과 다르게 트러블도 생기겠죠. 그렇기에 실수도 많을 거고 집안이 시끄러워질 수도 있을 거예요. 그건 저도 인정해요. 하지만 저 무조건 좋을 것이다, 라는 막연한 희망만 안고 결혼하겠다고 나서는 건 아니에요. 좀 더 나이가 들어 결혼한다고 해서 실수를 하지 않는 건 아니잖아요. 그리고 결혼은 집안끼리 하는 것이고 현실이라고 주위에서 하는 소리, 틀리지 않다고 생각해요. 우경 오빠와 저, 어느 한쪽이 그렇게 처지는 집안의 사람도 아니고 서로를 아주 모르는 상태도 아니라고 생각해요. 오빠라면 평생 함께해도 되겠구나 하는 확신이 들었기 때문에 꽤 오래전부터 '신우경 포획 작전'에 돌입했고요."

"뭐? 신우경 포획 작전?"

고개를 똑바로 세우고 당당하게 자신의 의견을 솔직히 알리고 있는 연진의 말을 진지하게 경청하고 있던 현정은 마지막에 황당무계한 그녀의 말에 헛웃음을 터뜨렸다. 그러나 연진은 진지한 표정으로 고개를 끄덕였다.

"네, 1차 신우경 포획 작전이에요. 2차 신우경 길들이기, 3차 신우경 잡아먹기, 4차 신우경은 연진이 거! 이름표 달기."

4차 작전명까지 줄줄 늘어놓는 연진의 표정은 그야말로 심각 그 자체였다. 그러나 맞은편에 앉은 현정의 입가는 씰룩거리는 것이 웃음을 터뜨리기 일보 직전이었다.

"현재는 3차 작업 중인데 영 순탄치 않다니까요. 은근히 방어가 심해서⋯⋯."

"방어?"

"어차피 결혼하는 거 좀 일찍 일 치른다고 달라질 게 뭐 있다고 몸을 사리는지 답답해 죽겠다니까요."

쿨럭. 현정은 애써 터지려는 웃음을 참느라 갖은 노력을 기울였다. 척 보기만 해도 아들이 먼저 애달아 매달릴 것만 같은데 오히려 연진이 안달복달하고 있다니 이것참 아들 가진 어미로서 뿌듯하다 해야 할지 한심하다고 해야 할지 알 수가 없었다.

"우, 우리 우경이가 전생에 복을 많이 쌓았나 보다. 연진이 같은 여자가 우경이를 그렇게 열렬히 사랑하니 말이다."

이 말을 꺼내는 것만 해도 엄청난 인내심을 필요했다.

"아니에요. 아무래도 전생이 오빠가 바람피워서 제 속을 새까맣게 태웠을 거예요. 그래서 결국 기력이 딸려 저보다 먼저 죽었을 거예요. 뒤에 남은 전 그래도 하나뿐이 지아비라고 절절히 애모의 정을 끓이며 오빠만 그리워했을지도 몰라요. 그래서 이번 생엔 오빠가 순진한 어린양으로 환생해서 저한테 홀딱 빠져서 평생 저만 바라볼지도 몰라요. 다행히도 오빠 자기가 절 더 좋아한다고 생각하고 있어요. 굳이 그 생각을 고쳐 줄 마음은 없으니까 내버려 둘 참이에요."

심술궂은 연진의 어조에 현정은 나지막이 탄식을 흘렸다. 그러나 왜인지 장난기 많아 보이는 웃음이 철이 없다기보다는 게임에 능란한 닳고 닳은 여자의 것처럼 느껴져 아들이 제대로 걸린 것임을 알아차릴 수 있었다.

"뭐, 제가 아직 나이도 어려서 어머님 마음에 쏙 드는 며느리가 되지는 못하겠지만 이건 확실히 약속드릴 수 있어요. 제가 우경 오빠를 아주 많이 행복하게 해드릴게요."

아직 소녀의 티가 벗어나지 못한 순진한 미소지만 그녀의 눈빛은 진지하기 이를 데가 없었다. 우려했던 것과는 달리 너무나 제법 진지한 연진의 마음을 알게 되어 안심이 되는 찰나 뒤이은 말에 현정은 결국 아까부터 참아왔던 웃음을 소리 내어 터뜨리고 말았다.

"저 올해 안에 오빠 애기 갖고 싶으니까 결혼 날짜 서둘러도 괜찮겠죠? 얼른 애 낳아서 애 아빠라는 타이틀을 걸어놔야 안심이 될 것 같아요. 후후, 목표는 허니문 베이비입니다!"

14 | 3월 14일

다음날 봉사회에 사이좋게 다녀온 현정과 연진은 잠시 티타
임을 즐기며 쉬었다. 잠시 쉰 다음에 현정이 연진에게 식사 준비
가 되는 동안 올라가서 우경의 방을 구경하라고 허락해 줬다. 호
기심 어린 표정으로 도도도 이층으로 올라간 연진의 뒷모습을 물
끄러미 바라보던 현정의 입가에 미소가 사라지지 않았다. 한참 뒤
에 콧노래를 흥얼거리며 우경의 방에서 내려오는 연진에게 현정
은 미소 띤 얼굴로 맞이했다.

"왜 벌써 내려와? 좀 더 구경하지 그러니?"

"아니에요. 이미 소기의 목적은 다 이루었답니다."

"음? 목적?"

무슨 꿍꿍이가 있는 듯한 연진의 미소에 현정은 궁금하다는 듯

이 반문하자 그녀의 미소는 더욱 짙어졌다.

"그나저나 어머님, 제가 뭐 도와드릴까요?"

눈을 반짝이며 주방을 두리번거리는 연진의 발랄한 모습에 현정은 모처럼 정말 즐겁다고 느꼈다. 가끔 조카들이 놀러오긴 해도 이렇게 오붓하게 시간을 보낸 적은 없었다. 함께 봉사회도 나가고 저녁 식사 준비도 하고 어쩐지 며느리를 들인다기보다는 귀여운 딸이 새로 생긴 것만 같아 마음이 뿌듯해졌다. 집안의 두 남자들이 살가운 성격이 못 돼서 그런지 움직임 하나하나가 활기차고 앙증맞은 연진의 모습 덕분에 집안에 활기가 넘치는 것 같아 몹시도 흡족했다. 이젠 하루라도 빨리 연진이 며느리로 들어오는 날이 무척이나 기대가 됐다.

"아, 어머니. 저도 앞치마 입을래요."

"어머, 어떡하지? 여분이 없는데……."

집안에 앞치마라고 주방 아줌마가 입은 베이지색의 밋밋한 앞치마뿐이었다. 그 외엔 준비해 둔 것이 없어 현정은 미안한 말투로 대답했다.

"훗훗훗, 그럴 줄 알고 준비했습니다."

그러나 연진은 우쭐해하며 자신의 가방을 뒤적이더니 무언가를 꺼내 펼쳤다.

"짜잔! 어때요, 어머님?"

연진이 가방에서 꺼낸 것은 해피앤코의 하트무늬가 현란하게 그려진 진분홍 프릴이 가장자리에 달려 있는 연분홍색의 앞치마였다. 개개별의 하트무늬는 무척이나 사랑스러웠지만 연속적으로 인쇄되어 있어 살짝 눈이 어지러웠다.

"후훗, 오빠가 일찍 왔으면 좋겠어요. 오빠한테 앞치마 입은 모습 보여주고 싶어요."

앞치마를 입고 한 바퀴 빙 돌던 연진은 행복한 표정으로 소곤거렸다. 한 점 그늘도 느껴지지 않는 천진한 웃음에 현정과 주방 아줌마도 옳았는지 빙그레 미소 짓고 말았다.

우경이 좋아하는 잡채를 직접 만들어보겠다고 종종거리며 부엌을 분주하게 돌아다녀도 야채 하나 제대로 볶지 못하는 연진의 미숙한 솜씨에 현정은 실망스럽다기보단 노력하는 그녀의 자세가 어여쁘다며 흐뭇하게 바라보았다.

당면을 익힐 물이 끓는 동안 야채를 준비하는 연진의 애달픈 모습에 현정과 주방 아줌마는 한쪽 구석에서 배꼽을 잡고 쓰러질 뻔했다. 그러나 기를 쓰는 연진의 노력이 가상타 여겨져 웃음을 억지로 참고 있었다. 양파를 썰면서 눈물이 줄줄 흘러 현정에게 울면서 도움을 요청하고, 당근을 썰다가 칼질이 끝까지 되지 않아 다다다닥 이어져 있는 진풍경을 연출하기도 했다. 마른 버섯은 불리지도 않고 썰려고 해서 결국 현정이 만류해야만 했다.

주방 아줌마의 도움으로 익사체에 가깝게 퉁퉁 불 뻔했던 당면을 건져 내고 한쪽에서 식힌 다음 남은 재료를 볶아야 하는데 고기와 야채를 한꺼번에 볶으려 해 현정은 재빨리 그녀를 만류해야 했다. 재료는 따로따로 볶아야 한다는 말에 연진은 한숨을 포옥 내쉬며 현정이 가르쳐 준 순서로 야채부터 볶았다. 재료를 다 볶은 다음 커다란 보울에다가 현정의 가르침대로 양념을 조금씩 넣

었다. 물론 너무 정량을 지키려다 손이 떨려 오히려 적정량의 1.5
배는 더 넣는 경우도 없진 않았다. 그런 다음 위생장갑을 끼고 당
면과 볶은 야채 및 고기를 넣고 조물조물 섞다 살짝 우그러뜨리기
도 했다. 어디서 본 것은 있는지 몇 가닥 집어 들고 간을 보았다.
쩝쩝거리며 맛을 보던 연진은 고개를 갸우뚱거리며 현정을 돌아
보았다.

"어머니, 이상해요. 뭔가 빠진 것 같은데 잘 모르겠어요."

그 말에 뒤에서 관망하던 현정이 나서서 연진이 내미는 잡채를
맛보았다. 확실히 그녀 말대로 짭짤한 맛이 부족했다.

"간장하고, 소금을 조금 더 넣어야겠다. 아, 참기름도 몇 방울
떨어뜨리고."

"옙!"

씩씩하게 대답한 연진은 의욕이 너무 앞섰는지 이번에는 간장
을 너무 많이 부어버리는 바람에 보울 아래로 홍건하게 간장 소스
가 고이고 말았다. 그 모습에 연진은 어설프게 헤헤 웃었고, 현정
역시 못 말리겠다는 듯이 혀를 차면서도 피식피식 웃고 말았다.

"자아, 완성이다!"

"그런데 연진아, 밥은 언제 준비하니?"

"헉!"

슬슬 덕규와 우경이 퇴근할 시간이 되어가는데 연진은 잡채를
만드는 데 정신이 팔려 밥을 하는 것을 잊고 말았다. 뜨억해서 소
리치는 연진에게 현정은 고개를 도리도리 흔들었다.

"다음부터는 밥부터 준비해 두거라."

"네에."

자신의 실수가 못내 부끄러운지 연진이 시무룩하게 고개를 숙이자 현정이 그녀의 머리를 가만히 쓰다듬었다.

"그래도 처음치곤 잘했어. 밥은 이미 준비되어 있으니 오늘은 이만 하자."

"진짜요?"

금세 기운을 차렸는지 연진이 천진한 얼굴로 되묻자 현정은 아무리 생각해도 자신이 며느리를 얻는 것이 아니라 막내딸이 새로 생기는가 싶었다. 이래서 집에 여자애가 있어야 한다는 말고 이해가 갔다.

"연진아, 나중에 결혼하면 말이다, 혹시 분가하고 싶니?"

내심 현정은 우경과 결혼하고 나서 연진이 집에 들어와 함께 살았으면 싶었다. 그러나 요즘 누가 시부모랑 함께 산다고 할까 싶어 걱정되는 마음에 조심스럽게 연진의 의중을 떠보았다. 그러자 빈말이라도 '함께 살고 싶어요'라는 말을 기대했던 현정은 연진이 심각하게 얼굴을 굳히며 미간을 찌푸리자 서운한 감정이 들었다.

"글쎄요, 저는 최소한 결혼해서 일 년만이라도 둘이서 살았으면 좋겠다고 생각하고 있어요. 같이 살다 보면 이것저것 서로 안 맞는 일도 많을 텐데 어른들 눈치 때문에 마음껏 싸우지도 못할 거 같고…… 음음음, 오빠랑 거리낌없이 신혼생활도 보내고 싶기도 하구요. 아, 그렇다고 꼭 분가하겠다는 건 아니에요. 오빠 의견도 들어봐야 하니까요."

그때 현정은 연진의 다른 얼굴도 보았다. 마냥 철없는 아이인 줄만 알았는데 의외로 생각이 깊구나 싶어 조금 감탄하는 중이었다.

"싸운다고?"

뜻밖인 듯 놀란 표정을 짓고 있는 현정에게 연진은 오히려 대수롭지 않게 물었다.

"어머님은 아버님과 한 번도 싸우신 적 없으세요? 어디서 들었는데 오히려 다툼 한 번 하지 않는 부부가 더 위험한 거래요. 다툰다는 것은 상대방에게 아직 관심과 걱정이 남아 있기 때문에 가능한 거래요. 그래서 신혼 기간에는 많이 싸우라고 그러던데…… . 물론 폭력이 난무하는 사태는 말구요. 저희 부모님도 자주 투닥거리시는걸요."

"그래?"

현정도 몰랐다는 듯이 눈을 동그랗게 떴다.

"네. 그래서 저도 오빠랑 많이 싸우진 않을까 걱정이에요."

"어머, 그건 좀 아니다. 우리 우경이가 널 얼마나 좋아하는데. 아마 져주지 않을까?"

"쯧쯧. 어머님, 뭘 모르시는군요. 전 이제 갓 대학 새내기인 파릇파릇한 새싹, 오빠 삼십대로 꺾어진 청춘이지요. 십중팔구 싸우는 이유는 오빠가 제 대학 생활을 걱정해서 질투 때문에 난리치는 걸 겁니다. 남자의 질투란 무섭다구요."

가만 듣고 있던 현정은 그런가 하고 심각하게 생각하다가 연진이 씨익 웃고 있는 것을 봐서 그녀가 장난쳤음을 알아차렸다.

"어휴, 너 진짜."

"헤헤헤, 그래도 어머님, 오빠같이 순한 사람이 화내면 더 무섭다니까요. 그래서 얼른얼른 오빠의 약점을 잡아야 돼요!"

두 주먹을 불끈 쥐고 결의에 찬 표정으로 소리치는 연진의 말에 현정은 결국 어이가 없다는 듯이 헛웃음을 터뜨렸다.

"약점을 잡아서 어쩌려고?"

"어쩌긴요, 제가 불리할 때 써먹어야죠."

필사적인 연진의 표정이 마치 억지 부리는 어린아이 같아서 현정의 눈엔 마냥 귀엽기만 보였다. 저렇게 작은 아내가 오히려 무서워 벌벌 떠는 아들 모습을 상상하니 제 아들이지만 처량하다기보단 웃음이 먼저 나와 버렸다.

"다녀오셨어요?"

현관문을 열고 들어서는 덕규는 그대로 얼어붙고 말았다. 현란한 하트무늬가 그려진 앞치마를 입고 있는 연진이 활짝 웃으며 그를 맞이하고 있는 것이었다.

"시장하시죠? 어서 들어오세요. 오빠, 배고프지?"

잠시 주춤하던 덕규는 이윽고 정신을 차리고 뒤에서 웃고 있는 아내에게 눈으로 물었다.

'일찍 들어오라는 이유가 이거요?'

현정이 가만히 고개를 끄덕이며 그의 손에서 서류 가방을 받아들었다. 현정에게 가방을 건네주며 덕규는 우경을 맞이하며 호들갑을 떠는 연진을 곁눈으로 바라보고 기가 막혀 했다.

"허어, 이거야 원."

그러나 그의 표정엔 못내 부러운 기색이 서려 있어 현정에게 옆
구리가 꼬집히는 벌을 받고 말았다.

"아얏. 아프잖소?"

"아프라고 그런 거지요."

나지막하게 투덜거리는 덕규에게 현정도 눈을 게슴츠레하게 뜨
고 이죽거렸다.

"언제 왔어? 우리 집에 있다고 말 안 했잖아."

"아까 어머님이랑 봉사회 활동 끝나고 같이 왔어. 오빠 놀래주
려고 일부러 말 안 했지. 나 어때?"

우경은 집 안에서 자신을 맞이해 주는 연진의 모습에 당황스러
우면서도 반가워 슬그머니 벌어지는 입을 주체하지 못했다. 연진
은 앞치마를 자랑할 요량으로 그의 앞에서 한 바퀴 돌고 의견을
물었다.

"응, 예뻐."

우경이 사랑스럽다는 얼굴로 그녀의 뺨을 살짝 꼬집자 연진의
눈매도 흡족하게 휘었다.

"오빠 얼른 씻고 나와. 오늘 내가 잡채 했어. 오빠 먹이려고."

"정말?"

이층으로 오르던 우경은 연진의 말에 놀라 그녀를 돌아보았다.
그러자 연진은 우쭐거리는 표정으로 어깨를 으쓱였다.

"물론이지. 그러니까 얼른 내려와."

"응, 알았어. 근데 좀 뛰어다녀서 땀 냄새 나니까 샤워하고 내려

올게."

"응."

샤워라는 말에 연진의 눈빛이 예사롭지 않게 빛났지만 우경은 그 찰나의 빛을 감지하지 못한 채 이층 자기 방으로 향했다. 뒤에 남은 연진은 음흉한 미소를 입가에 드리우며 눈빛을 번득였다.

어쩐지 옆구리가 근질거리는 기분에 우경은 웃음이 실실 새어 나왔다. 퇴근하고 돌아오자 연진이 반갑게 맞이해 주자 기분이 낯 간지러우면서도 약이라도 한 것처럼 과도하게 가슴이 뛰어 좀처 럼 진정되지 않았다.

"으히히히히."

결국 입술을 비집고 나온 요상한 웃음소리에 스스로도 깜짝 놀라 얼른 입을 막았지만 눈동자가 데굴데굴 구르며 즐거운 기분을 감출 수가 없었다. 나중에 결혼을 하게 된다면 연진이 한방에서 그에게 수고 많았다고 격려도 해주고, 그의 상의도 받아주고, 내 키면…… 음, 같이 샤워도 해주고……. 미래의 희망사항을 떠올리며 흐뭇해하는 우경은 입가에 흐르는 침으로 인해 화들짝 놀라 망상에서 깨어났다.

쓰읍거리며 입가에 흐른 침을 손등으로 닦아내며 머쓱한 표정으로 서둘러 옷가지를 벗어젖혔다. 벨트를 풀다 말고 우경은 잠시 불안한 생각에 미쳤다. 이 모든 것이 정말 꿈은 아닐까 하는 두려움과 그의 주변 사람들이 짜고 그를 속이려는 작전이 아닌가 하는 망상에 머리에서 피가 빠져나가는지 싸늘한 기분이 위에서 아래로 타고 흐르기 시작했다.

"아, 아니야. 아닐 거야."

너무 부정적인 생각에 휩싸이지 않으려고 우경은 있는 힘껏 고개를 젓다가 목을 삐끗하고 말았다.

"윽!"

바보 같은 생각을 한 탓이라며 끙끙거리며 욕실로 들어갔다.

우경이 욕실로 들어가서 약 오 분 정도의 시간이 지난 후 아주 조용하게 그의 방문이 열렸다. 살금살금 우경의 방 안으로 들어선 연진은 그의 방에 딸린 욕실에서 나는 물소리에 회심의 미소를 지으며 살금살금 발끝을 들어 올리고 다가갔다. 소리가 나지 않을 만큼 조심스럽게 문손잡이를 돌리며 조금씩 문을 열고 코만 들이밀 수 있을 정도의 틈에서 눈동자를 굴리며 안을 훔쳐보려 애를 썼다. 흐흐흐, 연진은 속으로 음흉한 웃음을 지으며 안의 상황을 살폈다. 샤워부스 안에 들어가 있는 우경의 맨궁둥이가 시원스럽게 노출되어 있었다.

'오호~ 샴푸 중이었어?'

때마침 우경은 머리에 거품을 잔뜩 일어나게 두피를 두 손으로 문지르고 있었다. 기회는 이때다 싶어 연진은 기척을 최대한 죽이고 욕실 안으로 들어갔다.

한창 머리에 거품을 내고 있던 우경은 외부에서 들어오는 듯한 서늘한 공기를 느끼고 의아해했지만 거품 때문에 눈을 뜨지 못하고 있었다. 그러나 아직 욕실에 뜨거운 김이 다 퍼지지 않아서 그럴 것이라 대수롭지 않게 여겼다.

그때였다, 물기 촉촉한 그의 맨등에 자그마한 손가락이 닿은 것은.

"헉?!"

당황스럽게 소리를 치던 우경이 고개를 들자 그만 거품이 그의 눈에 들어가 버렸다.

"으아아악! 물, 물."

"가만 있어. 내가 해줄게."

기겁하는 그와 달리 태연한 연진의 목소리가 그의 등 뒤에서 들렸다.

"크악, 네가 왜 여기 있는 거야?"

거품이 눈에 들어가 따가운 상황에서도 우경은 발작적으로 소리쳤다. 그러나 연진은 펄쩍 뛰는 그의 반응에도 아랑곳하지 않고 샤워기를 잡고 거꾸로 틀어 그의 얼굴 위로 물을 뿌렸다. 당황스럽기는 하지만 눈에 들어간 비누거품부터 씻어내야 했기에 우경은 황급히 물로 얼굴을 씻어 내렸다. 그리고 아픔이 가시자 아직도 거품이 줄줄 흘러내리는 머리를 거칠게 쓸어 올리며 연진에게 소리쳤다.

"너! 빠, 빨리 안 나가?"

가까스로 눈을 뜰 수 있게 되자 우경은 지금 자신이 알몸으로 욕실에 서 있다는 것을 깨닫고는 황급히 양손으로 다리 사이를 가렸다.

"너, 너, 안 나가?"

당혹감에 얼굴을 붉히며 난폭하게 소리쳐도 연진은 끄떡도 하

지 않았다. 오히려 은근한 손길로 젖은 그의 어깨를 쓸어내릴 뿐
이었다.

"아이참, 우리 사이에 뭘 그렇게 부끄러워해?"

"너……!"

마땅히 몸을 가릴 만한 타월도 멀찍이 있어 우경은 양손을 의지
하며 엉거주춤한 자세로 쩔쩔매고 있었다.

"자아, 내가 머리 마저 헹궈줄게. 이리 와."

샤워기를 들고 연진은 싱글거리며 우경에게 손짓했다. 그러나
여전히 당혹감을 감추지 못하는 우경은 너무나 곤란한 상황에 이
러지도 저러지도 못한 채 마음만 안달복달했다.

"연진아, 내가 할게. 그러니까 이만 나가. 응?"

"아잉, 내가 해준다니까. 일루 와."

급기야 우경이 애걸하는데도 연진은 조금의 물러섬도 없이, 오
히려 더 가까이 다가왔다.

"자아, 얼른 머리 이리 내. 머리만 헹궈주고 나갈 테니까."

"……정말이지?"

"그으럼!"

결국 우경은 울며 겨자 먹기로 엉거주춤한 자세를 아주 쪼그려
주저앉아 버렸다.

"자아, 내가 깨끗하게 헹궈줄게."

울먹거리는 우경의 심정을 조금도 알아주지 않은 채 연진은 콧
노래까지 흥얼거리며 그의 머리에 묻은 거품을 헹궈 나가기 시작
했다. 손가락을 그의 머리칼 사이에 집어넣어 쓰다듬듯이 거품을

씻어냈다. 목덜미까지 깨끗이 헹군 다음 슬쩍 우경의 맨등에 시선
을 던졌다. 깨끗하고 널찍한 등판이 그녀를 유혹하고 있었다. 슬
금슬금 그의 척추로 손가락을 뻗어 쓰윽 하고 쓸어내려 가자 우경
이 발작적으로 상체를 일으키며 소리쳤다.

"이제 됐잖아. 얼른 나가."

"에이, 부끄럼도 많으셔라. 이럴 때는 나보고 같이 샤워하지 않
겠니? 라고 물어봐 줘야 한다구."

연진이 뻔뻔스럽게 대꾸하자 우경은 기가 찼지만 더 이상은 참
을 수가 없었다. 재빨리 손을 뻗어 연진의 손에서 샤워기를 빼앗
은 다음 그녀를 향해 물을 뿌렸다.

"꺄앗!"

"빨리 안 나가?"

결국 물세례를 이기지 못하고 연진이 욕실을 뛰쳐나가자 우경
은 황급히 욕실 문을 잠가 버렸다.

"우씨, 이제 부부가 될 사이에 뭘 그렇게 빼고 그래?"

문밖에서 연진이 투덜거리는 소리에 우경은 발끈하고 말았다.

"확 덮쳐 버린다?"

욕실 문을 붙잡고 시선을 아래로 떨어뜨리자 그녀의 손길에 반
응한 솔직한 육체가 괴로웠다. 잠시간의 침묵 뒤에 문밖에서 들려
오는 은근한 목소리에 우경의 무릎이 휘청거렸다.

"그래 주길 바란 건데?"

그의 천사는 어느새 이렇게 노골적이고 부끄럼 모르는 대범한
여인이 되어 있단 말인가? 우경은 문득 경현의 말이 떠올랐다. 자

신은 그녀를 감당할 수 없다는, 알아서 하라는 친우의 아리송했던 충고가 이제야 실감이 나기 시작했다.

"연진아…… 제발 살려다오."

울먹임에 가까운 우경의 애원에 연진은 어쩐지 그가 불쌍해져 이쯤 해두기로 했다.

"알았어. 불쌍해서 봐줬다. 얼른 씻고 내려와."

조금 뒤에 인기척이 사라지자 그제야 우경은 안도의 한숨을 내쉬었다.

자신조차 믿을 수 없을 만큼 사랑하는 여자가 연진이다. 이름도, 나이도 모른 상태에서 한순간에 천사에게 홀려 버렸던 그 여름날 밤 이후에 그의 환상은 늘 연진이었다. 그래서 우경은 지금 자신의 행운을 믿을 수가 없었다. 까마득한 나이 차이에다 친구의 조카이기도 한 연진을 여인으로 바라보고 있다는 것 자체가 부정한 짓만 같아 늘 죄책감을 떨칠 수가 없었다. 그래서 차마 가까이 다가가지도 못하고 먼발치에서 지켜만 보았는데 어째서 일이 이렇게 흘러가는 것인지……. 분명 처음엔 연진의 장난이라 여기고 잠시만이라도 그녀의 남자가 되어보는 행복한 꿈을 맛보고만 싶어 못 이긴 척 끌려갔지만, 어느새 집안끼리 상견례 자리를 논의하게 되자 정신을 차릴 수가 없었다.

욕실 바닥에 주저앉은 채로 우경은 자신의 뺨을 주욱 잡아당겨 보았다. 아팠다. 아픈데도 머릿속 한구석은 여전히 꿈을 꾸는 것처럼 붕붕 떠 있었다.

"하아."

한숨을 내쉬며 양손으로 얼굴을 감싸 쥐었다. 모든 일이 그가 감당할 수 없을 만큼 빠른 속도로 진행되고 있어 정신을 차릴 수가 없었다. 조금도 생각할 틈도 주지 않고 연진이 일을 빠르게 진행시키는 데다가 그가 잠자는 시간을 제외하고는—아니지, 꿈에서조차 연진에게 영향을 받으니 완전히 배제할 수는 없을 것이다—그의 모든 시간은 연진에 의해 통제되고 있었다.

"나, 이대로 모른 척해도 되나?"

이제 갓 스물도 안 된 어린애의 속도에 이대로 이끌려도 될까 싶지만 우경은 콕콕 쑤시는 양심을 모른 척했다. 그러기엔 연진을 품고 있는 그의 가슴이 너무도 뜨겁게 타오르고 있었다. 다만 결혼식을 올려 그녀를 확실히 자신의 여자로 세상에 공표하기 전까진 차마 감히 손을 댄다는 생각 자체가 두려웠다. 그래서 방금 전처럼 연진이 노골적으로 유혹해 와도 넘어갈 수가 없었다.

우경은 아직도 식지 않은 육체의 반응을 내려다보며 한탄을 터뜨렸다.

"나도, 너도 참 염치는 없구나."

아래층으로 내려온 연진을 발견한 현정은 깜짝 놀라고 말았다. 얼굴에서부터 물이 뚝뚝 흐르는 데다가 앞치마도 반쯤 젖어 있었다.

"어머, 왜 그래? 어디서 이렇게 젖은 거야?"

황급히 수건을 가져와 연진의 얼굴을 닦아주며 걱정하는 현정에게 연진은 태연하게 대꾸했다.

"오빠 샤워하는데 등 밀어주려고 들어갔다가 물벼락 맞았어요."

"뭐?"

얼굴색 하나 안 변하고 진지하게 근심하는 연진의 대답에 현정은 기가 막혀 그녀의 머리를 닦아주던 손길이 멈추었다.

"어차피 다 볼 건데 뭘 그리 빼는지. 어머니, 아무래도 오빠의 성적 능력을 의심해 봐야 하는 거 아닐까요?"

그녀의 대답을 들은 현정은 도대체 요즘 아이들은 어떤 생각으로 살아가는지 모르겠다며 당혹스러워했다.

한편, 샤워를 끝내고 나온 우경은 무언가를 손에 쥔 채 좌절 모드로 방바닥에 주저앉아 반쯤 혼백을 빼놓고 있었다. 이유인즉 타월을 허리에 걸치고 욕실에서 나온 우경이 속옷을 꺼내려 서랍을 열었다가 낯선 레이스 조각을 발견했다. 의아한 마음에 그것을 집어 들다 화들짝 놀라 그것을 내던지고 말았다. 하얀색에 그의 손바닥만한 조그만 여자 팬티였다. 함께 있었는지 바닥으로 작은 카드도 떨어졌다.

〈오빠, 내가 제일 아끼는 팬티야~♥ 나라고 생각하고 당분간은 이걸로 참아줘.〉

상상만으로도 코피가 터질 것 같아 우경은 숨을 거칠게 몰아쉬었다. 한참 만에 우경의 입에서 침울한 속삭임이 흘러나왔다.

"네가 날 죽이는구나."

침울한 표정으로 아래층으로 내려왔던 우경은 연진이 자신을 위해 음식을 만들었다는 사실에 좋아서 벌어지는 입을 다물지 못했다. 게다가 연진이 그의 부모님의 눈치를 슬쩍 살피면서 집어다 주는 반찬들을 넙죽넙죽 받아먹느라 배가 빵빵해져 버렸다.

　"오늘 연진이 덕분에 포식했다."

　"맛있었어?"

　식사 후에 거실에서 도란도란 이야기를 나누며 과일을 깎아 먹었다. 연진은 며칠 동안의 특훈을 보여주겠다며 어설픈 솜씨로 사과를 깎자 우경과 우경의 부모님은 행여나 다치지나 않을까 조마조마한 마음으로 그녀를 지켜보았다. 다행히도 뭉툭하기는 하지만 둥근 모양을 유지하고 있는 사과를 다 깎고 연진이 뭉툭뭉툭하게 썰어내자 다들 웃음이 났지만 그녀의 정성을 보아 맛있게 집어 먹었다. 연신 싱글벙글거리며 연진이 깎아놓은 과일을 집어주자 우경은 배가 불렀지만 웃으면서 다 받아먹었다. 그 모습을 지켜보는 우경의 부모님은 힘겨워하면서도 웃는 얼굴로 연진이 먹여주는 과일을 다 받아먹는 아들의 무식한 면에 속으로 혀를 끌끌 차고 말았다.

　잔뜩 부른 배를 안고 연진을 집까지 데려다 주러 나온 우경은 그녀의 집 앞에서 차를 세우고 만족스럽게 배를 두드렸다.

　"응, 우리 연진이가 먹여줘서 더 맛있었어."

　짐짓 어리광을 피우는 우경의 말에 연진의 눈웃음이 더욱 깊어졌다.

"에헤헤헤."

"참, 나 너한테 줄 게 있는데……."

"응?"

줄 것이 있다는 우경의 말에 연진의 눈빛이 기대감으로 초롱초롱해졌다.

"뭔데?"

머뭇거리는 우경을 재촉하며 연진이 그의 팔에 매달렸다. 이미 화이트데이 답례는 미리 받았는데 또 무엇을 줄 게 있는지 궁금했다. 양복 상의 안주머니에 들어 있는 반지 케이스를 만지작거리던 우경은 매달려 오는 연진의 사랑스러운 얼굴을 바라보며 잠시 망설였다.

주어도 될까?

걱정스러웠다. 아직 상견례도 안 한 상태이긴 하지만 이미 결혼 이야기까지 다 나온 마당에 무엇을 더 망설일 것이 있나 싶어 두 눈 질끈 감고 과감하게 구입했다. 반지를 고르면서 느꼈던 달콤한 설렘이 채 가시지 않았지만 언젠가 연진이 그와의 관계에 싫증을 내고 등을 돌릴까 두려웠다. 아직 세상을 모르는 순진한 어린 여자 아이를 그만의 새장 안에 가둬 버리는 것은 아닌가 두려웠다. 머릿속에선 두 가지의 이성이 대립 중이었다. 하나는 이대로 연진을 자신의 여자로 만들어 버리라는 사악하지만 달콤한 주장, 다른 하나는 그녀에겐 더 많은 기회가 주어져야 한다는 올바르지만 서러운 주장.

우경은 마른침을 삼키며 한참을 망설이다 두 눈을 질끈 감아버렸다.

"이, 이거 받아주지 않을래?"

결국 그가 선택한 것은 '못 먹어도 GO!' 방식이었다. 이미 서로의 집안 어른들께 인사를 드린 상황이지만 우경은 아직도 지금의 상황을 믿을 수가 없었다. 상견례도 아직 안 했지만 이미 두 사람의 결혼 사실은 기정사실화가 되어가고 있음에도 우경은 혹시나 거절당하지 않을까 하는 순진한 두려움과 자신을 마음을 건네는 부끄러움에 얼굴이 붉게 달아올랐다.

우경의 얼굴 위로 스치는 여러 가지 상념에 연진은 그가 무슨 생각을 하는 것인지 몰라 살짝 눈살을 찌푸렸다. 저 곰 같은 머릿속에 또 쓸데없는 걱정 따윌 담고 있으리라 짐작해 참고 기다려주었다. 초조함과 두려움, 설렘과 실망감을 동시에 드러내며 시시각각 변하는 우경의 표정을 지켜보는 것도 꽤나 즐거운 일이었다. 다만 그녀가 원하는 결론이 나올 때에는 말이다.

불쑥 내밀어진 반지 케이스에 연진은 깜짝 놀라 그대로 굳어버리고 말았다. 아니, 놀라서 자신의 눈을 믿을 수가 없었다. 아니, 너무 좋아서 잠시 정신이 나가 버렸다는 것도 맞을 것이다.

"저어, 연진아?"

두근거리는 심장을 안고 내민 반지 케이스에 연진이 아무 말도 하지 않자 우경은 조심스럽게 그녀 쪽을 돌아보았다. 그러자 꽤나 놀란 얼굴로 연진이 반지 케이스를 뚫어져라 보고 있는 것이었다. 우경은 잠시 머뭇거리다가 반지 케이스를 열어 안의 내용물을 보여주었다.

"마, 마음에 드니?"

"와!"

나지막하게 터진 무덤덤한 탄성에 우경은 조금 실망감이 들었다. 연진이 그가 고른 반지가 마음에 들지 않아 그런 것이라 여겼다. 실망감에 기운이 쭈욱 빠져 반지 케이스를 들고 있던 손이 아래로 힘없이 떨어지려는 순간,

"이거, 내 거야? 나 주는 거야?"

그의 기분 탓인지 연진의 목소리가 조금 떨린 것 같았다. 그러나 촉촉이 젖어 있는 그녀의 눈동자를 보자 우경은 실망했던 마음이 급속도로 기대감으로 충족됨을 느끼며 열렬하게 고개를 끄덕거렸다.

"정말 나…… 주는 거야?"

평소의 연진답지 않게 소심한 표정으로 묻고 있었다.

"응, 연진이 거야. 다른 누구한테 주는 것도 아니고 오직 주연진이라는 여자에게만 내미는 반지야. 받아줄래?"

"혹시 이거 화이트데이 선물은 아니겠지?"

혹여 자신이 잘못 받아들이고 있는 건 아닌가 우려된 마음에 연진은 불안한 표정으로 되물었다.

"아니야. 이건…… 흠흠, 프, 프러포즈용이야."

쑥스러운 마음에 몇 번이나 목을 가다듬고 어색한 목소리지만 분명하게 반지의 뜻을 밝혔다.

"맙소사."

결국 연진은 우경이 내미는 반지를 바라보며 기쁨의 탄성을 내

지르고 말았다.

"내…… 내 손에 끼워줘."

믿기 어려운 감격에 겨워 연진의 손끝이 살짝 떨고 있었다. 그 모습을 바라보는 우경의 마음이 찰랑이며 한껏 부풀어 올라 마치 맹세라도 하는 듯 경건한 마음으로 반지를 꺼내 연진의 손가락에 밀어 넣었다.

"사랑해."

연진의 왼손 약지에 반지가 꼭 들어맞아 우경은 가슴 뿌듯함을 느낄 수 있었다. 작은 반지지만 이 반지가 끼워짐으로서 연진이 온전히 자신의 여자가 되었다는 감격을 맛볼 수 있었다. 우경은 반지가 끼워진 연진의 손가락을 잡아 자신의 입술로 가볍게 입을 맞추었다. 우경이 끼워준 반지를 감격한 시선으로 한참을 바라보던 연진이 그에게 느닷없이 와락 안겼다.

"너무 좋아! 진짜지? 나랑 결혼하는 거지? 이제 신우경은 공식적으로 내 남자라는 거지?"

가는 팔로 그의 목을 힘껏 끌어안으며 큰 소리로 외치는 연진의 행동에 우경은 그저 웃음이 나올 정도로 행복했다.

"하하, 아직 공식적으로는 아니지. 약혼식은 올리지 않았잖아. 그래도 이제 주연진이 내 여자라는 표식은 가지고 있다는 거지."

"멋져!"

잠시 팔에 힘을 풀고 우경의 웃는 얼굴을 마주 보던 연진은 활짝 피어나는 얼굴로 팔로 다시 그의 목을 힘껏 감싸 안았다.

"멋져! 멋져! 너무 좋아."

온몸을 그에게 부딪치며 기쁨을 드러내는 연진의 행동에 우경
또한 가슴이 뿌듯했다.

"흠흠, 멋들어진 청혼은 아니지만……."

생각해 보니 반지만 불쑥 내민 것뿐인 프러포즈란 생각에 우경
은 조금 마음이 다급해져 급히 변명을 늘어놓았다.

"아냐, 이것만으로 충분해. 행복해."

그러나 연진은 조금의 실망감도 드러내지 않고 좋아서 펄쩍 뛰
었다.

"맙소사. 당신 정말 사랑스러운 거 알아?"

가까스로 그의 목에서 떨어진 연진이 눈빛 가득, 얼굴 가득 사
랑이란 감정을 담아 그를 바라보았다. 그리고는 부끄러움에 살짝
뺨이 붉어지는 그의 얼굴을 잡고 열렬하게 키스를 퍼부었다.

'사, 사랑스럽다고? 내가?'

연진이 던진 그 말 한마디의 충격에 잠시 정신이 없는 틈에 연
진의 입술이, 온몸이 우경에게 맹렬히 돌진했다. 어느새 조수석에
서 운전석으로 이동해 우경의 몸을 덮다시피 한 연진은 손을 아래
로 뻗어 더듬거리며 좌석 레버를 찾았다. 이윽고 원한 것이 손끝
에 닿자 회심의 미소를 지으며 레버를 조작해 좌석 등받이를 뒤로
젖혀 버렸다.

"엉?"

등받이가 뒤로 넘어가 버리는 바람에 얼떨결에 따라 넘어가 버
린 우경은 당황스러워했으나 점점 더 깊어지는 연진의 키스에 정
신을 차릴 수가 없었다. 그의 셔츠 위를 종횡무진 하는 연진의 손

길에 점점 몸은 뜨겁게 타오르고 있었다.

"연진아."

마주한 입술 사이로 우경의 미약한 반항이 새어나왔지만 연진은 과감하게 그의 손을 잡아 자신의 니트 안으로 밀어 넣었다.

'자아, 날 가져.'

온몸으로 외치는 연진의 소리를 들었는지, 연진의 가슴에 닿은 우경의 손길이 거칠어졌다. 따뜻하고 보드라운 살결에 취했는지 긴장한 듯 굳어 있던 우경의 손이 능수능란하게 그녀의 속옷을 밀어올리고 탄력 있게 튕기는 가슴을 움켜쥐었다. 그 손길에 연진은 기분이 좋은 듯 좀 더 그에게 몸을 밀착시키며 나지막한 신음을 흘렸다.

요염하지만 아직 서툴기 그지없는 연진의 혀를 한참 희롱하던 우경인 서서히 자신이 주도권을 잡기 시작했다. 연진의 머리를 자신의 목덜미에 고개를 묻도록 내버려 두고 자신은 고개를 숙여 연진의 옷 안으로 머리를 들이밀다시피 그녀의 상의를 올리고 하얗게 피어난 그녀의 가슴을 덥석 물었다.

"아앗."

어디선가 새끼고양이가 우는 듯한 신음 소리가 났다. 순결하고 투명한 연진의 가슴을 물고 어루만지면서 우경은 달콤한 그녀만의 살 내음에 취해 정신이 혼미해져 감을 느낄 수 있었다. 우경은 떨리는 손길로 풍만한 가슴을 어루만지며 충동적으로 가슴을 덥석 베어 물었다. 달콤한 살 내음이 풍겨오자 자신도 모르게 머릿속이 하얗게 비워져 나갔다. 머리에선 아무런 생각도 할 수 없는데 몸은 본능에 정직했다. 혀끝으로 가슴의 조그마한 돌기를 희롱하다 이로 아프지 않게 살짝 물자 손바닥 아래로 연진의 피부가 전율하는 것이 느껴졌다.

우경의 오른손이 연진의 가슴에서 허리로 미끄러지더니 엉덩이를 쓰다듬고는 허벅지 안쪽으로 미끄러져 갔다. 그리고는 슬그머니 연진의 치마를 걷어 올리기 시작했다. 너무나 느릿하고 부드러운 손길에 연진은 우경의 오른손이 하는 행동을 전혀 느끼지 못한 채 놀리는 것처럼 가슴을 간질이는 그의 행동에 신음을 흘리고 있었다. 연진이 그의 오른손을 느낀 것은 자신의 팬티 안으로 미끄러져 들어오는 낯선 감각 때문이었다.

"헉!"

놀라 몸을 발딱 일으키려는 연진의 허리를 왼손으로 억누르고 우경은 그녀의 가슴에서 웅얼거렸다.

"응? 가만히……."

아기 달래듯 조심스러운 속삭임에 연진은 천천히 굳어버린 몸에 힘을 뺐다. 그러자 기다렸다는 듯이 우경의 오른손이 그녀의 부드러운 체모를 가르고 촉촉이 젖은 속살 사이로 들어오기 시작했다.

"흐읏."

허리가 움찔거릴 만큼 간지러움과 두려움 섞인 긴장감에 연진은 우경의 어깨를 부둥켜 잡으며 한껏 신음 소리를 터뜨렸다.

"귀여워. 좀 더 소리 내봐. 응?"

달아오른 농염한 분위기에 우경 역시 흥분했는지 평소와는 다르게 원색적으로 나오기 시작했다.

"좀 더…… 응?"

참는 듯 힘겹게 내뿜는 연진의 뜨거운 신음 소리가 그를 달아오르게 만들고 있었다. 우경은 지금 자신이 멈춰야 한다는 것을 알고 있었지만 욕망으로 마비된 육체는 그의 이성이 내지르는 비명을 무시하고 있었다.

"연진아."

한껏 가라앉은 우경의 목소리가 연진의 귓불을 깨물며 깊은 욕망을 드러내고 있었다.

"아악."

그와 동시에 그의 손가락은 아직 아무도 침입한 적 없는 연진의 좁디좁은 동굴 안으로 파고들며 휘젓기 시작했다.

"하악. 우, 우경 씨."

점점 뜨거워지는 몸 때문에 연진은 도저히 정신을 차릴 수가 없었다. 우경의 여자가 되길 원했지만 그의 손길에 자신이 너무 쉽게 무너져 버렸다는 사실을 믿을 수가 없었다. 그래도 우경 역시 드물게 거친 욕망을 드러내며 욕심을 채울 기미를 보이자 조금은 만족스러운 듯 입가를 말아 올렸다.

조심스럽게 연진의 동굴 안으로 손가락을 밀어 넣던 우경은 손가락 끝에 닿은 방어막을 느끼고 잠시 멈칫거렸다. 그러나 이내 자신도 알지 못했던, 사내만이 가질 수 있는 우쭐함에 가슴이 벅차올랐다. 누구도 건드리지 못한 그의 신부가 그의 손안에서 순결한 육체를 퍼득거리고 있다는 사실만으로 그의 이성을 잃게 만들기 충분했다.

"연진아, 넌 내 것이야. 알지?"

"웅, 웅. 난 당신 거야. 제발 날 좀 어떻게 해줘."

그녀를 결혼 첫날밤 가장 아름다운 신부로 안겠다던 그의 맹세가 이성 저 멀리 던져진 순간이었다. 우경은 연진의 처녀막이 상하지 않게 조심스럽게 그녀의 동굴 안으로 어루만졌다. 자신 안에 숨어 있던 잔인한 욕심을 품은 악마가 그녀의 처녀를 차지하고 싶다고 소리쳤기 때문이다. 우경은 자꾸만 조급해지는 마음에 왼손으로 허겁지겁 불룩한 바지 지퍼를 내리느라 끙끙거렸다. 기다렸다는 듯이 튕겨 나온 우경의 악마는 기대감으로 부들부들 떨며 침을 흘리고 있었다.

"우, 우경 씨……."

느려지는 그의 손길이 마음에 들지 않은 듯 연진이 재촉하자 우경은 기대감으로 회심의 미소를 지으며 천천히 그녀의 허리를 잡아끌며 젖어 있는 동굴을 자신의 것으로 문질러 댔다.

"아흑."

뜨겁고 딱딱한 무언가가 민감한 살을 찌를 듯 닿자 연진은 자신도 모르게 가쁜 신음을 터뜨렸다.

"사랑해."

"으응."

우경은 한 손으론 자신의 것을 잡고 다른 한 손으론 연진의 허리를 움켜잡았다. 그리고 서서히 진입하려는 대망의 순간,

똑똑.

조금은 거칠게 그들이 탄 차 창문을 누군가가 두드렸다.

"헉!"

"엄마얏!"

농염한 분위기가 순식간에 깨져 버리자 우경과 연진은 잠시 어리둥절했다. 그러나 이윽고 자신들이 누군가의 방해로 무슨 짓을 하려는지 깨닫자 우경은 거의 비명을 내지르며 반쯤 벌거벗은 연진을 옆 좌석으로 던지다시피 번쩍 들어 놓았다. 그리고는 바지 지퍼 사이에서 우뚝 솟아 있는 염치 모르는 녀석을 구겨 넣다시피 옷 안으로 밀어 넣었다.

"으윽!"

"오빠?"

마찬가지로 허둥지둥 옷매무새를 잡고 있는 연진이 우경의 아픈 신음 소리에 돌아보자 눈물 한 방울이 그의 눈가에 매달려 있었다.

"지, 집혔다."

"응?"

무슨 말인지 몰라 눈을 동그랗게 뜬 연진은 우경의 부들거리는 손이 바지춤을 가리고 있는 곳을 보았다. 멈춰 있던 자세로 보아 아마도 지퍼를 올리다 살이 집힌 모양이었다.

'아이고, 아프겠다.'

안쓰럽고 안타깝지만 묘하게도 우스운 장면에 연진은 당황했던 상황도 잊고 살짝 웃음을 지었다. 가까스로 연진과 우경의 옷매무새가 똑바르게 정리될 즘 다시 한 번 창문을 두드리는 소리가 났다. 우경은 태연한 척했지만 사실 경직된 표정으로 창문을 내렸다.

"무슨 일이……."

"자~알하는 짓이다. 엉?"

무슨 일이기에 계속 창문을 두드리는가 싶어 창을 내렸던 우경은 비아냥거리는 경현의 목소리가 들려오자 화들짝 놀라고 말았다.

"겨, 겨, 겨, 경현아."

내려진 창문 틈으로 자신을 향해 삐죽이 눈꼬리를 치켜세우는 연진을 발견한 경현은 씨익 쪼개며 약을 올렸다.

"왜? 근처 괜찮은 호텔이라도 알려줄까? 아님 차에서 하고 싶었음 한강둔치라도 가지 그랬냐?"

"겨, 겨, 경현아."

아직도 당황스러움을 감추지 못하고 말을 더듬는 우경의 붉은 얼굴을 들여다보며 경현은 히죽거렸다.

"여긴 집 앞이야. 사람들이 많이 다닌다고. 좀 자중하지 그랬냐? 급한 건 알지만. 크크크."

얄밉게 이죽거리고는 경현은 룰루랄라 하며 대문 안으로 들어가 버렸다. 아니, 들어가다 다시 나와 소리쳤다.

"주연진, 십 분 안에 안 들어오면 다시 나온다!"

"으그, 저건 삼촌이 아니라 웬수야, 웬수."

손까지 흔들며 안으로 사라지는 경현에게 주먹을 쥐고 흔들어 보이며 불만을 터뜨렸다. 경현이 사라지자 다시금 차 안에는 어색한 침묵이 돌았다.

"흠흠, 미, 미안. 내가 이, 이성을 잃었다. 미안하다."

"쳇, 아주 확 돌아버리지."

"뭐?"

정색하고 고개를 숙이는 우경의 말에 연진은 낮게 투덜거렸다.

"아니야. 오빠가 미안해할 건 없지. 첫날밤을 소중하게 보내고 싶다는 오빨 유혹한 건 나니까. 너무 마음 쓰지 마."

"으, 응."

연진의 위로에도 우경의 굳어진 표정은 좀처럼 풀리지 않았다.

"그래도 난 좋았는걸? 오빠가 이성을 잃을 만큼 날 원한다 니…… 너무 좋았어. 내 이름 부르면서 욕망으로 흐릿해져 가는 오빠의 눈동자를 바라보며……."

"흠흠, 여, 연진아."

조금 전의 상황을 떠올리며 황홀해하는 연진의 뇌까림에 우경은 당황스러운지 연신 헛기침을 하며 분위기를 환기시켰다.

"다, 다, 다음엔 좀 더, 좀 더 즈, 즐겁게 해줄게."

결국 귓불까지 불타올라 버린 우경은 창 쪽으로 얼굴을 돌리고 부끄러운 듯 속삭였다. 그 모습이 너무나 사랑스러워 연진은 지금 해달라고 소리치고 싶었지만 십 분 안에 들어가지 않으면 고 얄미운 삼촌이 다시 방해할지도 모른다는 생각에 애써 참아야 했다. 대신 우경의 뜨거워진 손을 살며시 잡았다.

"약속했어."

자신의 손을 잡아오는 연진의 자그마한 손을 느끼며 우경이 그

녀 쪽으로 고개를 돌렸다. 배시시 웃고 있는 연진이 사랑스럽다고
느끼며 우경은 살며시 그녀의 뺨에 입술을 대었다.

"응, 약속해."

누가 이 사람을 나이 서른 넘긴 남자라고 여길까? 연진은 수줍
음에 몸 둘 바를 몰라 쭈뼛거리는 우경의 행동에 숨이 가빠졌다.
아무튼 너무너무 사랑스러워서 당장이라도 잡아먹고 싶지만 아직
은 거칠 것이 너무 많았다. 가장 첫 번째로 십 분 안에 들어오나
시간을 재고 있을 경현이 있었다. 아무튼 인생에 도움이 안 된다
고 중얼거리다가 문득 우경이 경현의 친구임을 떠올렸다. 덕분에
우경을 만난 것이니 이만한 장난쯤은 그냥 넘어가 줄까 하고 연진
은 너그럽게 생각했다. 둘을 방해하는 재미가 들린 경현이 나중에
큰 사고를 쳐 연진의 인생에 중요한 오점을 남긴다는 미래를 알았
다면 절대 연진은 그를 그냥 참고 넘어가 주는 실수를 저지르지
않았을 것이다.

15 | 3월 16일

보영과 함께 오랜만에 클럽을 찾은 연진의 표정은 매끄러운 진주처럼 반짝반짝 빛이 나고 있었다. 늘 오만한 표정으로 보영과 이야기를 나누며 가볍게 칵테일 한 잔만 마시면서 클럽 안의 사람들을 구경하던 모습은 평소와 똑같았지만 분위기가 새삼 다르게 느껴졌다. 오늘따라 연진은 무척이나 흥겨워 보였다. 그도 그럴 것이 평소완 달리 연진의 왼손 약지에는 반짝반짝 빛나는 플래티넘 재질의 티파니 반지가 끼워져 있기 때문이었다. 그녀의 손가락에 끼워진 반지를 보았는지 지나가던 여자들이 호들갑을 떨며 연진에게 말을 걸었다.

"어머, 연진아. 그거 웬 반지야?"

"너, 대한호텔 후계자랑 사귄다더니 그 사람한테서 받은 거야?"

"근데 약지잖아? 설마 약혼반지?"

호기심이 가득한 시선이 자신에게 집중되자 연진은 특유의 오만한 미소를 지으며 어깨를 으쓱일 뿐이다. 가타부타 않는 그녀의 태도에 여자들은 자신들의 생각이 맞다는 사실에 꺄꺄거리며 호들갑을 떨었다.

"진짜야? 그 남자랑 약혼한다는 말이 사실이야?"

"연진아, 네가 너무 아깝다. 뭐 하러 그런 늙은 남자랑 벌써 약혼이니?"

입으로는 연진이 아깝다 어쩐다 말하고 있지만 다들 부러운 눈치가 빤했다. 우경이 나이가 조금 많고 인상이 험악하게 생겼다고는 하지만 의외로 다정한 면이 없진 않다고 소문이 나 있었다. 게다가 꽤 알짜라고 소문난 집안은 물론이거니와 그 스스로도 호텔의 후계자니 벌써부터 사모님 소릴 들을 연진을 부러워하는 이가 대다수였다.

"그래서 약혼식은 언제 할 거야?"

누군가가 불쑥 꺼낸 질문에 마침 타이밍이 맞았는지 사방이 조용해져 그 질문이 고요하게 울려 퍼졌다. 사뭇 긴장된 안의 분위기에 연진은 어찌할까 개구진 표정으로 보영을 슬쩍 돌아보았다. 옆 자리에서 붉은색의 칵테일을 홀짝이던 보영은 네 뜻대로 하세요, 라는 듯이 그녀의 시선을 외면했다. 그러자 연진이 씨익 웃으며 질문자에게 대답이라기보단 안의 사람들 들으라는 식으로 조금 크게 소리쳤다.

"조만간 상견례하고, 빠르면 이달? 늦어도 다음 달엔 약혼식을 할 예정이야."

조금은 우쭐한 표정으로 연진이 대답하자 이내 장내가 소란스러워졌다.

"어머어머, 진짜야?"

"꺄앗, 축하해."

"약혼식은 성대하게 할 거지?"

"연진아, 우리도 약혼식에 초대해 주지 않을래?"

이곳저곳에서 들려오는 연진의 약혼 소식에 대한 축하 소리가 듣기 싫은지 유진의 미간이 살짝 일그러졌다. 재주도 좋지, 그사이에 그 남자를 낚아 벌써 약혼식 운운하다니…….

유진의 미간이 일그러진 이유를 오해한 친구 하나가 대수롭지 않게 말을 걸었다.

"뭐야? 이유진, 너 아직도 저 계집애한테서 미련 못 버렸냐?"

"시끄러."

굳이 설명하고 싶지 않기에 유진의 대꾸는 퉁명스러웠다. 그런데 간만에 유진의 속을 뒤집을 기회라고 여겼는지 대호는 입을 가만두지 않았다.

"어쩌냐? 근 십 년을 오매불망 바라보던 여자가 딴 남자와 약혼을 한다는데?"

"입 다물랬지?"

이내 유진이 험악한 눈길로 돌아보자 대호는 짐짓 겁에 질린 듯 몸을 사리며 재빨리 피했다.

"어이구, 무서워라."

대호가 키득거리며 사라져도 아랑곳하지 않고 유진은 연진에게 다시 시선을 고정시켰다. 그 시선이 아파 보였는지 멀찍이 떨어졌던 대호는 무슨 생각을 했는지 이내 교활한 눈빛을 번득였다.

　"어이, 주연진. 약혼 축하한다. 자, 축하주 한 잔 받아."

　친한 척 다가오는 남자의 얼굴을 유심히 바라보던 연진은 그가 유진의 친구 중에 하나임을 알아보았다. 이름이…….

　"차 가져와서 고맙지만……."

　대호가 건네주는 잔을 거절하자 그가 과장되게 실망한 태도로 소란을 떨었다.

　"이야, 뭐야? 이제 호텔 사모님이시라 나같이 미천한 놈이 주는 술 따윈 못 마신다는 거야? 다른 것도 아니고 네 약혼 축하주를? 받아, 한 잔 정도 가지고 왜 그래?"

　주위에 보란 듯이 요란을 떠는 대호의 태도가 거슬렸다. 연진이 살짝 이마를 찡그리는데 그가 슬쩍 속삭였다.

　"받아, 유진이가 건네는 잔이니까."

　유진이가?

　연진은 뜻밖이라는 듯이 그녀와 다른 위치에서 술을 홀짝이는 유진을 슬쩍 쳐다보았다. 그러다 시선이 마주쳤다. 담백하면서도 아픈 듯한 그의 시선에 연진이 먼저 고개를 돌리고 말았다.

　"알았어."

　유진이 주는 것이란 말에 연진은 더 이상 거절할 수가 없었다. 지난번에 빚진 것도 있고 축하주라는데 굳이 거절하는 것도 보기 그래서 대호가 건네준 술잔을 받아 한입에 털어 넣었다.

"오옷, 역시 화끈한데?"

건들거리는 대호의 반응이 시끄러웠지만 연진은 더 이상 그를 상대하지 않았다. 묘한 웃음을 흘리던 그가 마음에 걸린 것은 보영이었다. 무언가 께름칙한 기분이 들어 연진에게 걱정스럽게 말을 건넸다.

"너무 한꺼번에 마신 것 아냐? 괜찮아?"

"이 정도로는 취하지 않아.. 게다가 내 약혼 축하주라며? 못 마실 건 뭐 있어?"

"하긴……. 그래도 조심해."

"그래, 잔소리쟁이 우리 사촌 시누이."

"흥."

입으로만 밉다고 투덜거렸지만 두 사람의 눈가엔 자연스러운 웃음이 묻어나 있었다.

"음?"

보영과 신혼여행지에 대해 이야기를 나누던 중 연진은 발밑이 휘청거림을 느끼고 살짝 인상을 찌푸렸다.

"왜 그래?"

"음, 아냐. 조금 어지러워서."

"웬일이니? 벌써 취한 건 아닐 테고……."

"그러게."

술에 취한 것처럼 눈앞이 흐려지기 시작하고 무릎이 휘청거렸다. 그리고 이상하게 몸에서 열이 나는 것 같고 조금씩 숨이 가빠오기 시작했다.

"연진아?"

머리에 손을 얹으며 숨을 고르는 연진의 상태가 그다지 좋아 보이지 않아 보영이 걱정스럽게 물었다.

"아무래도 이만 가봐야 할까 봐. 머리가 지끈거려."

"그래? 운전할 수 있겠어?"

스툴에서 내려선 연진의 다리가 후들거리자 보영은 얼굴을 찡그리며 그녀를 재빨리 부축했다. 술에 그렇게 쉽게 취하는 그녀가 아닌데도 이렇게 비틀거리는 것을 보니 불안했다.

"뒤따르는 경호원들이 있으니까……."

말하는 것도 힘들어지는지 연진의 말투가 조금씩 느려지기 시작했다. 경호원이란 말에 보영은 안심이 된 눈치다. 눈에 띄지 않게 조용히 뒤따르는 경호원들의 존재를 평소 잘 의식하지 않아 그들의 존재를 잊고 있었다.

"무슨 일이야? 어디 안 좋은 거야?"

연진이 비틀거리는 것을 보았는지 유진이 걱정스러운 표정으로 다가왔다. 그의 등장에 보영은 반겨야 할지 쫓아내야 할지 잠시 고민했다.

유진은 자신이 연진에 대한 마음을 확실히 접었다는 사실을 아직 분명히 하지 않았다는 것을 떠올리며 보영의 경계 어린 시선을 감수했다. 거의 쓰러지다시피 신형이 무너지는 연진을 붙잡으며 보영은 걱정스러운 기색을 감추지 못하는 유진을 보고 마음을 굳혔다.

"좀 도와줘. 얘가 벌써 취했나 봐. 오늘따라 축하주라고 권하는 술이 많다 보니 조금 취했어."

그 말에 유진은 마음에 안 든다는 듯이 얼굴을 찡그렸다. 그러나 연진을 부축하는 손길은 부드러웠다.

"주연진답지 않군."

쓸쓸하게 내뱉는 유진의 한마디에 보영 역시 내심 쓸쓸한 기분이 들었다. 어쩌면 유진과 연진은 좋은 인연이 될 수 있었을지도 모른다. 유진의 일방적인 짝사랑만 아니라면 오랜 시간 늘 같은 공간에 있었던 두 사람이기에 서로에게 좋은 친구가 되었을 텐데……. 아쉬움에 보영은 가볍게 혀를 차고 말았다.

"놔둬. 내가 안고 갈게."

보영이 연진의 한 팔을 잡고 부축하고 유진이 그녀를 밀어내며 퉁명스럽게 말했다. 그 말에 보영은 잠시 머뭇거렸다.

"아냐, 그냥 도와줘. 그게 나아."

단호한 보영의 거절에 유진은 연진이 약혼을 선언했음을 새삼 깨달았다. 오늘 저녁 사람들 앞에서 약혼을 공식화한 연진이 다른 사내의 품에 안긴 채 클럽을 나간다면 좋지 않은 소문이 퍼지리라. 그 생각에 유진은 연진을 안으려고 내밀 팔을 거둘 수밖에 없었다. 그리고 보영처럼 연진의 다른 팔을 붙잡아 일으켜 세웠다. 그때였다. 지나가던 웨이터 하나가 그에게 작은 쪽지를 하나 건네주었다.

"뭐야?"

"저어, 친구 분께서 보시라고 전해주신 겁니다. 급한 것이니 꼭 지금 보라고 하셨습니다."

짜증스럽게 얼굴을 굳히던 유진은 성가시다는 표정으로 쪽지를 펼쳤다. 내용을 확인하고는 이내 욕설을 지껄이며 쪽지를 거칠게 구겼다. 그리고는 보영이 만류할 틈도 없이 연진을 안아 들고 소리쳤다. 유진이 반쯤 정신을 잃은 연진을 안아 들자 여기저기서 호들갑스러운 비명이 터져 나왔다.

"빌어먹을, 서둘러야 돼. 너 그 남자 연락처 알지? 빨리 전화해서 연진이 데리러 오라고 그래."

버럭 성을 내며 황급히 연진을 안고 나가는 유진의 뒤로 황망한 표정의 보영이 남아 있었다. 그러나 이내 정신을 차리고 유진이 말한 대로 우경의 번호를 누르며 재빨리 그를 따라나섰다. 그들의 대화가 들리지 않던 이들의 호기심과 흥미진진한 시선 사이로 아픔이 가득한 초희의 시선이 섞여 있었다.

"야, 이유진. 어딜 가는 거야?"

"여기서 가장 가까운 호텔이 어디야?"

"뭐?"

연진을 안아 들고 클럽 밖으로 나온 유진은 성마른 표정으로 주위를 두리번거렸다. 굳어버린 보영이 싸늘한 시선으로 그를 노려보며 소리쳤다.

"무슨 소릴 하는 거야?"

"씨팔, 어느 미친 새끼가 연진이한테 약을 탄 술을 먹였단 말이야."

짜증스럽게 대꾸한 유진의 표정엔 초조함이 가득했다. 그 미친 놈이 자신의 친구라는 사실은 밝히지 않았다. 대신 나중에 돌아와서 반쯤 죽여 버리겠다고 이를 갈 뿐이었다.

"뭐?"

"그 남자랑 연락됐어?"

초조한 마음의 그와 달리 얼이 빠진 듯한 보영의 표정이 마음에 들지 않은 듯 유진이 버럭 소리를 질렀다.

"그 빌어먹을 약혼자 놈과 연락이 됐냔 말이야."

"어? 어, 이리로 오라고 그랬어."

"씨팔."

욕설을 뇌까리던 유진은 그의 차가 클럽 입구에 다가오자 황급히 발걸음을 옮겼다.

"뒷좌석 문 열어."

보영은 유진에게 성마른 명령을 들었지만 시급한 상황이라 넘어가 주기로 했다.

"가까운 호텔로 갈 테니까 그리로 오라고 다시 연락해."

"아, 알았어. 근데 약이라니?"

뒷좌석에 거의 정신을 놓다시피 한 연진을 부둥켜안으며 보영이 불안하게 묻자 유진은 대답하기 곤란한 듯 난감한 표정을 지었다.

"……최음제."

"뭐?"

한 옥타브가 올라간 보영의 비명 소리에 유진은 귀가 따가웠지만 그 쪽지를 받았을 때 자신도 그렇게 비명을 지르고픈 마음이었다는 것을 떠올렸다.

"씨팔."

그 황망스럽고 참담한 쪽지를 봤을 때 누군가로부터 뒤통수를 쇠파이프로 힘껏 가격당한 것처럼 속이 울렁거렸다.

〈어차피 미련 못 버린 거, 그냥 차지해 버려. 약을 탄 술을 먹였으니까 반항은 못할 거야. 즐거운 시간 보내라. -대호.〉

미친놈.

난폭하게 차를 출발시키며 유진은 이런 짓을 저지른 대호를 향해 욕설을 퍼부었다. 약혼한다고 반지까지 끼고 들어와 자랑하는 여자를 상대로 무슨 짓을 하라는 것인지 이해할 수 없었다. 아니, 충분히 이해할 수는 있는 일이지만 연진이 깨어나면 그 뒷감당은 어찌하라는 것인지…… . 주연진이 보통의 순진한 여자여서 강제로 몸을 빼앗겼다고 울면서 그에게 올 여자 같았다면 벌써 차지했을 것이다. 그러나 그가 아는 주연진은 절대 그렇게 호락호락한 여자가 아니었다. 오히려 눈에 불을 켜고 그에게 복수하겠다고 두고두고 이를 갈 여전사였다. 혹시나 그가 미친 척 이대로 연진을 안아버린다면 그녀는 결코 신우경이란 남자에게 가지 않을지도 모른다. 그러나 평생 신우경을 그리워하며 유진을 원망하며 그녀 스스로를 망칠 가능성이 높았다. 그렇기에 유진은 연진에게 손을 댈래야 댈 수가 없었다. 그가 바라는 것은 결코 그런 것이 아니기 때문이었다. 그가 바라는 것은…… .

유진은 스스로의 대답을 부정하며 재빨리 머리를 흔들어 상념을 털어냈다. 이미 접기로 마음먹었다. 그런데 이제 와서 다른 미련 따위에 끌려 다니는 자신이 한심했다. 액셀을 있는 대로 밟아 위험천만한 곡예운전을 하며 가장 가까운 호텔로 향했다. 뒷좌석에서 연진을 안고 있는 보영은 막무가내식의 유진의 운전 방식에 눈이 핑핑 돌 지경이었다.

'이 자식이, 일부러 이러나?'

좀 살살 운전하라고 소리치고 싶어도 연진의 상태가 그다지 좋지 않았다. 점점 열이 오르는 것처럼 몸이 뜨거워지고 농염한 숨결을 토해내며 안겨오는데 여자인 그녀도 마음이 흔들릴 지경이었다. 그래서 차마 유진에게 잔소리를 하지 못하고 그저 무사히 호텔에 도착하기만을 바라고 있었다.

모처럼 티파니에 모인 우경과 경현, 그리고 진혁은 느긋한 기분을 만끽하고 있었다. 그동안 연진이 우경과 데이트하느라 세 사람이 모이기가 쉽지 않았다.

"어쩐 일이야? 신우경이 우리 가게엘 다 오고?"

새침한 표정으로 비아냥거리는 효성의 타박에도 우경에 대한 반가움이 숨어 있었다.

"오늘 연진이가 친구들 만난다고 클럽 갔거든."

배시시 웃으며 순순히 대답하는 우경의 말에 다른 세 남자는 고개를 절레절레 흔들었다. 그 모습이 어리둥절한 우경이 당황스러워했다.

"왜? 뭐가 잘못됐어?"

"아냐, 그냥 넌 애처가 기질이 충분하다고 생각해서 그래."

아니꼽다는 듯이 얼굴을 찡그리며 대답한 효성에게 경현이 덧붙였다.

"아냐, 우경인 이미 애처가야."

"음."

진혁 역시 단호하게 고개를 끄덕이며 경현의 의견에 힘을 더했다.

"뭐, 뭐야? 그러면 안 돼?"

왠지 친구들이 자신을 놀리는 것 같은 기분에 약간의 반발심으로 우경이 버럭 소리를 질렀다.

"안 되긴, 누가 뭐래?"

"맞아."

재빨리 맞장구치는 친구들의 얼굴에는 이미 장난기가 묻어 있었다.

"쳇."

우경이 토라진 듯 툴툴거리자 경현이 웃음을 참으며 그를 달랬다.

"이봐, 조카사위. 띠동갑도 넘어선 어린 여자를 아내로 데려가면서 그렇게 속 좁게 굴어서야 되겠는가?"

"칵! 어린 아내랑 속 좁은 거랑 무슨 상관이야?"

"그럼 둘이 똑같이 어린애가 되어 살 셈이야?"

우경이 발끈하자 효성인 짐짓 진지한 표정으로 충고했다.

"윽, 관둬. 너희들은 지금 나 놀리는 데 재미 붙였어."

"아니 다행이군."

"맞아, 맞아."

경현과 효성이 짝짜꿍이 맞아 맞장구치자 우경은 더욱 어이가 없었다.

"참나……."

결국 어이가 없어진 우경이 피식 웃음을 터뜨리며 패배를 선언하고 말았다.

"알았어. 오늘 술은 내가 사지."

"좋았어. 오늘 내가 비장의 술을 공개한다. 흐흐흐, 신우경. 오늘 네 잔고의 돈이 왕창 줄어드는 경악의 순간을 맛보게 될 것이다."

음산하게 웃으며 어디론가 사라지는 효성의 의미심장한 모습에 우경은 아뿔싸를 소리치며 그를 붙잡으려고 손을 뻗었다. 그러나 물 만난 미꾸라지 마냥 날렵하기 그지없는 효성은 우경의 손을 재빨리 피하고 음산하게 웃으며 어디론가로 사라졌다.

"이런, 젠장."

효성을 놓친 것에 우경에 분해하자 경현이 가만히 혀를 찼다.

"임마, 포기해. 오늘 효성이가 단단히 벼른 모양이다."

"덕분에 좋은 술을 맛보게 생겼군."

진혁도 놓치지 않고 한마디 덧붙였다. 덕분에 우경의 얼굴만 종잇장 구겨지듯 일그러졌다.

"니들이 그러고도 친구냐?"

"암."

진지한 표정으로 고개를 끄덕이며 수긍하는 경현의 얼굴을 보자 우경은 한 대 치고 싶은 욕망에 시달렸다.

"으이그, 내가 상대를 말아야지."

"훗, 감히 미래의 숙부께 그런 말을 해도 된다 이거냐?"

"으윽."

얄밉게 이죽거리는 경현이 토라진 우경의 어깨에 팔을 척하니 걸치며 속삭였다. 그 말을 들은 우경의 얼굴이 와락 일그러지고 말았다. 그때였다. 우경의 핸드폰이 다급하게 울리기 시작했다. 연진인가 싶어 화면을 보니 뜻밖에 보영의 이름이 떴다. 그러나 그것이 더욱 불안하게 다가와 우경은 황급히 전화를 받았다.

"무슨 일이냐?"

[오빠, 큰일났어. 연진이가 이상한 약을 먹었나 봐.]

"뭐?"

우경은 펄쩍 뛰어오를 듯 소스라치게 놀라며 소리를 내질렀다.

"그게 무슨 소리야? 약이라니? 연진이가 약은 왜?"

걱정된 나머지 신경질적으로 소리를 내지른 우경의 말에 경현과 진혁의 동작이 얼어붙듯 멈추었다.

[몰라, 얘가 완전히 맛이 가버렸어. 오빠가 어서 와야 할 것 같아.]

"너, 너! 거기 어디야?"

하얗게 질린 얼굴로 다급하게 소리치자 보영은 자신들이 있는 곳을 알려주었다.

"기다려, 금방 갈게."

마음이 급한지 말을 하면서도 우경은 벌써부터 발길을 재촉하고 있었다.

"미안, 나 먼저 간다. 연진이한테 무슨 일이 생겼나 봐."

하얗게 질려 반쯤 넋이 나가 버린 우경의 팔을 잡은 것은 경현이었다.

"기다려. 내 조카 녀석 일이기도 해. 같이 가자."

"어, 어, 그래."

벌써 마음은 연진에게 달려가고 있는지 건성으로 대답하는 우경을 쫓아 나가며 경현이 진혁을 돌아보았다.

"미안, 네가 뒤처리 좀 해줘."

진혁도 마찬가지로 연진이 걱정스러워 따라나서려다 경현의 말에 멈칫거렸다. 뒤처리? 무슨 말인가 고개를 갸우뚱거리던 진혁은 자신들이 마셨던 술잔을 내려다보며 계산인가 보다 싶어 주섬주섬 지갑을 꺼내 들었다. 그때였다.

"어? 우경이랑 경현이는 어디 갔어? 화장실 갔냐? 이야, 사이가 너무 좋은 거 아냐?"

등 뒤에서 들려오는 명랑하다 못해 엽기적으로 들리는 효성의 밝은 목소리를 듣자 진혁은 그만 소름이 좌르륵 돋고 말았다. 그제야 경현이 남긴 그 뒤처리라는 것이 효성의 분노를 잠재우는 것임을 깨달은 진혁은 도망친 경현에 대한 저주를 사정없이 퍼부었다.

"엉? 너 어디 갈 포즈다?"

엉거주춤 일어서 있는 진혁을 바라보며 효성은 천진하게 물었다. 그러다 슬그머니 자신의 시선을 피하는 진혁의 행동과 텅 비어 있는 우경과 경현의 자리를 보자 효성은 상황을 깨닫고 길길이 날뛰기 시작했다.

"으아아악! 이 돌삐 자슥들을 그냥……. 이 자식들 토꼈어?"

분해 펄쩍 뛰는 효성 때문에 진혁은 카리스마가 죽는 행동임을 알면서도 기꺼이 허리를 숙여 효성을 피해 달아나려 했다. 그러나 번뜩이는 눈빛의 다스베이더가 되어버린 효성이 그를 놓칠 리 만무했다.

"어딜? 자네라도 내 술 팔아줘야지."

음산하게 중얼거리는 효성에게서 그 다스베이더의 막강한 포스가 느껴진다며 진혁은 침울하게 중얼거렸다.

"무슨 일이야!"

보영의 연락을 받은 우경이 경현과 함께 들이닥쳤다. 벌써 약 기운이 오르는지 이리저리 안달하며 몸부림치는 연진을 바라보며 쩔쩔매는 보영이 그들의 등장을 반겼다.

"오빠."

침대로 다가온 우경은 자신을 반기는 보영은 보이지 않는지 연진에게만 시선을 고정시켰다.

"무슨 일이야? 도대체 애가 왜 이래!"

열이 올라 칭얼거리는 연진의 상태를 바라보며 경현도 짜증스럽게 보영에게 소리쳤다.

"연진아?"

빨갛게 얼굴을 물들이고 칭얼거리는 연진의 모습에 안쓰러운지 우경은 무너지는 가슴을 부여잡고 힘겹게 그녀의 이름을 불렀다.

"저기, 그게……."

차마 사실을 말하기가 힘들어 미적거리는 보영 대신 담백한 유진의 목소리가 답해주었다.

"약이 든 술을 마셨습니다. 누가 장난으로 마시게 한 것 같아요."

담담하게 말하고 있는 것 같지만 실상 유진은 터질 것 같은 분노를 힘껏 억누르고 있는 상태였다. 이유야 어찌 되었든 이런 일이 일어난 것은 자신의 불찰이었다. 그 생각에 유진은 수치심으로 인해 얼굴이 미미하게 달아오르고 있었다.

"뭐야?"

유진의 말에 경현이 잔뜩 열 받은 표정으로 그에게 소리쳤다. 그러나 유진은 경현보단 연진의 손을 붙잡고 연신 걱정스럽게 그녀의 이마를 닦아내고 있는 우경에게 시선을 고정시켰다. 연진의 손을 당당히 잡고 있는 우경이 부럽다는 생각과 동시에 왠지 모를 죄책감이 그를 사로잡았다. 무언가 애틋한 시선을 던지는 유진의 모습에 경현은 울컥 치미는 분노 다음으로 의아함이 떠올랐다. 그러다 낯익은 얼굴에 유진이 누구임을 알아차리고 그 시선의 정체를 깨달았다. 그 순간 경현의 머릿속에 이 생각이 가장 먼저 떠올랐다.

'앗, 저놈 연진이 좋아하는 녀석이지? 앗싸, 삼각관계 형성이다.'

역시 연애는 삼각관계에서 시작된다며 경현은 흐뭇한 마음으로 유진을 지켜보았다. 조만간 연진과 우경의 약혼식이 예정되어 있다는 사실은 아무래도 상관없었다. 단지 우경이 질투로 몸이 달아 고통스러워하는 것을 지켜보고 싶다는 생각뿐이었다.

이상하게도 자신을 바라보는 경현의 눈빛에서 단순한 호의로 받아들이기 조금 곤란할 정도로 과한 느낌을 받은 유진은 자신도 모르게 그를 경계하고 말았다. 마치 예전에 그가 좋다고 쫓아다니던 이상한 남자의 눈빛과 똑같음에 소름이 끼치고 만 것이다.

"오…… 빠?"

흐릿해진 눈동자를 우경에게 힘겹게 고정시키는 연진에게서 힘겨운 목소리가 새어나왔다.

"그래, 연진아. 나야, 정신이 들어? 괜찮아?"

정신이 든 연진의 반응에 반가운 우경이 황급히 그녀의 손을 잡으며 소리쳤다.

"흐윽, 오빠. 나 더워. 더워 미치겠어. 내 몸이 이상해. 나 좀 어떻게 해줘."

팔을 허공으로 허우적거리며 흐느끼는 연진의 속삭임에 우경의 몸이 그대로 굳어버리고 말았다. 그 뒤로 유진의 자조적인 목소리가 이어졌다.

"최…… 음제를 먹었습니다."

"이런, 제길."

거친 반응을 보인 것은 경현이다. 우경은 그대로 얼어붙어 어찌해야 할지 모르는 눈치였다. 보영 역시 난감하기 그지없는 표정이었다.

"우경아, 부탁한다. 어차피 곧 결혼한 사이니까 상관없겠지? 아, 지난번에 나 때문에 방해받았던 일을 이어 한다고 생각해."

결국 경현은 우경의 어깨 위에 팔을 터억 하니 올리며 비장하게 말을 꺼냈다.

"뭐?"

여전히 정신없어하는 표정으로 우경이 돌아보자 경현은 그에게 엄지손가락을 들어 보이며 한마디 던졌다.

"화이팅!"

그리고는 머뭇거리는 보영과 멀찍이 서 있는 유진을 이끌고 방을 나가 버렸다.

"야! 그, 그냥 가면 어떻게 해?"

당황한 우경이 뒤늦게 경현을 불렀지만 이미 문은 닫힌 뒤였다.

"겨, 경현아."

애처롭지만 그다지 크지 않은 우경의 목소리가 문에 부딪쳐 사라졌다.

"어, 어쩐다?"

초조함을 감추지 못한 우경이 손가락으로 거칠게 자신의 머리카락을 쓸어 올렸다.

"오빠…… 나…… 나…… 힘들어."

칭얼거리는 연진의 얼굴 위로 피어오른 은은한 홍조가 더할 나위 없이 사랑스러웠다. 은근하게 그를 부르는 목소리는 잠겨 있어 한층 섹시한 감이 짙어져 그를 당혹케 만들었다.

"연진아."

"오빠, 우경 오빠."

열에 들뜬 듯 흐릿한 눈동자로 자신을 바라보는 연진의 모습에 우경은 무언가를 결심한 듯 단호하게 얼굴을 굳히고 욕실로 향했다.

"보영아, 네가 집에 전화해서 연진이 알리바이 좀 만들어다오. 아무리 곧 결혼할 사이라지만 결혼 전부터 외박한다고 하면 어른들 보기 좀 그렇잖아."

"그럴게요."

엘리베이터로 향하면서 경현이 보영에게 연진의 외박에 관한 증거를 조작해 달라고 부탁하고 있었다. 그때 경현의 휴대폰이 울리기 시작했다. 발신자를 보니 진혁이다.

"어, 그래. 어디냐?"

침착한 경현의 목소리가 들리자 순간 울화가 치민 진혁이다.

[……정리됐냐?]

"그래, 우경이에게 맡겼다."

[그럼 당장 티파니로 와라.]

음산하게 속삭이는 진혁의 목소리에서 심상치 않은 기분을 느낀 경현이 살짝 몸을 떨었다.

"나…… 가면 죽는 거냐?"

[안 오면 죽는다.]

명쾌한 소리를 내며 끊어진 전화기를 망연자실한 표정으로 바라보던 경현은 도움을 바라는 눈길로 보영을 바라보았다.

"보영아, 이 아저씨랑 함께 술 마시러 가지 않으련?"

"지금 어린 양의 꼬시려는 겁니까?"

순진한 눈망울을 떼굴떼굴 굴리며 속 보이는 제안을 던지는 경현에게 보영은 기가 막힌다는 시선을 날렸다.

"아니, 그게 아니라 이 아저씨가 술 한 잔 사마. 대신 방패막이 좀 되어다오."

"방패막이?"

"내 친구 놈 가게서 술 마시다가 날아왔거든. 우리가 일부러 그놈 술 팔아준다고 말만 하고 난 것이 아니거든? 네가 가서 증명 좀 해주라."

"흐음?"

미심쩍은 보영의 시선이 경현의 얼굴 곳곳을 샅샅이 노려보며 거짓말하는 구석이 있나 살폈다. 날카로운 보영의 시선에 경현은 파르르 입꼬리를 떨며 부디 좋은 평가가 내려지길 조마조마한 마음으로 빌었다.

"이유진, 넌 클럽으로 다시 갈 거야?"

경현에게 대답을 하는 대신 보영은 한 발짝 뒤에 서 있는 유진에게 말문을 던졌다.

"가야지."

이를 사려 물며 대답하는 유진의 표정이 상당히 살벌한 것으로 보아 그는 이번 일의 주모자를 알고 있는 듯 보였다.

"……그럼 내 몫까지 부탁할게."

유진이 무엇 때문에 클럽으로 되돌아가는지 그 이유를 알아차린 보영은 서늘하게 말을 내뱉으며 경현에게 고개를 돌렸다.

　"덕분에 잘생긴 아저씨한테 술 한 잔 얻어 마시게 됐네요."

　그제야 안도의 숨을 내쉬는 경현의 얼굴 위로 화사한 웃음이 피어올랐다. 마음의 짐을 던 듯 가벼운 표정이던 경현이 지나가는 말투로 유진에게 한마디 던졌다.

　"참, 그놈 신상명세서 좀 알려주고 가라."

　가볍게 웃고 있는 듯하지만 돌아보는 경현의 눈빛은 순간 소름이 끼칠 만큼 싸늘하고 매서웠다. 유진은 가볍게만 보였던 연진의 삼촌에게서 순식간에 피어오른 살기에 그만 잠시 얼어붙고 말았다.

16 | 3월 17일

다음날 아침 함께 밤을 보낸 남녀의 모습을 기대하고 호텔을 찾은 경현은 예상과는 다른 상황에 고개를 갸웃거렸다. 어찌 보면 예상한 대로의 모습일 수도 있겠지만 방 한쪽 구석에서 등을 돌린 채 고개를 떨어뜨리며—근처에 쿠션들이 떨어져 있는 폼으로 보아, 연진의 공격에 당해 주눅이 든 상황이었다—오들오들 떨고 있는 우경과 침대에 앉아 시트로 몸을 감은 채 씩씩거리고 있는 연진의 분위기는 남녀 간의 미묘한 알력 따위는 느낄 수가 없었다.

도대체 무슨 일이 벌어진 거야?

경현은 고개를 갸우뚱거리며 말을 꺼내려다 연진에게 선수를 빼앗겼다.

"믿을 수가 없어."

실망한 기색이 역력한 연진의 툭툭 내뱉는 말에 우경의 어깨가 조금씩 움찔거리며 한없이 가라앉고 있었다.

"어쩜 남자가 그럴 수가 있어?"

"자아, 연진아. 우경이도……."

"삼촌도 그 상황에서 그럴 거야? 엉? 내가, 이 내가! 안아달라고 그렇게 사정사정했는데 저 남자가 어떻게 했는지 알기나 해?"

씩씩거리며 울분을 토하는 연진의 외침에 경현은 의아함에 또다시 고개를 갸웃거렸다. 지난번에 집 앞에서 벌인 짓으로 보아 꽤나 마음이 급해 보였는데 그 와중에서도 연진을 안달나게 만들 정신이 있는 놈인가, 라며 진지하게 우경에 대해 고민했다. 혹은 연진을 너무 괴롭혀서 화가 나게 만든 것인가 싶어도 연진이 좋으면 좋았지 싫어하지는 않았을, 도리어 우경을 괴롭혔을 듯싶어 눈만 끔벅거리며 아무런 대꾸도 하지 않았다.

"저 인간! 약에 취해 해롱거리는 나를 얼음장 같은 물속에 사정없이 집어넣었단 말이야."

"엥?"

전혀 생각도 못한 연진의 말에 경현은 눈이 튀어나올 것처럼 놀란 표정을 서슴없이 지어 보였다.

"진짜?"

그러고도 사내냐는 어처구니없다는 시선을 우경에게 보내면서 경현이 연진에게 물었다.

"그럼! 그러니까 내가 이렇게 미치고 팔짝 뛰는 거 아니야?"

길길이 날뛰는 연진의 분노가 이해가 가면서 경현은 속으로 우경에게 혀를 끌끌 찼다. 저 고지식한 놈이 기다렸다는 듯이 연진을 안을 리도 없겠지만 그렇다고 진짜 방치해 버렸을 줄은 꿈에도 상상하지 못했던 일이다. 방치플레이라……. 최악의 사디스트나 할 짓이지, 음.

"그래, 그래."

너무 어이가 없고 기가 막혀 분노를 감추지 못하는 연진의 반응에 경현은 속으로 웃음이 터질 지경이었지만 가까스로 참고 그녀를 달랬다. 연진에게서 등을 돌리고 있는 우경은 그녀의 말 한 마디 한 마디가 채찍같이 날카로운지 움찔움찔 놀라며 눈치만 살필 뿐이다. 이미 약 기운이 사라져 정신을 차린 연진에게 한차례 혹독하게 시달린 후유증이 경현의 눈에 확연히 보였다.

"어이가 없어서……."

결국 기막힌 한탄을 터뜨리며 한숨을 푹푹 내쉬는 연진에게 고개를 살며시 돌린 우경이 한마디 했다.

"그래도 약에 취한 널 안고 싶지는 않았단 말이야."

"장하다, 이 화상아."

결국 밤새 그녀의 몸을 힘들게 했던 약 기운을 내쫓을 때까지 욕조에서 차가운 물로 몸을 식힐 수밖에 없었던 연진은 아직도 욱신거리는 내부의 감각이 남아 더욱 눈꼬리를 치켜떴다. 가장 안쪽에 입고 있던 속옷마저도 욱신거리는 통증에 한몫하던 차라 훌훌 벗어 던지고 이때다 싶어 우경을 유혹했지만 그는 오히려 그녀를 김밥 말듯 시트로 돌돌 감아버리고 말았다. 그리고는 울부짖으며 애원하는 그녀를 인정사정 보지 않고 차가운 물이 가득한 욕조에 담가 버리고는 정신이 들 때까지 내버려 두었다.

"히잉."

연진이 벼락같이 소리치며 우경에게 근처에 있던 쿠션 하나를 사정없이 던져 버렸다. 정통으로 맞아버린 우경이 끼잉거리며 신음성을 터뜨렸다.

"장하다, 장해. 혹시 당신 그쪽으로 문제있는 거 아냐?"

"야아, 연진아. 그건 말이 좀 심하다."

곁에서 듣고 있던 경현이 살짝 이마를 찡그리며 곤혹스러운 듯 중얼거렸다.

"도대체 무슨 남자가……. 으휴, 말을 말아야지. 저 인간, 저렇게 우둔한 인간인지 몰랐던 것도 아니고……. 어휴."

결국 연진이 답답한 듯 가슴을 두드리며 큰 소리로 한탄을 터뜨리자 우경이 시무룩한 표정으로 다시 고개를 빼꼼히 돌렸다.

"미안……."

그 말 한마디에 가라앉으려던 연진의 성질이 다시 뽀록이 나고 말았다.

"미안은 개뿔이 미안? 미안한 줄 알면 당장 날부터 잡아!"

"엥?"

뜻밖의 말에 경현도, 우경도 눈을 휘둥그레다.

"결혼 첫날밤이 아니면 안 안는다고 본인 입으로 그랬으니까 당장 날부터 잡아! 약혼식이고 뭐고 다 건너뛰고 얼른 결혼식부터 잡아! 안 그럼 절대 용서 안 해줄 테니까 그렇게 알아!"

"징한 것, 결국 그렇게 나온다 이거냐?"

경현이 질렸다는 듯이 혀를 찼지만 우경은 민망한 표정이지만 밝은 눈빛으로 반색했다.

"정말? 용서해 줄 거야?"

"날부터 잡으라니까."

한쪽 구석에서 쪼그려 앉아 눈치만 보고 있다가 재빨리 연진의 곁으로 달려온 우경이 반색하며 눈빛을 반짝이자 연진은 코웃음을 치며 대꾸했다.

"연진아, 사랑해."

"흥, 결혼하고 나서 두고 보자고. 내 어젯밤에 받은 그 수모는 기필코 갚아줄 테니까."

간밤의 충격이 상당한지 한 번도 우경에게 보이지 않았던 사악한 눈빛을 고스란히 드러내며 연진은 이를 바득 갈았다. 그럼에도 불구하고 우경은 그런 그녀의 모습도 사랑스러운지 좋아라 웃음을 띠며 그녀의 비위를 맞추기 여념이 없었다.

"응, 응. 나야 우리 연진이가 나랑 결혼만 해준다면야 뭐든 다 감수할 수 있어."

한순간에 얼굴 표정 풀어진 것은 물론이거니와 주인을 따르는 강아지화 되어버린 친구의 모습에 경현은 안쓰러움과 한심함을 동시에 느꼈다. 정녕 연진의 본모습을 보고도 평생 함께하겠노라는 말이 나오냐고 소리치려다가 독이 오른 연진의 눈초리에 가만히 입을 다물고 말았다.

5월의 신부를 노래 부르는 연진의 고집에도 불구하고 그 해 5월 두 사람의 약혼식이 거행되었다.

연진은 하루라도 빨리 식을 올리고 싶어 안달이 나 있었지만 아직 그녀의 나이가 너무 어리다는 이유 하나로 연진의 부모님이 반대한 덕분이었다. 그러나 미수에 불과했지만 함께 호텔방에서 밤을 보냈다는 이유로 감히 부모님께 협박을 자행한 결과 결혼식은 무리지만 약혼을 승낙받고야 말았다. 그럼에도 불구하고 결혼식이 아니라는 이유만으로 약혼식 직전까지 연진의 입이 툭 튀어나왔다는 것은 그다지 숨길 만한 일은 아니었다.

연진을 안고 나갔던 유진이 생각보다 빨리 클럽으로 모습을 드러내자 다들 의아해하면서도 호기심을 감추지 않은 표정으로 그를 살폈다.

"대호, 이 자식 어디 갔어?"

대호와 함께 어울리는 패거리들에게 다가가 음산하게 중얼거리는 유진에게서 심상치 않은 분위기를 느꼈는지 다들 머뭇거리며 대답을 미루고 있었다.

"김대호 어딨냐니까."

일갈한 유진의 노성에 순식간에 클럽 안이 조용해지고 모든 시선이 그에게 쏠렸다.

"여어, 우리 친구. 난 왜 찾으시나? 벌써 볼일이 끝났…… 커헉."

한쪽에서 양쪽에 여자들을 끼고 앉아 술을 마시던 대호가 살짝 풀린 표정으로 유진에게 히죽 웃었다. 그를 발견한 유진이 쏜살같이 날아와 그의 얼굴을 갈겨 버리기 전까지 대호의 얼굴에서 여유로운 웃음이 사라지지 않았다. 마치 네가 무슨 일을 하고 왔는지 나는 안다 라고 말하고 있는 것 같아 유진의 기분이 몹시도 더러워졌다.

　"왜, 왜 이러는 거야?"

　유진에게서 맞은 턱을 감싸 쥐며 대호는 순식간에 사라진 술기운으로 허둥거렸다.

　"왜 이래? 네가 한 짓을 몰라서 이래? 누가 그딴 짓을 하래? 엉? 그딴 비열한 짓을 저지르면 내가 얼씨구, 감사합니다. 라며 네게 절이라도 할 줄 알았어?"

　"나, 난 네가 좋아할 줄 알고……."

　"이 새끼가 아직도 정신을 못 차렸네?"

　바닥에 엎어져 있는 대호에게 사정없이 발길질을 하며 유진은 씨근덕거렸다.

　"내가 그런 비열한 인간으로 보여? 엉? 다 끝난 게임이야. 그런데 네가 뭔가 감히 날 비참한 패배자 꼴로 만들어?"

　"유, 유진……."

　잔인한 유진의 발길질에 기가 질린 다른 친구들이 황급히 그를 뜯어말리기 시작했다. 이미 대호의 얼굴은 처참하게 터지고 부은 상태여서 여자들의 비명 소리가 한층 높아져 갔다.

　"그만 해. 그러다 애 잡겠다. 무슨 일인지 모르지만 그만 해. 이쯤 하면 됐잖아."

"이것 놔, 저 새끼 죽여 버릴 테니까."

"그만 해, 이유진."

그를 옭아매는 다른 사내들의 힘에도 불구하고 유진의 두 눈엔
바닥에 드러누워 있는 대호의 모습밖에 보이지 않았다. 연진이 약
을 먹었다는 사실을 안 순간 비참하게도 그의 내부에선 그녀를 안
아버리라는 속삭임이 있었다. 자신이 그렇게까지 추락했다는 사
실이 더욱 비참해서 대호를 짓밟는 그의 발길이 더욱 사나워진 것
이었다. 자신의 비열한 속내를 바닥까지 드러내 보인 그가 너무
미워서, 그런 속내를 가진 자신이 더러워서…… 견딜 수가 없었
다.

결국 다른 사내들의 힘에 이끌려 억지로 자리에 앉아버린 유진
은 거친 숨을 토해내며 마음을 가라앉혔다. 누군가가 건네준 물
잔을 받아 들이키며 거친 움직임으로 꿈틀거리는 아드레날린을
진정시켰다. 잠시 눈을 감고 숨결을 고르며 마음을 진정시킨 뒤
천천히 눈을 뜬 유진은 침착함을 어느 정도 되찾은 뒤였다.

"……초희가 안 보인다?"

그러고 보니 어느 샌가 그녀의 부재에 안절부절못하는 자신을
발견하고 있어 당혹감이 조금 들었다. 어느 때와 같이 그의 곁에
앉아 헝클어진 마음을 달래주려 애를 쓰는 그녀의 부재에 허전함
도 함께 밀려들었다.

유진의 말에 그의 주변에 있던 사내 하나가 주위를 두리번거리
더니 어깨를 으쓱였다.

"어? 그러네? 아까 전에 너 나갈 때 따라 나가는 것 같더니 아직 안 돌아왔나 보다."

"그래?"

겉으로는 침착한 표정이지만 유진은 내심 당황하고 있었다. 자신이 연진을 안고 나간 장면에 충격을 받았을 초희가 새삼 걱정이 되어 자신도 모르게 휴대폰을 꺼내 그녀에게 전화를 걸었다. 그러나 아무리 기다려도 냉정한 여자의 목소리만 들릴 뿐 기대한 그녀의 목소리는 끝내 들리지 않았다.

화가 난 건가?

묘한 초조감에 유진인 머리를 긁적이더니 다시 그녀의 휴대폰으로 전화를 걸었다. 몇 번이나 걸어도 전화를 받지 않자 나중에는 오기가 생겨 계속 전화를 걸었다. 이상하게 상대방의 부재가 길어지면 길어질수록 유진의 불안감이 가중되고 있었다.

"받아, 빨리 받아."

마치 무슨 일이 생긴 것만 같은 초조함에 유진은 안달난 마음을 감추지 않았다. 몇 번이나 전화를 걸었을까 이윽고 누군가가 전화를 받았다.

"초희냐? 너 왜 전화……."

자신도 모르게 반가움과 불안했던 마음이 뒤섞여 소리치던 유진은 전화기 너머에서 들리는 낯선 이의 목소리에 잠시 굳어지다 서서히 얼굴이 파랗게 변했다. 그리고는 황급히 전화를 끊고 클럽을 뛰쳐나갔다.

'그럴 리가 없어. 절대로 그럴 리가 없어.'

초희가 차를 몰고 가다 사고가 나는 바람에 병원에 누워 있다는 전화에 유진은 정신을 차릴 수가 없었다. 아닐 것이라 속으로 열심히 부정하면서도 불안하고 초조한 마음을 감출 수가 없었다. 조금 전에 연진을 호텔로 데려가야 했을 때의 초조감과는 비교할 수 없을 만큼의 다급함과 절실함이 그의 얼굴에 서려 있었다.

차를 버리다시피 병원 입구에 세워두고 응급실로 뛰어든 유진은 정신없이 초희의 이름만 불렀다.

"초희야, 강초희? 어디 있어?"

응급실을 지키는 간호사와 당직 의사가 그를 만류했음에도 유진의 두 눈은 어느 침대에 누워 있을 초희만 찾아 헤맸다.

"여기가 아니라니까요!"

결국 보다 못한 간호사 한 명이 유진의 팔을 붙잡은 채 신경질적으로 소리를 질렀다.

"조금 전에 교통사고로 실려 온 강초희 씨 보호자 분이세요? 그분은 이제 병실로 옮겨졌으니……."

"어딥니까?"

초희의 행방을 알려주는 간호사가 반갑고 다급한 마음이 들어 유진은 거칠게 그녀의 양팔을 붙잡고 소리쳤다. 간호사의 얼굴엔 아픈 기미가 역력했음에도 간호사의 팔을 잡은 그의 손은 풀리지 않았다.

"저쪽으로 꺾어져서 똑바로 나가면 특실병동 1024호예요."

뼈가 부서질 듯 움켜잡는 유진의 손에서 벗어나기 위해 간호사는 필사적으로 소리쳤다. 그 말이 끝나자마자 유진은 그녀에게 미안하다는 말도, 감사하다는 말도 미처 하지 못하고 혼이 나간 사람처럼 알려준 병실로 달려갔다. 뒤에서 뭐, 저런 사람이 있냐고 구시렁거리는 간호사의 말은 조금도 들리지 않았다.

"초희야."

병실 안에는 이미 초희의 부모님도 와 있었지만 유진은 다른 사람의 존재는 알아차리지 못하고 초희만 인식하고 있었다.

"너, 너……."

초희는 벌써부터 얼굴 반쪽이 푸르스름하게 멍이 들고 한쪽 팔엔 링거를 맞고 있는 중이었다.

"도대체……."

생각보다 양호해 보이는 초희의 모습에 유진은 심장이 터질 것만 같던 불안감을 이기지 못하고 격하게 토해냈다.

"도대체 정신이 있는 애야, 없는 애야? 술 먹고 그렇게 거칠게 운전을 하면 어떻게? 죽으려고 환장했어? 그래서 내가 말했지? 기집애가 어디서 술 먹고 돌아다니냐고!"

"시끄러워."

초희는 병실 안에 있는 자신의 식구들을 의식하며 낮게 뇌까렸다. 이렇게 길길이 날뛰는 그의 모습을 보면서 그녀의 식구들이 무슨 생각을 할 것인지 걱정이 되었지만 흥분한 유진의 눈엔 그런 것은 보이지 않는 듯했다.

"시끄러워? 너 정신 나갔지? 엉?"

"시끄럽다고. 이미 실컷 잔소리 들었어. 그만 해."

어느샌가부터 유진에게 묘하게 삐딱선을 타는 초희였다. 아니,

대범해졌다고 해야 할까? 예전 같았으면 유진에게 말대꾸라든지 퉁명스럽게 말하는 짓 따윈 절대 하지 않았을 그녀였지만 이젠 배짱이다 싶었다. 어차피 연진이 일순위인 그에게 두 번째인 그녀가 못할 짓이 뭐가 있냐는 기분이었다.

"그으~만? 사람 애간장 다 녹여놓고 그만?"

그답지 않게 비아냥거리는 말투에서 그녀에 대한 걱정을 느낄 수 있어 초희는 머뭇머뭇 거리면서 그에게 통박을 놓았다.

"쳇, 누가 걱정하래?"

그 말에 열이 받은 유진은 그녀가 환자라는 사실도 잊고, 그들의 대화를 흥미진진하게 바라보고 있는 그녀의 가족들도 의식하지 못하고 버럭 소리를 지르고 말았다.

"그럼 뭘 하란 말이야? 얼마나 놀랐는지 알기나 해? 클럽으로 돌아와 보니 넌 없고, 전화를 하니 사고 나서 병원에 누워 있다고 하고 도대체……."

클럽으로 다시 돌아왔다는 유진의 말에 깜짝 놀란 초희는 힐끔 그의 눈치를 보며 슬쩍 시선을 던지다 또 한 번 깜짝 놀라고 말았다. 유진이 어금니를 단단히 물고 굵은 눈물을 뚝뚝 흘리고 있는 것이 아닌가? 자신이 울고 있는지조차 알아차리지 못한 채 초희에 대한 걱정과 안도감을 드러내는 그의 진심에 마음이 뭉클해졌다.

"유진아."

자신도 모르게 안타까워 그에게 손을 내밀자 여기저기서 삐거덕거리는 통증에 얼굴을 찡그리고 말았다.

"으읏."

"아파? 의사 불러?"

초희가 얼굴을 찡그리자 놀란 유진이 호들갑을 떨자 그녀가 괜찮다는 듯이 손을 내저었다. 금세 펴진 초희의 얼굴에 유진은 안도감을 느끼며 그제야 온몸을 지탱하던 긴장감이 빠지는지 병실 침대 옆에 놓은 의자에 비척비척 주저앉았다.

"망할 년."

툭하니 내뱉는 유진의 한마디에 서려 있는 그녀에 대한 걱정과 안도감을 읽어낸 초희가 배시시 웃었다.

"웃어?"

그의 마음을 다 안다는 듯이 웃고 있는 초희가 얄미워 유진은 일부러 심술궂게 그녀의 침대 다리를 걷어찼다. 그 모습에 숨죽이고 구경하던 그녀의 식구들이 움찔했지만 아무도 나서지 않고 있었다. 아직까지 그들의 존재를 눈치 채지 못한 유진 때문이었다.

"걱정 많이 했어?"

"미친년, 뭐가 예쁘다고 걱정을 해?"

모난 말투로 퉁명스럽게 대꾸하고 있지만 병원 시트 위로 올라와 있는 초희의 손을 슬며시 잡는 유진의 손은 다른 말을 하고 있었다. 아직까지 손끝이 파르르 떨고 있는 그의 손은 무척이나 서늘했다. 그녀 때문에 많이 놀란 탓이었다.

"미안……."

가슴속에 차 오르는 행복감에 초희가 눈물을 글썽이며 중얼거렸다.

"미안할 짓을 왜 해?"

이상하게 병원 침대에 누워 얼룩덜룩한 얼굴로 변해가는 형편없는 몰골에도 유진은 그녀가 어느 때보다 더 예뻐 보였다. 그런 자신의 눈을 병충이라고 여기며 유진은 일부로 퉁명스럽게 소리쳤다. 그래도 초희는 기분 나쁘지 않은지 부드럽게 웃으며 마주잡은 그의 손에 힘을 주었다.

　"미안……."

　"시끄러. 미안한 줄 알면 얼른 나아."

　"응, 그럴게."

　"사람 걱정시키고 있어."

　툴툴거리지만 그녀에 대한 걱정을 고스란히 드러내 보인 유진의 마음에 초희는 말할 수도 없이 기뻤다. 아무리 연진에게 마음이 있다하여도 이렇게 감정을 고스란히 드러내며 달려와 준 것만으로 그에게 감사할 지경이었다.

　"앞으로는 그러지 마라."

　"응."

　무슨 말인지 모르지만 초희는 무작정 그의 말에 수긍했다. 바보같이 웃기만 하는 초희의 얼굴을 힐끔 쳐다보던 유진이 쑥스러운 듯 이내 시선을 돌리고 퉁명스럽게 중얼거렸다.

　"이젠 주연진은 나랑 관계없는 여자야. 그러니까 사소한 것에 충격받고 상처받지 마."

　"아……."

　초희는 바보같이 아무 말도 하지 못하고 그저 작게 탄성만 내질렀다. 아직은 거리낌이 있지만 유진이 사소한 것이라고 분명히 말해주었다.

"바보야, 이미 연진이랑 이야기 끝났어. 그동안 내가 오기를 부리고 있던 것이었어. 아니라는 사실을 끝내 인정하지 못했던 내가 어리석었어. 그러니까 바보같이 굴지 마. 너 때문에 얼마나 놀랐는지 알아?"

귓불이 붉어진 유진이 부끄러움을 이기지 못하고 거칠게 소리쳤다. 둘만의 사적인 이야기로 접어들기 시작하자 초희의 식구들이 흥미진진한 눈길로 유진의 뒷말을 기다렸다. 초희도 황홀함에 빠지려다 반짝이는 눈길로 자신들을 바라보는 식구들을 발견하고 헛숨을 들이켰다. 다행스럽게도 혼자만의 감정에 취해 있는 유진이 아직 그들의 존재를 알아차리지 못한 상태였다. 만약 저 많은 사람들 앞에서 이 이상의 감정을 드러냈다는 사실을 알게 된다면 부끄러움에 당장 한국을 뜰지도 모른다는 두려움이 밀려와 초희는 눈짓으로 황급히 식구들을 내보냈다. 주저하면서도 험악하게 쏘아보는 초희의 눈빛에 식구들은 아쉬움을 감추며 열려진 병실 문밖으로 살금살금 빠져나갔다.

"그러니까…… 응?"

어떻게 말하면 좋을지 난감해하던 유진은 문득 등 뒤가 횅함을 느끼고 혹시나 뒤를 돌아보았다. 그러나 간발의 차로 초희네 식구들은 모두 빠져나간 뒤였다. 뭔가 이상하다고 고개를 갸웃거리던 유진은 초희의 재촉에 그녀에게 고개를 돌렸다.

"그래서? 마저 이야기해 줘."

유진이 더 이상 이상한 점을 느끼기 전에 얼른 그의 주의를 끌었다. 조급하게 재촉하는 초희 덕분에 유진은 뒤통수가 간질거리던 느낌을 잠시 접어두었다.

"그러니까 말이지……."

말하던 타이밍이 끊어지자 유진은 자신이 하려는 말이 얼마나 낯간지러운 것임을 깨닫고 쑥스러움에 얼굴을 붉히며 입을 꾸욱 다물었다. 그러나 기대감으로 눈빛을 반짝이는 초희를 보자 꿍한 마음이 풀리며 의지완 다르게 그의 입술이 주절거리기 시작했다.

가까스로 유진에게 들키지 않고 병실을 나온 초희네 식구들은 저마다 안도의 숨을 내쉬며 재밌다는 듯이 키득거렸다. 오매불망 유진만 해바라기 하던 초희의 마음을 알고 있던 식구들이기에 조금 전의 상황에 각자 안도의 숨을 내쉬었다. 조만간 더 좋은 소식을 기대할 수 있을지도 모른다는 희망마저 품었다.

에필로그 | 과거편

⟨1 99x년 x월 x일 날씨, 묘하게 꿀꿀하다. 비도 쪼끔 오고…….

오늘 막둥이 삼촌 친구, 일명 돌쇠랑 막둥이 삼촌이랑 삼촌 여자 친구랑—짜증 나게 조신한 척하는 걸 보니 쏠렸지만 참았다—잘생겼지만 좀 느끼한 진혁 아찌가 우리 집에 놀러왔다.⟩

약속 있다고 아침부터 황급히 나갔던 경현이 웬 여자 하나를 데리고 들어왔다. 그 뒤로 조금 기분이 가라앉은 듯해 보이는 우경과 무표정한 진혁이 따라 들어왔다.

"으아, 갑자기 비가 내리는 바람에 밖에서 놀려다가 부침개나 부쳐 먹으려고 들어왔어요."

넉살 좋게 웃으며 느닷없이 데려온 여자 친구를 소개하는 경현이다. 아닌 밤중에 홍두깨라고 정오부터 추적추적 내리는 빗소리에 마음이 싱숭생숭해지던 참이라 연진과 부침개나 해먹으려던 진영은 경현이 불쑥 여자 친구를 데려오자 당황스러워했다. 그러나 이내 침착함을 되찾고 자애로운 미소로 그들을 맞이했다.

"어서 와요."

상냥하게 맞이해 준 진영의 태도에 감동받았는지 이내 두 사람은 오래전부터 알고 지낸 사람들처럼 금세 호호거리며 속닥거렸다.

"이런, 내가 사랑하는 여자 두 분이 무슨 이야기가 그리 많으십니까?"

부엌에서 부침개 준비를 하는 진영과 여자 친구에게 다가가 넉살을 뿌리자 진영이 이내 징그럽다는 듯이 아들을 장난스럽게 밀쳤다. 하하호호거리는 부엌과 달리 진혁과 우경, 그리고 연진이 앉아 있는 거실은 분위기가 싸늘했다. 그나마 연진을 의식해서인지 우경은 어색하게나마 웃고 있었다. 그런 그의 모습에 진혁은 더욱 못마땅한지 눈살을 찌푸렸다.

"잘 지냈어?"

"흥!"

요 몇 달 사이 얼굴을 잘 비치지 않던 우경이 얄미워 연진은 보란 듯이 콧방귀를 뀌며 그에게서 고개를 돌렸다.

"돌쇠랑 안 놀아."

아망스러운 표정으로 입술을 삐죽이는 연진의 모습이 귀여운지 무뚝뚝하게 앉아만 있던 진혁도 살포시 웃음을 지었다. 난처한 것은 우경뿐이었다.

"아이고, 공주님. 이 돌쇠가 잘못했습니다. 한 번만 용서해 주십시오."

우경이 쩔쩔매며 그녀의 눈치를 살피며 싹싹 빌자 연진이 살포시 한쪽 눈을 뜨고 어쩔까 눈동자를 데굴데굴 굴리다 진혁과 눈이 마주치고 말았다. 앙큼한 그녀의 속내를 다 안다는 웃음에 연진은 머쓱해졌지만 아랑곳하지 않았다.

"연진아, 화 풀어. 나중에 놀이동산 데려가 줄게."

우경 스스로가 생각해도 왜 자신이 이렇게 연진에게 쩔쩔매는지 알 수가 없었다. 다만 고 앙증맞은 눈빛이 오롯이 자신을 바라보면 묘하게 뿌듯하고 의기양양한 기분이 들었다. 조그마한 여자아이가 그를 보고 울지도 않고 오히려 한 손에 쥐었다 폈다 하는 행태에 어이가 없었지만 무얼 하든지 간에 모두 다 사랑스러웠다. 마치 천사가 하늘에서 내려온 것 같은 모습에 우경은 마냥 신이 나서 그녀의 비위를 다 맞춰주는 것만으로도 행복했다. 이런 조카가 있는 경현이 정말이지 부러워 미칠 지경이었다. 아니지, 부러운 것이 하나 더 있구나.

연진의 비위를 맞추던 우경의 시선이 저도 모르게 슬쩍 부엌으로 향했다. 그곳에서 흘러나오는 낭랑한 여자의 목소리에 금세 눈가가 파르르 떨리며 촉촉해졌다. 그 모습에 진혁은 못마땅한 듯 혀를 끌끌 찼고, 연진은 묘한 분위기를 파악했는지 의심스러운 표정으로 눈꼬리를 한껏 치켜떴다.

이 인간이 설마?

부엌 안에서 설핏 모습이 보이는 경현의 여자 친구 모습에 우경의 고개가 움찔거리며 그녀를 쫓았다. 애틋하게 물드는 우경의 관리 안 되는 표정을 훔쳐본 연진은 부아가 치밀어 조막만한 발을 들어 냅다 그의 명치를 가격했다.

"끄악! 여, 연진아."

"어디서 한눈파는 거야? 나만 봐."

"그, 그래."

우경은 눈물이 찔끔 새어나올 만큼 아픈 명치를 문지르며 연진의 억지에 그녀 쪽으로 몸을 돌릴 수밖에 없었다. 그런 그의 모습에 진혁은 불쌍한 듯 고개를 설레설레 저었지만 은근히 재밌다는 표정이었다.

"내가 누구야?"

오만하게 턱을 내밀며 우경에게 대답을 요구하자 우경은 고개를 갸우뚱거리며 이내 대답했다.

"주연진이지."

"신우경의 뭐야?"

"공주님이지."

그제야 연진이 듣고 싶어하는 말이 무엇인지 알아차린 우경이 빙그레 웃으며 그녀의 뺨을 살짝 꼬집었다. 사랑스러워 미치겠다는 그 표정이 연진의 마음에 들지 않았다. 짜증난 손짓으로 우경의 손을 털어내고 소리쳤다.

"그러니까 나만 봐."

"뭐?"

의아함으로 고개를 갸우뚱거리는 우경과 진혁은 연진의 다음 말을 기다렸다.

"내가 신우경의 공주님이니까 나만 보란 말이야."

씨근덕거리며 고집스럽게 소리치는 연진의 말에 진혁은 속으로 조그마한 것이 눈치 하난 빠르다며 코웃음 쳤다. 우경의 시선이 누굴 향하는지 보고 잘도 그의 마음을 알아차렸다며 새삼 연진의 눈치에 혀를 내둘렀다. 저렇게 어린 연진도 우경이 흘리는 감정을 알아차리는데 어떻게 친구라는 경현은 조금도 알아차리지 못하는지 답답한 심정이었다. 지금의 경현의 여자 친구는 우경이 무척이나 좋아한 후배인데 그녀가 그를 이용해 경현에게 접근한 것이었다. 덕분에 우경은 닭 쫓던 뭐 신세마냥 처량하기 그지없이 그녀의 뒤꽁무니만 바라보고 있었다. 진혁은 그런 한심스러운 모습이 꼴 보기 싫어 혀를 차며 얼굴을 돌려 버린 것이다.

하지만 우경은 아무것도 눈치 채지 못한 채 그저 연진이 자신을 좋아해서 그러는가 보다 싶어 마냥 좋아라 웃기만 했다. 잠시나마 자신이 좋아한 여자의 일은 잊어버리고 너무너무너무 사랑스러워 꽈악 안아주고 싶은 연진과의 소꿉놀이에 열중하고 말았다.

낮의 일을 떠올린 연진은 일기를 쓰다 말고 한숨을 포옥 내쉬었다. 그리고는 비장감이 감도는 얼굴로 두 주먹을 불끈 쥐고 단호하게 중얼거렸다.

"그래, 이 내가 순진한 남자 인생 책임진다. 좋아, 신우경. 넌 앞으로 내가 보호해 주마."

훗날, 진혁은 그녀의 검은 속내를 이때부터 알아차렸다고 약혼식 날 은근슬쩍 연진에게 속삭였다.

〈199x년 x월 x일. 날씨, 햇볕 쨍쨍 기분 상쾌.

오늘은 기다리던 신우경 면회 날. 오랜만에 본 신우경은 아프리카 토인이 저리 가라 할 만큼 새까맣게 타 있었다. 씨익 웃는데 이빨만 하얀 것이 웃겼다.

훗, 오늘은 조만간 있을 신우경 휴가 동안의 스케줄을 꽉 채웠다. 지난번처럼 방심하다 술 마신다고 여자들이랑 만나게 하는 일 따위는 절대 만들지 않을 것이다 (굳게 다짐!!).〉

"상병 신우경, 공주님 면회다."

우경에게 면회가 왔음을 알리는 당직병의 말에 내무반이 부러움으로 일렁거렸다. 벌써 상병을 달았건만 한 달에 한 번 꼬박꼬박 찾아오는 그의 방문자의 성실함에 다들 부러워하는 눈치였다. 연진은 이미 부대에서 유명한 우경의 방문자였다. 그러나 다들 야릇한 휘파람 소리로 우경을 놀려대지는 않았다. 사랑스러운 여자라고는 다들 인정하나 아직 초등학교도 졸업하지 않은 조카 같은 아이이기 때문이다.

"연진아."

근 한 달 만에 보는 연진의 화사한 드레스 차림에 우경은 활짝 웃으며 그녀에게 달려왔다. 면회소에 앉아서 그를 기다리던 연진은 우경의 모습이 나타나자 새침한 표정으로 턱을 치켜들었다.

"뭐야? 더 새까매졌어."

"하하, 계속 밖에서 훈련하니까 그래. 우리 공주님은 못 보던 사이에 더 예뻐졌네?"

아닌 게 아니라 날이 가면 갈수록 점점 예뻐지는 연진의 모습에 우경은 내심 불안했다. 혹시나 누군가가 연진에게 못된 마음을 먹고 해코지하지나 않을까 그녀 걱정에 밤잠 이루지 못할 때가 많았다.

"오 기사님이 여기까지 데려다 줬어?"

연진의 새침한 눈빛이 그렇다고 말을 했다. 처음에 연진이 그를 만나러 이곳 강원도 인제까지 찾아왔을 때 그때의 놀란 심정을 떠올리면 아직도 가슴이 쿵덕거렸다. 혼자 온 줄 알고 얼마나 놀랐는지⋯⋯. 다행히 연진이 집안 차를 타고 그를 만나러 와서 마음이 놓였다.

"참, 경현이한테는 면회 안 가?"

"왜?"

그녀의 삼촌이자 우경의 친구인 경현—진혁은 소리 소문 없이 재빠르게 입대해 버리더니 그들보다 먼저 제대해 버리는 얍삽함을 보였다—도 군 생활을 하고 있지만 연진은 그의 면회는 한 번도 하지 않았다. 대신 한 달에 한 번씩 우경을 찾아와 몇 시간씩 시간을 보내다가 돌아가곤 했다.

"경현이가 삐칠 텐데⋯⋯."

그 샘 많은 성격에 연진이 우경의 면회만 왔다는 것을 알면 또 사흘 내내 써 내린 편지로 서러움을 토해내며 징징거릴 것을 생각하니 머리가 지끈거렸다.

"삐치라지. 워낙에 알고 지내는 여자들이 많아서 나 말고도 면회 갈 사람 많아."

코웃음 치는 연진의 대꾸에 우경도 그만 웃고 말았다.

"그런데 무슨 고민 있어? 얼굴이 별로 안 좋다?"

한 달 전과는 달리 묘하게 침울한 연진의 모습에 우경이 걱정스러운 마음을 감추지 못했다. 연진은 살짝 눈을 내리깔며 그의 시선을 피했지만 집요한 우경의 시선에 힘겹게 말을 꺼냈다.

"학교에서……."

"응."

결연에 찬 표정으로 연진의 이야기를 경청한 우경은 이윽고 분노하고 말았다.

"아니, 감히 어떤 놈이 우리 공주님의 괴롭혀? 누구야? 내가 나가기만 해봐. 당장에……."

금방이라도 뛰쳐나갈 것처럼 흥분하는 우경의 반응에 연진은 흐뭇함을 감추며 겉으로는 처량한 표정을 짓는 것을 잊지 않았다.

"그러니까 얼른 휴가 나와서 나 마중 나오고 그래."

"그래, 알았어. 내가 휴가 내내 우리 공주님 보디가드 해줄게."

"동물원도 가고 싶어."

"얼마든지 데려가 줄게."

"영화도 보여줘."

그 대목에서 우경은 잠시 머뭇거렸다.

"음, 어린이도 볼 수 있는 거면……."

연진은 어린이란 말에 발끈했지만 가까스로 이성적으로 반응할 수 있었다.

"좋아. 그리고 나 맛있는 것도 사줘."

"응, 우리 공주님이 먹고 싶은 것은 뭐든 다 사줄게."

싱글거리며 연진의 어리광을 모두 다 받아준 우경의 태도에 새 침하던 연진의 표정도 배시시 풀어졌다.

"보고 싶었어."

보통의 남녀라면 애틋할 분위기와 대사건만 성적 긴장감이라고 는 조금도 돌지 않는 두 남녀였다.

훗날, 경현은 연진과 우경의 약혼식 날 그에게 살짝 속삭여 주 었다. 넌 그때부터 연진에게 관리 받은 거야, 라고 전하자 우경의 얼빠진 얼굴이 꽤나 볼만했다고 진혁에게 싱글거렸다.

〈199x년 x월 x일 날씨? 이 빌어먹을 벼락아, 당장 내리쳐!

신우경이 내 뒤통수를 쳤다(부들부들).

이 은혜(?)를 어찌 갚아주어야 할지…….〉

우경이 제대하고 학교에 복학 신청을 내러 간 다음부터 묘하게 그의 행동이 바빠졌다. 연진은 알게 모르게 시간 없다고 바쁘게 돌아다니는 우경의 행동이 심상치 않음을 느끼고 단단히 마음을 먹은 채 경현을 기다렸다.

"막둥이 삼촌."

팔짱을 끼고 음산하게 목소리를 내리깔며 자신을 노려보는 연진의 모습에 경현은 심장이 덜컥 내려앉는 기분이 들었다. 재빨리 머릿속을 뒤져 봐도 최근에 연진의 비위를 건드린 일이 없는데 싶어 조마조마한 마음으로 그녀의 다음 말을 기다렸다.

"돌쇠, 요즘 왜 그렇게 바빠?"

"돌……? 아, 우경이?"

다행히 표적이 자신이 아님을 깨닫자 경현은 자신도 모르게 안도의 숨을 내쉬었다. 긴장이 풀리자 가벼운 입이 주절주절 말을 늘어놓기 시작했다.

"요즘 우경이가 좀 바빠. 복학 신청하러 학교 갔다가 영문과 여학생한테 꽂히는 바람에 열심히 작업 중이거든."

"작.업?"

연진의 표정이 자신이 아니라는 사실에 너무 안도해서일까? 경현은 음산한 살기를 모락모락 피우며 이를 사려무는 연진의 분위기를 알아차리지 못했다.

"응. 한창 목매고 있거든. 여자가 무지 예뻐."

"그래?"

우경이 목을 맨다는 여자에 대해 꼬치꼬치 캐물을 줄 알았던 연진이 뜻밖에 순순히 물러서자 경현은 고개를 갸우뚱거렸다.

"왜 저러지? 우경이가 요즘 안 놀아줘서 삐쳐야 정…… 헉!"

혼잣말을 중얼거리던 경현은 연진의 음산한 분위기를 뒤늦게 파악하고 혼자 식은땀을 흘리며 어쩔 줄 몰라 허둥거렸다. 잠잠할 수록, 화사하게 웃을수록 연진의 분노가 더욱 크다는 것을 경험으로 파악한 경현은 앞으로 재난이 닥칠 친구의 불운에 동정을 금치 못했다.

오 기사를 재촉해서 우경이 다니는 학교까지 찾아온 연진은 그가 다니는 단대 앞에서 기다렸다. 차 안에서 이를 바득 깨물며 우경이 나오기만을 손꼽아 기다렸다. 그녀의 간절한 저주를 들었는지 이윽고 우경의 모습이 나타났다. 그것도 어떤 단정한 외모의 여자와 함께 말이다.

"홋."

음산한 기운을 풍기며 차에서 내린 연진은 언제 그랬냐는 듯이 해맑게 웃으며 우경에게 달려갔다.

"아빠~"

잔잔하던 캠퍼스 안에 울려 퍼진 여자 아이의 아빠 소리에 모두의 움직임을 멈추고 그 아이의 시선을 따라갔다.

"아빠, 보고 싶었어."

하늘거리는 하얀색 원피스를 입고 구불거리는 파마머리를 캔디처럼 양 갈래 머리로 묶은 귀여운 여자 아이가 앙증맞게 소리치며 우경에게 안겨들었다.

"헉, 연진아."

우경의 입에서 그녀의 이름이 터져 나오자 다들, 특히나 그의 옆에 서 있던 여자의 얼굴이 일그러졌다.

"아빠?"

뒤늦게야 그 사실을 깨달은 우경이 황급히 두 손을 내저으며 그 여자에게 사실을 부정하려고 했지만 연진에게 가로막혀 아무 말도 할 수 없었다.

"아빠, 너무해. 나 만나러 온다고 그래 놓고 왜 안 와? 엄마는 아빠가 보고 싶다고 만날 우는데……. 이 옷 예쁘지? 엄마가 아빠 만나러 간다니까 입혀줬어. 아빠, 아빠 연진이 안 보고 싶었어?"

"서…… 선배, 이렇게 다 큰 딸이 있었어요?"

경악한 여자의 굳은 얼굴이 배신감으로 짙게 물들어 있었다. 우경은 황급히 아니라고 소리치고 싶었지만 그의 팔에 매달린 연진이 눈물을 글썽이며 소리치는 바람에 떠나가는 여자를 붙잡지 못했다.

"아빠, 연진이가 온 게 싫어요? 연진이 안 보고 싶었어요?"

"여, 연진아, 왜 그러니?"

복학 신청하러 왔다가 발견한 그의 마돈나가 그에게 경멸을 보이며 떠나고 있음에도 우경은 연진에게 가로막혀 그녀를 잡을 수가 없었다.

"아빠, 연진이가 싫어요?"

떠나는 그녀에게 미련이 남은 듯한 우경의 표정에 연진이 그 큰 눈망울을 글썽이며 서글프게 중얼거렸다.

"아빠 연진이가 보고 싶지 않은 모양이야. 흑."

우경이 붙잡을 새도 없이 달아나더니 재빠르게 차에 올라타고는 사라져 버렸다. 그를 아이는 버리고 여자랑 희희낙락하는 파렴

치한 인간으로 몰아세우고는 말이다. 덕분에 정신이 멍하던 우경은 자신을 쏘아보는 따끔한 시선에 주위를 두리번거리다 깜짝 놀라고 말았다. 지나가던 길도 멈추고 그에게 경멸의 시선을 보내는 주위의 반응에 답답한 마음에 버럭 소리를 질렀다.

"저 아이는 내 딸이 아니란 말이에요."

그러나 이미 모든 것을 다 보고 들은 주위 사람들의 눈에는 그 행동이 그저 변명하는 것으로밖에 보이지 않아 더욱 따가운 시선을 그에게 던질 뿐이었다.

덕분에 그 후로 우경은 한동안 캠퍼스 안에서 애 딸린 아버지라고 소문이 좌악 퍼졌다고 경현이 연진에게 귀띔해 주었다. 그 소리를 전해들은 연진이 흡족한 듯 사악하게 미소 짓는 모습에 경현은 절대 이 아이를 화나게 하면 안 되겠구나 생각했다고 연진의 약혼식 날 우경에게 속삭였다.

〈199x년 x월 x일 날씨? 훗, 상쾌하다 못해 가슴이 뻥 뚫릴 것처럼 시원하다.

오늘 신우경이 학교까지 찾아왔다. 훗, 성의를 봐서 용서해 줄까 했는데 도저히 참을 수가 없었다.〉

강의도 땡땡이치고 우경은 연진이 다니는 초등학교 앞을 얼씬거리며 그녀를 기다리고 있었다. 간간이 아이들을 데리러 온 학부형들이 이상한 눈길로 그를 위아래로 쳐다보며 황급히 몸을 피했지만 우경은 머쓱하게 웃으며 꿋꿋이 버텼다.

"앗, 연진아."

빨간색 학교 교복을 입고 총총걸음으로 교문을 나서던 연진은 자신을 기다리는 우경의 모습에 새침하게 눈을 흘기며 오 기사가 기다리고 있는 차로 향했다.

"연진아, 우리 공주님. 왜 그래? 응? 뭐 때문에 그렇게 화가 난 거야?"

우경은 연진의 장난 때문에 자신이 그토록 공을 들였던 여학생에게 차인 것도 잊은 채 연진의 화를 푸는 일에만 신경을 썼다. 그 사실이 못내 흡족했지만 연진은 좀 더 골탕 먹일 생각으로 애를 태우는 중이었다.

"이보세요? 당신 누군데 내 학생한테 치근거리는 거예요?"

애걸복걸하는 우경의 태도에 용서해 줄까 싶어 몸을 돌린 찰나 낯익은 목소리가 하늘을 가르며 우경을 연진에게서 떼어놓았다. 그리고는 순식간에 연진은 누군가의 몸 뒤로 숨겨졌다.

"아, 선생님."

그 목소리의 주인공은 바로 이번에 새로 부임한 음악 선생님이었다.

"당신 뭔데 남의 학생한테 치근덕거려?"

가냘픈 외모와는 달리 목소리 하나는 끝내주게 시원시원한 박지희 선생은 우경의 덩치에 내심 겁을 먹었으면서도 애써 태연한 척 고함을 질렀다. 지희의 목소리에 지나가던 사람들이 힐끔거리며 그들을 에워싸며 무슨 일인가 호기심을 드러냈다.

"아니, 전……."

당황한 우경이 말을 더듬자 지희의 눈빛이 더욱 매서워졌다.

"당신, 누구야?"

"저희 삼촌 친구세요. 오늘 저 마중 나오신 거예요."

또랑또랑한 연진의 목소리가 난처함에 쩔쩔매던 우경을 구해주었다.

"뭐? 네가 아는 사람이니?"

"네."

그제야 지희는 자신이 오해했다는 것을 깨달았는지 순식간에 얼굴을 붉히며 우경에게 허리를 굽히며 연신 사죄했다.

"죄, 죄송합니다. 제가 착각을 했네요."

"아, 아닙니다. 신경 쓰지 마세요."

"정말 죄송합니다."

얼굴이 빨개져서 쩔쩔매는 지희의 모습에 우경도 살짝 얼굴을 붉히며 거듭 괜찮다는 말을 하며 손을 내저었다. 도망치듯 학교 안으로 사라지는 지희의 뒷모습을 쫓는 우경의 시선이 부드러운 것을 확인한 연진은 부글부글 끓어오르는 분노를 이기지 못했다.

"신우경."

"어, 엉?"

나지막하지만 음산한 목소리에 퍼뜩 정신이 든 우경이 고개를 돌리니 연진이 화사하게 웃고 있었다.

"우리 음악선생님 예쁘지?"

"으, 응. 음악선생님이셔? 이야, 가리키는 과목처럼 우아하고 예쁘네."

"훗, 반했어?"

괴이하다 할 만큼 화사한 미소지만 우경은 이젠 모습도 보이지 않는 지희의 뒷모습을 쫓느라 그 사실을 간파하지 못했다.

"응, 무지 예쁘다."

"훗, 그래?"

등골이 오싹할 만큼 서늘한 목소리에 그제야 무언가 이상하다고 여긴 우경이 불안함으로 눈동자를 데굴데굴 굴리며 슬그머니 연진 쪽으로 고개를 돌렸다. 웃고 있었다. 그래서 우경도 아무 의심 없이 마주 웃어주었다.

"끄아아아아악!"

화사한 연진의 웃음이 묘하게 잔혹하게 느껴지는 순간 망치가 그의 발등에 떨어지는 것 같은 충격에 우경은 날카로운 비명을 질렀다. 연진이 반짝반짝 빛나는 까만색 에나멜 구두 뒤축으로 사정없이 그의 발등을 내려찍었기 때문이다.

"으아아악, 내 발! 내 발!"

바닥에 주저앉아 데굴데굴 구르는 우경의 모습에도 연진은 분을 참지 못하고 콧방귀를 뀌며 그를 무시해 버렸다.

"그러게 누가 딴 여자 쳐다보래?"

그러고는 어이가 없어 망연자실해 있는 오 기사를 재촉해 그 자리를 벗어나 버렸다.

"으악, 여, 연진이 너!"

멀어져 가는 차의 뒤에 대고 우경이 고함을 질러보아도 이미 차는 떠나고 있었다. 결국 병원으로 갔던 우경은 발가락뼈에 금이 가는 바람에 한 달이나 깁스를 해야만 했다.

훗날, 우경이 약혼식 날 연진 덕분에 그때 이후 여자 만나는 것이 사실 두려웠노라고 경현과 진혁에게 털어놓았다.

욕실에서 들리는 물소리에 먼저 샤워하고 나온 연진은 음흉한 미소를 지었다. 결국 결혼에 성공하기까지 그녀의 부모님과 얼마나 많은 땡깡과 어거지와 치열한 두뇌 싸움을 벌였는지 지켜본 사람들이 다 혀를 내두를 지경이었다. 그러나 그 모든 일을 뒤로 하고 오늘, 이렇게 우경과 드디어! 신혼 첫날밤을 보낼 수 있게 되었다.

"크웃!"

감격에 겨워 자신도 모르게 몸을 부들부들 떨고 만 연진이다. 잠시 그동안의 일이 주마등처럼 머릿속에 스쳐 갔다.

"축하한다. 징그러운 놈. 결국 그 어린것과 약혼을 한다고?"

아니꼬운 듯 효성이 우경의 어깨를 툭 치며 밉지 않게 비꼬아도 우경의 활짝 핀 얼굴은 시들 줄을 몰랐다.

"하하하, 고마워. 오늘은 내가 정말로 한턱 낼 테니까 네 비장의 술이나 꺼내와 봐."

"오호라~ 진짜지? 지난번처럼 긴급 상황이라며 도망가면 다~ 죽었어."

음흉한 미소를 흘리며 효성이 술 저장 창고로 간 사이 경현은 질렸다는 듯 사라지는 효성의 등을 바라보며 한마디 했다.

"저거, 은근히 뒤끝 있는 놈이라니까. 아직도 그때 일로 꽁해 가지고. 그날 너 간 다음에 나랑 진혁이랑 저놈 비위 맞추느라 얼마나 고생했는지, 눈물 없이는 말도 못 꺼낸다."

진절머리를 치며 툴툴거리는 경현의 말에 우경이 피식 웃었다. 다른 이유지만 그 역시 그날 마찬가지로 지옥 같은 밤을 보냈던 기억이 떠올라서였다.

"얼씨구, 웃어? 너 이제 죽었어. 효성이 놈 문어 다리보다 더 징 그럽게 달라붙는다니까."

"알았어, 알았으니까 술이나 마셔."

"얼씨구? 야, 진혁아. 너도 한마디 해봐. 그날 우리가 어떻게 당 했는지."

그러나 진혁은 그날의 일을 떠올리는 것만으로도 속이 좋지 않 은지 그저 핼쑥한 표정만 지을 뿐이었다.

"그런데 너 요즘 무슨 일 있냐? 한 달에 한 번씩 스캔들 터뜨리 는 놈이 요즘 왜 이렇게 잠잠해?"

조용하게 술만 마시는 진혁의 분위기가 심상치 않은지 경현이 의심스러운 표정으로 그를 유심히 살폈다.

"술이나 마셔."

"너 요즘 뭔 일 있구나."

감 잡았다는 표정으로 경현이 추궁하자 진혁의 눈빛이 매서워졌다. 금방 냉랭해지는 분위기에 얼른 우경이 나서서 분위기를 바꿨다.

"자자, 경현아, 그만 해라. 진혁이가 언제 자기 일 말하는 거 봤어?"

"이 자식, 뭔가 수상한데?"

"그만 해라."

낮게 내뱉은 진혁의 한마디에 짓궂은 표정을 지으며 그를 추궁하려던 경현이 이내 머쓱한 표정을 지으며 입을 다물었다.

"짜식, 왜 이렇게 예민하냐?"

심상치 않은 진혁의 표정에 경현은 위험하다는 것을 알았는지 알아서 물러났다.

"안녕하세요?"

그때였다. 속살이 살짝 비치는 하얀색의 시폰 블라우스를 입고 라인이 딱 달라붙는 하이웨스트 검정 치마를 입은 여자가 나타나 그들에게 말을 건넸다.

"흠?"

우경과 진혁은 힐끔 쳐다볼 뿐 여자를 무시했고, 오직 경현만 화사한 웃음을 흘리며 그녀를 환영했다.

"아리따운 미녀께서 우리 테이블에 왕림해 주셨는데 너희들, 그게 무슨 태도냐?"

짐짓 화를 내는 것처럼 우경과 진혁에게 한소리를 한 다음 경현은 그녀에게 자리를 내주었다.

"앉으시죠."

"감사합니다."

경현은 그녀가 자신의 곁에 가까이 앉을 줄 알았는데 뜻밖에 우경의 옆 자리에 바싹 다가가 앉자 당황했다.

"안녕하세요?"

"아, 예."

여자가 말을 걸자 우경은 얼떨결에 대답을 하고 말았다.

"전현주라고 해요. 그쪽은요?"

여자가 그윽한 눈빛으로 우경을 바라보며 말을 걸자 경현은 뜻밖이라는 듯이 냉소적으로 대꾸했다.

"아가씨, 번지수 잘못 짚으신 거 아닌가? 그쪽은 약혼녀가 있는 몸이라고."

"어머."

경현이 친절하게 설명해 주자 현주는 몰랐다는 듯이 화들짝 놀란 표정을 지으며 우경에게 기울였던 몸을 일으켰다. 그러나 그것도 잠시 이내 화사한 웃음을 뿌리며 우경에게 다시 몸을 기울여 속삭였다.

"아쉽네요. 딱 내 타입이라서 무척이나 호감이 가는데. 흐음, 혹시 약혼녀랑 사이가 안 좋아지면 나한테 기회를 주지 않을래요?"

노골적으로 우경에게 집적대는 현주의 행동에 경현이 살짝 눈살을 찌푸렸다.

"이봐, 아가씨. 그 녀석 약혼녀가 내 조카라고. 나랑 사돈 될 녀석이야. 그만두지?"

조금 전의 유들유들한 태도는 버리고 경현이 진심으로 불쾌한 표정을 짓자 현주도 자신이 과했다는 것을 깨달았는지 아쉬움 가득한 표정으로 우경에게 떨어졌다.

"흠, 그래요? 그 조카라는 분이 나보다 더 괜찮은가요?"

스스로에게 자신감이 가득한 현주의 발언에 진혁 역시 의외라는 듯 호기심을 드러냈다. 당당하게 자신감을 드러낼 만큼 그녀는 매력이 있었다. 동그란 얼굴형에 또렷한 아몬드형 눈매는 고혹적으로 사내를 바라보고 있었다. 도도한 콧대와 유혹적인 붉은 입술, 그리고 풍만한 가슴에서 부드럽게 흐르는 S 자의 몸매, 치마 아래로 뻗은 늘씬한 다리까지. 스스로가 자신있어할 만한 모습이었다.

"흠, 미안합니다."

그러나 우경은 곤란해하는 미소로 현주의 유혹을 가볍게 뿌리쳤다. 우경의 거절에 현주는 더욱 아쉬운 듯 한숨을 내쉬며 그에게 더욱 노골적으로 가까이 다가갔다.

"정말 아쉽네요. 딱 내 타입인데……."

현주가 아쉬움이 뚝뚝 떨어지는 목소리로 우경을 훑어보며 그에게 명함을 내밀었다.

"이건 내 명함. 그래도 혹시 생각나면……."

"당신 뭐야?"

현주가 가방에서 명함을 꺼내 우경에게 건네는 순간 티파니가 떠나가라 날카로운 목소리가 그들을 얼어붙게 만들었다.

"당신 뭔데 남의 약혼자한테 들러붙어 있는 거야?"

"여, 연진아?"

예고도 없이 등장한 연진의 모습에 우경은 황급히 자리에서 일어섰다. 온다는 연락도 없었는데 불쑥 나타나자 그래도 반가움과 동시에 곤란한 장면을 보였다는 사실에 당황했다. 조금 전의 모습에서 충분히 오해의 여지가 생길지도 모른다는 생각에 얼른 그녀에게 다가가 변명을 늘어놓았다.

"연진아, 오해하지 마. 난……."

"뭐야, 신우경? 저 여자 뭐냐고? 뭔데 당신 옆에 딱 달라붙어서 살랑거리냔 말이야?"

"오해야."

독기 가득한 눈으로 자신을 째려보며 큰소리치고 있는 연진의 표정으로 보아 쉽사리 화가 풀릴 것 같지 않았다.

"어이, 주연진. 별일 아닌 일로 너무……."

"막내삼촌은 빠져! 함께 있었으면서 내 남자 옆에 여자가 앉는데도 보고만 있었지?"

"아니야."

연진의 화살이 자신에게 향하자 경현은 급히 숨을 들이키며 두 손을 내저으며 변명하기에 급급했다.

"절대 아니야. 저 여자가 멋대로 앉은 거라고."

"시끄러워, 당신! 이 남자 내 거야. 어딜 넘봐?"

경현에게 조용하라고 소리친 다음 연진은 현주에게 시선을 돌려 앙칼지게 소리쳤다. 그 모습에 현주는 기가 찼는지 어이없어하는 코웃음을 쳤다.

"뭐야, 당신? 이런 어린애랑 약혼했다고?"

"누가 어린애야?"

현주의 코웃음에 연진이 발끈했다. 그 모습에 현주의 비웃음이 더욱 짙어졌다.

"어린애 맞네. 일일이 도발하는 걸 보니."

"뭐가 어쩌고 어째?"

연진이 이를 바득 갈며 위협적으로 발걸음을 내밀자 우경이 황급히 그녀를 만류했다.

"연진아, 진정해. 내가 설명할게."

"뭘? 설명까지 할 만큼 저 여자랑 무슨 일이 있었던 거야?"

더 이상 이성적으로 생각할 수 없는지 연진이 한껏 비꼬며 우경에게 쏘아붙였다. 그러자 우경의 얼굴이 한없이 하얗게 질리며 억울하다는 듯이 일그러졌다.

"그럴 리가 없잖아. 난 너뿐이란 말이야. 나한테 여자는 너뿐이야. 너만 사랑한다고."

쩔쩔매며 그녀에게 매달려 사정하는 우경의 모습에 경현은 한심한 듯 혀를 찼고, 진혁은 한숨만 내쉬었다. 현주는 그 모습이 어이없는지 탄성을 터뜨리고 매섭게 올라갔던 연진의 눈초리가 슬그머니 내려앉았다.

"믿어줘. 일생 동안 나한테 여자는 너뿐이란 걸 말이야."

"흠, 정말이지?"

"그럼, 정말이고말고."

애걸복걸하다시피 우경이 매달리자 의심이 가득하던 연진의 표정이 서서히 풀어지기 시작했다. 사납던 연진의 기세가 눈에 띄게 줄어들자 우경은 겨우 마음이 놓이는 듯 활짝 미소를 지었다.

"그럼 나가자."

"엉? 벌써? 이제 왔잖아."

새침한 표정으로 눈을 내리깐 채 우경의 소매를 잡아끄는 연진의 말에 우경은 당황한 듯 머뭇거렸다.

"뭐야? 못 나갈 이유라도 있어?"

다시금 매서워진 눈초리로 현주 쪽을 슬쩍 노려보며 우경을 채근하자 가슴이 뜨끔했는지 우경은 황급히 두 손까지 내저으며 부정했다.

"아냐, 가자."

경현과 진혁에게 새침한 표정으로 고개를 까딱거리며 도도하게 밖으로 나가는 연진의 뒤를 쫓아 쫄랑쫄랑 따라 나가는 우경의 뒷모습을 바라보며 경현은 한심하다는 듯이 혀를 찼다.

"저렇게나 좋을까? 봤지, 아가씨? 저놈, 내 조카 녀석에게 단단히 빠져 있는 거."

아직도 자리에 그대로 앉아 있는 현주에게 경현은 심술궂게 말을 걸었다. 가방을 뒤져 담배를 꺼내 물고는 길게 연기를 내뿜는 현주의 표정은 의외로 담담해 보였다.

"그렇군요."

대답 또한 깔끔한 것이 조금 전에 우경에게 적극적으로 대시하는 모습과 대조적이었다. 불현듯 경현의 머릿속에 스쳐 지나가는 것이 있었다.

"서, 설마…… 당신."

경직된 표정으로 현주를 노려보던 경현이 발작적으로 소리쳤다.

"당신! 연진에게 고용된 거지?"

그 말에 현주는 콧방귀를 뀌며 대꾸하지 않았다.

"아냐?"

무시해 버린 현주의 태도에 슬그머니 기세를 누그러뜨린 경현이 고개를 갸웃거렸다. 아닌가 중얼거리며 머쓱한 표정으로 술잔을 만지작거렸다.

"인생은 드라마틱한 것이 생동감있다고 생각하지 않아요?"

의미심장한 말을 남기며 현주는 묘한 웃음과 함께 자리에서 일어섰다.

"그게 무슨……."

의문만 남겨놓고 사라지는 현주의 뒷모습을 바라보며 경현이 아리송한 표정으로 고개를 갸웃거렸다.

"진혁아, 저게 무슨 뜻이냐?"

아직도 눈치 채지 못한 경현이 불쌍했는지 진혁이 천천히 입을 열었다.

"결론은 주연진에게 또 당했다는 거지. 너도, 우경이도."

그제야 서서히 이해가 가는지 경현의 얼굴 위로 깨달음이 스쳐 지나갔다.

"아하, 그렇군. 헉!"

불현듯 스친 한기에 경현이 얼굴을 딱딱하게 굳히자 진혁이 무슨 일이냐는 듯이 시선을 던졌다.

"효성이……."

그 한마디에 진혁의 표정 또한 얼어붙고 말았다.

"튀자."

망설임도 없이 진혁이 말을 내뱉자마자 마치 음울한 귀곡 산장에서 뿜어져 나오는 한기가 그들을 순식간에 덮쳤다.

"어~딜~ 가~"

또다시 자리를 뜬 우경으로 인해 효성의 분노가 극에 달했다. 술 가져오랄 때는 언제고 또다시 사라진 우경을 향해 음산한 살기를 내뿜으며 전화를 걸어도 전원이 꺼져 있다는 소리만 되돌아올 뿐이다. 결국 경현과 진혁은 효성에게 붙잡혀 한기 어린 분위기에서 술을 퍼야만 했다. 속으로 우경을 데려간 연진에게 원망을 퍼부으면서 말이다.

그때 일을 생각하니 그녀 스스로 생각해도 머쓱한 기분이 들었다. 우경에게 기선 제압하겠다는 일념으로 꾸민 짓 덕분에 그 다음날 거의 폐인의 모습으로 경현이 집으로 들어온 것이다. 반송장 꼴로 들어와 연진을 향해 손가락질하며 기함하더니 결국 그대로 쓰러져 이틀 내내 술병으로 속을 부여잡고 살았다. 그리고 진혁은…… 일주일 동안 그녀와 말도 하지 않았지만 그 뒤로 무슨 일이 있었는지 금방 마음을 풀어 어리둥절하게 만들었다.

"아니지, 내가 이럴 때가 아니지."

과거의 상념에서 화들짝 정신이 든 연진은 황급히 가방 안에서 공항에서 경현이 준 작은 약병을 꺼내며 흡족하게 웃었다. 여름방학을 맞아 결혼식을 올리고 신혼여행 겸 우경의 연수 겸 해외로 나를 생각이었건만 결혼을 허락하네 마네 부모님의 성화 때문에 결국 어중간한 학기 중간에 식을 올리고 말았다. 덕분에 외국 호텔에서의 신혼 첫날밤은 물 건너가고 말 그대로 바다 건너 섬인 제주도에 와 있는 것이다. 그러나 아무렴 어떤가? 드디어 신혼여행을 와버렸는데…….

"후후후. 내가 가만 안 둔다고 그랬지, 신우경 씨?"

약병을 보고 음흉하게 웃은 연진은 살짝 욕실 쪽으로 눈을 흘기며 아주 즐거운 표정으로 호텔에서 준비해 둔 포도주 병의 뚜껑을 열었다. 그리고 약병 안에 든 약을 손바닥 위에 털어냈다.

"엥? 고작 세 알뿐이야? 막둥이 삼촌, 좀 많이 넣지."

생각했던 것보다 적은 약의 수에 연진은 불만스러워 입이 툭 튀어나오고 말았다. 고작 세 알뿐이라 연진이 이걸 다 넣어, 말아를 고민하던 중 욕실에서 들리던 물소리가 뚝 끊어지고 정적이 흐르기 시작하자 마음이 급해졌다. 허둥거리다가 그만 그 귀한 세 알을 몽땅 포도주 안에 넣어버리고 만 것이다.

"아이참."

아까워서 발을 동동 굴렸지만 이미 약은 퐁당하고 포도주로 다

이빙을 한 뒤였다.

"에잇, 할 수 없지. 그냥 오늘 밤 뼈와 살이 으스러지는…… . 흐흐흐. 좋아."

코르크 마개를 잘 닫아서 조금 전에 빠뜨린 약이 잘 분해가 되도록 힘껏 흔든 다음 아무렇지 않은 듯이 재빨리 잔에 따라 부었다.

"아, 시원하다. 어? 웬 포도주?"

갓 샤워하고 나와 발그레한 뺨으로 가운만 걸친 우경의 모습에 연진은 그 몰래 주먹을 불끈 쥐며 파이팅을 외쳤다.

"호텔 측에서 서비스라고 가져왔어. 자, 한 잔 해."

"응."

아무것도 모르는 우경은 연진이 건네는 포도주 잔을 받아 단숨에 들이켰다.

"목이 많이 말랐나 봐? 더 줄까?"

사실 목이 마른 것도 있지만 긴장되어 좀처럼 평정심을 찾을 수가 없던 우경은 연진이 주는 족족 포도주를 들이켰다. 그리고 그 포도주에 무언가를 탄 연진은 흐뭇한 표정으로 그런 그를 바라보았다.

"너무 많이 마시는 거 아냐? 그러다 취해서 잠들면 어쩌려고 그래?"

짐짓 토라진 표정으로 연진이 우경의 손에서 잔을 빼앗아 테이블 위에 내려놓고 그의 품에 얼굴을 묻었다. 느긋하기만 한 연진과는 달리 긴장감으로 눈이 팽팽 돌아가던 우경은 순식간에 다가

온 연진의 은은한 샴푸 향에 머리가 어질해졌다. 그리고 벌어진 그의 가운 안으로 슬쩍 연진의 하얀 손이 들어와 그의 가슴을 쓰다듬으며 도발하자 더 이상 참는 것은 불가능했다.

"연진아."

그녀의 이름을 부르며 와락 안아 들고 침대에 던지다시피 내려놓은 우경은 이글거리는 눈빛으로 연진을 잡아먹을 듯 바라보았다.

"아이, 부끄럽잖아."

불타는 그의 눈빛에 연진이 사뭇 부끄럽다는 듯이 얼굴을 붉히자 그 모습에 우경의 마지막 이성이 확 돌아버렸다.

"사랑해."

열렬한 우경의 입맞춤 공세에 연진은 수줍은 새색시답게 살짝 빼며 부끄러워했지만 내심 약발이 잘 든는다며 흐뭇함을 감추지 않았다.

"연진아, 연진아."

그 역시 오랜 시간 오매불망으로 그리워하던 연진을 안을 수 있다는 사실에 감격했는지 연신 그녀의 몸에 자신의 흔적을 남기느라 정신이 없었다.

"아앗, 자기야. 간지러워."

평소 부드럽던 우경의 태도완 달리 허기진 듯 다급하게 그녀의 목덜미며, 귓불이며 쇄골에 흔적을 남기느라 정신이 없었다. 우경의 입술이 아래로 내려와 양손으로 움켜쥐고 있는 가슴을 빨아 당기자 연진은 낯선 쾌감에 흠칫 놀라며 나지막한 비명을 내질렀다.

그 소리에 놀란 우경이 황급히 머리를 들고 걱정스레 그녀를 보았다.

"아파?"

"아니, 안 아파. 그냥 놀라서 그랬어. 계속해."

"조심할게. 너무 흥분했나 봐."

자신이 생각해도 너무 거칠었는지 우경이 미안한 듯 중얼거렸다. 그러자 연진이 그의 가운을 벗기며 태연하게 속삭였다.

"괜찮아. 나는 우경 씨가 생각하는 것만큼 약하지 않아. 마음껏 안아줘."

대담한 눈빛으로 그를 도발하는 그의 공주 때문에 우경은 도저히 이성적으로 행동할 수가 없었다. 기다렸다는 듯이 연진의 가슴에 고개를 묻고 그녀의 향기를 들이키며 손으로, 입으로 그녀를 맛보고 괴롭히고 느꼈다. 한창 욕심을 채우고 있던 중에 우경은 정신이 자꾸만 까무룩해지자 이상하다고 생각했다.

'왜 이러지? 눈앞이 어지러워.'

"우경 씨?"

자신의 가슴을 빨던 우경의 힘이 조금씩 빠져들면서, 그의 몸에서 힘이 빠져나가면서 그녀의 가슴 위로 널브러져 버리자 연진은 의아함에 그의 어깨를 흔들었다. 그러나 우경은 연진이 아무리 흔들어도 시체처럼 꼼짝도 하지 않았다.

"헉? 우경 씨, 정신 좀 차려봐."

지금 다시 생각하니 세 알이 너무 많아 부작용을 일으킨 것이 아닌가 걱정스러워 연진은 황급히 프런트로 전화를 걸어 구급차를 불러달라 소리쳤다.

"뭘 먹이셨다고요?"

웃음기가 넘실거리는 의사의 눈빛을 똑바로 볼 수가 없어 연진이 한껏 숨죽인 목소리로 대꾸했다.

"비아그라요."

그녀의 대답에 주변 사람들이 모두 웃음을 참는 기색이라 연진의 얼굴이 더욱 빨갛게 물들었다.

"헐, 그것도 세 알이나 말이죠?"

"그건, 손이 미끄러져서……."

억울하다며 항변했지만 이미 엎질러진 물이라 연진은 말꼬리를 죽일 수밖에 없었다.

"흠, 그런데 정말 파란색의 세모난 알약이었습니까?"

"네? 파란색요? 아뇨, 하얀색 알약이었는데요?"

차트를 들추며 꺼낸 의사의 말에 연진은 무언가 잘못되었다는 생각이 불현듯 떠올랐다.

"하얀색이요? 누가 준 겁니까?"

"삼촌이요."

"흠."

다시 한 번 의사는 웃음을 참는 듯 잠시 헛기침을 했지만 이미 연진의 머릿속이 제대로 작동하기 시작했다.

"그러니까 제 남편의 상황이 어떤 건데요?"

눈치가 빠른지 미미한 분노를 일으키는 연진의 질문에 의사는 다시금 웃음을 참으며 되도록이면 진지한 태도를 유지하려고 애를 썼다. 그렇지만 침대 위에서 들려오는 도롱도롱거리는 코 고는 소리로 인해 진지해지기가 쉽지 않았다.

"주무시고 계십니다."

의사의 대답에 연진은 누군가가 머리를 방망이로 후려갈기는 것 같은 통증에 아찔했다. 굳이 의사가 정색하며 설명해 주지 않아도 너무도 편안한 얼굴로 가끔 이도 갈고, 코도 고는 우경의 모습은 누가 봐도 자고 있는 것이었다. 간간이 잠꼬대로 그녀의 이름을 부르기도 하고 말이다.

"약이……."

온몸을 부들거리며 분노로 떨고 있는 연진의 중얼거림에 의사가 확인사살을 해주었다.

"그렇지요. 수면제를 드셨지요."

의사는 자신도 모르게 '정답입니다'라고 경쾌한 발음으로 대꾸했다. 그리고 마치 간질 환자처럼 식은땀을 흘리며 부들부들 떠는 연진의 모습에 의사는 그 삼촌이란 사람의 명복을 대신 빌어주었다.

"그래서 제 남편은 언제쯤 깨어난다는 것입니까?"

이제 막 스무 살이 됐을까한 젊디젊은 여자가 많이 보면 마흔 정도로 보이는—차트에 신상명세가 있으니 이제 막 서른세 살이란 것을 알지만—남자를 남편이라고 부르는 것을 보니 기분이 묘했다. 그러나 그건 남의 부부 사정이고…….

"뭐, 다 주무시면 깨어나실 겁니다."

다행히 치사량의 수면제를 섭취하지 않아 위세척까지 가지 않아도 되는 상태였다. 의사의 대답에 연진은 왠지 모르게 뒷골이 당기는 기분에 쓰러지지 않으려고 있는 힘껏 버텼다. 오늘을 얼마나 기다렸던가? 그런데…….

"자아, 전화는 병원 밖에서 하셔야지요."

당장이라도 그 삼촌이라는 작자에게 전화를 걸 폼을 보아 의사가 짐짓 친절하지만 단호하게 말했다. 그 말에 연진은 비척거리면서도 두 눈을 번득이며 병원 밖으로 걸어나갔다.

병원 현관을 나서자마자 당장 휴대전화부터 꺼내 경현의 휴대전화로 전화를 걸었다. 그러나 짜증나게 친절한 아가씨의 음성이 통화할 수 없다고만 알려왔다. 거칠게 폴더를 닫고는 이번에는 집으로 전화를 걸었다.

"엄마?"

[어머, 연진아. 무슨 일이야? 이 늦은 시간에? 벌써 싸웠니?]

결혼하겠다고 생떼를 부리던 딸의 결혼식을 치르면서도 연신 섭섭함을 감추지 못한 미영이 한창 불타고 있을 시간에 연진이 전화를 걸자 비아냥거렸다.

"막둥이 삼촌은?"

[경현이? 걔는 왜?]

낮게 깔린 연진의 목소리에서 심상치 않음을 느꼈는지 미영의 목소리에서 비아냥거림이 사라졌다.

"전화 안 받아."

[걔 너희 출발하고 나서 호준가? 갑자기 출장 갔어. 한두 달 정

도 뒤에 돌아온대. 갑자기 출장이 잡혀서, 그것도 장기 출장이라 다들 깜짝 놀랐다는 거 아냐?]

"출.장?"

한자한자 되씹듯이 되묻는 연진의 목소리에 미영은 뭔가가 잘못되었음을 깨달았다.

[왜? 무슨 문제 있어?]

"그 인간한테 연락 오면 다신 한국 땅 밟을 생각 하지 말라고 전해."

음산한 목소리로 살기 풀풀 날리며 연진은 가만히 전화를 끊어 버렸다. 그리고는 잠시 멍하니 서 있다가 솟구치는 성질을 이기지 못하고 땅을 발로 차며 마구 소리를 지르고 말았다.

"으아아아아! 이 빌어먹을 성경현, 돌아오면 내 손을 죽을 줄 알아!"

그 후, 24시간 하고도 3시간 29분을 더 자고 일어난 우경은 자신이 병원에 누워 있다는 사실에 어리둥절해했다. 그러다 의사로부터 연진이 비아그라인 줄 알고 먹인 수면제 때문에 잠들어 있었다는 사실을 알고 상당히 충격을 받고 말았다. 어떻게 자신을 못 믿어서 첫날밤부터 비아그라를 먹일 생각을 했냐며 우경이 단단히 토라지는 바람에 연진이 꿈에도 그리던 첫날밤은 며칠 동안 이루어지지 않았다.

작가후기

처음엔 우경과 연진의 상큼하고 발랄하고 서툴지만 사랑스러운 연애 초보들의 이야기를 썼습니다. 그런데 연진이 중간에 반항을 하더군요. 나 그런 캐릭터 아니다, 이런 똥배짱을 부리며 제멋대로 행동하기 시작하더니 우경 또한 어른스럽고 단단한 모습은 사라지고 덩치값도 못하는 소심쟁이가 되어버렸네요.

저는 정말이지 수줍고, 순진하고 사랑스러운 그런 커플 이야기를 쓰고 싶었답니다. 그래서 제목도 초보 연인 간의 서툴지만 그래도 사랑스러운 연애를 한다는 의미에서 『서툴지만 사랑스러운』이라고 지었습니다. 그런데 왜 이런 엽기발랄한 여주가 나온 것일까, 지금도 머리를 쥐어뜯으며 고민하고 있답니다. 이 아이들이 세상에 나온 뒤에도 고민은 계속될 것 같습니다. 허허허.

세상은 넓고 남자는 많다! 그런고로 이런 나만의 돌쇠가 어딘가 있겠지 하는 심정으로 오늘도 기다립니다.

자아, 이젠 가깝고도 먼 당신, K님(왜 절 버리신 건가요? T^T). 여전히 상냥한 목소리로 절 괴롭히신다고 자부(?)하신 종민 씨(긴장하세요. 곧 보쌈 하러 갈 테니까).

여전히 수줍음이 많으신 지윤 씨(사실은 애정이 식은 건가요? T^T). 우경과 연진의 『서툴지만 사랑스러운』 이야기를 어여삐 만들어주셔서 감사합니다.

언제나 저의 든든한 백그라운드 티파니 식구 여러분! 나의 사랑 J.H들! 나를 믿어주고 나를 응원해 주는 그대들이 있어 나는 행복합니다.

마지막은 언제나 스페셜 땡스! 언제나 변함없는 부모님. 늘 건강하시고 행복하게 제 곁에 오래오래 있어주세요. 그리고 우리 집 새 식구, 동실이. 네가 우리 집에 와서 너무 고맙고 행복하단다(그런데 우리 고기 몇 점에 우애 상하지 말자, 응? 고기 몇 점에 이 언니 버리고 엄마한테 가면 언니 서운하다).

—류은수 드림.

곁에서 축의금을 정리하더니 이제는 손님들을 식당으로 안내하고 있었다. 마치 이 집 식구인 양 아무렇잖게 뛰어다니는 선우를 보는데 웃음이 튀어나왔다. 밥은 챙겨먹었냐고 물으려 다가가는데, 세윤의 큰아버지가 뒤늦게 선우를 발견한 모양이었다.

"우리 조카 사위 왔네!"

세윤의 큰아버지가 '왔는가, 왔는가' 하며 호탕한 웃음으로 선우의 어깨를 두드리는데 그 모습을 본 이 작가가 눈을 동그랗게 떴다. 선우가 제주에 왔다 갔다는 것을 엄마에게 이야기하지 않았는데, 큰아버지도 아마 전하지 않은 모양이었다.

"아주버님, 조카 사위라니요?"

이 작가가 웃으며 다가가서 묻자, 선우의 얼굴이 슬쩍 붉어졌다.

"제주 놀러왔을 때에 데리고 다녔더니 다들 묻더라고, 어디서 이렇게 훤칠하게 잘생긴 사위를 데리고 왔냐고."

큰아버지가 껄껄 웃으면서 등을 두드렸다. 제주 갔었어요? 하는 이 작가의 물음에 선우가 고개를 끄덕였다.

"그런데 세윤이는 그때 이 총각하고 아무 사이도 아니라더니, 진짜 사위 삼을 모양이야?"

어느새 큰어머니도 나타나 거들었다. 세윤이 어찌할 바를 몰라 웃음으로 얼버무리고 있는데, 선우가 이때다 싶었던지 넉살 좋게 대꾸했다.

"그러면 저야 좋지요."

선우의 대답에 이 작가의 시선이 세윤에게 꽂혔다.

"딸, 이게 무슨 말이야?"

이 작가가 동그랗게 뜬 눈으로 묻는데, 사모관대를 쓰고 폐백실로 달려가던 세진이 그들 뒤로 소리쳤다.

"어머니, 여차하면 강냉이 빼앗길지도 몰라요!"

식장에서의 일들을 슬슬 마무리를 짓고 가족들이 돌아가려는데 어느새 세윤의 곁에 나 변호사가 와 있었다. 세윤이 애교스럽게 아버지에게 팔짱을 꼈다.

"저 친구 세윤이 손님이니?"

나 변호사의 시선이 큰아버지와 이야기를 나누고 있는 선우에게 닿아 있었다. 뭐가 그렇게 즐거운지, 선우는 싱글벙글 웃고 있었고, 큰아버지는 또 뭐가 그렇게 좋으신지 선우의 어깨를 연방 두드리고 있었다.

"제 손님이기도 하고, 엄마 손님이기도 해요."

세윤의 대답에 나 변호사가 별다른 말 없이 고개를 끄덕거렸다. 한참 선우를 보고 있던 나 변호사가 세윤에게 지나가는 질문처럼 가볍게 물었다.

"몇 살이냐?"

"서른…… 넷이요."

서른이라고 확 줄여 버릴까 하다가, 세윤이 순순히 나이를 밝혔다. 나이가 좀 많네, 하고 나 변호사가 입속말로 중얼거리더니 손짓을 하며 자신을 찾는 친척에게 걸어갔다. 나 변호사의 반응은 모호했지만, 썩 나쁜 느낌은 아니었다. 선우는 이제 무뚝뚝한 얼

굴의 세형에게 말을 건네고 있었다. 그 모습을 보는 세윤의 얼굴
에 슬며시 미소가 걸렸다.

방학 사이에 집에 한번 들르겠다는 이야기를 남기고 세윤은 다
시 서울의 집으로 향했다. 선우의 차에 올라타자마자 정신없이 잠
들었던 세윤이 눈을 떴을 때에는 톨게이트를 통과하고 있었다. 기
지개를 켜려는데 무릎 위에 덮여 있던 무언가가 툭, 하고 차 바닥
으로 떨어졌다. 선우의 상의였다.

"이게 왜 여기 있어요?"

옷을 주워 든 세윤이 의아한 표정으로 선우를 바라보았다.

"아, 음, 좀 추워 보여서."

선우가 하이패스 차로를 천천히 통과하며 대충 얼버무렸다.

"지금 6월인데."

차창을 통과해 무릎 위로 떨어지는 햇살을 손으로 가리며 세윤
이 의심스러운 목소리로 말했다.

"아아, 그게 아니라. 피부 탈까 봐, 볕이 뜨겁길래."

선우가 고개까지 저어가며 정정했다. 그리고는 더 이상의 질문
을 막으려는 듯 말했다.

"저녁 먹고 들어갈 거지?"

"우리도 결혼할까."

창밖으로 내려다보이는 야경이 멋진 이탈리안 레스토랑에서
의 저녁식사. 결혼식에 대해 이야기하던 선우의 목소리가 조금
잦아들고 잠시 머뭇거리던 선우의 입에서 예상치 못한 이야기가

던져졌다. 포크로 스파게티를 감고 있던 세윤의 동작 멈추었다. ……프러포즈? 고개를 들 수 없었다. 고개를 들었을 때에 만약 진지한 얼굴과 마주하게 된다면 무어라고 대답해야 할까. 복잡한 생각이 오가는 사이, 어색해진 분위기를 수습이라도 하듯 선우의 목소리가 이어졌다,

"그냥 해본 소리야."

그냥 해본 소리? 그게 오히려 더 '진심'이라고 느껴진 세윤은 여전히 고개를 들지 않은 채 물었다.

"하고 싶어요?"

"때는 되었지."

선우가 느리게 대답했다. 사랑과 시기, 세윤은 문득 세진의 말을 떠올렸다. 사랑했지만 시기는? 발이 닿지 않는 비현실적인 행복의 세계에서 갑자기 현실로 뚝 떨어진 기분. 세윤이 느리게 포크로 접시에 원을 그렸다.

"학교 얼마나 남았지?"

선우가 화제를 돌리려는 듯 다른 질문을 던졌다. 학교를 졸업하면 곧장 함께 살고 싶다는 은근한 뉘앙스가 선우의 말속에 풍겨왔다.

"일 년."

세윤이 짧게 대답했다. 선우가 무언가 말을 하려고 하는데 세윤이 그만, 하고 손을 들었다.

"우리, 이 이야기 그만 하면 안 될까요?"

담담한 얼굴이었지만 목소리 안에서는 곤혹스러움이 담겨 있었

다. 그렇게 가볍게 꺼낼 이야기가 아니었다는 생각이 들어 선우는 입을 다물었다. 결혼 이야기가 테이블 위로 던져진 후로 이어지던 두 사람 사이의 묘한 긴장감은 세윤이 식사를 끝낼 무렵 던진 질문으로 더욱 커졌다.

"지난번에, 호텔."

세윤이 화제를 전환했다. 굳이 지금 이 이야기를 꺼내려고 했던 것은 아니었다. 왜인지 모르게 엉키는 저녁. 어차피 언젠가 묻게 될 거라면 화기애애한 분위기보다 지금이 나을지도 몰랐다. 세윤이 고개를 들었다. 그리고 호텔이라는 단어에 즉각적으로 반응한 선우의 곤혹스런 시선과 마주쳤다.

"거기에 누구 만나러 왔던 거예요?"

세윤의 질문에 선우의 얼굴이 굳어졌다.

"그게…… 무슨 뜻이야?"

"무슨 뜻인지 알잖아요. 어려운 질문도 아니고. 누구 만나러 왔 었던 거예요?"

"그냥, 아는 사람……."

선우가 당황해 얼버무렸다. 난형의 부탁으로 난형의 '결백'을 옹호하러 '옛 남자 친구'의 자격으로 '옛 여자 친구의 바람피운 상대의 처'를 만나러 갔다고 할 수는 없었다. 그게 설사 사심없이, 동정적인 뜻으로 갔다 한들 마찬가지였다.

하지만 선우의 대답이 만족스럽지 않았던지 세윤은 좀 더 설명해 보라는 듯한 시선으로 선우를 바라보았다. 이번에는 선우가 불편한 얼굴로 다시 고쳐 앉았다. 그가 대답할 것 같지 않자 세윤이 먼저 일어났다. 당황해 선우도 일어서려는데, 세윤이 선우에게서 등을 돌린 채 나직하게 말했다. 크지 않은 목소리였지만, 단어 하나하나가 선우의 귓속에 또렷하게 박혀왔다.

"나, 유학 생각하고 있어요. 휴학해서 일한 것도 그것 때문이에요."

유학 생각하고 있어요, 라니. 2연타를 맞은 기분이었다. 마음에 거리낄 것이 없는 난형에 대한 문제는 일단 추후의 것이었다. 지금 선우의 머리 속에서 부딪혀 튕겨 오르고 있는 것은 '유학'이라는 단어였다. 선우가 아무 말도 못하고 등만 바라보며 멍하게 있는 사이, 세윤은 '결혼식 와줬으니까 저녁은 제가 살게요'라며 입구로 걸어가고 있었다.

선우의 입에서 결혼 이야기가 나왔고, 세윤 자신의 입에서는 폭탄 선언이 두 개나 이어졌다. 유학 이야기는 내내 불편해하고 있던 것이었다. 처음에는 대수롭지 않게 생각했다. 아니, 정확히 말하자면 자신의 유학과 선우와의 관계를 아예 연결시킬 생각조차 하지 못했었다.

큰오빠 결혼까지는 그래도 괜찮았다. 하지만 선우와 동갑인 지원의 결혼까지 닥치고 보니, 그저 만난다고 될 일이 아니구나 절감했다. 스무 살 때에는 잃어버릴 것도 없었고, 그래서 두려운 것도 없었다. 하지만 지금은 달랐다.

감기 몸살로 길 한복판에서 고열로 실신해 가면서까지 일을 포기하지 못했던 건 공부를 더 하고 싶다는 생각이 확고했던 탓이었다. 쉽게 포기할 수 있는 문제가 아니었다. 사랑, 혹은 사람, 그리고 자신의 미래는 모두 거의 똑같을 만큼의 가치를 가지고 있었다. 그 가치들이 양립하기 어려운 상황에서 내릴 수 있는 선택은, 무엇을 택하든 간에 무거운 책임이 뒤따르고 있었다. 무엇을 선택한다 한들 후회하지 않을 거란 보장이 없었다.

"잠깐. 그런 식으로 말만 던져 놓고 가면 안 되지."

계산을 하기 위해 카드를 내미는 세윤의 손을 잡아챈 선우의 동작이 조금 격했던지 직원이 놀란 눈으로 선우를 바라보았다. 계산서에 서명한 세윤이 '커피 사주실 거죠?' 하고는 선우를 바라보았다.

"지금 커피가 문제가 아니잖아."

폭탄을 던져 놓고 여느 때와 같이 차분한 표정으로 이야기하는 세윤을 향해 선우가 달래듯 말했다. 밖에 나와 이야기하자는 듯 세윤이 레스토랑의 문을 잡고 서서 선우에게 살짝 고갯짓을 했다. 주차장으로 내려가는 엘리베이터 속에서 선우가 물었다.

"유학, 어디 생각하는데?"

"미국이요."

그 찰나 선우의 머릿속에서 '일단 막기만 해선 안 되겠다'는 생각이 떠올랐다. 엘리베이터의 층수를 알리는 숫자가 지하를 가리킬 무렵, 선우는 흥분이 사라진 일상적인 목소리로 말했다.

"지난번에 방송 보니까 열세 시간이면 인천에서 제주까지 배로 가는데, 비행기로도 그만큼이면 미국에도 충분히 가더라."

조금 더 격앙된 반응을 예상했던 듯, 세윤의 표정이 조금 의심스럽게 변했다. 그 표정을 읽은 선우는 세윤의 욕심을 이해한다는 듯한 웃음과 함께 덧붙였다.

"나 역시 이십대에 노는 것도, 공부하는 것도 누릴 만큼 다 누렸어. 그런데 내가 가지 말라고 할 수 있겠어? 유학은 걱정하지 마."

유학은 걱정하지 마, 하지만 호텔 일은 묻지 말아줘. 세윤은 선우의 교묘한 화제 전환을 그런 의미로 받아들였다. 하지만 당사자인 선우는 세윤의 유학 문제에 당황해 호텔 이야기를 해명해야 된다는 것을 미처 생각하지 못하고 있었다. 상황이 불편하게 엇갈리고 있었다.

6월 마지막 주, 세진이 미국으로 돌아가기로 한 날이었다. 소식을 들은 선우가 배웅을 하러 함께 가겠다고 했다. 굳이 올 필요 없다는 세윤의 만류에도 결혼식 날 세진과 이야기를 제대로 못 나누었다며, 공항에 꼭 가야겠다고 고집을 부렸다. 선우에게도 여러 가지 계산이 깔려 있었다. 세윤의 가족들에게 눈도장을 한 번이라도 더 찍어놓는 편이 낫겠다는 것과 가족들 중 아군을 한 사람이라도 만들어놓아야 한다는 것.

연애(혹은 결혼)냐, 아니면 유학이냐 둘 중 하나를 택할 것을 종용했을 때에 다가올 결말은 뻔했다. 막내딸의 나이 많은 남자 친구가 딸의 미래를 대상으로 포기나 선택할 것을 다그친다면, 설사 세윤이 결혼을 택한다 한들 가족들 사이에서 사랑받는 사위가 되는 건 불가능했다. 잃는 것을 최소화시키는 차선책을 찾을 때까지는 시간을 벌어야 했다.

공항에는 가족들과 세진의 친구들이 마중 나와 있었다. 나 변호사는 공판이 있는 탓에 집에서 인사를 했다고 했다. 이 작가도 굳이 인천까지 오지 않았다고 했다. 공항에는 세진의 친구들과 아내의 친척들이 배웅하기 위해 나와 있었다.

세윤이 새언니와 인사를 하고 있을 때에, 선우가 세진에게 손을 내밀었다. 세진이 씩 웃으며 그 손을 맞잡았다. 100% 마음에 드는 것은 아니었다. 나이도 마음에 걸렸고, 9시―6시의 규칙적인 생활을 하는 삶이 아니라는 것도 마음에 걸렸다. 하지만 나쁘지도 않았다. 사람들과도 잘 어울리면서 분위기 파악도 잘하고, 또 어른들께 깍듯한 것도 괜찮았다. 동년배의 남자로써 세진은 선우에게 제법 후한 점수를 주었다.

"아군이 필요하신가요?"

세진이 눈웃음을 지으며 물었다.

"그럴 것 같습니다."

눈치도 빠르시군, 선우가 씩 웃으며 대답했다.

"일단 한 표는 획득하셨습니다."

"다른 분들께도 추천 부탁드립니다."

제법 마음이 통한 남자들끼리의 친근한 인사에 세윤이 슬쩍 끼어들었다. 선우가 뒤로 물러섰다. 몇 개월간 세윤을 보면서 느낀 것은, 밀어붙일 때에는 100% 역효과를 불러온다는 것이었다. 당근과 채찍, 사람을 이분화 한다면 세윤은 단연코 당근 쪽이었다. 천천히 각설탕을 하나씩 건네어야 했다. 그것도 세윤이 눈치 채지 못하도록 교묘히. 세진의 은근한 지지 역시 모르게 하는 편이 나았다.

"또 한동안 못 보겠네."

이 년 넘게 떨어져 있다가 고작 한 달 반밖에 있지 못하고 또 돌아가는 큰오빠를 보면서 세윤이 섭섭한 얼굴로 말했다.

"가능하면 그쪽에서 경력 좀 쌓고, 한국에서 일할 자리도 알아볼게. 강냉이 울지 마."

"울기는 누가."

잔뜩 볼이 부어서 투덜거리는 막내 동생을 향해 세진이 다정하게 볼을 꼬집었다.

"마지막으로 할 말 없어?"

세진이 애정이 담긴 따스한 눈으로 하나밖에 없는 여동생을 바라보았다. '막내 같다'는 말을 듣는 걸 참 싫어하는 동생이었다. 자신의 부족함 때문에 다른 사람이 불편함을 겪는 게 싫다며 무슨 일을 해도 똑 부러지게 처리하는 막내의 모습이 예뻤다. 하지만 또 염려스러운 것은, 의지해 오기를 기대하는 사람까지 밀어낼지도 모른다는 것이었다. 세진은 부드럽게 막내 여동생의 뺨을 꼬집으며 말했다.

"세상에는 말이지, 플랜 A 말고, 플랜 B라는 것도 있어."

"무슨 말이야?"

세진의 뜬금없는 이야기에 세윤이 눈을 동그랗게 떴다.

"제3자의 자세로 방관해 봐, 그러면 답이 나올 때도 있으니까."

"공항 오니까 여행 가고 싶지 않아?"

차에 시동을 걸며 선우가 물었다.

"여행, 좋지요."

세윤이 나른한 목소리로 대답했다. 제주에서의 일들이 아주 오래전같이 아득했다.

"이틀 정도는 짬 낼 수 있는데."

"여름 말고…… 가을에 갈까요?"

"가을, 좋아."

가을의 여행 약속. 선우는 이것이 최소한, 최소한 가을까지는 지금과 다름없이 관계를 유지할 수 있는 연결 고리가 되지 않을까 생각했다. 말로 하는 약속이 부질없다는 것은 물론 잘 알고 있었다. 하지만 그런 사소한 약속에라도 의미를 부여하고 싶었다.

"집에 수박 사뒀는데, 혼자 먹기엔 너무 커요."

서해 대교 위를 달릴 때 즈음 세윤이 말했다. 턱을 괸 채 여름볕이 쏟아져 내리는 바다를 물끄러미 내려다보고 있었다.

"같이 먹어줄까?"

"화채 만들고, 수박 속으로 마사지하고, 그렇게 놀면 재미있겠다."

턱을 괸 채 세윤이 슬며시 웃었다.

"그래."

집으로 돌아오자마자 훅훅 끼치는 더위를 몰아내기 위해 창문을 열어젖히고 선풍기를 돌렸다. 차가운 물에 세수를 하고 나와 선우가 바닥에 길게 다리를 펴고 앉자, 세윤이 금세 수박을 잘라 내어왔다. 운전을 하느라 뻐근한 어깨를 두드리고 있는데 세윤이 등 뒤로 다가와 목덜미를 눌렀다.

"아, 시원하다."

선우의 눈이 스륵 감겼다. 세윤이 손끝에 힘을 주어 선우의 목덜미를 꾹꾹 눌렀다. 찌릿하게 머리를 두드리는 시원한 느낌에 선우가 끄응, 하고 기분 좋은 신음 소리를 내었다. 한참 어깨와 목과 정수리를 시원하게 눌러주던 세윤이 손을 떼어냈다.

"고마워."

"별말씀을."

수박씨를 손바닥에 뱉어 화장지 위에 털어내던 선우는 세윤이 지그시 자신을 바라보는 시선을 느끼고 무안한 듯 웃었다.

"왜 그렇게 쳐다봐?"

"신기해서요."

"뭐가?"

"강선우 씨가 내 앞에 있는 것도 신기하고."

"그래서 인연이란 말이 있는 거지."

아니면 카르마일지도…… 세윤은 생각한 것을 입 밖에 내지는 않았다. 즐거울 때에는 인연이라며 기뻐하지만, 엉키기 시작해 마음의 부담으로 담기는 순간 업보처럼 여겨지는 것이 사람과의 관계였다. 엉키게 만들고 싶지 않았다. 하지만 이미 엉키기 시작한 것이 분명했다. 그리고 어디서부터 어떻게 풀어가야 할지 아직은 알 수가 없었다. 플랜 B, 큰오빠의 말이 머릿속을 맴돌았지만, 세윤에게 플랜 B는 보이지 않았다. 하나를 선택하는 순간, 하나를 잃게 되는 정면 대치 중인 플랜 A만 자신을 괴롭히고 있을 뿐.

"세제가 떨어졌네."

수박을 담았던 쟁반을 다시 주방으로 가지고 가며 세윤이 중얼거렸다. 세제 리필이 남아 있는 줄 알았는데, 지난번에 채운 것이 마지막이었던 모양이다.

"뭐 사야 할 거 있는 거야?"

선우가 수박 물이 떨어진 방바닥을 닦은 후 걸레를 들고 나오며 물었다.

"세제가 떨어졌어요."

"차 가지고 마트에 다녀올까? 동네엔 작은 슈퍼밖에 없다면서?"

대형 마트는 오랜만이었던지, 차 안에서부터 세윤의 목소리가 잔뜩 들떠 있었다. 선우가 운전하는 동안 조수석에 앉아 필요한 것들을 메모지에 적어 내려가던 세윤이 씩 웃으며 말했다.

"장 보다가 먹고 싶은 거 있으면 이야기해요."

주말인 탓에 마트에는 가족들끼리 쇼핑을 나온 사람들이 유난히 눈에 더 많이 보였다. 카트 앞쪽에 다리를 달랑거리며 앉아 있는 아이들의 모습에 선우는 자신도 모르게 웃었다. 어머니 공관에서 있었던 행사 이후로 자신도 모르게 아이들에게 시선을 빼앗기는 날들이 늘어났다.

"어차피 저녁도 먹어야 하니까, 뭐 먹고 싶어요?"

세윤의 목소리에 정신을 차린 선우가 가볍게 말했다.

"떡볶이 해먹자."

"떡볶이?"

세윤이 의외라는 듯 눈을 동그랗게 떴다.

"할 줄 몰라?"

"더 어려운 걸 요구할 줄 알았거든요."

"모르는구나? 누구나 할 수 있는 음식을 맛있게 만드는 게 제일 어려운 거야."

떡볶이에 맥주가 어울릴까? 하던 세윤이 온갖 종류의 맥주들이 가득 쌓여 있는 술 코너를 가리켰다. 신기한 맥주가 많네, 하면서 세윤이 쌓여 있는 맥주들 중에서 먹고 싶은 것들을 고르기 시작했다. 선우가 흑맥주 두어 병을 꺼내려는데, 갑자기 바지 자락을 잡아당기는 느낌에 깜짝 놀라 돌아보았더니, 이제 막 걸음마를 떼기 시작한 어린아이가 선우를 올려다보며 웃고 있었다.

사람도 많고, 카트도 돌아다녀 위험한데 누가 이렇게 어린아이를 놓쳤나 싶어 선우가 몸을 숙였다. 턱받이 수건을 두르고 있었지만, 입가에서 말간 침이 흘러내리고 있었다. 그 모습에 선우가 웃으며 손가락을 내밀었다. 아기는 정체불명의 꺄아아, 하는 웃음소리와 함께 선우의 손가락을 꼬옥 쥐었다. 손을 움켜쥐고 있는 아기의 보드라운 손의 감촉에 가슴이 간질거리는데, 어느새 아기 엄마가 황급히 아기를 안아 들었다. 걷고 싶은데 안아 드는 게 싫었던지 아기가 엄마 품에서 몸부림을 치면서 칭얼대기 시작했다.

"자꾸 걷고 싶어해서 잠시 내려놓았더니 그새……."

아기 엄마가 미안한 얼굴로 살짝 인사를 하고는 아이를 달래며 사라졌다. 선우가 자신의 손가락을 내려다보았다. 아직까지도 아기의 작은 손가락의 감촉이 남아 있는 것 같았다.

"맥주, 고른 거예요?"

세윤의 목소리에 선우가 몸을 일으켰다. 언제부터 본 것인지 알 수 없었다. 선우는 어색하게 웃으며 흑맥주를 카트에 담아 넣었다.

"뭐 골랐어?"

"초콜릿 맛이 나는 맥주래요. 특이해서 골랐어요. 저는 술도 잘 못 마시고."

평소와 다름없는 목소리였다. 세윤이 아무 말도 하지 않았음에도 선우는 왠지 모를 쑥스러운 마음에 공연스레 머리를 긁적였다. 남아 있는 세제가 얼마 없다며, 세윤이 세탁용 세제도 집어 들었다. 그리고 1200ℓ 짜리 두 개를 한 개 가격에 준다는 섬유유연제를 집어 들었다. 평소에는 무거워서 살 수가 없었다며 기분 좋은 표정을 지어 보였다.

"같이 살면 그런 걱정 안 해도 될 텐데."

선우가 무심코 말했다. 생각한 것이 입 밖으로 나와 버리자, 선우 스스로도 당황했던지 입을 다물었다. 카트에 연보랏빛 라벤더 향의 섬유유연제를 담던 세윤의 손이 멈추었다. 화를 내는 게 아닐까 생각했지만, 세윤은 말 없이 카트 안의 물건들을 정리해 섬유유연제 놓을 공간을 만들었다.

"다 산 것 같아요. 계산하러 가요."

끙끙거리며 장 본 것들을 내려놓고 벽에 걸린 시간을 확인하니 이미 일곱 시가 훌쩍 넘어 있었다. 배고프다는 선우의 말에, 세윤이 얼른 떡볶이 만들어줄게요, 하면서 팔을 걷어붙였다. 사 온 것들 정리할까? 하는 선우의 말에, 세윤이 고개를 저었다. 자신이 정리해 두어야 뭐가 어디에 있는지 안다는 말이었다. 다시마로 국물을 우려내고 있는 세윤의 곁에서 알짱거리면서 음식 만드는 것에 참견하던 선우는, 주방이 좁다며 등을 떠밀자 어쩔 수 없이 방으로 들어왔다.

세윤의 책장에서 책 제목을 훑어나갔다. 책장에는 국적을 가리지 않는 다양한 종류의 책들과 고전, 인문학 등이 꽂혀 있었다. 세윤은 읽는 폭이 넓었다. 그러다 뒤집힌 채 꽂혀 있는 책을 발견하고 아무 생각 없이 손을 뻗어 책을 빼어냈다. 제법 무게감이 나가는 책은 미국 유학에 관한 안내서적이었다. 멍하게 제목을 몇 번이나 다시 읽던 선우가 표지를 넘겼다. 첫 페이지에 책을 산 날짜를 쓰는 습관이 있는 모양이었다.

〈늘 부족함을 느끼고, 그래서 끊임없이 채워 넣는 삶.〉

몇 해 전의 날짜가 적혀 있었다. 처음 휴학을 할 즈음인 듯했다. 마치 자기 스스로에게 다짐을 하듯 또박또박 써진 세윤의 글을 선우는 몇 번이나 다시 읽었다. 그리고 책을 덮어 원래의 자리에 꽂아두었다. 마음이 무거웠다.

식탁에 가볍게 먹을 것들을 차리고 있다가 선우가 무얼 하나 궁금해 삐죽 고개를 들이미는데, 누군가와 통화를 하는 선우의 모습이 눈에 들어왔다. 부러 그런 것은 아니었겠지만, 세윤이 들어가자마자 통화가 끝났는지 전화를 끊었다. 그 모습에 또다시 덜컹 가슴이 내려앉았다. 누구에게 말하지도 못하고 혼자 끙끙거리기를 몇 주째였다. 대체 누구와 무엇 때문에 로비에서 만나야 했는지 선우는 그녀에게 전혀 말해주지 않았다. 마치 세윤이 꺼낸 이야기를 애초에 듣지도 못한 것처럼 무시하려는 그 태도가 내내 마음에 걸렸다. 언젠가는 말해주겠지, 말해주겠지…… 하고 기다렸지만 선우는 그럴 생각이 전혀 없어 보였다.

그날 이후로는 선우의 모든 전화들이 의심스러웠다. 제주에서 자신이 난형의 메시지를, 수신 목록에 남은 전화번호를 모두 지웠던 것을 기억해 보면 선우가 난형을 만나고 있을 가능성은 제로에 가까웠다. 그래서 현석의 말을 무시하고 싶었다. 하지만 그 이야기를 꺼냈을 때에 보이던 선우의 표정이 잊혀지지 않았다.

"맛있네."

선우가 마지막 양념까지도 싹싹 긁어 해치우고 나서야 기분 좋은 얼굴로 배를 가볍게 두드렸다. 매콤한 맛이 좋았다며 한껏 칭찬하자 세윤이 기분 좋은 얼굴로 자신 몫의 달콤한 맥주를 목으로 넘겼다.

"요새 어때?"

포괄적인 질문이었다.

"뭐가요?"

"그냥 뭐, 전부 다. 아무거나."

"정말 아무거나?"

세윤이 정색을 하고 돌아보자 움찔, 선우가 긴장했다.

"왜 그런 얼굴이야? 긴장되게."

"이야기 안 해줄 거예요?"

참지 못하고 세윤이 결국 다시 화제를 꺼냈다.

"뭘?"

"그날 왜 거기에 있었는지."

지시 대명사가 나열된 문장이었지만, 의미를 파악한 선우의 얼굴이 다시 굳어졌다.

"그 이야기는 그날 정리된 거 아니야?"

당황한 얼굴로 선우가 말했다.

"정리요? 그날 강선우 씨 나한테 아무 말도 안 해줬잖아요."

"그게, 그냥 덮고 지나간다는 거 아니었어?"

"아니었어요."

세윤이 단호하게 대답하자 선우가 곤혹스러운 얼굴로 세윤의 시선을 피했다.

"생각날 때마다 어떻게 해야 할지 모르겠어요. 답답하고 화나고 그래요."

"그거 대체 누구한테 들었어?"

"……정 교수님."

그 사람이 어떻게? 라며 당황하던 선우는 머릿속으로 호텔에서의 일들을 짜맞추어 보더니, 가능성이 없진 않았던지 고개를 끄덕였다. 그리고 각오한 듯 긴장한 얼굴로 입을 열었다.

"세윤아."

무슨 이야기라도 해보라는 얼굴로 세윤은 시선을 마주쳤다. 선우는 수염이 자라 올라온 까슬한 턱을 손바닥으로 쓸어내렸다. 그

동작에서 초조함이 배어나왔다.

　"확실하게 말할 수 있는 건, 완전히 연락하지 않고 지낸다는 거야. 그리고 그날은 분명 그 사람과 관련된 일 때문에 만난 건 맞아. 만난 이유에 대해서는 이야기하지 않는 편이 나을 것 같아. 미안해."

　"왜요?"

　세윤이 이해할 수 없다는 듯 목소리를 높였다.

　"그게 예의일 것 같아서."

　이해하지 못한다면 어쩔 수 없다는 듯 선우가 낮은 목소리로 답했다. 세윤의 앞에서 미주알고주알 털어놓을 수도 있었다. 그렇다면 오해야 금방 풀릴 수 있을지도 몰랐다. 하지만 그러려면 난형이 술을 마시고 다른 남자와 잤다는 것, 상대가 유부남이었다는 것, 그래서 고소까지 말이 오갔다는 것까지 전부 이야기해야 했다. 하지만 그걸 이야기할 수는 없었다. 인간 대 인간으로서의 최소한의 배려였다. 세윤에게 오해를 살 수도 있다는 위험 부담을 안고서도 어쩔 수 없이 입을 다물어야 하는 선우도 답답했다.

　"아무런 설명을 해주지 못해서 정말 미안해. 미안하다는 말밖에 못하는 것도 미안하고."

　나머지는 이제까지 강선우란 사람이 얼마나 신뢰를 쌓아왔는지에 달려 있었다. 예의…… 세윤은 혼잣말처럼 선우가 이야기 한 '예의'라는 단어를 곱씹었다. 선우는 긴장된 얼굴로 세윤의 반응을 기다렸다.

　"정말…… 만나지 않는 거예요?"

이해할 수 있을 것 같다는 얼굴이었지만, 동시에 미적지근한 불안감이 남아 있었다. 선우가 강하게 고개를 끄덕였다. 그리고 다시 한 번 사과했다.

"미안해. 다 이야기해 주지 못해서."

어떻게 해야 할지 모르겠다는 얼굴로 바닥을 내려다보고 있는 세윤을 향해 선우가 팔을 뻗었다. 그리고 믿어달라는 듯 으스러지게 어깨를 끌어안았다. 이해해 주기만을 바라는 것이 미안했고, 안타까웠다. 그리고 자신의 포옹에서 그런 자신의 마음이 전해지기를 바랐다.

현관 앞에서 선우가 팔을 뻗어 세윤의 목덜미 속으로 손을 밀어 넣었다. 세윤의 머리카락이 부드럽게 선우의 손등을 덮었다. 세윤이 가볍게 미소 지으며 선우의 몸에 자신의 몸을 기댔다. 선우의 입술이 이마에 살짝 닿았다가 떨어졌다. 한참 동안 선우의 가슴에 얼굴을 묻고 있는 세윤을 향해 선우가 나직하게 속삭였다. 혼자서 마음 졸이며 머리가 터지도록 고민했을 세윤에 대한 미안함과 고마움, 그리고 세윤이 한 고백에 대한 늦은 답이었다.

"사랑해."

말도 눈빛도 목소리도 행동도 각각은 속일 수 있겠지만 그 모든 걸 한 번에 속일 순 없다고 믿고 있었다. 상대방에 대한 예의이기 때문에 지켜주고 싶다는 선우의 태도에서, 그리고 지금 자신을 끌어안은 선우의 심장 박동에서는 그의 '진실함'이 느껴졌다. 자신도 모르게 비집고 나오는 웃음을 살짝 숨기며 세윤은 그의 배를 쿡, 찔렀다.

"요령 부리는 거죠? 치사해, 이런 순간에."

"아, 그랬나?"

속내를 들킨 사람처럼 선우가 얼굴을 붉혔다.

"그럼 다음에 다시 말할까?"

"아니요."

"많이 사랑해."

"잘 안 들리네?"

세윤이 애교스럽게 콧잔등을 찌푸리며 선우의 입가로 귀를 가져갔다. 이번에는 세윤의 귓바퀴 속에만 담길 것 같은 숨소리가 섞인 낮은 목소리로 선우가 속삭였다.

"사랑해, 세윤아."

차에 올라 시동을 걸고 '갈게' 라며 뺨을 살짝 꼬집는 순간 세윤이 지나가는 말처럼 미처 이야기하지 못했던 문젯거리를 끄집어냈다. 이번에 사랑한다는 말이 범람하는 우호적인 분위기에 편승하는 요령을 부린 것은 세윤 쪽이었다.

"바빠질 거예요."

"왜?"

"……학원."

예상대로 선우가 잠시 멈칫했다. 그리고 아무 말 없이 알았다는 듯 고개를 끄덕이고는 창밖으로 팔을 뻗어 세윤의 머리를 가볍게 끌어안고는 마지막으로 귓가에 속삭였다.

마지막의 '사랑해' 라는 말은 왜 '가지 마' 로 들렸을까. 선우를 마중하고 돌아오는 세윤의 어깨가 무겁게 내려앉았다. 적당한 때를 고르다가 맥주를 살 때에 가볍게 유학 준비 이야기를 하려고 했는데, 아기에게 넋을 놓고 있는 선우를 보는 순간 심장이 철렁했다. 그것을 보자 그가 바라는 것이 무엇인지 분명하게 느껴졌다. 같이 살면 되지, 하는 말에서 그것이 좀 더 분명해졌다. 초조했다. 무언가가 선택을 하라고 자꾸 등을 밀어대고 있었다.

며칠 뒤 전화로 선우에게 학원을 다니고 스터디를 시작했다는 말을 전했다. 학원은 지원의 카페에서 그리 멀지 않은 곳이었다. 세윤의 말에 선우는 알았어, 하고 짧게 대답했다. 전화에서는 감정이 전해지지 않았다. 어떤 표정을 짓고 있는지 알 수도 없었다. 막을 생각이 없다고 말했지만, 속마음은 그것이 아닐 거라는 건 세윤이 더 잘 알고 있었다.

표면적으로는 달라진 것이 없었다. 학원을 다닌다는 말을 꺼낸 이후로 세윤은 다시는 학원이나 그 공부에 대한 이야기를 꺼내지 않았고, 선우 역시 그에 대해 묻지 않았다. 스튜디오 일은 순조로웠고, 지원은 결혼 준비를 차곡차곡 해나가고 있었다. 12월에는 식만 올릴 예정이고, 나머지 준비는 미리미리 할 거라는 이야기에 선우는 그들에게 웨딩사진 업체를 소개해 주었다. 인화물을 보고 세윤과 함께 지원을 놀려댔지만, 그때에도 결혼 이야기는 다시 화제로 떠오르지 않았다. 그렇게 아슬아슬한 상황은 장마가 시작되고, 장마가 끝날 때까지 이어졌다.

이전에는 선우의 시간이 빌 때면 언제든지 쉽게 세윤이 달려나갈 수 있었지만, 이제는 사정이 달라졌다. 주중에는 세윤의 학원과 스터디 때문에, 일요일에는 월요일 수업의 준비 때문에 두 사람이 마음 편하게 만날 수 있는 것은 금요일밖에 없었다. 자신의 사무실에서 세윤과 시간을 맞추기 위해 촬영 스케줄을 고민하던 선우는 문득 봄 즈음 세윤의 문자 메시지가 떠올랐다. 정말로 '전세 역전'이었다.

초봄, 세윤과의 관계가 시작되었을 때에는 불안정하게 세윤에게 이끌렸었다. 사람보다는 좋아함, 아낌, 애정 정도의 단어에 더 가까운 감정이었다. 하지만 지금은 완전히 판세가 뒤바뀌어 있었다. 세윤은 선우의 애정을 묵묵히 쌓아가면서 또 동시에 당당하게 '하고 싶은 게 있다'고 통보하고 있었다. 초조하게 세윤의 연락 하나하나에 발을 구르는 것은 이제는 선우 자신이었다. 어쩌다 이렇게까지 되었나 싶어 헛헛하게 웃던 선우는 기억을 더듬어 문자 메시지를 꾹꾹 눌러 보냈다.

〈나세윤 씨는 만날 바빠…… 흑흑흑.〉

메시지 전송 버튼을 누르고, 유치한 멘트에 혼자 히죽거리는데 지원에게서 전화가 걸려왔다. 민식의 출국 전에 가족들끼리 식사를 할 생각인데, 시간이 되면 최 장관과 함께 오라는 이야기였다. 미루고 미루다가 고작 개강 이 주 전에 출국한다고 했다.

[어머니께 말씀은 드려볼게.]

퇴원 이후 다시 얼굴 보기가 힘들어진 어머니였다. 통화는 종종 하고 있었지만, 함께 갈 수 있을지는 미지수였다.

[그리고, 괜찮으면 세윤이도 데리고 와.]

"세윤이?"

[지난번에 병원에서 우리 엄마가 세윤이 봤잖아, 한번 보고 싶으시대.]

"작은어머니가 왜?"

[말을 안 해서 그렇지, 그동안 우리 엄마가 너 여자 소개시켜 줄 거라고 리스트로 뽑아놨었어.]

선우가 웃었다. 명절 때에 인사 갈 때면 작은어머니는 뭔가 이야기를 꺼내려 하고, 지원이 화를 내며 작은어머니의 입을 막곤 했는데, 그런 사정이 숨겨져 있었던 모양이다.

"말은 해볼게."

[결혼하지도 않았는데 남자 친구 가족들 만나는 거, 별로라고 생각해서 오라고 차마 강요는 못하겠다. 싫다고 하면 권하지는 마.]

"알았어."

"갈게요."

선우가 조심스럽게 물은 것에 비해 세윤은 어렵지 않게 승낙했다. 그런 선선한 태도가 신경 쓰이는 것은 오히려 선우 쪽이었다. 괜찮겠냐는 질문에 세윤은 조금 망설이다가 고개를 끄덕였다.

"싫으면 가지 않아도 괜찮아."

"오빠 결혼식에 왔었잖아요."

세윤의 답에 맥이 풀렸다. 그리고 그저 '답례'의 차원이라는 것에 마음이 상했다. 하지만 선우는 그저 고맙다며 머리를 가볍게 쓰다듬었다.

오전부터 흐리던 날씨가 저녁에는 결국 얕은 비로 바뀌었다. 태풍이 올 거라고 하더니 바람도 강해졌다. 아파트 입구에서 선우를 기다리는 세윤의 바지 끝이 금세 한 뼘이나 젖었다. 샌들을 신을까 하는 생각을 했지만, 어른들이 있는 자리에 샌들은 아무래도 예의에 어긋나는 것 같아 구두를 신었는데, 그 구두도 천천히 젖어 들어갔다. 집 안에서 기다리다가 선우에게서 전화가 오면 나올걸 했나 싶기도 했지만 목을 빼어 기다리는 두근거림이 좋았다. 구두가 완전히 젖어버렸을 때 즈음 멀리서 선우의 랜드로버가 보였다. 자신을 발견하고 가볍게 클랙슨을 울리는 선우를 보고 세윤이 환하게 웃었다.

"왜 비 오는데 나와서 기다려."

세윤이 차에 오르자 젖은 머리카락을 닦아주기 위해 선우가 손수건을 꺼내다 뒷 차의 재촉에 차를 출발시켰다. 건네받은 손수건에서는 선우가 쓰는 향수의 향기가 살포시 배어 있었다. 코끝을 수건에 묻고는 킁킁거리는 모습에 선우가 웃으며 한쪽 팔을 내밀었다. 손목에 뿌렸으니 실컷 맡으라는 그의 장난이었다. 반갑다는 듯 손목을 잡아채어서는 그의 향기를 즐기던 세윤이 물었다.

"장소가 어디예요?"

"마땅한 장소 찾으시기에 너 일하던 일식집 추천했어. 스튜디오 사람들 하고 종종 회식을 하기도 했었거든. 불편해?"

"괜찮아요."

전혀 염려되지 않는 건 아니었다. 일하던 때에 선우가 그곳에 들렀을 때에는 그에게 다른 여자 친구가 있었다. 사장님이 그걸 기억하지 못하기를 바랐고, 그렇지 못하더라도 최소한 지원이나 지원의 부모님 앞에서 그런 말을 하지는 않으면 좋겠다 생각했다. 역시, 세윤이 선우와 함께 손을 잡은 채 들어서자 카운터에 있던 사장님의 눈이 동그래졌다. 뭔가 궁금한 눈치였지만 그저 밝게 인사만 하고 방으로 들어갔다. 지원과 민식이 기다리고 있었다.

"작은어머니는?"

"지금 오시는 중이라고 전화 왔었어. 큰어머니는 바쁘신가 봐?"

"업무보고, 계속 바쁘시대. 축하한다고 전해달라시더라."

"안 그래도 전화 받았어."

자리를 권하던 지원이 이번에는 세윤에게 말을 건네었다.

"요새 바쁘다며? 선우가 우는소리 하더라."

"내가 언제?"

선우가 황당하다는 듯 목소리를 높였다.

"짬 내어서 좀 놀아주고 그래. 일주일에 얼굴 한 번 보는 게 다라며?"

지원의 놀림에 세윤이 그저 작게 웃었다.

"학기 시작하면 조금 나을 거예요."

"몇 학기째인데?"

"6학기예요."

"일 년 남았구나."

일 년 남았구나, 하는 말에 세윤이 고개를 끄덕였다. 지원이 뭔가 더 말을 하려고 하는데 미닫이문이 열렸다. 하얀색과 검은색의 심플한 정장을 입은 지원의 어머니가 먼저 들어섰고, 그 뒤를 이어 지원의 아버지의 모습이 보였다. 네 사람이 거의 동시에 자리에서 일어났다. 지원의 아버지가 앉으라며 손사래를 쳤다. 검은 얼굴에 짙은 눈썹, 반백의 머리칼에 완고한 얼굴. 세윤은 선우의 작은아버지의 모습을 보면서, 돌아가신 선우의 아버지 모습을 상상했다.

숫기 없어 보이던 민식이 사실은 제대로 된 분위기 메이커였다. 식사 내내 민식은 적절한 농담과 더불어 끊임없이 지원의 어머니를 웃게 만들었다. 다섯 살 차이에 학생이라는 것 때문에 지원의 집에서 처음에는 달갑게 여기지 않았지만, 민식의 저런 모습에 두 분도 두손두발 다 든 모양이었다. 선우와 마찬가지로 외동딸인 지원에게 민식은 사위이자 아들 노릇을 톡톡하게 할 것 같아 보였다.

이야기의 화제가 선우에게로 돌아선 것은 식사가 마무리될 무렵이었다. 세윤의 말과 행동 하나하나를 마치 복잡한 기계를 점검하듯이 신중하게 보시던 두 분이었다. 두 분의 눈길을 보아서는 어느 정도 합격점을 얻은 것처럼 보이기는 했지만, 이내 저녁상 위에 던져진 말에 선우와 세윤이 동시에 얼어붙었다.

"선우도 곧 결혼 소식 들리겠네."

지원의 어머니가 웃음 섞인 목소리로 농담처럼 입을 열었다가, 긴장한 세윤의 얼굴을 보고는 정정했다.

"아니, 세윤 씨 재촉하려고 한 이야기는 아니고. 선우, 남편감으로 괜찮지 않아?"

"선우 정도면 딱 좋지."

곁에서 지원의 아버지가 거들었다.

"아직은 빨라요, 그만 하세요."

선우가 쑥스러운 듯 두 분의 말을 막았지만, 두 사람은 그만둘 것 같아 보이지 않았다.

"빠르긴, 지원이는 고작 몇 달 만에 결혼까지 일사천리였는데."

"그건 저 녀석이 별종인 거고."

지원의 아버지가 딸을 바라보며 고개를 저었다.

"그래, 학생이라면서 졸업은 얼마나 남았어요?"

선우, 지원에 이어 세 번째로 듣는 질문이었다. 반복되는 질문에, 이제는 졸업하는 것 자체가 무서워졌다. 더불어 아직 4학년이 아니라는 것에 안도했다. 세윤이 간신히 표정을 추스리고는 차분한 목소리로 대답했다.

"일 년 남았습니다."

"선우 기다리려면 힘들겠네. 결혼할 마음은 있는 거죠?"

"그만 하세요."

선우가 진땀을 흘리며 중간에서 질문을 막아보려고 애썼지만 역부족이었다. 작은어머니의 말이 이어졌다.

"선우가 심각하게 만나는 사람이 없어 보여서 아는 사람들 통해서 괜찮다는 아가씨들 소개해 주려고 했었거든. 이제 선우 나이면 결혼을 전제로 만나야지, 어머니 나이도 있으신데."

웃음 속에 숨겨진 칼날이었다. 마음에는 차지만, 아니다 싶으면 그냥 놓아주라는 완곡한 의미였다. 세윤은 마치 죄라도 지은 사람처럼 안절부절못했다. 중간에 지원까지 나서서 그만 하시라고 말리자, 마지막으로 다시 세윤에게 폭탄을 하나 던졌다.

"그거 생각 안 하고 만난 건 아니죠?"

"작은어머니 말씀 마음에 담아두지 마."

세윤의 아파트로 돌아가는 길에 선우가 달래듯 말했다. 작은어머니의 공격에도 담담하게 듣고 있던 세윤은 식사 자리가 끝날 때까지 인상 한 번 찌푸리지 않았다. 그것이 고마웠고 또 미안했다.

"괜찮아요, 작은어머니는 당연한 말씀 하신 건데."

세윤이 나직하게 대답했다. 결혼식에 대한 답례라고 했지만, 선우의 친척을 만난다는 것이 쉬운 결정은 아니었다. 어느 정도 자신과 선우에 대한 물음이 없지는 않을 거라 생각했지만, 머릿속으로 생각하던 것과 실제로 그 문장을 듣는 것은 달랐다. 고민하는 걸 유예시켜 왔지만, 더 이상은 어렵다는 생각에 세윤의 발걸음이 무거워졌다. 갑작스런 것도 아니었었다. 그저 회피하고 있던 것들을 진지하게 고민할 때가 와버린 것에 불과했다. 세윤의 표정이 어두워진 걸 느꼈던지, 선우가 화제를 바꾸었다.

"그러고 보니, 올 여름에 아무 데도 못 갔는데, 우리 여행 아직도 유효한 거야?"

부러 쾌활한 목소리로 여행 이야기를 꺼내는 선우를 바라보는 세윤의 시선이 담담했다. 선우가 기대하는 것을 자신은 채워줄 수 있을까. 세윤이 느리게 입을 열었다.

"9월 첫 주말, 그때 가요."

12. 전화할게

9월, 그래도 여전히 여름이라고 불러도 될 법한 더위가 남아 있는 밤이었다. 열린 밤의 창 너머로 나뭇잎들의 그림자가 어른거렸다. 열린 창 사이로 느리게 바람이 밀려들어 왔다. 세윤은 옷장을 열어 구석에 놓인 작은 등산용 가방을 챙겼다. 주머니가 많고 방수가 되는 가벼운 가방. 그 속에 세면도구와 가벼운 옷가지들을 챙겨 넣었다. 마지막으로 넣을까 말까 고민하던 가벼운 속옷까지. 하룻밤 자고 오는 것뿐인데 짐이 많았다. 세윤은 가방을 챙기던 손을 멈추고 멍하게 열린 창밖을 바라보았다. 매미 소리가 시원하게도 들려왔다.

"어떻게 하지……?"

들을 사람도 없는데 허공에다 하는 혼잣말. 고개가 천천히 바닥

으로 떨어졌다. 입술을 깨물었다. 갑자기 후두둑 눈물이 쏟아져
나왔다.

밤잠을 설치며 끙끙 앓은 것이 벌써 몇 주째였다. 어떤 날에는
그냥 이기적으로 자신만 생각하자 싶었고, 또 어떤 날에는 선우가
원하는 것이 결혼이라면 그냥 이쯤에서 놓아주어야 하지 않을까
싶었다. 세진이 말했던 그 '플랜 B'를 짜내려고 안간힘을 썼지만,
아무리 고민을 해도 결혼을 하고 공부를 포기하는 것과 공부를 하
고 결혼을 포기하는 상충된 선택밖에 보이지 않았다. 세윤은 자리
에서 일어나 책꽂이에서 유학을 처음으로 결심하고 고민하면서
훑어보았던 유학 안내서를 꺼내왔다. 그리고 손끝으로 페이지들
을 부드럽게 훑었다. 오랜 꿈을…… 포기할 수 있을까? 답할 수 없
었다.

'괜찮아. 괜찮아. 괜찮아…….'

책 위로 떨어지는 눈물을 손바닥으로 슥슥 문질러 지우며 세윤
이 속으로 주문처럼 되뇌었다. 괜찮아, 괜찮아, 괜찮을 거야…….

"왔어?"

등 뒤를 툭 치는 선우의 목소리가 밝았다. 주말이라 그런지 고
속버스 터미널에는 사람이 많았다. 웅성거리는 사이에 선우의 목
소리가 선명하게 귓속을 파고들었다. 세윤이 웃으며 선우의 손을
잡았다.

"표 찾아놨어요."

"좋아."

선우가 싱긋 웃으며 표를 받아 들었다. 이십 분 후 출발이었다. 여행에는 간식이라며 선우가 간식 타령을 했다. 선우가 가까이에 있는 편의점에서 과자들을 사 왔고, 그사이에 세윤이 에스프레소 전문점에서 아이스커피 두 잔을 사 왔다. 버스를 타기 위해 문을 열고 나가자 금세 1회용 플라스틱 커피컵 밖으로 수증기가 맺혀 바닥으로 물이 떨어졌다.

"순천 순천 순천……. 저기 있다."

선우가 커피를 든 손으로 버스를 가리켰다. 출발할 즈음이 되자 좌석이 금세 찼다. 우등버스의 깊고 편한 좌석의 등받이를 슬쩍 뒤로 기대어 밀고 세윤은 편하게 앉았다. 장거리 운전의 수고에서 벗어난 선우도 한결 편한 얼굴이었다.

"왜 순천이었어?"

"순천만이 한번 보고 싶었어요. 겨울에 철새가 많이 와요."

"지금은 여름이잖아."

"여름에는 여물은 갈잎이 푸르고 칠면초가 여물어가지요."

세윤이 싱긋 웃으며 마치 시를 읊듯이 대꾸했다.

"칠면초가 뭐야?"

"갯벌에서 자라는 빨간풀이에요. 늦가을에 절정으로 붉어지는."

"왜 순천만이었어?"

선우가 질문을 조금 바꾸어 물었다.

"그냥요."

떠났던 철새들이 다시 돌아오는 곳이어서요, 라고 대답하려다 세윤은 그저 웃고만 말았다. 돌아올 것 같지 않았던 아이들이 무리 지어 떠나고 나서, 다시 그 계절이 돌아오면 잊지 않고 돌아오는 곳이니까. 봄이 되면 떠나는 대신에 망둥이들이 물밑에서 깨어나고, 다시 망둥이들이 진흙을 파고들어 가 잠을 잘 때면 그때에는 떠났던 철새들이 돌아오는 곳, 순천만(灣)은 그런 장소였다. 세윤이 나직하게 웃으며 선우에게 머리를 기대었다.

버스의 에어컨 바람이 차가웠다. 세윤이 긴팔 옷을 꺼내어 몸을 덮었다. 선우가 고개를 숙여 뺨에 슬쩍 입을 맞추자 세윤이 눈웃음을 치며 자신의 손에 입을 맞추고는 선우의 이마에 꾹 눌렀다. 서울을 빠져나가기 시작할 때 즈음 세윤이 CD 플레이어의 한쪽 이어폰을 선우에게 건네었다.

세 시간 남짓 달려 도착한 버스 정류장은 고속버스 터미널이라고 불리기 머쓱할 만큼 작았다. 어묵이며 과자며 팔고 있는 슈퍼에 순천만을 가는 방법을 묻자 버스 번호를 알려주었다. 시청으로 가서 갈아타면 된다고 했다. 상냥하면서 따뜻한 전라도 사투리가 그들이 도착한 곳이 순천임을 환기시켜 주었다.

"배고픈데, 점심부터 먹자."

여기에도 멀티플렉스 극장이 있네. 주변 건물과 달리 높이 솟아올라 있는 건물에 세윤이 눈을 동그랗게 떴다. 극장 건물 때문에 오히려 시청 건물이 보이지 않았다. 한참을 두리번거려 시청을 찾은 두 사람은 시청 안의 관광안내소로 들어가 괜찮은 식당이 없는지 물었다.

"나가셔서 건널목 건너서 왼쪽 골목으로 들어가면 무슨 가든이라고 보이실 거예요. 거기가 괜찮아요."

버스 시간표와 지도, 그리고 관광안내도를 받아서는 안내 받은 식당으로 향했다. 오래된 한옥을 개조해 만든 집이었다. 신발을 벗고 툇마루를 건너 방으로 들어갔다. 점심시간이 늦어진 탓인지 사람이 별로 보이지 않았다. 남도 음식답게 반찬 가짓수가 많았다. 넘칠 듯이 나온 상차림에 두 사람이 눈을 동그랗게 떴다. 골고루 맛을 봤지만, 그래도 다 먹지는 못했다. 밥 없이 반찬만 먹어도 배가 부를 것 같았다. 수정과로 입가심을 하고 빵빵하게 부른 배를 두드리며 선우가 나른하게 한숨을 쉬었다.

"배부르니까 움직이기 싫다."

"일어나요, 순천만 구경하고 해 지는 것도 보고 싶어요."

세윤이 먼저 일어나 팔을 잡아당겼다. 배가 부르다더니, 버스에 올라탄 선우가 금세 잠이 들었다. 시청에서 얼마나 걸릴지 모르는 탓에 세윤은 졸렸지만 졸음을 꾹 참았다. 머리를 끄덕이던 선우의 머리가 서서히 세윤의 어깨에 미끄러졌다. 세윤이 부드럽게 어깨를 움직여 조금 더 기대기 편하도록 공간을 만들었다. 그리고 천천히 선우의 머리칼을 쓰다듬어 내렸다. 그에게서 풍겨오는 체취에 가슴이 아려왔다. 세윤은 고개를 돌려 그의 이마에 가볍게 입을 맞추었다.

"다 왔어요."

뺨을 살짝 꼬집는 느낌에 선우가 잠에서 깼다. 고속버스를 타고 내려오는 동안에 조금 잠을 잤는데도, 배도 불렀고 규칙적으로 덜컹거리는 버스의 진동 탓인지 졸음을 이길 수가 없었다. 그사이에 깊이도 잠들었다 싶어서 머리를 흔드는데 세윤이 물을 건네었다. 눈치도 빠르시지. 선우가 웃으며 물병을 받아 들었다.

버스에서 내려 주변을 살펴보았지만 딱히 만, 그러니까 바다가 있을 법한 곳이 아무 데도 보이지 않았다. 주변은 온통 산과 밭이나 논밖에 없었다. 이런 곳에 철새가 사는 곳이 있다는 것 자체가 조금 의심스러워지기 시작했다.

"우리 제대로 찾아온 거야?"

선우가 선글라스를 끼며 물었다.

"저기 표지판 있는데요."

세윤이 손으로 가리키는 곳에는 '순천만 자연생태공원'이라는 표지판이 놓여 있었다. 자갈이 깔려 있는 길을 밟고 들어가자, 생태체험장이라고 되어 있는 건물이 나타났다. 입구에는 배가 볼록하고 눈이 동그란 물고기의 상이 서 있었다. 2층으로 이루어진 건물 안에는 순천만의 사계절과 함께 순천만을 찾아오는 다양한 철새, 그리고 만에서 산다는 망둥이가 소개되어 있었다. 입구의 것은 아마도 망둥이었던 모양이었다.

건물의 밖으로 나오자, 본격적으로 순천만으로 향하는 길이 표시되어 있었다. 안쪽으로 들어가자, 조금씩 풍경이 달라졌다. 멀리 파랗게 웃자란 갈대들이 눈이 시리게 닿아왔다. 그들이 있는 안쪽에서부터 시작한 만이 끝이 보이지 않게 먼 곳까지 펼쳐져 있었다. 바람이 불 때마다 신나게 몸을 흔드는 풍경이 시원스러웠다. 그 사이로 관광객들이 만을 좀 더 제대로 볼 수 있도록 인공적으로 내어놓은 길이 보였다. 선우는 어느새 카메라를 꺼내 들고 있었다. 웬일로 가방이 가볍다 싶었더니 작은 디지털 카메라를 가지고 온 모양이었다.

"나, 강선우 작가님이 스튜디오 밖에서 카메라 든 거 처음 보는 것 같아요."

"그런가? 미안해."

자신도 모르게 세윤과 만날 때에는 일을 모두 손에 버렸던 모양이다. 떠올려 보면 세윤을 만날 때 한 번도 제대로 카메라를 들고 왔던 적이 없었다. 스튜디오에 몇 번 놀러왔었지만 제대로 세윤을 찍어준 적도 없었다. 괜스레 미안해져서 선우가 부러 더 발랄한 얼굴로 까만색의 카메라를 흔들었다. leica라고 쓰인 빨간 로고가 보였다. 의기양양한 선우의 태도에 세윤이 못 말리겠다는 얼굴로 웃었다. 어릴 적 고무 로봇을 수집하던 둘째 오빠의 모습이 겹쳐졌다. 오빠가 제일 아꼈던 게 노란색의 커다란 고무 로봇이었던 것 같은데, 그걸 따왔다고 자랑했을 때의 표정이 딱 지금의 선우의 표정과 같았었다.

"강선우 씨!"

정신없이 카메라로 여름의 순천만을 담던 선우가 응? 하면서 돌아보았다. 세윤이 큰 목소리로 말했다.

"사랑해요, 알죠?"

세윤의 목소리에 주변 관광객들이 돌아보았다. 세윤이 붉어진 얼굴 가득 웃음을 머금고 다시 말했다.

"아는 거예요, 모르는 거예요?"

"알아!"

선우가 환하게 웃으며 세윤에게 달려왔다. 그리고 주변의 시선을 무시한 채 세윤을 와락 끌어안았다. 세윤의 깔깔거리는 경쾌한 웃음소리에 선우가 참지 못하고 자신의 입술로 세윤의 입술을 꾸욱 눌렀다가 떼어냈다. 사람들의 시선을 느낀 세윤이 기분 좋게 얼굴을 붉혔다.

"꺄아호!"

순천만 탐험을 한다는 낚싯배들을 발견한 두 사람은 탑승권을 사서 물결에 따라 느리게 흔들거리는 작은 배에 올라탔다. 배의 시동이 걸리자 기름 냄새가 끼쳐 왔다. 순식간에 속력을 내어 달리기 시작하는 배에서, 세윤은 제일 앞에 서서 바람을 온몸으로 신나게 맞았다. 선우가 카메라를 들이댈 때면 요리조리 피하던 세윤은 결국 선우의 카메라를 낚아채어 선우를 찍어대기 시작했다. 제멋대로 누르는 셔터에 선우의 머리가 반만 나오고 팔만 나오고 다리만 나왔지만 그래도 세윤의 유쾌한 웃음은 멈추지 않았다.

"뭐가 그렇게 좋아?"

바람에 날리는 머리카락에 손으로 이마를 짚으며 선우가 큰 목소리로 물었다.

"지금, 강선우 씨랑 같이 있잖아요!"

세윤이 선우의 뺨에 입을 맞추며 환하게 웃었다.

"나세윤 씨, 나 너무 좋아하는 거 아니야?"

"말로 표현하는 게 모자랄 만큼 좋아해요!"

세윤이 다시 큰 소리로 말했다. 바람에 정신없이 날리는 머리칼을 한 손으로 움켜쥐던 세윤은 도저히 정리가 되지 않았던지 주머니에서 고무줄을 찾아 질끈 묶었다. 선우가 한 손으로 세윤의 날리는 앞머리를 귀 뒤로 넘겨주었다. 마주치는 눈 안에 담긴 선우의 따스한 마음에 세윤이 자신도 모르게 방긋 웃었다. 웃음으로 모든 것이 표현된다면 아마도 자신의 마음을 선우도 알아주리라 생각하면서.

"사랑해."

선우의 목소리는 거친 배의 엔진음과 정신없이 튀어오르는 물살에 숨겨져 들리지 않았지만, 세윤은 선우의 표정을 통해 그 말을 듣지 않고도 읽어냈다. 세윤이 얼굴 가득 미소를 지으며 고개를 끄덕였다. 사랑한다는 그 말들을 모두 다 저장시켜 놓고 싶었다. 나중에 자신의 선택에 후회하더라도, 사랑받았다는 사실만으로 행복해할 수 있게.

만을 가로지르도록 만들어진 산책길에서는 여름새들과 망둥이의 모습을 가까이에서 볼 수 있었다. 사방으로 펼쳐진 눈 시린 초록 길을 몇 시간 동안 천천히 걷는 동안, 두 사람의 대화에서는 계속 미소와 웃음과 애정이 떠나지 않았다. 날씨에서 여행의 상대에서 주변의 풍경들까지, '완벽한 날'이라고 이름 붙일 수 있을 것 같았다. 그러는 사이에 천천히 해가 넘어가기 시작했다. 하지가 지난 이후로 천천히 해가 짧아지고 있었다. 여름이 지나가고 있다는 뜻이었다. 겨울에서 봄, 그리고 여름까지. 가을을 제하면 두 사람은 어느새 세 계절을 함께하고 있었다.

일몰을 보기 좋다는 언덕으로 올라가자 그들과 마찬가지로 떨어지는 해를 구경하러 온 사람들이 많았다. 위로 끝없이 뻗어가는 새파란 하늘, 아래로 또 가득히 펼쳐진 초록의 순천만의 풍경에 감탄하며 사진으로 담아내던 선우도, 일몰이 점점 가까워지자 이제는 말이 없었다.

사람 인(人) 자가 사람과 사람이 기댄 모습의 형상화라고 했었던가, 세윤과 선우도 그 글자처럼 서로가 서로에게 기댄 채 서서히 떨어져 가는 해를 마주 보았다. 그리고 천천히, 누가 먼저라 할 것 없이 자연스럽게 고개를 돌려 서로를 마주 보고 눈으로 웃었다. 그리고 누군가의 눈이 먼저 감겼고, 다음으로 입술이 겹쳐졌다. 따스했다. 촉촉하게 닿아오는 서로의 입술도, 그 위로 쏟아져 내리는 늦여름의 햇살도.

버스로 다시 시청 근처에 내려서 택시를 타고 가까운 호텔을 부탁했다. 잠시 달리던 택시는 무궁화 다섯 개가 자랑스럽게 내걸린 크지 않은 호텔에 멈추었다. 오래되어 보였지만 단정하고 깔끔한 곳이었다. 어둠 속에서 호텔의 밝은 내부가 따뜻하게 보였다.

"한식과 침대 방 어느 쪽으로 하시겠습니까?"

로비의 직원이 상냥하게 물었다.

"더블 베드로 부탁드릴게요."

선우가 망설이지 않고 대답했다.

"그냥 싱글로 주세요."

세윤이 끼어들었다. 두 사람의 시선이 세윤에게로 향했다. 세윤은 그냥 싱글로 하라는 듯 선우의 팔을 살짝 잡았다. 선우의 눈이 복잡하게 얽혀 있었다. 대답을 머뭇거리자 세윤이 직원을 재촉했다.

"싱글로 주세요."

"방금 굉장한 눈빛이었던 거 알아?"

엘리베이터에서 선우가 슬쩍 웃으며 말했다.

"뭐가요."

"나 오늘 잡아먹힐 것 같았어."

세윤이 새침하게 웃으며 선우의 옆구리를 살짝 찔렀다.

열쇠를 돌리는 선우의 손이 살짝 긴장했다. 삐끗 하고 미끄러지는 바람에 머쓱하게 웃고는 다시 제대로 열쇠 구멍에 맞추어 넣어 문을 열었다. 현관에 반짝 불이 들어왔다. 카드키를 꽂아 방의 불을 켜고 에어컨을 낮게 틀었다. 침대 곁의 작은 테이블 위에 가방을 내려놓고 둘은 머쓱하게 침대를 바라보았다. 선우가 먼저 그 어색함을 깼다.

"저녁은 어떻게 할까?"

"밖에 치킨집 있었는데, 맥주랑 사 와서 먹어요."

호텔에서 가까운 치킨 집은 꽤 오래전부터 그 자리에서 장사를 하고 있는 듯했다. 문을 열고 들어서자 가게 안의 낡은 텔레비전에서 나오는 일일드라마 소리가 왕왕 울려 퍼지고 있었다. 프라이드 치킨 한 마리만 해주세요, 하는 말에 드라마를 보던 주인아주머니가 주방으로 들어가 닭을 준비하고 다시 홀로 나왔다. 세 사람의 시선이 자연스럽게 텔레비전으로 옮겨갔다. 이미 다른 여자와 결혼한 남자가 옛 여자 친구에 대한 욕심을 버리지 못하고 그를 다그치고 있었다.

"사내눔이 저라면 안 되는 거이제, 즈가 갖지는 몬허고 남 주기는 아까웅께 저 지럴을 해쌌는 거 아니여."

드라마에 몰두한 아주머니의 목소리가 높아졌다.

"지 꺼이 아닝 거슬 욕심 부리면 벌 받는 거인디, 내 거이 아니다아아 시프면 노아줘야 할 거이 아니당가. 안 그럿소?"

대답을 구하듯 아주머니가 둘을 바라보았다. 선우가 가볍게 웃었고, 세윤이 어색한 얼굴로 고개를 끄덕였다. 드라마는 계속 이어졌다. 유부남인 남자는 옛 여자 친구의 남자 친구를 보고 이성을 잃었고, 결국 상대 남자와 주먹질을 하고 있었다.

"오메오메, 저 화상 좀 보게, 결혼을 해줄 것도 아임스렁 어찌 무작스럽고로 저래 싼다냐, 써그럴 넘. 오메오메 저 주먹질 하는 것 쫌 보게."

세윤의 얼굴이 하얗게 질렸다. 선우가 당황해 괜찮으냐고 물으려고 하자, 세윤이 손을 내저은 채 자리에서 일어났다. 선우가 뒤따르려고 했지만 세윤이 고개를 저었다. 세윤이 달려나간 문 바깥에서 작게 헛구역질 소리가 들려왔다. 선우가 안절부절못한 채 문 뒤의 세윤에게 신경을 곤두세웠다. 한참이나 드라마의 남자 주인공을 욕하던 아주머니가 닭을 보러 나갔고, 선우가 더 이상 참지 못하고 자리에서 일어났다. 그때 세윤이 해쓱해진 얼굴로 들어섰다. 닭을 포장하던 아주머니가 하얗게 질린 세윤의 얼굴을 보고는 눈이 커다래졌다.

"오메, 아가씨 얼굴이 허옇고마잉. 사이다 하나 더 너어승께 가서 쫌 자시시요."

아주머니의 말에 세윤이 고개를 끄덕였다. 그리곤 선우를 말려 지갑에서 돈을 꺼내어 계산했다. 봉지 속에서 따끈하게 잘 튀겨진 닭 냄새가 코를 자극했다.

"맥주 사러 가요."

세윤이 건너편의 편의점을 가리켰다. 선우가 세윤의 손목을 낚아챘다.

"왜 그래."

"왜 그렇긴요. 맥주에 치킨 먹기로 했잖아요."

"몰라서 물어? 왜 얼굴색이 변해서 구역질까지 하는 건데?"

선우의 목소리가 낮아졌다. 정말로 화가 났다는 의미였다.

"점심에 먹은 게 안 좋았나 봐요."

"아까까지는 괜찮았잖아."

선우의 말에 세윤이 희미하게 웃었다. 그리고 턱짓으로 편의점을 가리켰다. 선우가 천천히 세윤의 손목을 놓았다. 세윤이 천천히 편의점으로 걸어갔다. 그리고 여전히 멈추어 서 있는 선우를 향해 손을 흔들었다.

"목 말라요. 얼른 사러 가요."

맛있는 맥주, 하면서 세윤은 편의점 냉장고에서 KGB를 두 병 꺼내 들었다. 말 없이 따라 들어온 선우는 조금 더 도수가 있는 붉은색의 맥주 다섯 캔을 집어 들었다. 뱃속에 불이 붙은 것처럼 불편했다. 맥주 한 상자를 들이붓는들 꺼질지 아닐지 모를 만큼 가슴이 답답했다.

엘리베이터를 타고 올라올 때 즈음 세윤의 얼굴에 조금 핏기가 돌아왔다. 선우가 굳어진 얼굴로 말 없이 엘리베이터 문을 바라보자 세윤이 애써 분위기를 풀기 위해 선우의 팔을 살짝 잡았다. 하지만 선우의 표정은 여전히 돌덩이 같았다.

방으로 돌아와 적막함을 덜기 위해 텔레비전을 켰다. 뉴스가 한참이었다. 테이블 위에 치킨을 올려놓고 송골송골 물방울이 떨어지는 맥주들을 늘어놓았다. 선우가 거칠게 캔을 거머쥐고는 맥주를 목으로 넘겼다. 입가에 묻은 거품을 슬쩍 닦아내고 세윤의 얼굴을 바라보았다. 세윤의 표정에는 변화가 없었다. 맥주를 든 채 맨손으로 따면 아픈데, 하는 혼잣말에 선우가 말 없이 세윤의 손에서 맥주를 가져와서 자신의 셔츠 자락에 감싸 쥐고 병뚜껑을 돌려 땄다. 고마워요, 하면서 세윤이 맥주를 건네받았다.

"아까부터 배고프다면서요."

세윤이 의자에 앉아 포장을 풀며 말했다.

"말해."

"식기 전에 따뜻할 때 먹어요."

세윤이 앉으라는 듯 의자를 가리켰다. 선우가 거칠게 의자를 끌어다 당겨 앉았다.

"……먹고 이야기해요."

치킨이 몇 개 줄지 않은 채 천천히 식어갔다. 그 대신 맥주가 좀더 빨리 줄어들었다. 세윤이 몸을 웅크리고 앉아 맥주를 홀짝홀짝 넘겼고, 시간이 지날수록 서서히 얼굴이 분홍빛으로 달아올랐다. 순식간에 두 캔을 비운 선우도 천천히 속도를 조절해 가면서 세 번째 캔을 마시고 있었다. 뉴스 소리가 아니었다면 누구도 방에 누군가가 있다는 것을 모를 만큼 조용했다.

"졸려요."

거의 빈속에 자꾸 맥주를 밀어 넣자 세윤의 눈이 감겼다. 선우가 세 번째 캔의 나머지를 훌쩍 비우고는 몸을 일으켰다. 그리고 반쯤 눈이 감긴 채 맥주에서 손을 놓지 못하고 있는 세윤을 일으켜 세웠다.

"왜요?"

"씻고 자."

일어선 세윤의 몸이 알코올로 따끈하게 데워져 있었다. 선우의 몸에 기대있던 세윤이 선우의 품속에서 웅얼거렸다.

"같이 씻어요."

선우가 조심스러운 손으로 셔츠 자락을 잡아당겨 천천히 위쪽으로 끌어 올렸다. 세윤이 벗기기 쉽게 팔을 들어 올렸다. 낮 동안 땀과 젖었다가 에어컨 바람에 바삭하게 마른 셔츠가 바닥에 툭 떨어졌다. 세윤의 손이 똑같은 방식으로 선우의 셔츠를 끌어 올렸다. 목을 빠져나가 셔츠가 바닥으로 떨어지고, 옷자락에 쓸린 선우의 머리칼이 쑤석해졌다. 세윤이 손을 뻗어 선우의 뻗친 머리칼을 쓰다듬어 내렸다. 그러자 그가 고개를 숙여 차가워진 세윤의 목덜미를 입술로 더듬었다. 선우의 입술이 뜨거웠다. 그 열기에 세윤이 바르르 몸을 떨었다.

허리부터 더듬어 내려간 선우의 손이 명치로 다가갔다. 벨트를 천천히 풀고 조금 힘을 주어 아래로 밀어 내렸다. 세윤이 벗기기 쉽게 다리를 들어 올렸다. 바지가 바닥으로 내려앉는 소리가 들렸지만, 선우는 감히 아래쪽을 쳐다보지도 못한 채 여전히 세윤의 눈을 바라보았다. 술 때문에 살짝 붉어진 세윤의 눈이 말갛게 빛나고 있었다. 자신을 바라보는 세윤의 눈빛에 선우는 자신도 모르게 시선을 피해 버렸다. 긴장한 모습을 들킬 것 같았다.

같은 방식으로 세윤이 선우의 벨트를 풀어 내렸다. 세윤이 조금 더 대담하게 선우의 맨허벅지를 살짝 더듬었다. 손끝이 닿는 순간 허벅지에 힘이 들어갔다. 선우가 신음 소리를 내지 않기 위해 입술을 깨물었다.

욕실의 환한 불이 부끄러운지 세윤이 선우의 등 뒤로 숨어들었다. 선우가 팔을 뻗어 카드키를 빼어 바닥으로 떨어뜨렸다. 순식간에 방의 모든 불이 꺼졌고, 어둠이 그 공간을 채웠다. 어둠에 눈이 익숙해지자 손을 더듬어 욕실 안으로 들어섰다. 어둠이 조금 더 용기를 북돋아주었는지, 세윤의 손이 조심스럽게 선우의 맨가슴에 닿아왔다. 세윤의 등을 끌어안은 선우가 천천히 세윤의 브래지어를 풀었다. 고리가 풀리는 순간 헐거워진 속옷이 후둑, 하고 떨어져 내렸다. 세윤이 반사적으로 가슴을 가리자, 선우가 브래지어를 선반 위에 올려놓고 부드럽게 그 손을 풀어냈다.

"벗겨줘."

탁해진 목소리에 세윤이 조심스럽게 선우의 마지막 속옷을 벗겨냈다. 그 손이 조심스러웠다. 손가락 끝으로 조심스럽게 밴드를 잡아 허벅지 아래로 끌어 내린 속옷이 종아리를 타고 바닥으로 떨어졌다. 긴장을 풀라는 듯, 선우가 부드럽게 세윤의 목덜미를 쓰다듬었다. 목덜미를 더듬는 선우의 손이 입술만큼이나 뜨거웠다.

"무서워?"

선우가 조용히 속삭였다. 이 사람은 어떻게 이렇게 침착할까, 선우의 나직한 목소리에 세윤이 생각했다. 어둠 속으로 세윤의 몸의 부드러운 곡선이 드러났다. 세윤은 고개를 저었다. 심장이 두근거렸지만 두려움은 아니었다. 오히려 가벼운 흥분에 세윤은 선우의 몸을 향해 부드럽게 팔을 뻗었다. 어둠 속에서도 선우는 세윤이 뻗는 팔에 반응해 부드럽게 자신의 품에 안았다.

"싫으면 언제든지 말해."

선우의 말에 세윤이 조용히 고개를 끄덕였다. 선우가 조심스럽게 고개를 숙여 세윤의 입술을 덮었다. 조급하지 않게, 천천히. 분명 그렇게 시작한 입맞춤이었는데, 잔뜩 마신 맥주 때문인지, 아니면 맨살이 눈앞에 있다는 사실 때문인지 입맞춤이 점점 깊어졌다.

당장 세상이 전부 다 사라지더라도 멈출 것 같지 않던 입맞춤은 선우가 호흡을 가다듬기 위해 부드럽게 떼어냄으로써 멈추어졌다. 타액으로 촉촉하게 젖은 입술을 엄지손가락으로 부드럽게 쓸어낸 선우는 입술로 세윤의 몸을 탐하기 위해 시동을 걸었다. 먼저 턱으로, 다음은 목울대로, 다시 쇄골로. 판판한 가슴뼈를 지나자 부드럽게 솟아오른 세윤의 가슴이 나타났다. 선우가 조심스럽게 손을 뻗어 양쪽 가슴을 쓰다듬었다. 자신도 모르게 세윤이 몸을 비틀었다.

부드러운 가슴 사이에 유달리 단단하게 닿아오는 감촉에 선우가 깊은 숨을 내쉬며 입술을 가져갔다. 당황할 거라고 생각했다. 두렵지 않을까 생각했다. 하지만 그것이 신호였던 것처럼 세윤의 몸속에도 불이 켜졌다. 선우가 입속에 담긴 것을 지분거리며 깨물자, 세윤이 자신도 모르게 몸을 가늘게 떨었다. 세윤의 심장이 점점 더 빠르게 뛰는 것이 선우에게도 느껴졌다. 자신의 귀에 들리는 가쁜 세윤의 숨소리. 선우는 지금, 바로 자신 앞에 서 있는 나세윤이라는 사람에 대한 무한한 애정에 눈물이 날 것 같아 입술을 깨물었다.

"이러다가 여기서 어떻게 해버릴 것 같아."

선우가 떨림을 감추기 위해 세윤을 끌어안은 채 낮은 목소리로 속삭였다. 세윤이 동의하듯 가슴에 안겨서 고개를 끄덕였다.

"머리부터 감을까?"

욕조에 들어서서 선우가 물었다. 세윤이 고개를 끄덕였다. 비치되어 있는 샴푸를 끌어다가 손으로 짜서 머리카락에 거품을 내었다. 세윤이 어린아이처럼 순순히 머리를 맡겼다. 손바닥으로 머리를 시원하게 마사지하자 세윤이 거품 속에서 작게 웃었다. 거품이 둘의 맨몸을 타고 천천히 욕조 바닥으로 내려왔다. 세윤이 팔을 뻗어 선우의 단단한 가슴에 내려앉은 샴푸 거품에 손가락을 대고 천천히 동그라미를 그렸다. 그 동그라미는 점점 거품을 따라 아래쪽으로 내려왔다. 머리칼을 헹구던 선우의 손놀림이 점점 느려졌다.

괴로웠다. 그 느낌이 너무 좋았지만 동시에 고통스러울 만큼 괴로웠다. 인내심을 시험해 보겠다는 듯 집요하게 더듬어 내려오는 세윤의 손길에 선우의 온몸 근육이 바싹 긴장하고 풀어지기를 반복했다. 인내심이 바닥에 다다라 머릿속이 하얗게 변할 때 즈음, 선우는 자신이 이 자리에서 세윤을 덮칠지도 모른다는 생각에 어렵게 세윤의 손을 저지했다. 세윤의 손을 잡아 쥐는 그 손이 가늘게 떨고 있었지만, 선우는 세윤에게 그것을 들키지 않기를 바랐다.

"이러다가 밤새 샤워만 하겠다."

그가 세윤의 어깨에 턱을 기댄 채 속삭였다. 골반을 하나씩 짚어가던 손이 선우의 저지에 멈추어 섰다. 하지만 세윤은 마음대로 하겠다는 듯 잡힌 손을 빼내어 다시 거품 아래의 피부를 더듬어 내려갔다. 세윤의 움직임을 저지하려던 선우의 손은 금세 힘이 풀렸다. 골반뼈 위에서 동그랗게 원을 그리던 세윤의 손가락이 대범하게 뒤쪽으로 돌아 들어갔다. 자신도 모르게 헉, 하고 들이키는 숨소리가 듣기 좋다는 듯 세윤이 몸을 밀착시켜 왔다. 엉덩이를 타고 내려가는 그 부드러운 손길에 발끝에 바싹 힘이 들어갔다. 이번에는 더 이상 참지 못하고 세윤을 끌어당겨 안았다. 아직 마지막 속옷이 벗겨지지 않은 세윤의 하체에 선우의 몸이 겹쳐졌다. 마치 얼마나 괴로운지 알아달라는 선우의 몸짓에 결국에는 세윤의 손이 멈추었다. 흥분을 감추고 선우가 나직하게 말했다.

"나도 씻겨줘."

오래오래, 천천히 뜨거운 물과 향기로운 바디 샴푸를 사이에 두고 서로에 대한 탐색을 한 탓에 두 사람의 몸이 뜨거운 물에 발갛게 달아올라 있었다. 선우가 먼저 머리칼의 물기를 닦고 허리에 수건을 두른 채 나왔다. 세윤은 선우가 나간 뒤, 멍하게 욕조에 걸

터앉았다. 점점 더 현실의 감각이 사라지고 있었다. 시간이 멈추기를 바랐다. 그래서 아침이 오지 않기를.

몸을 수건으로 감고 나오자 다시 카드키를 꽂았는지 불이 들어와 있었다. 은은하게 침대 곁을 밝히는 불빛에 세윤이 미소 지었다. 선우가 얇은 이불을 들어 올렸다. 세윤이 조심스럽게 수건을 풀고 그 안으로 들어갔다. 선우의 향기. 세윤이 아기새처럼 선우의 품속을 파고들었다.

시작할 때에는 마른 몸에서 서로에게 풍기는 향기가 같았다. 하지만 같은 바디 샴푸를 쓰고 머리를 감았어도 맨몸의 마찰이 더해질수록 각자의 향기로 변해갔다. 그것은 마치 서로를 아무리 사랑하더라도, 그들 각자가 서로 다른 개별적이고 독립적인 각각 하나의 사람이라는 것을 대변하는 것과도 같았다.

"괜찮아?"

선우가 마지막으로 다시 물었다. 세윤이 대답 대신 고개를 끄덕였다. 그리고 망설이지 말라는 듯 선우의 입술에 가볍게 입을 맞추었다. 선우의 동작이 이전보다도 더 조심스러워졌다. 허리를 들어 올리고 천천히 손끝으로 탐색하던 선우가 오랫동안 망설이다가 자신의 몸을 밀어 넣었다. 세윤의 몸에 힘이 들어가는 것이 느껴지자 다급하게 물러섰지만 세윤이 고개를 저었다.

"그냥."

세윤이 선우의 몸을 당겨 안았다. 더 이상은 멈출 수가 없었다. 선우가 참지 못하고 자신을 더 깊이 들이밀었다. 이를 앙다문 세윤의 목 끝에서 고통을 참는 신음 소리가 들려왔다. 자신에게까지 느껴지는 고통에 선우가 안타까운 눈으로 세윤의 입술에 끝없이 자잘한 입맞춤을 남겼다. 선우의 움직임이 느려지자 세윤의 얼굴에 고통이 조금 가시는 듯했다.

"나도…… 힘들다."

선우의 이마에 송골송골 땀이 맺혔다. 세윤의 몸에 힘이 들어갈 때마다 자신에게 동시에 전해지는 쾌감과 고통을 다스리는 것이 쉽지 않았다. 세윤의 표정 하나하나, 숨소리 하나하나, 손가락 끝의 움직임까지도 살펴가며 조심스럽게 몸을 움직였다. 조심스럽게 아주 조금씩 몸을 움직이던 선우는 더 이상 참지 못하고 입술을 깨물었다.

"못 참겠다."

온몸에 힘을 준 채 떨고 있는 선우를 향해 세윤이 팔을 뻗었다. 그리고 자신도 모르게 동물적인 반응으로 허리를 움직이자, 선우의 목 아래에서 단말마와 같은 신음 소리가 터져 나왔다.

"나 정말 못 참겠어."

안타까운 목소리에 세윤이 선우의 몸 아래에서 다시 속도를 맞추어 허리를 움직였다. 좋다고도, 싫다고도 말할 수 없는 이상한 느낌에 세윤도 가쁜 숨을 내쉬었다. 쾌감과 혼란스러움과 애정이 뒤범벅되어 있는 선우의 눈빛은 지극히 동물적이었고, 또 지극히 인간적이었다. 그 모든 것을 품고 싶은 욕심에 세윤은 다시 몸을 움직였다.

작살에 맞은 고래처럼 부르르 몸을 떨던 선우는 마지막 힘까지 짜내고서 결국 세윤의 몸 위로 쓰러졌다. 숨을 헐떡이는 선우의 맨등을 세윤이 꼬옥 끌어안았다. 손에 닿는 땀이 싫지 않았다.

"많이 아팠어?"

세윤이 대답 대신 고개를 저었다. 그리고 괜스레 부끄러워져 시선을 피했다.

"이런 순간에 뭐라고 말해야 할지 모르겠어."

선우는 마치 소년 같은 서툰 얼굴로 세윤을 바라보았다. 사랑한다고 말하면 마치 이것을 위해 사랑한다 말한 것 같고, 고맙다 라고 하는 것도 우스웠다. 미안하다는 것도 마찬가지였다. 사랑하는 사람들끼리의 자연스러운 일이었지만 미안하고 고마웠다. 그 말을 입 밖에 내는 대신 선우는 세윤을 끌어안았다. 절대로 놓치지 않겠다는 듯이.

자신의 등을 끌어안고 있는 선우의 따스한 가슴. 등 뒤로 선우의 심장의 고동이 느껴졌고, 고른 선우의 숨이 자신의 정수리에 닿았다가 떨어졌다. 간질간질한 그 느낌이 좋지도, 싫지도 않았다. 선우는 잠든 것 같았지만 세윤은 잠이 오지 않았다. 조용한 방 안에서는 에어컨이 맞추어놓은 온도에 따라 켜지고 멈추기를 반복했다. 세윤은 멍하게 벽을 바라보았다.

미안했다.

사랑한다고 말하면서, 상대방을 위해 모든 것을 포기하지 못한 자신의 욕심이.

결국에는 포기하지 못했다. 선택한 것이 선우가 아닌 이상, 사랑한다는 말은 아무런 의미가 없었다. 지하철 선로에 떨어진 사람을 구하기 위해 자신의 생명의 위험을 무릅쓰고 선로로 뛰어드는 사람도 있었다. 나와 아무런 관계 없는 타인인데도. 생명을 포기하고 사랑을 택하라는 것도 아니었는데, 자신의 미래와 사랑 사이에서 결국 세윤이 택한 것은 오 년, 십 년 후의 미래였다. 자신의 입 밖에 내었던 사랑한다는 말들이 모두 거품처럼 흩어지는 순간이었다.

스물네 해를 당신 없이 살았는데……. 당신이 없다고 해서 살지 못하는 건 아닐 거야. 세윤이 밀려드는 복잡한 생각을 물리치려 입술을 깨물었다.

……그래, 살 수 있을 거야, 살 수 있을 거야.

마음속으로는 선우를 천천히 거두어내려 하는데, 왜 눈물이 쏟아지는 걸까. 뺨을 따라 흘러내리는 눈물을 닦아내지도 못하고 세윤은 눈을 감았다. 밀어내기로 마음먹은 것은 자신인데, 왜 우는 것도 자신인지 모르겠다. 선우가 깰까 봐 입술을 깨물고 눈물을 참으려고 애썼지만, 가슴 안쪽에서 몽글몽글 피어오르는 불안함과 안타까움, 그리고 슬픔과 미안함 등의 감정이 뒤섞여 한번 시작된 눈물은 그치질 않았다.

그때 세윤의 뺨으로 흘러내리는 눈물을 닦아 내리는 부드러운 손길. 따스하고 단단하고 길고 부드러운 손가락이 눈가에서 시작되어 뺨을 흘러 가슴으로 후두둑 떨어져 내리는 눈물을 닦아냈다. 잠들어 있다고 생각한 선우 역시 잠들지 못했었던 모양이다. 그 손이 스치는 순간, 북받치는 울음에 세윤이 결국 어깨를 들썩이고 말았다.

"미안해요."

세윤이 잠긴 목소리로 간신히 입을 열었다. 눈물을 닦아내던 선우의 손이 멈추었다.

"내가…… 아무것도 양보하지 못해서 미안해요."

세윤의 목소리가 가늘게 떨렸다.

"사랑한다는 말만 하고 당신을 제일 앞에 두지 못해서……. 내 욕심을 버리지 못해서 미안해요."

마지막 말에 선우가 탄식과 같은 한숨을 내쉬었다. 혹시나 세윤이 모든 것을 포기하지 않을까 실낱같은 희망을 걸지 않은 것은 아니었지만, 상대의 꿈이나 미래를 완전히 포기하고 얻는 자신의 행복이 온전한 행복일 리 없었다. 그래서 차마 세윤에게 모든 걸 포기하고 자신을 선택하라고 강요하지 못했었다. 가슴을 치받아 오는 막막함에 선우가 눈을 질끈 감았다.

세윤의 흐느낌이 잦아들고, 울다가 지친 세윤이 잠이 들었다. 어깨의 떨림이 가늘어지고, 천천히 고른 숨소리가 들리자 선우도 몸에서 힘을 풀었다. 시간이 흘러가는 소리가 귀에 들리는 것 같았다. 아침이 밝아온다면 이제 내일부터는 어떻게 해야 하는 걸까.

"잘 잤어?"

눈이 아팠다. 밤사이에 울었던 탓에 눈이 퉁퉁 부은 것이 느껴질 정도였다. 눈을 뜨자 선우가 몸을 일으켜 앉은 채 창밖을 바라보고 있었다. 선우의 맨몸이 아침 햇살에 닿아 매끄럽게 반사되고 있었다.

"실컷 울었어?"

무슨 의도일까. 자신이 밤사이에 한 말의 의미를 모르는 것도 아닐 텐데, 선우의 평온한 표정은 다른 날들과 다르지 않았다. 덤 덤한 것도, 무표정한 것도 아니었다. 해탈이라는 표현을 쓰는 것이 적절하다면, 선우는 마치 밤사이에 뭔가 깨달은 사람과 같은 표정을 짓고 있었다.

"나랑 헤어지고 싶어?"

화사하게 햇살이 쏟아지는 아침에 걸맞지 않은 단도직입적인 질문. 헤어지고 싶을 리가 없다는 것은 통통 부은 두 눈을 보면 뻔히 알 텐데 확인 사살이라니. 그와 헤어지고 싶을 리 없었다. 선우의 잔잔한 유쾌함은 자신을 항상 즐겁게 만들었고, 끝 모를 것같이 깊은 마음은 언제나 기대고 싶게 했다. 세윤이 원망스런 얼굴로 선우를 바라보았다.

"대답해. 나랑 헤어지고 싶어?"

두 번째 질문, 선우의 담담하던 얼굴이 천천히 가라앉았다. 늘 능글맞게 느껴질 정도로 기분 좋게 웃고 있는 얼굴만 마주치던 세윤으로서는 이런 선우의 모습이 익숙하지 않았다. 심장이 거칠게 뛰기 시작했다.

"헤어지고 싶지 않지만……."

"됐어."

"네?"

"헤어지고 싶지 않다고 말했으니까 됐어."

'헤어지고 싶지 않지만 어쩔 수 없는 때도 있는 거잖아요' 하는 것이 온전한 문장, 하지만 세윤의 말은 중간에서 허리를 끊기고 말았다. 당황한 얼굴로 선우를 바라보는데, 선우가 여전히 진지한 얼굴을 바꾸지 않은 채 입을 열었다.

"헤어지고 싶지 않으면 헤어지지 않으면 돼."

선우의 논리는 간단했지만, 그 자신도 그렇게 말처럼 쉬운 게 아니란 걸 알고 있을 터였다. 헤어지고 싶지 않다는 마음으로 충분하다면 자신은 애초에 고민을 하지도 않았을 것이다. 그의 논리는 선택을 미루고 고통을 연장시키는 것과 같았다. 고통스럽더라도 정면으로 마주칠 필요가 있었다.

"그렇게 단순한 문제였다면, 괴롭지도 않았을 거예요."

세윤이 차분한 목소리로 말하고 몸을 일으켰다. 드러나는 맨몸에 선우가 살짝 시선을 돌렸다. 세윤이 천천히 일어나 바닥에 흩어진 티셔츠를 몸에 걸치고 다시 침대가에 앉았다.

"결혼하고 나서 공부해."

"어떻게?"

세윤이 고개를 돌렸다. 무작정 결혼하자는 선우의 말에 화가 났다.

"강선우 씨는 한국에 혼자 있고, 나는 또 다른 나라에서 몇 년을 머무르면서 일 년에 한 번 잠깐 얼굴을 보는 걸로 충분해요? 결혼해 놓고서는 반지 하나만 넷째 손가락에 끼고 나서 결혼 전보다 더 못하게 그렇게 견딜 수 있을 것 같아요? 그런 생활…… 차라리 남만 못해."

날카로운 세윤의 말에 오랜 침묵이 흘렀다. 누구도 먼저 다음 말을 떼지 못했다. 그렇게 한참을 바닥을 내려다보고 있던 세윤이 침대 안쪽으로 몸을 돌렸다. 선우의 안타까운 눈빛에 세윤의 표정이 흔들렸다. 천천히 선우가 손을 내밀었다. 얇은 여름용 침대 시트가 바르르 떨릴 만큼 긴 한숨을 내쉰 세윤이 천천히 선우에게 손을 뻗었다. 맞잡은 손에 선우가 손끝에 입을 맞추었다. 그 부드러운 스침에, 세윤이 쓰러지듯 선우의 곁에 기대앉았다.

"겁나는 거 없어."

선우가 눈가에 웃음을 지으며 달래듯이 말했다.

"서로의 마음이 변할까 두려울 수도 있겠지, 하지만 그것 말고는 겁나는 것 없어. 보통 이렇게 한다더라, 하는 다른 사람들의 상식에 휘둘릴 생각 없어."

선우의 확고한 목소리에 세윤은 아무 말도 하지 못했다. 자신이 얽매여 있던 것은 그런 상식이었다. 그런데 선우는 그것이 두렵지 않다고 했다.

"유학 가, 거기서 나 말고 다른 정말 사랑하는 사람이 생긴다면 만나. 그렇다면 최소한 일반적인 잣대 때문에 억지로 헤어지는 것보다는 덜 고통스러울 것 같으니까."

도망칠 수 없었다. 선우의 단호한 시선. 세윤은 대답 대신 침묵했다. 선우는 버틸 수 있겠다고 했다. 그렇다면 자신은? 대책없는 몇 년을 견뎌낼 수 있을까? 대답할 수 없었다. 아무것도.

따로 올라오게 될 거라고 생각했었다. 여행지에서 자신의 마음을 단호하게 '통보' 하고 나면, 자연스럽게 헤어져서 이제 다시는 보지 못하게 되지 않을까, 그렇게 단호하게 생각했었던 것과 다르게 세윤의 손은 선우에게 묶여 있다고 생각할 만큼 꼭 잡혀 있었다.

"손, 아파요."

"참아."

선우의 깍지 낀 손이 아플 만큼 자신의 손가락을 죄었다. 표를 사러 갈 때에도 그 손을 놓지 않았고, 지갑에서 어설프게 카드를 꺼내 결제를 할 때에도 자신의 손을 놓지 않았다.

"수갑이라도 사서 채우고 다니고 싶으니까, 아프단 소리 하지 마."

"내가 도망이라도 가요?"

세윤의 말에 선우가 고개를 돌렸다. 마주친 눈에 세윤이 고개를 돌렸다. 도망치려고 했었다. 세윤이 눈을 피하자 선우의 손에 힘이 들어갔다.

"그래, 말도 하지 않고 도망이라도 칠 것 같아서. 불안해."

꽁꽁 묶어놓을 것 같았던 선우의 손에 힘이 풀렸다. 일정한 속도로 움직이는 버스의 진동에 몸의 긴장이 풀어져 잠이 든 것 같았다. 여행지에서는 날이 좋더니 서울로 올라갈수록 날이 천천히 흐려졌다. 그리고 어느새 차창에 가늘게 빗방울이 떨어지고 있었다. 세윤은 의자에 기댄 채 멍하게 빗방울이 떨어지는 창문을 바라보았다.

이율배반적이었다. 놓아주기를 바랐으면서 동시에 그냥 이대로 자신을 포기할까 봐 겁이 났었다. 그래, 네 미래를 위해서 내가 보내주겠다 그렇게 말했다면 정말로 끝이었겠지. 세윤은 자신의 손을 덮고 있는 선우의 손등 위에 다시 자신의 손을 덮었다. 그리고 잠든 선우의 얼굴을 새삼스럽게 바라보았다. 도망칠까 봐 불안해.

하던 선우의 흔들리던 눈동자가 떠올랐다. 마음속에서 자잘한 파도가 일었다.

누군가로부터, 다시, 이토록 사랑받을 수 있을까.

"시간이 필요하다면 넉넉히 줄게. 고민해 봐, 충분히."

선우의 마지막 말이었다. 이후로 일주일째 연락이 없었다. 먼저 전화를 해볼까 생각했지만 울며불며 헤어지고 싶다 미안하다 이야기했던 터라 세윤은 차마 먼저 연락을 할 용기가 나지 않았다. 없어도 살 수는 있을 거야 하며 굳게 먹었던 마음은 어디로 가고, 하루에 열두 번도 더 휴대전화를 들썩거리고 있었다. 게다가 연락하지 않는 선우에게 화가 나기 시작했다. 적반하장이었지만 연락이 없다는 사실이 화가 났고 분했다.

그렇게 연락이 닿지 않은 지 일주일째 되던 아침, 신문을 가지러 나왔다가 우편함에 꽂힌 엽서를 발견했다. 학원 광고나 병원 광고 같은 거겠지, 하고 생각 없이 빼어 들었던 세윤은 엽서 내용을 확인하고는 그 자리에 멈추어 섰다.

발신자 표시도, 내용도 없이 자신의 주소와 이름만 써 있는 엽서는 보통의 엽서가 아니라 사진으로 만든 것이었다. 더 정확하게 말하면, 그 엽서는 누군가 촬영 중인 선우를 찍은 사진이었다. 낮은 사다리 위에서 포즈를 취하고 있는 모델은 푸른빛 겨울 코트를 입고 있었다. 반팔의 얇고 가벼운 셔츠를 입고 벌써 제법 길어 목덜미를 덮은 머리칼을 노란 고무줄로 삐죽거리며 묶은 선우는 한 손에는 카메라를 들고, 다른 손에는 폴라로이드 사진을 든 채 확인하고 있었다. 자신도 모르게 사진 속 선우의 뒷모습을 손가락으로 쓸어내렸다. 선우가 그리웠다. 목소리도, 향기도, 그 온기도.

엽서는 하루 걸러, 혹은 이틀 걸러 하나씩 도착했다. 두 번째 도착한 엽서에는 선우가 찍고 있던 파란 코트를 입고 있는 모델. 아마도 첫 사진에서 선우가 찍고 있던 결과물인 듯했다. 세 번째 사진에서 선우는 누군가와 회의 중이었고, 네 번째 엽서의 사진에서 선우는 정수기 곁에서 얼음 컵을 들고 있는 아이를 촬영하고 있었다. 그런 사진들이 한 장씩 쌓여갔다. 전화를 하지 않아도, 만나지 못해도 그렇게 도착하는 엽서 속에서 선우의 일상을 읽었다. 학교에서 돌아오면 우편물을 제일 먼저 확인했고, 엽서가 와 있지 않은 날에는 바깥의 소리에 귀를 곤두세웠다. 엽서 한 장에 행복했고, 또 엽서 한 장에 우울한 날들이 가을의 끄트머리까지 이어졌다.

학교 안의 나무들이 잘 구워진 빵 같은 짙은 황토 빛깔로 바뀌어가고 있었다. 나무에 붙어 있는 잎들만큼이나 바싹 말라 바닥에 굴러다니기 시작하는 낙엽의 숫자가 늘어났다. 추적추적 내리는 비에 날씨가 쌀쌀해져, 서랍장 안쪽에 넣어두었던 머플러를 묶고 나온 11월의 첫 주. 선우의 얼굴을 보지 못한 지 벌써 두 달이 되어가고 있었다.

"세윤아, 박 교수님한테 좀 들렀다 갈래?"

강의가 끝나고 도서관으로 올라가려던 세윤을 박 교수의 조교가 붙잡았다. 몇 번인가 박 교수를 찾아가 유학에 대한 상담을 했었던 탓에 이번에도 그런 이야기를 할 생각인가 보다 생각했다.

"찾으셨어요."

노크하고 들어서자 학생들의 리포트를 읽고 있던 박 교수가 반 갑게 손사래를 쳤다. 담배를 좋아하는 분이라 연구실 안에는 담배 연기가 가득 차 있었다. 세윤이 참지 못하고 기침을 하자 박 교수가 미안한 얼굴로 창을 열었다. 가을비치고는 제법 빗방울이 굵게 떨어지고 있었다. 열린 창 사이로 습한 공기가 싸늘하게 밀려들었다. 세윤이 자신도 모르게 몸을 움츠렸다. 여전히 입에서 담배를 떼지 못하던 박 교수가 담배를 비벼 끄고 소파에 기대앉았다.

"자네, 일본어 좀 하나?"

박 교수의 의도를 읽지 못해 세윤이 의아한 목소리로 대답했다.

"고등학교 때 배운 이후엔 제대로 배운 적이 없습니다."

"내가 학위를 교토대에서 밟은 건 알고 있지?"

세윤이 고개를 끄덕였다. 미국에서 석사 과정을 밟고, 다시 석사와 박사를 일본에서 밟은 박 교수는 사실 흔한 케이스는 아니었다. 특히 미국 박사가 교수 사회의 대부분을 차지하고 있는 상황에서는 더더욱 그랬다.

"거기서 제의가 왔어, 연구 교수로 삼 년 정도 같이 일하지 않겠느냐고. 국내 저널에 쓴 논문이 SSCI 등재가 되었는데, 그쪽에서 그걸 본 모양이야. 박사를 그쪽에서 밟기도 했고, 연구 분야도 같으니까 한번 와주지 않겠느냐 제의가 들어온 거지."

여전히 박 교수의 의도를 눈치 채지 못한 세윤이 박 교수의 말에 귀를 기울이고 있는데 박 교수가 세윤을 바라보며 지그시 미소를 지었다.

"자네, 일본에서 공부할 생각 없나?"

갑작스런 이야기에 무어라 대답하지 못하고 머뭇거리는데 박 교수의 말이 이어졌다.

"석사 연구생 과정으로 들어가려면, JLPT 1급이 필요할 거야. 요새 젊은 학생들 마음먹고 일 년 정도 제대로 하면 1급 곧잘 따기도 한다더구만."

그때 주머니 속 휴대전화가 울렸다. 주머니 속에서 살짝 빼어낸 휴대전화의 액정에는 선우의 이름이 떠 있었다. 두 달 만이었다. 머리가 아득해지고 심장이 쿵 내려앉았다. 통화 버튼을 누르고 싶었지만, 유학 제안을 하는 사이에서 전화를 받겠다고 자리를 뜰 수도 없었다. 종료 버튼을 누르는 세윤의 손이 가늘게 떨렸다. 한 번만 더 전화해 주기를, 아니, 조금만 있다가 한 번만 더. 세윤이 초조하게 주먹을 쥐었다.

"내년에 필요한 급수를 못 따더라도, 나와 일본으로 가서 나머지 준비를 하면 되니까. 외국인 장학 제도도 괜찮고, 내 조교로 가는 거니까 재정적 지원은 넉넉할 거야."

다시 진동. 이번에도 선우였다. 박 교수의 이야기는 자신의 교토 유학 시절에 대한 무용담으로 넘어가고 있었다. 세윤의 귀에 박 교수의 말이 닿을 리 없었다. 일본 유학의 제안은 솔깃했지만, 그 이후의 이야기들은 선우의 전화로 모두 하얗게 백지 상태가 된 터라 아무런 의미가 없었다.

한 시간 가까이 박 교수에게 붙잡혀 있다가 교수 회의실에서 나오자마자 휴대전화를 확인했다. 십 분 간격의 세 통의 전화. 연구실에서 나오자마자 선우에게 전화를 거는 세윤의 손이 긴장으로

가늘게 떨렸다. 하지만 휴대전화가 꺼져 있다는 목소리만 들릴 뿐
이었다.

"세윤아?"

왜 이런 순간 곁에서 이름을 부르는 게 선우가 아닐까. 멍하게
서 있던 세윤이 고개를 돌렸다. 자신을 바라보고 있는 현석의 시
선에서 벗어나기 위해, 세윤은 남아 있는 힘을 모두 그러모아 걸
음을 옮겼다.

"할 말이 있어."

성큼성큼 다가온 현석이 조심스럽게 세윤의 어깨를 돌려 세웠다.

"그만."

세윤이 힘없이 그의 손길을 뿌리쳤다. 현석이 다시 몸을 붙잡았
다.

"나 학교 그만둔다."

세윤이 멈추어 서서 현석을 돌아보았다.

"그만두기로 했어. 이곳에 있는 게 고통스러워서, 다음 학기부
터는 지방으로 내려가기로."

현석이 어두운 표정으로 세윤의 눈을 마주 보며 말했다.

"언제 한번 만나서 이야기할 생각이었는데…… 이렇게 이야기
하게 됐네."

현석이 나직하게 말했다. 그리고 어렵게 다시 입을 떼었다.

"이렇게 괴로운 표정을 짓도록 만들 수 있는 게, 내가 아니
라…… 그 사람이란 게 참 부럽다."

여느때였다면 현석의 그런 말들에 마음이 동요했을지도 몰랐

다. 최소한 연민의 정이라도 느꼈을지도. 하지만 지금 세윤의 머릿속을 채우고 있는 것은 받지 못한 전화와 그 전화에서 선우가 하려고 했던 이야기의 내용뿐이었다.

"저, 갈게요."

무언가 마음을 달랠 한마디의 말이라도 기대했던 듯 현석이 안타까운 얼굴로 세윤을 바라보았지만, 세윤은 그런 현석과 시선조차 맞추지 않고 돌아섰다. 현석에게는 결국엔 혼자 감당해야 할 감정들만 남아 그의 어깨를 내리누르고 있었다.

쏟아지는 비에 바람까지 불어 어깨가 흠뻑 젖어 집으로 들어오는 길, 세윤은 몇 번인가 더 전화를 해보았지만 선우의 휴대전화는 계속 꺼져 있었다. 불안했다. 두 달 만의 전화라면 그저 안부를 물으려고 했던 것은 아님이 분명했다. 그리고 그 불안함은 집으로 돌아와 습관적으로 우편함을 확인하는 순간 현실이 되었다.

벌써 선우에게서 온 엽서가 서른 장 가까이 되어갔지만, 선우의 모습이 담긴 사진 중에는 정면 사진은커녕, 렌즈를 주시하고 있는 사진은 한 장도 없었다. 작업 중인 선우의 뒷모습, 옆모습으로 만족해야 했었다. 이번에 온 엽서의 사진은 달랐다. 비스듬한 얼굴이었지만 곧은 시선으로 렌즈를 향하고 있었다. 또한, 주소란만 덩그러니 채워져 있던 때와도 달랐다. 뒷장에는 그의 비에 젖은 그의 메시지가 담겨 있었다.

〈전화할게. 이제는 대답해 줄 수 있겠지?〉

13. 설탕 코팅 같은 입맞춤

닿지 않는 연락에 몇 번이나 전화를 하며 밤을 꼬박 새운 아침, 지원에게서 전화가 왔다. 왜 자신이 이런 역할을 떠맡게 되었는지 모르겠다는 듯, 투덜거리는 목소리였다.

[선우 지금 호놀룰루에 가 있어.]

"하와이요?"

정신이 번쩍 들었다. 하와이라니. 두 달 사이에 마음의 변화가 있을 만한 커다란 일이라도 있었나 싶어 심장이 철렁 내려앉았다.

[화보 촬영 있다고 어제 오후에 출국했어. 주말에 올 거야.]

아, 화보 촬영. 세윤의 어깨에 힘이 풀렸다. 뜬금없이 왜 초겨울이 다 되어 하와이일까 하는 생각이 들었지만 어쨌든 그가 어디론가 떠나 버린 것이 아니라는 것에 안도했다.

[아무튼 선우 말로는 토요일에 도착하는 비행기라니까…….]

이 대목에서 지원은 갑자기 폭소를 터뜨렸다. 세윤은 예상하지 못한 지원의 웃음에 무어라 대꾸도 하지 못하고 지원의 다음 말을 기다렸다. 한참을 웃던 지원이 말했다.

[나한테 은근슬쩍 흘렸거든, 점심때쯤 도착할 거라고.]

그 말에 세윤도 작게 웃고 말았다. 받지 못한 전화에 미안했다. 연락이 닿지 않던 두 달 동안 가슴 졸였을 것이 분명했다. 지원이 여전히 웃음기가 걷히지 않은 목소리로 말했다.

[비행기 안에서 내내 심장 졸이고 있을 거다, 네가 나올지 안 나올지.]

선우의 소식을 전하고는 뉴욕에 가 있는 민식의 이야기며 자신의 결혼 이야기를 꺼내던 지원이 지나가는 말처럼 물었다. 사실은 이 질문을 가장 먼저 하고 싶었는지도 몰랐다.

[선우한테 대충 이야기는 들었다만……. 방법이 없니?]

지원의 말에 한참 침묵하던 세윤이 대답했다.

"……생긴 것도 같은데, 당사자가 없네요."

전화를 끊은 세윤이 밤새 순서대로 보고 또 보던 삼십여 장의 엽서, 사진을 바닥에 순서대로 늘어놓았다. 밤을 새운 탓에 묵직한 두통이 머릿속에 내려앉았다. 한 손으로 두통이 시작된 머리를 꾹꾹 누르며 몇 번이나 사진들을 차례로 정렬하고 또 뒤집어 정리하고, 그렇게 몇 번이나 반복하던 세윤이 자리에서 일어났다. 학교로 가야 했다.

"세관에 신고하실 물건이 있으신가요?"

"없습니다."

장비가 많았던 스태프들은 통과가 되었는데도 유난히 짐을 적게 들고 있던 스태프가 세관 직원에게 걸리고 말았다. 선우가 초조하게 귀에 꽂은 MP3 플레이어의 전원을 끄고 가방 속에 구겨넣었다. 가방 안에는 잡다한 물건들과 함께 작은 벨벳 주머니가 조용히 자리 잡고 있었다. 가방을 닫고는 시간을 확인했다. 호놀룰루 시간으로 맞추어놓았던 시계는 인천으로 향하는 비행기를 탑승하자마자 서울 시간으로 돌려놓은 상태였다.

울상이 된 여자 스태프가 가방의 짐 꾸러미를 풀기 시작했고, 선우를 비롯한 다른 사람들은 그녀를 혼자 두고 떠날 수가 없어 근처에서 서성이고 있었다. 가방을 열어 꼼꼼하게 하나하나 물건을 확인하던 세관 직원은 크게 문제가 없는 것을 확인하고 짐을 돌려주었다. 그러는 사이에 벌써 삼십 분 이상 지체하고 있었다.

힘을 주어 장비가 실린 카트를 밀고 자동문을 나선 선우는, 무심한 척 고개를 두리번거리지 않으려 애쓰며 눈을 굴려 세윤을 찾았다. 사전에 지원에게 충분히 말을 흘려놓았으니, 당연히 자신을 아주 많이 그리워한 얼굴로 달려와 와락 안길 거라 생각했는데 세윤은 보이지 않았다. 그렇잖아도 호놀룰루에서 출발이 지연된 데다가 세관에서 시간을 지체한 탓에 시간은 벌써 오후 한 시에 가까워져 가고 있었다.

정말 마지막인가. 싸늘한 날씨에도 불구하고 등에 땀이 흘렀다. 괜한 용기로 두 달이나 시간을 주어가며 사진만 보낸 것이 후회스러웠다. 오히려 마음을 정리한 시간을 준 게 아닐까, 추하고 보기 흉하더라도 그냥 대놓고 가지 말라고 붙잡을 걸 하는 생각이 들었다. 정말로 완전히 놓치게 되는 게 아닐까 두려웠다.

"형, 누가 오기로 했어요?"

이제 대놓고 주변을 두리번거리기 시작한 선우를 두고 스태프 하나가 물었다.

"아니, 아니야."

당황한 표정을 감추려고 애쓰며 선우가 고개를 저었다. 그리고 휴대전화를 꺼내어 지원에게 전화를 걸었다. 닦달할 수 있는 것은 지원밖에 없었다.

'강지원, 전화를 안 받아?'

선우가 휴대전화를 노려보았다. 세 통이나 걸었는데 전부 다 받지 않자 선우의 얼굴이 슬슬 일그러졌다. 기분 좋게 촬영하고 돌아와서는 심기가 불편해진 선우를 보며 스태프들이 슬슬 눈치를 보기 시작했다. 그렇지 않아도 두 달 전부터 감정의 기복이 심해진 선우를 보며 나이 먹어서 사춘기라도 돌아온 거 아니냐며 자기들끼리 쑥덕대던 차였다.

"저, 사장님. 저희 먼저 가볼까요?"

"같이 가야지 가긴 어딜 가?"

선우가 기분이 좋을 때면 '형'이라고 부르던 스태프들이 선우를 부르는 호칭이 작가님, 혹은 사장님으로 돌아와 있다는 것은 선우의 등 뒤로 풍기는 '신경질'의 아우라가 제법 깊다는 이야기였다. 선우는 차마 자신의 손으로 먼저 세윤에게 전화를 걸지는 못하고 카트를 미는 손에 힘을 주었다. 장비의 무게가 평소의 갑절이나 무겁게 느껴졌다.

"장비, 카트 세 개에 몰아봐. 차 가져온 사람만 따라오고."

대체 어떻게 된 걸까. 고민하는 사이, 몇 번이나 주차된 차에 부딪힐 뻔하고, 그때마다 스태프가 질겁을 하며 선우의 카트를 막아 세웠다. 급습해야 할 곳이 지원의 카페인지, 아니면 세윤의 집인지 고민했다.

아무런 대책이 없다는 사실에 무거운 발걸음을 겨우겨우 이어가던 선우는, 세워진 차를 발견하는 순간 저도 모르게 멈추어 섰다. 그 때문에 굴러 떨어질 뻔한 가방을 스태프가 반사적으로 팔을 뻗어 잡아챘다. 그리고 선우의 시선을 따라가다 씨익 웃었다.

"형님, 형님 장비만 먼저 챙겨서 가세요."

스태프의 호칭이 다시 '형님'으로 돌아와 있었다. 선우는 무의식적으로 자신의 장비 가방을 수습해 들고 주머니를 뒤져 자동차키를 꺼냈다.

"오늘도 잠 못 잤어요?"

어느새 선우의 곁에 바짝 다가선 세윤이 선우의 손에서 자동차열쇠를 부드럽게 낚아채어 가서는 트렁크를 열었다. 정신을 차린 선우는 스태프들의 묘한 웃음을 보고서야 떠밀 듯 세윤을 태웠다. 그리고 잘 들어가라는 인사도 없이 손만 한 번 휙 흔들고 재빨리 차를 달려 주차장을 빠져나갔다.

"그날 전화는……."

공항을 잽싸게 빠져나갈 때 즈음 세윤이 입을 열었다. 하지만 선우는 고개를 저어 세윤의 대답을 막았다. 선우는 세윤의 얼굴도 바라보지 않은 채 액셀러레이터를 더 세게 밟았다. 한 번도 난폭 운전을 하는 것을 본 적이 없었던 세윤이 긴장해 안전벨트를 꽉 잡아 쥐었다.

"저 오래 살고 싶거든요."

"나도 마찬가지야."

그 한마디 이후로 이어지는 무거운 침묵. 선우의 차 앞에서 두 시간 넘게 기다리면서 온갖 생각을 했었다. 지원에게 말을 흘려놓은 것을 보아서는 완전히 자신을 내칠 생각은 없다는 말이었지만, 호놀룰루에서 어떤 마음의 변화가 생겼을지 모를 일이었다. 그렇게 차 곁에서 동동거리고 있을 때에 선우의 목소리가 들렸다. 심장이 벅차게 뛰었다. 자신을 발견한 선우의 커다래진 눈에 세윤은 웃고 말았다. 물론 노골적으로 반가워할 거라고 기대하지는 않았지만, 말 한마디 하지 않는 침묵이 이어질 거라고는 생각지 못한 탓에 세윤의 몸이 천천히 긴장으로 굳어졌다.

거칠게 차를 달리던 선우는 영종 대교를 들어서는 길에서 갑자기 차량 사고를 대비하기 위한 넓은 갓길에 차를 세웠다. 갑자기 차를 세운 것에 영문을 몰라 '왜……' 하고 세윤이 물으려는데, P에 기어를 세게 당겨놓자마자 선우가 팔을 뻗어 세윤의 목덜미를 잡아챘다. 헉, 하는 순간 선우의 향기가 가까이 끼쳐 왔다. 그리고 입술도.

애초의 엄청난 기세와 달리, 선우의 키스는 옅고 상냥했다. 마치 오랫동안 다이어트를 했던 사람이 반쪽짜리 도넛을 야금야금

설탕부터 떼어내어 아껴 먹는 것 같은 느낌이었다. 아이들끼리 하는 입맞춤처럼 입술을 촉, 하고 맞추고 어쩔 수 없이 비집고 나오는 미소를 감추지 못해 입가에 미소를 머금은 채 다시 조금 더 깊게 촉, 하고 입술을 빨아들였다. 피아노에서 메조 포르테로, 메조 포르테에서 포르테로. 세윤의 입술에 머무는 시간이 점점 더 길어졌다. 그리고 더 이상 참지 못한 세윤이 먼저 입을 열어 선우의 입술을 깊게 빨아당기자, 선우가 마치 이 순간을 기다려 왔다는 듯 입술을 열어 포르티시모를 연주했다.

자신도 모르게 가슴을 더듬으려던 선우는 쌔앵, 하고 지나가는 자동차 소리와 그에 따라 반사적으로 휘청거리는 차체에 손을 움찔하더니 아슬아슬하게 차 시트의 머리 받침대에 손을 얹었다. 크레센도와 디크레센도를 오가던 입맞춤은 곧 스태프들이 뒤따라올 거라는 생각에 미치자 갑자기 뚝, 하고 끊겼다. 선우가 입술을 떼어내자 세윤이 아쉬운 듯 얕게 한숨을 내쉬었다.

"나머지는, 서울에서."

붉게 달아오른 입술에 엄지손가락을 얹어 지그시 누르며 선우가 말했다. 세윤이 고개를 끄덕이며 다시 운전하기 위해 사이드 브레이크를 풀고 기어에 손을 얹는 선우의 손등에 자신의 손을 겹쳤다.

한 손으로 아슬아슬하게 운전해 서울까지 들어온 선우는 곧장 자신의 집으로 향했다. 세윤의 집이 아닌 이유는 단순했다. 공항에서 세윤의 집보다 자신의 집이 더 가까웠기 때문이다. 한 번에

후진 주차를 하는 신기에 가까운 주차 솜씨를 보여준 선우는 납치라도 하는 듯한 기세로 세윤을 엘리베이터에 태웠다. 엘리베이터의 숫자가 올라가는 것만 노려보는 선우를 향해 세윤이 어이없다는 목소리로 물었다.

"화장실 급해요?"

"네가 급해."

내가 급하다니, 한국말인데 왜 이해가 안 되지? 하고 세윤이 머릿속에 물음표를 그리는 사이에 엘리베이터가 열렸고, 이미 반쯤 주머니 밖으로 빠져나와 있던 열쇠가 순식간에 문에 꽂혔다. 그리고 눈 깜짝할 사이에 세윤은 선우의 침대 위에 '던져'졌다.

"잠깐!"

선우의 기세에 눌려 엉겁결에 방까지 끌려와 짐짝처럼 던져진 세윤이 잽싸게 몸을 피했다. 선우의 이마가 찡그려졌다. 뭐가 불만이냐는 듯한 그 얼굴에 세윤이 황당한 눈으로 선우를 밀어냈다.

"지금, 이게 뭐……."

"마중 나왔잖아."

선우가 한시가 급한데 무슨 말이 필요하냐는 듯한 얼굴로 입을 열었다.

"마중 나온 게 뭐."

"보고 싶었던 거잖아."

"그거야 그런데."

세윤이 동의한다는 얼굴로 고개를 끄덕였다.

"그랬으면 된 거야."

어떻게 이 사람은 이렇게 쉽고 단순할까? 옴짝달싹 못하게 자신을 끌어안고 집어삼킬 듯이 야금야금 입을 맞추어 나가는 선우의 부드러운 입술에 세윤이 웃고 말았다. 코끝에 스치는 선우의 익숙한 향기. 세윤이 팔을 뻗어 죄일 듯이 꽈악 목을 끌어안았다. 그리고 귓가에 속삭였다.

"교수님이 일본에 같이 가지 않겠냐고 하셨어요."

단추를 풀던 선우의 손이 멈추었다. 세윤이 선우의 손을 잡았다. 지금은 몸으로 하는 말이 아니라, 입으로 하는 진짜 말이 필요했다. 힘이 풀리는지 선우가 그대로 세윤 위에 엎어졌다. 선우의 무게에 숨이 막혀 헐떡이자, 선우가 빙글 몸을 돌려 침대 위에 천장을 보고 누웠다. 나란히 천장을 보고 누워 있다가 세윤이 몸을 모로 돌렸다. 선우가 눈을 감은 채 긴 한숨을 내쉬고 있었다.

손가락을 뻗어 오랜 비행에서 자라난 수염을 살짝 쓸었다. 선우의 뺨 근육이 움찔 흔들렸다. 그 뺨에 작게 입을 맞추고는 아이가 엄마의 품을 파고들듯이 선우의 옆구리에 몸을 찰싹 밀착시켰다. 선우가 어쩔 수 없다는 듯이 세윤 쪽으로 몸을 돌려 끌어안았다. 그 손가락이 세윤의 얼굴을 매만지듯 쓸었다. 그 동작 하나하나에서 그리웠다, 라는 목소리가 들리는 것 같았다. 세윤이 가슴에 얼굴을 묻었다. 그리고 천천히 고개를 들었다.

"그런데, 나 안 간다고 한 거 알아요?"

선우의 손짓이 멈추었다. 감은 눈이 반짝하고 열렸다.

박 교수는 아직 연구실에 도착하지 않은 상태였다. 연구실을 지키고 있는 조교의 말에 의하면 한 시간은 있어야 출근하신다고 했다. 세윤은 하염없이 연구실 앞에서 박 교수를 기다렸다. 한 시간 반쯤 지났을 때에 책 뭉치를 들고 박 교수가 나타났다. 세윤의 모습에 놀란 듯한 얼굴이었다.

"어쩐 일이야?"

"어제 말씀하신 거요."

연구실 문을 열며 박 교수가 알았다는 듯 고개를 끄덕였다.

"앉지."

책들을 테이블 이에 내려놓고 박 교수가 자리를 권했다. 세윤이 심호흡을 하고 입을 열었다. 지원의 전화를 받은 후 보고 또 봤던 사진들이 머릿속을 스치고 지나갔다.

"일본에, 삼 년 정도 계신다고 들었어요."

"그래. 상황 봐서 좀 더 미룰 수도 있고."

"제가, 석사 마치고 가더라도 맞아주실 수 있나요?"

담배에 불을 붙이던 박 교수가 의외라는 듯 라이터를 든 손을 멈추었다. 세윤의 얼굴을 한참 바라보던 박 교수가 불 붙인 담배에서 연기를 날려보내고 물었다.

"미국으로 갈 생각인가?"

"아니요."

세윤이 고개를 저었다.

"그럼?"

"……한국에서 석사 마치고, 박사 과정 때에 교수님 계시는 일본으로 가도, 저 받아주실 건가요?"

세윤이 상체를 일으켜 세운 채 한 손으로 천천히 선우의 머리칼을 쓸어 넘기며 입을 열었다.

"이제 나랑 강선우 씨 사이에는 삼 년의 시간이 있어요. 그 후에 또 삼 년 정도는 떨어져 지내야 할지도 모르지만, 교토와 이곳의 거리는 미국보다는 가깝잖아요. 최소한 주말…… 부부 정도의 흉내는 낼 수 있겠지."

'부부'라는 단어에 선우의 입술이 벌어졌다. 자신이 들은 단어의 의미를 제대로 인식하는 데 시간이 조금 필요했다. 자신이 들은 단어들이 제대로 머릿속에 자리 잡히자 선우가 벌떡 몸을 일으켰다. 그 바람에 세윤이 깜짝 놀라 침대에서 미끄러질 뻔했다. 선우가 잽싸게 세윤의 몸을 낚아챘다. 그리고 어깨를 잡은 채 더듬거리며 입을 열었다.

"내가 제대로 들은 거 맞아?"

"어쨌거나 최소한 박사 과정 밟는 삼 년은 떨어져 있어야 한다는 거?"

세윤이 장난기 어린 눈으로 선우를 바라보았다.

"아니, 그거 말고."

"그럼?"

"주말…… 부부?"

세윤이 다정한 얼굴로 선우에게 가까이 다가가 앉았다. 그리고 몸을 일으켜 선우를 끌어안았다.

"박사 마칠 때까지 최소한 오 년 정도는 결혼을 해도 강선우 씨가 아빠가 되긴 힘들지도 몰라요. 대신에 마흔 살 될 때까지 이 년 터울로 아들딸 골고루 다섯 명 낳아볼게요. 요구 조건도 많고, 제약 사항도 많지만, 그래도 괜찮으면……."

세윤이 미소 지으며 선우의 얼굴을 바라보면서 살짝 입을 맞추었다.

"그래도 괜찮으면, 나랑 결혼할래요?"

선우의 대답이 없었다. 코끝이 마주 보고 있었다. 선우의 대답을 기다리던 세윤이 기다리지 못하고 선우를 침대 위로 밀어 넘어뜨리고는 몸 위에 올라탔다. 푹신한 베개 위에 출렁, 선우의 머리가 닿는 순간 선우의 입가에 미소가 담기기 시작했다.

"뭐예요."

그 웃음의 의미가 무어냐는 듯, 세윤이 그의 볼을 살짝 꼬집었다.

"내가 제대로 들은 거 맞아? 무르는 거 아니야?"

새침한 얼굴로 몸을 숙여 이 끝으로 그의 입술을 장난스럽게 깨문 세윤이 못 말리겠다는 얼굴로 또박또박 말했다.

"강선우 씨, 나랑 결혼할래요?"

세윤의 말에 기다렸다는 듯 선우가 대답했다.

"조건이 좀 많아서 고민 좀 해봐야겠는데."

선우의 말에 세윤이 천천히 몸을 숙였다. 그리고 자신을 바라보는 선우의 눈 위에 가볍게 입을 맞추었다. 다시 뺨으로, 다시 입술로. 그렇게 느긋하고 천천히 선우의 입술을 연 세윤이 간지럽히듯 입속에서 머물자 방심하듯 침대 위에 놓여 있던 선우의 팔이 천천히 세윤의 등을 감싸 안았다.

"키스 가지고는 부족한데."

"자꾸 튕기면 키스조차도 없을 줄 알아요."

세윤이 귀에 속삭이자 선우가 웃으며 그의 몸을 힘껏 끌어안았다. 그리고는 몸을 일으켜 침대 곁에 내동댕이친 자신의 가방을 끌어당겼다. 가방 속에서 벨벳 주머니가 나타났다. 그리고 선우가 그것을 세윤의 손바닥에 살짝 내려놓았다.

둥근 은빛 플래티넘 링 안쪽에 지그재그 순서로 작게 박혀 있는 다이아몬드. 잠시 반지에 감탄하던 세윤이 자신의 넷째 손가락에 잽싸게 끼었다. 분위기 있게 근사한 멘트와 함께 넷째 손가락에 껴주려고 했던 선우가 어이없는 얼굴로 세윤의 이마에 자신의 이마를 가볍게 찧었다.

"내가 껴주려고 했더니. 넌 분위기도 몰라?"

"청혼도 내가 먼저 했는데 뭘."

세윤이 팔을 쭉 뻗어 넷째 손가락에서 반짝이는 반지를 보며 유쾌하게 웃었다.

"누가 봐도 결혼반지처럼 생긴 걸 해주고 싶었는데 많이 참은 거야."

"내가 덜컥 내년에 유학 간다고 했으면 어떻게 하려고 그랬어요?"

"팔아서 술값이나 했겠지."

선우가 세윤의 넷째 손가락에 껴진 반지 위에 입을 맞추며 미소 지었다.

"사랑해요, 알아요?"

"알아."

"아, 그리고."

반지 수여식도 끝났겠다, 입맞춤 다음 단계로 넘어가려던 선우의 손이 세윤에 의해 저지당했다.

"그리고 뭐."

허리 즈음에서 저지당한 자신의 손에 힘을 주며 선우가 물었다.

"조만간 아저씨네 어머니 뵈러 가요."

"이거, 너무 저돌적인데?"

"결혼하고 싶어지면, 상대 쪽 부모님께 이렇게 허락 받고 싶었거든요."

"허락?"

세윤의 장난스런 웃음이 선우의 침실 안을 가득 채웠다. 천천히 웃음을 거두고는 진지한 얼굴로 침대 위에 무릎을 꿇고 앉았다. 세윤의 입이 천천히 열렸다.

"어머님, 아드님을 제게 주십시오."

에필로그;
그리고, 삼나무 숲의 겨울

"**당**신이 사랑한다는 그 아이, 결혼한대."

한적한 지방 캠퍼스에는 오가는 사람도 적었다. 현미가 팔짱을 낀 채 현석을 내려다보았다. 현석의 시선이 불안하게 흔들렸다.

"언제?"

"아마도 그 애가 졸업하고 곧. 장관님이 마음에 들어하시는지 내게 자랑하시더라."

"그래서, 고소해?"

현석이 자리에서 몸을 일으켰다. 무겁게 가라앉은 잿빛 하늘, 곧 눈이라도 쏟아질 것처럼 어두웠다.

"당신이 그 애랑 잘되었다면, 나 평생 세상 원망하면서 살았을 거야."

"솔직하다고 해야 할지, 잔인하다고 해야 할지."

현석이 어렵게 웃으며 현미를 바라보았다.

"미국은 언제 가?"

"다음 주."

"그래……."

현석이 말끝을 흐렸다. 기운 빠져 보이는 현석의 모습이 짜증스러웠던지 현미의 목소리가 높아졌다.

"계속 그렇게 살 거야?"

"응?"

"도망치듯 지방 캠퍼스에 내려와서 사는 것도 마음에 안 드는데, 계속 그렇게 못 가진 것 욕심내면서 그립다 그립다 하면서 그렇게 멍청하게 살 거냐고."

"당분간은 그렇지 않을까?"

"뻔뻔스러워, 이혼한 와이프 앞에서 그런 표정 짓는 거."

"결혼해."

방어적인 자세로 팔짱을 끼며 자신을 노려보는 현미를 향해 현석이 싱긋이 웃었다.

"뭐?"

현미가 가당찮다는 얼굴로 현석을 바라보았다. 하나씩 둘씩, 하늘에서 눈송이가 떨어지기 시작했다. 제법 굵은 눈송이는 두 사람의 정수리에, 어깨에, 발치에 떨어져 내려 일부는 녹고 일부는 그대로 사뿐히 앉아 제 모습을 유지했다.

"나랑은 한 번 해봤으니까, 다른 사람이랑 해봐. 완벽하게 행복할 수 있을 것 같은 착각이 드는 사람으로."

"착각?"

"그래, 착각. 그 착각이 깨지기 전에 후다닥 결혼해 버리는 거야."

현석이 가볍게 웃으며 자신의 손바닥 위에 떨어지는 눈을 가볍게 쥐었다. 남아 있는 물기를 양손으로 비벼 닦아낸 현석은 가벼운 목소리로 현미를 돌아보았다.

"커피 마실까? 당신 아메리카노에 마카다미아 쿠키가 맛있다며."

"어머니한테 말한다는 거 있었잖아."

선우가 세윤의 옆구리를 슬쩍 찔렀다. 그렇잖아도 '외교통상부 장관님' 관저의 압도적인 분위기에 얼어 있는데 실실 웃는 선우가 얄미웠다. 세윤이 입술을 삐죽이며 선우를 흘겨보았다.

"뭔데 그러니?"

최 장관이 즐거운 얼굴로 찻잔을 입술에 가져갔다. 경쾌한 목소리로 저 결혼합니다, 라고 통보했던 것이 며칠 전이었는데 스케줄이 비는 날을 알려주었더니 대뜸 공관에 찾아온 아들이었다. 곁에는 낯이 발갛게 달아오른 세윤이 서 있었다. 예상했던 대로였다. 세윤이 자포자기한 얼굴로 선우를 바라보더니 침을 꿀꺽 삼킨 채 허리를 꼿꼿이 세웠다.

"어머님."

긴장한 세윤의 얼굴에 최 장관도 덩달아 같이 긴장한 듯 눈을 동그랗게 뜨고 자세를 바로잡았다.

"저, 가정적인 며느리 노릇을 할 거라고는 말씀 못 드리지만, 현명하게 살 거라고 약속드릴게요. 아드님을…… 저한테 주시겠어요?"

세윤의 말에 잠시 침묵하던 최 장관에게서 폭소가 터져 나왔다. 어머니가 큰 소리로 웃는 것을 마지막으로 본 것이 기억나지 않을 만큼 기억이 가물거린 선우가 당황해 최 장관을 바라보았다. 한참을 손으로 입을 가린 채 웃던 최 장관이 고개를 끄덕였다.

"난 아무래도 우리 아들보다 세윤 양이 더 아까운데. 그냥 결혼하지 말고 공부하러 가요."

"아니아니, 최 장관님!"

당황한 선우가 항의하듯 자리에서 일어났다.

"키 큰 거 아니까 시위하지 말고 앉으시지, 아들."

최 장관이 웃으며 아들을 향해 손을 내저었다.

"일단 졸업은 해야겠지? 나야 이를수록 좋지만 세윤 양 부모님은 아닐 테니까."

관저를 나오는 길에 세윤이 세게 찔러대는 옆구리 공격을 피하느라 정신없던 선우는 도저히 참지 못하겠던지 세윤을 제압하기 위해 한 팔로 세윤의 목을 감았다. 발버둥 치는 세윤에게 가볍게 꿀밤을 먹인 선우는 목소리를 지그시 깔고 입을 열었다.

"그거 한 번 하면 놓아줄게."

"뭐요?"

반격하기 위해 선우의 엉덩이를 찔러대던 세윤이 체념한 듯 물었다.

"그거, 있잖아 그거."

대체 뭘 말하는 거야? 싶은 얼굴로 멀뚱멀뚱 선우의 팔 아래에서 얼굴을 올려다보던 세윤의 얼굴이 순식간에 달아올랐다.

"싫어요!"

"싫어?"

싫으면 당하는 거지 뭐, 하는 얼굴로 선우가 세윤을 덥석 끌어안았다. 정확히 말하면 쌀가마처럼 둘러메었다고 하는 편이 나을지도 몰랐다. 조용한 관저의 잔디밭을 관리하던 직원들이 왁자지껄한 두 사람의 모습에 눈을 동그랗게 떴다.

"사람들 보잖아요, 이것 좀 놔요. 장관님 아들이 공관에서 이게 무슨 짓이에요?"

"말 한 마디만 하면 되잖아, 고집 피우지 말고."

"평생 들을 말인데 왜 벌써 재촉하고 그래요."

세윤이 체념한 얼굴로 애원했다.

"셋 셀 때까지 말 안 하면 잔디에 던질 거야."

선우의 으름장에 세윤은 못 말리겠다는 듯 긴 한숨과 함께 입을 열었다.

"여보."

한숨인지 단어인지 모를 뒤섞인 목소리였는데도 선우의 입이 귀에 걸렸다.

"사랑해, 도 붙여서."

선우는 한술 더 떠서 의기양양한 표정으로 덧붙였다. 내려가면 두고 보자는 얼굴로 세윤이 흐느적거리는 발음으로 덧붙였다.

"여보, 사랑해요."

"운동화 챙겨 신어요."

세윤이 등산화를 챙겨 들고는 바닥에 탕탕 때려 흙을 털어냈다.

"안 가져왔는데."

구두를 신던 선우가 멀뚱한 얼굴로 세윤을 바라보았다.

"큰아버지, 등산화 좀 빌려주세요!"

세윤이 신발장을 뒤져 큰아버지의 등산화를 꺼냈다. 아슬아슬하게 선우의 사이즈와 맞았다.

"웬 등산화야? 마장 가는 거 아니야?"

"거긴 내일 갈 거예요."

말 위에서 후들거리며 겁내던 게 엊그제 같은데 세윤을 따라 제주에 올 때마다 말을 즐기더니 이제는 아예 서울 근교의 마장에 회원권까지 끊어놓고선 승마를 즐기고 있었다.

"우리 폭풍, 잘 지내나 궁금한데."

선우가 제일 아끼는 암말을 염려하는 모습에 살짝 질투를 느낀 세윤이 입술을 삐죽였다.

"나 따라 여기에 말 보러 온 거예요?"

"어."

고민하지 않고 곧장 대답하는 선우의 모습에 세윤은 등산화를 신은 발로 등산화를 신고 있는 선우의 맨발등을 지그시 눌렀다.

"나세윤!"

"어머, 거기 발이 있는 줄 몰랐어요."

못 말리겠다는 듯 선우가 흙 묻은 양말 위를 툭툭 털고는 세윤의 종아리를 살짝 꼬집었다.

"어디 가는지 이야기 안 해줄 거야?"

"그만."

세윤이 선우의 질문공세를 막았다. 그리고 손을 잡아끌었다.

"풍년아, 언니 다녀올게."

차가운 날씨에 풍년이의 코에서 하얀 김이 뿜어져 나왔다. 선우의 허전한 목덜미를 보더니 세윤이 다시 집 안으로 들어가 머플러를 가지고 와 선우의 목을 꽁꽁 묶었다. 갑갑하다는 선우의 투덜거림에 말에 '얼어 죽을지도 몰라요'라며 세윤이 머플러를 정리해 코트 깃 사이에 밀어 넣었다.

"내가 운전해도 돼요?"

선우가 렌트해 온 SUV 앞에서 세윤이 물었다. 그가 선선히 자동차 키를 넘겨주었다. 경쾌한 손놀림으로 시동을 건 세윤이 차를 몰고 농장을 빠져나갔다. 초록의 감귤나무 잎 위로 눈발이 사뿐하게 내려앉았다. 창 위에 앉은 얼음 덩어리들은 와이퍼를 움직일 때마다 툭툭 튕겨 나갔다.

"자, 다시 한 번. 졸업 축하해."

"고마워요."

졸업식을 떠올린 세윤이 싱긋이 웃었다. 부모님이 온 것까지도 좋았다. 선우가 일을 미뤄두고 커다란 꽃다발과 함께 나타난 것도 좋았다. 그런데 최 장관이 나타날 거라고는 선우조차 생각하지 못했었다. 손수 차를 몰고 나타난 최 장관은 세윤에게 졸업 선물이라며 가방을 선물했다. 자신도 처음 대학원 공부를 시작했을 때에 부모님이 선물해 주셨던 가방을 박사 마칠 때까지 썼다는 설명과 함께. 자신을 알아본 사람들이 웅성거리는 것에도 개의치 않고, 졸업식장 제일 뒷자리에 세윤의 부모님과 나란히 앉아 대화를 나누던 최 장관은 세윤의 어깨를 토닥여 주고는 사라졌었다.

"그런데, 그 기사는 진짜 황당했어요."

인터넷 뉴스에 떴던 최 장관과 선우, 그리고 자신의 사진을 떠올린 세윤은 지금 생각해도 황당한 듯했다. 선우와 자신의 얼굴은 모자이크 처리가 되어 있고, 그 아래에 '어느 대학 무슨 과 졸업식에 나타난 최창선 외교통상부 장관, 며느리의 대학 졸업식에 손수 방문'이라며 주저리주저리 이야기가 풀어져 있었다.

"대체 학과 관계자는 또 누구냐구요."

"어머니 퇴임하실 때까지는 긴장해야 할걸?"

"알아요."

세윤이 각오했다는 듯 고개를 끄덕였다. 현직 장관 아들의 결혼식이 몰고 올 파장을 생각해, 언제일지 모를 장관직 퇴임 이후로 결혼까지 미뤄둔 차였다. 물론 세윤으로서는 반가운 일이었지만, 반가움을 비추었다가는 선우에게 어떤 미움을 받을지 몰라 그 앞에서는 속상하다며 과장되게 입을 내밀었었다.

"그날 오후에 우리 아빠가 강선우 씨한테 좀 친절했죠?"

가족들끼리 함께 식사를 하러 간 자리에 선우가 끼었는데, 나 변호사의 태도가 처음에 비해 제법 누그러져 있었던 것이 기억났다. 졸업식에서 잘 보였나 싶었는데 그게 아니었나? 선우가 왜?
라고 묻자 세윤이 웃으며 와이퍼의 속도를 높였다.

"어머니 뵙고 나서……."

자신의 입에서 자연스럽게 나오는 어머니라는 단어에 세윤이
잠시 머쓱해하며 말을 멈추었다가 계속해 말했다.

"어머니 뵙고 나서, 그 어머니 아래에서 자란 놈이면 괜찮겠다,
라고 하시더라구요."

"결국은 내가 잘 보인 게 아니라 어머니 덕이라는 거지?"

선우가 허탈한 얼굴로 의자에 깊이 기댔다. 일주일에 한 번씩
꼭 나 변호사에게 안부 전화를 했던 자신의 노력이 허무해지는 순
간이었다. 어머니한테도 그런 정성을 보인 적이 없었건만. 허무했
다.

"그리고, 안부 인사 그만 해도 된대요."

"뭐?"

"큰오빠보다 강선우 씨랑 통화하는 날이 더 많다고, '이제 그만
해도 된다고 전해라' 하시던데요."

"너무하신데."

"그래도."

세윤이 오른손을 뻗어 선우의 왼손을 살짝 쥐었다.

"그거 알아요? 아버지 사무실에서 보는 신문에 아저씨가 찍은
광고 사진 나오면, 사위가 찍은 거라고 슬쩍 말 흘리시는 거."

성판악 휴게소에 차를 세우고 따스한 커피를 한 잔 마신 세윤이

선우를 재촉했다. 사람이 다니지 않은 길에는 눈이 무릎 높이 넘게 쌓여 있었다. 주변이 온통 눈으로 하얗게 장관이었다.

"차 안 가지고 가려고?"

"눈 때문에 통제되었대요. 나머지는 걸어갈 거예요. 그래서 옷 잘 챙겨 입으라고 한 거예요."

성판악에서 나온 세윤이 휘휘 방향을 확인하더니 천천히 걷기 시작했다. 처음에는 가볍게 이런저런 이야기를 나누었지만, 걷는 시간이 제법 길어지자 둘 다 말수가 적어졌다. 선우가 장갑을 끼고 있던 한쪽 손을 빼어 세윤에게 손을 내밀었다. 세윤이 장갑을 빼어 손을 내밀자 자신의 주머니 속에 쑥 손을 밀어 넣었다. 금세 두 사람의 마주 쥔 손의 온기로 주머니 속이 따스해졌다.

바지 끝이 조금씩 젖어들고, 다시 날리기 시작한 눈발에 코도 눈도 시리고. 그렇게 콧물을 훌쩍거리며 얼마나 걸었을까. 그렇잖아도 깊었던 숲길 사이에 이전과 또 다른 풍경이 슬쩍 이어졌다. 소복소복 엊힌 눈덩이들 탓에 이제까지 걸으며 보았던 나무들과 별다르지 않아 보이기도 했지만, 그 높이만은 확실히 달랐다. 하얗게 흐린 겨울의 하늘, 그 속에 웃자란 침엽수들, 그리고 그 몸을 가볍게 덮고 있는 눈들. 온통 하얗고 높아서, 너무 하얗고 또 너무 어두운 삼나무 숲에 선우가 감탄사를 터뜨렸다.

"우리가 그때에 왔던 곳이…… 여기였어?"

가쁜 숨 사이로 하얗게 김이 올라왔다. 세윤이 고개를 끄덕였다. 불빛 하나 없는 어둠 속에서 나무 그림자만 울렁거리던 곳이었다. 하지만 지금은 달랐다. 순백색의 풍경. 눈 위를 달린 차들이 지나가며 만든 아스팔트 위의 잿빛 자국 외에는 모든 것이 하얗게 변한 모습은 그때와 극적으로 대조적이었다. 고작 이 년 전이었다. 기억을 되짚는 두 사람의 얼굴이 아련해졌다.

"다시 사랑할 수 있게 되면 좋겠어."

조용한 차 안에서 선우가 그렇게 말했던 것이 고작 이 년 전이었다. 그때에는 몰랐었다. 던져지듯 도착한 섬에서 쓸쓸한 마음을 달래주며 며칠을 함께 보낸 어린 여자아이. 그 아이가 그 '새로이 사랑하게 될 사람'이 될 거라고는 생각하지도 못했었다.

이 년 동안의 추억을 되짚는 분위기를 깬 것은, 늘 그렇듯이 세윤이었다.

"그런데요."

선우가 아득한 얼굴로 세윤을 내려다보았다.

"나 오늘 생일인데."

"응?"

"나, 오늘 생일."

2월의 스물다섯 번째 날. 강조하는 세윤을 보는 선우의 감정선이 파직, 깨어졌다.

"아기 같다는 말, 귀엽다는 말 그거 정말 다 취소야."

선우가 감당이 안 된다는 얼굴로 세윤을 향해 부르르 몸을 떨었다.

"난 내가 아기 같다고 말한 적도 없고 귀엽다고 말한 적도 없어요!"

"이 년 전에는 그랬어!"

"아니거든요?"

톡톡톡 말끝을 이어받는 세윤과의 입씨름에 이길 것 같지 않자, 선우는 작정한 듯 세윤을 눈밭으로 넘어뜨렸다. 순식간에 데굴데굴 눈밭을 굴러 새하얗게 눈을 뒤집어쓴 세윤이 벌떡 일어났다.

"싸우자구요?"

"날 이길 수 있을 것 같아?"

"어머, 열 살이나 어린 여자아이한테 이기셔서 좋으시겠어요."

세윤이 과장된 표정으로 실쭉거리자, 선우가 도저히 못 당해내겠다는 듯 어깨를 늘어뜨렸다. 그사이에 슬금슬금 다가온 세윤이 선우의 머플러를 비집고 차가운 눈 뭉치를 밀어 넣었다. 체념하듯 지그시 눈을 감은 채 부르르부르르 눈 녹은 물에 몸을 떨어대던 선우가 다시 진지한 목소리로 세윤의 손을 잡았다.

"그래, 선물 줄게."

생기 있는 세윤의 눈망울에 방금 전까지의 장난은 홀딱 잊어버린 선우가 귀여워 죽겠다는 얼굴로 세윤의 이마에 정신없이 입을 맞추었다.

"그만 하고, 선물, 선물 준다면서요."

세윤이 깔깔거리며 뽀뽀세례를 피해 무릎까지 푹푹 밟히는 눈밭으로 도망쳤다. 그 뒤를 뒤따라 달려간 선우는 세윤을 잡아 와락 끌어안고는 귓바퀴를 살짝 깨물었다. 그리고 또 몸을 피하는 세윤의 귀에 이번에는 조용하게 속삭였다.

"네가 이곳에서 학위 밟는 동안, 일본 쪽으로 일을 넓혀보려고."

선우의 말에 세윤이 몸부림을 멈추고 눈을 커다랗게 떴다. 한 번도 그런 이야기를 한 적이 없었다.

"사실 계속 시도하고는 있는데 진입 장벽이 높아서 잘 안 되네. 그래서 확실하게 그럴 수 있을 거라고는 말 못하겠어."

"왜 그렇게……."

위험 부담이 높은 일을 하려고 하느냐는 물음이 세윤의 목에 올라왔다. 선우가 지고 있는 부담에 대한 미안함에 순간, 세윤의 표정이 흐려지자 선우가 부드럽게 세윤의 머리를 쓰다듬었다. 다시 쏟아지기 시작한 눈들이 두 사람의 머리에, 어깨에, 발치에 조용하게 내려앉기 시작했다. 세윤의 눈썹 위에 떨어진 눈을 손가락으로 살짝 쓸어내며 선우가 나직하게 웃었다.

"보내준다고 했으니 도저히 가지 말라고는 못하겠고, 주말 부부는 아무래도 내가 못 견딜 것 같아서."

조금 감동했다는 얼굴로, 세윤이 선우의 코끝에 내려앉은 눈을 키스로 살짝 지워냈다. 그리고 와락 선우의 목을 끌어안았다. 그리고 자신이 말할 수 있는 가장 큰 애정을 담은 목소리로 선우에게 속삭였다.

"애인님, 사랑해요."

작가후기

    어둡고 눅눅했던 겨울에서 벗어나기 위해 시작했던 글이 책으로 나왔습니다. 글을 쓰면서는 봄과 여름을 상상했고, 한여름에 수정을 하면서는 겨울의 추위가 어떤 느낌이었던가를 상상했습니다. 그렇게 그려진 겨울에서부터 봄과 여름 가을, 그리고 다시 겨울이 책 속에 담겨 있습니다.

    글 속의 공간들 중 많은 곳들이 제가 아끼는 '실제의 공간'입니다. 이를테면 지원이의 카페는 선릉역 근처에서 원숭이 모양의 간판을 달고 있습니다. 흡연자를 위한 야외테이블이 있는 그곳은 입구에 두어 대의 차를 댈 수 있는 공간이 있습니다. 그곳을 지나칠 때면 랜드로버가 대어져 있고, 천연덕스런 목소리로 지원에게 커피를 요구하는 선우의 목소리가 들릴 것 같은 기분이 들곤 합니다. 물론 그 곁에는 여전한 세윤이가 서 있겠지요.

글 속에 등장한 제주의 몇몇 장소와 순천만, 그리고 서울의 어떤 곳들은 글을 읽는 분들 중 어느 누군가에게는 익숙한 장소일지도 모르겠습니다. 이미 그곳에 가보았던 분들이나 그곳에 나중에 가보고 싶은 분들이, 글을 읽으며 세윤이와 선우의 이야기를 조금 더 살아 있듯이 느낄 수 있으면 좋겠다는 바람을 가지고 글을 썼습니다. 공간과 시간의 변화 사이에서 조금씩 다른 형태를 잡아가는 '그들'의 마음이 책을 읽는 분들에게 생생하게, 그리고 잔잔하게 와 닿기를 기대합니다.

아직 날것에 불과했던 연재 글에 댓글로 길잡이를 주셨던 많은 분들, 거친 글을 발견해 주시고 또 다듬는 데 많은 도움을 주신 한지윤님, 그리고 청어람 출판사에 감사드립니다.

—오월 드림.